KB062033

엔드 오브 맨

THE END OF MEN

by Christina Sweeny-Baird

THE END OF MEN

CHRISTINA SWEENEY-BAIRD

OF MEN

엔드 오브 맨

크리스티나 스위니베어드 | 양혜진 옮김

비채

나의 어머니 마가리타에게.
당신 딸로 태어나 정말로 기쁩니다.

contents

이전

BEFORE

캐서린
영국 런던

부모까지 핼러윈데이에 코스튬을 입어야 할까? 전에는 이런 고민을 하지 않았다. 시어도어는 몇 달 전에 세 번째 생일을 맞았다. 작년까지는 아이만 어떤 귀여운 차림(당근 다음에는 호랑이, 그다음에는 솜털 헬멧을 쓴 사랑스러운 소방관)으로 입히고 집 안에서 사진을 찍으면 그만이었다. 나는 오만하거나 변장의 즐거움도 모르는 따분한 부모로 보이고 싶지도, 보기 민망할 정도로 극성을 떨고 싶지도 않다. 다른 부모들은 어떨까? 왜 아무도 이런 것을 미리 알려주지 않는담?

시어도어가 다니는 어린이집에서 사귄 유일한 학부모 친구 비어트리스는 가연성 소재를 몸에 두르느니 차라리 죽겠다고 했지만 그녀는 투자 금융 회사에서 일하며 '고된 하루'를 보낸 날이면 2천 파운드짜리 핸드백을 구입하는 사람이므로, 이 조용한 사우스런던에 사는 다른 어머니들의 행동을 예측하기에 그리 좋은 지표는 아니다.

나는 석연치 않은 마음으로 코스튬 목록을 유심히 살핀다. '섹시한 마녀'. 안 돼. '섹시한 〈시녀 이야기〉의 시녀'. 그랬다가는 세

10

인트조지프 교사·학부모 연합에서 영구제명당할 것이다. '섹시한 호박'? 말도 안 돼. 피비라면 어떻게 할까? 피비는 내 친구들 가운데 가장 상식적이고 실리적이며, 마치 답이 늘 거기 있었다는 듯 간단한 답을 찾아내는 무시무시한 능력의 소유자이다. 피비라면 그냥 검은색 옷을 입고 마녀 모자나 뒤집어쓰라고 했겠지. 그래서 나는 그렇게 하기로 했다. 피비의 딸들이 '사탕 아니면 골탕Trick or Treat'을 외치며 얻을 수확은 우리가 오늘 밤 받을 사탕들보다 살짝 고가일 테다. 그들은 작년에 물려받은 유산 덕에 배터시의 어마어마하게 비싼 동네에 사니까. 피비는 아버지가 거대한 정원이 딸린 방 다섯 개짜리 저택을 남겼지만, 자신은 집을 위해 로마인의 우뚝한 콧날이라는 터무니없이 비싼 대가를 치렀다고 농담하곤 했다.

손목시계를 보니 하원 시간에 또 늦을 판이다. 나는 모자를 집어들고 헐레벌떡 어린이집으로 달려갔다. 오 분 늦을 때마다 20파운드씩 벌금을 내야 한다. 터무니없이 높은 액수라 내가 직접 어린이집을 차리고 싶을 지경이다.

나는 서두른다. '안녕하세요, 안녕하세요, 안녕, 그러게요, 저도 알아요, 또 늦었네요. 주로 재택근무를 하는데도! 맞아요, 제가 좀 정신없고, 웃기고 유쾌하고 유머가 넘치죠' 식의 대화를 주고받으면서 문으로 몸을 던지듯 들어서고, 오도카니 서 있는 시어도어를 데리고 나온다.

"엄마 또 늦었어." 아이가 한숨을 쉰다.

"미안, 아가. 내일 쓸 마녀 모자를 사느라고."

아이의 얼굴이 환해진다. 주의 돌리기의 힘. 아이에게 핼러윈은 작년까지는 이해하기 어려운 특별한 날이었지만, 올해는 상상할 수 있는 가장 흥미진진한 행사로 탈바꿈했다. 적어도 크리스마스 전까지 말이다. 이것이 내가 늘 상상해왔던 부모의 모습이다. 나의 부모는 내가 열 살 때 죽었고 내게는 형제 자매도 없었으므로, 나에게 시어도어의 유아기는 놀라운 일들의 불유쾌한 '연속이었다. 내가 '얼마나' 지치는지. 아기는 또 '얼마나' 자주 아픈지. 내가 '이렇게' 외롭다니. 하지만 핼러윈데이와 크리스마스, 생일은 SNS를 장식하는 '완벽한 어머니'라는 내 꿈이 신속하고 화려하게 충족되는 안전한 구역이다.

추위를 피해 집 안으로 들어온 후, 나는 곧바로 요리에 착수한다. 앤서니가 집에 오기 전에 아이에게 밥을 먹이려고 용을 쓴다. 아버지와 상봉하는 대혼란이 찾아오면 식사는 접시 위에 쓸쓸히 남겨질 것이다. 세 살배기 아이에게 균형 잡힌 식단 섭취를 요구하는 불가능한 협상이 끝없이 이어진다. 오늘 밤은 특히 더 괴롭다. 완두콩 한 알만 더, 그래야 파스타 두 점 먹을 수 있어. 다섯 알 먹으면 토요일에 영화 한 편 보여줄게.

시어도어가 또다시 취침 전 목욕이라는 의무에 지쳐 터덜터덜 위층으로 올라가자마자 앤서니가 도착한다. 그는 문을 열고 들어오면서도 여전히 전화를 이어가고 있다. 피곤하고 기진맥진한 기색이다. 우리에게는 휴가가 필요하다. 이제 삼십 대 중반이 되니, 나는 그 말을 이 주에 한 번꼴로 하는 것 같다. 심지어 막 휴가에서 돌아온 직후에도.

앤서니가 마침내 전화를 끊는다. 블록체인과 관련된 어떤 얘기와 나에게는 아무 의미도 없는 해독 불가능한 단어들. 결혼한 지 십 년. 나는 남편의 일을 충분히 이해하지 못한다는 죄책감을 버리고 즐겁게 무지한 쪽으로 기꺼이 변모했다. 배우자의 직업에 대한 심층적인 이해가 행복한 결혼생활의 필수 요소라면 결혼생활을 지속할 수 있는 사람은 없을 것이다. 앤서니 역시 내가 자바(매번 프로그램보다 앞서 바디로션이 떠오르는 단어) 스크립트로 작성한, 최근 발표한 논문의 제목을 대지 못할 것이다.

인사, 볼 키스, 짧은 포옹을 나누고 앤서니는 위층으로 올라간다. 아이의 목욕과 재우기는 그의 몫, 하원과 저녁 식사는 내 몫이다. 오늘 밤은 그것들을 함께하는 아주 드물고 멋진 밤이다. 나는 레드와인을 한 잔 따르고—이메일 답장은 미룰 수 없지만 그릇을 식기세척기에 집어넣는 것은 좀 미뤄도 된다—문득 우리가 둘째를 가지면 이조차 할 수 없겠다는 사실을 퍼뜩 떠올린다. 조용하고 적당히 깔끔한 주방에서 손에 와인잔을 들고 일하는 것. 남편과 대화하며, 방해받지 않고 텔레비전을 시청하고, 두뇌 촉진과 관계 유지를 돕는 밤잠을 늘어지게 잘 수 있는 저녁 나절은 더 이상 없을 것이다.

"오늘 어땠어?" 앤서니가 다시 내려와 남은 파스타를 자신의 접시에 던다. 오늘 밤 그가 마실 와인이 없겠다는 사실이 문득 떠오른다.

"편집하고, 편집하고, 또 편집하고…… 알지? 논문 쓰기에서 내가 가장 좋아하는 부분." 내가 냉소적으로 말한다. 언젠가 옥스퍼드의 내 지도교수는 나에게 학자가 되는 것은 한평생 숙제를 하며 사는 것이라고 말했다. 나는 당시에는 그 말을 믿지 않았는데, 세상에, 그녀 말이 맞았다. 덴마크와 영국의 양육 방식 차이와 그것들이 학업 성취에 끼치는 영향을 다룬 나의 최근 논문을 모두 읽은 베타리더 세 명이 어떻게 된 노릇인지 논문을 제각각 상충되는 방식으로 수정하기를 바란다고 피드백했다. 그들이 지적한 내용을 해독하며 여덟 시간을 보낸 후엔 너무 지쳐서 컴퓨터를 창밖으로 내던지고 싶었다. 나는 한가닥 희망을 품고 학과장 마거릿에게, 상황이 이렇다면 그들의 지적을 무시해도 된다는 뜻이 아니겠느냐는 견해를 넌지시 비쳤다. 하지만 그녀는 단호한 표정으로 혀를 차더니 '로마는 하루아침에 만들어지지 않았다'라고 대답했다.

내가 마녀 분장에 대해 설명하자 앤서니는 나를 진지하게 바라보며 말했다. "그거 좋은 생각인걸. 플랜 A: 마녀. 플랜 B: 검은색 옷을 입은 평범한 여자." 이런 문제들을 함께 논의할 때 보여주는 진중한 태도는 내가 그를 사랑하는 수많은 이유 중 하나다. 그는 결코 "이거 진짜 한심한 대화네. 우리가 왜 이런 얘기를 하는 거지?"라고 말하지 않는다. 언젠가 소호에 있는 스시집에서 더블 데이트를 할 때는, 내 친구 리비의 전 애인이 리비가 뭔가—지금은 기억나지 않는다—이야기하자 바보 같은 소리 하지 말라고 지적했다. 그때 앤서니는 일말의 웃음기도 없이 말했다. "리비가 화제에 올렸다면 바보 같은 소리가 아니죠. 리비는 바보 같지 않아요."

리비는 앤서니가 자신이 아직 싱글인 이유 중 하나라고 말했다. 이제 사랑이 어떤 것이어야 하는지 깨달았기 때문이라고. 나는 그녀에게 우리가 대학 때 어땠는지를 상기시키려 했다. 우리는 이미 인생의 절반을 함께 보냈다. 두 사람이 하룻밤 사이에 서로의 완전한 반쪽이 되는 일은 결코 벌어지지 않는다. 내가 리비에게 관계는 일종의 '여정'이라고 말하자 리비는 내가 진토닉 더블을 사주기 전에는 대화하지 않겠다고 선언했다.

앤서니가 식탁의 접시들을 모두 치웠고(물론 나는 그가 하도록 내버려뒀다. 그가 나보다 깔끔하니까) 나는 흡족한 한숨을 내쉬며 의자에 기대앉았다. 나를 보는 그의 눈빛이 강렬하다. 섹스를 하고 싶거나 그 중대한 F 대화를 하고 싶은 것이다. 체외수정IVF을 할 것인가 말 것인가. 부부들이 이 문제를 숙고하는 호사를 누린 지는 고작 사십 년이다. 몇 달 전 앤서니의 업무용 다이어리 속 금요일 칸 구석에 쓰인 대문자 F를 보자마자 나는 아무 증거도 없이 그가 바람을 피운다고 의심했다. 프레야? 플로라? 펠리시티? 누구일까? 몇 주간 나는 그가 얼굴을 조금 붉히고 뉘우치는 표정을 짓지는 않을까 걱정하며 대화 중에 F로 시작하는 여자 이름들을 흘렸지만 그는 그저 내가 넌지시 아기 이름을 제안한다고만 여겼다.

나는 그 후로 그의 다이어리를 몇 주에 한 번씩 점검했고 F는 계속해서 등장했다. 그에게 F가 뭐냐고 왜 단도직입적으로 묻지 못했을까? 그는 나에게 거짓말을 하는 법이 없고, 그것은 분명 따분한 업무 용어일 뿐일 텐데, 어찌된 노릇인지 내 뇌리에 박혔다. 나는 직접 그것이 뭔지 알아내고 싶었다. 그리고 보름 전에야 깨달았다. F는 매번 우리가 생식능력fertility과 나에게 그것이 결핍됐다는 이야기로 대화를 마친 날에 등장했다는 사실을. 내 일기를 확인해보니, 역시나 그랬다. 그가 F로 표시한 날마다 우리의 대화는 어떻게든 거듭 돌아오는 그 화제로 넘어갔던 것이다. 앤서니는 계획적인 사람이고 만사를 그냥 흘러가게 두지 못했다. 여행을 갈 때는 그의 그런 면이 좋다. 아무것도 하지 않고도 어느새 그가 여덟 달전 좋은 가격에 예약해둔 리스본의 아름다운 호텔에 당도하기 때문이다. 밤시간 데이트나 입학식에는 더더욱 좋다. 하지만 눈앞의 사안이 남편의 유혹을 기다리고 있는 수요일 저녁을 모두 망칠지모를 '그 중대한 대화'일 때는 조금 허탈하다.

난임 치료라는 고문에 가까운 기적이 등장하기 전에 살았던, 나와 같은 처지의 여성들이 어떤 면에서는 부럽다. 그들은 대개 아이를 하나만 낳거나 아예 낳지 않았다. 그걸로 끝이었다. 눈물을 흘리고 기도를 올렸을 테고, 아마도 자기 연민에 빠져 자문했을 것이다. "왜 하필 내가……?" 하지만 그들에겐 선택의 여지라고는 없었다. 사람의 손을 떠난 일. 나는 그런 통제 불능의 상황을 꿈꾼다.

우리는 지금까지 거의 일 년 동안 이 대화를 이어왔다. 그동안 우리는 어쩌면 자연 임신이 될지도 모른다는 가정하에 노력했다. 하지만 기대와는 달리 아무 일도 벌어지지 않았다. 내 난소의 초음파는 묵묵부답이었다. 나는 '클로미드'라는 배란유도제를 복용해 난소들을 '깨워'보려 했지만 난소들은 사납게 알람을 꺼버리고 내 협조 요청을 묵살했다.

"오늘 직장에서 부장이랑 얘기를 좀 했어." 부장 이야기가 나오자 나는 움찔했다. 설마 또! 그 여자는 늘 앤서니에게 이야기한다. 체외수정을 시작하도록 나를 설득하라고 말이다. 한 번도 만난 적은 없지만 그녀가 증오스럽다. 애당초 자기가 상관할 일이 아니지 않은가. 하지만 나는 우리의 혼인 서약에서 언제나 경청하겠다고, 절대로 평가하려 들지 않겠다고 약속했다. 하, 그때 나는 고작 스물네 살이었다! 가만히 와인이나 한잔하고 싶을 때 '경청'이 얼마나 성가실 수 있는지 몰랐다. 하지만 약속은 약속이니 웃으며 묻는다. "무슨 얘기?"

"형제가 생기고 앨피가 얼마나 좋아졌는지 모른다고 그러더라고. 사교성이 좋아졌대. 전보다 말수도 많아지고. 공감 능력이 좋아진 것 같다고."

나는 이 끔찍한 여자의 말에 숨어 있는 우리의 가족 구성에 대한 비판을 감지하고 발끈했다. 마치 내가 아이를 더 낳지 않아서 소름 끼치게 과묵한 미래의 소시오패스를 길러내고 있기라도 한 것 같다. 나는 의중이 불분명한 소리를 내고는 와인잔을 비웠다. 생식능력을 떨어뜨리는 알코올에 정면으로 도전하며.

"아무래도 그걸 해야겠어." 그가 저돌적으로 내뱉듯 말했다. 전에도 들었던 말이다. "나 정말 고민했어. 우리는 그 문제를 두고 우왕좌왕하지 말아야 해. 우리가 지금보다 젊어지는 일은 없어. 당신은 이제 두 달 후면 서른넷이고 생식능력 통계에 따르면 나이를 먹을수록 더 힘들어질 뿐이야." 그는 나를 바라보고 있다. 마치 답은 아주 간단하며, 나는 그냥 합류하기만 하면 되고, 그러면 만사 형통이라는 듯이!

"우리 이 얘기 전에도 했지. 통계에 대해서도 알아. 그렇지만……." 딱히 할 말이 없다. 이 모든 얘기를 전에도 천 번은 했다. 단 한 번의 체외수정이 나에게 아기를, 우리가 그토록 오랫동안 바라온 새로운 가족 구성원을 안겨준다고 장담할 수 있다면 두말할 것도 없이 당장 하리라. 하지만 그런 약속을 해줄 수 있는 사람은 어디에도 없다. 나는 이 일의 승률을 안다. 승산은 높지 않고 나는 도박을 좋아해본 적이 없다. 우리에게는 이미 시어도어가 있다. 그 아이에게 오롯이 내 시간을 할애할 수 있으며, 이제야 우리 가족을 있는 그대로 받아들이는 법을 배운 마당에 체외수정을 시작한다는 것이 욕지기가 날 만큼 무모하게 느껴졌다. 만약 그들이 잔뜩 투여한 호르몬 때문에 내가 몸이 아프거나, 실망한 나머지 정서적으로 피폐해져 아이를 잘 보살필 수 없다면? 동생을 만들어주려다가 이미 내 곁에 있는 아이에게 이전만큼 좋은 어머니가 될 수 없다면? 하지만 시어도어가 다른 아이와 노는 모습을 보고 싶다는 욕망, 또 다른 시어도어를 얻고 싶다는 욕망이 이따금 복부를 강타했다. 그러면 하루 동안은 앤서니의 끄떡없는 확신이 이해되기도 했다.

나는 같은 수순을 밟는다. 때때로 나는 결심이 서고 준비된 기분이 든다. 해낼 수 있어. 나를 포박해 주삿바늘로 찌르고 약물을 주입해. 아기를 얻기 위해서라면 뭐든 할 테니까. 그 시기가 지나면 몇 주 동안 그 모든 사람과 용품, 철사, 내 몸속에 존재하는 것들 때문에 방어적인 기분에 휩싸여 몸을 웅크리고 싶어진다. 안 돼. 내 몸이 말한다. 이건 아니다. 앤서니는 다산의 열망에 나보다 쉽게 시달린다. 흥얼거리는 친구네 갓난아기나 사랑스러운 짓을 하는 그의 대자녀를 보면 어김없이 오늘 밤처럼 본심을 드러낼 것이다. 우리 그냥 하자, 우리가 잃을 게 뭐가 있어?

우리가 잃을 게 뭐냐고? 전부 다, 앤서니. 나는 번번이 울고 싶다. 나도 가끔은 이 모든 체외수정 과정을 해낼 수 있을 거라는 생각도 든다. 하지만 경솔하게 해서는 안 된다. 아무리 계획을 세우는 데 능란한 남자라도 체외수정으로 아기가 여럿 생기거나 나쁘게는 아기가 생기지 않는 상황이 우리의 삶에 가할 충격에 대해서는 대단히 맹목적일 수 있다. 나에게는 벌어질 수 있는 최악의 시나리오에 대한 인정이 필요하다. 그는 이 일이 나에게 얼마나 힘들지 이해해야 한다. 왜냐하면, 아이의 성장과 관계된 모든 일에서 그러하듯, 이 문제에서도 부정적인 것들을 경험하는 쪽은 여자이기 때문이다. 그런데 그마저도 아이가 생긴다고 쳤을 때 얘기다. 만약 수포로 돌아간다면?

"장단점을 저울질하고 따져보려면 시간이 좀 더 필요해."

"왜 당신은 늘 잘못될 거라고만 생각해?"

"나 안 그래."

"그래." 그가 대답한다. 대번에 그의 목소리에 등장한 좌절감이 우리 사이를 맴돈다. "당신이 재정적, 감정적, 신체적 비용에 대해 이야기할 때면 마치 앞으로 삼 년 내리 체외수정을 시도할 사람 같

아. 단번에 되면 어쩔 건데? 만약 성공하면? 아기가 바로 우리 손이 닿는 곳에 있는데 우리가 그 기회를 그저 잡지 않는 거라면?"

"당신이야 쉽게 말하지." 내가 중얼거린다.

"그게 무슨 말이야?" 그가 묻는다. 내 말을 들었으면서. 당연히 들었고말고.

"당신이니까 쉽게 말한다고 했어. 당신 몸에서 벌어질 일이 아니니까."

"이건 우리 둘이 함께하는 일이야, 캣. 제발. 내가 대신할 수 없는 일이잖아. 나도 불공평하다는 건 알지만 어쩔 수 없어. 부탁이야. 한번 생각이라도 해봐."

우리는 소파에 나란히 자리를 잡고서 앤서니가 재미있다고 말한 프로그램을 본다. 나는 내 심장박동이 빨라지지 않는다는 사실을 깨닫는다. 나는 침착하다. 한때는 이런 대화 후에 눈물범벅이 되곤 했지만, 이제 찌르는 듯한 아픔은 사라졌다. 이건 무슨 의미일까? 우리에게 자식은 하나뿐이라는 것을 내가 받아들인 걸까? 그래서 나는 행복한가? 우리 삶에 대한 이 결정을 나 혼자 내려도 될까? 자녀 문제는 나 못지않게 그에게도 영향을 미칠 텐데?

앤서니는 나에게 내가 할 수 없는 일을 하라고 요구하고 있다. 나는 이 결정을 혼자 내릴 수 없다. 마음속 깊은 곳에서는 은밀히 바라고 있다. 그 일이 저절로 벌어지기를. 만약에 우리가 한 달, 또 한 달, 그리고 또 한 달, 계속 기다리고 밀어붙인다면, 어쩌면 이번 달이 그 달이 될지도 모른다. 나는 육 개월간 아주 즐겁게 아이 만들기를 규칙적으로 시도한 끝에 시어도어를 임신했다. 겁에 질릴 새도 없이 그렇게 됐다. 입덧이 말도 못 하게 심했다. 알고 있다. 지난 이 년 동안 우리의 노력이 성공하지 못했다는 것을. 알고 있다.

내 잔여 난자 수가 많지 않고 내 자궁이 괴상하게 생겨서 태아에게 덜 '쾌적하다'(너무 잔인한 단어여서, 내 몸의 해부학적 구조를 모욕하는 그 거만한 의사의 목을 넥타이로 조르고 싶었다)는 것을. 나는 이 모든 것을 알고 있지만, 차라리 몰랐으면 좋겠다. 무지한 채로 희망을 품을 수 있었으면 좋겠다. 어쩌면 될 수도 있으니까. 어쨌거나 앞일은 모를 일이니까.

그날 밤 계단을 오르며 나는 벽에 걸린 우리의 사진들을 눈으로 훑었다. 우리가 생식능력 대화를 나눈 뒤면 자주 그러듯이, 우리의 역사에 경이를 느꼈다. 맨땅에서 일으킨 가족. 우리가 함께한 첫해의 사진, 대학 근처의 바에서 팔다리를 서로의 몸에 휘감은 채 서로를 응시하는 사진으로 시작해, 피비가 몇 달 전 배터시 공원에서 찍어준 우리 셋의 사진까지. 구불거리는 내 검은 머리칼이 바람에 흩날리며, 앤서니에게서 물려받은 시어도어의 완벽한 밤색 더벅머리와 대비를 이루었다.

잠시 후 나는 침대에 누워 책을 펼친다. 앤서니는 뒤이어 침대로 들어오고 나는 우리의 루틴을 실행한다. 책을 한쪽으로 치운 다음 그에게 수면 안대를 건네고 불을 끈다. 그의 어깨에 기댄 내 머리. 그의 가슴팍에 올린 내 팔. 내 팔꿈치를 감싼 그의 손. 안전하다.

"앤서니." 내가 속삭인다.

"응." 그가 대답한다. 그의 이런 점을 사랑한다. 결코 "왜?"라고, 심지어 "어?"라고도 하지 않는다. 그는 내가 무슨 말을 하고 싶어 하든 받아들인다.

"나는 결정을 내리고 싶지 않아. 못 하겠어." 목구멍에 덩어리가 걸린 것 같다. 나는 이제 우리가 보낸 불임의 세월을 놓고 울지 않는다. 꿀꺽 삼킨다. 이 년간 매일 밤을 눈물로 보낼 수는 없으니까.

그건 우울해도 너무 우울하다. "저절로 될지도 모르잖아? 그랬으면 좋겠어……."

"오, 캣." 앤서니의 다정한 목소리가 나를 무장해제한다. 입 밖에 내는 순간 내 비밀은 힘을 잃고 만다. 쓸쓸하고 작고 어리석은 희망. 하지만, 혹시 모르잖아.

"그 맘 알아." 그가 말한다. "우리, 한 달 더 시도해보자."

그 순간, 나는 어느 때보다도 깊이 남편을 사랑한다.

발생

OUTBREAK

어맨더
영국 글래스고

11월은 항상 바쁘지만 이건 어처구니가 없다. 이 지역이 이보다 노골적으로 양분된 적은 없었다. 비싼 돈을 주고 밝게 탈색한 머리 칼에 다종다양한 항생제에 대한 지식, 딱 부러지는 억양을 과시하며 글래스고의 우아한 중산층 웨스트엔드 거주자들이 빙판길 낙상 사고와 가벼운 기침 증상으로 응급실에 들이닥친다. 그들은 자신의 부모와 조부모가 당장 오기를 바란다고 명확히 밝힌다. 그 반대편에는 간경화와 지독한 궁핍, 일생에 걸친 흡연으로 인한 '매력적이지 못한' 부작용을 앓는 환자들이 있다. 흡사 '두 도시 이야기'*를 보는 것 같다.

"이건 새로운 SLS**라니까요." 젊고 뛰어난 간호사 커스티가 명랑한 목소리로 말하며, 내 품에 진료 차트를 풀썩 내려놓는다. 쓰레기 인생 증후군^{Shit Life Syndrome}. 의사는 이렇게 말할 것이다. "사실 당신에게는 아무 문제도 없습니다. 당신은 인생이 정말로, 정말로 힘들기 때문에 몹시 슬픈 것뿐이죠. 제가 할 수 있는 게 없네요."

---

* 찰스 디킨스의 소설 제목.
** 원래는 쇼그렌-라손 증후군^{Sjogren-Larsson syndrome}을 가리키는 약어.

어리고 순진한 애송이였을 때는 '이들에게 나 말고 아무도 없으면 어쩌지?' 하는 생각에 절박해진 나머지 사회복지과에 하룻밤 사이 일곱 번이나 전화를 걸었다. 결국 그들은 내 전화를 받지 않게 되었다. 현재 고문의사로서 내 접근 방법은 조금 다르다.

"내가 이들을 왜 진료해야 하지?" 내가 묻는다. 이것은 시간 낭비—말하자면 전형적인 수련의의 잡무이다.

"고문의사하고만 대화하겠다는 환자들이 있어요." 아, 불공평한 노릇이지만, 이렇게 언성을 높이고 억지를 부리고 진상 짓을 하면 종합병원에서 더 좋은 대우를 받을 수 있다. 우리가 그들의 광대 짓을 존중해서가 아니다. 그저 빨리 문밖으로 내쫓고 싶어서다.

나는 커튼이 사생활을 보호해주는 척하는 칸막이 안으로 걸어 들어간다. "어디가 불편하세요?" 환자는 넘쳐나고 재정이 달리는 응급 센터에 온 건강한 사람들을 위해 아껴둔, 특유의 경쾌하면서도 퉁명스러운 목소리로 묻는다.

"상태가 안 좋아요." 내 왼쪽의 푸짐한 여자가 한 아이를 가리키며 으르렁거린다. 따분하기는 해도 아주 튼튼해 보이는 아이.

"뭐가 문제일까?" 내가 그의 앞에 앉으며 묻는다. 진료기록의 활력징후*는 모두 정상이다. 열조차 없다. 멀쩡하다.

"아침에 늦게까지 못 일어나고 기침도 해요." 그때까지 아이는 그야말로 찍소리도 내지 않았다.

몇 가지 악의 없는 질문이 이어지고 모든 의문이 풀린다. 그는 급격한 성장기를 지나는 중이고 하굣길에 웬 삐딱한 친구와 건들거리며 담배를 피웠던 것이다. 누구는 나를 셜록이라 부른다. 확실

---

* 맥박, 호흡, 체온, 혈압 등의 주요 징후.

히 나는 이쪽에 재능이 있다.

멋쩍어하는 소년과 그의 어머니를 배웅하는데, 외상 센터 호출이 왔다. 나는 전화를 받는다. 생후 2개월령 영아, 패혈증 의심. 지금 들어가는 중.

외상 환자 호출을 받으면 아드레날린이 솟구친다. 의사 경력 스무 해가 넘어가도 좀처럼 면역이 생기지 않는다. 사십오 분간의 숨가쁜 처치 후 위층의 소아 집중치료실ICU로 아기를 보낸다. 뒤돌아서기가 무섭게 또 다른 외상 환자가 들어온다. 이번에는 보다 일반적인 환자다. 차량 충돌 사고로 몇 군데 심각한 자상을 입었고 내출혈이 의심된다. 이 환자는 이십 분 내에 위층으로 올라가 CT검사를 받아야 한다. 손을 씻으면서 아들의 학부모 저녁 모임이 몇 시에 시작하는지 기억해내려고 애쓰는데, 내가 가르치는 1년 차 수련의 피오나가 나를 붙든다.

그녀는 심장이 멎어가는 환자, 바로 조금 전까진 괜찮았는데 지금은 괜찮지 않은 환자에 대해 주절거린다. 피오나의 상태가 엉망이다. 병동에 온 지 십 주밖에 되지 않았고, 자신이 맡은 환자의 상태가 악화되어서 혼비백산한 수련의. 나는 이런 광경을 수도 없이 봐왔다. 나는 의사로서 점잖게 처신해야 한다는 것을, 피오나는 아직 수련의일 뿐이며 누구나 배움의 시기가 있다는 사실을 주지하고 있지만, 정말이지 짜증 나는 일이다. 지식이 부족한 것도 이해할 수 있고 과로로 인한 실수도 용납할 수 있다. 하지만 응급실에서 혼비백산하는 것은 종이배에 뚜껑문을 달아두는 것만큼이나 쓸모없다. 내가 생각해도 모진 말 같지만, 피오나는 절대로 응급의가될 수 없겠다는 생각부터 든다. 환자의 심장박동이 떨어질 때 머릿속 나사를 단단히 죄고 있을 수 없는 사람은 응급 상황을 전담하는 의료 영역에 맞지 않다.

나는 피오나와 함께 환자에게 달려간다. 환자의 아내가 침대 곁에 서서 울고 있다. 나는 피오나에게 씩씩대며 그를 소생실로 보내라고 말하고, 최대한 침착하면서도 분노를 담아, 왜 여태껏 보내지 않았느냐고 묻는다. 그의 얼굴과 활력징후만 얼핏 봐도 몹시 위중한 상태임을 알 수 있는데. 젠장, 환자를 보고 자시고 할 필요도 없다. 모든 장치들이 걱정스러운 듯 집요하게 징징대며 삐 소리를 내고 있다.

피오나의 말에 따르면, 그는 독감 증세를 보이는 환자였고 도착했을 때는 멀쩡했다. 진짜 멀쩡했어요! 피오나는 환자에게 링거액과 해열진통제를 투여했고, 단순 독감에 지나지 않는다고 확신했기에 잠시 후 퇴원할 거라 예상했다.

그러나 지금 이 순간, 환자는 죽어가고 있다. 호흡이 힘겨운 상태로, 공기 흡입이라는 기본 과제도 수행하지 못해 몸이 얕게 들썩이고 있다. 피부는 신체의 작동 체계가 꺼져가는 사람 특유의 창백한 잿빛을 띠고, 체온은 더욱더 높이 치솟고 있다. 현재 의료진 일곱 명이 그를 둘러싸고 있다. 이 분에 한 번씩 체온을 측정해 알려주는 수간호사는 체온이 오르는 속도에 경악을 감추지 못한다. 우리는 그의 옷을 모두 벗기고 얼음과 차가운 수건으로 몸을 감싼다. 나는 혹시 있을지 모를 상처, 벌레에 물린 자국이나 면도 중 생긴 자상, 긁힌 흔적을 찾아 그의 온몸을 샅샅이 점검한다. 패혈증을 유발할 수 있는 아주 작은 단서라도 찾아보려 하지만 아무것도 없다. 발진이 없으니 뇌수막염일 가능성은 없다. 이쯤에서 나는 그가 되돌릴 수 없는 '그 지점'을 넘어섰다고 생각한다. 일단 장기들이 작동을 멈추면 우리가 할 수 있는 일은 많지 않다. 그의 몸에 관을 꽂고 링거액과 산소를 투여한다. 뭐가 됐든 그의 몸을 활활 태우는 그것을 무찌르기 위해 다량의 항생제와 항바이러스제를 투여하고 호흡을 돕기 위해 스테로이드를 투여한다. 할 수 있는 것은 다 한다. 환자의 피를 뽑아 감염 여부를 검사한 후 항생제나 항바이러스제를 맞춤 제작해 투여할 수도 있겠지만, 이미 그의 신장이 작동을 멈추고 있다. 배뇨량이 0이다. 도뇨관에 연결된 주머니는 실망스러울 만큼 텅 빈 채 침대 밑에서 펄럭거린다. 종종 아픈 친구들이 나에게 반 농담조로 자신이 이제 죽는 거냐고 물을 때마다 나는 이렇게 대답한다. 아직 오줌이 마려우면 괜찮은 거라고.

나는 조금 물러선 후 눈앞에 벌어지는 장면을 지켜보면서 얼굴에 시종 침통하고 침착한 표정을 유지한다. 환자는 잘생긴 청년이다. 머리는 검고 턱 전체에 까슬까슬하게 수염이 난, 선량한 인상이다. 그의 아내는 슬픔을 가누지 못하고 울고 또 울며, 계속 진료를 방해한다. 불길한 낌새를 알아차린 것이다. 우리 모두가 알아차린 것처럼. 그녀는 이따금 어떻게 좀 해보라고 소리치지만 우리가 더 할 수 있는 것은 없다. 어떤 기적이 일어나 그의 몸이 저절로 회복되기를 바라며 기다리는 것 말고는. 그가 응급실에 들어온 지 세 시간 만에 우리가 기다려온, 기계의 긴 절규가 울려 퍼진다. 그의 심장이 멎은 것이다. 괴이하게도 안도감이 든다. 방 안의 팽팽했던 긴장감이 해소된다. 드디어 우리는 뭔가를 할 수 있게 되었다. 수간호사가 흉부 압박을 시작한다. 나는 에피네프린* 투여를 지시한다. 우리는 그에게 전기 충격을 가한다. 한 번, 두 번, 세 번. 간호사 하나는 소생실 구석에서 이제 충격으로 말을 잃은 환자의 아내가

* 교감신경을 자극해 혈압을 올리고 심장박동을 촉진하는 치료제.

쓰러지지 않게, 그리고 침대 쪽으로 오지 못하게 붙잡고 있다. 전기 충격기가 휘두르는 폭력은 가급적 사랑하는 이에게 보이지 않는 편이 좋다. 사람들을 도로 살리기 위해 우리는 그들을 때려눕히고, 놀래키고, 그들의 심장과 싸워 그것이 마지못해 다시 뛰게 만들어야 한다.

아무 효과도 없다. 우리 모두는 이런 결과를 예상했다. 어떤 것이 이 사람의 몸을 파괴했는데, 우리는 그것이 무엇인지 알지 못한다. 팔이 쑤신다. 양손에 전기 충격기를 쥔 수간호사가 나를 바라본다. 나는 고개를 가로젓는다. 우리는 할 수 있고 해야 할 모든 것을 했다. 이 이상은 망자의 몸에 불필요한 고문일 뿐이다. 오십이 분 만에 나는 지시한다. "모두 그만. 이제 됐어."

"사망 시각, 2025년 11월 3일, 오후 12시 34분." 나는 수련의 한 명에게 사망에 따른 행정 업무를 마무리해달라며, 이 딱한 사내를 보내고 비통해하는 유족을 달래는 일을 맡긴다. 몇 분 전만 해도 유족이 아니라 아내였던 사람을.

피오나, 그러니까 혼비백산했던 내 수련의는 이제는 아예 제정신이 아니다. 그는 피오나가 이곳에서 잃은 첫 환자이고, 게다가 젊은 환자다. 환자가 여든일곱 살이고 천수를 누린 후 뇌졸중이나 심장마비를 일으킨 경우는 슬프기는 해도 그 또한 삶의 일부라는 느낌이 있다. 죽음은 우리 모두를 찾아오니 그만하면 운이 좋았던 셈이다. 잘 가요. 나중에 저승에서 봅시다.

하지만 젊은 사람이 죽었다면, 뭔가가 심각하게 잘못됐고 우리가 그것을 바로잡지 못했기 때문이다. 환자의 이름은 프레이저 매컬핀이다. 그의 아내는 흐느끼고 또 흐느끼며 그저 독감이었다는 말만 되풀이하고 있다.

나는 프레이저 매컬핀의 진료기록을 챙겨 피오나를 직원실로 데려간다. 긴장을 풀 수 있도록 자리에 앉히고 무슨 일이 왜 벌어졌는지 검토한다. 내가 에든버러에서 수련 중일 때 고문의사로부터 배운 방법이다. 환자가 죽으면 진료기록을 처음부터 끝까지 차례로 쭉 훑어본다. 무엇을 했나, 그것을 언제, 왜, 어떻게 했나? 일반적으로 이 과정은 수련의들로 하여금 그들이 모든 일을 제대로 했고 죽음이 철저히 그들의 통제를 벗어난 일이었음을 깨닫게 한다. 그리고 만약 그들이 뭔가를 잘못했다면 그것은 산 교육이 될 것이다. 이러나저러나 득이 되는 방법이다.

우리는 이 잡듯이 진료기록을 점검한다. 프레이저는 오전 8시 39분에 응급실에 도착했다. 그때까지는 아주 정상이었다. 그는 오전 9시 2분에 초진 간호사를 만났고, 단순 독감 환자로 보인다는 점을 근거로 응급 정도가 낮은 환자로 분류되었다. 체온이 살짝 올랐을 뿐 호흡은 정상이었다. 그는 무기력과 두통을 호소했다. 오전 10시 15분, 피오나는 그에게 링거액을 투여했고 해열진통제를 처방했다. 그다음 박테리아 감염이나 바이러스의 유무를 확인하기 위해 혈액검사를 실시하고 검사 결과에 따라 처치할 것을 지시했다. 그는 간호사의 채혈 명단에 올라갔다. 오전 10시 15분, 그의 체온은 38.8도였다. 별로 높지 않았다. 생후 6주령의 아기를 둔 초짜 부모도 그 정도 열로 잠을 설치지는 않을 것이다.

삼십 분 뒤 오전 10시 45분, 심장이 멎기 불과 사십오 분 전, 그의 체온은 42도에 달했다. 이쯤 되면 이미 죽은 목숨이다. 피오나가 나를 데리러 온 것이 바로 그때다. 등골이 서늘해진다. 한 시간이 못 되는 시간 동안, 그의 몸은 정상에서 빈사 상태로 넘어갔다.

진료기록을 검토하는 동안 피오나가 서서히 긴장을 푸는 것이 보인다. 나는 그녀의 실수를 전혀 지적하지 않았고, 명백히 다른 이유로 불안해하고 있다. 이것은 수련의들이 예사로 저지르는 과오가 아니다. 무시무시한 '사건'이다. 독감이 아니고, 패혈증도 아닌 것 같다. 그는 건강한 젊은 남성이었다. 물론 사람은 이따금 돌연히 죽는다. 젊고 건강한 사람도 예외는 아니다. 하지만 대개는 사인이 명확하다.

바로 그때 나는 한바탕 욕지기를 불러와 배 속을 꿀렁이게 하는 사실을 발견한다. 그는 이미 이틀 전에 우리 병원에 다녀갔었다. 우리가 뭔가를 놓쳤구나! 내 팀, 그러니까 내가 통솔하는 의사나 간호사 가운데 하나가 이 남자의 목숨을 앗아간 뭔가를 놓친 것이 분명하다. 나는 기록을 더 읽어본다—그는 럭비 시합 중 발목을 접질려서 왔다.

발목 염좌에 대한 엑스레이 촬영과 얼음찜질의 부작용으로 죽음이 찾아오지는 않는다.

그때 항생제 내성 세균^{MRSA}이 머릿속에 떠오른다. 모든 의사가 몹시 두려워하는 그것. 하지만 이건…… 모르겠다. 나는 다행히도 아직 항생제 내성 세균 환자를 진료한 적이 없다. 하지만 이 경우는 분명 해당되지 않는다.

나는 무슨 일이 벌어졌는지 설명해줄 단서를 찾아 기록을 낱낱이 살핀다. 기억에 거칠게 뜯겨나간 대목이 있다. 뭔가 나를 끈덕지게 괴롭히는데, 의식의 전면으로 불러올 수가 없다. 그게 뭘까? 어제 일은 아니다. 어쩌면 그저께? 그 순간 그 일이 서서히 떠오른다. 이틀 전 내가 처치했던 환자. 좀 더 나이가 많은, 뷰트 섬*

* 영국 스코틀랜드 스트래스클라이드 주에 속한 섬.

에서 날아온 예순두 살의 남자. 그는 도착했을 때 이미 아주 위독한 상태였다. 헬기에서 의료진은 인공호흡을 위해 삽관을 실시했지만, 신장은 이미 활동을 멈췄다. 나는 그들이 고생스럽게 그를 이송한 이유를 도저히 이해할 수 없었는데, 구급대원이 몹시 당황하며 말했다. "헬기에 태울 때는 상태가 이렇게 나쁘지 않았어요. 체온이 순식간에 치솟았습니다." 당시에 나는 그 말을 대수롭지 않게 생각했다. 아픈 사람은 체온이 오르기 마련이니까.

그는 도착한 지 십오 분 만에 사망했다. 우리는 프레이저 매컬핀에게 한 것과 똑같이 처치했다. 어떤 박테리아나 바이러스가 환자를 공격하는지 확인하기 위해 채혈했다. 하지만 검사 결과까지는 확인하지 않았다. 환자가 사망했기 때문이다. 검사 결과는 안치실 소관이 되었다. 나는 두 환자의 병상 번호를 확인한다. 멀어도 한참 멀다. 발목 염좌 환자가 소생실로 들어가진 않으니까. 바로 그때 나는 뷰트에서 온 남자를 처치한 의료진이 누군지 확인한다. 내가 고문의사로서 수련의인 로스를 대동하고 그를 치료했다. 간호사 한 명이 겹쳤다. 커스티는 뷰트에서 온 남자와 프레이저 매컬핀, 둘 다를 처치했다.

주여, 제발 커스티가 살인자라고 해주소서. 이 일이 전염성 감염이나 위생 문제인 것보다는 그편이 훨씬 낫습니다. 아니지, 내가 지금 무슨 생각을 하는 거야? 살인자가 나오면 서류 작업이 산더미잖아.

슬슬 불안이 고개를 든다. 문제는 환자의 사망이 아니다. 나는 그것에 익숙하다. 문제는 불확실성이다. 내가 의학에서 가장 좋아하는 점이 확실성이다. 의학에는 계획과 체계, 목록, 처치 순서가 있다. 부검과 사인 규명이 있다. 답 없는 문제란 없다. 나는 엄마가 죽은 뒤 대학교 3학년 때 얼마나 상황이 안 좋았던지 떠올리려고 노력한다. 내 머릿속에서 실시하는 일종의 노출 요법. 나는 그 일을 이겨냈으므로 이 일도 이겨낼 수 있다. 나는 공황 발작을 이겨냈고, 그러므로 지금 공황 발작이 온다 해도 이겨낼 수 있다. 당시에는 죽을 것만 같았는데 죽지 않았다. 그러므로 지금 나는 죽을 것 같지만 죽지 않을 것이다. 나는 과연 내가 의사가 될 수 있을지 의심스러웠지만 의사가 되었다. 조그만 두려움을 절망의 소용돌이로 만들려고 하는 그 작은 목소리를 경계하라.

당황하지 마, 어맨더. 이것은 불안이 지껄이는 소리에 지나지 않아. 환자가 둘 나왔다고 항생제 내성 감염증이 발발한 것은 아니지. 환자 두 명으로 팬데믹이 되지는 않아. 두 환자 사이에 일치하는 패턴조차 없잖아.

피오나가 나가보겠다고 말한다. 나는 그녀를 멍하니 바라본다. 우리가 여기에 얼마나 오래 앉아 있었는지 모르겠다. 좋아, 잠시 쉬어도 돼. 나는 피오나를 안심시킨다. 환자의 죽음은 감당하기 힘든 일이다. 그러나 그녀는 쉴 수 없다고 한다. 병결을 신청한 사람이 있기 때문에. "로스가 몸이 안 좋대요. 그래서 의사가 한 명 부족해요."

나는 순식간에 완전히 정신 나간 짓을 벌이기로 한다. 남편이 곁에 있었다면 내 불안증이 통제 불능 상태이니 당장 심리치료를 받으라고 말했을 것이다. 하지만 남편은 지금 여기에 없고, 그럼 내가 못 할 이유가 뭔가? 엄마는 언제나 나에게 '감'을 믿으라고 했고, 내 '감'은 이것이 빌어먹을 재난 상황이라고 말하고 있다. 내가 알게 된 사실이 가슴을 짓누른다. 사람들에게 알려야 한다. 조용히 걱정만 해서는 안 된다. 할 일을 해야 한다.

나는 다시 병동으로 향한다. 수간호사에게 말한다. 이곳에 있는 환자 전원에게 이틀 전에도 응급실에 내원했는지 물어보라고. 그녀는 탐탁치 않은 표정으로 나를 빤히 바라본다. 나는 입씨름할 시간이 없으므로 곧장 대기실로 발걸음을 옮긴다. 내가 이틀 전에도 여기 왔던 사람이 있느냐고 묻자 두 남자가 자리에서 일어선다. 한 남자는 그냥 손만 든다. 그는 다른 두 사람보다 낯빛이 창백하다. 나는 그를 들것에 실어 데려가게 한다. 공황 발작이 오려고 할 때마다 늘 그러듯 심장이 꽉 죄어들기 시작한다. 이번에는 공황을 일으킬 만한 이유가 실재한다. 이런 적은 없었다. 이전엔 언제나 아무것도 아닌 일에 겁을 먹어 공황 발작을 일으켰다. 그러니까 그건 '진정한' 공황이라 할 수도 없었다. 그런데 지금 나는 너무도 울고 싶고 직원실 의자에 털썩 널브러지고 싶고 이게 뭐든 남들에게 떠넘기고만 싶다.

이 남자들은 모두 독감 비슷한 증상을 보인다. 그들과 그들의 아내들은 패혈증처럼 무슨 불길한 병일까 봐 불안해한다. 10월에 정부가 패혈증의 위험을 알리는 캠페인을 펼친 바 있다. 그 캠페인은 이 병원에서만 스무 명의 생명을 구했고, 그만큼 대기 시간이 길어졌다. 모두 자신이 패혈증에 걸렸다고 믿었다.

나는 이 남자들에게 이것이 패혈증보다 훨씬 더 끔찍할지도 모른다고, 전국에서 가장 많은 사람을 죽인 연쇄살인마보다 열 배쯤 무시무시할지도 모른다고 말하고 싶은 충동을 간신히 참는다. 대신 과묵하고 결연하고 겉보기에 침착한 상태를 유지한다. 아무도 나에게 뭘 하느냐고 묻지 않았다. 경상치료부에 있던 사람들을 모조리 쫓아내고 그곳에 감염 의심 환자들을 집어넣기 전까지는. 간호사 하나가 나에게 분통을 터뜨리지만 나는 그냥 그녀에게 소생실로 가라고 명한다. 지금은 상황을 설명할 시간이 없다. 수간호사가 내가 요구한 일을 수행해, 현재 응급실에 있는 환자 두 명이 이틀 전에도 왔었다는 사실을 알아냈다. 내가 대기실에서 세 명을 찾았으니까, 그러면 다섯 명. 프레이저 매컬핀을 더하면 여섯. 뷰트섬에서 이송된 남자까지 일곱. 이것은 우연의 일치가 아니다.

그때 피오나가 경상치료부로 뛰어 들어온다. "로스가 앰뷸런스로 실려왔어요!"

여덟.

이것은 내 불안증이 아니다. 이제 나는 안다. 얼음장 같은 손가락을 움직여 남편에게 전화를 건다.

"전염병이 돌고 있어. 심각해."

"잠깐, 뭐라고? 어떤 종류? 항생제 내성 세균?"

"아니, 한 번도 본 적 없는 거야. 엄청나게 빠른 속도로 퍼지고 있어. 당신, 지금 집에 들어가야 해. 당장."

"확실해? 당신 또 괜히……."

"시끄러워. 여기, 환자 여덟 명이 차례로 죽어가고 있어. 망할, 제2차 세계대전 같다고. 모두 남자야. 그게 뭘 의미하는지는 아직 모르지만 좋은 징조는 아니야. 집으로 가. 하느님 앞에 맹세하는데, 만약 당신이 방금 토했다고 핑계를 대고 조퇴하지 않으면 나 당신하고 이혼할 거야."

나는 완전히 히스테릭한 상태다. 사랑스럽고 듬직한 종양학자 남편에게 이혼하겠다고 협박하다니. 상상해본 적도 없는 일이다. 하지만 이런 상황 역시 전혀 예상치 못했던 것이다.

"집에 가. 아무도 만지지 말고 아무하고도 말하지 말고 그냥 가. 가는 길에 애들도 태워서 들어가. 애들이 학교 밖으로 나와서 차에 타게 해. 학교에는 절대로 들어가지 마. 제발 애들을 데려와줘." 나는 애원한다. 윌은 결국 승낙한다. 내가 무서운 건지, 내가 걱정돼서 무서운 건지는 모르겠지만 상관없다. 그는 두 아들과 함께 안전하게 집에 있어야 한다. 나는 아이들에게 문자를 보낸다. 아빠가 데리러 가고 있으니 학교 밖으로 나와서 기다리라고. 필요하다면 무슨 서류든 쓸 것이다. 무슨 말이든 할 것이다.

친하지는 않지만 스코틀랜드 보건국에서 일하는 사람을 안다. 우리는 대학을 함께 다녔고 그녀는 그곳의 부장이다. 그녀는 늘 시건방을 떨었지만, 상관없다. 그녀가 내 이야기를 귀담아듣기를 바랄 뿐이다. 나는 그녀에게 전화를 걸고, 교환원에게 침착한 목소리로 말하려고 노력한다. 마침내 그녀와 연결되어, 내가 황급히 사건의 전말을 쏟아내자 그녀가 마치 전화를 끊고 싶은 듯 낮게 헛기침을 한다. 그녀의 목소리에는 근심하는 기색이 조금도 없다. 이미 다 겪어본 일이라고 생각하는 듯하다. 그녀는 십 년 넘게 의사 일을 하지 않았는데도, 어찌된 노릇인지 나를 신뢰하지 않는 듯하다. 아마도 내 설명이 급박한 상황을 제대로 전달하지 못하나 보다. 나에게는 아주 위급한 현실이 너무나 시시하게 전달된다—여덟 명이 아프다 이거지, 알았어, 무슨 일인지 알아보고 조사할게. 나는 이메일에 자초지종을 모두 쓰고, 최소한 조사할 사람이라도 보내달라고 요청한다. 만약의 경우에 대비해서. 한 환자 옆에 앉아 그의 맥박을 짚는다. 45도. 곧 죽을 것이다. 모두 죽겠지. 숨 쉬어, 어맨더. 기사단이 곧 출동할 거야. 이 모든 일을 나 혼자 처리해야 하지는 않을 거야. 통솔권을 넘길 수 있는 사람이 있을 것이다. 방역복을 입은 전문가가 와서 모든 것을 처리하고, 나를 집으로 보내고, 이런 일이 일어났다는 사실마저 잊게 해줄 것이다.

경상치료부의 문이 좌우로 활짝 열리고 수간호사가 들어온다.

"앰뷸런스로 네 사람이 더 도착했어요. 두 사람은 이틀 전에, 나머지 둘은 어제 왔었어요. 어떡해야 좋을지 모르겠어요."

내가 상상한 가장 끔찍한 악몽이 현실이 되고 있다.

발신: 어맨더 매클린(amanda.maclean@nhs.net)
수신: 리아 스파이서(l.spicer@healthprotectionscotland.org)
2025년 11월 3일 오후 6시 42분

리아,

네 이메일 주소를 웹상에서 찾았어. 좀 전에 통화할 때 네가 이메일을 보내라고 하고서 주소를 알려주지 않았더라고. 난 일을 마치고 방금 집에 들어왔어. 내가 나올 때 응급실에는 바이러스로 생각되는 증상을 보이는 살아 있는 환자가 열아홉 명 있었어(항생제는 전혀 듣지 않았어. 물론, 정확히 무슨 일이 벌어지고 있는지를 확인하려면 병리학 조사가 필요하겠지. 보건국의 너네 연구소에서 처치하는 게 쉬울까? 아니면 우리 가트네이블 종합병원에서 계속하는 게 빠를까?) 지금까지 우리가 진료한 환자는 (아마도) 스물여섯 명인데, 내가 퇴근하기 전까지 확인된 사망자만 다섯 명이야. 내가 최초로 본 환자는 뷰트 섬 출신이고 이틀 전에 죽었어. 오늘 첫 번째 사망자인 프레이저 매컬핀은 오후에, 나머지 세 남자는 병원에 들어온 뒤 금세 사망했어. 내 수련의 중 한 명인 로스도 포함해서.

환자는 모두 남자야. 물론 아직은 표본 크기가 너무 작지만, 이런 경우는 난생처음 봐. 남자들이 더 취약한 거겠지? 전화로 이 모든 상황에 대해 다시 논의할 수 있을까? 누군가 윗선도 함께 논의하면 어떨까? 이건 아주 심각한 상황이야, 리아. 병이 얼마나 빨리 진행되는지 몰라. 처음에는 평범한 독감 증상을 보이고 컨디션이 안 좋은 정도였다가, 몇 시간 뒤에 체온이 43도 이상으로 올라서 죽어.

제발, 최대한 빨리 답장 줘.

−어맨더

발신: 어맨더 매클린(amanda.maclean@nhs.net)
수신: 리아 스파이서(l.spicer@healthprotectionscotland.org)
2025년 11월 3일 오후 6시 48분

리아, 아기도 하나 있었어, 방금 알았어. 우리는 패혈증인 줄만 알았지. 아기는 프레이저 매컬핀보다 먼저 왔어. 생후 2개월밖에 안 된 아기였어. 나는 아기가 안정됐다고 판단해 소아 집중치료실로 올려보냈는데, 방금 알아보니 엘리베이터에서 나온 지 불과 몇 분 뒤에 죽었어. 아기는 며칠 전에 내원했고, 응급실에서 치료를 받았었어. 그러면 오늘까지 내가 본 환자만 스물일곱 명이야. 그중 여섯이 사망했어. 최고령은 예순두 살. 최연소는 생후 2개월.

−어맨더

발신: 리아 스파이서(l.spicer@healthprotectionscotland.org)
수신: 레이먼드 맥냅(r.mcnab@healthprotectionscotland.org)

2025년 11월 4일 오전 10시 30분

레이,

아래 첨부한 이메일 두 통을 보세요. 대학 친구한테서 받은 거예요. 가트네이블의 고문의사고요, 다른 복합적인 요인으로 패혈증/사망률 증가를 보이는 심한 독감(어쨌거나 지금 11월이니까요……)을 더 심각한 질병으로 착각하는 것 같아요. 범주 1 목록의 다른 병원에서는 이상 보고가 한 건도 없었기 때문에, 사스/항생제 내성 세균/에볼라에 해당하지는 않는다고 생각합니다.

우리끼리 얘기지만, 그 친구, 대학 때 신경쇠약에 걸린 적이 있어요. 완전히 맛이 가서 일 년을 쉬었죠. 부모 중 한 사람이 죽었다던가? 어쨌든 아주 심약한 친구예요. 저는 철저한 감염통제 훈련을 권고하는 보류 이메일을 보내고, 추후에 무슨 일이 더 생기면 그때 연락을 취할 계획입니다. 이의 있으면 플래그*해주세요.

고마워요.

–리아

발신: 레이먼드 맥냅(r.mcnab@healthprotectionscotland)
수신: 리아 스파이서(l.spicer@healthprotectionscotland.org)
2025년 11월 4일 오전 10시 42분

---

* flag, 마이크로소프트 아웃룩에서 이메일에 날짜 기한을 표기해 스케줄과 연동할 수 있는 기능.

고마워요, 리아.

듣자 하니, 내 인내심은 물론이고 우리 기관의 제한된 자원과 시간을 바닥내려고 드는, 미쳐 날뛰는 정신병자네요. 그냥 신경 끄세요.

-레이

캐서린
영국 런던

나는 아이를 하원시키는 일에 늘 서툴다. 애매하게 알고 지내는 사람들과 대화하는 것을 좋아하지 않는다. 차라리 생면부지의 남일 때는 괜찮다. 물론 친구일 때도. 하지만 어중간한 패거리를 만드는 일은 죽어도 못하겠다. 어린이집은 입구부터 긴장되는 일투성이다. 어처구니없는 실수를 저지를지도 모르고, 누군가의 상냥한 인사를 '와서 같이 얘기해요!'의 손짓으로 오해할지도 모른다. 실제로는 '난 다른 사람하고 얘기하느라 바빠요, 멀찌감치 거리를 두니까 좋네요' 하는 손짓인데 말이다. 나는 사회인류학 박사 학위가 있지만 걸핏하면 이 두 손짓의 차이를 오해한다. 반면 그들의 빈정거림에는 오해의 소지가 없다.

지난 며칠간 하원은 이전과 다른 방식으로 스트레스의 연속이었다. 모두가 나서서 대화를 나누고 싶어했다. 그들이 나를 매력적인 대화 상대라고 생각해서는 아니다. 아니다마다. 그들은 치솟는 불안을 표출할 '말하는 공명판'이 필요한 듯했다. 거기는 아주 먼 곳이니 괜찮다는 말로 서로를 안심시키고는 있지만, 우리는 '역병' 말고는 할 수 있는 이야기가 없다. '글래스고에 무슨 일이래? 거기까지 얼마나 걸리지? 400킬로미터? 500킬로미터? 우리는 완벽히 안전해. 곧 당국이 나서서 처리할 거야.' 변호사로 일하는 엄마 하나가 법정에서 쓸 법한 단호하고 논박 불가능한 어조로 사흘 내내 말했다. "전혀 걱정할 것 없어요. 전혀." 그녀가 자신을 설득하려고 노력 중이라면 부디 나를 설득할 때보다는 성공적이기를 바란다. 그녀가 한 일이라고는 줄곧 내 속에서 끓어넘치던 공포에 부채질한 것이 전부이기 때문이다.

세인트조지프 불꽃축제에서 가이 포크스의 밤*을 기리던 것이 옛일로 느껴진다. 핫도그와 야구글러브, 흥분해서 뺨이 분홍빛으로 물든 시어도어를 앤서니가 껴안고 있는 사랑스러운 사진들을 찍은 밤이었다. 사람들 속에서 정말로 긴장을 풀고 행복을 느낀 기억은 그때가 마지막이다. 그게 고작 닷새 전이라니. 뉴스는 여전히 '견해'가 아닌 '사실'을 다루는 기자들 특유의 절제된 어조로 일관하고 있었다. 하지만 '사실' 그 자체가 점점 더 구역질 나게 변해가고 있었다. 오직 남자만 감염되는 바이러스. "공식적으로 확인되지는 않았으나 글래스고, 에든버러, 스코틀랜드 서부 연안에서 두루 관찰됩니다." 뉴스에서 그들은 시종일관 진중한 어조로 끔찍한 소식을 전했다.

머릿속을 샅샅이 뒤져봐도 남자들만 걸리는 전염병은 단 하나도 생각해낼 수 없다. 뭐, 내가 특별히 전염병에 대해 해박한 지식이 있는 것은 아니지만. 이상하잖아? 왜 의학계나 정부는 이게 얼마나 이상한 일인가를 언급하지 않지? 정부의 누군가가 나타나 "전대미문의 사건입니다. 우리도 무슨 일이 벌어지고 있는지 전혀 감을 못

---

* 매해 11월 5일. 밤에 모닥불을 피우거나 불꽃놀이를 하며, 영국의 국회의사당 폭파를 기도한 가이 포크스의 체포를 기념하는 날.

잡겠습니다"라고 말한다면 기분이 조금은 나아질 것 같은데.

그 순간 내 사회생활 구원자인 비어트리스—나의 '어린이집' 친구—가 갑자기 내 손을 움켜쥐어 화들짝 놀랐다.

"비어트리스!" 그녀는 지난 며칠간 돌보미를 보내 아이를 데려오게 했다. 친근한 얼굴을 보니 안도감이 밀려온다. 하지만 그 안도감은 순식간에 사라진다. 그녀는 핼쑥하고 초췌한 모습이다.

"나 노포크로 떠나. 내일."

"뭐? 뭐라고?" 나는 더듬거린다. 비어트리스는 노포크에 일 년 중 길어야 사 주를 보내고 나머지 기간은 에어비앤비로 내놓는 별장을 한 채 가지고 있다.

"바이러스. 발음하기도 싫다, 캐서린. 여기서 멀지 않은 스트리섬에서 환자가 나왔대. 너무 늦기 전에 이 도시를 뜰 거야."

"늦다니, 뭐가 늦어?"

"이미 최악의 사태가 벌어졌다면 떠나는 것도 부질없겠지만."

비어트리스는 나를 공포로 몰아넣는다. 내 지인 중에 가장 침착한 사람이 표정도 목소리도 완전히 흐트러져 있다.

"난 아들이 셋이야, 캐서린. 남자 형제가 둘이고. 엄마는 작년에 돌아가셨고 아빠만 남았어. 런던에 죽치고 앉아 상황이 얼마나 더 심각해지는지 지켜보고 있지는 않을 거야."

무슨 말을 해야 할지 모르겠다. 아무 반박도 할 수 없다. 그저 다른 엄마들이 늘어놓던 뻔한 말들과 나 자신의 상황을 떠올리자 목구멍으로 치미는 구역감만 입에서 맴돌 뿐이다. 아들 하나, 남편 하나, 엄마 없고, 딸 없고. 나 역시 좋은 결말은 아닐 것이다.

"비용은 어떻게 하려고?" 나는 겨우 단어를 주워 모아 조리 있는 질문을 던진다.

비어트리스는 나를 연민에 가까운 표정으로 바라본다. "자기, 제러미와 내가 왜 그렇게 열심히 일해왔다고 생각해? 우리가 이 동네에 사는 이유가 뭐라고 생각해? 우리끼리 하는 얘기지만 우리는 몇 년쯤 일하지 않아도 상관없어."

비어트리스는 급히 떠난다. 디올 백을 한쪽 어깨에 걸친 채. 비어트리스는 내심 자기 수준에 못 미친다고 여겨온 사우스런던의 이 조용하고 친절한 몬테소리 어린이집에서 놀고 있는 아들 딜런을 번쩍 들어올려서는 떠난다. 그녀와 달리 나는 갈 곳이 없다. 나는 여기에 머물며 잠자코 기다려야 한다.

어맨더
영국 글래스고

역병이 발발하는 시기가 과연 이혼하기에 적절한 때일까? 아니면 그냥 내 손으로 남편을 죽여서 골치 아픈 서류 작업을 피해야 할까? 윌, 그 망할 멍청이가 출근했다. 그러면 안 된다는 걸 알면서. 나는 극도로 조심했는데.

11월 3일 근무 시간이 끝나 병원을 나설 때 나는 입고 있던 수술복을 벗고 속옷 바람으로 탈의실 내 화재 비상구 쪽으로 향했다. 비닐에서 꺼낸 새 수술복을 입고 '화재 시에만 이용'이라고 적힌 문으로 빠져나왔다. 빌어먹을 화재 비상구를 이용하는 것 따위는 개의치 않았다. 단 한 순간도 주저하지 않았다.

도착해서는 차에서 내린 뒤 현관으로 들어가지 않고, 차고에서 옷을 모두 벗어 불에 태웠다. 나는 벌거벗은 채 집으로 걸어 들어가 견딜 수 없을 정도로 뜨거운 물과 병원 비품실에서 집어온, 개봉하지 않은 살균 세정제로 샤워를 했다. 두 아들 주위에는 얼씬도 하지 않았고 그들이 장난스레 까치발로 내 쪽으로 다가올라치면 빽 소리를 질렀다. 윌은 첫날 밤 내가 차고의 야전침대에서 잘 때도 영 못 믿겠다는 눈치였고, 이튿날 내가 죽을 힘을 다해 말렸는

데도 출근했다. 내가 깨기 전에 집을 나선 것이다. 집에 돌아온 그는 하얗게 질려 있었다.

"이제 당신 말 믿어." 그가 말했다. 이제 와서 아주 큰 도움이 되겠어, 나는 악이라도 쓰고 싶었다. 그는 쓸데없이 자신을 위험에 노출시켰다. 병원으로 돌아가다니. 전국에서 다른 어느 곳보다 감염자 수가 월등히 높은 바로 그곳으로.

윌은 또다시 출근하지는 않았다. 적어도 어제까지는. 응급실에서 이 끔찍한 병이 시작됐던 그날로부터 여드레째 되는 날이었고, 그때까지 그는 멀쩡했다. 병원을 방문했던 남자들이 응급실로 되돌아오는 속도로 미루어보건대 잠복기는 이삼 일이 채 되지 않는다. 우리는 안전했고 위험지대로부터 충분히 벗어나 있었다. 나는 윌과 아이들과 한 방에 있을 수 있었고, 누가 재채기를 한다고 심장마비가 올 만큼 놀라지도 않았고, 넷플릭스를 보며 웃을 수도 있었다. 머저리 같은 내 남편은 11월 4일에 일터로 들어가고도 용케도 죽음을 면했지만, 일주일이 흐르자 글래스고 북쪽의 조용한 교외 생활이 자신에게 충분히 짜릿하지 않다고 판단한 게 분명했다.

"환자가 아기였어!" 내가 마침내 진이 빠지자 그가 소리친다. 고작 몇 시간이었을 뿐이라고. "내가 돕지 않으면 죽을 판이었어. 난 현재 병원에서 유일한 소아암 전문의야." 그는 그렇게 된 이유에 대해선 말하지 않는다. 그것이 내가 원하는 대답이고 그의 주장이 터무니없음을 보여주기 때문이다. 남편이 현재 병원에서 유일한 소아암 전문의인 이유는 다른 둘이 죽어버렸기 때문이다.

"이 집에도 아이가 둘 있어." 내가 분통을 터뜨린다. "당신이 나보다 좋은 의사일지는 몰라도 내가 더 나은 부모야. 나한테는 웬 갓난아기보다 찰리와 조시가 더 중요해."

46

윌은 이제 흐느낀다. 나는 한 번도 그를 울린 적이 없다. 큰소리로 내뱉고 싶던 말이 목구멍에서 사라진다. "아기 엄마가 내 휴대전화로 전화를 걸었어. 애가 죽게 생겼다며 애원하더라고. 마흔여덟 시간이 넘도록 아무도 화학요법을 해주지 않았대. 그 애는, 애가…… 난 그저……." 그는 울음을 터뜨렸다. 나는 화가 치미는 와중에도 그를 달래고, 껴안고, 어르고, 괜찮다고, 돌이킬 수 없는 실수는 없다고, 당신을 용서한다고 말하고 싶은 마음이 굴뚝같다.

하지만 이 실수는 돌이킬 수 없다. 나는 이제 남편을 만질 수 없다. 그가 만약 바이러스를 지니고 있다면 그것이 나에게 옮을 수 있고, 그러면 우리 두 아들이 병에 걸릴 확률이 높아진다. 이 일로 내 아이들이 죽는다면 나는 그를 용서하지 못할 것이다. 4킬로미터 떨어진 암병동에 입원한, 이름도 얼굴도 모르는 아이는 내가 알 바 아니다. 나의 관심사는 나의 두 아들, 찰리와 조시다. 까끌까끌한 수염이 돋기 시작한 주근깨투성이 얼굴에 담갈색 눈동자, 숙제에 집중할 때면 이마에 주름이 잡히는 나의 두 아들 말이다. 나는 윌이 우리 아이들을 최우선으로 하지 않은 것을 용서할 수 없다. 중요한 것은 그 애들뿐이다.

"차고에서 자. 아무것도 만지지 말고. 아무것도 하지 말고 애들 근처는 얼씬도 하지 마. 만약 애들이 차고에 들어오려고 하면 불켜진 가스레인지를 건드리려고 할 때처럼 소리를 빽 질러."

윌은 대답 대신 흐느끼며 고개만 끄덕인다.

"사랑해." 내가 말한다. 몇 해 전 응급실에서 만난 한 여자를 떠올리며. 그녀는 심한 부부 싸움 뒤에 커튼 봉에 목을 맨 남편을 발견했다. 사과하고 화해하려고 침실로 들어서던 참이었다. 윌에게 그 이야기를 하지는 않았지만, 그 뒤로는 말다툼이 아무리 험악해

47

져도 늘 방을 나서기 전에 그에게 사랑한다고 말해왔다. 역병이 남자들을 삼시간에 해치우고 있다. 우리가 거들 필요는 없지 않은가.

"나도 사랑해. 미안해."

나도 알아, 자기. 하지만 절대로 당신을 용서하진 않을 거야.

리사

캐나다 토론토

"자기야, 이거 봤어?"

아내가 〈뉴욕타임스〉 과학 면을 눈앞에서 흔들어대고 있다. 아내가 나에게 뭔가를 읽어보라고 요구한 적은 많지만 과학 면을 들이밀기는 분명 십오 년 만에 처음이다.

"전염성이 강한 변종 독감이 11월 초 글래스고에서 발생, 스코틀랜드에서 수만 명이 감염되었다. 더 나아가 런던, 맨체스터, 리즈, 리버풀, 버밍엄, 브리스틀에서도 발병 소식이 이어진다. 일각에서는 이 변종 독감은 오직 남자들만 걸린다고 전한다. 지금까지 여성 환자는 보고된 바 없다. 치사율이 기존 독감보다 훨씬 높아서 지금까지 5천 명 이상 사망한 것으로 보인다."

5천 명 이상? 독감치고는 많다. 게다가 불과 이삼 주 사이에.

"잠깐." 나는 머릿속을 되감으며 말한다. "남자만 걸린다고?"

마고가 단호히 고개를 끄덕인다. "응."

나는 그녀 옆에 앉아 빠르게 머리를 굴려본다. "남자만? 독감이라고? 거, 진짜 희한하네. 그런 건 들어본 적도 없어."

"나도 마찬가지야." 마고가 동의한다. 우리 사이에 차이점이 있

49

다면, 마고는 부업으로 로맨스 소설을 쓰는 르네상스 사[史] 교수이
므로, 그 두 업종 어디에서도 변종 독감은 그리 자세히 논의되지
않는다는 점이다. 로맨스의 주인공이 걸려서 죽을 뻔했다가 살아
나는 이야기가 아닌 한. 반면 내 업계에서 독감은 절대적으로 중요
하다. 내가 오직 남성만 걸리는 변종 독감, 정확히는 전염병에 대
해 들어보지 못했다면, 그것은 존재하지 않거나 적어도 연구된 적
이 없다는 얘기다. 이거, 재미있을지도 모르겠다. 나는 내일 아침
일정을 위해 조교 애슐리에게 이메일을 쓴다.

애슐리,
오늘 저녁 〈뉴욕타임스〉 과학 면에 남자만 걸리는 스코틀랜드 독
감 기사가 났어요. 내일 오전에 최대한 빨리 이에 대한 연구를 모조
리 찾아내 11시까지 정리해서 나한테 제출해줘요.

고마워요.
리사.

리사 마이클 박사
토론토 대학교 바이러스학과 교수 • 학과장
'놀리테 테 바스타르데스 카르보룬도럼'[*]

---

[*] Nolite Te Bastardes Carborundorum. 마거릿 애트우드 소설 《시녀 이야기》에 나오는 문장. 엉터
리 라틴어로 실제로는 아무 뜻이 없지만, '악당들이 너를 갈아버리게 놔두지 마라'라는 뜻을 짐작케
한다. 드라마로 더욱 유명해져 여성주의자들의 구호로도 쓰인다.

어맨더
영국 글래스고

아무도 내 말에 귀 기울이지 않는다. 내가 미쳐가고 있다는 생각이 들 정도다. 답장 하나 없다니. 내가 정말로 메일을 보내기는 한 건가. 스코틀랜드의 의료 당국 전체가 나를 가스라이팅하고 있다. 오늘 가트네이블 종합병원이 나를 해고한 것은 받아들일 수 있다. 나는 보름째 출근하지 않았으니까. 내가 자식들보다 공공 의료를 우선시하는 일은 결코 없을 것이다. 전화를 건, 카렌이라는 웬 바보(당연히 그렇게 부르진 않았지만)가 말했다. "부끄러운 줄 아셔야죠. 곤경에 처한 당신의 환자들을 내팽개치다니요." 나는 그녀에게 무슨 일을 하느냐고 물었다. 그녀는 관리자라고 했다. "당신이 내 환자들이 처한 상황에 대해 정확히 뭘 알아?" 나는 씩씩거렸고, 등에 꽂히는 아이들의 호기심 어린 시선을 느끼고는 다른 방으로 들어가 문을 닫았다. "이 바이러스는 치료가 안 들어. 항바이러스제도 안 든다고. 아무 효과도 없어. 내가 동정녀 마리아가 된다고 해도, 한 사람도 살릴 수 없다고!" 그러자 그녀는 전화를 끊었다.

정확히 말하자면 내가 꺼지라고 하자 전화를 끊었다. 그녀는 아마도 지금쯤 자신의 가족을 지키려고 필사적으로 노력하는 다른

51

의사들에게 전화를 걸어 출근하라고 협박하고 있을 것이다. 윌은 모든 전화를 무시하고 있다. 그에게는 그게 최선이다. 그는 끔찍이도 사람들 비위를 맞추려 한다. 나는 아직도 이따금 우리가 결혼한 것이 그가 나를 진심으로 사랑해서가 아니라, 그저 삼 년이 지나도록 청혼하지 않으면 내가 상심할까 봐 불안해졌기 때문이 아닐까 하는 의심이 든다.

나는 지금까지 전세계 열네 개 신문사에 편지를 보냈다. 스코틀랜드 보건국에 이메일을 여덟 통 보냈고 전화를 열두 번 걸었지만 아무 응답도 없었다. 단 한 번도. 런던과 제네바의 세계보건기구^{WHO}에는 이메일을 아홉 통 보냈다. 나는. 허공에. 대고. 악을. 쓰고. 있다.

뉴스는 글래스고와 에든버러가 팬데믹의 악몽에 빠져드는 모습을 중계하고 있다. 구급차와 소방차가 동원되었고 군인들이 대형 트럭을 몰아 농가와 공장과 슈퍼마켓을 오가며 식료품을 나르고 있다. 생각해보면 이해가 갈 것이다. 대형트럭을 모는 여자 기사를 본 적 있나? 던디와 애버딘에서는 금요일에 학교를 닫겠다고 이제 막 발표했는데, 이는 내가 들어본 중 가장 우스운 공공보건 정책이다. 그래, 그거 참 좋은 생각이군요, 그렇게 해서 십중팔구 사망에 이르는 이 바이러스의 확산을 아주 조금이라도 늦춥시다. 바이러스가 주말에 푹 쉬게 해주세요. 기운이 뻗친 바이러스가 월요일에 초등학교 1학년 학급을 몰살하지는 않는지 지켜보자고요.

담당자들은 내 말에 귀 기울이지 않는다. 그들은 귀중한 시간을 낭비하고 있다. 나는 두 아들과 집 안에 갇혀 지낸다. 아이들은 거의 온종일 휴대전화 불빛을 받아 번쩍이는 얼굴로 트위터, 페이스북, 스냅챗에서 급속히 퍼지는 공포를 쫓으며 두려움을 키운다. 어제 찰리가 말했다. 올해 열세 살인 아이의 목소리는 최근 몇 년간

들었던 것보다 훨씬 가늘고 더 어린아이처럼 들렸다. "엄마, 타일러가 죽었어." 내가 처음 떠올린 생각은 '타일러가 누구더라?'였다. 하지만 그런 반응은 도움이 되지 않을 터였다. "타일러가 진짜로 죽었다고." 찰리는 믿기지 않는다는 듯이 말하고는 제 방으로 들어가 견디기 힘들 만큼 시끄럽게 음악을 틀었다. 내가 '뭐 마시고 싶은 거 없나 해서' (실은 혹시 자살 시도를 하지는 않을까 해서) 십 분에 한 번씩 들여다볼 때마다 고래고래 악을 썼다.

때때로 내가 의사라는 사실은 나를 정서 면에서 형편없는 부모로 만들지만 실질적인 면에서는 더 나은 부모로 만들어주는데, 이번이 그런 경우다. 나는 절대로 '저러다 괜찮아지겠지' 하고 넘어가지 않는다. 나는 의사로 일하는 동안 스스로 목숨을 끊은 소녀와 소년, 남자와 여자를 백 명도 넘게 봤다. 그들이 자살하리라고는 상상조차 못 했던 부모와 배우자가 아직 온기가 남아 있는 그들의 시신을 병원으로 실어왔다. 평소 모두의 걱정을 샀던 그들은 곧장 안치실로 직행했다. 그런 사람들은 계획을 더 치밀하게 세우기 마련이다. 내 두 아들이 살아 있는 것은, 내가 이 끔찍한 병이 이 집을 침범하지 못하게, 얼씬도 못 하도록 대비했기 때문이다. 하지만 그들은 정작 내 보살핌과 애정에 굶주려 있다. 나는 그것을 줄 수 없다. 나는 아이들을 안을 수 없다. 아이들이 먹을 음식도 만들지 않는다. 나는 가능한 한 그들에게 다가가지 않으려 한다. 아이들의 목숨이 걸린 문제라면 아무리 조심해도 모자라다.

내 이메일이 응답받지 못한 채 흘러가는 일분일초마다 백신은 점점 더 늦어진다. '역병'은 저절로 사라지지 않을 것이고, 더 심해질 일만 남았다. 그런데 모두가 시간을 허비하고 있다. 나는 의사이지 병리학자가 아니고, 이 일을 직접 해결할 수 없다. 하지만 아무도 내 말을 듣지 않는다면 무슨 수로 이 일을 해결한단 말인가?

월은 내가 바보같이 굴고 있다고 생각한다. 그는 당국이 '막후에서' 이 일에 매달리고 있는데 발표만 하지 않았을 뿐이라고 생각한다. 나는 개소리라고 응수한다. 내가 만나본, 공중보건 정책이나 정치에 몸담은 사람들은 모두 신문 기사에 좋게 실릴 수만 있다면 자기 할머니도 물에 빠트려 죽일 위인들이다. 하나같이 '지금 다 처리 중이다'라거나 '국내 최고의 지성들이 해결책을 찾고 있다'라고 떠들어댈 것이다. 그래, 분명 태스크포스가 있겠지. 어디를 가나 태스크포스가 있으니까. 누군가 내 말을 듣고 있다면 내가 모를 수가 없다. 하지만 나를 기다리는 것은 스산하고 끔찍한 침묵뿐이고, 시간만 헛되이 흘러가고 있다.

발신: 리아 스파이서(l.spicer@healthprotection scotland.org)
수신: 리처드 머레이 (r.murray@health protectionsscotland.org)
  키티 맥넛(k.mcnaught@ healthprotectionscotland.org)
  애런 파이크(a.pike@ healthprotectionscotland.org)
2025년 11월 19일 오전 9시 20분

리처드, 키티, 애런.
제발, 누구든 당장 연락 좀 주세요. 에든버러의 대니얼에게서 답이 없어요. 저는 여기서 눈코 뜰 새 없이 바쁩니다. 루이즈는 일주일 내내 결근이고요. 저는 감염병 협약을 마무리하려고 노력 중인데 이것이 과연 최선의 타개책이 될지 확신이 서지 않습니다. 이 협약은 성性 중립적인 방안인데, 현재 우리에게 필요한 건 남성과 여성에 대해 상이한 정책 아닐까요? 글래스고 인근의 모든 종합병원이 비상을 선언했고, 엘리자베스 병원 응급실은 남자 환자를 돌려보내기 시작했습니다. 제 휴대전화 번호는 070884647584입니다. 최대한 빨리 전화 주세요. 아주아주 급합니다.

발신: 리처드 머레이(r.murray@healthprotectionscotland.org)
2025년 11월 19일 오전 9시 20분

[자동회신] 이메일 주셔서 감사합니다. 저는 현재 병가 중입니다. 급한 용무가 있으시면 다른 부서원에게 연락하시기 바랍니다.

발신: 키티 맥넛(k.mcnaught@ healthprotectionscotland.org)
2025년 11월 19일 오전 9시 20분

[자동회신] 저는 현재 경조사로 휴가 중입니다. 복귀 후에 답신하겠습니다.

발신: 애런 파이크(a.pike@ healthprotectionscotland.org)
2025년 11월 19일 오전 9시 20분

[자동회신] 저는 현재 건강 문제로 자리를 비운 상태입니다. 만약 급한 용건이면 부디 다른 부서원에게 연락하시기 바랍니다.

독점 공개: 최초의 환자를 치료한 스코틀랜드 의사
"이것은 새로운 역병이며 악화일로만 남았다."

- 일리노어 멜드럼

어맨더 매클린 박사를 직접 만나 그가 어떤 사람인지 전할 수 있으면 좋겠지만 아쉽게도 그럴 수 없었다. 그는 내가 '역병'(그의 표현에 따르면)의 숙주일 가능성을 우려해 나를 만나려 하지 않았다. 치사율이 높은 이 정체불명의 바이러스는 순식간에 스코틀랜드를 휩쓸었으며, 맨체스터, 뉴캐슬, 리즈, 런던에서도 수많은 환자가 발생하고 있다. 내가 이메일로 나는 감염되지 않았다고 장담하자 어맨더가 답했다. "당신은 그걸 알 방법이 없습니다. 여성은 무증상 바이러스 보유자일 수 있어요. 내가 최초의 두 환자를 치료할 때 알아낸 사실인데, 그들 사이의 유일한 연결고리가 여성 간호사였습니다."

나를 근심에 빠뜨릴 목적이었다면 어맨더는 성공한 셈이다. 이 말을 듣자마자 나는 아끼는 남성들과 나누는 상호작용을 전과는 다른 눈으로 되돌아보았다. 남자친구(그날 아침 입술에 키스했다), 아빠(점심에 만나서 커피를 마셨고 헤어지며 포옹했다), 남동생(이틀 안에 만나서 함께 저녁을 먹기로 했다). "여성, 남성 할 것 없이 모두가 바이러스를 옮기고 있다는 점이 이처럼 빠르게 병이 퍼지는 데 한몫했지요. 여성들은 감염돼도 알 방법이 없고, 남자들도 이틀간은 아무 증세도 없습니다. 수십만 명이 돌아다니며 바이러스를 전파하고 있는데, 본인들은 그 사실조차 몰라요."

나는 "그렇다면 왜 더 높은 환자 수를 기록하지 않는가?"라는 질문으로 응수했다. 정말로 어맨더가 말한 대로 수십만 명이 이 병을 퍼트리고 있다면, 수십만, 수백만의 환자가 나와야 하지 않나?

그는 단호하다. "그렇게 될 겁니다. 보도되는 것보다 이미 환자는 훨씬 많습니다. 이 병은 패혈증이나 진행 속도가 빠른 다른 질병들로 오인되기 쉽습니다." 그는 나에게 영국 교민 신문 '두바이 데일리'의 2025년 11월 18일자 기사를 예로 들었다. 그 기사는 '최근 스코틀랜드 글레니글스 리조트에 각각 묵으며 골프 여행을 하고 돌아온 세 남성의 예사롭지 않은 죽음'을 전한다. 그들은 글래스고 공항에서 두바이로 날아왔다. 어맨더는 아직도 이를 바이러스의 발발로 보지 않는 것이 믿기지 않는다고 말한다. "WHO는 직무를 유기하고 있습니다. 졸음 운전이나 다름없죠. 스코틀랜드 보건국도 마찬가지입니다. 그들이 바이러스에 대처하는 데 얼마나 처참히 실패했는지를 생각하면 황당할 뿐입니다."

기관들이 대처에 '실패하고 있다'는 의미일까?

"'이미' 실패했습니다. 이제 역병이 글래스고 밖으로 퍼졌으니 할 수 있는 일이 별로 없습니다. 누가 어디로 갔는지 추적하기에는 너무 늦었죠. 바이러스가 제가 치료한 첫 환자, 그러니까 뷰트 섬에서 온 남자로부터 병원 간호사에게로, 이어서 다른 환자들에게로 얼마나 삽시간에 전파됐는가를 생각하면 놀라울 따름입니다. 나는 11월 3일에 이미 스코틀랜드 보건국에 전화와 이메일로 이 사실을 알렸습니다. WHO에도 수십 통의 이메일을 보냈지만 묵묵

부담이었죠. 그때 누군가 내 말에 귀 기울였다면 우리는 효과적인 격리 조치를 취해 바이러스를 통제할 수 있었을지도 모릅니다."

나는 어맨더에게 피해망상에 사로잡힌 음모론자의 이야기를 듣는 것 같다고 말했다. 그는 자기도 안다고, 하지만 자신의 주장이 옳다는 사실이 곧 밝혀질 거라고 장담했다. 어맨더의 견해는 다음과 같다. '백신이 개발되지 않는다면 이 병은 곧 남성들을 휩쓸어 버릴 것이 분명하다. 진작에 조처가 필요했다.'

그렇다면, 우리는 어떻게 전염병의 위험을 줄일 수 있을까?

"제가 하는 대로 하십시오. 집 밖으로 나가지 마세요. 여자든 남자든 집에 있으세요. 사람이 많은 곳, 대중교통을 멀리하고 제발 비행기를 타지 마세요. 누구든 감염될 수 있으니 최소한의 사람만 만나야 합니다. 제 아들들도 저도 11월 4일부터 이 집을 떠난 적이 없습니다."

나는 이 시점에서 묻지 않을 수 없었다. 어맨더는 글래스고 웨스트엔드의 가트네이블 종합병원 응급실을 책임지는 고문의사이면서, 어떻게 이럴 수 있나? 지금 그의 환자들은 어느 때보다도 그를 필요로 하지 않는가?

어맨더는 대답에 앞서 한숨을 푹 내쉬었다. "어떤 의사도 이 바이러스가 소년과 성인 남성을 죽이는 것을 막을 수 없습니다. 전혀. 초기의 사망 환자 중 이십 대의 젊고 다부지고 건강한 남자를 치료할 때 우리는 가능한 모든 조치를 했습니다. 항바이러스제, 항생제, 수액, 스테로이드. 아무 효과도 없었고 아무 변화도 없었습니다. 나는 구할 수 없는 남자들을 구하겠다는 허망한 목표를 위해 내 가족을 위험에 빠뜨리지 않을 겁니다. 나는 내 두 아들의 목숨을 지키는 일에 대해서는 사과하지 않을 겁니다. 공공 기관의 권고 사항에 병원에 가서 치료받으라는 내용이 없는 이유가 뭐라고 생각합니까?"

나는 불안에 휩싸인 채 어맨더와의 대화를 마쳤다. 대화 후 나는 스코틀랜드 보건국과 영국 공중보건국이 발표한 공식 성명들을 죽 살펴봤다. 그가 말한 대로다. "병원에 가서 치료를 받으시오"라는 말은 어디에도 없다. "의사의 진찰을 받으시오"라는 말조차 없다. 유일한 권고는 집에 머물라는 것이다. 이것이 뜻하는 바는 명백하다. 남자들은 집에 머물다가 죽을 것이다.

어맨더를 인터뷰하기 전 나는 역병과 그것이 병원 및 학교에 미칠 수 있는 영향, 어쩌면 더 나아가 그것의 과학적 원리에 대한 내 의문들에 답을 어느 정도 얻을 수 있기를 바랐다. 인터뷰를 마친 뒤 내가 미처 상상도 못 했던 수많은 의문이 고개를 들었지만 그조차 아무 대답도 못 할 것이다. 과연 대답할 수 있는 사람이 있는지도 의문이다. 역병은 얼마나 더 심각해질까? 얼마나 많은 남자들이 죽을까? 당국이 뭔가를 더 할 수 있었던 것 아닐까? 만약 지금 당국이 할 수 있는 일이 있다면, 그것은 무엇일까? 내 가족은 무사할 수 있을까? 이것은 우리의 종말이 될 것인가?

캐서린
영국 런던

크리스마스를 고대하지 않기는 올해가 처음이다. 세계의 종말이 다가오는 듯한 이때에 크리스마스를 즐기는 게 가능은 할까? 상점들은 마치 아무 일 없다는 듯 영업을 이어가고 있다. 대목인 12월에 문을 닫았을 때 발생할 손실을 감당할 수 없었을 것이다. 하지만 남편, 아들, 아버지, 친구 모두 죽을지 모를 판에 리버티 백화점의 크리스마스 특설매장에서 30파운드짜리 울새 모양 스팽글 장식을 살 사람이 누가 있을까?

다행히 시어도어는 아무것도 모른다. 전에 나는 아이의 무신경한 면을 걱정하곤 했다. 눈앞에 물건을 두고도 나에게 못 찾겠다고 말하기 일쑤인 아이다. 하지만 이제 그런 점이 축복으로 보인다. 만약 아이가 나의 초조함을 감지한다면(그런 기미는 보이지 않지만) 우리 집은 공포로 가득하리라. 공포가 현관문의 우편 투입구로 스멀스멀 흘러드는 것이 눈에 보이는 듯하다. 글래스고에서 첫 환자가 발생한 것이 불과 오 주 전인데, 이제는 환자가 도처에 널렸다. 언론 보도에 따르면 모든 도시에서 환자가 속출하고 있다. 맨체스터, 뉴캐슬, 브리스틀. 런던은 바이러스를 용암처럼 내뿜고 있다.

세인트토머스 종합병원은 어제 비상 사태를 선포했다. 그곳은 무시무시할 만큼 가까워서 우리 이웃집이라고 해도 과언이 아니다. 크리스털팰리스 역에 위치한 작고 사랑스러운 우리 집, 일상의 스트레스에서 벗어난 은신처처럼 느껴지던 이곳이 보잘것없고 하찮은 구명보트로 느껴진다. 이 집은 내가 필요로 하는 것을 제공하지 못한다. 내 남편과 아들의 안전을 보장하지 못한다.

지난주에 우리는 크리스마스트리를 세웠다. 나는 늘 그랬듯이 12월 첫날에 하자고 고집했다. 내가 어머니와 보낸 짧은 시간 동안 습득한 한 가지 풍습이었다. 크리스마스는 12월 1일에 트리가 올라가면서 시작된다. 앤서니와 나는 플라스틱 전나무 가지와 녹슨 장식이 든 상자 더미를 다락에서 내렸다. 피비는 언제나 우리의 플라스틱 크리스마스트리에 진저리를 쳤지만, 고아인 나로서는 내 자식을 고아로 만들지 모를 위험에 민감할 수밖에 없다. 이를테면 크리스마스트리에 불이 붙는 바람에 가정집이 전소해 재와 연기가 날리는 시커먼 골조만 남았다는 이야기, 가족이 모두 죽고 불쌍한 아이들만 살아남았다는 이야기는 듣기 거북할 만큼 흔하다.

앤서니는 보통 나무를 조립하고 장식은 나에게 맡겼다. 그는 캔맥주나 와인잔을 들고 소파에 느긋이 앉아 기다리고, 나는 빨간색 반짝이와 은색 반짝이 사이에서 고민하며 어슬렁거리곤 했다. '금색 위주의 트리는 어떨까?' 하지만 올해는 아니다. 올해, 앤서니는 내 옆에 서서 오너먼트와 반짝이와 꼬마전구를 질서정연하게 가지에 매달아, 이 짜리몽땅하고 무성한 플라스틱 쪼가리를 크리스마스의 경이로 은은히 빛나고 반짝거리는 작품으로 변신시켰다. 내 친구 리비가 우리의 웨딩 사진을 넣어 만들어준 아름다운 흰색 방울을 내가 매달자 그는 미소를 지었다. 사진 속에서 나는 환희 그 자체인 앤서니를 올려다보고 있고, 그는 결혼식을 위해 동그랗게 컬을 넣은 내 검은 머리카락을 귀 뒤로 넘겨주고 있다. 나는 그 순간을 어제처럼 생생히 기억한다. 내 심장이 두려움과 그리움으로 쿵 내려앉는다. 앤서니는 조심스레 시어도어가 작년에 어린이집에서 만든 천사 장식을 트리 꼭대기에 매단다. 한쪽으로 기울지 않게 다는 데 집중한 나머지 이마에 잔뜩 주름이 졌다. 그는 트리를 올려다본 다음 다정한 미소를 띤 얼굴로 나를 내려다보았다. 우리는 같은 생각을 하고 있었다. 그도 나도 그 사실을 알지만 아무 말도 하지 않았다. 말해봐야 달라질 것이 없다면, 굳이 입 밖에 내 누군가의 마음을 아프게 할 필요가 어디있나? 그 말은 근심이라는 조명을 휘감은 채 허공에 맴돌고 있었다. '이것이 우리가 함께 보내는 마지막 크리스마스일까?'

시어도어는 장장 사 분이나 트리에 매료되었다가, '배 만들기'라는 훨씬 더 흥미진진한 과업으로 되돌아갔다. 장식을 보관했던 빈 상자에 들어가 앉아 "배, 배, 배"를 외치는 것. 배를 만드는 가장 탁월한 방법이다.

앤서니는 일주일 내내 출근하지 않았다. 내가 막았다. 나는 그에게 아주 진지하게 말했다. 그가 한 번 더 집을 나서느니 평생 일하지 않는 게 낫겠다고. 내가 생계를 책임지겠다고. 대체로 나는 재택 근무를 하고, 이번 학기에는 강의를 맡지 않았다. 그러니 나로서는 문제될 것이 없다. 일은 내가 한다. 앤서니는 시어도어를 돌본다. 나는 조용한 밤시간에 최대한 느지막이 나가서, 누구도 만지지 않고 누구 곁에도 서지 않고 신속하고 신중하게 먹을 것을 사온다. 나는 염려스러운 눈빛으로 사랑하는 두 사람을 지켜본다. 아주 가벼운 기침도 바이러스의 신호로 받아들인다. 나의 훤칠하고 튼

튼한 남편과 자그만 아들. 이제 그들은 똑같이 취약하다.

뉴스는 아주 태평스럽게 시작되었다. '글래스고에서 어떤 변종 독감이 발생했다. 삼십 명이 죽고, 그보다 훨씬 더 많은 이들이 감염됐다.' 독감이라니, 아주 일상적인 이야기로 들렸다. 글래스고는 멀게만 느껴졌다. 나는 정부가 해결책을 찾아내리라 생각했지만 또 다른 무서운 뉴스만 등장할 뿐 무엇도 해결되지 않았다. 우리는 심각한 질병이 먼 지역에서 생겨나 이곳까지 전파되는 일에 꽤나 익숙하다. 우리가 그것을 과소평가한 것도 어쩌면 그 때문이다. '스코틀랜드에서?' 모두 같은 생각을 했다. '설마, 거기서 얼마나 위험한 병이 생기겠어.'

하지만 상황은 악화될 뿐이었다. 뉴스 앵커들의 목소리는 나날이 침통해졌다. 처음에는 삼십 명이던 환자 수가 오십 명이 되더니, 그다음에는 백 명에 이르렀고, 그다음에는 수천, 수만 명으로 훌쩍 뛰었다. 그다음은? 수백만? 십억? 전멸인가? 오늘 밤 나는 평소 10시 뉴스를 진행해온 남자 앵커가 보이지 않는다는 사실을 깨달았다. 다른 여자 앵커가 그 자리에 앉아 있었다. 나는 울음을 터뜨렸고 앤서니는 무슨 일이냐고 물었다. 아직 뉴스가 시작하지도 않았는데 도대체 무슨 일이냐고.

나는 아무 말 없이 통곡했다. '앵커가 아픈 거면 어쩌지? 이거 런던에서 촬영하지 않나? 앵커가 걸린 거면? 당신도 걸렸는데 아직 증상만 없는 거라면?' 나는 울부짖고 싶었다. 이 일에 대해 친구들과 대화를 나눠보지도 못했다. 제대로 된 대화 말이다. 방법을 모르겠다. 대개 자녀가 있으므로, 서로의 집에 불쑥 찾아가기는 어렵다. 심지어는 가장 친한 친구들하고도 무슨 말을 해야 할지 막막하다. 리비는 마드리드에 살고 있고 어떻게 런던에 돌아올지, 이곳에 돌아와서 무슨 일을 할지를 머리를 싸매고 궁리 중이다. 나는 그녀에게 짐이 되고 싶지 않고 무슨 말을 해야 할지도 모르겠다. 피비는 딸만 둘이어서 상황이 다르다. 내 아들이 죽을 위험을 두고 그녀가 나를 안심시키는 말을 들을 자신이 없다. 딸만 둔 그녀가 부러워 속이 뒤집힌다. 그녀는 나와 상황이 다르다. 남편은 위험하지만 두 아이는 괜찮을 테니……. 안 되겠다, 나는 당분간 조용히 지내기로 한다. 몇 주 전 시어도어를 어린이집에 보내기를 관뒀다. 어디에 있다가 왔을지, 무엇을 만졌을지 모를, 의식하지 못한 채 병을 옮길지 모를 서른 명의 다른 아이들과 어른들이 있는 커다란 방에 아이를 집어넣는다고 상상만 해도 몸서리가 쳐졌다. 누구든 감염되었을 수 있다.

그래서 우리는 집 안에서만 지낸다. 역병이 지나가기를 바라면서, 마치 그것이 우리의 강한 인내심과 정신력을 알아차리고 우리 집을 그냥 지나칠 것처럼. '됐어, 내버려두자. 저들에게 이 병은 당치 않아.' 나는 이제 필요 이상으로 두려움을 표출해 앤서니와 함께하는 소중한 시간을 망치고 싶지 않다. 하지만 우리는 서로 말고는 달리 대화할 상대가 없다. 밤이면 우리는 죽음이 창밖에서 기웃거리며 우리를 기다리고 있는 것만 같은 무시무시한 공포를 서로에게 나직이 토로한다. 지난 주는 올해 들어 우리가 생식능력 대화를 나누지 않은 첫 주였다. 물론 나는 지금 그 무엇보다 간절히 임신을 바란다. 나에게는 머릿수라는 안전장치가 필요하다. 내 행복, 내 영혼은 온통 시어도어로 점철되어 있다. 이래서는 곤란하다. 너무 위태롭다. 나는 이런 취약함을 견딜 수 없다. 내가 바라는 것은 내가 새 생명, 무사한 새 생명, 즉 딸을 임신했다는 사실을 확인하는 것뿐이다. 딸을 임신해야 한다. 딸을 가질 수만 있다면 내 몸에

굵고 따가운 주사를 종일 쉬지 않고 직접 놓을 테다.

나는 시어도어가 아들이라는 사실에 몹시 낙심했었다. 해서는 안 될 말이지만 사실이 그랬다. 초음파 결과를 듣고 울었다. 내가 검사대에 누워 척척한 젤을 배에 바른 채 흐느끼자 앤서니는 무슨 말을 할지 몰라 가만히 침묵했다. 나는 볼품없는 파란 멜빵바지와 포크레인 장난감, 기진맥진해서 뛰어다녀야 할 무수한 공원들을 떠올리며 울었다. 나는 어머니가 돌아가시기 전까지 쌓았던 모녀 관계를 새로 쌓고 싶었다. 내가 지금 겪는 상황을 그때의 나에게 말해줄 수 있다면 좋으련만. 그럼 나는 안전함을 잃었다는 생각 때문에도 울었을 것이다.

남자만 병에 걸리는 이유에 대해 과학계에서는 아무 성명도 발표하지 않았다. 다만 누구나 그 병이 그렇다는 것을 안다. 그것은 확실하다. 하지만 이유를 설명하는 사람은 없다. 그들도 모르는 걸까? 당연히, 그들은 알고 있다. 현대 의학은 샴쌍둥이를 분리하고 암을 고치고 약물로 에이즈도 치료할 수 있다. 당연히 그들은 남자들이, 오직 남자들만이 죽어가는 이유를 알고 있다. 알아야 한다. 이러다가는 남자들 태반이 죽을 것이다. 사망률이 치솟고 있다. 회복률은 3.4퍼센트. 회복 여부는 완전히 복불복인 듯했다. 거기에는 규칙도 이유도 없었다. 이젯밤 텔레비전에선 한 나이 든 남자가 역병이 기를 쓰고 덤볐음에도 용케 죽음의 문턱까지 갔다가 살아나온 무용담을 들려주었고, 다음 영상에서는 한 어머니가 스물네 살된 아들 이야기를 하며 오열했다. 그는 촉망받는 축구 선수로, 외견상 당혹스러울 만큼 튼튼하고 건강했다. 그녀는 아들이 지하철에서 감염됐거나, 같은 팀 선수에게서 옮은 것 같다고 했다. 선수들 가운데 아홉 명이 죽었다. 팀은 해체되었다.

내가 일기를 쓰는 동안 앤서니는 나와 소파에 붙어 앉아 내 왼손을 잡고 있다. 그러자고 이야기한 적은 없었지만, 우리는 최대한 오래 함께 시간을 보낸다. 우리는 저녁을 먹을 때도 옆에 붙어 앉는다. 최대한 가까이. 우리는 소파에서 서로에게 파고든다. 잘 때는 수달들처럼 뒤엉켜서 잔다.

앤서니는 나의 줄기찬 글쓰기에 대해 언급한 적은 없지만, 이제 그것에 익숙하다. 나는 쭉 일기를 써왔다. 쓰다 말다 하면서. 써야 할 것이 있을 때는 더 많이 썼다. 지금은 쓸 것이 지천이다. 여전히 업무에 힘쓰는 내 두뇌의 작은 부분마저 텔레비전을 통해 목도하는 변화들에 별수 없이 주의를 빼앗긴다. 나는 이 일을 기록할 것이다. 나는 내가 그렇게 하리라는 것을 안다. 어떤 방식일지는 몰라도 반드시 할 것이다. 어떻게 다들 이 모든 것을 기록하지 않는지 이해할 수 없다. 나는 시어도어와 앤서니의 사진과 동영상을 매일 수십 개씩 찍는다. 목욕 전에 그것들을 휘리릭 훑어보고, 새벽의 고요한 평온 속에서 목욕을 하며 온종일 억눌러온 울음을 몽땅 쏟아낸다.

온갖 가능성이 나를 짓누른다. 질문들이 나를 사방에서 후려친다. 시어도어가 걸릴까? 앤서니가 걸릴까? 나의 작고 사랑스러운 아기가 죽을까? 내 남편이 죽을까? 모두가 걸릴까? 치료제가 나올까? 언제 나올까? 만약 치료제라는 것이 아예 존재하지 않는다면? 이것이 영영 끝나지 않는다면? 이것이 바로 세계의 종말일까?

사람들은 지난주부터 그것을 '남성대역병Great Male Plague'이라고 부르기 시작했다. 최초로 환자들을 치료한 의사 어맨더 매클린이 인터뷰를 하자 타블로이드 신문들은 신이 났다. 그녀는 이 병이 자신이 본 최악의 바이러스라고 했다. 그녀는 그것을 새로운 역병이라고 불렀고, 그것이 명칭으로 굳어졌다. 그녀는 아무도 자기 말에 귀 기울이지 않았고, 만약 스코틀랜드 보건국이 자신을 믿었더라면 바이러스를 통제할 수 있었을 것이라고 말했다. 그 말을 어떻게 받아들여야 할지 모르겠다.

사람들은 늘 권력자들이 자신들이 해야 할 일을 알고 있을 거라고 지레짐작한다. 물론 그들은 줄곧 방안을 찾아내왔지만, 지금 뭘 해야 하는지를 아는 사람은 한 명도 없는 것 같다. 이런 일은 한 번도 벌어진 적 없었다. 우리는 한 치 앞도 안 보이는 어둠 속에서 비틀거리며 우왕좌왕하고 있고, 누구도 무엇 하나 알지 못한다.

텔레비전에 기차들이 글래스고를 떠나는 현장을 찍은 영상이 나온다. 마치 영화의 한 장면 같다. 사람들은 검표원을 한쪽으로 밀치고 서로 몸싸움을 하며 기차에 올라탄다. 모두 제정신이 아니다. 온 세계가 미쳐 돌아가고 있었다.

앤서니가 딸깍 하고 단호히 텔레비전의 전원을 끈다.

"오늘 밤 뉴스는 이 정도면 충분해." 그는 조용히 말한 다음, 나를 끌어안았다.

엘리자베스
영국 런던

비행기에서 내리는데 한쪽으로 나와달라는 요청을 받는다. 나는 내가 업무상 끔찍한 실수를 저질렀고, 내가 런던으로 날아오는 사이 미국 정부가 나를 경질하기로 결정한 건 아닐까 하고 겁에 질린다. 과학자인 내 두뇌의 객관적인 능력과, 걸핏하면 밀려드는 잘못을 저지른 것만 같은 이 느낌을 어떻게 조화시켜야 할지 도무지 모르겠다.

"쿠퍼 씨, 키친 박사를 만나시는 자리까지 모시려고 나왔습니다." 내게 말을 건 남자는 세련된 정장 차림이고 말투가 진중하다. 내 짐작이 맞다면 최고위 정치인의 보안 요원이다.

미끈한 업무용 차량이 대기하고 있었다. 나는 마른침을 꿀꺽 삼키면서 밀려드는 불안감을 억누르고 어떻게든 친근한 미소를 짜내려 노력한다. 정부의 과학 부처가 메르세데스 S-클래스를 보낼 능력은 없을 텐데. 그것도 나 같은 단기 방문객에게는 말이다.

우리는 히스로 공항을 유유히 빠져나와 웨스트런던의 잿빛 거리를 빠르게 통과한다. 모든 것이 아주 정상으로 보인다. 겁에 질려 길에서 소리를 지르는 사람은 어디에도 없다. 도시는 성탄절 연휴를 준비하는 듯 크리스마스 조명에 불을 밝히고 있다. 차량의 행렬, 도로를 따라 느리게 나아가는 쓰레기 수거차, 등교 중인 딸과 함께 걸어가는 여자가 보인다. 유니콘으로 뒤덮인 책가방이 아이의 발걸음마다 통통 튀며 오르락내리락한다.

내가 실수한 건지도 모른다. 나를 이곳으로 파견한 상사와 나눈 대화를 떠올리자 몸이 움츠러든다. 사과하지 않고, 아무 일 없었다는 듯 천천히 그의 사무실에서 나와 유유히 자리를 뜨기 위해 나는 온 힘을 짜냈고 '일터의 여성을 위한 자기 주장' 수업에서 익힌 갖가지 기술을 총동원했다. 적어도 사과는 하지 않았다. 열여덟 살 이후 처음으로 대담했고 용감했으며 어쩌면 조금 무모하기까지 했다. 나는 올바른 선택을 했다는 확신이 필요할 때마다 '스탠포드 대학 대 미시시피 주립대학'의 기억을 떠올렸다. 그 방법은 나를 실망시킨 적이 없다. 나의 부모는 자신들이 옳고 내가 틀렸다고 확신했다. 나는 도대체 내가 뭐라고 믿고, 미시시피 대학에 가기에는 너무 출중하다는 듯이 굴었던가? 부모님은 스탠포드 진학은 돈 낭비 시간낭비라고 호언장담하며 학비가 적게 드는 주립대학교 진학을 종용했다. 하지만 결국 그들이 틀렸고 내가 옳았다. 나는 그 사실을 더 자주 기억해야 한다.

상사는 내가 1월에 업무를 재개하기 위해 삼 주 후에는 돌아오기를 바라고 있다. "유럽의 역병은 잦아들 거야, 엘리자베스. 분명히 뭔가 유전적 요인이 있겠지." 그의 오만함에 기가 찬다. 그나 나나 유전학자가 아니다. 바이러스를 현미경으로 들여다보지도 않고, '석사 학위조차 따지 않은' 분야를 들먹이며 바이러스에 유전적 요인이 있을 거라고 태평스레 누군가를 안심시킬 만큼 나도 내 견해를 대단하게 여길 수 있었으면 좋겠다. 나는 내가 있어야 할

곳이 바로 여기라고 확신한다. 병의 치료제를 찾는 일을 돕기 위해서가 아니면 무엇하러 구 년이나 들여 백신 개발을 전공으로 학사, 석사, 박사 학위를 땄겠는가? 이것이 내가 지금껏 그 많은 공부를 한 이유다. 그건 그저 졸업 증서를 벽에 걸기 위해서가 아니었다.

내가 키친 박사가 보낸 이메일을 발견한 것은 행운이었다. 나는 그때 짐의 일을 대신 처리해주고 있었다. 어떻게 그렇게 멍청한 인간이 1) 예일대를 나오고 2) 질병관리본부의 일원이 되어 3) 나와 같은 업무를 보는지 지금도 믿기지 않는다. 이메일에서 키친 박사는 몹시 필사적이면서도 지각 있고 합리적이면서도 공포에 질린 듯했다.

미심쩍어하는 상사들과 나눈 몹시도 어색했던 두 번의 면담, 장시간 비행, 그리고 뒤이은 차량 이동 끝에 나는 지금 이곳에 왔다. 내가 키친 박사에게 답장을 보내고 이 출장을 계획한 뒤로 일주일 동안 이곳의 위기는 한층 심각해졌다. 충분히 예상할 수 있듯이, 고국에서는 인종주의적 언사가 증가하고 있다. '우리의 역병이 아니고, 우리의 문제가 아닙니다. 영국에서 벌어지는 일입니다. 아프리카와 중동에서 건너온 수많은 이민자들 때문입니다. 우리에게는 그런 일이 벌어지지 않을 겁니다. 우리는 그들의 입국을 막을 것입니다. 저는 즉각 런던발 비행기의 착륙을 막을 것입니다.' 아직 그런 일은 벌어지지 않았지만, 집으로 돌아가는 내 비행기 표가 무용지물이 될지도 모른다는 걱정이 커져갔다. 화이트홀*의 위압적인 흰 돌덩이를 올려다보며 나는 향수병에 휩싸인다. 내가 여기서 뭐 하는 거지? 나는 내 집의 예쁜 정원에 남을 수도 있었다. 저녁때 먹

* 런던의 정부 기관들이 모여 있는 거리.

을 토마토를 따고 흙에서 시금치와 파를 뽑고 있을 수도 있었다. 그러는 대신 나는 바들바들 떨면서, 누군가를 뒤쫓아 문을 통과하고, 넓은 홀로 들어서고, 이어서 토끼굴처럼 끝없이 이어지는 복도를 지나고 있다.

키친 박사의 연구실이 왜 이런 거대한 건물에 있는지 여전히 의아해하고 있는데, 회의실로 들어가는 문이 열리고 질병관리본부 대표단에 대해 무슨 얘기를 하고 있는 영국 남자가 나를 소개한다. 오, 다행이다, 다른 윗사람들도 여기 와 있는 게 분명하다.

열여섯 쌍의 눈이 기대에 차서 나를 바라본다. 나는 나의 미국인 동지가 일어나서 이들을 나에게 소개해주기만을 기다리며 열심히 방을 둘러본다. 키친 박사(내 짐작에 그래 보이는 사람)가 말한다. "엘리자베스? 엘리자베스 쿠퍼 씨, 맞지요?"

젠장. 저 사람들은 나를, 잠깐, 안 돼. 뭐? 질병관리본부 대표자라고 생각한다.

"네, 접니다." 나는 멍하니 말하고는, 불안할 때는 늘 그러듯 미소를 짓는다. 마치 상냥한 태도가 가장 까다로운 직업상의 난국마저 해결해줄 수 있다는 듯이. 진정해, 엘리자베스, 오, 망할. "죄송합니다. 시차 때문에 좀 힘드네요. 저기 괜찮다면 커피 좀……."

내 앞의 탁자에 커피 한 잔이 놓이고 키친 박사는 기대하는 시선으로 나를 바라보고 있지만 나는 무슨 말을 해야 할지 도통 모르겠다. 그야말로 내가 일전에 꾼 스트레스성 악몽의 현실판이다. 조지 키친 박사는, 그가 교수로 재직 중인 유니버시티 칼리지 런던[UCL]의 웹사이트에 따르면, 박사 학위가 두 개이다. 감염에 대한 민감성을 유발하는 유전적 이상과 백신 개발. 어째서 그런 그가 내게 해결책이 있다는 듯이 나를 보고 있을까?

"쿠퍼 씨, 경력이 어떻게 되나요?" 나를 대단치 않게 보는 듯한, 작은 체구에 고불고불한 머리카락을 가진 여성이 묻는다. 나는 그녀 앞에 놓인 명함을 최대한 티 나지 않게 읽어본다. '메어리 덴홈, 보건부 장관.' 끝내주네. 나는 영국에서 가장 영향력 있는 정치인 가운데 한 사람 앞에서 바보 같은 꼴을 보이고 있다.

"저는 바이러스 감식과 백신 개발을 전공한 미국 질병관리본부의 병리학자입니다." 하고, 나는 내 직함에서 '신입'을 생략하고 말한다. "백신 개발 연구로 스탠포드에서 박사 학위를 받았고, 뭐든 도울 수 있는 일을 하려고 이곳에 왔습니다."

"아주 잘됐군요." 메어리가 말한다. "선생은 정확히 우리에게 필요한 사람입니다. 미국 질병관리본부는 그 밖에 다른 어떤 지원을 할 예정입니까?"

나 말고는 아무것도 없는데? "그건 아직 결정되지 않은 것 같습니다. 현재로서는 저뿐입니다." 나는 평소 내가 일하는 국가기관이 그럴 의향이 없음에도 원조를 제공할 가능성이 있는 양 말하는 부류의 인간은 아니지만, 어쨌거나 내 말에 그녀는 안도하는 듯하다.

키친 박사가 나에게 감사의 미소를 지어 보이고 그제야 나는 알아차린다. 차차 이해가 되기 시작한다. 내가 여기에 파견된 것은 '실제로' 뭘 돕기 위해서가 아니다. 그에게는 내가 필요 없다. 윗사람들에게 미국 질병관리본부가 돕고 있다는 인상을 줄 필요가 있을 뿐. 나는 마음 한편으로는 이런 시국에도 공공기관에 만연한 보여주기식 정치가 여전히 벌어지고 있다는 사실에 황당하면서도, 다른 한편으로는 그가 아주 잽싸게 말 한마디 하지 않고 나를 성공적으로 조종했다는 사실에 감복한다.

그 순간 그의 약력에 전염병으로 방향을 틀기 전 정신과 의사였다고 기재돼 있던 것이 기억난다. 이상도 하지.

나는 영국 공중보건국과 전염병 병원 간에 조직된 태스크포스가 빈 깡통이라는 사실을 즉시 접수한다. 정장 차림의 늙은 백인 남자들, 영국에서 제일가는 대학들의 교수들이 줄줄이 나와 알아들을 수 없는 언어로 발표를 이어간다. 요약하면 이런 내용이다. 우리는 남자만 이 병에 걸리는 이유를 알지 못한다. 우리에게는 치료제가 없다. 백신 개발에 착수할 방향도 찾지 못했다. 이 병은 HIV보다 1.8배 빠르게 확산 중이고 우리는 바이러스에 면역이 있다고 추정되는 충분한 수의 남성들을 이제 막 확인하기 시작했을 뿐이다. 면역이라는 게 실재한다면 이들의 혈액과 DNA 검사를 실시해, 백신이나 치료제의 실마리가 면역에 있는지 여부를 확인해야 한다.

메어리의 낯빛은 점점 더 창백해지고 나는 점점 더 공황 상태에 빠져든다. 이것은 총체적 재난 상황이다. 아마겟돈이 될지도 모른다. 바이러스의 생명 주기를 보자 그 효율성에 오싹해진다. 감염된 남자가 이틀간 증상 없이 돌아다닌다. 그는 기침하고 코를 훔치고 온갖 것에 손을 대고, 누군가의 뺨에 입을 맞추며 바이러스를 계속 퍼뜨린다. 증상은 셋째 날부터 나타나기 시작한다. 사망은 닷새째 되는 날이나 그전에 발생한다. 이보다 더 신속히 퍼지고 인류를 쑥대밭으로 만들기에 더 적합한 바이러스는 없을 것이다.

다행히도 보건부 장관이 여자이므로 이 위기 동안 공석이 될 위험은 없지만, 던지는 질문들로 미루어보건대, 그녀는 효력이 있는 백신을 개발하는 데 시간이 얼마나 걸리는지 전혀 알지 못한다. 중학교 2학년 수준의 생물학이라도 이해할까? 모르긴 해도, 정치에 입문하기 전에 틀림없이 변호사나 그 비슷한 것이었으리라.

"잠깐, 그러니까 지금 하시는 말씀은, 잠깐만요." 메어리가 면역에 대해 발표 중인 남자—임페리얼 칼리지 런던의 후생유전학 교수—의 말을 끊고 자리에서 일어선다. 그녀는 몹시 흥분해 회의석상에서 걸어 나갈 기세다. 좌중은 단체로 숨을 죽인다. "여러분, 그러니까 답을 제시해야 할 분들, 전국에서 아니 세계에서 가장 뛰어난 석학들께서 아무 답도 없다고 말씀하시는군요. '남자애들은 계속 죽을 겁니다, 아들을 꼭 껴안아주세요. 그럴 수 있는 날도 얼마 안 남았습니다!' 제가 하원 의사당에 돌아가서 이렇게 말해야 한다는 거군요."

나도 일어선다. 좌중에 그녀만 유일하게 일어나 있고 모두가 입을 닫고 앉아 있는 상황이 당황스럽다. 아무리 이것이 가래톳 페스트* 이후 국가가 직면한 최악의 공중보건상 응급 상황이라고 해도, 어쨌거나 그녀는 그들의 상관인 것이다. 내가 나서 설명을 시작한다. 바이러스는 믿을 수 없을 만큼 강력하고, 독감보다는 HIV 바이러스와 훨씬 유사해 보이는 규칙성을 보이며 변이를 일으킨다. 바이러스의 백신을 만드는 데는 세 가지 상이한 방식이 존재한다. 첫째, 바이러스의 유전자를 변화시켜 그것이 제대로 증식하지 못하게 한다. 둘째, 바이러스의 유전자를 파괴해 바이러스가 아예 증식하지 못하게 한다. 셋째, 바이러스의 전체가 아니라 일부를 사용해 백신을 만들어, 바이러스의 증식을 막는다.

이 바이러스는 너무 빠르게 증식하기 때문에 첫 번째와 두 번째 선택지는 일단 논외다. 그러면 세 번째 선택지밖에 남지 않는데, 이 일에는 시간이 걸린다. 일단 바이러스의 유전자 청사진을 밝혀내야 하는데, 그 와중에도 바이러스는 계속 변이를 일으킬 것이다.

* 흑사병의 한 형태로 림프샘이 붓고 아픈 병이다. 일주일 안에 사망한다. 림프절 페스트, 선페스트로도 불린다.

"그럼, 면역이 있는 남자들은 어떻게 된 거죠?" 그녀가 묻는다. 나는 그녀의 목소리가 갈라지는 것을 못 들은 척하려고 노력한다. "해결의 실마리는 분명 그 사람들에게 있겠죠. 저분께서 방금 전에 대략 남성 열 명 가운데 한 명은 면역이 있다고 했습니다. 그렇다면 여러분은 분명 꽤 많은 남자들을 대상으로⋯⋯." 그녀는 말을 잇지 못한다. 목소리가 기어들어간다. 왜냐하면 그녀는 과학을 이해하지 못하고, 요컨대, 다 괜찮을 거라 말해달라고, 애원하고 있기 때문이다.

"그들은 해결책의 일부일 수 있습니다." 나는 최대한 완곡히 표현하려고 애쓰면서 대답한다. "하지만 아직 할 일이 많습니다. 이건 누구의 잘못도 아닙니다. 바이러스가 문제지요."

그것으로 그녀의 질문 공세는 끝난다. 그녀는 나머지 발표들이 이어지는 동안 동상처럼 잠자코 앉아 있다.

흐느끼는 소리와 함께 회의는 막을 내린다. 메어리는 후닥닥 뛰쳐나갔다. 키친 박사가 사과의 말을 웅얼거리며 나에게 다가오다가 몇 걸음 떨어진 곳에서 멈춰 선다. 사회적 거리두기를 지키며.

"정말 너무너무 죄송합니다. 장관님께서는 회의를 시작할 때 국제 협력이 얼마나 중요한가에 대해 십오 분쯤 말씀하셨고, 당신이 여기에 올 거라는 제 말을 확대 해석하셨습니다." 그가 주름투성이인 지친 얼굴로 웃어 보인다.

나도 모르게, 더구나 좀 전에 겪은 공황으로 아직 마음이 쓰린데도, 나는 그를 좋아하지 않을 수 없다. 선한 인상이다.

"용서해주시겠어요?"

"네, 용서해드리죠. 단, 저와 점심을 먹는다면요. 키친 박사님, 저 배고파 죽겠어요. 묻고 싶은 것도 너무 많고요."

"그럼 됐습니다. 그리고 편하게 '조지'라고 부르세요."

우리는 화이트홀의 위압적인 정적에서 벗어나, 차가운 12월 날씨에도 피자집의 야외 테이블에 자리를 잡는다. 이제는 누구도 밀폐된 공공장소에 머물러서는 안 된다.

조지는 앉기 전에 물티슈로 테이블을 닦는다. 나는 우리가 서로 2미터 거리를 유지하도록 의자를 옮긴다. 내가 들어가 피자를 사려고 하자 조지가 말한다. "괜찮으시다면 저는 먹지 않겠습니다."

몇 분 뒤 내가 돌아와 묻는다. "도대체 얼마나 심각한 거죠?"

"전염성이 높을 뿐 아니라 지속력이 대단한 바이러스입니다. 사물의 표면에서 최대 서른여덟 시간 동안 살아 있습니다."

나는 입속에 있던 피자 조각을 꿀꺽 삼키고는 그를 너무 빤히 보지 않으려고 애쓴다. "서른여덟 시간요?"

"네, 그래요."

"그분께서 그렇게 희망을 거실 줄 알고 계셨어요? 제 말은, 메어리 덴홈 장관님요."

조지는 잠시 아무 말이 없더니 고개를 가로젓는다. "물론, 그런 반응에 대처하는 것이 처음은 아닙니다. 그분께서 조금 더 현실적이고 적극적이기를 바랐습니다만, 충격이 크셨겠죠. 사람들은, 심지어 정부의 저 윗자리에 앉은 사람들마저도 '마법의 태스크포스'에 희망을 걸거든요. 과학자들이 갑자기 해결책을 뚝딱 만들어낼 수 있다는 듯이 말입니다. 하지만 장관이 저러는 건 그저 이 모든 게 얼마나 어려운 일인지 전혀 몰라섭니다."

나는 애써 작은 미소를 지어 보인다. "절대로 모르죠."

조지는 동의하듯 고개를 까딱한다. "우리 같은 과학자들, 바이러스 학자들, 의사들, 진짜로 이 문제를 아는 사람들이 이 상황이 실제로는 여러분이 두려워해온 것보다도 훨씬 심각하다고 설명해주면, 사람들은 놀라서 얼어버려요."

"박사님은 아주 마음이 너른 분이시군요."

그는 웃음을 터뜨린다. "아니에요. 다만 한때 정신과 의사였기 때문에 사람들의 비합리적인 행동에 익숙합니다. 제가 봐온 것에 비하면 장관의 소소한 폭발쯤은 아무것도 아닙니다."

"선생님께서 필요로 하시는 한 저는 여기에 계속 있겠어요." 나는 충동적으로 말해버린다. 하지만 진심이다. 어쩌면 이곳이 바로 세상을 구할 장소일지도 모른다. 이들에게는 최대한 많은 손과 두뇌가 필요하다.

"고마워요, 엘리자베스." 조지가 말하고, 나는 음식 값을 낸 후 택시에 오른다. 숙소는 유스턴로드의 끔찍한 호텔로 예약돼 있었다. 이름은 '프리미어 인Premier Inn'이었다. 인터넷에 올린 사진들을 보니 실내 장식에 보라색이 많이 쓰였고……. 여기까지만 하겠다. 말로 옮기려니 너무 우울하다.

나는 내일부터 전염병 병원의 연구실 가운데 한 곳에서 일을 시작할 것이다. 조지는 여자가 숙주일 때조차 바이러스가 여자에게는 영향을 끼치지 않고 남자에게만 영향을 끼치도록 만드는 것이 바이러스의 정확히 어떤 부분인지 연구하는 팀에 나를 배치했다. 그것은 그처럼 급속한 바이러스의 확산을 가능케 하는 주 요인이다. 인구의 절반이 아무 증상 없이 바이러스를 지닌 채 퍼뜨리고 돌아다닌다면 아주 큰일이다. 그러니까, 우리는 지금 정말 큰일 났다.

나는 질병관리본부의 상사에게 삼 주 뒤에 돌아가지 않겠다는 이메일을 보낸다. 그가 뭐라고 답장하든 상관하지 않을 작정이다. 직장도 중요하지만 어떤 것들은 더 중요하다. 나는 이메일에 오늘 있었던 회의를 자세히 묘사한다. 이 상황이 얼마나 심각한지를 전달하려고 애쓰며 키보드를 두드리다가 나는 잠시 숨을 고른다.

우리 아빠. 아빠는 잭슨 시에 있다. 물론 그곳은 유럽과 가깝지 않다. 하지만 이 바이러스는 머지않아 미국으로 건너갈 것이다. 이미 건너간 게 아니라면. 이미 띄엄띄엄 환자 발생 보도가 몇 차례 있었고, 틀림없이 며칠 뒤 폭증할 것이다.

나는 갑자기 우유부단해진다. 돌아가야 한다. 아니, 여기 있어야 한다. 아빠를 만나고 싶어. 여기서 연구를 도와야 한다. 아빠는 '가족'이야. 이 일이 더 중요해.

나는 아빠에게 기본적인 전염병 위기 대처 요령을 설명하는 긴 이메일을 보낸다. 대중교통이나 택시를 이용해서는 안 된다. 식당에서 먹거나 음식을 포장해 와서도 안 된다. 최대한 집 안에 머물러야 하고 아무도 만나면 안 된다. '그냥 엄마랑 집에 계세요.' 나는 지시한다. 언제나 아빠는 여성적인 애원(그의 관점에서 볼 때)보다는 힘을 과시하는 행동을 더 반겨왔다.

상사에게서 답장이 온다. 열어보기 전부터 그 이메일에 무슨 말이 쓰여 있을지 알지만, 그래도 충격은 충격이다.

발신: 개리 앤더슨(G.Anderson@cdc.gov)
수신: 엘리자베스 쿠퍼(E.Cooper@cdc.gov)
2025년 12월 10일 오후 9시 30분

안녕하세요, 엘리자베스.

무사히 도착했다니 다행이네요. 무슨 말을 하는지는 알겠는데 지금 당장은 한 사람도 차출할 수 없습니다. 런던 상황이 어떻게 굴러가는 지 좀 더 지켜봅시다. 한 달 뒤, 추가 지원이 필요하다면 우리 질병관 리본부에서 세 명을 파견하는 방안을 고려하지요. 우리는 정부의 여 행 금지 조치와 신속한 환자 확인 작업을 돕는 데 주력하고 있습니 다. 대통령은 대서양 횡단 이동을 최소화하는 데 촉각을 곤두세우고 있고 우리는 그것이 옳은 방향이라고 생각합니다.

무사히 지내길.

－개리

여기서 위험에 처한 것은 내가 아니라고요, 개리! 나는 한심하게 도 마음 한편으로 파견 계획을 고마워하고 있지만, 그것으로는 충 분치 않다. 이것은 사실상 묵살에 가깝다. 적어도 내가 문제를 부 풀려 말한다고 생각하지는 않는 것 같지만, 그들은 지극히 부분적 인 해결책에만 매달리고 있다. 너무 단순하게 받아들이고 있다. 팬 데믹은 피할 길이 없다. 이제 상황은 그리 단순하게 돌아가지 않을 것이다. 더 이상은.

나는 자려고 불을 끄기 전에 오늘 줄곧 하려 했던 일을 한다. 영 국 주요 언론사의 헤드라인을 모두 읽는다. ‘〈가디언〉 보건부, 백신 개발이 진행 중임을 확언. 〈텔레그래프〉 사망자 수십만, 덴홈 장관 침착하라고 전해. 〈더선〉 위기를 경고한 의사, WHO의 직무유기를 비판하다.’ 나는 잠을 청해보려 하지만, 시차에서 오는 묵직한 피 로감에도 자욱한 안개처럼 공포가 가시지 않는다. 생각들이 빙빙 돈다. 아빠. 백신. 조지. 메어리. 백신 없음. 이제 시작. 아빠. 아빠. 아빠는 어떻게 될까?

공포
PANIC

역병의 도래, 누군가는 경고했어야 한다

- 마리아 페레이라

이 기사는 이 신문에서, 아니, 다른 어떤 신문에서 읽어본 어떤 기사와도 다를 것이다. 그 점을 분명히 밝히고 시작하겠다. 이 글은 '논평'이 아니지만 일인칭 시점을 사용할 것이다. 또한 본지 편집장이나 부편집장의 편집을 거치지 않았다. 신문사 사주에게 직접 게재 허락을 받았기 때문이다. 그럼 이제 이 글을 쓰는 기자가 어떤 사람인지를 독자 여러분이 알 수 있도록 내 이력을 공개하겠다. 나는 두 차례 퓰리처상(장담컨대, 이 글에서 다룰 문제 때문에 올해나 내년에는, 어쩌면 내후년까지 어떤 시상식도 열리지 않을 것이다) 후보에 올랐고, 컬럼비아 대학교에서 언론학 석사 학위를 받았으며, 이 신문의 전직 과학면 편집장이고, 부패와 비리를 비롯한 까다롭고 난해한 이슈들을 스무 차례 이상 취재했다.

이 글은 내가 십칠 년 넘게 기자로 일하면서 쓴 기사들 가운데 가장 무시무시한 기사이다. 당신의 아빠가 죽을 것이고, 당신의 오빠나 남동생이 죽을 것이고, 당신의 아들이 죽을 것이고, 당신의 남편이 죽을 것이고, 당신이 사랑했고 같이 잤던 모든 남자가 죽을 것이라는 내용이다. 처음으로 거슬러 올라가보자.

이 모든 것은 2025년 11월 초에 시작됐다. 독자 대부분은, 특히 미국에 거주하는 독자들은 몰랐을 테지만 영국 전역에서 트위터와 페이스북이 불안과 공포로 떠들썩했다. 나는 뭔가 큰일이 벌어지고 있음을 감지했다. 이 기사의 내용을 한 줄로 요약하자면 우리 모두가 이에 대해 훨씬 일찍부터 논의했어야 했다는 것이다. 어맨더 매클린이라는 스코틀랜드의 의사가 신문사들에 팬데믹이 시작되리라는 이메일을 보냈고, 온라인에 게시물을 올렸고, 허공에 대고 사방으로 소리쳤다. 그는 처음으로 그 바이러스의 존재를 확인했고, 속칭 '0번 환자'*를 치료했던 의사다.

어맨더는 11월 12일에 〈타임스〉에 독자 투고로 글을 실었다. 나는 이상하다고 생각했다. 존경받는 고참 응급실 의사가 시민에게 팬데믹을 경고하기 위해 일간지에 투고를 해야 하다니? 이는 뭔가가 은폐되고 있음을 보여준다. 그의 투서는 신문사 웹사이트에 게재되었고, 그 후 트위터와 레딧의 일부(대개는 과대망상에 사로잡힌) 이용자들 사이에서 바이러스처럼 퍼졌다.

11월 16일 나는 질병관리본부에 해명을 요청했고 '노 코멘트'라는 답변을 받았다. 그것은 이 상황 전체에서 두 번째로 이상한 점이다. 만약 누군가가 사실을 호도했다면, 그것이 틀렸다는 성명을 발표하면 그만이다. 하지만 그들은 그렇게 하지 않았고, 상대를 안심시키려는 뻔한 말—'일단 더 조사해본 뒤 확실한 입장을 발표하겠습니다' 혹은 '전혀 겁먹으실 것 없습니다'—조차 하지 않았다. 겁먹을 것 없다는 말을 듣지 못하니, 나는 덜컥 겁이 났다.

그 후 11월 20일에 어맨더 매클린은 〈타임스〉와 인터뷰를 했다.

* 최초 감염자.

그녀는 그 무렵 스코틀랜드 곳곳으로(산간벽지인 하일랜드만이 아직 대체로 감염되지 않았다) 번져가는 바이러스를 가리켜 '역병'이라는 단어를 썼다. 그녀의 주장에 따르면, 거의 확증된 사망률을 볼 때 이 바이러스는 남성에게만 영향을 미치지만 여성에 의해서도 전파되며, 전염성이 아주 높고, 감염된 남성은 이틀간 무증상 잠복기를 거친다. 이 소식에 영국 언론은 극심한 혼란에 빠져들었다.

당신은 내가 이것에 대해 알리지 않은 이유를 궁금해할 것이다. 답은 내 상사인 〈워싱턴포스트〉의 편집장이 바라지 않았기 때문이다. 그 병으로 죽음의 위험에 처한 사람이 내가 아니라 본인이라는 점을 생각하면 아이러니하다. 그는 불필요하게 사람들을 공포로 몰아넣기를 원하지 않았고, 무엇보다 국가와 국제 기구들이 아직 아무 성명을 발표하지 않았기 때문이었다. 그리고 현재 진행 중인 국내 정치 현안이 많으므로 그는 내가 텍사스 주부터 오하이오 주까지 모든 하원의원의 과오를 들추는 기사를 쓰기를 바랐다. 평소에 나는 그 일을 아주 좋아한다. 힘 있는 남자들을 잡아다 과거의 비행에 대한 해명을 요구하라고? 좋다. 한 번에 한 명씩 부패한 정치인을 해치워 가부장제를 불태우자. 좋다, 내가 하겠다!

하지만 이 이야기는 인류의 사활이 걸린 문제다. 아마도 세계의 종말에 대한 이야기가 될 것이다. 더 지체해서는 안 된다. 전세계를 아우르는 정보의 파수꾼인 나의 편집장과 수많은 남자들이 공포에 질려 있다. 그들은 공포에 질려 얼이 빠진 나머지 감히 현실을 정면으로 보지 못한다. 그러니, 이제 내가 대신해서 그들의 일을 수행할 계획이다.

어맨더의 인터뷰가 발표된 뒤로 삼 주 반 사이에 십만 명 이상의 영국 남성이 사망했다. 이미 수십만 명 이상이 감염 상태일 것이다. 설령 그렇지 않다고 해도 이들은 향후 며칠 새 여성 혹은 남성 감염자와 접촉할 것이다.

미국은 아직은 대체로 감염자가 없다. 정부가 미국 시민이든 아니든 유럽발 입국을 금지한 덕분인데, 이는 현명한 만큼 인기 없는 조치이다. 하지만 역병은 이미 이곳에 도착했다. 전국 각지에서 소식이 들려온다. 탬파, 내시빌, 로스엔젤레스, 아칸소 주, 뉴포트. '패혈증', '성인 돌연사 증후군', '예기치 못한 질환으로 인한 급사'로 사망한 남성에 대한 보도들 말이다. 정신 차리고 상황을 직시하자. 이것은 역병이다. 스코틀랜드의 소셜미디어는 공포와 현기증, 이제는 불가능한데도 나라를 떠나겠다고 말하는 사람들의 비명을 쏟아내고 있다. 싱가포르는 정책을 바꾸어, 시민과 외국인 모두의 이탈을 금지하고 있다. 싱가포르 정부는 정권에 대한 발언권을 극도로 제한하는 대신 안전과 경제 안정을 제공한다. 싱가포르의 사례는 단순히 위험을 경고하는 붉은 깃발이 아니라, 우리 모두가 뒤에 숨어서 황소를 예의주시해야 하는 붉은 천이다.

나는 어맨더 매클린과 대화를 나누었다. 친절하게도 어제 그는 글래스고의 집에서 남편, 두 아들과 함께 틀어박혀 지내는 시간 중 십 분을 나에게 내주었다. 비범한 여성이다. 그는 자신이 스코틀랜드 보건국, 영국 공중보건국, 세계보건기구, 정치인들에게 연락한 이메일들을 공유해주었다. 묵살당한 그 모든 이메일을. 그는 스코틀랜드와 영국에서 정부 최고위직의 무능은 어제오늘 일이 아니라고 말한다. 내가 이를 입증할 길은 없다. 나는 11월 10일에—어느 익명의, 따라서 확인되지 않은 정보원으로부터—영국정보국의 일원이 작성한 보고서도 받았다. 그것은 역병이 장차 진행될 방향에 대해 자세히 제시한다. 어느 나라로 퍼질지, 어디서 얼마나 많은 남성이 사망할지, 퇴치의 난점들을 제시한다. 내 정보원에 따르면, 초기 단계에서 역병을 통제할 수 있는 중요한 기회를 놓친 MI5*의 고위 인사들이 그 보고서를 묵살했다. 그들은 지금 해야 할 첩보 업무가 아닌 다른 일에 몰두하고 있다. 여기 보고서의 일부를 발췌한다.

바이러스는 오직 남자에게만 영향을 끼치는 것으로 보이지만 여성(바이러스에 취약하지 않은 것으로 보인다)에 의해서도 전파된다. 이 분석은 바이러스에 대한 일주일간의 정보를 바탕으로 한 것이다. 어맨더 매클린 박사—자신이 0번 환자를 치료했다고 주장하는—의 소셜미디어 게시물에 의하면, 바이러스는 약물과 의료적 처치에 반응하지 않는다. 그는 바이러스는 스물네 시간 내에 수십 명의 남성이 사망할 정도로 높은 치사율을 보인다고 말한다. 이 주장이 사실이라면 바이러스는 잉글랜드, 스코틀랜드, 웨일스의 주요 도시들로 빠르게 퍼질 것이다(이미 퍼지지 않았다면). 매일 글래스고, 프레스트윅, 에든버러 공항에서 출발해 세계 곳곳으로 향하는 항공기가 바이러스의 국제적 확산을 촉진할 것이다.

가장 심각한 위험은 다음과 같다: 사회 불안(경찰, 소방, 응급의료, 군대, 첩보는 모두 남성 중심이다), 대규모 경제 붕괴, 높은 사망자 수, 테러리스트의 공격에 노출(약화된 보안), 식량 부족.

위험 등급: 비상—즉각적인 주의 및 주의 격상 요망.

나는 의사도 아니고, MI5의 일원도 아니다. 이 정보의 사실 여부를 확인할 방법도 없다. 오랜 취재 경험을 통해 내가 확실히 아는

* 영국정보국 보안부. 주로 국내 첩보활동을 담당한다.

것은 무지와 무능과 두려움이 정부와 함께하는 일은 아주 흔했으므로, 우리를 안전하게 지켜주리라고 믿어온 기관들이 실은 팬데믹 앞에서 한심할 만큼 무능하다는 사실에 결코 놀라서는 안 된다는 사실뿐이다.

언론은 진실 및 지식 추구와 직감의 기묘한 혼합물이다. 어맨더 매클린이 비슷한 위치에 있다.

당신이 이 이야기를 읽게 된다면 이것은 종이신문과 웹사이트의 첫 장을 장식할 것이다. 당신이 이 기사를 다 읽을 즈음에는 역병 이야기가 드디어, '드디어' 미국 사람들의 유일한 화제가 되기를 희망한다.

또 다른 관점에서 보자면, 나는 개인으로서 대대적인 공포와 대혼란을 촉발하려고 노력하고 있다.

고맙다는 인사는 사양하겠다.

던

영국 런던

"그 기사 봤어요?"

나의 상사인 자라는 화난 표정이다 못해 실제로 한쪽 눈이 돌아가 사시가 되어 있다. 그렇다, 나는 그 기사를 봤다. 아니다, 그 이야기는 하고 싶지 않다. 어떻게 할지 결정하기 전에는 못 들은 척하는 것이 최고다.

"그 빌어먹을 〈워싱턴포스트〉 기사. 어땠어요, 던?"—주여, 내게 힘을 주소서, 내 이름까지 부를 필요는 없잖아—"웬 빌어먹을 미국 기자가 우리를 무능한 동시에 부패한 조직으로 보이게 써놨다고요. 마치 우리가 문제가 있다는 걸 알고도 해결하기를 거부했고, 설사 해결하려 했어도 못 했을 거라는 듯이 말이에요."

"정신이 없네요." 내가 중얼거린다. 달리 무슨 말을 하겠나? 영국 정보국은 이미 역병으로 망신살이 뻗쳤지만 그 기사는 읽기 고통스러웠다. 그중 일부는 진실이었기 때문이다.

혼돈 속으로 이 나라가 추락하는 몇 주 동안 우리는 줄곧 술래잡기만 해왔다. 나는 우리에게 처음 스코틀랜드의 전염병에 대한 보고가 들려오기 시작한 때로 돌아가 내 어깨를 잡고 흔들고 싶다. 정신 차려, 던! 나는 소리치고 싶다. 이건 네가 감히 상상할 수도 없을 만큼 심각해질 일이라고.

슬프게도 지나고 나서야 똑똑히 보인다. 젠장, 자라는 여전히 험악한 표정을 하고 있다. 조심해야 한다. 이곳에서 삼십오 년 넘게 일해왔지만, 여전히 나는 조심해야 한다. 항상. 나는 그해에 채용된 유일한 흑인 여성이었다. 지금도 회의석상에서 거의 항상 유일한 유색인이고, 자주 유일한 여성이다. 이 무슨 엎친 데 덮친 격인지! 나는 한숨을 꾹 누른다. 이런 어처구니없는 상황을 감내하기에는 내가 너무 늙어버렸나 보다. 나는 육 주 뒤, 예순 살이 되는 날 은퇴할 것이다. 하지만 자라는 그 사실을 모른다. 나는 그녀에게 이 주 전에 알릴 것이고, 그때까지 계엄령이 떨어지지 않는다면 그녀가 동의하지 않아도 개의치 않고 관둘 것이다. 나는 바닷가에 작은 집이 한 채 있고, 그곳에 육 개월간 목숨을 부지할 통조림을 쟁여놨다. 이제 더는 신경 쓰고 자시고 할 것도 없다.

그렇다 해도, 아직 이곳에 있는 동안은 친절해야 한다. 자라는 겁을 먹은 데다 사별의 슬픔에 빠져 평소의 그녀답지 않다. 나는 그녀와 십 년 넘게 일해왔다. 완전히 변해버린 그녀를 내가 나무랄 수 있을까? 지난주에 자라의 남편이 죽었고, 며칠 후에는 아들이 죽었다. 이제 겨우 열다섯 살인 딸이 아버지와 오빠를 잃은 충격에 혼란스러워하더라도 우리는 공무원이다. 국가적인 위기 상황에서 휴식 시간 같은 것은 없다. 자라는 상실의 슬픔에 빠져 있을 뿐 아니라, 위험에 직면하자 아이와 함께 있고 싶어하는 포유류의 충동에 사로잡혀 있다.

"제가 답변 초안을 작성하겠습니다." 나는 속내와 달리 정중한 침착함을 발휘해 말하고는 내 책상으로 터덜터덜 걸어갔다(자연광이 전혀 들지 않는, 2층의 협소한 사무실로—우울하니까 더는 말 않겠다). 변명들이 머릿속에서 색종이 테이프처럼 풀려나오기 시작한다. 그 일은 그냥 우리 소관으로 보이지 않았다. '당신네 소관이 아니라고? 전지구적 팬데믹이 보안 기관의 소관이 아닐 수도 있나?' 어이, 내가 지금 진심으로 미워하는 기자 아가씨, 말이야 더럽게 쉽지. 하지만 우리는 의사가 아니고 정보 분석가다. 이 기관에서 내가 하는 일은 나의 상관—휴와 제러미라는 고인이 된 두 남자, 삼가 고인의 명복을 빕니다—에게 우리만이 다룰 수 있는 신빙성 있는 위험이 실재한다는 것을 이해시키는 것이다. '그래도 나중에 후회하느니 안전을 기하는 편이 낫지 않나?' 또! 마리아, 당신이야 그렇게 생각하겠지. 하지만 우리는 돈이 많지 않고 스페인 투우장의 황소처럼 권력을 아무렇게나 휘두르지 않는다. 그리고 덧붙이자면 사실상 지난 두 달간 아무것도 하지 않았던, 세계보건기구라는 결코 작지 않은 기관이 있다. 우리가 아니라 그들이 경종을 울렸어야 하지 않나?

'그럼 이것이 재앙이라는 것이 확실해졌을 때 왜 재깍 행동에 나서지 않았나?' 왜냐하면, 마리아, 그때는 이미 늦었거든. 대규모 감염이 너무도 순식간에 일어났고, 우리는 허울뿐인 피해 대책밖에 남지 않을 때까지 무슨 일이 닥쳤는지조차 몰랐다. 회복률이 낮은 데다 바이러스가 남자만 공격한다는 사실이 독특한 문제를 야기하리라는 것을 일찌감치 깨달았어야 했다는 것은 인정한다. 경찰, 육군, 해군, 소방, 응급의료, 보안, 이것들은 하나같이 태반이 남자들로 이뤄진 직업군이니.

'그러면 MI5 보고서는 어떻게 된 건가? 내가 정보국을 지탄하며 일부를 인용했던 보고서에 따르면 한 여성 정보 분석가가 11월

10일에 자신의 상사에게 역병에 대해 지적했지만 그녀의 견해는 완전히 묵살당했고, 결국 그녀는 그곳을 떠났으며, 내 정보원에 따르면 현재 잉글랜드의 농촌 지역에서 경찰관으로 일하고 있다.' 우선 나는 당신이 그 보고서를 어떻게 손에 넣었는지를 묻고 싶고 당신의 정보원에게 '공직자 비밀 엄수법'이라는 것이 존재한다는 사실을 일깨워주고 싶다. 그 이상은, 마리아, 나는 아무것도 모른다. 그 분석가—물론 그녀가 누구인지는 안다—가 옳았다. 그녀의 보고서는 역병이 초래할 결과를 섬뜩할 만큼 자세히 예측하고 있다. 하지만 나는 과거를 바꿀 수 없다.

그녀의 관리자는 데이비드 버드라는 성차별을 일삼는 개새끼였고, 당신 기분이 나아질까 싶어서 말하는데, 지금은 저세상 사람이다. 뭐, 그렇게 됐다. 우리는 그녀의 보고서를 지난주에, 추정컨대, 당신과 정확히 같은 시점에 발견했다. 그리고 나는 확신하는데, 그것이 그녀의 정당함을 입증해줄 수는 있어도, 이제 와서 달라지는 것은 아무것도 없다.

이렇게 머릿속에서 마리아 페레이라와 싸우는 것이 아주 통쾌하기는 하지만 나에게는 진짜 할 일이 있다. 여기에 아직 있는 동안은 그래도 쓸모 있는 사람이 되는 편이 좋다. 3학년생이 쓴 장황한 논문 분량의 브리핑 서류가 받은편지함에 버티고 있다. 서류는 사망 보고로 시작한다. 업무 보조를 하던 사원이 두 명 더 죽었고, 선임 부장 한 명, 분석가 여섯 명이 죽었다. 물론, 우리는 그들이 죽었다고 간주하는 것이다. 그냥 집에 틀어박혀 죽음을 기다리고 있을지도 모르지만 그들을 비난할 마음은 없다. 통계상 그들이 곧 죽을 운명이라면 그들이 죽었다고 간주하는 편이 더 효율적이다. 다음 섹션은 내가 두더지잡기 놀이라고 생각하는 일이다—매일같이 내가 열 건을 진압해도 이튿날 또다시 발생하는 열 건의 화재.

다른 나라들도 모두 똑같다. 보고서의 국제 섹션은 프랑스의 전파 속도와 늘 그렇듯 조직적인 독일의 대응 방식(실제로 효과가 있을지 눈여겨볼 만하다)에 대한 으스스한 뉴스들을 보여준다. 우리의 모든 주요 동맹국은 어떻게든 버티려고 분투 중이다. 불안을 저지하고, 국내 테러 위험을 관리하고, 가능한 한, 정보 및 보안 부처가 계속 돌아가게 하려고 애쓰고 있다. 좋은 점으로는 남성 인구와 마찬가지로 남성 테러리스트의 수도 급감했다는 것이다. 그리고 다행히도 테러리스트들은 어느 시대에나 남자들이다. 우리가 최소한으로 유지하고 있는 감시팀이 테러 조직들이 와해 혹은 도주 중임을 확인하고 있다. 우리는 수백 명의 테러리스트가 이미 런던을 떠났고, 버밍엄에서 약 백십 명이 사라졌다고 보고 있다. 나는 그저 그들이 아직 살아 있을 가능성이 아주 낮다고 상상할 따름이다. 이건 조금도 슬프지 않다.

언론보도 보고서는 읽기에 고역이다. 신문들은 아주 신이 났다. "당국은 문제를 무시했다." 그들은 그렇게 말하지만 나는 아직도 '우리가 정확히 무엇을 할 수 있었을까'에 대해 확신이 서지 않는다. 좀 더 일찍 백신 연구를 밀어붙였어야 했나? 우리는 과학자들이 아니다. 경고했어야 했나? 우리의 역할은 불안과 공포를 최소화하는 것이지, 야기하는 것이 아니다. 환자들을 격리할 수는 있었겠지만 정작 숙주는 여자들이다. 나는 우리가 어떻게 했어야 인구가 7천만이 넘고 날마다 비행기로 수천 명이 들락거리는 나라에서, 초기의 결정적인 며칠 안에 실행된 것이 아닌 이상, 괄목할 만한 효과가 있을 만큼 사람들을 서로에게서 떨어뜨릴 수 있었을지 의문이다.

하지만 이런 말은 대민관계에 유리한 대답은 아니다. 나는 손이 발이 되도록 사과해야 한다. 마치 내가 개인적인 동기로 병을 만들어내 BFG*처럼 밤중에 직접 영국 전역에 퍼뜨리기라도 한 것처럼. 그리하여 나는 모호하고 아무 도움도 안 되는 간략한 언론 성명서를 작성한다.

'보안국은 불안을 최소화하고 영국 국민의 안전을 지키기 위해 끊임없이 전력을 다하고 있습니다. 추가로 확인되는 사항이 있을 시에는 국민 여러분께 신속히 알려드리겠습니다.'

나는 언제나 기자회견 초안을 작성하는 데 능하다. 신중하게 구축된 중립성 덕분에 내가 작성한 언론 성명은 보통 이의 없이 받아들여지곤 했다. 딸이 나에게 내 일에 대해 물을 때마다 나는 엄마 일은 그냥 '따분한' 일이 아니라 '따분하게 만드는 일'이라고 말해왔다. 적어도 세상이 결딴나기 전까지는 실제로 그랬다. 우리는 우리가 할 수 있는 일을 하고 있지만 그걸로는 부족하다. 물론이다. 하지만 나는 양심을 걸고 우리가 이 기상천외한 상황에서 요구되는 일을 다하고 있다고 말할 수 있다. 이건 일반적인 상황이 아니다. 모두가 당국을 비난할 테고 우리는 그 비난을 받아들일 것이다. 그것이 우리의 일이니까. 우리는 그저 어떻게든 하나의 국가로서 존립하는 것에 몰두하고 있다. 그리고 현시점에서 이보다 더 잘하기란 불가능하다.

* Big Friendly Giant. 로알드 달의 소설에 등장하는 거인.

클레어
미국 샌프란시스코

샌프란시스코에 있는 사람들은 모두 똑같이 세 가지 생각을 하고 있다. 그게 어디든 고향으로 돌아간다, 북쪽의 캐나다로 간다, 아니면 동쪽의 사막으로 간다. 하지만 이제는 너무 늦어버렸다.

나는 공항을 가로질러 걷는다. 서두르고 서두르고 서두르는 사람들에게 떠밀리고 이리저리 휘둘리면서. 내가 경찰복을 입었다는 사실은 중요치 않다. 내가 뭘 어쩌겠나? 고함이라도 칠까? 그들은 모두 죽음으로부터 도망치고 있다. 나 따위는 겁내지 않는다.

비행게시판마다 사람들이 모여 있다. 화면 위로 빨간 단어들—'취소, 취소, 취소'—이 피처럼 흘러내린다. 몇 분 간격으로 또 다른 비행이 '연착'에서 '취소'로 바뀌고, 한 무리의 사람들이 낮게 탄식하고 악을 쓴다. 비행기를 몰 조종사가 부족하고, 전세계 국가들 가운데 절반이 국경을 폐쇄해 착륙 자체가 불가능하다. 세계는 문을 걸어 잠그고 있다.

나는 계속 공항을 돈다. '평화를 유지'하고 '분란을 진정'시킨다는 명목으로. 하지만 이곳의 분위기는 휘발유 웅덩이 쪽으로 불붙은 성냥이 서서히 움직이는 듯한 형국이다. 도시가 폭발할 기세다.

테크버블은 공식적으로 붕괴했다. 세계 금융시장이 자유낙하라도 하듯 곤두박질하자, 광범위한 인터넷 연결과 계속 늘어나는 중산층에 의존하고 실제로는 전혀 수익을 내지 못하는 테크 기업들의 주가가 빠르게 떨어지고 있다. 억만장자들은 백만장자가 됐고, 화폐 가치가 증발했다. 성차별과, 기술을 통해 신처럼 행세하는 남성의 능력을 토대로 지어진 이 도시가 와해하고 있다.

나는 침착해야 하고 꿋꿋이 이겨내야 한다. 나는 여자니까, 죽지 않을 것이다. 나는 경찰로서 내 일을 놓지 않을 것이다. 동요해서는 안 된다. 여기에는 경찰이 수두룩하다. 육군은 도시 내부의 소요에 대처하는 한편, 경찰은 공항에 집중적으로 배치되어 있다.

비행이 모두 취소되면 사람들에게 다들 집으로 돌아가라고 할 수 있을 테니 차라리 쉬울 텐데, 아주 적은 숫자이지만 여전히 비행기가 뜨기는 한다. 안내 방송의 차임벨 소리와 함께 한 항공편이 '연착'에서 '탑승'으로 바뀌자 한 무리의 사람들이 게이트를 향해 달리기 시작한다. 분위기가 한층 어두워지며 술렁인다. 사람들은 하나같이 울거나, 악쓰거나, 울면서 악쓰기 일보 직전인데, 이제 시기심마저 감돈다. 왜 저 남자만 이곳을 떠나나? 왜 저 비행기는 뜨지? 왜 내가 아니고?

수많은 총기 소지자들이 총을 메고 다닌다. 시절이 좋을 때에도 그 광경을 보면 초조해지는데 이제는 아예 공포스러운 수준이다. 그들은 잃을 것이 없으니 더 문제될 일이 없다고 느낀다. 그들은 사형장으로 걸어가는 중이고, 그들 자신도 그 사실을 안다.

내가 모퉁이를 도는데, 메마른 총성이 들려온다. 나는 소리가 난 쪽으로 달려가고 다른 사람들은 모두 비명을 지르며 흩어진다. 쩍쩍 갈라지는 소리를 듣고 나는 위를 올려다본다. 망할. 한 남자가 바닥에 앉아 있고 총은 아직도 위를 향하고 있다. 남자 위로 유리로 된 천장이 있다. 망할. 망할. 망할.

또 한 번의 총성. 나는 바닥에 엎드린다. 총성이 계속 들려온다. 나는 위쪽을 본다. 처음 쏜 사람인가? 아니다. 두 번째 남자가 쏘고 또 쏘고 있다. 젠장, 제발 그만.

공항 전체에서 비명이 들려온다. 공간이 충분치 않으니 인파가 한곳으로 쏠릴 것이다. 나의 동료 앤드루가 도착해 두 번째 총격자의 팔을 쏜다. 나는 마음을 가다듬고 바닥에서 일어서 첫 번째 총격자의 어깨를 쏜다. 동시에 앤드루는 그의 머리를 쏜다. 더 많은 무장한 남자들이 도착한다. 장전한 총을 겨누며. 안 돼. 아니야. 이럴 수는 없어.

앤드루가 쓰러진다. 두 번째 총격자가 그를 쏘고 있다. 안 돼, 안 돼, 안 돼. 나는 그의 머리를 겨누어 발포한다. 그가 나를 돌아보기 전에 내가 그를 맞히기를 빌면서. 아, 젠장, 돌아보지 마. 부디 내가 여기서 살아남게 해주세요.

어맨더
글래스고

내 두 아들이 죽어가고 있다. 나는 곁에 앉아, 그 사실을 애써 부정하며, 나와 윌이 쓰던 침대에 나란히 누워 있는 아이들을 지켜보고 있다. 어쩌면 아이들이 이토록 오래 산 것을 경이로워해야 하는지도 모른다. 나는 11월 1일, 0번 환자를 치료하고 귀가한 날부터 바이러스에 노출되어왔다. 그래도 나는 용케도 그들과 거의 접촉하지 않고 지내왔다. 아니, 그런 줄 알았다. 아이들은 팔 주를 버텼다. 아이들은 학교에 가지도 않고 집을 떠나지도 않았지만, 나는 어쩔 수 없었다. 먹을 것이 떨어질 때마다 외출해야 했다. 나는 최대한 조심했다. 집으로 들이기 전에 차고에서 통조림 캔을 소독했고, 그 뒤로 며칠간은 아무하고도 접촉하지 않았다. 그러나 역병은 너무 쉽고 빠르게 퍼진다. 나는 어떤 방식으로 바이러스가 활동하는지, 표면에서 얼마나 오래 살아남는지 모른다. 그것은 볼 수도 없고 냄새를 맡거나 맛볼 수도 없다. 그것은 어디에든 있을 수 있다. 내 몸이 줄곧 숙주였을 수도 있다.

둘 중 먼저 열이 나기 시작한 찰리는 자신에게 무슨 일이 벌어지고 있는지 알고 있었다. 찰리가 나에게 말했다. "엄마, 이해가 안

가요. 우리는 아무 데도 안 갔잖아요." 나는 어떻게 대답해야 좋을지 막막했다. '나도 몰라. 사랑하는 내 아이들…… 어쩌다 이런 일이 벌어졌는지 모르겠구나. 엄마가 밖에 있을 때 감염됐나 봐. 내가 숙주인 게 분명해. 너희 곁에 너무 가까이 가서는 안 됐는데, 엄마가 너무 미안해.'

월은 지금 아래층에서 차를 마시고 있다. 그는 차마 이 방에 들어와 자신이 저질렀다고 생각하는 일의 결과를 지켜보지 못한다. 그는 아이들이 아픈 것이 자기 탓이라고 굳게 믿고 있다. 내가 아무리 그건 모르는 일이라고 말하고 또 말해도…… 우리는 알 도리가 없다. 월 탓이 아닐지도 모른다. 하지만 내가 무슨 말을 해도 소용이 없다. 그는 죄책감에 사로잡혀 있다. 우리 둘 중 가톨릭 신자는 그가 아니고 나지만, 난들 무엇에 대해 죄의식을 느껴야 할까? 나는 할 수 있는 모든 것을 했다. 월은 종합병원이라는 독사 소굴에 들어갔었고, 그가 뭘 갖고 돌아왔을지는 아무도 모른다.

내가 뭐라고 말리든, 월은 집을 나서 병원에 갈 때마다 우리 두 아들을 위험에 몰아넣었다. 하지만 나 때문일 수도 있다. 그 불확실성이 매일 나를 야금야금 잡아먹는다. 사람이 어떻게 광기에 사로잡히는지 이제 알겠다. 늙어서 노망이 들면 나는 많은 것을, 어쩌면 내 아이들의 이름, 월의 얼굴, 내가 의사였다는 사실도 망각할 것이다. 하지만 이것만은 잊지 않을 것이다. 나였을까? 월이었을까? 누구 탓일까? 당신? 나? 아무도.

찰리와 조시는 내 앞에서 죽어가고 있고, 할 수 있는 게 아무것도 없다. 그들은 쌍둥이처럼 보인다. 쌍둥이나 마찬가지이다. 13개월 터울이 질 뿐. 사랑스럽고 총명하며 다정한 내 아이들. 그들의 의식이 오락가락하고 있다. 나에게 모르핀이 있었더라면 놔줬을 텐데. 상태는 더 빠르게 악화되겠지만 통증은 줄여주니까. 아이들은 고열 때문에 때때로 환각에 시달린다. 숨을 헐떡이며 축구와 토끼 이야기를 하고, 의식이 혼미한 사람들이 뱉을 법한 황당한 소리를 한다. 며칠 전 증상이 나타나기 시작했을 때 나는 친구 앤에게 전화를 걸어, 현명한 대처법을 물었다. "아, 어맨더, 정말 유감……."

나는 말허리를 잘랐다.

"앤, 그런 대화는 됐어. 위로는 필요 없어. 그저 네가 이언을 편안히 보내주기 위해 뭘 했는지를 알아야겠어."

내가 아는 최고의 완화치료 전문의인 앤은 차로 한 시간 거리에 있는 덤버턴의 호스피스 병동에서 일한다. 그녀의 일은 고요하고 사색적이며 돌봄의 성격을 띠지만, 나는 긴박한 드라마와 응급상황, 추후의 말썽을 예방하기 위해서라면 기꺼이 당장의 고통을 가할 수 있는 마음가짐에 익숙하다. 나는 보살핌에 영 서툴다. 하지만 정작 그녀의 충고는 아이들보다는 나를 위한 것이었다. 그들을 위해 해줄 수 있는 것은 없었다. 모르핀 말고는, 열을 식힐 찬물에 적신 플란넬 수건과 타는 목마름을 달래줄 물 몇 숟가락이 전부였다. 앤은 아이들 곁에 있어주는 것이 가장 중요하다고 말했다. 침착함을 유지하며 현재에 머물라고 충고했다. 그들이 사라진 미래를 떠올리지 마. 과거에 뭔가를 달리 해줄 수 있지 않았을까 곱씹지도 마. 이 시간을 소중히 보내고, 고통으로 점철되고 부서진 아이들의 마음을 달래는 진정제가 되어줘.

나는 앤의 충고를 들었고 받아들였지만, 이 방 안에서 제정신을 유지하기란 불가능하다. 그건 너무도 고통스럽다. 나는 조금이라도 위안을 얻고자 끊임없이 아이들의 어린 시절을 회상하고, 그러면서 멍하니 그들이 행복했고 안전했고 그들이 살아온 날보다 앞으로 살아갈 날이 훨씬 많았던 시절로 나를 데려간다. 아니나 다를까, 의구심이 스멀스멀 기어올라와 백일몽을 망친다. 내가 뭔가 다르게 했어야 하는 게 아닐까? 일을 관뒀어야 했나? 그 긴 시간 동안 아이들과 떨어져 지낼 만한 가치가 있었나? 나는 그들과 매일 밤낮으로 함께 지낼 수 있었다. 그랬어야 했다. 하지만 내가 어찌 알았겠나. 전혀 알 수 없었으리라.

처음으로 돌아가 다시 하고 싶다. 임신 진단 검사기의 두 줄을 보고 기쁨의 비명을 내지르는 것. 내 배 속에서 기지개를 켜며 하루를 시작하는 발길질과 움직임을 느끼는 것. 처음 마더케어*에서 어리둥절한 채로 뒤뚱거리며 아기의 숙면에 도움되는 제품을 마구잡이로 사들인 것. 두 번째 방문에는 기진맥진한 채로 걸음마를 못 뗀 아기를 안고 잠깐의 평화를 약속하는 제품을 사들인 것. 그 모든 세월의 매일매일로 돌아가 나 자신에게 매순간을 즐기라고 말해주고 싶다. 영원할 거라 생각했다. 아이들이 커가는 모습을 지켜보는 행운을 당연한 것으로 여겼다.

나는 매일 아침 아이들을 유치원에 데려다주었는데, 어떤 날들은 정말 홀가분해서 돌아오는 내내 환히 웃었다. 드디어 일하러 간다! 나는 자그마한 인간들을 보살피는 의무감에서 풀려나는 것을 아주 짜릿해하곤 했다. 나는 내 아이들을 떼어둔 채 남들을 보살폈고, 다른 부모들의 아픈 아이들을 돌봤다. 계산해보니, 내 아이들은 학교에서 여러 해를 보냈다. 학년을 말하는 게 아니라 실제 시간을 말하는 것이다. 아이들은 나와 떨어져 수천 시간을 보냈다. 이제

* 영국 영유아 전문매장.

그 모든 시간은 사라졌다. 나는 다시 시작하고 싶다. 모두 되찾고 싶다. 하느님 제발, 내 아이들을 벼랑 끝에서 돌아오게 하소서. 아이들을 돌려주세요. 제발.

캐서린
영국 런던

"캐서린."

평소 캣^{Cat}이라는 애칭으로 부르던 앤서니가 내 이름을 불렀다. 바닥에 앉은 채 시어도어를 만지지도, 그에게 다가가지도 않으며 놀아주려고 애쓰던 나는 그 말을 듣자마자 일어나 앤서니가 서성 거리는 복도로 간다. 그는 이제 시어도어 곁에 아예 오지 않는다. 그런 지 며칠 됐다. 크리스마스에 설치한 전구들이 그의 등 뒤에서 이 모든 상황과 어울리지 않게 반짝거린다. 그 경쾌함은 모욕적이 기까지 하다.

"나, 열이 있어."

무의식적으로 나는 손을 뻗어 그의 이마를 짚는다. 이마가 펄펄 끓는다. 다른 생에서였다면 급히 지역 보건의에게 전화를 걸고, 헐 레벌떡 응급실로 갈 생각을 했을 정도의 고열이다.

"미안해" 하고 그가 말하자 나의 마음에 조금 더 깊은 균열이 생 긴다. 그 느리고 고통스러운 붕괴의 과정은 만일 앤서니가 열이 나 면 '그것이 여기에 왔다'는 분명한 징후이므로, 다시는 서로 접촉 하지 않기로 우리가 합의했을 때 이미 시작됐다. 적어도 이번 생에서는 안 된다. 그것이 시어도어를 안전하게 지키고 이 잔혹한 병의 전염을 막는 유일한 방법이므로. 우리는 지난주에 이에 대해 침착하게 의논했고 결국 울음을 터뜨렸으며 위험을 무릅쓰고 서로를 부둥켜안았다. 앞으로 벌어질 일을 생각하는 것만으로도 너무 무서워서 아무 말도 할 수 없었다. 그는 느리고 고통스러운 죽음을 혼자 맞아야 할 것이다. 나는 이 집에서 남편의 몸이 사그라지는 동안, 가까이 있어도 다가가지 못하는 고문을 견뎌야 한다. 더는 키스도 포옹도 할 수 없다. 내 몸처럼 느껴지던 그의 따뜻하고 넓은 어깨의 감촉도 다시는 느낄 수 없고, 미소 띤 얼굴로 나를 올려다보기 전 부엌으로 걸어 들어오는 그의 몸을 볼 수도 없다. 그가 내 머리 위로 딱 30센티미터 떨어진 2층 침실에 누워서 죽어가는 것을 매순간 의식하며 아주 느린 사별을 견뎌야 할 것이다.

때가 됐는데 나는 준비가 안 됐다. 일주일만 더, 하루만 더, 한 시간만 더. 우리는 충분히 오래 함께하지 못했다. 우리는 평생을 함께 살고, 함께 늙어가고, 아이를 더 낳기로 했다. 이렇게 끝날 수는 없다. 제발.

"시어도어를 지키려면 당신은 나한테서 떨어져 지내야만 해." 앤서니의 목소리가 갈라진다. 그의 이마는 이미 땀으로 번들거린다. 나는 몇 주간 꿋꿋이 지내왔고 미소 띤 얼굴로 크리스마스를 보냈지만, 지금, 내 인생에서 가장 암담한 날, 남편에게 작별 인사를 해야 한다. 나는 아직 준비가 안 됐다. 그 없이 살아갈 준비는 영원히 되지 않을 것이다.

"난 준비가 안 됐어." 이 무시무시한 상황에 나는 떨면서 흐느낀다. 상상하기도 어려울 만큼 너무도 끔찍한 악몽 속을 우리는 살아가고 있다. 그가 병약할 때나 건강할 때나 나는 그와 함께하기로 했다. 작별을 고하고 버려서는 안 된다. 앤서니는 무의식적으로 내게 다가오다가 양팔을 툭 떨군다. 가까이 있지만 서로를 만질 수 없는 고통.

"왜 이런 일이 벌어진 거지?" 나는 그에게 대답 없는 질문을 던진다. 모르기는 그도 매한가지다.

"나도 몰라, 여보. 모르겠어. 내가 당신을 사랑한다는 것 말고는. 늘 자기를 사랑해왔어."

무슨 말을 해야 할지 모르겠다. 함께하는 이 마지막 순간이 영영 끝나지 않기를 바랄 뿐. 우리는 복도에 서서 서로를 마주 보고 있다. 우리의 수많은 추억으로 가득한 이곳에서. 우리가 병원에서 시어도어를 집으로 데려올 때 조심스레 문을 열어주던 앤서니. 그리고 복되고 평범했던 수많은 날들……. 뺨이 발그레한 우리 아기에게 장화를 신기던, 비행기를 타러 가면서 서로에게 할 일을 외쳐대던, 서둘러 입을 맞추고 문밖으로 뛰쳐나가던, 아이 돌보미에게 손을 흔들고 십 대 커플처럼 흥분해서 결혼기념일 저녁 식사를 하러 나가던 날들……. 어떻게 그 모든 것이 이렇게 막을 내릴 수 있지? 층계참 아래에서 한마디 작별 인사로, 이렇게 끝날 수는 없어. 무력하게 바라보며 눈물을 흘릴 뿐 입맞춤도 없이.

하지만 이것이 정말 끝이다. 시어도어가 거실에서 나를 부른다.

"엄마, 나 블록 놀이 하고 싶어." 블록은 거실의 세 번째 선반에 있다. 아이 혼자서는 손이 닿지 않는다. 내가 가지 않으면 아이가 이리로 올 테고 그건 너무 위험하다.

"사랑해." 내가 말하자 그는 슬프게 웃으며 고개를 끄덕인다.

"알아."

"사랑받고 있다는 게 느껴져?" 하고 물으며 나는 필사적으로 작별 인사를 늘인다. 그렇게 밤에 이불 속에서, 혹은 우리가 옥스포드에서 처음 사랑에 빠졌을 무렵 함께 걸을 때나 버스 안에서 서로 뒤엉켜서 속삭이던 대화들을 우리 모두에게 상기시킨다.

"아주 많이." 그가 말한다. "자기는 사랑받는 게 느껴져?"

"당신이 상상할 수 있는 것보다 더."

"나, 이제 가야 해." 그가 부드러운 목소리로 말한다. 돌아서서 느릿느릿 계단을 오르다, 안전한 여덟 번째 계단에서 나를 내려다보고는 손 키스를 보낸다. 그 잘생기고 지친, 내게 너무 완벽한 얼굴이 그가 멀어지는 동안 내가 볼 수 있는 전부다.

"사랑해." 내가 다시 외친다. 마지막으로.

"나도 사랑해." 침실 문이 쿵 닫힌다.

나는 바닥에 털썩 주저앉아, 설움을 참지 못하고 흐느낀다. 이럴 수는 없다. 언젠가 닥칠 일이라는 것을 알면서도 나는 희망을 품었다. 어쩌면, 어쩌면 우리는 살아남을지도 모른다고. 누군가는 틀림없이 면역이 있을 것이다. 그게 우리일 수도 있지 않았나? 왜 우리일 수 없지?

"엄마, 엄마. 엄마 왜 그래?"

시어도어가 복도로 나와, 자신이 상심했을 때 내가 해주듯 내 머리카락을 쓰다듬는다. 아름다운 아들의 눈을 마주 보자, 눈물이 내 뺨을 타고 흘러내려 코끝에서 뚝뚝 떨어진다. 아이의 얼굴은 걱정을 형상화한 그림 같다. 나는 코를 훔친다. 나는 아이를 지켜야 하고, 그것은 곧 내게서 그를 떼어놓아야 한다는 뜻이다. 이제 내 삶에서 사랑은 거리를 둔 채 표현되어야 하나 보다. 나는 심호흡을 하고, 저리 가라는 손짓으로 시어도어를 거실로 돌려보낸다. 이제 내가 할 수 있는 일은 기다림뿐이다.

모번
스코틀랜드 독립공화국
케언곰 국립공원 옆 작은 농가

제이미가 집에서 나와 정원을 황급히 가로질러 달려오더니 헐떡거리며 말한다. "엄마, 전화 왔어요. 엄마를 바꿔달래요."

"누구라던, 아가?" 아이는 어깨를 으쓱하고, 나는 메세지를 받아 적거나 최소한 발신자가 누군지는 물어보지 그랬느냐고 잔소리하고 싶은 충동을 억누른다. 콩깍지처럼 빼빼 마른 아이는 밭 어딘가에 있는 아빠를 찾아 뛰어가버린다. 나는 평온한 기쁨을 느끼며 집으로 터덜터덜 걸어간다. 긴 세월 호스텔을 운영하며 투숙객과 짐 가방, 여행이 몰고 오는 얼마간의 혼돈에 익숙해졌다고 생각해 왔지만, 아니었다. 조용하고 안전한, 행복하게도 아무 손님도 없는 이 집은 나에게 마르지 않는 기쁨의 원천이다. 우리는 위기에 대비해왔고, 곡식과 물과 의약품을 구비했다. 남편과 아들은 무사히 내 곁에 있다. 아무 문제도 없을 것이다.

"모번 맥너튼 씨 되십니까?"

"네, 그런데요."

"제 이름은 오스카입니다. 행정부의 대민 부서 공무원이죠. '하일랜드 대피 프로그램'과 관련해 전화 드립니다."

"하일랜드 뭐요?"

오스카의 음성에서 조급한 기색이 느껴진다. 그는 몹시 지친 듯한 목소리로 서둘러 설명한다. "'하일랜드 대피 프로그램'요. 도시에 사는 십 대 소년들을 하일랜드의 외딴 지역으로 대피시킬 겁니다. 양질의 식품과 식수가 보급됩니다." 오, 세상에, 그들이 내 아들을 빼앗으려고 하나? "귀하의 가정은 이 프로그램의 집주인 가정으로 선정되었고, 귀하의 호스텔은 면적이 넓은 관계로 다른 가정보다 많은 소년들이 배정되었습니다. 앞으로 더는 호스텔 투숙객을 받지 않을 것을 확약해주실 수 있습니까?"

내 목구멍에서 씩씩거리며 괴상한 소리가 난다. 소리를 단어로 만드는 것 자체가 불가능한 일로 느껴진다. 이럴 수는 없다. 이곳에서 우리는 더없이 안전한데.

"아니오." 내가 마침내 말한다. "손님도 안 받고 프로그램도 안 합니다. 싫어요. 우리는 그 애들 안 받을 겁니다. 안 합니다. 내 아들은 여기서 안전하게 지내고 있어요. 안 돼요."

"선택의 여지는 없습니다, 맥너튼 부인. 이 프로그램의 의무 사항을 따르지 않는 것은 범법 행위로 간주됩니다."

"언제부터요?"

"어제부터입니다. 스코틀랜드 의회에서 입법안이 통과됐어요. 소년들은 한두 시간 뒤면 도착할 겁니다. 아이들이 도착하면 더 많은 정보가 전달될 겁니다." 그는 전화를 끊고 나는 절망에 빠져 비명을 지른다. 안 돼, 안 돼, 안 돼, 안 돼, 안 돼. 손으로 머리를 감싸고 이 모든 일의 부당함을 토로하며 울고 싶다. 우리는 모든 것을 철저히 계획했고, 비교적 탈 없이 위기를 모면할 참이었다. 아니, 그럴 줄 알았다. 우리는 이 시기가 끝나기를 기다리며 텃밭에서 키우는 채소를 먹고, 암탉들이 낳는 달걀을 먹고, 암소 네 마리에게서 얻는 우유를 마시고, 손에 넣게 되는 대로 고기까지 먹을 계획이었다. 몰래 모아둔 항생제도 있고 구급용품도 넉넉하다. 다 괜찮을 참이었다.

하지만 스코틀랜드 독립공화국 정부에는 다른 계획이 있었다.

시간이 없다. 제이미. 제이미를 안전하게 지켜야 한다. 나는 밭으로 달려가 제이미와 캐머런의 이름을 목이 쉬도록 부른다. 몇 분 만에 그들이 나에게 달려오고, 겁에 질려 이구동성으로 묻는다. "무슨 일이야? 뭔데?"

"정부가 십 대 소년들을 대피시킨대. 애들을 이리로, 우리한테 보낸대." 캐머런의 얼굴이 물속으로 가라앉는 돌처럼 내려앉고, 제이미의 얼굴은 일그러진다.

"그럼 안 되지, 여기는 안전하잖아." 그는 격분해서 매 음절 경멸을 담아 말한다.

"그런데 그럴 거래. 우리는 널 안전하게 지켜야 해."

"간이 숙소!" 캐머런이 말한다. "시냇가 집, 거기는 꽤 멀지."

맞다, 거기가 딱이다. 제이미가 앞으로 몇 달이든 살아남을 수 있을 만큼 안전하다. 우리는 백 미터 떨어진 그곳까지 음식을 나를 수 있다. 하지만 제이미를 만질 수는 없다. 가슴이 미어진다. 아이를 만질 수도 안을 수도 머리카락을 헝클어뜨릴 수도 없다니. 아니지, 이럴 때가 아니다. 슬퍼하는 것은 나중에도 할 수 있다.

우리는 집 안을 분주히 뛰어다니며, 생각나는 것을 죄다 챙겨 짐을 싼다. 침낭, 담요, 조리도구, 책, 잡지, 무전기, 약. 혼자서 생존하는 데 필요한 모든 것.

한 시간 반 뒤 대형버스가 진입로의 자갈을 밟는 소리가 들려온다. "아들, 이제 가야 해." 캐머런이 말한다. 제이미는 거대한 배낭을 등에 멘다. 분명 무게가 자기 체중만큼 나갈 것이다. 우리 중 하나는 이곳에 남아 도착하는 아이들을 상대해야 한다.

"당신이 가." 나는 캐머런에게 말한다. "가서 자리 잡게 도와줘." 나는 제이미를 붙잡고 꼭 껴안는다. 내가 너무 세게 껴안아 캐머런이 나를 도로 떼놓아야 할 정도로. "사랑해."

"나도 사랑해, 엄마." 그는 손을 흔들며 떠난다. 이제 내 아들은 혼자가 되어 이 끔찍한 병이 잠잠해지기를 기다려야 한다. 그의 양어깨는 결의에 차 있다. 공포가 만연한 세상에서 어른이 되려고 애쓰는 모습에 나는 심장이 터질 것처럼 아프다.

나는 줄줄 흐르는 눈물을 훔치며 집의 모퉁이까지 걸어간다. 십대 소년들이 버스에서 내려 들어오기 시작한다. 모두 겁에 질리고 추위에 시달린 모습이고, 아주 앳돼 보인다.

"안녕, 나는 모번이라고 해." 나는 소리친다. 집과 가족을 떠나 여기 오게 된 것은 이 아이들의 잘못이 아니다.

한 소년이 떨리는 언 손으로 나에게 편지봉투를 건넨다.

맥너튼 부부 귀하

'하일랜드 대피 프로그램'에 협조해주셔서 감사합니다. 이 프로그램은 역병이 도는 동안 안전한 벽지에서 14-18세 비감염 소년들을 수용하도록 하는 정부 시행 프로그램입니다. 귀하는 백신이나 치료약이 발견되고 소년들이 다시 안전하게 귀가할 수 있을 때까지 15-16세 소년 78명을 보살필 것을 위임받았습니다. 동봉된 〈부록1〉에 기재된 성명과 주소를 참고하십시오.

중요한 것은 귀하가 귀하의 소유지를 떠나서는 안 된다는 점입니다. 식량은 며칠 뒤 귀하에게 배달될 것이고, 매달 추가 배달품이 제공될 예정입니다. 또한 우리는 귀하의 사유지에 훌륭한 식량 공급원이 있다는 사실을 잘 알고 있습니다. 소년들은 백신이 발명될 때까지 감염되지 않도록 철저히 격리되어야 합니다. 귀하가 돌볼 소년들은 역병 바이러스 증상 추적 검사를 모두 마쳤습니다.

또한 우리는 소년들 각자에게 보급품 일습을 제공했습니다. 추가로 보급품이 필요할 시에는 전화 0141-954-8874로 연락하십시오. 이 번호로 자세한 정보를 요구하지 마십시오. 추가 공지가 있을 시에는 즉시 전달하겠습니다.

백신이 개발되면 스코틀랜드 정부는 귀하가 보살피는 소년들에게 우선적으로 접종을 실시해, 소년들을 가족의 품으로 신속히 돌려보낼 것입니다.

스코틀랜드 의회에서 통과된 긴급 입법안에 따라, 양육자의 의무 위반에 대해서는 최대 삼십 년의 징역에 처한다는 점을 부디 유념하시기 바랍니다.

안녕히 계십시오.

-수 오닐

"좋아, 친구들!" 나는 애써 낼 수 있는 가장 활기찬 어조로 말한다. "자, 다들 자리를 잡아보자."

캐서린

영국 런던

고^故 앤서니 로런스를 위한 추도사 – 2026년 1월 6일

'앤서니와 저는 2010년 9월 옥스포드 대학교의 신입생 오리엔테이션 첫날에 만났습니다. 저는 칠 년간 여학생 기숙학교를 다녔고, 이제 신나게 놀아보자고 마음 먹은 참이었죠. 최대한 많은 남자애들과 키스하고 옥스포드를 활보할 요량이었습니다.

옥스포드에 도착한 지 스물네 시간도 되지 않아, 저는 남자친구가 생겼습니다. 그때 앤서니는 자신이 제 남자친구가 될 거라는 생각은 못 했을 겁니다. 대학 근처의 바에서 만난 우리는 저녁 내내 즐겁고 열띤 대화를 나눴습니다. 그날 밤 그의 방에 제 발로 들어섰고, 이튿날 아침에는 그를 제 남자친구로 만들기로 결심했습니다. 어느 시점엔가 앤서니도 제 결심에 동의했던 게 분명합니다. 그 후로 십오 년간 우리는 함께 삶을 일구었으니까요. 우리는 가능한 한 단 하룻밤도 떨어져서 보내지 않았습니다.

그의 성취와 명백한 장점들로 앤서니를 묘사하기는 쉽습니다. 옥스포드 컴퓨터 공학과 수석 졸업, 잘생긴 얼굴과 따뜻한 미소, xxx에서 일했던 경력까지. 저는 이 자리에서 아주 정직하게 말하

111

겠습니다. 그의 일이 소프트웨어와 관련돼 있으며 그가 그 일을 아주 잘했다는 것은 알지만, 제가 그 분야에 대해 아는 건 여기까지입니다. 저로서는 그가 이룬 성취만으로 앤서니를 설명하기는 쉽지 않을 것 같습니다. 여러분은 그의 경력이 아주 어마어마했다는 제 말을 그냥 믿으셔야 합니다.

여러분 대다수는 보지 못했을 테지만 저는 그보다 더 중요한 것들을 목격하는 행운을 누렸습니다. 제 취향이 어떤지도 전혀 모르면서 매해 저를 위한 완벽한 크리스마스 선물을 사는 데 쏟아부은 헌신적인 노력. 그는 그렇게 십오 년 동안 12번쯤 리버티 백화점에서 가장 흉측한 물건을 사는 데 성공했습니다.

그가 일요일 아침마다 침대로 대령하던 팽 오 쇼콜라와 카푸치노. 정작 자신은 뜨거운 음료를 좋아하지 않고 토스트를 더 좋아하면서도 저에게 "괜찮아" 하고 쾌활하게 말하던 모습. "게일 베이커리는 고작 십 분 거리잖아. 당신이 거기 빵을 제일 좋아한다는 걸 내가 아는데."

제가 추워하면 한밤중에 난방을 올리려고 아래층으로 조용히 내려가던 그의 발소리. 5월의 혹서기 동안 만삭이던 제가 툭하면 변덕스러운 기온을 불평하며 울 때 득의만만해하며 에어컨을 구입해 깜짝 배송시킨 그. 에어컨에 이어 '도착'한 우리 아들이 2킬로미터 떨어진 신생아 집중치료실에 누워 있고 제가 옆구리에 난 제왕절개수술 상처 때문에 잠을 이루지 못했던 몇 주 동안 밤마다 손을 잡아주던 그. "나 여기 있어." 제가 잠에서 화들짝 깨서 울 때마다 그는 그렇게 말하고는 했습니다.

아들을 대하던 그의 다정함. 그가 곰을 주인공으로 만들어낸 이야기들. 곰이 할 수 있는 일의 가짓수에는 한계가 있는데도 아들의 요청에 여섯 달 동안 매일같이 이야기를 지어냈답니다. 그가 잠들려는 찰나에 제가 질문해도 언제나 '예스'로 응했던 것.

그는 청혼하며 무슨 일이 있어도 영원히 저를 사랑할 거라고, 많은 사람들이 영원한 사랑을 약속하기란 불가능하다고 생각하지만 자신은 약속할 수 있다고 말했고, 실제로 그는 진심을 담아 약속했습니다. "내가 어떻게 그러지 않을 수 있겠어?" 그는 심지어 우리가 아직 십 대이고 그러한 지혜를 넘볼 자격이 없던 때에도 사랑이 한바탕 불꽃놀이나 단순한 선언 이상의 것임을 알고 있었습니다. 사랑은 한결같고 확고한 안정감입니다. 사랑은 당신이 사랑받고 있음을 아는 것입니다. 당신이 혼자가 아님을 아는 것입니다.

저는 가족이 없습니다. 부모님은 제가 열 살 때 교통사고로 돌아가셨습니다. 휴일에는 대모가 저를 보살펴주었고 저는 학기중에는 기숙학교에서 지냈습니다. 저는 그 옛날 앤서니를 보자마자 그가 제 가족이 될 것을 알았던 것 같습니다. 저는 완전히 새롭게 저만의 가족을 만들 수 있었습니다. 하지만 그와 함께가 아니라면 하고 싶지 않았습니다. 그가 제 곁에 온 뒤로 모든 것이 나아졌습니다.

역병에 대해 이야기하는 데 너무 긴 시간을 쓰지 않겠습니다. 저는 앤서니가 그의 죽음이 아닌 삶으로 정의되기를 바랍니다. 그가 떠나기 전 우리가 역병을 걱정하는 데 시간을 너무 많이 보낸 것은 아니었기를 바랍니다. 역병에 대한 걱정이 우리의 시간을 앗아갔습니다. 저는 앤서니가 삶의 다른 모든 것을 직면할 때와 마찬가지로 죽음도 사랑과 유머와 공감으로 직면했다고 생각합니다. 어떻게 해서든 그는, 병들기 전까지, 줄곧 저를 안심시키고 위로했습니다. 그는 저에게 다 괜찮을 거라고 말했고, 이따금 저는 잠시나마 그 말을 믿기도 했습니다.

하지만 다 괜찮지는 않았습니다. 정말로 다시 다 괜찮아지는 일은 없을 겁니다. 저는 듣기 좋은 말로 끝맺고 싶지 않습니다. 앤서니는 정직한 사람이었으니까요. 결코 잔인할 정도는 아니었지만 매사에 단도직입적이었지요. 그는 프로포즈 계획마저 비밀로 하지 않았습니다. 누군가를 속이는 행위 자체를 싫어해서요. 그래도 말해줘서 다행이었습니다. 그가 처음에 고른 반지는 아주 끔찍했거든요.

그럼, 다음의 글을 읽는 것으로 이만 줄이겠습니다. 사랑스러운 남편의 추모사를 보석 취향에 대한 험담으로 마칠 수는 없으니까요. 앤서니는 작가 에드나 세인트 빈센트 밀레이를 아주 좋아했으니, 그녀의 시가 마침맞은 마무리가 될 듯합니다.

"너는 이제 환희에 찬 두 발로
안개와 새벽만 알던 길들을 오르거나,
바람을 관찰하거나, 보이지 않을 만큼 저 높이 나는
새의 날갯짓 소리에 귀 기울이지 않지만,—
너는 젊고 다정한 것 이상이었고,
아름다웠지—길었던 그 해年가 너를 기억할 것이다."

나는 웹캠과 화면을 끈다. 시어도어가 위층에서 자고 있으니, 집이 휑하고 섬뜩할 만큼 적막하다. 나는 죽음이 우리 삶을 휩쓸기 전까지 한 번도 죽음을 구체적으로 생각해본 적이 없기도 했지만 추도사를 우리 집 거실에서 친구와 가족 들에게 영상통화로 전하게 되리라고는 상상조차 해본 적 없다. 반려동물의 최후로도 걸맞지 않을 텐데, 하물며 나의 남편, 시어도어의 아빠, 앤서니를 이렇게 보내다니. 역병의 흔적은 죽음 이후에도 남는다.

앤서니의 부모님은 장례식을 할 수 없다는 사실에 몹시 가슴 아파했지만 우리가 할 수 있는 일은 아무것도 없었다. 옥센홀름 폭동 이후로 '공중 모임 및 집회에 대한 법률'이 삼 주 전에 긴급 입법안으로 통과됐다. 내가 어찌할 수 없는 일이다. 아직도 내 마음속에는 어린 아들 둘을 껴안고 바닥에 주저앉아 울부짖는 불쌍한 여인의 형상이 남아 있다. 그때 사람들은 떼 지어 런던행 기차 주위로 몰려가 태워달라고 애원했다. 그 기차는 비어 있었다. 운행 중지 상태였다. 전국적으로 운송이 무기한 연기되었다. 운행한들 무슨 소용인가? 모두들 어디로 달아나려는 걸까? 이제 안전한 곳은 어디에도 없다. 그 법은 타당하다.

단체 모임이 금지되고 이틀 뒤, 장례식도 금지되었다. 일명 '역병 사망자 관리 법안'. 몇 주 전에 묘지가 다 차는 바람에 여러모로 절차가 복잡했지만 죽음이라는 현실은 고통스러울 만큼 확실했다. 앤서니는 오늘 화장됐지만 나는 영영 그의 유해를 받을 수 없을 것이다. 너무 위험하기 때문이다. 그는 그렇게 떠났다. 십오 년간 내 것이었던, 사랑스러운 내 남편의 따스한 몸은 사라졌다. 문구를 새길 비석도 없다. 그 옛날 화창하고 바람이 거셌던 9월의 어느 날 우리가 사랑을 맹세한 콘월 해변에 조심스레 흩뿌릴 재도 없다. 이제 우는 것 말고는 아무 할 일도 남아 있지 않다. 그래서 오늘 처음으로 나는 양손으로 머리를 감싸고는 잃어버린 모든 것을 슬퍼하며 울었다. 일생의 사랑과 함께했던 내 과거의 기억. 우리가 가족으로 일구었던 행복한 삶. 우리가 계획하고 꿈꾸던 미래. 그 모든 것이 사라졌고, 나에게는 그것을 증명할 한 줌 재조차 없다.

로자미
싱가포르

타이 씨는 오늘 밤 마카오에서 돌아올 예정이다. 아파트는 그가 온다는 흥분과 두려움으로 부산하다. 앤젤리카와 루퍼트는 평소보다 더 달라붙는다. 아이들은 그가 이곳에 오면 힘들어한다. 타이 씨는 대개 아이들의 존재를 무시하지만 이따금 작심하고 아이들의 '발전'을 확인하려고 든다. 아이들이 무슨 사업체라도 되는 것처럼. "얘들은 그냥 어린애들이라고요!" 나는 그에게 소리치고 싶지만 그럴 수 없다. 그랬다가 무슨 일이 벌어질지 생각조차 하고 싶지 않다. 나는 그저 여기서 일하는 사람에 불과하니까. 이 아파트는 위계질서로 이뤄져 있다. 나는 가정부들보다 위지만 요리사보다는 아래다. 그는 이 집에서 스무 해를 지냈으며 타이 부인이 좋아하는 국수를 만들 줄 안다. 부인은 다른 사람들이 아무리 요리사의 방식을 그대로 따라 만들어도 퇴짜를 놓았다. 가족 안에서는 루퍼트가 앤젤리카보다 서열이 위다. 루퍼트는 고작 세 살이고 앤젤리카는 다섯 살인데도, 루퍼트가 언젠가 가업을 물려받을 아들이기 때문이다.

타이 씨가 엘리베이터를 타고 올라온다는 운전 기사의 전화가

116

온 후, 갑자기 정적이 감돈다. 앤젤리카와 루퍼트는 타이 부인 앞에 얌전히 줄을 서 있고 나는 열다섯 걸음쯤 떨어져 있다. 내가 자신보다 아이들과 더 많은 시간을 보낸다는 사실이 드러나는 것을 부인이 좋아하지 않기 때문이다. 남자 하나가 집에 온다고 우리가 이렇게까지 환영해야 하다니 황당한 노릇이다. 타이 씨는 이곳에 거의 없다시피 해서 그가 문지방을 넘어 들어오면 말 그대로 열병식이 거행된다. 때때로 하녀들은 그가 나가 있던 곳—상하이, 마카오, 토론토, 시드니—에 대해 이야기한다. 소문에 따르면 그는 각 도시에 정부를 한 명씩 두고 있지만 타이 부인은 신용카드만 쥐여주면 상관하지 않는단다. 얼마나 신빙성이 있는 얘기인지는 모르겠지만, 집 안에 있던 우리가 그녀의 결혼생활에 대해 이야기해온 것과는 달랐다.

엘리베이터 문이 열리자마자 나는 그의 안색이 좋지 않다고 생각한다. 얼굴이 땀투성이이고 몸을 떨고 있다. 그를 즉각 엘리베이터로 도로 처넣고 닫힘 버튼을 눌러 여기서 쫓아내고 싶은 충동을 느낀다. 그가 여행가방을 들고 올라오는 것을 잊어서, 하녀 한 명이 그가 내린 엘리베이터 문이 닫히기 전에 서둘러 가방을 가지러 간다. 타이 부인은 기묘한 표정으로 그를 바라보고 있다. 그가 광둥어로 뭐라고 말하자, 부인은 '애들 좀 맡아'라는 표정으로 나를 본다. 나는 기꺼이 앤젤리카와 루퍼트를 놀이방으로 데리고 들어가서(이미 아이들의 취침 시각이 지났다) 목욕, 잠옷("안 입어, 이 잠옷 싫어! 나 이제 이거 싫다고. 나 애기 아니야."), 동화책("난 이 책이 좋아! 루퍼트가 뭘 좋아하든 말든. 난 애기가 아니라고!"), 취침 루틴을 시작한다.

타이 씨가 놀이방으로 들어와 잘 자라는 인사를 할 때, 타이 부인은 그의 뒤에 서서 소리 없이 울고 있다. 나는 그들이 빨리 가버

117

리기를 바란다. 그들은 아이들을 겁주고 있다. 그는 역병에 걸렸을지도 모른다. 설마, 걸리지 않았을 것이다. 아니 절대로 걸렸을 리 없다. 하지만 만에 하나 그가 걸렸다면 루퍼트에게 옮길 수 있다. 그럴 위험이 있다고 생각하니 속이 울렁거린다. 그날 밤 타이 씨 부부는 대판 싸운다. 그들은 늘 광둥어로 싸우기 때문에 알아들을 수 없다. 그런데 이튿날 내가 아침을 먹이려고 아이들을 주방으로 데려갔더니, 타이 씨가 엘리베이터에 나무 판자를 대고 못을 박고 있었다. 망치 소리가 날 때마다 나는 놀라서 움찔움찔하고 루퍼트는 계속 무슨 일이냐고 묻는다. 놀이방에서 먹이려고 아이들을 데려가는데, 타이 씨가 뒤돌아보며 광기 어린 목소리로 말한다. "아무도 이 집에 못 들어오고, 못 나간다."

싱가포르로 온 뒤 처음으로 나는 이곳에서 내 처지가 얼마나 취약한지를 섬뜩하게 절감한다. 나는 저 판자들을 떼어낼 수 없다. 나는 떠날 수 없고, 나에게는 이 일이 필요하다. 이제 어떻게 하나? 어디로 가야 하나? 만약 역병 때문에 나의 이곳 생활이 망가진다면? 싱가포르에서 역병이 문제가 될 거라고는 생각도 못 했다. 소식을 듣기는 했다. 어머니가 줄곧 이메일로 역병에 대해 얘기했다. 하지만 싱가포르는 세계에서 가장 안전한 나라이고, 외국인 입국을 막았다. 나 역시 부자들처럼 아무 해도 입지 않으리라 생각했지만, 나는 보모일 뿐이다. 나는 그들에게 아무것도 아니다.

그 후로 이틀간 우리는 기묘하게도 모든 것이 정상인 척하면서 기다리고 기다리고 또 기다린다. 평소처럼 옷을 입고 평소처럼 아침을 먹고 마치 모든 상황이 정상인 것처럼 아이들과 놀아준다. 우리는 아파트에 갇혀 있다. 나는 이 안과 밖 중에 어느 쪽에 있는 것이 더 두려울지 모르겠다. 타이 씨 가족의 보모로 이 년을 보냈더니 나는 입을 닫고 군말 없이 복종하는 데 아주 익숙해져서 미처 생각도 못 했다. 내가 그냥 떠날 수도 있다는 사실을…… 오늘 아침 거실을 지나가다가 요리사 중 한 명인 데이비가 달아나는 모습을 보았다. 엘리베이터를 가로막은 널빤지를 칼과 손으로 억지로 뜯어낸 그는 나에게 오늘 타이 씨를 보았느냐고 물었다. 나는 아직 편찮으셔서 침대에 누워 계신 것 같다고 대답했다. "상황이 그렇다면" 하고 말하며 그는 엘리베이터 옆 마호가니 탁자에 놓인 명나라 시대의 꽃병을 챙겼다.

"잘 지내요." 엘리베이터의 문이 닫힐 때 그가 말했다.

나는 닫힌 문을 향해 손을 들어 작별 인사를 했고, 집을 나간 데이비가 어리석다고 생각했다. 꽃병 하나가 자신을 역병으로부터 구해주리라 믿는 걸까. 내가 아니라 그야말로 여기에 머물기를 바랐어야 하는 사람 아닌가. 하지만 역병이 이미 아파트에 침입했을지 모른다는 생각이 자꾸만 머릿속을 맴돈다. 루퍼트가 걱정돼서 목이 죄어온다.

나는 거대한 거실을 돌아다니며 애써 호흡을 가다듬으려 하고 아파트의 한쪽 벽면을 이루는 유리창을 손가락으로 훑는다. 내가 처음 타이 씨 집에서 일하기 시작했을 때 이 방, 이 아파트 전체는 내가 본 중에 가장 놀라운 것이었다. 싱가포르에 사는 한 가정이 직업 알선소의 명부에서 나를 골랐다는 사실 말고는 아무것도 모른 채 나는 이곳에 도착했었다. 나는 싱가포르 사람들이 필리핀 출신 보모를 구하는 데 혈안이 돼 있다는 것을 몰랐다. 그저 고향에서보다 보수가 좋고 일하는 시간도 그만하면 괜찮다고 생각했다. 나는 그때 열아홉 살이었고 뭘 몰랐다.

처음 타이 부인을 만났을 때 그녀가 만만치 않은 상대임을 바로 알았다. 나를 채용한 알선소의 여자는 나에게 처음에는 꽤 충격일 거라고 경고했다. 자기네 인생이 얼마나 힘들었는지 끊임없이 불평하고 돈이든 보석이든 뭐든 더 갖고 싶다고 말하는 그들을 보면 화가 치밀기 십상이라고 말이다. 나는 고개를 끄덕이면서 속으로 '네네, 알았습니다' 했지만, 실은 무슨 말인지 몰랐다. 이곳에 도착해 그들이 내가 평생 봐온 것보다 돈이 많다는 것을 깨닫기 전까지는 말이다.

그들이 지폐 다발을 흔들고 돌아다니지는 않는다. 그냥 모든 게 다 돈일 뿐. 하인들, 보모들, 요리사들. 그들이 환상적인 전망을 자랑하는 이 거대한 유리 아파트 건물의 세 층을 차지하고 살고 있다. 타이 부인은 날마다 쇼핑을 하러 가는데, 가정부들이 들기 버거울 만큼 많은 쇼핑백과 함께 돌아온다. 아니, 한때는 그랬다. 이제는 쇼핑이 지겨워졌다며 투덜거린다. 아이러니가 아닐 수 없다.

앤젤리카는 소파에 앉아 아이패드를 갖고 놀고 있다. 아직 아침 9시 30분밖에 안 됐고, 나는 평소 아이패드 사용 시간에 대해 매우 엄격하지만 우리는 지금 집에 갇혀 있으니 통상적인 규칙은 적용되지 않는다. 척 봐도 내가 단순히 보모로 고용되지 않았다는 것은 확실하다. 나는 '엄마'로 고용되었다. 타이 부인은 좀처럼 아이들에게 신경을 쓰지 않는다. 아침저녁으로 "잘 잤니?" "잘 자" 인사하는 것이 전부다. 멍든 팔에 빨리 나으라고 뽀뽀를 해주고 그들이 그린 그림을 놀이방 벽에 붙이고 "좋아, '모아나'는 다시 봐도 되는데 '릴로 앤 스티치'는 내일 보는 거야. 안 돼, '겨울 왕국'은 다음 주까지는 안 돼. '렛잇고'는 그만 좀 하자. 엘사도 좀 쉬어야지!" 하는 사람은 나다. 나는 아이들의 웃음소리와 울음소리, 잠결에 웅얼거리는 소리를 듣는다. 나는 아직도 밤마다 우유를 마시는 루퍼트가 좋아하는 우유의 온도를 안다. 이제는 정말 끊게 해야 하는데. 그래도 우유는 훌륭한 칼슘 공급원이니 딱 몇 주만 더 먹게 둘 것이다.

나는 앤젤리카 옆에 앉아 머리를 쓰다듬는다. 아이에게 기분이 어떤지 묻고 싶지만, 그러면 틀림없이 아이도 나에게 같은 질문을 할 테고 나는 대답할 말이 없다. 그래서 내 존재만으로 충분하기를 바라며 여기에 그냥 앉아 있다. 내 전화는 한 시간 사이에 네 번이나 알림음이 울린다. 어머니에게서 온 새로운 메시지이다. 떠나온 고향 마티에 역병이 돈다. 어머니는 그것을 '숨파', 그러니까 저주라고 부른다. 이메일이 어머니의 극심한 히스테리 상태를 보여준다. 그것이 무시무시한 병이고 남자들이 죽어가고 있다는 이야기만 되풀이한다. 여기 있는 것도 무섭지만, 고향에서는 정전이 되거나 식량이 떨어지면 병을 고치기가 불가능하다. 나는 근심에 빠지지 않으려고 노력 중이다. 그래도 우리 가족은 여자들뿐이다. 나는 매일 이 사실을 떠올리고, 그러면 만사가 한결 나아 보인다. 아버지는 내가 어릴 때 돌아가셨다. 나의 가장 큰 약점이 나의 강점이 되었다. 자, 나는 떠올려본다. 내게 벌어질 수 있는 최악의 사태를. 우리 가족은 죽지 않을 거야. 나는 죽지 않을 거야. 우리는 괜찮을 거야.

루퍼트가 수상할 만큼 조용해서 괜찮은지 살피러 가려는 찰나, 들려오는 외마디 비명에 앤젤리카와 나는 동시에 펄쩍 뛴다. 침실에서 타이 부인이 도와달라고 소리치고 있다. 나는 그 비명이 무슨 의미인지 안다. 도저히 못 견디겠다. 역병이 이 아파트에 못 들어오게 해주세요. 이곳만은 제발.

리사
캐나다 토론토

"내 연구실에서는 다들 늦어서 뛰어다녀, 걷지를 않아."

조교 한 명이 커피를 사방에 흘리면서 내 연구실로 말 그대로 질주해 들어온다. 어휴, 저걸 확 그냥. 기술팀 직원이 마침내 텔레비전을 노트북에 연결하자 화면이 켜지고, 곧이어 우리는 분할 화면 속 해상도가 제각각인 얼굴들이 건네는 인사를 받는다. 나는 아는 얼굴이 있는지 화면을 죽 훑어본다. 누가 누구인지 못 알아보겠다. 화면에 얼굴이 많아도 너무 많다. 어맨더 매클린―이 온라인 회동의 주최자―만 빼고 모두가 아주 조그맣다.

"여러분 안녕하세요." 그녀가 말한다. 목소리가 아름답다. 나는 스코틀랜드 억양이 진짜 좋더라. "이렇게 참석해주셔서 감사합니다. 자, 저는 이걸 회의라고 부르겠습니다. 무슨 말을 해야 할지 모르겠네요. 지금 여기서 제가 아는 모든 것, 도움이 될 만한 것이면 뭐든 들려드리겠다는 것 말고는요."

어맨더는 안색이 좋지 않다. 눈 밑이 움푹 꺼져서 잔디에 난 골프공 자국 같고, 두 눈은 고행자의 공허한 결의에 차 있다. 아들과 남편을 잃은 것이 분명하다. 그것이 그녀가 한동안 침묵한 뒤 다시 모습을 드러낸 이유라는 데 전 재산이라도 걸 수 있다.

"백신을 만들고 계신가요?" 목소리들 가운데 하나가 묻는다.

"아니오, 저는 글래스고의 응급실 의사입니다. 저는 바이러스학자가 아닙니다. 그저 우연히 0번 환자를 치료하게 된 겁니다."

어맨더는 얄궂게도 사람들이 위대한 의학적 발견을 한 뒤에 짓는 어리둥절한 표정을 짓고 있다. 종종 기자 회견에서 그런 표정을 볼 수 있는데, 그들은 마치 조깅 따위를 하다가 막 붙잡혀서 '당신이 인류를 구하는 데 이바지했다'는 말을 들은 사람 같아 보인다. "제가요? 어째서죠? 설마요." 어맨더의 경우는 그와 정반대다. 의도치 않게 끔찍한 일에 휘말린 이야기를 하고 있으니.

"바이러스를 발생시킨 기원에 대한 정보는 없을까요?" 내가 묻는다. "바이러스가 처음 발생한 동물이든, 환자가 다녀온 해외 여행지든, 뭐든요."

"저는 환자의 아내와 이야기해보려고 노력 중입니다. 이제 유족이라고 불러야겠군요. 그분은 사람들과 대화하는 것을 겁내고 있습니다. 남편이 뭔가 큰 잘못을 했다고 생각하나 봅니다. 난처한 상황이죠. 제가 온라인으로 제보 요청을 했을 때 같은 출신 지역 사람들 몇 명과 대화해보니, 그는 최근 이 년 동안 영국 밖으로 나간 적이 없었다고 합니다. 동물 가설에 대해서는, 그가 이따금 소소한 불법 행위를 했다고 들었습니다. 저는 그것이 유입 경로일 수 있다고 보고 추적하고 있습니다."

우리는 하나같이 아주 간절한 표정이다. 한심한 노릇이다. 우리는 아는 게 없고, 어맨더도 아무것도 모른다. 죄다 부질없는 짓이다. 우리는 귀중한 시간을 낭비하고 있다. 면역학자, 유전학자, 바이러스학자로 이뤄진 팀을 이곳에 불러 모은 이유가 뭐지? 어맨

123

더가 아직 아무것도 모른다고 말하는 거나 들으려고? 참 잘 돌아
간다.

사람들은 뷰트 섬의 기후에 대해, 그리고 어떻게 그것이 바이러
스라는 사실을 알았고 어떻게 그렇게 빨리 알아차릴 수 있었는지
등을 질문하고 있다. 대규모 집단 자위 행위나 다름없다. 나는 이
시간을 활용하기로 결심하고, 이메일을 몇 통 보낸다. 도대체 언제
까지 시간을 끌려나 싶더니, 화면의 모든 사람이 작별 인사를 시작
한다.

나는 "자, 다들 업무 복귀" 하고 말한다. 이 무슨 빌어먹을 시간
낭비람.

엘리자베스

영국 런던

백신을 찾기 위해 혼신의 노력을 다하는, 전세계 다양한 분야의 과학자들의 모습에 나는 넋을 잃는다. 수많은 얼굴들―대개는 흐릿하거나 들락날락하는―을 보니 가슴이 벅차오른다. 세상을 향해 메시지를 보낼 수 있었으면 좋겠다. "최선을 다하겠습니다, 약속합니다! 우리가 백신을 찾아낼 겁니다." 아빠가 죽은 지 이 주나 지났지만, 전 지구의 수많은 연구실에서 남자들의 죽음을 막기 위한 필사적인 노력이 계속된다는 증거를 볼 때마다 나는 울먹이며 감사 인사를 하고 싶다. 그런다고 아빠를 되찾을 수는 없다는 것은 알지만 말이다. 지금 당장은 계속 바삐 움직이고 미소를 잃지 않을 것이다. 나를 일으켜 세울 것은 전진뿐이다.

통화 후 나는 조지 키친 박사를 만나 커피를 마시며, 실험실에서 나의 팀이 남성의 취약성과 여성 면역의 정체를 밝히는 작업에서 이룬 성과를 함께 훑는다. 우리는 서서히 답을 향해 가고 있다. 우리 모두 그것에 어떤 식으로든 유전학적인 요인이 있을 것이라고 생각하지만, 입증할 증거를 찾기 전까지는 알 수 없는 노릇이다. 내가 이번 주의 실험 계획을 설명하는데, 조지가 내 말을 자르더니

125

지친 얼굴을 손으로 문지른다.

"미안해요, 엘리자베스, 제가 각 연구실에서 하는 일을 더 잘 이해해야 하는데…… 저는 이렇게 많은 영역을 아우를 능력은 안 되나 봅니다." 그가 한숨을 내쉰다. "연구실 네 개가 모두 전속력으로 돌아가고 있고, 제가 그걸 일일이 검토하고 있어요. 우리에겐 더 나은 시스템이 필요해요. 저는 이걸 다 해내지도, 제대로 소화하지도 못하겠어요. 우리에게는 일종의 명령 체계가 필요합니다." 이 묘하게 군사용어 같은 표현이 차분하고 지친 목소리를 가진 조지의 입에서 나오니 묘하다. "빨리 사람들을 찾아야 하고 그런 다음에는, 아, 모르겠네요. 미안합니다. 지금 당신이 말하는 내용을 받아들이고 활용할 여력이 없네요. 제 시간이든 당신 시간이든 낭비하고 싶지 않은데." 그는 수면 부족과, 총리 및 고위직 정부 관료들과의 심야 전화통화로 눈이 충혈돼 있다. 나도 그런 게 있다는 것은 알지만 참여하지는 않는다.

그때 나에게 그럴 생각이 있었다는 것을 깨닫기도 전에 "저를 팀장 대행으로 쓰세요"라는 말이 입에서 튀어나왔다.

조지는 미심쩍은 표정이다.

"저를 믿어주세요." 나는 이것이 꽤 일리 있는 제안이라고 그를 설득하기로 결심하고 말을 이어간다. "저는 제가 속한 연구실을 이끌고 있고 잘해내고 있어요. 당신이 저에게 팀을 이끌라고 공식적으로 지시한 적도 없는데요." 조지는 '하기는, 그건 그렇지'로 읽히는 표정을 지었다. "저는 스탠포드 경영대학원에서 여름학기를 수료했어요. 당신이 질색하는 인사관리 이론이나, 당신에게 계획이 있음을 정치인과 공무원 들에게 보여줄 작업진도 그래프 따위도 꿰고 있다는 뜻이에요. 게다가, 과학자이고요. 사람들하고도 잘 지내죠. 그러니까 믿어서도 돼요." 나는 내가 지을 수 있는 가장 애교스러운 '제발 스탠포드 보내주세요' 미소를 짓는다. 너무 피곤하고 슬퍼서 그저 찡그린 얼굴에서 입김을 내뿜는 기분이었지만. "그리고 전 이제는 정말 고향으로 날아갈 수도 없고, 병에 걸려서 자리를 비울 리도 없다고요. 저는 아무 데도 안 가요. 갈 데도 없어요."

"그래도 너무 어려요." 그가 말한다. "부디 내 말을 모욕적으로 여기지 말아주세요. 당신은 여기서 아주 놀랄 만큼 잘하고 있지만 그건 20대에게 맡기기에는 너무 무거운 책임이에요."

나는 "저 이제 곧 서른이에요"라고 반박할 뻔했지만 그것은 도움이 될 것 같지 않았다.

"조지, 당신은 지쳤어요. 밤에 두 시간밖에 못 자고, 남자들이 계속 죽고 있으니 일손도 턱없이 부족하죠. 나한테는 안전한 두 손이 있어요. 면역을 가진 여자의 손이죠. 그리고 사람들은 저를 신뢰해요. 저는 괜찮은 사람이고 사람들은 저를 위해, 저와 함께 일하는 걸 좋아해요. 저는 사람들을 이끄는 데 능하다고요." 순간, 나는 내가 대립을 얼마나 두려워하는지—어떻게 말문이 턱 막혀버리는지—떠오르지만 무시한다. 나는 이제 인기 없는 외톨이도, 열다섯 살짜리 숙맥도 아니다. 필요하다면 껄끄러운 대화도 할 수 있다. 나는 지나온 삶을 뒤로하고 떠나왔다. 맙소사, 그것도 팬데믹이 한창일 때 다른 대륙으로 날아왔다.

나는 그에게 잠시 생각할 시간을 준다. 하지만 조지는 너무 피곤해서 당장은 아무 결정도 내리기 어려운 상태인 듯하다.

"그럼, 이건 어때요?" 나는 반기를 들 수 없는, 기운찬 어조로 말한다. "일주일 동안만 시험 삼아 제 말대로 해보는 거예요. 아니다 싶으면 다른 해결책을 찾아보자고요. 잘 굴러간다면 관리 체계가 개선될 거고, 우리는 함께 여러 실험실을 효율적으로 운영하는 방법을 찾을 거예요. 그리고 당신은 미가공 데이터를 덜 보는 대신 전략적 사고에 더 집중하고요."

"좋습니다, 그렇게 해보죠." 조지는 이 임시방편을 세우고, 그의 뇌에 꼭 필요했던 빈자리가 조금 생긴 것만으로도 한시름 놨는지 어깨가 2, 3센티미터쯤 툭 떨어졌다.

나는 영국의 백신 개발 태스크포스의 팀장 대행이 될 것이다. 아빠가 이렇게 말하는 모습이 떠오른다. "미시시피 주 해티즈버그 출신 여자애치고는 나쁘지 않군. 결코 나쁘지 않아."

어맨더

스코틀랜드 독립공화국 글래스고

　일, 뉴스, 조사. 일, 뉴스, 조사. 내 삶의 세 기둥. 이것들만이 나를 간신히 지탱한다. 흐리멍덩한 채로 나는 전세계의 과학자들과 영상통화를 한다. 어찌나 정신이 시끄러운지 노트북을 닫아버리지 않으려면 안간힘을 써야 한다.

　나는 날마다 뉴스를 보며 긴장을 푼다. 깊은 밤이나 쉬는 날, 잠을 청할 때도 앉아 있을 때도 눈알을 뽑아내고 싶은 충동에 시달린다. 제발 다른 생각을 하게 해달라고 비는데도 나의 뇌는 마치 눈을 뗄 수 없다는 듯 가장 암담했던 순간들로 되돌아간다. 찰리와 조시가 죽던 순간은 떠올리지 마. 두 아들의 시신을 들고 나가며 윌이 울던 모습을 떠올리지 마. 자신의 체온이 오른 것을 확인했을 때 안도감이 번지던, 마치 죽기를 바라고, 죽음으로만 속죄할 수 있다고 믿는 듯했던 윌의 얼굴은 떠올리지 마. 내가 마지막으로 듣고 싶던 말이라곤 "사랑해"뿐이었던 임종의 순간 "미안해, 미안해"만 되풀이했던 그의 목소리를 떠올리지 마.

　잠 못 드는 밤을 보내고 나니 일하러 갈 시간이다. 놀랍게도 가트네이블 종합병원은 군말 없이 나를 경력직 응급실 수석 고문의로 재고용하고 싶어했다. 나는 일이 필요하다. 일마저 없다면 미쳐 버릴 것이다. 나는 과부이고 자식 잃은 어미다. 그 이름표들이 너무 낯설어서 아직도 들을 때마다 흠칫 놀랐다가 곧 그것들이 나에게도 적용되는 표현임을 깨닫는다.

그래도 나는 여전히 의사다. 일 말고는 달리 시간을 때울 게 없다. 절망적이기는 하지만 나에게는 목표가 있다. 내가 의사라는 사실이 이토록 중요했던 적은 없었다. 우리는 얼추 열에 하나 꼴로 아직 살아 있는 남자들의 생명을 보존해야 한다. 인간이라는 종의 미래는 그들에게 달려 있다. 그리고 두말할 것 없이, 나라를 계속 굴러가게 하고 질서 비슷한 거라도 유지할 여자들도 살아야 한다. 나는 일터에 있을 때 항시 정신을 집중하고 한눈팔지 않으려고 노력한다. 병원 밖 사정에 대해 생각하는 것은 일절 금지다.

처음 복귀했을 때 나는 엄청난 사망자 수만으로도 완전히 얼이 빠졌다. 나는 '어라, 오늘 알렉스는 어디 갔지?' 하고 생각하다가 뒤늦게 깨닫는다. 알렉스가 여기에 없다면, 죽은 것이란 걸. 며칠 전에는 린다가 어디 있는지 물어보았다. 린다는 내가 가장 좋아하는 야간조 간호사로, 응급실 환자들을 병실로 옮기고 자리를 봐주곤 했다. 수간호사가 고통스러운 표정으로 나를 바라보았다. 간호사 하나가 헛기침을 했다. "그분은 아들이 셋이고, 손자가 넷이고, 남편도 있었어요. 그 모두가……."

"여전히 휴가 중인가요?"

수간호사가 딱하다는 표정으로 나를 바라보았다. 나는 이해가 안 갔다. "아니요. 린…… 린다는 견뎌내지 못했어요, 어맨더."

아, 그렇구나. 제2의 역병, 뉴스에서 칭하기를, 스스로 목숨을 끊는 그 병.

내가 가장 아끼던 남자 스탭들 몇 명이 다행히도 살아남았다. 복귀 이틀째 날, 우리 병원의 30년 차 짐꾼 빌리가 그사이에 문신이 더 많아진 모습으로 문을 벌컥 열고 들어왔다.

"어맨더! 돌아왔구나, 그럼 그렇지. 너 없으니까 예전 같지 않았어. 그 인간들이 너 없이 어쩌려고 그랬는지 몰라, 이 염병할 멍청이들."

"저 여기 있어요, 빌리." 다른 고문의들 가운데 하나인 메어리가 방 반대편에서 건조하게 말했다.

"어이쿠, 메어리, 거기 있었네. 내 말은 그게 아니고……. 아, 이제 나 퇴근해. 만나서 다들 반가웠어."

역병과 싸우는 와중에 만나는 축복 같은 일상의 한 조각. 짧게 휙 지나가버리는 이런 순간들이 아주 반갑다.

나의 열두 시간짜리 근무 시간은 패혈증, 팔다리 골절, 자살 시도, 몇 건의 교통 사고가 흐릿하게 뒤섞여 지나가버린다. 흔히 말하는 응급실 표준적인 업무. 이어서 서류 작업을 두 시간 더 하고 나자 시계가 밤 10시를 알린다. 이제 집에 가야 한다. 나는 벽 선반에 꽂힌 또 다른 차트를 꺼내고 환자를 면회한다. 단순 신장염. 고통스럽지만 치료는 쉽다. 이십 분 뒤면 퇴근이라니 암담하다. 그 환자의 병실을 나와, 선반에서 또 다른 차트를 꺼내는 나를 야간 수간호사가 목격한다.

"어맨더, 들어가세요." 그녀는 부드럽지만 거역할 수 없는 목소리로 지시한다. 글래스고의 간호사들은 설득력이 구세주를 부르짖는 종교 지도자 급이다. "잠은 안 자더라도 좀 쉬어야죠."

나는 간신히 지친 미소를 지어 보이고 집으로 향한다. 현관문을 들어서자마자 모든 전등을 다 켜고 뉴스를 켠다. 정적을 참을 수 없다.

BBC 뉴스 기자단이 스웨덴에 발이 묶였다. 세 여자는 모두 어제도, 그제도, 그 전날도 똑같은 옷차림으로 수천 킬로미터 떨어진 스칸디나비아 반도에서 뉴스를 내보내고 있다. 고향에서 가족들이 죽어가는 와중에. 그들은 스웨덴 이민국 사람을 인터뷰 중이다. 그녀의 이름은 릴리이고 거의 우스꽝스러울 만큼 스웨덴 사람처럼 생겼다. 금발 머리에 푸른 눈동자이고 검은색 옷을 입고 있다. 내가 입으면 펑퍼짐한 임부복 같아 보일 옷이 그녀가 두르니 아주 근사한 작품 같다.

"스웨덴인은 면역이 있어서 스웨덴이 안전하다는 소문이 돌았습니다. 그딴 소문을 처음 퍼트린 사람은 지옥에 떨어져야 합니다. 당연히 우리는 면역이 없어요. 우리가 금발이고 아바를 좋아한다고 해서 역병에 면역이 생기진 않는다고요. 젠장." 그녀의 분노가 약간의 활기를 준다. 요즘 뉴스에 나오는 사람들은 전세계가 완전히 망했다는 사실 말고는 전할 말이 없다는 것을 깨닫고는 너무 자주 울음을 터뜨리거나 침묵에 빠져든다. 이 아가씨는 기개가 있다. 말하는 모습이 보기 좋다.

"당신네 영국인들이 몇 주간 북쪽으로 들어오는 통에 드디어 항공편이 모두 취소됐고 우리는 국경을 봉쇄했습니다. 하지만 너무 늦었죠! 당신들은 죽음과 파괴를 불러오는 메뚜기 떼와 똑같아요."

앵커인 이모젠 디븐이 지나치게 세련된 영국 사람 특유의 표정으로 카메라를 바라보고 있어 나도 모르게 웃음이 터진다. 모든 게 제대로 망한 이래로 첫 번째 웃음이다. 이모젠의 표정은 말 한마디 없이 용케도 이렇게 전하고 있다. '너무 모욕적이어서 죽고 싶네요. 분위기를 덜 어색하게 만들려면 제가 사과해야 할 것 같은데

요…….이렇게 감정을 아예 대놓고 표현하다니, 못 당하겠네요.'
릴리는 여전히 못마땅해하며 언짢은 표정으로 이모젠을 바라보고
있다. 이모젠은 명백히 전 국민을 대신해서 사과할 것으로 예상된
다. 이모젠은 몇 주 전 임종을 앞둔 영국 대사에 대해 보도했고 후
임자에 대해서는 일언반구도 하지 않았다. 아마도 현 시점에서 우
리나라 대사에 가장 가까운 존재가 바로 그녀인 듯싶다.

이모젠은—그녀에게 은총을 베푸소서—헛기침을 하고 미리 준
비해둔 질문을 이어간다. "질병의 국내 전염을 방지하기 위해 스웨
덴 내무부가 시행하는 정책들에 대해 여쭤도 될까요?"

릴리는 기운차게 고개를 끄덕인다. "네, 그러죠. 스웨덴 안에서
는 사람들의 이동을 제한합니다. 우리는 전국을 162개의 권역으로
나누었습니다. 이 권역 밖으로 이동하는 것은 금지됩니다. 이렇게
하면 아직 발발하지 않은 지역이나 아주 조금 퍼진 지역의 안전을
확보할 수 있겠죠."

용감한 여성인 이모젠은 공격의 위험을 무릅쓰고 영국을 다시
끌고 와 이에 응수한다. 저 여자니까 하지 나라면 안 한다.

"역병 발발 이후로 얼마나 많은 영국인들이 스웨덴으로 들어갔
다고 보십니까?"

"우리는 9만 명의 영국인과 1만 명의 다른 유럽인들이 국내로
유입됐다고 추산합니다. 스톡홀름의 발발은 2025년 12월 6일입니
다. 며칠 뒤 예테보리 공항이 비상을 선포했었죠."

"마지막으로 한 가지 질문이 있습니다." 이모젠이 릴리에게 말
한다. "당신은 지금까지 스웨덴 이민국과 내무부가 펼치고 있는 이
런 정책과 노력들에 대해 아주 침착하게 그리고 소상하게 말씀해
주셨습니다. 역병이 개인적 차원에서 당신의 삶에 어떤 영향을 미

쳤는지 궁금합니다. 요즘 어떻게 지내시나요?"

그 질문에 조금 어리둥절해진 릴리의 두 눈에 눈물이 차오른다. 아, 안 돼, 릴리, 침착해. 나에게 이 난장판에서 분노와 결의로 무장한 희망의 선봉이 되어줘.

"저희 아버지와 형제는 살아 있습니다. 이렇게 말할 수 있는 것이 기적 같네요. 저는 '키루나'라는 벽지의 작은 마을 출신입니다. 그래서 지금 볼 수는 없지만 살아 있습니다. 이 모든 것이 끝나면 저는 다시 고향으로 이사할 겁니다."

"그런데 역병의 치료제가 나오기 전까지는 고향에 못 가신다는 말씀입니까?"

릴리가 고개를 끄덕인다. "그건 당신도 마찬가지죠."

그 말에, 이모젠은 자신의 인생에서 가장 기상천외한 근무일이 틀림없을 그날 방송에 종료 신호를 보낸다. 나는 채널을 돌린다. 누군가의 목소리를 듣고, 다른 생각을 하고, 새로운 사실을 배우는 것, 그리고 그냥 이곳 영국에 대해서는 아무것도 생각하지 않는 것이 도움이 된다. 다른 머나먼 장소들을 생각하고, 가장 가까운 사람을 잃은 것이 나 혼자가 아니라는 사실에서 위안을 얻는 것이 최고다. 자, 내가 혼자가 아니라는 걸 보여줘. 나만 망가진 게 아니라는 걸 보여달라고.

나는 원래 뉴스를 싫어했다. 남의 불행을 지켜봐서 뭐하나? 하지만 삶이란 얼마나 쉽게 뒤바뀌는지. 게다가 뉴스는 이제 어떤 영화보다도 초현실적이다. 예전에 뉴스는 연설을 하는 정치인이나 머나먼 곳에서 벌어지는 전쟁 영상이었다. 이제는 집에서 시신을 들고 나오는 방역복 차림의 여성들이 나오고, 인구가 적은 지역에서 도시와 공장으로 식량을 배달하는 식량 트럭을 기다리는 사람들의 행렬이 나온다. 공장들은 한때는 우리가 수입했던 필수품인 의약품과 수프, 종이, 휘발유와 그 밖의 모든 것을 생산하기 위해 온종일 가동 중이다.

"독특한 이동 방향이 있었다는 사실이 확인됩니다." 코맹맹이 목소리의 여자가 말하고 있다. 눈에 띌 만큼 세련된 수트 차림인데 화장기 없는 얼굴에 머리는 텁수룩하다. 나 같아도 내 가족이 죽어가는데 남의 머리카락을 헬멧에 넣고 지지거나 립스틱을 발라주는 일을 계속할 수는 없을 것이다. "역병의 발생 시점을 살펴보면, 초기의 주요한 국제적 발발은 수십년간 존재해온 이민과 반대 방향으로 일어났음을 알 수 있습니다. 카리브해 연안, 서인도제도, 나이지리아, 소말리아, 가나, 파키스탄과 인도에서 이민 온 사람들 대다수가 11월 말과 12월 초에 영국을 떠나 자신의 출신 국가로 돌아가면서 역병을 전파했습니다."

여자는 어떻게든 평정심을 유지하려고 안간힘을 쓰고 있지만, 눈이 퀭하고, 최근 사별한 사람 특유의 넋 빠진 표정이다. 그런 표정을 지켜보기란 괴로운 동시에 너무 익숙한 일이다. 자, 다음 채널. 이번 채널은 샌프란시스코 공항 폭동을 또다시 보여주고 있다. 무턱대고 총을 쏘고 또 쏘아대는 남자를 금발의 경찰관이 쏘는 장면이 전세계에 쫙 퍼졌다. 그 장면엔 뭔가 절망적인 데가 있다. 마치 종말을 지켜보고 있는 것 같다. 텔레비전을 끄기 전, 나는 몇 달 전에 다운로드한, 흡사 전생에서 받은 것 같은 미용제품에 대한 팟캐스트를 재생한다. 나는 찰나의 고요함조차 피하고 있다. 예전엔 아주 잠깐이나마 은혜롭게도 집이 조용한 시간을 간절히 바랐다. 이제는 텅 비어버린 집이 거의 폭력적으로 느껴진다. 층계를 오르는 십 대의 쿵쾅거리는 발소리도, 싱크대에서 그릇 달그락거리는 소리도, '엄마' 하고 외치는 소리도, 뭘 찾아달라는, 어디로 좀 와보라는, 뭘 해달라는 요구도. 아무것도 없다.

꿈에도 바라 마지않는 취침 시간이 나를 두고 잡을 수 없이 흘러가버리는 동안 아무 생각을 하지 않기란, 제정신을 지키기란 여간한 일이 아니다. 그래서 나는 일을 한다. 나는 전세계가 골몰해야 마땅하지만, 어찌 된 노릇인지 그러지 않는 딱 한 가지를 조사한다. 역병은 어디서 온 걸까? 이 끔찍한 병이 어떻게 생겨났을까?

모두의 화제는 백신뿐이다. 나는 그들에게 소리치고 싶다. '백신을 개발하려면 정보가 필요하다고!' 그리고 백신을 찾는다 해도—요원해 보이지만—우리는 이런 일이 벌어진 경위를 이해해야 한다. 그래야 그것이 다시 벌어지는 것을 막을 수 있다.

이것은 나 말고는 아무도 걱정하지 않는 것 같다. 내 염병할 인생사? 그거야 아무래도 좋다. 내가 알아서 헤쳐나갈 수 있다. 나는 0번 환자의 몸에서 어떻게 역병이 발생했는지를 밝혀낼 것이다. 다시는 이런 일이 벌어지지 않도록.

헬런
영국 펜리스

"엄마!"

위층에서 들려오는 그 외침이 매우 급박해서, 순간 나는 "아빠가 쓰러졌어!"라는 말이 잇따를 거라고 확신한다.

"롤라가 내 후드티를 안 돌려줘, 이건 내 거라고 혼 좀 내줘!"

뒤이어 투닥거리는 소리가 들려오고 나는 안도의 한숨을 내쉰다. 싸우고 싶은 만큼 싸우렴, 살아 있는 내 사랑스러운 딸들아. 천만다행으로 나에게는 딸만 있다. 나는 매일같이 나에게 아들이 없다는 사실에 대한 감사함으로 가슴이 벅차다. 이제 병이 사방으로 퍼지고 있어 션이 걸리지는 않을까 걱정하는 것만으로도 충분히 괴롭다. 나는 그가 걱정돼 미치겠는데, 아들까지 있는 여자들은 어떨지 상상도 할 수 없다.

대신에 나의 의문은 모두 남편에 대한 것이다. 션은 언제 걸릴까? 션이 정말 걸릴까? 나는 언제 과부가 될까? 나는 분명 만일을 가정하고 묻고 있어야 할 텐데 '만약'이 아니라 '언제'를 묻고 있는 듯하다. 죽음의 신이 우뚝 서서 우리를 내려다보고 있는 것만 같다. 우리의 일거수일투족을 관찰하면서 대기하고 있는 것 같다. 설거지를 하거나 소파에 앉아 있다가도 나는 잠시 다른 세계로 떠내려 간다. 션이 없다면 어떨까? 내가 견딜 수 있을까? 나는 어떤 사람이 되는 걸까? 우리는 서로 너무 깊이 얽혀 있으니 답은 빤하다. 끔찍할 것이다. 나는 견디지 못할 것이다. 내가 얼마나 망가질지 짐작도 할 수 없다. 우리는 어린시절에 만나 열세 살부터 함께했다. 나는 부모님 집에서 살다가 열일곱 살 때부터 그와 함께 살기 시작했다. 션과 헬런. 헬런과 션. 다른 삶은 모른다.

그가 걱정된다. 그는 넋이 나간 것 같다. 나는 계속 그에게 말한다. "당신은 면역이 있을지도 몰라." 하지만 그는 고개만 절레절레 흔든다. 그는 늘 말수가 적고 터놓고 대화하기를 힘들어하고 내가 계속 찔러대야 입을 열곤 했다. 한 달 전 칼라일에서 발발한 역병은 마치 화마처럼 도시를 장악해버렸다. 도시를 휩쓸어버린 병은 이내 교외의 우리 동네까지 번졌다. 우리가 안전하다고 생각해온, 자식들을 떠나보낼 빈 둥지, 크루즈 여행, 와인과 치즈를 먹는 밤들로 이뤄진 노후를 꿈꾸던 이곳까지. 션이 일하는 부동산 중개소라고 편안할 리가 없다. 그곳에선 여자 일곱 명과 남자 세 명이 일하고 있다. 직원들에게 안부 전화라도 해보라고 했지만, 그는 나에게 신경 끄라고 소리를 질렀다. 하긴 그냥 모르는 편이 나을지도 모르겠다.

아마도 일 자체가 아예 사라진 것이 그에게 타격이었던 것 같다. 사장이 직원들에게 공식적으로 해고를 통보하지는 않았다. 사장은 12월 초에 마르벨라의 자기 별장으로 떠난 이후로 종적을 감췄으므로. 그는 돈을 몽땅 인출해서 달아나버렸고, 그렇게 모든 게 끝났다. 그 후로도 며칠간 션은 사무실에 나갔지만 부질없는 짓이었다. 종말이 오고 있는데 누가 집을 사겠는가? '오, 사다마다요. 제

아들이 역병으로 죽어가고 남편 회사가 파산할까 걱정이기는 하지만, 침실 셋에 한쪽 벽이 옆집과 붙어 있는, 브렌트로드의 집을 보고 싶군요.' 그럴 리는 없잖은가. 그는 자신이 쓸모없다고 생각한다. 이런 상황은 좋지 않다.

나 역시 쓸모없는 인간이 된 기분이지만 그는 나에게 그런 것을 물어보지 않는다. 이제 아무도 머리를 하러 오지 않는다. 당연하지 않나? 현시점에 미용사는 그다지 쓸모 있는 존재가 아니다. 내 마음속 깊숙한 어딘가에서는 담보대출금 상환과 내 일, 마트에서 장보는 데 필요한 돈이 박쥐 떼처럼 퍼덕거리고 돌아다니지만, 그것들은 너무나 먼 문제처럼 보인다. 역병이 훨씬 더 가까이 와 있다. 며칠 뒤일 수도, 몇 시간 뒤에 닥칠지도 모른다.

저녁마다 나는 션에게 말한다. 그래도 우리 딸들은 괜찮을 거야. 마치 일종의 기도문 같다. 딸들을 생각해. 적어도 우리한테는 아들이 없잖아. 롤라는 열네 살, 해나는 열여섯 살, 애비는 열여덟 살이다. 굳세게 지내려고 안간힘을 쓰고 있는 그들에게 축복을. 예쁜 것들. 활기차게 지내기 위해 할 수 있는 모든 것을 하고 있는, 사랑스럽고 강인한 나의 소녀들.

"엄마, 얘기 좀 해요." 애비의 목소리가 창밖을 내다보며 걱정하던 나를 몽상에서 흔들어 깨운다. "아빠가 너무 걱정돼. 아빠가 평소랑 달라. 나한테 말도 안 해요."

애비의 미간에 나이에 어울리지 않게 주름이 생겨있다. 나는 아이를 진정시키려고 한다. 문제를 최소화하려는 자동적인 본능.

"걱정 마, 아가. 엄마가 해결할게." 나는 스스로도 느껴지지 않는 얼마간의 권위를 갖추어 말한다.

"아빠가 자살하면 어떡하지?" 애비가 재빠르게 말한다. 그 단어들은 잘 생각해볼 새도 없이 입 밖으로 뛰쳐나온 것만 같다.

나는 놀라서 애비를 바라본다. "아빠는 그런 짓 안 해." 말을 맺으며 목소리가 살짝 높아졌다. 나는 그런 일은 생각조차 못 했다. 션? 나의 션이? 절대 그럴 리 없어.

"난 그냥 걱정돼서." 애비가 낮게 중얼거리며 잔뜩 불안한 표정으로 방에서 나간다. 이대로 방치할 수는 없다. 딸들은 하루의 절반은 살벌하게 다투면서도 서로에게 모든 얘기를 털어놓는다. 만약 애비가 이런 걱정을 하고 있다면 해나와 롤라도 마찬가지일 것이다.

나는 산책을 마치고 돌아온 션에게—그는 매일 몇 시간씩 동네를 빙빙 돌며 산책한다—식탁 의자에 좀 앉아보라고 한다. 그의 표정을 보는 즉시 내가 때를 잘못 골랐나 하는 생각이 들지만, 그럼 언제? 우리가 함께 같은 학교에 다니던 시절부터 그의 베스트프렌드였던 맷이 일주일 전에 죽었다. 맷의 아들인 조시와 애덤은 며칠 전에 죽었다. 사람들이 죽어가고 있다. 남편에게 제발, 제발, 제발 자살하지 말라고 말하기에 딱 알맞은 시간은 앞으로도 영영 없을 것이다.

"자기가 애들을 겁주고 있어." 내가 말한다. 그는 평소처럼 툴툴거리는 소리를 내거나 아무 말도 안 할 것이다. 내가 말을 이어가려고 숨을 들이쉬는데, 그럴 새도 없이 그가 폭발해버린다. 션은 결코 화내는 남자가 아니었다. 거의 삼십 년을 함께 보내는 동안 그가 언성을 높인 일은 손에 꼽을 정도다.

"세상에, 헬런, 애들이 겁내든 말든 알 게 뭐야? 나는 무서워서 죽을 지경이라고!"

그는 역병의 공포가 들이닥친 이래 처음으로 살아난 듯하다. 세상에. 끔찍한 분노가 그에게서 파도처럼 쏟아져 나와 우리의 아담한 부엌에 깃든 가정생활의 현실성을 일그러뜨리고 있다.

"죽음을 직면해야 하는 사람은 나야. 태연한 척은 못 하겠어. 죄다 무너져 내리는 마당에 이제 더는 못 하겠어. 난 너무 오랫동안 다른 사람들을 위해서 살아왔다고."

선은 몇 주간 침묵했던 뒤라 빠르게 말을 잇지는 못하지만, 폭력적이고 명료한 말들을 쏟아낸다. 한순간 그의 눈에서 이글거리는 엄청난 증오를 보자 아연해진다. 나를 죽이려는 걸까? 나는 남편에게 찔려 죽어서, '아내 살해 후 자살' 사건으로 신문 1면을 장식하는 여자 가운데 하나가 되는 걸까?

"지겨워, 아주 진저리가 난다고. 아직 기회가 있을 때 나는 제대로 살아 있다는 기분을 느껴야겠어. 어떤 기분인지 당신은 몰라, 헬런. 쉴 새 없이 전력질주하는 기분이야. 더는 못 하겠어." 그는 자리에서 일어나 부엌 안을 오락가락한다. "나는 죽을 거야. 곧 죽거나 좀 나중에 죽거나. 어차피 일어날 일이야. 난 시한부라고."

돼지를 도축하듯 날카롭고 빠른 말로 우리가 함께한 삶을 해체하는 내 솔메이트에게 놀라서 나는 할 말을 잃고 앉아 있다. 그는 이십 분 동안 했던 말을 하고 또 하더니 이층으로 올라간다. 다시 십 분이 흐른 뒤, 복도에 여행가방 하나를 들고 나와 딸들과 차례로 형식적인 포옹을 한다. 롤라는 엉엉 운다. 이게 대체 무슨 일이지? 뭔 엿같은 일이 벌어지고 있는 걸까? 선이 문밖으로 걸어 나간다. 그렇게 끝.

그는 떠났다. 남편이 떠났다. 비유가 아니라 실제로 떠났다. 그 후로 저녁 내내 나는 빈 의자, 빈 소파, 빈 침대, 빈 식탁을 살피며 쉴 새 없이 집 안을 배회하고 있다. 딸들은 그런 나를 새끼 오리처럼 따라다닌다. 없네, 거기도 없어. 없다, 그것들 밑에 남편은 없다.

스물네 시간이 흘러도 아무 소식이 없다. 딸들은 아빠한테서 무슨 연락이라도 오기를 애달피 기다리며 계속 전화기를 들여다보고 있다. 나는 '그이는 돌아올거야'라고 생각하다가, 서서히, 그러다 불현듯 그가 돌아오지 않을 것임을 깨닫는다. 시트 한 장이 내려와 내 두뇌에서 희망적인 부분, 내가 그를 안다고 믿고 있는 아주 작은 낙관적인 부분을 덮어버리고, 마침내 나는 뭔가가 망가졌다는 것을 깨닫는다. 내가 알던 션은 떠났다. 사라졌다. 내가 알아온 남편이라면 절대로 복도에서 울부짖는 딸들을 내팽개치고 떠나지 않았을 것이다. 절대로 나에게 지겹다고, 진저리 난다고 말하지 않았을 것이다.

이루 말할 수 없이 슬프다. 무엇으로 위로받을 수 있을지 모르겠다. 사별의 슬픔에 대처하는 법은 익히 들었지만, 유기죄에는 어떻게 대처해야 하지? 하루라도 더, 한 시간이라도 더 가족들 곁에 머물려고 안간힘을 쓰는 사람들 사이에서, 우리는 버림받았다. 그가 죽은 것만 같은데, 실상은 더 나쁘다. 나는 나 자신을 설득하려 한다. 그가 우리에게 임박한 죽음의 불안과 고통을 안기지 않으려는 것이라고 생각하는 편이 낫겠다. 비록 진실이 아닐지라도.

나는 세 딸에게 둘러싸여 소파에 앉아 있다. 머리가 핑핑 돈다. 페이스북에 가족끼리 저녁 식사를 하는 사진을 올리고 로마 여행 계획을 세우던 일이 엊그제 같다. 그러나 그것은 완전히 다른 삶이고 나는 여기에, 이 삶에 처박혀 있다. 이 삶에서 나는 이제 싱글맘이다. 그리고…… 과부라고 해야 하나? 이혼녀? 별거 중? 나는 혼자가 아니다. 나에게는 딸들이 있다. 내 딸들. 션이 어떻게 우리 딸들에게 이런 짓을 할 수 있지? 어떻게?

캐서린

영국 데번

시어도어는 엄청나게 무겁다. 하지만 지난 며칠간 충격적인 일들을 겪은 터라 도저히 아이를 깨울 수 없다. 아이 몸이 서늘하고 열도 없고 그냥 자고 있다는 게 느껴지는데도, 아이가 작게 끙 소리를 내기 전까지 내 심박수는 널을 뛴다. 소리를 낸다는 건 살아 있다는 증거다. 나는 아이를 담요로 단단히 감싼다. 이럴 때가 아니다. 역병은 이 황폐한 집 어디에도 있을 수 있다. 앤서니가 만졌을지 모를 모든 표면, 장난감, 모든 물건을 일일이 다 닦았지만, 혹시 내가 뭔가를 놓쳤다면?

앤서니는 우리의 침대에서 죽었다. 현 시국의 모든 남자가 그러하듯 집에서 죽었다. 한때는 친절하게 사람들을 보살피던 병원들이 지금은 역병 증세를 호소하는 남자가 오면 도리가 없다는 듯 어깨를 으쓱하고 돌려보낸다. 그러니 우리도 굳이 병원 문을 두드리지 않았다. 비록 우리가 서로 벽들로 가로막혀 있더라도 가족과 한 집에 있다는 사실이 그에게 힘이 될 거라고 나는 애써 상상했다. 곧 그의 시신은 방역복을 입고 거들먹거리는 두 여자의 손에 들려 나갔다. 그가 우리 집 전체에 이 바이러스를 어느 정도까지 퍼트렸

143

는지 누가 알까? 볼 수도, 냄새를 맡을 수도, 들을 수도 없는데.

나는 아무 데도 갈 곳이 없었다. 오늘 밤이 오기 전에는. 사람을 미치게 만들고 건망증이 심한, 사랑하는 나의 대모 주느비에브에 게 이메일이 왔다. "데번에 빈 집을 아직 갖고 있어. 몇 주 전에 매 각될 예정이었는데 성사가 안 됐어. 거기 가서 지내! 런던에서 탈 출하렴. 사랑해." 읽고 나니 고마워서 울고 싶으면서도 그녀의 목 이라도 조르고 싶었다. 이제 와서? 나는 울부짖고 싶다. 그 얘기를 왜 이제야 하는 거예요? 하지만 아직 너무 늦은 것은 아니다. 아니 다마다. 이게 무슨 기적인지, 시어도어는 앤서니가 죽은 뒤로 아직 까지 아무 증상도 없다.

이른 시각에 품에 아이를 안고 집을 떠나려니 앤서니가 너무나 그리워서 두 눈에 쓰라린 눈물이 솟는다. 울음이 터질 것만 같다. 가로등 풍경과 안전벨트를 한 채로 잠든 시어도어, 트렁크 속 여행 가방은 일주일간 햇살과 정원에서 마실 와인, 행복한 시간을 즐기 려고 주느비에브가 있는 보르도로 출발하던 이른 새벽들을 떠오르 게 했다. 불과 일곱 달 전, 지금과는 딴판인 행복한 삶에서 우리는 가족 휴가를 보내고 있었다.

하지만 그 삶과 제대로 작별할 시간도 없었다. 나는 날마다, 온 종일 울어도 모자랄 지경이다. 시어도어가 차 뒷자석에 타고 있으 니 통곡은 못 해도 실컷 훌쩍거릴 수는 있을 것이다. 주느비에브의 시골집은 데번의 깊숙한 곳에 있다. 병든 남자와 감염된 여자 들로 들썩이는 도시에서 아주 멀리 떨어진 곳. 음산할 만큼 고요한 고속 도로를 달려 런던에서 서서히 멀어지자 어깨의 긴장이 풀린다. 비 록 눈물이 흘러내려 마스크를 적시고 있지만. 우리는 머나먼 벽지 의 작은 집에서 무사히 이 폭풍을 넘길 수 있으리라. 마음 한편에서는 주느비에브에게 이에 대해 더 일찍 물어보지 않은 나 자신을 나무랐지만, 그녀가 나에게 그 집을 팔 거라고 말한 게 9월이었다. 그리고 10월에 매각 제의를 받았고, 11월에 집이 팔려서 매입자들과 이사 날짜를 잡는다고 알고 있었다. 이 놓쳐버린 오아시스를 떠올리며 한평생 나 자신을 괴롭힐 수도 있겠지만, 그건 광기로 가는 지름길이다. 나는 그때 내가 아는 한에서 최선을 다했다.

그럼에도 나의 생각은 앤서니가 죽기 며칠 전, 몇 주 전으로 돌아간다. 아무리 노력해도 나의 뇌는 내가 한 모든 선택에 의문을 제기하기로 작정한 모양이다. 앤서니와 나는 마지막으로 작별할 때도, 그전에도 그렇게 서로를 만져서는 안 됐다. 내가 이기적이었다. 내 마음의 소심하고 겁먹은 부분은 그가 아프다는 것을 확인하기도 전에 그의 죽음을 지레짐작했고, 누릴 수 있는 매순간을 그와 붙어 있으려고 했다. 앤서니 없이 이 공포에 어떻게 대처해야 할지 막막했다. 그를 정원 구석에 있는 창고에서 지내게 했어야 했다. 책 백 권과 히터, 전자레인지, 통조림 수프를 넣어주고서 말이다. 그를 혼자 내버려뒀어야 했다. 그렇게 했으면 그는 죽지 않았을지도 모른다. 그러는 대신 나는 그를 안았다. 키스했다. 사랑을 나눴다. 나는 그를 보낼 수 없었다.

아직 갈 길이 10킬로미터는 남았는데 시어도어가 잠에서 깨 칭얼거리는 소리가 들려오고, 그제야 나는 아이가 차에 있다는 사실을 깨닫는다. "엄마, 화장실 갈래."

"아가, 좀 이따 가자. 거의 다 왔어. 조금만 참자."

아이가 울기 시작하고 나도 가세해 큰소리로 울부짖는다. 이건 너무하다. 해도 너무하다. 못 견디겠다. 나는 그저 앤서니의 품에 기어들어가 웅크린 채 울고 싶지만 그는 떠났고 세상에는 우리 둘

뿐이다. 존재하는 것 자체가 너무나 지친다. 수술용 마스크를 쓰고, 끊임없이 집을 소독하고, 시어도어를 최대한 고립시켜야 한다. 먹을 것을 사러 갈 때는 아이를 집 안에 가두고 나갔다. 달리 방도가 없었다. 집 밖은 위험하니까, 나는 아이의 안전을 지키려고 노력 중이다. 시어도어는 안전해야 한다.

"엄마, 제발!" 울음 소리가 악을 쓰는 수준에 이르렀을 때 갈림길에서 평화로운 풍경이 펼쳐진다. 우리는 시어도어가 태어난 뒤 여기, 주느비에브의 시골집에서 며칠을 보냈다. 돌아보면 끔찍한 기억이었다. 신생아와 함께 외진 곳의 상자 속에 갇힌 데다 수면부족으로 짜증이 난 우리는 이틀 내내 계속 투닥거렸고, 마침내 차를 몰아 런던으로 돌아갈 때에는 런던을 떠날 때보다 더 우울해져 있었다.

긴 진입로를 따라 들어가자 집에 불이 켜진 것이 보인다. 주느비에브가 돌아온 걸까? 그럴 리 없다. 마지막 이메일에서 그녀는 분명히 아직 프랑스에 있다고 했다. 그녀가 무엇하러 여기 오겠나? 정신이 제대로 박힌 사람이라면 결코 이 끔찍한 진원지로 오려고 하지 않을 것이다.

나는 차를 대고 살그머니 유리창 안을 들여다본다. 두려움이 밀려오자 눈물이 멈춘다. 누군가 여기 있을지도 모른다. 똑같은 생각을 한 주느비에브의 다른 지인, 더 무서운 경우로는, 웬 낯선 사람이 침입했을지도 모른다. 나는 이제 엉엉 울어젖히고 있는 시어도어를 번쩍 든다. 이제는 거의 하지 않는 행동이지만, 내 몸에 엉겨붙어 머리를 가슴에 기대도록 허락한다. 나는 최대한 숨을 죽이려고 애쓴다. 내가 착용한 마스크를 뚫고 나와, 아이의 얼굴에서 펄럭거리는, 너무 큰 마스크 안으로 침투할지 모를 병균들을 상상하면서.

나는 용감해지려고 애쓰지만, 그럴수록 앤서니만 떠오른다. 널찍하고 따스한 그의 몸이 내 곁에 있다면 어떤 두려움도 맞설 수 있을 것 같다. 나는 내가 얼마나 연약한지 아주 잘 안다. 인적 없는 곳에서 아이를 안고 있는 왜소한 여자 하나. 쉿 하고 시어도어를 조용히 시킨 뒤 가져온 열쇠를 이용해 문을 확 연다. 마치 여기 있을지 모를 누군가를 겁주려는 듯이.

"누구 있어요?"

정적. 잠시 후 가녀린 야옹 소리. 아, 그제야 떠오른다. 주느비에브는 빈집털이범이 들지 못하게 주방에 동작인식 전등을 설치했다. 가슴이 아플 만큼 앙상한 줄무늬 고양이가 복도를 걸어와 내 다리에 제 몸을 감는다. 고양이가 움직일 때마다 목걸이에 달린 이름표가 부엌 전등의 불빛을 받아 반짝거렸다. 좋은 징조 같았다. 이곳은 전혀 위험하지 않다. 문을 잠그고 잽싸게 일층을 휙 둘러본 후 천만다행으로 집이 비었다는 사실을 깨닫는다. 이곳은 역병이 닥치기 이전부터 누구의 손도 닿지 않았다. 나는 다시 한번, 이번에는 감사의 눈물을 흘린다. 시어도어는 내 어깨에 기댄 채 다시 곯아떨어졌고, 나는 도처에 퍼진 질병 앞에서도 끄떡없어 보이는, 벽지의 이 작고 안전한 집에서 아이를 마음껏 안는다. 역병이 터지기 전 매일같이 해줘야 했을 포옹을 한다. 제대로 아이를 꼬옥 껴안는다. 이렇게 안아본 게 너무 오랜만이다. 더없는 행복이다.

폴짝폴짝 올라가는 고양이를 따라 조심조심 계단을 올라간 나는 손님용 방의 침대에 시어도어를 눕힌다. 앤서니가 죽은 뒤 처음으로 어쩌면, 아주 어쩌면 모든 게 다 괜찮을 거라는 희망을 품는다.

로자미
싱가포르

타이 부인의 비명이 온 아파트에 쩌렁쩌렁 울린다.

"여기 있어." 나는 '농담하는 거 아니야' 어조로 앤젤리카에게 주의를 준다. 무슨 일이 벌어지는 중이든, 아이가 봐서는 안된다. 나는 스스로에게 침착하라고 되뇌며 아파트의 조용한 복도를 걸어간다. 아파트 안의 공기가 낯설다. 가정부들은 모두 자기 방에 틀어박힌 채 겁에 질려 어쩔 줄 몰라하며 자신의 가족과 통화 중이다.

나는 비명이 들려온 타이 부부의 침실로 들어간다. 타이 씨가 발작 중이다. 몸을 부들부들 떨고 입으로는 거품을 뿜는다. 그는 보기 괴로울 정도로 베개 위에서 이리저리 머리를 들썩이며 경련한다. 타이 부인은 공포에 질려 말없이 남편을 빤히 바라보고 있다.

"타이 씨?" 나는 침착한 목소리로 말하며 그의 양팔을 움직이지 않게 붙잡으려고 노력한다. 온 힘을 쏟아내 머리 찧기를 멈출 만큼 그를 진정시키는 데 간신히 성공한다. 몇 분 뒤 그의 몸은 이완되고 발작이 멈춘다. 타이 부인은 여전히 내 뒤에 서 있다. 분명 충격이 클 것이다. 타이 씨는 죽어가고 있다. 의심의 여지가 없다. 이마가 너무도 뜨거워서, 어떻게 아직 목숨이 붙어 있는지 모르겠다.

148

산 사람의 몸이 이렇게 뜨거울 수는 없다. 그의 얼굴은 잿빛인 동시에 시뻘겋게 달아올라 있다. 나는 어쩔 줄 몰라 침대 모서리에 앉는다. 내가 그의 한쪽 손을 잡고 그를 바라보고 있는데 그의 아내는 나를 바라보고 있다. 자리가 완전히 뒤바뀐 셈이다. 머지않아 정신을 차린 타이 부인이 나를 밀쳐낸다. 내가 알아듣지 못하는 광둥어로 나에게 한마디 쏘아붙이는데, 그녀를 잘 알기에 '나가'라는 말임을 알아챈다.

나는 침실에서 나오다가 앤젤리카와 부딪힌다. "앤젤리카!" 내가 작게 부른다. 아이의 얼굴은 근심으로 잔뜩 찌푸려져 있다. 사랑스러운 내 아이, 앤젤리카는 이 모든 것을 견뎌내기에 너무 다정하고 마음이 여리다. "방으로 돌아가자."

"그럼 '신데렐라' 보는 거야?"

"그럼, '신데렐라' 봐야지."

나는 머릿속에서 타이 씨를 밀어내고 루퍼트와 앤젤리카에게 집중하려고 애쓴다. 그 병이 이 집 안에, 루퍼트 가까이에 있다는 생각이 덮쳐오자 순간 정신이 아찔하다. 나는 그 생각을 멀찍이 밀어낸다. 다행히 루퍼트는 타이 씨를 마주하지 않았다. 나는 다시 폰을 내려다본다. 어머니는 아직 내 이메일에 답하지 않고 있다. 마지막으로 받은 이메일에는 마을의 많은 남자들이 배를 구해서 다른 섬들로 떠났다고 했다. 병이 그들을 따라오지 않을 거라고 생각했을까? 그들이 도착한 곳에서 병이 기다리고 있지 않을 거라고 생각했을까? 나야 모를 일이다.

앤젤리카가 앞장서서 놀이방으로 들어가 텔레비전을 켜고 신데렐라를 본다. 루퍼트는 평소와는 달리 아직 일어나지 않았다. 언제나 8시면 일어나는데. 나는 놀이방 옆 루퍼트의 방으로 들어간다.

아이의 자그만 몸이 문을 등지고 있다. 이불을 덮고 공처럼 동그랗게 웅크리고 있다. 조용히 이름을 부르고 이불을 걷으려는데 아이가 훌쩍거린다. 가슴이 쿵 내려앉고 한순간 온 세상이 정지한 듯하다. 엄밀히 말하자면 나는 그저 보모다. 엄밀히 말하자면 이 아이들은 내 자식이 아니다. 하지만 대체 어머니란 무엇인가? 아이들을 키우는 여자 내지는 아이들을 돌보는 여자 아닌가? 이 아이들은 내 아이들이다. 내 인생은 통째로 그들을 돌보는 데 사용되었다.

루퍼트의 이마를 짚으려는데, 닿기도 전에 이마가 뜨겁다는 것이 느껴진다. 열은 생각보다 심하고, 타이 씨보다 훨씬 더 뜨겁다. 마치 활활 타는 것 같다. 나는 이불을 끌어내고 소리쳐 사람을 부른다. 가정부 중 한 명, 누군가, 아니 누구든 오길 바라며. 타이 부인이 내 목소리를 들은 모양이다. 그녀가 울어서 통통 부은 눈을 하고 방으로 뛰어 들어온다. 그녀는 곧장 악을 쓰며 울기 시작한다. 나는 구급차를 부르라고 말하고는 그녀를 밀치고 나가 수건을 찬물에 적셔 온다. 내가 루퍼트의 몸을 찬 수건으로 덮고 있는데 그녀가 그것들을 잡아채려고 한다. 그녀는 상황을 이해하지 못한다. 나는 그녀와 몸싸움을 하고, 그녀를 밀쳐내고, 그녀에게 설명하려고 한다. 우리는 루퍼트의 열을 내려야 하고, 그러지 않으면…….

그제야 그녀가 알아듣는다.

그녀는 아이 곁에 앉아 울면서 혼잣말을 하고 또 한다. "내 인생은 끝났어, 내 인생은 끝장이야. 난 끝났어." 잠시 후 나는 그녀에게 입 닥치라고 쏘아붙인다. 그딴 한탄이 루퍼트에게 무슨 도움이 되겠나? 나는 계속 생각한다. '구급차는?' 무슨 만트라*처럼. "구급차

---

* 불교나 힌두교에서 기도 또는 명상 때 외는 진언.

는 언제 오죠?" 타이 부인이 전화를 걸고 또 건다. 사설 회사와 택시 회사, 병원에 전화를 걸지만, 모두들 바쁘다고, 다 찼다고, 그 자리에 가만 있으라고, 할 수 있는 게 없으니 집에 머물라는 대답만 돌아온다. 나는 구급차가 올 거라고 계속해서 속으로 되뇐다. 반드시 올 것이다. 누군가가 우리를 불쌍히 여길 것이다. 여기 앉아서 어린 사내아이가 아무 도움도 받지 못하고 죽어가는 모습을 지켜볼 수는 없다. 앤젤리카가 내쫓아도 계속 들어와서, 루퍼트 곁에 앉아 손을 잡고 있는 나를 뒤에서 껴안는다. 타이 부인은 전에는 한 번도 지은 적 없는 표정으로 나를 바라본다. 잠시 후에야 나는 그 표정의 의미를 깨닫는다. 그녀에게 나는 죽어가는 자기 아들을 다독이면서 자기 딸의 이마에 입을 맞추고 있는 타인이었다. 질투. 이 여자는 원하는 모든 것을 손에 넣었지만, 완전히 엉뚱한 것들만 원했다.

루퍼트의 상태는 오후 내내 악화되었다. 나는 마치 내가 만지고 있는 동안은 아이를 이곳에 붙잡아 둘 수 있다는 듯이 아이의 손을 더욱 꽉 쥐어보지만, 나 자신이 얼마나 무력한지만 깨닫는다. 구급차는 영영 오지 않을 것이다.

저녁이 되자 호흡이 더 얕아진다. 아이는 숨을 쉴 때마다 헐떡거린다. 이보다 더 심해질 수는 없을 거라고 생각했는데, 체온이 계속 치솟는다. 마치 악마가 아이를 움켜쥐고는 완전히 불사르려는 것 같다. 어쩌면 얼음물을 넣은 욕조에 아이를 담가야 할지도 모르겠다. 그래 봤자 소용없을 것이다. 뭘 해도 소용없다. 아이의 호흡은 점점 더 듣기 괴로워지다가 자정 직전에 멈추었다. 아이의 작은 가슴이 힘겹게 토해내는 숨소리가 한 번이라도 다시 들려오기를 간절히 바랐지만, 그렇게 끝났다.

루퍼트는 다행히도 타이 씨처럼 발작을 일으키지는 않았다. 나는 계속 루퍼트의 조그만 손을 잡고 있다. 이마를 만져보니 식어가는 살갗에서 열이 빠져나가고 있다. 타이 부인은 내 뒤에서 털썩 주저앉아 "내 아기"라고 부르며 운다. 나는 당신 아기가 아니라고 소리치고 싶다. 당신이 뭘 알아? 루퍼트가 가장 좋아하는 세 가지 채소를 알아? 가장 좋아하는 영화는? 아이를 재울 때 어떤 순서로 이불을 덮어줘야 하는지 알아? 터키석 색깔의 복슬복슬한 담요, 다음에는 하얀 시트, 그다음에는 두툼한 솜이불 순이라는 걸 아냐고. '원숭이'를 아이가 자는 한밤중에 세탁하기 위해 어떻게 아이의 품에서 살며시 빼내야 하는지, 아이 품에 원숭이를 도로 넣어주기 전에 꿉꿉하지 않도록 건조기로 확실히 말리는 방법을 알아? 그녀는 아무것도 모른다.

더는 이 방 안에 못 있겠다. 나는 죽고 싶다. 아마도 그 편이 이 모든 것을 감당하기보다 쉬울 것이다. 거실로 가니, 앤젤리카가 창가에 서 있다. 가정부 두 명과 나란히. 나는 앤젤리카를 껴안고는 창밖을 내다본다. 내가 루퍼트의 방에 열두 시간 넘게 틀어박혀 있는 동안 바깥세상은 생지옥이 되어 있었다. 악마가 길거리에서 창문으로 날아올라 직접 우리를 끌고 내려간다고 해도 놀랍지 않겠다. 모든 것이 불타고 있다. 거리의 자동차들도, 길 건너편의 건물 한 채도. 화염이 우리를 에워싼다. 쳇덩이가 쿵 떨어지며 깔아뭉개는 소리가 들려오고 사람들이 거리에 떼로 몰려나온다. 일시적 소요 사태일 텐데 세계의 멸망을 지켜보는 것 같다. 세계의 종말을.

나는 계속해서 경찰이나 군인을 찾아보지만 고작 몇 명만 눈에 띌 뿐이다. 그들은 자동차나 건물 뒤에서 나타났다가 순식간에 다시 사라지거나 군중 속에 파묻혀버린다. 가정부들은 미동도 하지 않고 소리 없이 울고 있다.

나는 하느님께 죽지 않고 이 밤을 넘길 수 있게 해달라고 기도한다. 이 밤을 넘기고 내일을 맞게 해주세요. 제발 가족을 다시 만나게 해주세요. 제발 고향을 다시 보게 해주세요. 저는 이미 너무 많은 것을 잃었고 더 잃을 것도 없습니다. 나는 불타는 도시를 내다보며 기도한다.

중국에서 온 두 가정부가 고향으로 돌아갈 방법에 대해 이야기한다. "우리는 절대 못 갈 거야." 한 명이 울부짖는다. 그때 나는 확실히 깨닫는다. 여기서 잠자코 기다릴 수만은 없다. 그랬다가는 나는 죽거나, 몇 달이고 몇 년이고 이곳에 처박혀 있게 될 것이다. 광기 비슷한 것이 밀려온다. 고향으로 돌아가야 한다. 지금 당장, 무슨 수를 써서라도.

나는 내 몸에 엉겨붙은 앤젤리카와 함께 소파에 앉는다. 앤젤리카를 안는 것은 이번이 마지막일 테니, 나는 최대한 오래 껴안고 싶다. 그런 후 전화기로 항공편을 검색한다. 없을 줄은 알지만 혹시 모르니 확인해야 한다. 하나도 없다. 모든 비행이 취소되었다. 그 순간 번뜩 생각 하나가 떠오른다. '타이 씨네 가족은 어떻게 여행하더라?' 아니, '타이 씨네 가족은 어떻게 여행했더라?' 부자들에게는 만사가 더 쉽다. 그들은 언제나 엘리트 항공이라는 전세기 회사를 이용한다. 나는 거기로 전화해, 가정부들을 지켜보면서 타이 부인의 비서인 척한다. 그들은 거리를 빤히 내다보며 자신들만의 세상에 빠져 있다. 전화를 받은 젊은 여자가 말한다. 싱가포르 밖으로 나가려면 평상시보다 훨씬 높은 운임을 청구할 것이고 두 시간 안에 공항으로 와야 한다고. 아시아 안에서만 비행이 가능하고, 오늘 자정부터 '동태평양항공교통규제협약'이 발효되므로 그 후로는 비행기가 뜨지 않는다고.

나는 모든 것에 동의한다. 서둘러서 차례로, 네, 네, 네. 그녀가 무슨 말을 하든 나는 동의할 것이다. 얼마, 얼마죠? 545만 달러. 타이 부인은 언제나 그렇듯 부부 침실의 침대 옆에 핸드백을 놔두었다. 잠시 앤젤리카를 거실에 내버려두고, 타이 씨의 시신을 지나 타이 부인의 지갑을 꺼내 아메리칸 익스프레스 카드 번호를 불러주려는데, 엘리트 항공의 여자가 이미 장부에 기록돼 있는 웰스 파고 은행의 계좌로 지불이 완료되었고, 타이 부인은 이륙이 전면 중지되기 전에, 즉 두 시간 안에 공항에 도착해야 한다고 말한다.

하느님 감사합니다. 이곳은 공항과 가깝다. 나는 중요한 소지품을 챙긴 다음 앤젤리카에게 작별 인사를 한다. 살아생전 내가 해야했던 일들 가운데 가장 어려운 일이다. 아이를 다시는 볼 수 없을 테지만, 그 말만은 차마 아이에게 못 하겠다. 싱가포르는 그리 오래 존속하지 못할 것이고, 타이 씨 가족이 어떻게 될지는 누가 알겠는가? 더구나 나는 방금 그들에게서 수백만 달러를 훔쳤다.

"어디 가?" 앤젤리카가 울면서 묻는다. 앤젤리카는 완전히 지쳐 있다. 아이가 깨어 있기에는 너무 늦은 시각이다.

"난 우리 가족을 보러 고향에 가야 해. 우리 가족한테는 내가 필요해."

"나도 로자미가 필요해." 오, 내 딸. 이 아이를 데려갈 수 있다면 좋으련만. 하지만 그럴 수는 없다. 아무리 이렇게 제정신이 아니라해도, 그런 짓을 해서는 안 된다는 것을 안다. 아이를 품에 안고 데려가고 싶은 마음이 간절하지만 그것으로 나는 평범한 삶과 작별하고, 아이는 가족과 함께하는 삶과 작별할 것이다. 정신 차리자.

"내가 다시 보러 올게, 응? 네가 사는 곳을 아니까 이게 다 끝나면 최대한 빨리 널 보러 돌아올게."

앤젤리카는 내 말을 믿는 것 같다. 나는 안도의 한숨을 내쉰다. 나는 아이를 다시 안는다. 아주아주 꼭 껴안고 머리에 입을 맞춘다. 이제는 떠나야만 한다. 엘리베이터를 타고 내려와, 되돌아갈 마음이 들기 전에 재빨리 거리로 뛰쳐나간다. 매연으로 가득한 거리를 걸어가며, 나는 이것이 싱가포르일 리 없다고 생각한다. 이럴 순 없어. 싱가포르는 세계에서 가장 안전하고 가장 부유한 나라였다. 직업 알선소의 여자가 나에게 싱가포르는 안전해서 일하기 아주 좋은 곳이라고 말했던 것이 생각난다. 그냥 공항에나 가자, 지금은 그것에만 집중해야 한다. 얼굴을 반다나로 가린 남녀들이 온갖 물건을 집어 던지고 있다. 대체 누구에게? 서로에게? 그들은 누구와 싸우는 걸까? 그들은 보이지 않는 하나의 적과 싸우고 있다.

나는 달리기 시작한다. 무슨 일이 있어도 멈추지 않을 것이다. 공항을 1킬로미터 앞두고부터는 수시로 터지는 폭력 사태의 화염으로 뿌옇게 흐려진다. 고속도로에서는 충돌 사고가 일어난다. 빙글빙글 세 바퀴를 돈 다음 다른 차를 들이받는 자동차. 다리에서 몸을 던지는 남자. 열기와 소음과 공포. 하지만 계속 나아가야 한다. 고속도로의 반대쪽에 다다러서야 상황이 조금 나아진다. 나는 예전에 타이 씨를 마중하기 위해 앤젤리카와 루퍼트를 데리고 여기 창이 공항에 온 적 있다. 나는 입구로 들어서고—데스크는 모두 스산하게 비어 있다—격납고를 찾아, 근무 중인 젊은 여자에게 내가 타이 부인이라고 말하고, 그녀가 더 질문하기 전에 비행기에 태워달라고 요구한다.

그녀는 땀을 흘리며 쉴 새 없이 걸려오는 전화를 받고, 사람들에게 기다리라고 말하는 중이다—한마디로 난장판이다. 비행기 넉

155

대가 저마다 떠날 준비를 하고 있고, 헬리콥터 두 대가 착륙 중이다. 짐작하건대, 아직 생각이란 걸 할 수 있는 싱가포르의 부자는 한 명도 남김없이 싱가포르에서 탈출하고 있다.

내가 비행기 계단을 뛰어 올라가자 비행기 문에서 갑자기 승무원이 내 앞에 우뚝 선다. 그는 몹시 지쳐 보인다. 얼굴이 파리하고 핼쑥하다.

"타이 부인입니다." 나는 이렇게 말하며, 그에게 내가 어서 비행기에 탈 수 있게 비키라는 동작을 취한다.

그가 눈을 가늘게 뜨고 나를 바라보자, 속이 울렁거려 게워내고 싶을 지경이다.

"타이 부인과는 전에도 여러 차례 비행을 했지요." 그가 의심스러운 듯 싸늘한 눈빛으로 말한다. 그는 호흡이 가쁘고, 얼굴은 적의로 붉게 달아올라 있다. 고심 중인 기색이 역력하다. 이 여자를 비행기에 태워도 될까? 그랬다가는 얼마나 큰 문제가 생길까? 나는 숨이 턱 막히고 극심한 공포를 느낀다. 웬 손이 내 목을 움켜쥐고 있는 것만 같다. 몇 초가 하염없이 길게만 느껴진다. 제발 제가 이 역경을 딛고 살아남게 하소서. 제발 비행기에 타게 해주소서.

절망
DESPAIR

캐서린
영국 데번

찬란한 하루다. 잘 생각해 보면 내 인생 최악의 날들 가운데 하루라 해도. 우리는 정원에서 논다. 나는 멸균우유에 우린 밀크티를 홀짝이면서 즐겁게 뛰어노는 시어도어를 지켜본다. 이곳에는 책이 전혀 없기 때문에 나는 아이에게 곰과 마녀와 용이 나오는 이야기들을 들려주고, 이따금 아이를 품에 안기도 한다. 우리는 안전하다. 아마도, 틀림없이, 제발. 이 집은 역병의 손길이 닿지 않았기를.

시간이 지나도 앤서니의 죽음은 견디기 수월해지지 않고 더욱 힘들어질 따름이다. 지금 이렇게 안전한 곳에 있으려니, 내 머리는 그가 출장을 떠난 것이 틀림없고 언제라도 걸어 들어올 거라고 믿어버린다. 하지만 그는 돌아오지 않고 앞으로도 영영 돌아오지 않을 것이다. 만약 병세가 악화되어 숨을 거두는 그의 모습을 지켜보았더라면 이보다는 견딜 만했을 것이다. 대신에, 작별 인사를 나누고 계단을 뚜벅뚜벅 올라가던 그의 마지막 모습은 그가 틀림없이, 분명히, 이 세상 어딘가에 살아 있고 잘 지내고 있을 것만 같은 환상을 불러일으킨다. 끝이 났다는 사실을 내 두뇌는 처리하지 못한다. 나는 시어도어 앞에서 울지 않으려고 노력하다가, 내가 아들의 마지막 날들—마치 이 날들이 그의 마지막 날들인 것처럼—에 울고 있는 어머니를 보여주고 싶지 않아 지나치게 안간힘을 쓰고 있다는 것을 깨닫는다. 앤서니가 너무 그립다. 다른 사람은 이해 못한다. 그토록 긴 세월이 흘렀건만 부모의 죽음까지 계속해서 나를 친친 옭아맨다. 그 모두의 죽음을 받아들이고 나자, 이제는 세상이 나를 이렇게 홀로 남겨두려 하는 것이 더없이 잔혹한 불의처럼 느껴진다. 얼마 전 피비가 안부 메시지를 보냈다. 그녀의 남편은 면역이 있는 것 같다고 했다. 그는 회계사로 일하는데 같은 사무실 사람 대부분이 역병에 걸려 죽었기 때문에, 틀림없이 바이러스에 매우 자주 노출되었을 것이다. 하지만 그에게는 아무 이상이 없다. 나는 전화기를 창문에다 내던질 뻔했다. 피비에게는 양친, 남편, 두 딸이 있다. 그녀가 그렇게 다 가졌다는 생각이 들자 소리치고 싶다. "왜 나는?" 나는 답장하지 않았다. 자신의 섬에 매달리는 키르케처럼 나는 내 소중한 아들에게 매달리고 있다. 나는 우리가 제발 죽음의 눈에 띄지 않고 이곳에 머물게 해달라고 기도한다. 이 싸움에서 나는 완전히 혼자다. 도와주러 올 어머니도, 안심시켜줄 아버지도 없다. 앤서니까지 떠났으므로 이제 나는 우리가 만든 이 아름다운 소년에게서 얻을 수 있는 기쁨으로 최대한 버텨야 한다.

이제 나는 이른바 뉴노멀 시대에 안착하고 싶다. 오늘 우리는 6시에 일어났고 오후에 시어도어가 낮잠을 자는 동안 고양이는 소파에 앉은 내 곁에서 흡족한 듯 가르랑거렸다. 그다음 고요한 목욕 시간을 보내고, 침대에서 게임을 하고 이야기를 들려주고 최대한 자주 품에 안았다. 고열과 기침과 무기력 없이 흘러가는 순간순간이 어쩌면 우리는 무사할 거라고 믿는 사치를 누리게 해준다. 이곳은 마치 죽음과 두려움의 손길이 닿은 적 없는 유적지 같다.

시어도어를 재우고 몇 시간 뒤 비몽사몽해 있는데 유리 깨지는 소리가 들린다. 가슴이 쿵 내려앉고 도움을 청할 이 하나 없이 혼자일 때 느낄 법한 서늘한 공포에 휩싸인다. 누군가 여기에 있다. 나는 살금살금 계단을 내려가며, 누군가가 여기저기 뒤척거리는 소리를 듣는다. 거친 숨소리가 들려온다. 혼자이고 신발을 한 짝만 신었다. 남자가 확실하다. 그때 계단에서 삐걱 소리가 난다.

"씨발, 거기 누구야?"

나는 놀라서 비명을 지른다. 전구가 켜진 부엌에서 그가 거칠고 위협적인 목소리로 나를 향해 짐승처럼 울부짖고 있다. 집은 어스름한 빛에 싸여 있다. 나는 위층의 시어도어를 떠올린다. 질병을 피해 이 은신처에서 보호받고 있는 아이. 무장 강도에 대한 걱정에 또 한 겹의 공포가 내려앉는다. 이 낯선 자가 바이러스를 옮길 것이다. 이자가 감히 내 집에 역병을 몰고 오려고 한다.

"여기는 네 집이 아니야." 나는 온 힘을 짜내 받아친다.

"씨발, 알 게 뭐야. 꺼져!"

이제, 부엌 통로에서 어렴풋이 그의 모습이 보인다. 머릿속에서 그가 나에게 달려들어, 연거푸 주먹질을 퍼붓거나 강간하거나 죽일 거라는 예상이 펼쳐진다. 그는 남의 집에 침입한 생면부지의 성난 남자다. 여기가 제집인 양 큰소리치고 있다. 그런데 그는 왜 이렇게 멀찍이 떨어져 있나? 그러자 뇌리에서 생각의 퍼즐이 맞춰진다. 그렇다. 그는 나를 겁내고 있다. 그는 이곳으로 도망쳐 왔다. 사람이 살지 않는 외딴 시골의 오두막집. 완벽한 피난처. 그는 이곳에서 지내며 팬데믹이 끝나길 기다리면 되겠다고 생각한 것이다. 그는 나와 계획이 같다. 유일한 차이점은 이 안전은 내 몫이라는 점이다. 나는 이곳에 있을 권리가 있다.

이 싸움은 내가 이길 것이다. 그는 나에게 바이러스가 있다고 생각한다. 그가 아는 한, 나는 그가 있는 쪽으로 움직이기만 해도 그를 죽일 수 있는 존재다.

"나는 아무 데도 안 가." 나는 경종을 울리듯 카랑카랑한 목소리로 우렁차게 말하면서 계단을 마저 내려간다. "나는 아들과 함께 왔어. 나는 숙주이고 내 아들은 감염됐어. 바로 위층에 있고. 난 아이랑 같이 죽으려고 여기 온 거야." 거짓말이 입에서 술술 나온다. 유려하고 단호하다.

나는 남자 쪽으로 발을 내딛는다.

"염병, 거기 서! 한 발짝도 오지 마!" 그는 비틀거리며 물러난다. 도살장에 끌려가는 소 같다. 눈은 휘둥그레지고 바싹 마른 입은 공포로 뒤틀린다.

"여긴 내 집이야. 넌 여기 있으면 안 돼. 나는 바이러스가 있고 아들도 바이러스가 있어. 내가 곁에서 숨을 쉬면 쉬는 만큼, 너는 병이 옮아 죽을 거야. 날 건드려도 너는 병이 옮아 죽을 거고. 나를 찔러서 피를 보면, 그때도 너는 병이 옮아 죽겠지. 죽고 싶지 않으면 나가."

"씨발 미친년이!" 그가 우느라 헐떡거리는 목소리로 말한다. 절박해 보이지만 나는 상관하지 않는다. 내 알 바 아니다.

마침내 그가 돌아서고, 몇 차례 부스럭대며 물건들을 집어 던지는 소리가 나더니 곧이어 다행히도 뒷문이 쾅 닫힌다. 나는 복도에서 잠시 거친 숨을 몰아쉰다. 머지않아 슬며시 얼굴에 웃음이 번진다. 지금까지 살면서 나 자신을 이토록 힘 있는 존재로 느낀 적은 단 한 번도 없었다. 분명 남자들은 이런 기분을 수시로 느끼고는 했을 것이다. 그저 내 몸이 여기 있다는 사실만으로 누군가를 겁에 질려 달아나게 할 수 있다니. 틀림없이 이 기분에 취해 살았으리라.

나는 현관문 앞에서 등산화를 신고 거실을 지나, 유리창이 산산조각 나 바닥에 널려 있는 부엌으로 간다. 꼼꼼히 유리 파편을 주워 쓰레기통에 넣고 나자 심장이 귓속에서 쿵쾅대기를 멈추고 아주 서서히 정상으로 돌아온다. 그 끔찍한 남자가 뭔가를 만졌을 경우에 대비해 싱크대 밑에서 찾아낸 표백제로 모든 가구와 물건의 표면을 깨끗이 닦는다. 마침내 바닥은 말끔히 치워졌고, 주방은 살균을 마쳐 안전하다. 내가 일어서서 집에 감도는 감미로운 정적을 만끽할 때, 고양이가 가르랑거리며 내 다리 주위를 맴돈다.

시어도어를 살펴봐야 한다. 나는 단지 나 자신의 두려움에 근거해 이렇게 믿고 있다. 아이가 지난 몇 달의 일들로 심리적 외상을 입었지만 낮 동안은 표현하지 않는 것이라고. 혹시라도 아이의 밤이 두려움과 공포로 얼룩져 있을지 모른다고 생각하면 끔찍하다. 아이는 기진맥진한 상태다. 불쌍한 내 아가. 오늘은 저녁 7시부터 축 늘어지더니 8시에 갑자기 곯아떨어졌다. 기진맥진해질 만큼 생활이 돌변했고, 그것이 시어도어에게 미칠 영향을 생각하자 나는 두려움에 휩싸인다. 시어도어는 다른 집에서 다른 음식을 먹고 있고, 다른 마당에서, 비탄에 빠진 엄마와 함께다. 아빠는 사라졌다. 나는 아이의 머릿속을 스칠 생각들을 상상조차 할 수 없다. 아니, 어쩌면 상상하고 싶지 않은 건지도 모른다. 아이를 살려야 한다는데 너무 골몰한 나머지, 미래에 대해서는 생각하지 않았다. 이 악몽이 아이의 마음에 영원히 지워지지 않는 흉터를 남길까? 행복하고 안전하고 고요하다는 것이 어떤 건지 언젠가 다시 알게 될까? 앤서니를 기억할 수나 있을까? 앤서니를 떠올리자 아찔한 두통이 밀려온다. 내가 한꺼번에 생각할 수 있는 것은 딱 여기까지다.

"아가." 나는 침대 모서리에 앉아 아이를 내려다보며 속삭인다. 아이는 시트 위에 널브러져 곤히 잠들어 있다. 나는 습관대로 이마에 짧은 입맞춤을 하다가 뭔가 잘못됐다는 것을 깨닫는다. 나는 잠든 어린아이의 따뜻하고 보드라운 살결을 기대했다. 하지만 내 입술에 닿은 것은 열이 펄펄 끓는, 뜨겁고 땀이 흥건한 살갗이다.

아이의 몸이 불덩이다.

토비 윌리엄스

아이슬란드 해안에서 멀리 떨어진 어딘가

2026년 2월 16일

지금껏 일지를 써본 적은 없지만 달리 뭘 해야 할지 모르겠다. 나는 51일째 이 배에서 지내고 있다. 내가 이 배를 떠날 수는 있을지 의문이다. 이것은 내가 겪은 무시무시한 경험과 이곳에서의 생활에 대한 유일한 기록이 될 것이다. 이 생활이 어땠는지 누군가에게 알리고 싶다.

처음부터 시작하자. 내 이름은 토비 윌리엄스이다. 내 아내, 프랜시스는 센트럴런던에 있는 바비칸 도서관의 사서다. 나는 엔지니어다. 이렇게 써놓으니 따분한 인간 같지만 나는 내 일을 아주 좋아한다.

나는 일란성 쌍둥이로 태어났다. 나에게 아주 중요한 사실이다. 줄곧 그래왔다. 일란성 쌍둥이라는 사실 자체가 우리를 특별한 존재로 만든다. 내가 이 음산한 배 위에 떠 있게 된 것도 내 쌍둥이 형제 마크 때문이다. 우리는 1월 2일에 예순 살이 되었고, 어린아이였을 때부터 줄곧 말해온 대로 함께 북극광을 보러 가자는 것은 근사한 아이디어 같았다. 12월에 출발할 무렵, 나는 역병이 그처럼 심각한 문제로 떠오르는 시기에 이 계획을 정말로 실행해도 될지 회의가 들었지만, 프랜시스가 고집을 부렸다. 그녀가 말했다. "여기 보다 거기가 더 안전할걸. 게다가 병은 곧 사그라질 거야."

아내의 생각이 대개는 옳다. 거의 늘 그렇다. 그것은 내가 가장 좋아하는 그녀의 장점이지만, 이 문제에서만큼은 틀렸다. 병은 사 그라지지 않았다. 하지만 이 배에 있는 편이 더 안전할 거라는 예 상은 옳았던 것 같다.

배가 아이슬란드의 레이캬비크를 떠나고 나흘 뒤, 그 도시에서 도 역병이 터졌고 며칠 새 절정에 달했다. 역병은 나날이 유럽 전 역으로 전파되고 있었고 선장의 입장은 명확했다. 그는 그 문제를 투표에 붙이지도 않고, 영화관에 사람들을 모두 모아놓고 말했다. "돌아가도 될 만큼 안전해질 때까지 우리는 이 배에서 지낼 겁니 다. 배에는 음식이 충분히 비축돼 있고 곧 추가 조달을 요청할 겁 니다. 우리는 당분간은 돌아가지 않습니다." 배에 있던 한 여자가 유독 분노했다. 벨라 센티니오. 그녀는 이탈리아 출신이고 친구 마 르티나와 여행을 왔다. 마르티나는 긴장증을 보였고 벨라는 격분 했다. 그녀는 선장에게 이럴 수는 없다고 소리쳤다. 그녀의 아이 들이 로마에서 엄마를 기다리고 있다. 아들과 남편은 죽을지도 모 른다. 그러면 딸은 어떻게 될까? 그녀의 딸 카롤리나는 겨우 생후 18개월이다. 벨라에게는 자매도 없고 어머니는 이태 전에 돌아가 셨다. 나는 그녀의 낙심한 마음을 이해한다. 고향에 두고 온 사람 에게서 연락이 점점 뜸해진다. 그녀의 남편과 아들이 죽고, 남겨진 딸도 혼자 로마의 아파트에서 굶어 죽을지도 모른다. 생각만 해도 참을 수 없이 괴롭다.

나는 그녀의 아픔에는 공감하지만, 선장이 그녀에게 이렇게 말하자 안도감에 울음을 터뜨릴 뻔했다. "이 엄청난 행운을 거절하는 것은 무례라고 생각합니다. 단 며칠이라도 죽음을 미룰 수 있다면 감사할 일이죠." 그런 다음 그는 돌아서서 방을 떠났다.

프랜시스에게 마지막으로 문자메시지를 받은 것도 벌써 몇 주 전이다. 더는 수신이 되지 않는다. 그녀가 말했다. "당신은 그 배에 붙어 있어야 해, 토니. 무슨 일이 벌어지든 누가 돌아가고 싶어하든 신경 쓰지 마. 그 배에 머물러." 나도 정확히 같은 생각이다.

하지만 우리에게는 식량이 부족하다. 의약품도 최소량뿐이다. 연료도 바닥나고 있어 우리는 닻을 내리고 언젠가 구조되기를 바라며 한 자리에 처박혀 있다. 선장이 말하길, 해안경비대에 연락이 닿았는데, 그들이 식량을 보급하겠다고 말했단다. 선장은 태양 전지식 위성전화기가 있고 우리의 현재 좌표를 알고 있다. 나는 이 사실들에 매달려 희망을 가지려고 노력하지만, 집을 떠나서 보내는 하루하루가 일생처럼 길게 느껴진다.

나는 이 세상에서 남자가 지내기에 가장 안전한 곳에 있지만 이보다 큰 위험을 느껴본 적이 없다. 우리는 갈 곳이 없다. 돌아갈 대피처가 없다. 우리는 여기 이 먼바다에 나와 있고, 우리가 사랑하는 사람들은 우리가 돌아오기만 기다리고 있다. 굶어 죽는 것과 역병으로 죽는 것 가운데 어느 쪽이 나을까? 비록 선택지는 없지만 이따금 후자가 낫겠다는 생각이 든다. 적어도 그것은 빠르다. 듣기로는 그랬다.

벨라는 분노로 버티고 있다. 그녀는 첫 사망자가 나온 뒤에도 사기를 잃지 않았다. 나이 든 여자였고 아주 급작스러운 죽음이었다. 심장마비나 동맥류였을 것 같은데 나야 모를 일이다. 배에는 의사나 간호사가 한 명도 없다. 두 번째 죽음은 자살이었다. 그것은 더 받아들이기 힘들었다. 직접 보지는 못했지만 풍덩 하는 소리에 이어 충격에 휩싸인 웅성임과 고함 소리가 배 전체에 일파만파 번지는 것을 들었다. 고향에 있는 아들이 죽은 모양이었다. 며칠 전에 누군가에게 그런 이야기를 했단다.

출항할 때 300명이었던 승객은 이제 288명으로 줄어들었다. 6명이 인슐린 결핍으로 죽었는데, 한 명은 발작으로 머리를 부딪쳐 죽었다. 네 번의 자살이 있었고, 심장마비를 일으킨 부인이 있었다. (이번에도, 사인이 정말로 심장마비였는지는 확실치 않지만, 이름—조조? 재니스? 제인?—이 가물가물하므로, 그냥 심장마비 부인이다.)

우리에게는 새로운 배급 체제가 생겼다. 배에 있던 스웨덴인 영양사가 체중을 바탕으로 개개인에게 필요한 최소 칼로리 요구량을 계산했다. 한 남자가 음식을 더 타기 위해 체중을 속이려고 했다. 영양사는 그에게 배급량을 줄이는 벌을 내렸다. 참으로 불편한 몇 시간이었다.

프랜시스가 잘 지냈으면 좋겠다. 프랜시스, 혹시 내가 죽고 이 배가 발견된다면 이 편지가 당신에게 도착할 수 있도록 다시 한번 확실히 해둘게. 나는 토니 베네딕트 윌리엄스, 내 아내는 프랜시스 에마 윌리엄스입니다. 주소는 영국 런던 클러큰웰로드 4번지, C호, 우편번호는 EC1V 9TB입니다. 만약 누군가가 이것을 발견하면 제발 그녀에게 전해주십시오.

프랜시스, 사랑해. 당신이 행복하기를 바랄 뿐이야. 내 바람은 늘 그것뿐이야. 우리가 좀 더 일찍 서로를 발견했다면 좋았겠지만, 우리는 이미 대부분의 육십 대보다 더 많은 사랑과 모험으로 이십 년을 가득 채웠지. 당신은 최고야. 그냥 정말로 최고야. 당신을 다시 만나고 싶어.

어맨더
스코틀랜드 독립공화국 글래스고

나는 단연코 명상에 젬병이다. 뉴스 중독에서 벗어나기 위해 사흘 내리 애플리케이션으로 명상을 시도했건만 지난 몇 달 중 가장 우울한 시간을 보냈을 뿐이다. 명상은 쓰레기다. 하, 유감이지만 정말이다. "사고의 방향을 바꾸세요." 앱은 말한다. "당신의 마음에 집중하세요." 염병, 됐거든. 사고의 방향을 틀어서 내게 하등 좋을 것이 없다. 그리하여 나는 명상 대신 기존의 '소음' 요법을 확실히 고수할 작정이다. 지금 나의 정신 상태에서 정적은 불청객이나 다름없다. 요새는 주방에서 촬영하는 전문 요리사들의 유튜브 채널에 완전히 빠져 지낸다. 그들은 장난스러운 농담을 던지고 엉뚱한 도전을 감행하며, 버터가 듬뿍 들어간 먹음직스러운 페이스트리를 구워내 나의 침샘을 자극한다. 그런 영상이 내 신경을 분산하고 내 뇌를 속여, 덜 외롭고 모든 것이 예전 그대로인 것만 같은 기분에 빠져들게 한다. 하지만 역습을 당할 수도 있다. 돌연 화면 속 얼굴에서 어떤 표정을 맞닥뜨리거나 십 대 아들에 대한 언급이 나오면, 나는 전화기를 창밖으로 내던지고, 한때는 나도 내 새끼들에게 밥을 해먹였다고 악을 쓰고 싶어질 것이다. 한때는 나도 페이스트리의 겉표면을 바삭하게 굽는 데 주의를 기울였다. 한때는 나도 식탁에 빙 둘러앉아 가족과 함께 식사했다……. 소음 요법은 때로는 위안을 주고 때로는 잔인할 만큼 생생히 기억을 되살린다.

뷰트 섬으로 가는 여객선이 끊임없이 덜덜거려서, 가장 좋아하는 셰프의 쩌렁쩌렁한 목소리가 흘러나오는 스마트폰 화면이 흔들린다. 숙련된 강사답게 침착하고 명쾌하게 설명하는, 주근깨가 난 빨간 머리 여자다. 그녀는 허기진 십 대 자녀들을 위한 자투리 재료 요리에 대해 이야기한다. 동전이 뒤집히듯 별안간 모든 것이 달리 보인다. 괴로워서 더 볼 수가 없다. 나는 창밖의 파도와 회색빛 풍경으로 시선을 돌린다. 나는 한때 배를 타고 섬에 가기를 아주 좋아했다. 차고 건조한 날씨에 맑고 소금기 어린 대기가 더해지면 나를 동여매던 불안의 매듭이 스르르 풀리고는 했다. 내 두 아들은 진정해라, 자리에 앉아라, 조용히 해라 등의 잔소리를 듣지 않아도 된다는 것에 들떠서 난폭한 축구 관중처럼 마음껏 내달렸다. 윌과 나는 팔짱을 끼고 느긋하게 걸었고, 그러노라면 우리가 한 해의 대부분을 그토록 열심히 일하며 보낸 것은 이런 홀가분한 시간을 만끽하기 위해서인 것 같았다.

로스시 항구가 보이기 시작한다. 나는 현실로 질질 끌려 돌아온다. 차량 선적이 적어서 거칠게 요동치는 여객선이 얼마나 상황이 달라졌는지 체감하게 한다. 휘발유 값이 올라도 너무 올라서 나도 십 년은 타지 않았던 오래된 자전거를 끌고 다닌다.

이곳에 온 목적, 내가 만나러 온 사람에 대해 세세히 알아봤고 그녀가 나를 기다리고 있기를 바라지만, 유감스럽게도 실상은 정반대일 듯하다.

헤더 프레이저. 유언 프레이저의 유족. 나로서는 고맙게도 유언이 0번 환자였다는 사실이 언론에 대대적으로 보도되었다. 그런데 뷰트 섬은 아주 작아서 주민들은 서로서로 아는 사이이다. 코를 쿵쿵거리고 다니던 기자들이 헤더가 있는 쪽으로 향했고, 바로 거기서 벽에 부딪쳤다. 그녀는 대화도 인터뷰도 돈도, 방해도 일절 거부했다. 남편을 잃은 슬픔에 빠져 있는 그녀에게 세상은 남편을 하나의 명칭으로 축소시켰다. 0번 환자. 이름도 없이, 오직 죽음으로만 기억되는 사람.

오늘 이렇게 나서기 전까지 나는 단 한 번도 헤더와 접촉을 시도하지 않았다. 어쩐지 불쑥 찾아가는 편이 나을 거라고 판단했다. 하지만 스산한 늦겨울의 강풍에 휘청거리며 그 집까지 걸어가자니, 과연 이 결정이 현명한 건지 의문이다. 기습 방문이라니, 다들 원하고 말고. 잘했어, 어맨더, 시작이 아주 좋군그래.

나는 초인종을 힘껏 누른다. 젠장, 최악의 반응이라고 해봤자 거절이지.

"누구세요?" 의심에 가득 찬 목소리가 문 저편에서 묻는다. 그녀는 틀림없이 문에 난 작은 구멍으로 내다보고 있을 것이다.

"저는 의사입니다. 매클린 박사요. 당신 남편을 치료했던 사람입니다."

문이 벌컥 열린다. "거짓말이죠?" 헤더가 파리하고 수척한 얼굴로 묻는다. "만약 거짓말이면 정말 잔인한…….

"제 병원 출입증을 보여드리겠습니다." 나는 가방에서 병원의 직원카드를 꺼내며 말한다. "자, 접니다. 저는 가트네이블 종합병원의 응급실에서 일합니다. 유언은 11월 1일에 응급의료헬기로 우리 병원에 이송되었습니다."

헤더는 나에게서 출입증을 받더니 손으로 입을 가린다. 그녀의 얼굴이 일그러지며 울음이 터져나온다. "그이가 살아 있는 모습을 마지막으로 본 분이시군요."

이것은 미처 생각하지 못한 사실이다. 생각 못 했다는 것이 믿기지 않지만(내 머리가 일켰다고 하기에는 충격적인 누락이다), 실제로 나는 그에게 치료라고 할 만한 것을 하지 않았다. 그는 응급실에 도착했을 때 이미 죽음의 문턱에 있었다. 나는 의식이 있는 그의 모습을 보지 못했다. 의식의 유무는 나에게 결정적인 요소다. 하지만 그의 아내에게는 그것이 중요치 않다. 나는 그녀의 남편을 보았다. 그녀가 과부가 아니라 아직 그의 아내일 때. 나는 그가 마지막 숨을 내쉬는 것을 보았고, 아무 고통도 느끼지 않도록 그에게 모르핀을 투여했고, 그의 사망 시각을 읊었다.

"들어가도 될까요?" 내가 조심스레 묻는다. "미리 전화 드리거나 여쭙지 못해 죄송합니다. 저는 그저……." 그녀는 내 사과에 손사래를 치고는 내게 들어오라는 손짓을 한다. 들어서기가 바쁘게 문이 쾅 닫히고 그녀는 자물쇠 세 개를 차례로 잠근다. 그녀는 두 뺨의 눈물을 훔치고는 자물쇠들을 가리키며 말한다. "기자들이 너무 많이 와서요. 저는 기자 안 믿어요. 사람들이 제 주소를 아는 것도 별로고요."

거실의 벽난로 위 선반에는 다양한 사진들이 있다. 모두 다 액자에 들어 있고 자녀와 손주들이 선물한 듯, '세상에서 제일 멋진 아빠' '할아버지 사랑해요' 같은 문구가 나무 액자에 새겨져 있다. 가족애와 편안함이 깃든 곳이고, 긴 세월을 살아온 집이었다.

헤더가 나에게 물을 주고 비스킷이 없다며 사과하더니—현재 식량 부족은 모두의 골칫거리이다—자리에 앉아 나를 바라본다. 그녀가 나의 거짓 주장에 넘어가 나를 집으로 맞아들였다고 생각하니 마음이 몹시 불편하다. 내가 그녀의 남편을 담당한 것은 맞지만 나는 그의 마지막 말을 들은 것도 아니고 그와 감정적인 교류도 없었다. 그는 나에게 맡겨졌을 때 이미 죽어가고 있었고, 손쓸 새 없이 죽었다.

"말씀을 드려야겠는데요." 나는 이 대화가 아주 최소한이라도 정직성을 기반하기를 간절히 바라며 말한다. "저는 남편분께서 어쩌다 편찮아지셨는지를 알고 싶어서 여기 왔습니다. 저는 유언을 치료했지만 말 한마디 나누지 못했어요. 남편분께서는 응급실에 도착했을 때 이미 대단히 위중한 상태였어요."

"상관없어요." 헤더는 조용히 말하고, 곧 눈살을 찌푸린다. 어두운 표정이 얼굴을 가로지른다. "신문기사를 쓰시는 건가요?"

"아뇨, 그런 건 아닙니다. 저는 역병이 어디서 왔는지 알고 싶고, 그 정보를 백신 개발에 힘쓰고 있는 전세계의 과학자들에게 전하고 싶어요. 저는 그것이 연구에 도움이 될 거라고 생각합니다."

헤더는 갈등하는 표정이다. 그녀의 마음이 두 선택지 사이에서 오락가락하는 것이 보인다. 이 의사를 쫓아내, 조용히 지내, 내 세상을 작고 안전하게 지키는 거야. 아니지, 도와줘. 상황이 나아지게 도와. 비록 그 대가로 훨씬 더 이목을 끌게 되겠지만. "부탁드립니다." 내가 말한다. "힘드시면 그냥 제 질문을 들어보신 다음 어떻게 할지 결정하세요."

그녀는 고개를 끄덕인다. 불현듯 내가 상중인 과부의 집 문틈에 발을 밀어넣고 그녀에게 나를 도와달라고 요구하는 중이라는 사실이 떠오르지만, 그게 뭐! 나도 상중인 과부다. 나는 올바른 일을 하려고 노력 중이다.

"유언이 몸이 불편해지기 전에 평소와는 다른 일을 하지는 않았나요? 특히, 그가 증상을 보이기 전 마흔여덟 시간 동안 무엇을 하고 있었는지 궁금합니다."

헤더가 한숨을 내쉬고, 나는 그녀가 알고 있다고 확신한다. 한 치의 의심도 없다. 그녀는 남편이 무엇을 하고 있었는지, 누구와 그 일을 했는지 정확히 알지만 나에게 말하길 망설이고 있다. 나쁜 짓이기 때문에. 이것은 내가 응급실에서 "친구가 뭘 먹은 거니?" 하고 물을 때마다 십 대 청소년들의 얼굴에서 셀 수 없이 봐온 표정이다. 그들은 좀처럼 입을 열려고 하지 않지만, 분명히 알고 있다. 암, 알고말고. 때로는 정직하게 말하는 것이 배신처럼 느껴지는 법이다.

"아무도 그분을 나쁘게 생각하지 않아요, 아시죠?" 내가 말한다.

"그야 모를 일이죠." 헤더가 쏘아붙인다.

"사람들은 그게 뭐든, 바이러스를 유발한 것에 집중할 겁니다. 그분이 아니라요. 유언이 그것을 만들어내지는 않았잖아요. 남편 분 잘못이 아니에요. 그분이 부적절한 일에 얽혀 있었는지 여부는 중요하지 않아요. 심지어 불법적인 일을 했는지도요." 아, 올 게 왔다. 헤더의 목에 경동맥이 불끈 돌출하고 입은 더 굳게 닫힌다. 도대체 그는 어쩌다 바이러스와 접촉하게 됐을까? "중요한 것은 부인의 한마디가 백신을 만들고 이런 일이 다시는 벌어지지 않게 하는 데 도움이 될 거라는 사실이에요. 누구도 이것이 유언의 잘못이라고 생각하지 않을 겁니다, 약속합니다."

헤더가 눈을 감자 그녀의 긴장됐던 양어깨가 약간 툭 떨어진다. 방어적인 태도가 누그러지기 시작한다. "그이와 도널은 오랫동안 친구였어요. 이 동네는 돈이 궁해요. 특히 겨울에는 더. 몇 해 전부터 도널은 유언에게 자신을 도와 여기저기서 이상한 일을 함께하자고 했어요. 육지까지 포장된 짐들을 날라주고, 물건들을 받아서 도로 실어오고요. 유언은 그 안에 든 게 뭔지 묻지 않았고 도널도 결코 말하지 않았어요."

"유언은 이 모든 이야기를 당신에게 들려줬나요?"

"그이는 저에게 다 얘기했고, 말하고는 후련해했어요. 제가 그이한테 도널하고 일하는 것은 좋은 생각이 아니라고 말해야 했지만 돈이 궁해서……." 그녀가 어깨를 으쓱하는데 그 표정이 어찌나 후회에 사무쳐 보이는지 몸을 가누고 있는 것도 놀라울 지경이다. 나는 헤더와 나 사이에 한 가지 공통점이 있다는 것을 깨달았다. 죄의식.

"제가 다르게 대처했어야 했는데, 저는…… 우리는 그래도 괜찮을 줄 알았어요. 그래서는 안 됐는데……. 작년 그맘때 들어온 뱃짐이 있었어요. 선박 몇 척이 해안에서 몇 킬로미터 떨어진 곳에 정박해 있었고, 도널과 유언은 보트를 타고 나가서, 그러니까, 그 뭔지 모를 것을 뷰트 섬으로 싣고 들어왔고, 그런 다음 육지로 가져갔어요."

불안과 흥분으로 내 두 손바닥에 땀이 찬다. 무슨 수를 써서라도 내가 알아야만 하는 것을 밝혀낼 참이지만, 역병, 즉 내 삶을 파괴한 것의 심부에 막상 이토록 가까워지니 고통스럽다. "두 사람이 뭘 옮기고 있었는지 아세요?"

그녀는 고개를 젓는다. "그이가 말해준 적은 없지만, 저는 그이가 밤 동안 그 상자들을 보관했던 곳을 알아요. 자물쇠로 잠가둔 창고요." 거기에 뭔가가 남아 있을 것이다. 상자든, 메모든. 뭐든 도움이 될 만한 것.

"헤더, 혹시 전에 이 얘기를 누구에게 한 적 있어요?" 그녀는 두 눈에 눈물이 그렁그렁한 채로 고개를 저었다.

"아니요, 우리 아이들이 아버지를 나쁘게 생각하는 것은 원치 않았어요. 하지만 이미……." 그녀가 말끝을 흐리지만, 나는 알아듣는다.

"아들이 둘이었죠?" 나는 답을 이미 알고서 묻는다. 그녀는 고개를 끄덕인다. "저도요. 찰리와 조시."

"유감이에요." 그녀가 작게 속삭이는데, 그것은 내가 가족을 잃고서 보낸 끔찍하고 외로운 몇 달간 들었던 말 중에 가장 솔직한 연민의 표현으로 느껴진다.

"저도 유감이에요, 헤더. 정말로요." 나는 한 손으로 두 볼을 쓱 닦는다. 능숙하게 눈물을 닦으면 내가 더 프로다워 보이기라도 할 것처럼. "그 상자들이 있는 곳이 어디인지 보여주시겠어요?"

우리는 헤더의 작은 닛산 승용차를 타고 해안을 따라 이동한다. 잔류 연료량이 너무 낮아서 그걸 보고 있자니 불안해서 신경성 틱 증상이 올라온다. 그녀가 집을 자주 나서지 않는다는 사실을 감지한다. 그녀는 핸들의 윗부분을 꼭 쥐고는 초조해하며 운전한다. 자신을 겁줄 뭔가가 나타날까 봐 경계하면서. 우리는 듬성듬성한 잡목과 눈을 끔벅이는 몇 마리 암소로 에워싸인 작고 황폐한 해변의 암초 해안에 다다른다. 몇 분 더 걸은 뒤 우리는 맹꽁이자물쇠로 문이 잠겨 있는 작은 목조 창고에 도착한다.

"여기가 그 창고예요." 헤더가 이를 덜덜 떨며 말한다. "그이가 저한테 '만약의 경우'에 대비해서 위치를 알려줬죠."

내가 돌멩이를 이용해 녹슨 자물쇠를 부수자 문이 열리고 차곡차곡 쌓아올린 나무상자 네 개가 보인다. 나는 당연히 창고가 비어 있을 줄 알았다. 대체 뭐가 있을 수 있겠는가? 기껏해야 총기나 마약, 담배 따위일 거라 예상하고 상자 하나의 뚜껑을 연다. 그러나 안에 든 것을 보자마자, 냄새를 맡자마자, 나는 고개를 멀찍이 돌리고 구역질을 한다.

"뭐예요?" 헤더가 내 어깨 뒤에서 건너다보며 묻는다.

"뭔지는 모르겠지만 사체들이에요." 뼈와, 한때는 동물의 털이었을 것 같은 정체를 알 수 없는 물질의 거무죽죽한 조각들이다. 그 것들이 무엇일까 상상하자 몸이 떨린다. 아마도 원숭이? 역겹다는 것만은 확실하다. "자, 상자를 들어요, 헤더. 우리는 이것들을 당신 집으로 옮긴 다음 육지로 가져갈 거예요."

"그 사람에게 말해야 할까요?" 헤더가 초조하게 아랫입술을 깨물며 묻는다. 그녀는 무슨 일이든 초조해하면서 한다. 찾고 있던 잠재적 해답을 얻고 나자 내 인내심은 순식간에 바닥나버린다.

"그 사람이라니, 누구요?"

"도널요."

나는 헤더를 돌아본다. 내 얼굴이 팬터마임이라도 하듯 믿을 수 없다는 표정을 짓고 있음을 느낀다. "도널이 살아 있어요?"

그녀는 고개를 끄덕인다. 이제야 그 얘기를 했어야 했다는 생각이 드는 모양이다. "도널은 면역이 있어요." 그녀가 말한다. 젠장, 세상에.

여성 독재 저항 블로그

2026년 3월 13일

이곳에 처음 오신 분들, 모두 환영합니다. 이 글을 읽고 계시다면 여러분은 희망이 있습니다. 당신은 지금 진실을 목도하고 있기 때문입니다. 저는 브렛 필드입니다. 뉴욕 브루클린에 삽니다. 남성 인권 활동가이고 판매직으로 일합니다.

오늘의 첫 번째 팩폭. 이것은 모두 하나의 음모입니다. 죄다 여자들이 꾸민 짓. 다른 설명은 불가능합니다. 저는 몇 달간 발병에 대한 소문들을 들어왔지만 그것은 유럽 대륙만의 이슈로 보였습니다. 제 동생놈은 유럽 일주 배낭여행을 계획 중이었는데 뉴욕과 프랑스를 오가는 항공편이 모두 줄줄이 취소돼서 열받았지요.

저는 비행 취소 소식을 듣고 슬슬 걱정이 됐습니다. 항공사들은 어지간히 심각한 상황이 아니면 비행을 취소하지 않으려 합니다. 병이 발발한 영국은 수상 자리를 여자가 꿰차고 있고, 이는 여성 독재가 돌아가고 있다는 증거입니다. (이곳에 처음 오신 분들을 위해 설명하자면, 여성 독재란 사회에서 남자들의 합당한 지위를 박탈하는, 여성에 의한 세계 점령을 가리키는 단어임.) 프랑스 내각은 절반이 여성입

177

니다. 독일은 이십 년 이상 한 여자의 통치를 받고 있습니다. 낌새가 좋지 않습니다. 영 안 좋아요. 많은 분들께서 제 의견에 동의를 표하는 메시지를 보내주셨습니다.

저는 오늘 맨해튼에 갔습니다. 거의 텅 비었더군요. 동부 해안 대감염 사태 이후 몇 주가 흘렀습니다. 다들 집단으로 도시를 떠났습니다. 아주 신속히 벌어진 일입니다. 도시는 격전지 같았습니다. 남자들은 병원으로 몰려가고 있지만, 사실 의사들 태반이 남자이고 쓸 만한 여의사는 몇 안 됩니다. 명심하세요, 친구들. 병원에 가봤자 아무 소용없습니다. 여의사들은 당신의 죽음을 앞당길 뿐입니다. 저는 집에 갈 때 지하철을 타려고 했지만 한 대도 오지 않아 걸어서 왔습니다. 몇 시간을 걸었습니다. 도시에서 빠져나올 때도 거리는 여전히 조용했습니다. 다들 집 안에 있거나 이미 도시를 떠났지요. 도시에는 망연자실한 정적만이 감돌았습니다. 지나가다가 아파 보이는 남자를 봤습니다. 얼굴은 회색이었고 울고 있었고 힘겹게 걷고 있더군요. 저는 그를 보고서 그가 가던 길의 반대편으로 건너갔습니다. 감염되고 싶지는 않았습니다.

많은 분들이 게시판에 글을 남겨주셨습니다. 여러분에게 벌어진 일의 실상은 명백합니다. 여자들이 어떻게 이런 일을 해냈는지 모르겠지만, 이것이 여자들 짓이라는 것은 분명히 압니다. 이것은 그들이 오랫동안 꾸며온 계략입니다. 여자들은 최고의 명문대학에 들어가고 최고의 직업을 얻고 대부분의 돈을 갖는 세상을 꿈꿔왔고, 남자 없이도 아이를 낳을 수 있게 됐습니다. 수많은 여자들이 이미 기증받은 정자와 괴상한 의료기술 나부랭이를 이용해 혼자서 아이를 갖는데, 이런 상황에서 남자들이 무슨 쓸모가 있겠습니까? 여자들은 서서히 남자들을 자신들의 삶과 무관한 존재로 떨어뜨렸고, 이제 역병이 쐐기를 박았습니다.

여러분 중 한 분께서 얼마 전 저에게 어떻게 역병이 여성에 의해 만들어질 수 있었느냐고 물었었지요? 어떻게 여자들이 남자들만 걸리는 이런 전염병을 만들어낼 만큼 똑똑할 수가 있느냐고요. 답은 간단합니다, 친구들. 찌질이들 짓입니다. 여자들에게 세뇌당한 수천 명의 찌질한 남자들이 여자들에게 협력한 겁니다. 과학자들 대부분이 남자지요. 아닌가요? 남자들 대부분은 찌질이입니다. 이런 엿같은 상황을 설명하기란 어렵지 않습니다.

여자들이 자기들 힘으로 역병을 만들어낸 것이 아닙니다. 찌질이들이 동족을 희생해 여성 독재 체제가 우리를 파괴하도록 도운 겁니다. 제가 지금 여러분께 죄다 말씀드리지요. 저는 이것이 결국 어떻게 끝날지 알고 있습니다. 남자들은, 강제로 정자를 내주면서, 끌려가 농장에서 일하거나 막노동을 해야 할 겁니다. 그러면 여성들은 계속해서 우리를 쏙 빼놓고 아이를 낳겠지요. 그것이 바로 남자들의 최후입니다.

ㄴ Alpha1476

멋진 글. 우리가 생각해온 걸 제대로 표현해주셨군요! 당신이 아직 여기 있어서 기뻐요. 저는 아마 면역이 있는 것 같아요. 당신은 어때요?

ㄴ 남성인권위브렛필드(사이트 관리자)

요즘도 활동하시는군요! 저도 그랬으면 좋겠어요. 저 쌍년들은 우리에게서 모든 걸 빼앗아갈 생각이었겠지만, 잘못 생각한 거죠.

└ Alpha1476

우리는 이제 모솔 신세를 벗어날 겁니다. 우리 모두가 강제노동 수용소로 보내지기 전에! 승리가 우리 손에 있습니다.

던
영국 런던

영국정보국의 일원이 전세계를 향해 제발 좀 진정해달라고 요청하는 메시지를 보내는 행위가 부적절하다는 것은 알지만, 나는 정말로 그러기 일보직전이다. 사고 친 직원을 다그치는 상사의 전형인 자라의 어조를 정확히 상상할 수 있다. '던, 이 건을 만회하려면 커뮤니케이션 교육을 받아야 할 거예요.'

세계의 거의 모든 국가가, 내 딸의 말을 인용하자면, 미쳐 돌아가고 있다. 나는 정말 참을 만큼 참았다. 아마도 내가 영국 사람이기 때문일 텐데, 젠장, 위기가 왔다고 그냥 무너져서는 안 된다. 지난주엔 따뜻한 저녁 식사를 먹은 횟수보다, 공황 상태에 빠진 대사들로부터 전화를 받은 횟수가 더 많았다. 내 모습만 봐서는 절대로 알아차리지 못할 것이다. 이 총체적 난국에서 유일하게 실낱같은 기쁨이라면 사무실이 멋지게 업그레이드되었다는 것뿐이다. 새 사무실은 면적이 예전 사무실의 두 배에다, 3층에 있고, 오호라, 자연광까지 든다. 나는 늘 그렇듯 깔끔한 검은색 정장 차림이다. 머리칼은 단골 미용사인 사랑스러운 캔디스 덕에 갓 편 상태다. 그녀는 문자로 돈이 필요하다고, 혹시 요즘도 머리를 할 마음이 있느냐고 했다. 지난 몇 주 동안 겪은 가장 비현실적인 순간은 업무 중에 발생하지 않았다. 그 순간은 내 모근에 스트레이트 펌 용액을 바를 때, 캔디스의 눈에서 흘러내린 눈물이 내 두피에 뚝뚝 떨어질 때였다. 확인해보지는 않았지만, 스트레이트 펌 용액이 정부의 국내생산 우선 물품에 올라 있을 리는 없다. 애석한 노릇이다.

"죄송합니다, 늦었습니다. 미안, 미안해요." 자라는 어제 입은 것과 똑같은 원피스 차림으로 허겁지겁 들어온다. 풍기는 냄새로 보아하니 옷에서 나는 냄새를 가리려고 향수를 들이부은 모양이다. 누가 흉을 보지는 않았으면 좋겠다. 사별의 슬픔에 대처하기란 쉽지 않고, 그녀는 나름대로 최선을 다하고 있다.

"시작할까요, 우리? 던, 아시아죠, 준비됐죠?"

세계에서 가장 큰 대륙. 이 자리에 있는 사람들에게 내전만큼 신나는 일은 없다.

나는 준비한 파워포인트 발표를 시작한다. 내가 은퇴를 목 빠지게 기다린 이유들 가운데 하나는 파워포인트 파일을 두 번 다시 만들지 않아도 된다는 점이었다. "우선, 중국입니다. 단기적 관점에서 주요 위험요인은 핵무기 및 기타 무기들이 알 수 없는 자들의 수중에 들어가는 것과, 인접 국가들로 유입된 난민들이 대규모 혼란을 야기하는 것입니다. 우리는 몇 주 전 구조작전을 통해 우리 대사들과 잔류 중이던 외무부 직원을 철수시켰고, 현재 체류 중인 외교인력은 전무합니다." 나는 전쟁으로 발생할 수 있는 난민의 숫자를 볼 때마다 내가 섬 나라에 산다는 사실에 감사한다.

"우리는 누구와 손을 잡아야 할까요?" 자라가 묻는다. "향후 몇 달 간 다양한 세력들이 어떻게 굴러가는지 지켜볼 필요가 있습니다. 우리로서는 어느 세력이 집권하든 향후 중국 정부와 맺을 관계를 전시에 위태롭게 하지 않는 것이 중요합니다."

나는 중국의 정치세력 중 하나가 통신망을 복구했을 때 확보한 사진을 스크린으로 바라본다. 광저우 대교가 불타고 있다. 이 사진 말고는 현재 대혼란을 달리 표현할 방법이 없다. 한 여성이 저항의 뜻으로 불끈 쥔 두 주먹을 치켜들고 있다. 전 세대에 걸쳐 억눌려 온 분노가 마침내 터져 나오고 있다. 우리는 서로 접전 중인 그 다양한 세력들을 어떤 명칭으로 불러야 할지조차 모르겠다.

우리는 공산당이 그토록 빨리 무너진 것에도 적잖이 놀랐지만, 이제 보니 그리 놀랄 일도 아니었다. 개인이 공산주의와 맺는 계약이란 자유를 희생하는 대가로 음식과 일자리를 보장받는 것이다. 대다수의 사람들이 선택할 거래도 아니거니와 중국 전체가 식량 부족에 빠진다면 체제 붕괴는 불가피하다. 전체 인민해방군 가운데 여성은 7.5퍼센트에 불과하므로, 그들에겐 애초에 승산이 없었다. 베이징, 홍콩, 상하이, 마카오, 톈진은 저마다 신속히 독립을 선포했고 자신들에게 도전하는 상대에게 엄포를 놓았다. 각 종족이 나머지 국가 전체를 얻기 위해 투쟁하면서 중국 내전은 점점 더 극단으로 치닫고 있다. 인구가 수십억이다. 그들이 어디로 갈지, 뭘 할지, 누구를 지지할지, 얼마만큼 승리를 거둘지 누가 알리.

이어서 네 차례의 발표 후 회의는 막바지에 달한다. 내 남은 일과에서 짧은 휴지처럼 느껴지는 시간이다. 내 일은 이제 아주 교묘한 젠가 게임 같아졌다. 엄밀히 말해, 끔찍한 현시국에서 국가가 제대로 돌아가게 하는 것이 정보국의 의무는 아니다. 하지만 공무원들이 떼죽음을 당한 와중에 나는 살아 있고 해낼 능력이 있으니 그 일을 한다. 매일같이 책상에 올라오는 사안들 때문에 머리가 아프다. '어떻게 종합병원, 요양원, 학교, 가로등을 유지할 만큼의 전기기사들을 확보할 수 있을까?' 징집만이 확실한 답이다. 졸업생들을 상대로 대규모 홍보를 실시하고 서둘러 실습 과정을 마련한다. '하지만 그 과정에 들어오는 사람들이 필수적인 능력을 갖추었는지 여부는 어떻게 확인할 것인가?' 시험을 실시한다. '하지만 누가 시험문안을 작성하고 시험을 시행할까? 살아남은 남자 혹은 여자 전기기사들은 이 나라의 전등을 밝히고 전기 체계가 계속해서 돌아가게 하느라 주당 육십 시간씩 일하고 있는데.' 그렇다면 그들은 주당 칠십 시간을 일해야 할 것이다. '하지만 전기기사의 92퍼센트가 사망한 마당에 신참들을 어떻게 교육할 것인가?' 하지만, 하지만, 하지만의 연속이다. 모든 대답이 새로운 문제를 야기한다. 답 없는 수수께끼다. 그에 비하면 내전 쪽이 확실히 다루기 쉬워 보인다.

나는 역병의 원인을 발견했다.

- 마리아 페레이라

전세계 사람들과 마찬가지로 나 역시 어맨더 매클린에게 몇 달 간 지대한 관심을 가져왔고, 결국 그에 대한 기사를 몇 편 썼다. 그는 역병의 주요 인물 가운데 하나다. 그것은 그가 청하거나 바랐던 자리는 아니었지만 그는 우아하게 그 책임을 수행해왔다.

어맨더는 역병의 근원을 세계에 발표한 시기에 맞춰 나에게 인터뷰 제안을 해왔다. 그는 논문—그가 강조하기를, 글래스고 대학교의 바이러스 학자인 세이디 손더스 박사, 케니스 매커퍼티 박사와 함께 썼다—을 작성해 학계에 발표했지만, 비전문가들이 이해할 수 있는 언어로 역병이 생겨난 경위를 전세계 사람들에게 전하고자 한다. 당연히 상업 항공기들이 아직 운행하지 않기 때문에 어맨더를 직접 만날 수는 없었다. 대신 영상통화로 대화를 나눴다.

나는 그에게 어떻게 바이러스의 원인을 찾아냈는지 물었고, 발단부터 설명해달라고 청했다.

"0번 환자, 유언 프레이저는 스코틀랜드 서해안에 위치한 작은 섬인 뷰트 섬 출신입니다. 저는 뷰트 주민들을 대상으로 한 여러 인터뷰에서 단서들을 찾고 있었는데, 그리 많지 않더군요. 저는 그의 아내와 이야기해야 한다고 생각했고, 이웃 주민들에게 문의해 주소를 알아냈습니다."

헤더 프레이저가 기꺼이 대화를 나누고자 했나?

"제가 하려는 일을 이해하고부터는 그랬습니다. 헤더는 정말 사랑스러운 분이더군요. 저에게 유언이 다른 남자와 함께 법에 저촉되는 활동에 가담한 사실을 말해주었어요."

나는 이 다른 남자가 누구인지 말해달라고 강하게 요구했지만 그녀는 그에 대해 더는 발설할 수 없다고 말했다.

"헤더는 저에게 물품을 보관해온 창고를 보여줬고, 그곳에는 유언과 다른 사내가 들여온 마지막 배달 물량인 상자 네 개가 있었습니다. 저는 그것들을 글래스고로 가져와서 글래스고 대학의 세이디, 케니스와 협력해 그것들의 정체와 역병과의 연결고리를 확인했습니다."

어맨더의 연구 이전에도, 사람들은 '역병은 어디서 왔나?'라는 질문을 해왔다. 하지만 그것은 현재도 많은 이들이 제기하는 다음의 질문들에 비하면 부차적이었다. '백신이 만들어지기 전에 얼마나 많은 남자들이 더 죽을까? 우리는 언제쯤 백신을 만들어낼 수 있을까? 이것이 인류의 종말인가?'

어맨더는 이렇듯 역병의 근원 파악을 건너뛰는 것이 문제라고 생각했지만, 스코틀랜드 독립공화국과 나머지 유럽 국가들의 까다로운 외교관계, 그리고 영국과의 적대적인 관계 때문에 원인 조사를 위한 국제협력이 불가능했다고 시인했다.

다행히 어맨더가 직접 역병의 근원을 찾아낼 수 있었다. "그 상자들에는 금빛원숭이들이 있었습니다."

나의 당혹스러워하는 표정을 본 어맨더는 고맙게도 안쓰러워하며 말했다. "저 역시 원숭이들이 이렇게 큰 문제가 될 줄은 몰랐어요. 녀석들은 대단히 수요가 높은 밀거래 동물입니다. 어쨌거나 정말 귀엽죠. 역병을 일으키지만 않는다면."

그런데 어떻게 원숭이가 역병을 일으켰을까?

어맨더는 눈살을 찌푸리며 말했다. "무엇보다 운이 나빴죠. 동물 병원체가 인간에게도 전염될 수 있는 병원체로 진행되는 일은 꽤 흔합니다. 문제는 그 병원체가 우리가 2차 감염―인간들 사이의 전염―이라고 부르는, 꽤 긴 일련의 과정을 거쳐 살아남는 데 성공하는 경우입니다. 예를 들면 광견병은 자연상태에서는 오직 동물에서 인간으로만 전염됩니다. 인간들끼리 서로 옮길 수 없어요. 여기서 한 단계 더 나아간 것이 에볼라 바이러스 같은 것입니다. 우리는 박쥐들이 에볼라를 전파했다고 생각하지만 인간들 사이의 2차 감염도 발생합니다. 하지만 에볼라 바이러스의 2차 감염은 고작 두세 차례에 그칩니다. 금세 소멸하는 셈이죠. 치사율이 높은 바이러스이고 전세계에서 수많은 소규모 발발이 있었음에도 우리가 에볼라로 급박한 위험에 처하지 않은 것은 바로 그 때문입니다. 그다음 단계―역병의 단계입니다―는 일련의 긴 전염 과정을 거치는 질병입니다. 동물도 필요 없고 인간들 사이에 퍼집니다. 인간들 간의 놀랍도록 간단한 전염, 신속한 변이 과정, 숙주의 몸을 벗어나 서른여덟 시간이나 살아남을 수 있는 능력, 높은 치사율. 이것은 최악의 참사입니다."

유언 프레이저가 역병의 최초 감염자가 된 데는 특별한 이유가 있지 않을까? 어맨더는 이에 대해 회의적이다. 그는 오랫동안 이 문제를 세이디, 케니스와 논의한 바 있고, 두 사람도 그런 이유는 없다고 생각하지만, 그들로서도 확신할 수는 없었다고 말했다. "살아 있는 원숭이들에 의해 전파된 이 특별한 조합의 병원체가 유언에게 전달되어 역병을 발생시킨 이유를 정확히 알아낼 방법은 없을 겁니다. 우리는 전보다 많은 것을 알게 됐지만, 자초지종을 속 시원히 알아낼 수는 없을 겁니다."

어맨더는 몇 주간 계속해서 역병의 위험을 경고했으나 묵살당했고, 역병의 영향을 병적으로 과장한다는 비난을 샀다. 그럼에도 보수도 없는 연구에 몇 달을 쏟았고, 그 연구에 대한 찬사를 독차지하는 대신 공저자들과 나누려 한다. 그는 이제 어떤 식으로든 정당성을 인정받았다고 느낄까? 내 말에 그는 얼굴을 찌푸렸고, 나는 내가 선을 넘었음을 느꼈다.

"아니오. 저는 제 남편과 두 아들의 죽음 때문에, 우리 모두가 알다시피 망가진 세계 때문에 피폐해져 있습니다. 또한 저는 제가 어떻게 무시당했던가를 생각하면 너무, 너무 화가 납니다. 저에 대한 관심을 원해서가 아니라 피해를 막기 위해 더 많은 조치가 가능했을 테니까요. 정당성을 인정받는다고 하니, 제가 옳았다는 사실에 기뻐한다는 얘기처럼 들립니다. 전혀 그렇지 않아요. 저는 책임자들이 자기 일을 더 제대로 수행했더라면, 더 노력했더라면 하는 뼈저린 아쉬움을 느낄 따름입니다."

나는 어맨더에게 당신이 남자였다면 다르게 받아들여지지 않았을지 생각해본 적 있냐고 물었다. 덜 병적이고, 덜 불안하고, 더 믿을 만한 사람으로 말이다.

그는 한숨을 내쉬었다. "그런 질문은 처음 받는데요, 네, 그렇습니다. 확인할 방법이야 없지만……."

나는 과학 전문기자로 일하는 라틴계 여성으로서, 그 질문은 늘 자문해볼 가치가 있다고 말했다. 나는 언제나 백인 남성은 곤란을 덜 겪는다고 본다.

하지만 이제 그는 노고를 인정받고 있다. 스코틀랜드 보건부는 열흘 전 어맨더를 '공중보건 고문의'로 임명했다. "저는 응급실 의사로 주 5일 근무를 계속할 겁니다. 그리고 일주일 중 하루는 오롯이 스코틀랜드 보건부에서 일하며, 스코틀랜드의 공중보건을 둘러싼 여러 논의에 제가 의사로서 얻은 현장 정보와 경험을 보탤 예정입니다."

어맨더는 하고 싶지 않은 말은 한마디도 안 해도 될 만큼 이미 아주 많은 인터뷰를 했지만, 나는 이 인터뷰를 강행하지 않을 수 없었다. 그를 묵살해왔던 바로 그 기관이 이제는 그에게 도움을 간청하고 있다는 것은 '틀림없이' 기분 좋은 일이리라.

"그렇죠. 뭐, 간청까지는 아니었지만. 저는 보건부에 협조할 생각이고, 보건부와 함께 일하게 돼 기쁩니다."

나는 그가 '보건부를 위해'가 아니라 '보건부와 함께'라고 말한 점을 지적했다. 그러자 그는 한쪽 눈썹을 까딱 치켜올렸다. 어맨더와 보건부 간에 벌어졌던 일을 지켜본 사람들은 모두 똑똑히 알고 있을 테니, 이렇게만 말해두자. '어맨더가 그들을 필요로 하는 것보다, 그들이 어맨더를 훨씬 더 간절히 필요로 한다.'

우리의 대화는 이제 막을 내려야 했다. 어맨더의 열네 시간짜리 병원 교대근무 시간이 다가오고 있었기 때문이다. 내 마지막 질문은 내가 모든 인터뷰이에게 던져온 질문이었다. "슬픔에는 어떻게 대처하고 계신지요?"

그는 짧게 웃음을 터뜨렸다. "대처하지 않습니다"라는 대답이 떨어지기가 바쁘게, 화면이 새카매졌다.

캐서린

영국 데번

나는 아직 여기 데번에 있다. 여기 있어서 좋을 건 없지만 차마 떠날 수가 없다. 나는 난생처음 범죄를 저질렀다. 나는 내 아들을 땅에 묻었다. 한평생 조심하며 준법 시민으로 살아왔는데 이렇게 법을 어기다니. 나는 그들이 아이를 데려가 불태우는 것을 참을 수 없었다. 지금 나에게는, 앤서니를 떠올릴 수 있는 물건도 장소도 전혀 남지 않았다. 그들이 시어도어까지 데려가서는 안 된다.

아이는 감사하게도 금세 떠났다. 앤서니가 죽은 뒤 며칠간 증상을 보이고 있었는데 내가 단지 알아채지 못했던 것은 아닌가 하는 의심이 떠나지 않는다. 아무도 참석하지 않는 앤서니의 장례식을 준비하고 데번까지 차를 몰고 오느라 아이와 함께할 최후의 소중한 며칠을 낭비했다는 생각이 든다. 아이는 매일 매시간 내 품안에 있어야 했다. 나는 런던에서 나의 하나뿐인 아이를 너무 오랫동안 혼자 떼어놓았다. 앤서니가 죽어가는 동안 나는 아이가 엉엉 울 때조차 내 침대에 와서 자지 못하게 했다. 아이를 안전하게 지키고 싶었다. 나는 내가 아이를 보호하고 있다고 생각했다.

그것은 모두가 이야기하던 바로 그 방식으로 아이를 데려갔다.

역병은 무자비하되, 예측 가능하다. 밤새도록 체온이 오르고 또 올랐다. 나는 아무 도움도 줄 수 없었다. 결국 나는 1월의 추위에 아이를 데리고 나가 차가운 플란넬 천으로 감싸고는 무릎에 뉘었다. 아이는 떨지도 않았다. 이튿날 아이는 의식불명 상태가 되었고 영영 깨어나지 않았다. 시어도어는 한 번 발작을 일으켰고 내가 체온이 오른 것을 알아차린 뒤 스물네 시간 만에 죽었다.

나는 앰뷸런스를 부르지 않았다. 부질없는 짓이다. 그들은 그저 내게서 아이를 빼앗았으리라. 아마도 보드라운 피부에 바늘구멍이나 냈을 것이다. 아마도 호흡이 정지했을 때 질병에 맞서는 인간의 힘을 보여주기라도 하려는 듯 아이의 갈비뼈만 부러뜨렸을 것이다. 아니면 더 나쁘게는, 그들은 내 호출을 무시했을지도 모른다. 그냥 죽는 것을 지켜본 다음 죽으면 알려달라고 했을지도 모른다. 시어도어는 그보다는 나은 죽음을 맞아야 마땅했다.

내 아들은 내 품에서 내가 사랑한다고 말하고 또 말하는 동안 죽었다. 소중한 내 아들. 나를 엄마로 만들어주고 우리를 가족으로 만들어준 아기. 나에게 남은 앤서니의 마지막 조각. 나는 그들이 다시 함께 있기를 바란다. 한 번도 신앙을 가져본 적 없지만, 나에게는 희망이 필요하다. 나는 희망한다. 어디에선가 내 아기가 돌봄과 사랑, 보살핌을 받고 있기를.

내가 정원에 판 구멍은 너무 작았다. 그토록 작은 구멍에 들어가는 시신은 없어야 마땅하다. 저기에는 아무리 아이라도 안 들어갈 수도 있겠는데, 하고 생각했지만 딱 맞게 들어갔다. 아이는 너무도 작았다. 아이를 묻으며 나는 담요와 편지도 함께 묻었다. 마치 내가 쓴 단어들이 어떻게든 사후세계까지 도달할 것처럼. '엄마가 너를 사랑한다는 걸 알아줘. 엄마는 너를 위해서라면 기꺼이 대신 죽었을 테지만, 엄마에게는 그럴 기회조차 없었다는 걸 알아줘. 네가 없는 나는 완전히 망가져버렸다는 걸 알아줘.'

아이를 묻고 사흘 뒤에 생리가 시작되었다. 주느비에브는 내가 알 수 없는 이유로 찬장에 엽총을 보관하고 있었다. 나는 식탁 앞에 앉아 목구멍에 총구의 차가운 금속을 갖다댄 채 네 시간을 보냈다. 나는 아이를 영영 낳을 수 없을 것이다. 아무 증상도 없었으니 임신일 거라고는 생각하지 않았다. 하지만 가능성이 아주 없는 것은 아니었다. 앤서니와 나는 배란 중일 때 꽤 자주 잠자리를 가졌다. 나는 세상이 나에게 그것을 안겨줄 줄 알았다. 나는 충분히 받을 자격이 있다. 나는 충분히 원하고 원했다. 이 슬픔을 이겨내도록 도와줄 아기. 시어도어를 잃은 뒤에 태어날 딸아이.

하지만 아기는 없다. 아기는 애초에 없었다. 나는 자식을 잃은 어머니다. 다시는 아이를 낳지 않을 것이다. 방아쇠를 당기지 않은 유일한 이유는 지옥에 갈까 봐 두려워서다. 지옥을 믿지는 않지만, 나는 시어도어와 앤서니가 천국에 함께 있기를 바라고, 어쩌면 그들은 정말로 함께 있을지도 모른다. 나는 그들을 영영 볼 수 없게 될 위험을 무릅쓸 수 없었다. 그 고통만은 도저히 참을 수 없었다. 그것이 내 두뇌가 생각해낼 수 있는 가장 합리적인 이유였다. 이 지옥이 죽은 뒤에도 이어지고 가족으로부터 떨어져 지낼지 모른다는 위험.

작은 위험일지 몰라도 간과할 수 없는 위험이다.

나는 총신에서 탄창을 꺼낸 다음 찬장에 총을 도로 넣었다.

두 달 전 일이다. 텔레비전은 여전히 나오지만 인터넷은 쓸 수 없다. 세계는 무너지고 있고 나는 그것을 여기 이 숲 속 오두막에서 멀찍이 떨어져서 관찰하고 있다. 앙상한 고양이 한 마리를 벗삼

아. 이틀 전 주느비에브에게 전화가 왔다. "오, 아가. 너희가 거기 있기만 바랐단다. 앤서니는 어떠니? 시어도어는?"

나는 차마 말이 떨어지지 않아 울음으로 대답을 대신했다. "오, 캣, 오, 저런, 우리 아가…… . 세상에. 정말 마음이 아프구나." 그녀가 울기 시작했고 우리는 전화선을 사이에 두고 함께 울었다. 도대체 얼마나 울었는지조차 알 수 없을 만큼.

마침내 나는 간신히 그녀의 남편은 어떤지 물어볼 수 있었다. "아가, 그 사람도 갔다. 우리는 몇 달간 틀어박혀 지냈지만 결국 나와야만 했어. 안 그랬으면 우리 둘 다 굶어 죽었겠지."

주느비에브는 앤서니와 시어도어의 죽음에 비해 자기 남편의 죽음에는 덜 괴로워하는 듯했다. 네 번째 남편이기는 했다.

"이제 어쩔 셈이니?"

"모르겠어요. 그냥 여기 있을까요?"

"계획을 세워야지." 나는 그녀의 어조에 다시 울음을 터뜨릴 뻔했다. 그 말을 들으니 마치 다시 열 살 아이가 된 기분이었다. 여름 휴가 기간에 내가 실내에 틀어박혀 만화책만 보고 싶어했을 때 그녀가 내던 바로 그 목소리였다. 그렇게 나는 밖으로 내몰려 스윙볼을 하거나, 지시대로 완두콩을 따거나, 씩씩거리는 다그침에 못 이겨 '나가서 산책이라도' 하고는 했다.

"말도 못 하게 끔찍한 일들이 벌어졌지, 아가. 그럴 땐 바쁘게 움직여야 해. 안 그러면 절대로 회복 못 해. 글은 계속 쓰고 있니?"

"많이요."

"그래, 그럼 그걸로 뭔가를 만들어보렴. 학교 일은 어떠니?"

"지금으로서는 결코 아동 보육의 사회인류학이 우선 순위는 아니네요."

"글쎄, 누군가는 지금 벌어지는 일들을 충실히 기록하고 있어야 하지 않겠니? 그게 네 일이고, 안 그래? 너는 사람들이 무엇을 하고 있는지, 어떻게 변하고 있는지에 대해 보고서를 쓰잖아."

기대에 찬 침묵이 잠시 흐른 뒤 나는 그것이 대충 내가 하는 일이 맞다고 인정한다. 네, 맞아요.

나는 마지막 나흘은 근무일처럼 보냈다. 여덟 시에 일어나서 잠시 시어도어의 무덤가—누가 십자가를 보고 아이를 파 갈까 봐 구근 몇 개를 심어 위치를 표시했다—에 앉아 시간을 보냈고, 그런 다음 아홉 시에 일을 시작했다. 수백 장에 달하는 나의 일지, 이 악몽이 시작된 이래 써온, 수백 장의 공포와 불확실성의 기록을 정리했다.

머지않아 나는 런던으로 돌아갈 것이다. 조사를 위해서는 인터넷이 필요하고 무엇보다 음식이 떨어져간다. 통조림을 많이 가져오기는 했지만 스위트콘과 완두콩밖에 남지 않았다. 나는 이 일을, 이 일 전부를 기록할 것이다. 그것이 바로 내가 지금껏 훈련해온 일이고, 그것 말고는 무슨 일을 해야 할지 알 수 없기 때문이다.

나는 백신 개발 현장에서 도울 수는 없다. 나에게는 의료 기술도 실용적인 기술도 없다. 더는 보살필 사람도 남아 있지 않다. 하지만 나는 이 사건을 기록할 수는 있다. 부서지고 사라지고 변화한 삶들을. 이야기를 모으고 도대체 이 세상에 무슨 일이, 왜 벌어지고 있는지를 파헤칠 것이다. 나는 앞으로 무슨 일이 벌어질지 알지 못한다. 아무도 모른다. 이것은 인류의 종말이 될 수도 있다. 내가 알기로 약 10퍼센트의 남성이 면역을 갖고 있지만, 인류가 인구를 유지하기에는 역부족인 수치다. 치료제가 없다면, 10퍼센트의 남성은 기존에 만들어내던 아기 수의 10퍼센트밖에 만들어내지 못

할 것이다. 그리고 그 아기 중 절반은 여아일 것이다. 그렇게 태어난 5퍼센트의 남아도, 그중 10퍼센트만 면역이 있을 것이다. 도저히 답이 안 나온다. 이것은 우리 모두의 종말일지도 모른다.

엘리자베스
영국 런던

"아마야, 여기까지 와줘서 대단히 고마워요." 조지가 아마야를 따뜻하게 맞고 그녀는 웃으며 대답한다. "별말씀을요. 얼마 걷지도 않았는걸요."

이 나라에서 가장 뛰어난 소아 유전학자 가운데 하나인 아마야 샤르바니가 조지에게 며칠 전 전화를 걸더니, 희망과 두려움, 불안과 흥분을 안기는 소식을 전했다. 그녀가 우리에게 역병의 코드 일부를 깰 수 있는 열쇠를 제공했다.

우리 셋은 오래된 가구와 가족들 사진으로 가득한 조지의 따뜻하고 아늑한 연구실에 마주 앉는다.

"이렇게 따뜻하게 맞아주시는 것을 보니 제 가정에 동의하시는 것으로 받아들일게요." 아마야가 경쾌한 목소리로 말한다.

"박사님의 연락을 받고 밤낮으로 확인 작업을 했습니다. 네, 우리는 박사님 견해가 옳다고 생각합니다."

아마야가 눈을 휘둥그레 뜨고 의자 등받이에 몸을 기댄다. "놀란 건 아니에요—논리가 성립했으니까요—하지만 그건 곧⋯⋯." 그녀는 말꼬리를 흐린다. 그건 백신 개발이 믿을 수 없을 만큼 험난할 것을 뜻하기 때문이다. 나는 탈진과 실망감으로 혼미한 정신과 싸우고 있다. 우리는 수개월간 연구에 매진해왔고 아직도 갈 길이 멀다. 지금은 3월이고, 봄은 시작을 알리며 매일 아침 7시에 연구실로 터덜터덜 걸어 들어가 깜깜해져야 나오는 나를 놀리고 있다. 나는 일터에서 활기차고 낙관적인 태도를 유지하려고 노력한다. 나는 동료들에게 기댈 수 있는 어깨, 그러니까 문제를 해결할 수 있는 사람이고, 내가 가진 지식을 동원해 우리가 백신이라는 목표를 향해 나아갈 수 있도록 독려한다. 하지만 출근길에는 각오를 다지다가 귀갓길에는 맥이 탁 풀려서, 혹시 내가 두 어깨에 온 세상을 다 짊어진 사람처럼 보이지는 않을까 걱정한다.

바이러스에 대한 남성의 취약성을 야기하고 바이러스로부터 여성을 보호하는 것의 정체를 밝히는 일에는 우리가 예상했던 것보다 훨씬 더 긴 시간이 걸렸다. 그런데 아마야가 그것을 알아냈다. 주님, 감사합니다. 과학에서 수많은 복잡한 것들이 그러하듯, 결국 해답은 비교적 간단했다. 우리가 어렴풋이 짐작은 했지만 증명하지 못했던 것처럼 유전자가 문제였다. 나는 아마야가 이런 발견을 해낸 것이 기적처럼 느껴지는 동시에, 우리 스스로 그것을 생각해내지 못했다는 것이 몹시 분하다. 수천 년에 걸쳐 Y염색체는 대부분의 유전자를 상실했다. 여성은 염색체의 23번째 쌍이 XX이고, 남자는 XY이다. Y는 고환의 형성과 정자의 생산을 결정하는데, 서로 일치하는 한 쌍이 아니다. XX처럼 쌍으로 이뤄진 염색체들에는 두 개의 복제품이 있으니, 한쪽에서 문제가 생겨나도 다른 한쪽의 올바른 유전자 서열에 의해 해결될 수 있다. 하지만 Y염색체에서 문제가 발생할 경우 해당 유전자 서열은 그냥 소멸해버린다.

역병 바이러스는 특정 유전자 서열의 결핍을 요구한다. 역병에

대한 신체의 저항력—역병 바이러스는 높은 백혈구 수치를 이겨
내는 능력이 있어 빠르게 증식한다—은 X염색체에 존재하는 것
이다.* 약 9퍼센트의 남성은 필수적인 유전자 방어력을 X염색체에
갖고 있다. XX염색체 덕분에 여성들은 안전하다. 나머지 수십억
명의 남성들은 바이러스에 취약하다.

"이걸 어떻게 발견했지요?" 조지가 그녀에게 묻는다. "어떻게 알
았어요?"

"저는 두 쌍의 쌍둥이를 치료하고 있었어요." 아마야가 말한다.
침착하고 잘 정돈된 겉모습의 한쪽으로 커튼이 휙 걷힌 것처럼 그
녀의 얼굴에 처음으로 포스트 역병 시대를 살아가는 의료인의 피
로가 드러난다. "남자 일란성 쌍둥이 한 쌍은 둘 다 면역이 있었지
만 그들의 아버지는 아니었어요. 남자 이란성 쌍둥이에게는 면역
이 있는 아버지가 있었지만 쌍둥이 가운데 하나만 면역이 있었지
요. 다른 하나는 죽었고요. 기초적인 유전 법칙에 제 환자들에게
면역이 있었다는 행운이 더해진 셈이죠⋯⋯"

조지가 고개를 끄덕인다. "우리도 연구를 하고 있었어요, 말하자
면, 코딩으로 같은 결론에 거의 도달하려던 참이었어요. 원리가 밝
혀졌으니 이유를 알아내야겠군요."

"이제 여성들이 무증상 숙주인 이유도 설명이 되네요." 내가 덧
붙였다.

"원리는 아는데, 이유는 모른다는 점이 저도 거슬리더군요." 아
마야는 한숨을 쉬며 말한다. "어맨더 매클린은 처음부터 그에 대해
말하고 있었어요. 어맨더는 자신의 응급실에 바이러스 감염을 확

---

* 본래 백혈구는 인체의 면역을 담당하며 외부 물질이 들어오면 수가 증가한다. 아마야 박사의 연구
는 남성대역병의 경우 병에 대한 저항력이 유전자에 달려 있을 가능성이 높음을 보여준다.

산한 것이 여자 간호사라는 사실을 확인했거든요."

"역병 이야기의 여러 대목에서 그렇듯이 어맨더는 이 세상 나머지 사람들보다 한참 앞서가고 있었어요." 조지가 말한다.

아마야가 멈칫하고 조지를 곰곰이 바라본다. "도저히 말을 안 하고 넘어갈 수가 없군요. 남자 의사와 앉아서 이런 대화를 하고 있다니 신선하고 좋네요. 남자들이 몇 안 남았잖아요."

조지는 미소로 답한다. 거의 사과하는 표정이다. "저는 면역이 있답니다. 우리 연구소에서 피검사를 했어요. 엘리자베스가 직접 내 피를 현미경으로 들여다보았지요. 나는 바이러스를 보유하고 있지만 증상이 없어요. 우리는 면역 실험을 하는 중이고, 특수한 유전적 표지를 찾아내려고 하고 있어요. 이게 분명히 큰 도움이 될 겁니다."

"우리는 숙주 군단이군요." 아마야가 슬픈 한숨을 내쉬며 말한다. "동네방네 퍼뜨리고 다니는 셈이죠. 백신 개발은 어디까지 왔나요?"

조지는 우리 연구의 진행 상황이나 그 난항 등에 대해 전화로 말하기를 꺼려왔다. 우리가 백신을 찾는 과정에서 겪는 난항이 걸러지지 않은 채로 대중에게 새어나가서는 안 된다. 자칫하면 제멋대로 지어낸 헤드라인이 신문 1면을 장식할 수도 있다.

조지는 나를 바라보며 이렇게 말하는 듯하다. '자네가 맡겠나 아니면 내가 할까?' 내가 총대를 메기로 한다. "우리는 아직 그리 많은 진척을 보지 못했어요." 나는 약간의 낙관주의를 내비치며 말꼬리를 올리려고 노력한다. "하지만 계속 연구 중이고, 몇 가지 선택지를 제거하는 데 이르렀어요. 바이러스는 아주 불안정해서, 에, 어렵네요. 아시죠?"

아마야의 얼굴이 축 처지고 나는 지식보다 무서운 단 하나는 지식의 부재라는 사실을 깨닫는다. 적어도 나는 알고 있다. 지금 이뤄지고 있는 실험들의 세부 사항, 다른 나라의 백신 개발팀에게서 오는 희박한 정보, 그리고 면역 분석을 하면서 우리가 내디딘 작은 걸음들을 알고 있다. 아마야는, 지금까지 태스크포스가 분명 성공을 목전에 두고 있다고 스스로를 설득할 수 있었을 것이다.

"그럴까 봐 걱정이었어요." 그녀가 손가락에 건 결혼반지를 돌리며 말한다. 반지가 헐겁다. 체중이 많이 준 것이다. 가족을 잃었을 가능성이 높다. 그녀가 과부일 거라고 넘겨짚는다 해도 지나친 비약은 아니리라.

그녀의 기분을 풀어주고 싶다. "우리는 결국 해내고 말 거고, 전보다 목표에 가까워졌어요. 하지만 박사님께서 해내신 모든 것이 큰 변화를 가져올 겁니다. 박사님의 발견, 그러니까 남성의 취약함에 대한 유전학적 이해가 일을 훨씬 더 쉽게 만들어줄 거예요. 정말이지 대단한 일을 해내셨어요."

아마야가 그레이트오몬드스트리트에 있는 자신의 환자들에게 돌아간 뒤, 조지와 나는 대화를 나눈다. 우리는 몇 주 더 해야 할 일이 남아 있다. 유전자 서열을 완성하고 나면? 그다음은?

"발표해야지." 조지가 말하고 나는 동의의 뜻으로 고개를 끄덕인다.

"그럼요. 이게 다른 팀들에게 도움이 되면 훨씬 더 좋죠."

"일단 규명해낸 다음에는 언론에 연락을 취해서 발표를 해야 해요. 바이러스의 작용, 우리의 연구 결과, 모든 걸 공개하는 거죠. 원격 회의를 열고 질의응답도 하고요."

"이렇게 또 어맨더 매클린한테서 영감을 얻네요."

미소를 짓는 조지의 눈가에 자글자글 주름이 진다. "언제 그분을 한번 만나고 싶군." 그가 말을 잠시 멈춘다. 생각에 잠긴 건지 불안에 휩싸인 건지 알 수 없다. "혹시 다른 누군가가 연구에 진척을 보고 있을까요? 우리보다 훨씬 더 나아가 있다거나?" 조지가 따뜻한 물이 담긴 머그잔을 양손으로 꼭 쥐고서 묻는다. "아니면 다들 우리처럼 꽉 막힌 상태이려나?" 그가 덧붙인다.

"글쎄요, 저야 알 수 없지만 어느 지혜로운 노인께서 늘 하시던 말씀은 잘 알죠. 운은 노력할수록 따른다."

조지의 얼굴에 씨익 웃음이 번진다. "꺼져요, 나 그렇게 안 늙었거든!"

"뭐, 분부대로 하지요, 어르신." 우리는 웃는 얼굴로 커다란 포부와 두려움을 안고 일로 복귀한다.

리사

캐나다 토론토

오, 세상에. 조지 키친이랑 질병관리본부의 저 입만 산 미국 여자애랑 웬 뜬금없는 유전학자가 남성이 바이러스에 취약한 이유를 규명했다! 어맨더 매클린과 세이디 손더스, 케니스 매커퍼티가 바이러스의 근원을 발견한 지 불과 몇 주 만이다. 나는 뒤처진 기분이 드는 동시에 연구 결과를 공개한 그들에게 감사한다. 나는 감사한 기분을 좋아하지 않는다. 나는 다른 사람들이 나에게 감사할 뭔가를 해내고 싶다. 나는 함께 일하는 최고의 유전학자이자 내가 동료라고 부를 수 있는 몇 안 되는 사람 중 하나에게 전화한다. 나를 열받게 하는 일이 극히 드물고 본인도 싫은 건 절대 참지 않는 사람이다. 나는 그녀가 너무 좋다.

"넬, 나야, 리사."

"리사, 내가 전에도 말했지. 누가 걸었는지 다 뜬다고. 발신 확인 장치는 1990년대에 발명됐어."

"그럼 뭐라고 해? 안녕, 하고 곧장 본론으로 들어가? 됐고, 뉴스 봤어?"

"연구실에서 내내 봤지, 이제 막 점심 먹으러 나왔어."

"조지 키친, 엘리자베스 쿠퍼, 아마야 샤르바니라는 유전학자가 해냈어. 여성 면역의 원인이 되는 유전자 서열을 찾아냈다고."

"물론, 이건 아마야 샤르바니 쪽이랑 관련이 깊겠지."

나는 그녀에 대해 한 번도 들어보지 못했다. "그 여자, 실력이 좋은가?"

"서른여섯밖에 안 됐어. 대단한 사람이야. 작년에 논문을 네 편 발표했고 그레이트오몬드스트리트 아동병원에서도 잘나간대. 실력이 좋다마다. 그건 그렇고, 그 여자는 그걸 어떻게 알아냈을까?"

"쌍둥이들. 면역이 있는 아빠를 둔 이란성 쌍둥이 가운데 딱 한 명만 면역이 있었대. 면역이 없는 아버지의 일란성 쌍둥이 아들들은 둘 다 면역이 있었고. 반쯤 운이지. 그런 조합의 환자들이 찾아왔으니. 그 뒤로 그들은 유전자를 파고들었고, 유전자 서열을 밝혀냈고, 결국 여기까지 온 거야. 전세계가 그들의 천재성에 감복하고 있고."

"이봐, 리스. 네 목소리에서 아주 익숙한 기운이 느껴지는데?"

장담하는데 넬은 웃고 있을 것이다. 그녀는 나를 놀려먹기를 좋아한다. 진짜 짜증 난다. "나 질투 안 났거든."

"근데 그 말을 입에 올린 건 너야."

"나는 그 사람들이 이런 발견을 한 데 감격했다고."

"하지만 그게 너였으면 좋겠잖아."

나는 웃는다. "그러는 너는 아니고?"

넬이 한숨을 쉰다. "당연히 그랬으면 좋겠지. 차이점은 나는 이 세상에 나보다 똑똑한 사람이 존재할 수 있다는 사실을 받아들일 줄 안다는 거고. 너는 여전히 그 문제와 씨름 중인 것 같은데?"

나는 내가 이 대화를 고명한 연구기관의 교수에 걸맞은 품위와 우아함을 갖고 이어가고 있다고 생각하고 싶지만, 나도 모르게, 엄마가 텔레비전을 껐을 때 아빠가 내는 것과 비슷한 으르렁거리는 소리를 내고 만다.

"우리 좀 만나자." 넬이 잽싸게 말한다. "자료 읽고서 쭉 얘기해보고, 앞으로 어떡할지 생각해보자고."

"이미 그쪽으로 가는 길이야."

며칠 만에 처음으로 흥분을 느낀다. 내 스탭들에게는 절대로 알리지 않을 테지만, 이건 쉴 틈 없이 자신을 갈아넣어야 하는 일이다. 다들 생각하는 것과 달리 나는 일개 인간일 뿐이다. 나는 피곤하고 벅차고 이 모든 게 다 끝나기를 바라지만 내색하지 않는다. 리더는 강해야 하고, 누구도 나를 나약하다고 비판해서는 안 된다. 하지만 요즘 나에게는 이런 것이 필요했다. 우리에게는 이런 동기부여가 필요했다. 절실히. 이것은 우리의 연구 속도를 열 배쯤 올려줄 것이다.

고마워요, 조지, 엘리자베스, 아마야. 내가 그들이었다면 이 정보를 풀지 않았을 것이다. 하지만 그들은 내가 아니고, 그래서 나는 이득을 볼 수 있고, 그것은 곧 우리가 백신을 더 빨리 만들어 남자들의 죽음을 막는다는 뜻이다. 전세계적으로 인구 감소는 심각한 단계에 이르렀다. 우리는 귀환점을 지나버렸지만 아직 최후의 귀환점까지 지나버린 것은 아니다. 아직 가임 여성의 수는 충분하기 때문에, 하늘의 별 따기일지언정 인구 회복의 희망은 품을 수 있다. 나는 심호흡을 하고 비서에게 레드불을 하나 더 사오라고 문자를 보낸다. 이제 겨우 시작이다.

생존
SURVIVAL

모번
스코틀랜드 독립공화국
케언곰 국립공원 옆 작은 농가

아들을 본 지 161일이 되었다. 아들이 살아 있다는 것은 안다. 매일 아침 무전기로 지직거리는 호출을 받기 때문이다. 그것이 우리의 유일한 접촉 방식이다. 날이 저물고 주방에서 설거지를 하고 있으면 800미터 떨어진 아들의 간이숙소에서 희미한 빛이 보인다. 그 짧은 거리를 질주해 아이를 품에 안고 싶은 갈망을 간신히 참고 있다.

캐머런—인내심이 강하지만, 낙심한 내 남편—은 몇 달째 제이미를 언제 데려올 거냐고 묻고 있다. "안전하다는 게 확인되면." 나는 말한다. 그는 점점 더 나의 두려움을 원망스러워한다. 우리는 이십오 년을 함께했다. 나는 그를 손바닥 보듯 훤히 알고, 그가 곧 폭발하리라는 것도 안다. 그리고 우리 둘 중에 더 무모한 쪽은 언제나 캐머런이었다는 것도. 소년들 중 아픈 아이는 한 명도 없다. 그것은 사실이다. 캐머런이 아팠던 적도 없다. 하지만 우리는 이 소년들이나 바이러스에 대해서 아무것도 알지 못한다. 무증상 상태가 얼마나 오래가는지도 모른다. 만약 이들 중 한 소년의 몸에 바이러스가 도사리고 있거나 텐트 하나에 조금이라도 묻어 있다면 어쩔 셈인가? 너무 위험하다. 오로지 우리가 성급했던 탓에 제이미를 잃는다면 나는 후회에 사무쳐 죽어버릴지도 모른다. 정부에서 남자들의 무증상 잠복 기간이 이틀이라고 하는데도 믿지 않는 나를 캐머런은 음모론자라고 부른다. 나는 그 말을 믿지 않는다. 그들은 모든 일을 엉터리로 해왔다. 그들은 어맨더 매클린을 믿지 않았고, 아직 백신도 발명하지 못했고, 바이러스의 확산을 막기 위해 한 일이 거의 없다. 도무지 믿음이 안 간다.

다른 소년들은 가설 경기장에서 축구를 하고 있다. 한때 나는 일흔여덟 명의 십 대 소년들이 경기 중에 내는 함성과 외침 소리에 미소를 짓기도 했다. 여기 우리 공간의 안전한 울타리 밖에서 들려온다면 지금도 그 환희의 소리를 만끽했겠지만, 이제 이곳은 위험과 슬픔뿐이다. 그것도 벌써 육 개월 전 이야기다. 이제, 분노가 나를 집어삼키고 있다.

내가 다른 부류의 여자였다면 나는 지금 정신적 외상을 입고 있다고, 신경이 곤두서고 무너지기 일보직전이라고 인정했을 것이다. 사실 나는 몇 주에 한 번씩 비축해둔 와인 두 병을 들이켜고 이 상황을 깡그리 잊으려고 노력한다. 나는 아들 없이 사람 구실을 하기 위해 안간힘을 쓰고 있다. 다른 여자들의 아들을 안전하고 행복하고 건강하게 지키고 있지만 정작 내 아들은 고작 십오 분 거리에서 외로움으로 썩어가고 있다. 소년들은 훌륭하다. 이런 일이 벌어진 것은 결코 그들 탓이 아니다. 그들은 모두 너무 어려 보인다. 처음 도착했을 때는 특히 더 어려 보였다. 보아하니 두려움이 아이들의 얼굴에서 어른이 될 가능성을 지워버린 듯했다. 키는 거의 180에 달하지만, 엄마를 떠나와 겁에 질려 제정신이 아니고, 아빠를 다시 볼 수 있을지 걱정하는 이 덩치 큰 십 대 소년들은 너무도 어려 보였다. 키만 멀쑥하니 크고 공허해 보였다.

천만다행으로 버스마다 보급품이 실려 있었다. 소년들은 침낭과 베개와 기본적인 보급 식량, 정수 알약, 그리고 '여가' 물품이 든 밀폐된 상자를 하나씩 받았다. 상자 옆면에는 '멸균—안전'이라고 쓰여 있었다. 나는 여가 물품들을 보고 내 눈을 의심했다. 몇 가지 종류가 있었다. 어떤 아이들에게는 축구공, 어떤 아이들에게는 프리즈비. 심지어 크리켓 채와 공도 있었다. 나는 내심 생각했다. '축구? 얘들한테 필요한 건 음식이라고!' 하지만 누구의 생각이었는지는 몰라도 대단한 선견지명이었다. 그렇게 소년 각각의 개인 상자에 필수적이지 않은 사치품을 넣어주어 그들에게 놀이를 허락한 것이다. 재미있게 지내도록 말이다. 생존 키트에 축구공이 들어 있다면 뭘 하겠나? 당연히 축구를 한다. 주위에 있는 소년들에게 "축구할 사람?" 하고 외치며 친구를 사귀고, 실컷 뛰어다니다 숨이 턱까지 차면 잠시나마 잊을 수 있을 것이다. 세계에 종말이 다가오고 있고, 모르는 사람들과 낯선 곳에 뚝 떨어졌다는 사실을.

지금까지 어떤 연락이나 보도도 없었다. 텔레비전을 틀어도 주요 채널은 대부분 나오지 않는다. 스코틀랜드 정부는 1월에 독립을 선포한 뒤, 우리가 오직 스코틀랜드 뉴스 채널만 보도록 했다. 나는 그들이 우리에게 진실을 말하고 있다고 생각하지 않는다. 우리는 백신이나 치료제에 대해서는 아무 소식도 듣지 못했다. 그들은 우리에게 그저 조용히 지내며 소년들을 안전하게 지키라고만 하고, 부당이득을 취할 시에 징역 이십 년 형에 처한다는 사실을 상기시킨다. 내 생각에 하일랜드 대피 프로그램을 만든 공무원 중 일부가 사망한 것 같다. 나는 여전히 그들이 보낸 첫 편지를 몇 주째 들여다보고 있다. 마치 그것이 마법처럼 변모해 어떤 해답을 주기라도 할 것처럼.

지금까지도 그 편지를 보면 몸서리가 쳐진다. 무엇 하나 잘못했다가는 감옥행이라는 협박. 우리에게 어쩌다 이런 일이……? 나는 편지에 서명한 '수'라는 여자가 네모난 안경을 쓰고 입이 삐죽 돌출한 피도 눈물도 없는 여자일 거라고 상상한다. 만약 그 여자가 선생님이었다면 학생이 낸 숙제를 갈기갈기 찢어발기며 즐거워하고, 교내 체벌이 사라진 것을 통탄했으리라. 실제로는 그녀가 제 할 일을 하고 있을 뿐이라는 것을 나도 안다. 그녀는 사람들의 생명을 구하기 위해 노력하고 있다. 다만 그녀의 노력이 내 가족의 희생을 대가로 이뤄지지 않았더라면 좋았을 텐데.

전화벨이 울린다. 나는 놀라서 펄쩍 뛴다. 일급 기밀이라 아직 공개되지 않은 백신 소식이기를 바라며 전화를 받는다.

"여보세요?"

"여보세요, 모번 맥너튼 씨인가요?"

"네. 당신은 누구죠?"

세상에, 내가 십 대 소년들하고만 너무 오래 지낸 것이 분명하다. 예절은 아예 내팽개쳤구나.

"제 이름은 캐서린 로런스입니다. 인류학자입니다. 느닷없이 연락드려 죄송하지만 대피 프로그램에 대해 대화를 좀 나눌 수 있을까요?"

"이 번호는 어떻게 알았죠?"

"에든버러 대학교에서 일하는 제 친구를 통해서요. 그 친구가 프로그램을 준비하는 데 참여했어요. 맥너튼 씨께 대화 상대가 필요할지도 모르겠다고 하더군요. 친구 말로는 맥너튼 씨께서 몇 차례 통화를 시도하셨다고요."

기억이 살아나자 얼굴이 화끈거린다. 딸뻘일 듯한 아주 앳된 목소리의 여자에게 나는 사고뭉치 여학생처럼 굴었었다.

"심리치료사세요?"

"아뇨, 그건 아니에요. 물론 도움이 필요하시면 찾아서 연결해 드릴 수는 있지만요. 저는 인류학자예요. 유니버시티 칼리지 런던 소속입니다. 저…… 저는 그러니까 현재 벌어지고 있는 일들에 대한 사람들의 이야기를 수집하고 있어요."

"기사를 쓰려고요?"

"아니요, 기사는 아니고…… 저를 위해서요. 하지만 언젠가 학술 논문으로 나올 수는 있어요. 하나의 기록이죠. 저는 지금 일어나고 있는 일들을 기록하고 싶습니다. 지금 이 상황을 글로 기록해보고 싶어요."

나는 이 괴이한 영국 여자가 미심쩍기는 하지만 여자 목소리를 들으니 아주 반갑다. 몇 달간 거의 남자하고만 말해왔다. 그녀와 대화하고 싶은 마음을 누르기 어렵다. 전화를 끊어야 마땅하지만 그러지 않는다. 그러고 싶지 않다.

"뭘 알고 싶어요?"

"뭐든지 다요. 얘기할 수 있는 것은 뭐든 얘기해주세요."

"제 아들은 우리 땅 가장자리에 있는 간이숙소에서 지내요." 그 문장을 입 밖으로 내자마자 나는 당혹스럽게도 울음을 터뜨린다.

"아드님은 왜 거기 있죠?"

"아이를 안전하게 지키려고 간이숙소에 들어가 지내게 했어요. 다른 애들이 도착하기 직전에요. 그 애들이 감염됐을지도 모르니 그게 가장 안전한 선택 같았어요."

"남편분은요?"

"저는 그이한테 제이미와 함께 지내라고 했지만, 그이는 저 혼자서 이 많은 사내애들을 보살필 수는 없다고 걱정했어요. 제이미는 혼자 지내요. 몇 달째 거기 있어요."

"왜 제이미를 따로 지내게 하나요?"

"역병 때문이죠! 그 사람들 판단이 맞는지 우리가 어떻게 알아요? 애들 중 누구 하나가 바이러스를 갖고 있는데 아직 증상이 없는 거면요? 어딘가에 숨어 있으면요? 내 물건이나 집 안이나 텐트나, 아니면……."

"소년들을 수용한 지 얼마나 되셨어요?"

"다섯 달 넘었죠."

캐서린은 잠시 침묵 후에 말을 잇는다. "바이러스는 사물의 표면에서 딱 서른여덟 시간 동안만 살아남을 수 있고, 무증상 상태는 아무리 길어야 사흘이에요. 대개는 이틀이죠. 제이미는 괜찮을 거예요. 그 아이들에게는 바이러스가 없어요. 안전해요, 모번."

그 말을 듣는 순간 눈물이 뺨을 타고 줄줄 흘러내린다. 나는 수화기를 내린 채 이 전혀 모르는 사람을 두고 흐느끼고 있다.

"모번, 제 말 들어요. 아드님은 무사할 거예요. 어서 데리고 나와요. 제발, 제 말 들으세요. 가능한 한 많은 시간을 아드님과 함께 보내세요."

나는 인사도 잊고 전화를 끊는다. 간이숙소는 아주 가깝다. 나는 괜찮냐고, 무슨 일이냐고 묻는 소년들을 뒤로하고 달려간다. 아이가 저기 있다. 내 아들은 무사할 것이다. 제이미. 제이미. 거기에 널 너무 오래 둬서 정말 미안해, 제이미.

전력으로 내달려 마지막 밭을 가로질러 다가가자 간이숙소 밖에 접이식 의자를 펴고 앉아 있는 제이미가 보인다. 머리카락은 헝클어져 있고 턱수염이 자라기 시작했다. 오, 내 아들.

"제이미, 이제 안전해." 나는 목이 쉬도록 외친다.

"엄마?" 그의 목소리가 들린다. 나는 그 목소리를 다시는 못 들을까 봐 두려웠다.

나는 그에게 다가가 와락 달려들어 그를 꽉 껴안는다. 아이는 나보다 키가 커졌다. 나를 감싼 아이의 양팔 안에서, 나는 울음을 그치지 못한다.

"엄마, 엄마, 괜찮아요? 엄마, 아빠 때문이에요? 무슨 일이에요?"

"안전하대." 내가 흐느낀다. "그 애들한테는 바이러스가 없대. 이제 돌아와도 돼. 넌 안전해."

어맨더
스코틀랜드 독립공화국 글래스고

건강한 사람들은 남편과 가족과 친구 들을 잃은 자신의 슬픔에 빠져 허우적대느라, 역병 이전의 세계에도 이미 수백만 명의 아픈 사람들이 존재해왔고, 역병이 터졌다고 해서 그들의 병환이 마법처럼 치유되지 않는다는 것을 잊는다. 단지 세계가 위기에 빠졌다는 이유로 패혈증, 수막염, 맹장염, 천식, 신장염 같은 위급한 질환들이 사라지지는 않는다. 글래스고에 사는 모든 노년 여성에게 이렇게 말해줄 수 있다면 좋으련만. "여러분, 망할 놈의 낙상 좀 그만해주시면 안 될까요? 이 병원을 통틀어 정형외과 의사는 딱 두 명밖에 없다고요." 아쉽게도 그럴 수는 없다. 아무리 위기 상황이라해도 환자 응대가 그 모양이어서는 안 된다.

오늘 아침 우리는 낙상으로 인공고관절 수술과 손목 수술이 필요한 노령의 여성 환자를 세 명 받았다. 더 시급한 수술들이 우선이므로 그 셋은 모두 죽을 것이다. 스코틀랜드 보건부에서 나는 응급치료 프로토콜 작성이라는 일을 하고 있다. 그것의 골자는 다음과 같다. '젊은 사람을 치료한다. 늙은 사람은 치료하지 않는다. 작동하는 페니스를 가진 남성은 무조건 살린다.'

그것은 생명의 가치와 병원이 보유한 자원의 가치를 끊임없이 저울질하는 과정이다. 모든 물자의 보급량이 턱없이 부족하다. 심지어 거즈도 배급받는다. 여분이라고는 없고 우리는 예기치 못한 시각에 아주 소량의 물품만을 배송받는다.

오늘 아침에는 축복처럼 명쾌한 시나리오가 몇 번 있었다. 두 여성이 신장염에 걸린 채 나타났다. 요로감염은 항생제가 없으면 빠르게 악화된다. 두 사람 모두에게 정맥내주사로 항생제를 투여해야 했다. 한 사람은 스물둘, 다른 한 명은 두 자녀를 둔 마흔하나. 필요한 치료가 적절히 이뤄졌다. 그다음은 맹장염으로 한 남자가 이송되었다. 맹장이 터지기 직전이라 수술만 받으면 확실히 쾌차할 터였다. 이번에도 역시 쉬운 호출이었다. 나는 일반 외과의를 불렀고 그들은 환자를 즉시 싣고 갔다. 그때 몇 주 전의 끔찍한 상황이 떠올랐다. 예순여덟 살 여성이 들어왔는데 이미 맹장이 터져 처참한 상태였다. 나는 우리 병원의 일반외과장, 피파를 호출해 내려오게 했고, 그녀는 우리에게 환자를 옆방으로 싣고 가라고 했다. "소용없어요." 그녀가 말했다. 다른 젊은 의사들 중 한 외과의가 분통을 터뜨렸다. "그냥 죽게 내버려둘 수는 없어요!" 그녀는 몹시 흥분했지만 나는 피파의 말뜻을 이해했다. 우리는 현실적인 태도를 취해야 했다. 골치 아픈 수술에 드는 물품, 항생제, 간호사가 할애해야 하는 시간. 그만한 가치는 없었다. 피파는 우리에게 모르핀도 아주 조금씩 아껴서 줘야 한다고 했고, 그 역시 이해는 갔지만 차마 그럴 수는 없었다. 그녀가 외과의이고 나는 아닌 것에는 이유가 있을 것이다. 이 소시오패스들 같으니. 실제로 태반이 그렇다.

맹장염인 여자는 열두 시간 뒤에 죽었다. 나는 그녀에게 내가 줄 수 있는 최대량의 모르핀을 주었지만 어쨌거나 끔찍한 죽음이었다. 힘든 하루였다.

이제 우리는 응급실에 오는 남자들이 역병을 이겨냈거나 면역이 있다는 것을 거의 확신한다. 지난 몇 달 간 역병은 치료하지 않도록 복지부로부터 엄격한 지시를 받았다. 역병으로 스코틀랜드의 응급실에 찾아오는 사람들은 병원 출입 자체가 금지됐다. 그들은 아예 문전박대당했다. 죽어가는 아기나 영아—가장 끔찍했던 경우로는 18개월령 쌍둥이—를 데려와 통사정하는 어머니에게 건물에 들어와서도 안 된다고 말하는 것은 나를 깊은 회의에 빠지게 했다. 사람들을 도우려는 노력조차 하지 않는다면 의사는 돼서 뭐하나? 우리가 보건부에 이런 질문을 제기하자 돌아온 대답은 간명하고 강경했다. "귀중한 의약품과 자원을 사망률이 90퍼센트 이상인 환자들에게 낭비해서는 안 됩니다."

그런데 성인 남성이든 소년이든 글래스고에서 지금까지 역병에 노출되지 않고 버틸 가능성은 극히 낮기 때문에, 약 이 주 전부터 우리는 병원에 오는 남자들을 모두 치료하고 있다. 그리하여, 그들을 치료하는 것이 내 보건부 임무의 중심이 되었다. 하, 완벽한 태세 전환이다.

나는 스코틀랜드 보건 당국에 다 집어치우라고 말하고 싶은 유혹을 느꼈던 것 못지않게 최대한 많은 사람이 살아남기를 바란다. 그래서 나는 환자를 치료하고 교대할 때마다 내 문서에 내용을 추가한다. 내 문서는 '응급치료 프로토콜'로서 스코틀랜드의 모든 종합병원에 즉각 공유된다. 어떤 것들은 명확하다. 환자의 생물학적 성에 상관없이 우리는 반드시 필요할 때에만 효과를 발휘할 수 있는 최소량의 항생제만 투여한다. 수혈과 수액 투여는 심각한 외상처럼 생사가 달린 상황에 국한한다. 어떤 것은 덜 명확했다. 나는 한 달 전에 사회적 배제와 곤란을 각오하고 모든 병원 임직원이, 건강이 허락하는 한, 팔 주에 한 번씩 의무적으로 헌혈할 것을 제안했다. 병원에서 일한다는 것은 사람들을 돕고 싶다는 뜻 아닌가? 병원의 직원용 출입문 바로 옆에 영구적으로 설치한 헌혈실이 있다. 우리는 제때 헌혈하지 않은 사람들의 이름을 출입문 옆에 써 붙였다. 그중에서도 가장 명확한 것은, '별로' 아프지 않은데 병원에 오는 사람들에게는 단호한 귀가 명령이 떨어진다는 것이다.

이따금 백신이 곧 나올 것이라는 소문이 돌지만 우리 중 누구도 그 말을 믿지 않는다. 이제는 이것이 평범한 일상으로 느껴진다.

사람들은 인간이 얼마나 취약한 존재인지 잊어버렸다. 얼마나 많은 사람들이 비교적 평범한 문제들로 매일같이 응급실을 찾는지, 의료자원이 부족하면 그런 문제들로도 사람이 얼마나 쉽게 죽는지 알려주면 그들은 놀란다. 수백 년 전 기대 수명이 그토록 짧았던 것은 그 때문이다. 많은 것들이 사람을 죽일 수 있다. 사람들은 요즘에야 서서히 그 사실을 고통스럽게 깨닫고 있다.

그렇게 우리는 계속 싸워나간다. 스코틀랜드 정부가 프랑스로부터 일부 주요 약물을 수입하는 문제를 두고 회담 중이라는 소문이 있다. 재미있는 사실은 다섯 개 국가가 전세계 의약품의 3분의 2를 생산하는데, 그 명단에 이름을 올린 유럽 3개국이 프랑스, 독일, 그리고 영국이라는 사실이다. 이제 보니 스코틀랜드 독립이 썩 좋은 생각은 아니었던 것 같다.

엘리자베스

영국 런던

"엘리자베스는 친구가 더 필요해요." 조지가 점심을 먹다가 말하고, 아마야는 작심한 듯 자신의 샌드위치만 내려다본다.

"조지! 나 친구 많아요." 나는 약간 방어적으로 말한다. 엄밀히 말하자면 사실이 아니다. 이곳 런던에는 나의 '지인'이 많다. 나는 사람들의 얼굴을 보고 웃고 인사하기를 좋아한다. 정말이다. 내가 처음 연구실에 들어섰을 때 몇몇 동료는 내가 제정신이 아니라고 생각했던 것 같다. 나는 일터에 활력을 불어넣기로 단단히 마음먹고 있었다. 온 세계가 불에 타고 있으니, 우리의 일터는 조금이라도 덜 우울한 곳으로 만들어야 한다고 생각했다. 몇 달에 걸쳐 나는 경직되고, 영국적이며, 종종 비탄에 빠진 연구실 사람들의 분위기를 조금씩 바꿨다. 혼자 사는 사람들의 참석률이 높은 금요일 밤 영화감상 모임 같은 소소한 만남. 우리는 영국판 〈베이크 오프〉* 의 한 시즌을 다 함께 두 번 정주행했고, 매주 누군가가 거기에 나온 요리법 가운데 하나를, 긁어모을 수 있는 재료들로 최선을 다해 재

---

* 일반인들이 출연해 빵 굽기 컨테스트를 벌이는 영국의 텔레비전 프로그램.

창조했다.

"두 분도 내 친구잖아요." 나는 조지와 아마야에게 어디 반박해 보라는 듯이 거의 비난조로 말한다.

"물론, 엘리자베스는 정말 좋은 친구예요." 아마야가 말한다. 그녀의 다정한 갈색 눈가에 주름이 잡힌다.

"일을 해도 너무 열심히 해. 연구실을 좀 벗어날 필요가 있어요." 조지가 말한다.

"조지도 저랑 똑같이 일하잖아요. 더 오래는 아닐지 몰라도." 나는 대꾸한다. "게다가, 이제 면역 화학실험이 코앞인걸요."

"맞아요. 하지만 저는 일이 끝나면 집에 가서 가족과 시간을 보내죠. 그런데 엘리자베스는 그 끔찍한 호텔로 돌아가서 조사를 더 하다 자지요. 게다가, 아마야의 팀은 많은 부분을 끝마쳐가고 있어요. 우리는 내일 그 숫자들을 확인할 거고요. 곧 윤곽이 잡힐 거예요. 우리도 개인적인 삶을 즐길 여유는 있다고요. 알잖아요."

아마야도 동의의 뜻으로 고개를 끄덕이고, 나는 토라진 아이가 된 기분이 든다. 상사에게 더 쉬라는 말을 듣다니, 뭔가 잘못됐다는 기분이 든다. 곁에 친구들이 없어서 아쉬운 것은 사실이다. 고등학교에서 나는 과학만 파는 괴짜였다. 내 금발머리와 애매하게 예쁘장한 외모(화장이 잘된 날에는) 덕에 따돌림은 면했다. 나는 몇몇 친구들과 함께 점심을 먹었지만 서로 연락하지는 않았다. 스탠포드에서 만난 친구들은 모두 졸업하자마자 전국 각지의 서로 다른 대학원으로 뿔뿔이 흩어졌다. 가끔 영상통화를 하지만 전과 같지는 않다. 그들은 여기 없다. 나는 내가 갈망하는 공동체의 일부를 일터인 이곳에서 다시 만드는 데 성공했지만 나 자신을 정직하게 바라보면, 맞다, 그건 사실이다. 조지와 아마야를 빼면 나에게는 친구가 없다.

　조지와 아마야가 자신들의 딸에 대해 이야기하는 동안 나는 전화기를 들여다본다. 페이스북에 들어가지 않은 지 진짜 오래됐다. 이제는 남들이 어떻게 사는지 들여다볼 필요가 없으니까. 내 페이지에 여자들만 수두룩하게 뜨는 것을 보니 기분이 아주 묘하다. 늘 남자친구나 남편과 함께 찍은 사진을 프로필로 올리던 대학원 친구들이 이제는 다들 혼자다. 수백 명에 달하는 내 페이스북 친구들의 최근 게시물 가운데, 아이의 탄생과 결혼식을 알리는 게시물은 딱 하나씩만 올라와 있다. 아름다운 여자아이가 태어났고, 오래 사귀었으며 역병의 포화도 면한 커플이 결혼식을 올린다. 남편과 아이, 나만의 삶을 갖고 싶다는 질투심을 누르려고 애쓰며 스크롤을 내리는데, 사이먼 메이틀랜드의 사진이 눈에 들어온다. 와, 살아 있네. 이것은 이제 당연한 일이 아니다. 한 명의 운 좋은, 엘리트 생존 남성. 면역 보유자. 그를 마지막으로 직접 본 것은 내가 런던의 임페리얼 칼리지에 교환학생으로 왔던 스물한 살 때다. 당시에 그는 키만 멀대같이 큰 빨간 머리 공대생이었다. 내 '교환학생 담당 친구'와 그가 친구여서 우리는 거의 늘 함께 점심을 먹었다. 지난 팔 년의 삶이 사이먼에게는 평탄했나 보다. 세상에, 너무 멋있어졌다.

　회의심이 고개를 들 새도 없이 나는 사이먼의 프로필을 클릭한다. 조지가 늘 하는 말이 뭔가? 모험 없이는 아무것도 얻을 수 없다. 나는 '메시지' 아이콘을 누른다.

안녕, 사이먼.

날 기억할지 모르겠네. 내가 스탠포드 교환학생으로 영국에 왔을 때 우리 알고 지냈잖아. 어쨌든 나는 지금 런던에서 백신 개발 태스크포스에서 일하고 있어. 얼굴이나 한번 보면 좋겠다. 나 런던 구경도 좀 시켜줘! 한잔할 마음 있으면 답 줘. xx.

– 엘리자베스

나는 마음이 바뀌기 전에 엔터 키를 눌러 메시지를 전송한다. 나는 방금 난생처음으로 누군가에게 술 한잔하자고 청했다. 속이 울렁거린다. 키스 표시 두 개? 심지어 두 개? 내가 무슨 생각이었지? 초조함이 밀려와 속이 부글거린다. 나는 페이스북 활동 상태를 숨기고, 고양이 여러 마리와 사는 독신의 중년여성 상태로 서서히 진입하는 것을 고려한다. 괜찮다. 나는 고양이를 사랑하고 게다가 더는 어리지도 않……

답장이 너무 금세 떠서 폰을 떨어뜨린다. 조지가 나에게 괜찮냐고 묻는다. 나는 놀라서 꽥 대꾸한다.

엘리자베스! 소식 들으니 반갑다. 술 한잔 좋지. 오늘 저녁 어때? x.

– 사이먼

이제 난 데이트하러 가는 거다. 나 데이트한다! 내가 스스로 만들어내고 있는 이 멋진 낭만적 신세계로 들어갈 결심을 하다니, 이 모든 게 정말이지 얼떨떨하고 흥분된다.

좋지. 어디서 만나면 좋을지 알려줘. 나는 유스턴 근처에 살아.

P.S. 이거 데이트 맞지?

— 엘리자베스

어디서 만날지 생각해보고 다시 알려줄게.

P.S. 맞아, 진심으로 데이트라면 좋겠어. x.

— 사이먼

몇 시간 뒤 나는 사이먼이 알려준 바에 들어선다. 라이브 음악이 흐르는 스미스필드의 아름다운 칵테일바다. 오늘 아침에 눈을 뜰 때 데이트를 할 거라고는 생각도 못 해서 그리 근사하지 않은 수수한 초록색 원피스와 코에 가죽을 덧댄 굽 낮은 구두 차림이지만, 어쨌든 이렇게 여기까지 왔다. 사이먼이 구석을 돌아 내 쪽으로 걸어오는 모습을 보자 나는 사진으로 누군가를 보는 것과 누군가가 완전히 변신한 모습을 실제로 보는 것은 전적으로 다르다는 것을 깨닫는다. 내가 그에게 데이트 신청을 했다는 충격과 그가 받아들였다는 충격 때문에 팔 년이 아주 긴 시간이라는 사실을 깜빡했던 것이다. 내 앞에 서 있는 남자, 머리칼은 적갈색이고 아름답게 재단된 코트를 걸친, 180센티미터에 어깨까지 널찍한 남자의 모습에서 내가 기억하는 흐느적거리던 학부생의 모습은 찾아볼 수 없다.

그가 내 뺨에 입을 맞추는 순간 뭔가 감귤 향의 상쾌한 냄새가 나고, 내 두뇌는 계속 합선을 일으킨다. '나는 데이트 중이야. 나는 데이트 중이라고.' 내가 실제로 마주 앉을 거라고는 상상도 해

221

본 적 없는 남자와 하는 데이트. 내 예전 남자친구들은 수박으로도 벤치프레스를 못 하고, 나를 그렇게 많이 좋아하는 것 같지도 않던 괴짜 과학자들이었다. 사이먼과 나는 애틀랜타의 교통에 대한 불평과 음식 메뉴 따위의 가벼운 대화로 시작했다. 곧 면역 이야기로 이어지고, 나는 사이먼의 머리 위로 부상하는 질문을 내뱉는다. "어떻게 살아 있어?"

이 바는 아주 친숙하면서도—전에도 칵테일바에서 데이트한 적은 있다—너무 다르고, 당황스럽다. 더블베이스 연주자, 드러머, 색소폰 연주자 모두 여자이고, 나는 그들을 보자마자 여태껏 밴드들이 모두 남성이었다는 것을 깨닫는다. 메뉴판은 영국산 술—슬로진, 사과주, 영국산 스파클링와인—뿐이었고, 주류 생산이 적어서 한 잔까지만 마실 수 있다. 바에 있는 다른 여자들이 부러움 섞인 눈으로 쓸쓸히 우리를 곁눈질한다. 그저 내 상상일지도 모르지만 그렇지만은 않은 것 같다. 저런 남자가 나 같은 여자랑 뭐하고 있나 어이없어하는 소리가 들리는 듯하다. 내 지나온 삶에 대해 이야기하는데, 정신줄이 풀려 붕붕 떠다니는 기분이다.

"괜찮아?" 들어온 지 삼십 분쯤 됐을 때 사이먼이 부드럽게 묻는다. 내 마음속 일부는 '이보다 좋을 수 없지!' 하고 소리치고 싶고 그건 얼마간 진심이다. 하지만 한편으로는 울음을 터뜨리고 싶다. 이 모든 것이 얼마나 찬란하게 평범한지, 그리고 친구라고는 둘밖에 없는 이 냉혹한 도시의 내 작은 방으로 돌아가는 것이 얼마나 끔찍할지, 그리고, 아아, 난 그저 예전의 삶을 되찾고 싶다. 아빠가 아직 살아 있고 데이트가 평범한 일상이던 삶을.

"그냥 너무……." 내가 마침내 말한다. "난 지금 정말 좋은 시간을 보내고 있어. 미안해. 말이 좀 이상하지. 그런데 정말이야. 데이트를 나온 것 자체도 너무 오랜만이고, 삶 자체가 너무 달라져서."

사이먼의 얼굴에 공간 전체를 환히 밝히는 미소가 번지고 그는 완벽한 말을 한다. "무슨 말인지 너무 잘 알아." 그는 바를 둘러본다. "나도 예전만큼 자주 데이트를 하지 않아. 모든 게 너무 낯설게 느껴져."

"늘 데이트 신청을 받는 게 아니고? 데이트를 많이 할 줄 알았는데." 나는 이렇게 한번 떠보고, 그가 틀림없이 긍정의 뜻으로 어깨를 으쓱할 것에 대비한다.

사이먼은 웃으며 몸을 숙이고는 내 손을 잡는다. "물론, 데이트 신청은 받지. 하지만 팔 년이 지나도 잊히지 않는 미국 여자한테는 받아본 적 없어. 모두가 데이트하고 싶어하고 매일 함께 점심을 먹고 싶어했을 만큼 재미있고 다정하고 똑똑하고, 아름다운 여자한테는." 그는 조용히 술을 마셨다. 마치 그 말을 쏟아내는 데 허세란 허세는 다 부려버렸다는 듯이.

내 만면에 미소가 번진다. 그 즉시 몸을 내밀고 그에게 키스하지 않기 위해 자제한다. 바로 그때, 전세계가 무너지고 있고 예전 같은 것은 아무것도 없으며, 나는 아주 오랫동안 데이트를 해본 적이 없다는 사실이 떠오른다. 그리하여 나는 테이블 위로 몸을 내밀어 그에게 키스한다. 내 인생 최고의 첫 키스였다.

이리나
러시아 모스크바

나는 매일 하던 대로 구세주 그리스도 성당에서 기도한다. '전능하신 주여, 부디 저를 구하소서. 그를 저에게서 데려가주소서. 제발 그가 선택받은 소수가 아니게 해주소서. 그렇게만 해주시면 저는 여생 동안은 물론, 살아서나 죽어서나 주님의 충실한 종이 되겠습니다. 부디 저를 자유롭게 하소서. 제 남편은 왜 아직 안 죽은 거죠? 주여, 제발 그를 죽여주소서.'

몇 달이 지났다. 그는 아직 살아 있다. 왜? 왜 하필 그 사람이? 그는 매일 저녁 나를 때린다. 그는 가장 악랄한 부류의 남자다. 카탸는 아이가 살 곳이 못 되는 집에서 자라고 있다.

신부가 눈살을 찌푸린 채 나를 바라본다. 멍든 두 눈 때문일 것이다. 아니면 내 코 때문일지도. 그가 지난주 월요일에 한 짓이다. 콧날이 휜 것 같고 평생 갈 것 같다. 나는 내 코가 좋았다. 신부에게 이건 내 잘못이 아니라고 말하고 싶지만, 그는 이미 나를 지나쳤다. 내 남편은 면역이 있어서는 안 된다. 그것은 옳지 않다. 아기들과 어린 소년들, 의사들이 죽었다. 착한 사람들이 죽었다. 나쁜 사람들이 살아남는 것은 옳지 않다. 결코 옳지 않다.

한동안 삶은 고요하고 조용했으며 이따금 공포스러웠다. 미하일은 너무 많이 마시고 너무 적게 벌었으며, 나는 가게에서 일하며 카탸를 안전하게 지켰다. 두어 번 구타가 있었다. 그쯤은 감당할 수 있었다. 얼굴은 절대로 건드리지 않았다. 난처한 질문들은 받지 않아도 됐다.

그때 소문이 돌기 시작했다. 처음에는 작은 수군거림이었다. 스코틀랜드와 영국에 남자들을 공격하는 병이 생겨났다. 혹시 독극물은 아닐까 생각했다. 살인 사건이 비일비재한 세상이니, 있을 수 있는 일이 아닌가? 그런데 발병 국가의 목록이 점점 더 길어졌고, 텔레비전 뉴스에서 다른 소식은 들을 수 없게 됐다. 스웨덴. 프랑스. 스페인. 포르투갈. 독일. 폴란드. 폴란드에서 병이 터지자 나는 패닉에 빠졌다. 우리는 이제 어떻게 되는 걸까? '미하일 없이 우리 둘이 살아갈 수 있을까?' 하고 생각했던 것을 기억한다. 얼마 안 가 그가 그냥 죽어버리면 만사가 얼마나 편해질지를 깨달았다. 그때부터는 병이 무섭지 않았다.

12월 중순에 러시아에서 첫 확진자가 나왔다는 공표가 있었다. 물론 그전부터 다들 역병이 러시아에 이미 상륙했다고들 했다. 모두가 숨을 죽이고 첫 번째 환자가 등장하기를 기다리고 또 기다린 듯했고, 실제로 발생하자, 마침내 우리는 숨을 토해내고 모두 울고불고하며 한시름 놓을 수 있었다. 나는 그것이 곧 우리에게 당도할지도 모른다는 안도감과 세상이 어떤 모습으로 변할지에 대한 공포를 동시에 느꼈다.

질병이 모스크바를 휩쓰는 한편, 봄철 내내 가정폭력이 폭증했다. 그래도 모든 남편들이 끔찍한 것은 아니다. 내 친구 소냐의 남편은 줄곧 그녀와 함께 집에서 지냈다. 그는 그녀를 아주 많이 사랑했다. 곧 그는 역병을 피하기 위해 시베리아로 도망쳤다. 그녀의 말에 따르면, 그는 울면서 떠났지만 그게 가장 안전한 방법이라는 데 동의했다는 것이다. 소냐는 그 후로 그의 소식을 듣지 못했다. 어쩌면 이 남자들, 그러니까 북으로 가는 남자들은 추위가 자신들을 지켜줄 거라고 생각했나 보다. 하지만 그렇지 않았다. 당신이 어디로 가든 그것은 개의치 않는다. 기어이 당신을 찾아낼 것이다.

미하일은 어디로 갈 생각도 하지 않았다. 그는 계속 살고 싶어 할 만큼 우리를 사랑하지 않는다. 그는 집에 틀어박혀 오늘이 마지막 날인 것처럼 보드카를 마셔댔다. 매일같이.

나는 처음에는 신이 났다. 그는 곧 역병에 걸릴 것이다. 그는 곧 죽을 것이다. 하지만 하루하루 시간은 흘러갈 따름이다. 계속 기도하지만 달라지는 것은 아무것도 없다. 나는 떠날 수도 없다. 아파트는 그의 소유다. 나는 벌이가 충분치 않다. 그는 나를 죽여서라도 카탸를 차지하려고 할 것이다.

이제 나는 고통도 지긋지긋하고 멍도 지긋지긋하다. 무엇보다도 무섭다. 그에게 면역이 있는 것이 틀림없다. 모스크바의 거의 모든 남자가 죽었건만 미하일은 예외다. 그는 집에 붙어 있지 않고 매일 바에서 시간을 보낸다. 그는 아무 거리낌 없이 행동한다. 사람들을 만지고, 주는 술을 받아 마시고, 대중교통을 이용한다.

오늘도 그는 여느 때처럼 느지막이 집에 도착한다. 평소보다 더 취해 있다. 그가 들어올 때 나는 반드시 부엌에 있으려고 한다. 내가 침대에 있으면 상황이 더 나쁘다. 그에게 물을 한 잔 건네려 했는데, 그는 그조차 탐탁치 않나 보다. 나는 그가 어떤 행동을 도움으로 받아들일지 아니면 모욕으로 해석할지 전혀 알 수 없다. 그가 나에게 팔을 휘둘렀는데 제대로 체중이 실리진 않았다. 멍은 들지 않을 것이다. 그는 비틀거리며 우리 침실로 가더니 그대로 기절해 버린다. 몸에서는 쉰내가 난다.

부디 열이 있기를 바라며 그의 이마를 짚어보지만, 서늘하다. 그는 면역이 있다. 그에게는 면역이 있다. 계속 이렇게 살 수는 없다. 나는 카탸와 나의 안전을 지키고 그를 영영 떠날 계획을 세웠다. 욕실에서 체온계와 화장지를 가져와 그의 침대 맡에 둔다. 아픈 사람에게 또 뭐가 필요하더라? 찬 물수건. 그래, 그것도 있어야지.

나는 잠옷으로 갈아입고 그의 옆에 슬며시 눕는다. 지금이야. 그가 팽개쳐둔 여분의 베개를 집어 단단히 움켜쥔다. 그의 얼굴을 베개로 덮고 최대한 세게 내리누른다. 그가 꿈틀거리며 팔을 허우적대지만, 이제 나는 다리를 벌리고 그의 몸에 올라타 양 무릎으로 그의 옆구리를 짓누른다. 움켜쥔 베개를 아래로, 더 아래로 내리누른다. 잠시 후 그는 움직임을 멈췄지만 죽은 시늉을 하는 건지도 모른다. 아직 살아 있다면 그는 나를 죽일 것이다. 더 오래 눌러. 계속 잡고 있어.

나는 시계가 새벽 네 시를 알릴 때까지 계속 베개를 누른다. 그의 가슴팍은 한참 동안 움직이지 않았다. 지금까지 연기 중일 것 같지는 않다. 나는 만약의 경우에 대비해 베개를 떼고 펄쩍 물러난다. 그의 머리가 한쪽으로 축 돌아간다. 두 눈도 깜박이지 않는다. 나는 와 하고 함성을 뱉고는 곧바로 손으로 입을 틀어막는다. 이웃이 그런 소리를 들어서는 안 된다.

나는 죽은 내 남편을 두고 나온다—이제 난 과부다. '아내'보다 그 말이 더 좋다. 오늘 밤은 카탸의 방에서 자야지. 내 아기와 나는 안전하다.

"엄마, 이리 와서 같이 자." 내가 방문을 열자 아이가 잠에 취한 목소리로 말한다. 부드럽고 졸음에 겨운 딸아이 옆에 눕자 아이가 내 품에 파고들고, 나는 아이의 이불을 나눠 덮고 몸을 동그랗게 만다. 이제 내가 안전하다는 사실을 깨닫자 나는 몇 년 만에 처음으로 어린 시절처럼 곤히 잔다.

카탸가 뒤척이기 시작해 나는 잠에서 깨어난다. 나는 아이에게 주방에 가서 아침 식사를 준비하라고 말한다. 모든 것이 평소와 다름없이, 똑같이 행동하고, 평정심을 유지한다. 나는 침실로 들어간다. 그는 확실히 죽어 있다. 이 일을 예전부터 생각해왔지만, 막상 실행에 옮겨야만 하는 상황이 오니 생각했던 것보다 위험한 일로 느껴진다. 나는 뉴스에서 알려준 번호로 전화를 건다. '시체 도둑들', 다들 그렇게 부른다. 정부에 고용되어 시체를 실어 가서 태우는 여자들.

나는 슬픔과 충격에 빠진 목소리를 내려고 연습한다. 그들은 몇 시간 뒤 도착한다. 나는 의심을 사지 않기 위해 조금 울면서 연기에 만전을 기했다. 병이나 사망 시각에 대한 질문을 받을 줄 알았는데, 그들은 그의 이름과 연금공단 번호만 묻는다. 나는 그것들을 불러주고, 그들이 그의 시신을 들어 자루에 넣고 짧게 한마디 남기며 떠나는 모습을 반신반의하며 지켜본다. "삼가 고인의 명복을 빕니다."

이렇게 쉬울 줄 알았더라면 몇 달 전에 죽일걸.

전쟁 중인 여자들
정체가 드러난 중국 내전

- 마리아 페레이라

　나도 내가 기자로서의 재능을 발휘해 특별한 공적을 세워서 인정받았으면 좋겠다. 역경을 딛고 중국 내전을 취재하고, 신중히 주요 인물들과 관계를 쌓고, 반군 지도자 가운데 한 명의 신뢰를 얻어 인터뷰를 하는 데 성공했다고 말할 수 있다면 좋겠다.

　실제 정황은 그렇지 않다. 청두를 기반으로 한 반군 지도자, 페이 훙이 나에게 이메일을 보내왔다. 나는 그에게 답장을 보내면서도 당연히 누군가의 짓궂은 장난이겠거니 생각하며 영상 통화를 준비했다. 그런데 장난이 아니었다. 뭐랄까, 때로는 중국의 반군 지도자들이 이 일을 아주 수월하게 만들어주기도 한다.

　내가 먼 나라에서 폭력 사태를 일으키고 있는 악랄한 여자의 대변자로 이용당하고 있다며 비난해도, 이해할 수 있다. 거기에 나는 이렇게 답하겠다. 비록 이 인터뷰를 따내기 위해 악전고투를 벌이지 않았다 해도 내가 기자라는 사실에는 변함이 없다. 나는 최대한 면밀히 페이의 주장들을 조사했고, 진위 확인이나 논박이 불가능할 경우에는, 그렇다고 밝힐 것이다.

　그가 화면에 나타나고—놀랄 만큼 선명한 영상으로—나는 냉정한 평가의 시선을 받았다. 한마디도 나누지 않았는데도 그녀가 강력한 여성이라는 것이 분명히 느껴졌다.

잠시 의례적인 인사를 나눈 뒤 나는 그녀에게 내가 생각해낼 수 있는 가장 포괄적인 첫 질문을 던졌다. "왜 저와 대화하고 싶으셨는지 궁금합니다."

이제부터는 페이와 내가 나눈 대화의 녹취록을 편집한 것이다.

페이: 당신은 '역병' 기자잖아요. 당신과 대화해야 우리 이야기가 가장 많은 사람들에게 가닿을 테니까요.

마리아: 누구의 이야기입니까? 당신이 '우리'라고 지칭하는 대상이 누구죠?

페이: 나는 '청두 통일민주동맹'만을 대표합니다. 하지만 공산당은 외부 세계에, 반군들 사이 실재하는 것보다 큰 간극이 존재하는 것처럼 보이게 하려고 합니다. 대체로 우리는 같은 목표를 지향합니다. 민주주의 말입니다.

[주: 페이가 말하는 '공산당'은 언론보도에 따르면 현재 분열돼 전국적으로 장악력이 점점 위태로워지고 있다. 하지만 엄밀히 말하면, '공산당'은 여전히 중국인민공화국 정부를 구성하고 있다.]

마리아: 그것이 당신들의 유일한 목표인가요?

페이: 우리가 첫 번째로 이루어야 할 급선무입니다. 그것을 시작으로 다른 것들이 모두 풀려나갈 겁니다.

마리아: 당신의 배경이 궁금합니다. 어떻게 이 자리까지 오게 됐나요?

페이: 케임브리지 대학교에서 법학을 공부했습니다. 부모님은 줄곧 반 공산주의 활동가였고, 마작 모임을 통해 메시지를 전달

하는 역할을 맡았습니다. 저는 세상이 변해야 한다고 배우며 자랐습니다. 역병이 시작될 무렵 제때 고향으로 돌아왔습니다. 저는 2026년 1월에 활동을 시작한 뒤로 청두 반군에 몸담고 있습니다.

마리아: 이전의 어떤 반란도 그렇지 못했는데, 이 반란이 계속되고 있는 이유가 뭘까요?

페이: 군대와 정부가 남자들로 이루어져 있기 때문입니다. 그들은 죽었거나 죽어가고 있습니다. 반란군은 여성으로만 이뤄져 있고요. 면역 여부를 명확히 확인할 수 있게 되면 남자도 들어올 수 있겠지만 그전에는 여성으로만 유지할 겁니다. 우리는 안전해요. 우리는 싸움을 계속할 수 있습니다. 역병이 모든 것을 잿더미로 만들고 있지만, 우리는 더 나은, 다른 세상을 새로 세울 것입니다.

마리아: 반군 세력들이 극단적인 폭력 행위에 가담하고 있다는, 정부가 제기한 혐의에 대해서는 뭐라고 말씀하시겠습니까?

페이: 그것은 소수의 남자들, 여자들, 정부에 잔류한 사람들이 지어낸 거짓말입니다. 이것은 지금까지와는 다른 종류의 내전입니다. 첫째, 이 전쟁에서는 강간이라는 수단을 이용하지 않습니다. 또한 총기가 무분별하게 사용되지 않습니다. 총기를 발포할 생존 군인도 얼마 없고요. 우리가 이미 역병이 휩쓴 기지들을 급습해버렸기 때문입니다. 넉 달 전, 저는 아홉 명의 다른 반란군 지도자들과 만났습니다. 우리 중 일부는 서로 싸우고 있지만, 짧게나마 스물네 시간 동안 휴전 상태를 유지했고, 방어에 절대적으로 필요한 경우가 아니면 폭력을 쓰지 않기로 협약을 맺었습니다. 우리는 태초부터 남자들이 전쟁을 일으키는 것을 봐왔어요. 남자들이 벌이는 전쟁에는 승자가 없습니다.

마리아: 중국은 어떻게 될까요? 그리고 당신은 중국에 어떤 일이

일어나기를 바랍니까? 당신이 바라는 대로, 민주주의로 이끌기에는 너무 큰 나라 아닌가요?

페이: 과거의 중국은 이제 존재하지 않습니다. 중국은 잘게 쪼개질 겁니다. 이미 금이 갔고요. 현재 우리는 서로 다른 조각들을 놓고 싸우고 있습니다. 하지만 우리는 다른 무기를 씁니다. 우리는 사이버 무기와 설득의 메시지를 사용합니다. 사람들은 공포에 사로잡혀 맹목적으로 끌려다니지 않을 겁니다. 이기는 쪽이 힘과 사람들을 얻겠지요.

마리아: 당신들 쪽을 지원하도록 네 자치주 가운데 하나를 설득하려고 노력 중인가요?

[주: 베이징, 상하이, 톈진, 마카오는 2026년 4월에 신속히 연달아 독립을 선언했다. 보도에 따르면 여러 차례의 무혈 쿠데타를 통해 막강한 사업가들과 팀을 이룬, 반군이 된 정부 관료들의 신속하고 결단력 있는 움직임이 지역주민의 반-반군 세력을 형성할 가능성을 잠재웠다. 선거가 실시되었고 경제 안정이 예상된다.]

페이: 그들은 전쟁에 관여하지 않을 겁니다. 그들은 다른 길을 택했습니다. 만약 네 개의 독립주가 그런 방식을 고수한다면 중국의 나머지 지역도 더 나은 방향으로 거듭날 겁니다.

마리아: 전쟁이 언제쯤 끝날 것 같습니까?

페이: 곧 끝날 겁니다. 군대에서는 사람이 계속 죽어나갈 겁니다. 공산당은 계속 약해질 거고요. 여자들은 죽지 않을 거고, 버틸 겁니다. 우리가 이깁니다.

레이첼
뉴질랜드 오클랜드

"우리뿐만이 아닙니다. 벨기에랑 멕시코도 같은 정책을 시행하고 있어요. 당신 마음을 아프게 하려고 이러는 게 아닙니다. 정말이에요, 우리는 생명을 구하려는 거예요."

난 이 연설을 너무 여러 번 했다. 내가 듣기에도 지쳐빠진 목소리다. 몇 달 전에는 좀 더 열성적인 말투였겠지.

"간밤에는 잘 잤어요?" 터너 부인이 묻는다. 내가 넉 달 넘게 연달아 사과해야 했던, 눈물로 얼룩진 얼굴의 수많은 엄마들 가운데 하나다.

나는 경직된 미소를 짓는다. 정직하게 대답해서 좋을 것이 없다. '아주 순식간에 잠들었어요, 터너 부인. 머리가 베개에 닿자마자 번개처럼 곯아떨어졌지 뭐예요.' 그럴 순 없다. 터너 부인이 마침내 자리에서 일어나 방을 떠난다. 기어이 마지막으로 나에게 원망스러운 눈빛을 보내고서. 왜 이 일은 도무지 쉬워지지 않나? 내 안의 심리학자가 대답한다. 왜냐하면 이 사람들은 정신적 외상을 입은 상태니까. 그들의 인생에서 가장 소중한 것에 대한 통제권을 네가 빼앗았기 때문이야. 내 안의 인간이 답한다. 네가 여기 있으니까. 비난하기 쉬운 상대이니까.

　지난 2월, '뉴질랜드 신생아 격리 프로그램'을 이끄는 수석 심리학자 직을 맡기로 했을 때 나는 일이 이렇게 고될 줄 몰랐다. 아주 흥미진진해 보였고, 훗날 이력서에 써넣으면 그럴싸할 것 같았다. 백신이 개발되지 않을 거라고는 상상도 못 했다. 하지만 그게 벌써 넉 달 전이고, 6월이 됐는데도 백신은 나올 기미가 보이지 않는다. 심지어 프로그램을 설계할 당시에도 나는 착각에 빠져 있었다. 부모들이 그토록 분노할 줄 정말 몰랐다. 나는 자녀가 없고(나를 비난하는 부모 대부분이 빼놓지 않고 지적하는 점이다), 어찌된 영문인지 그것은 내가 소시오패스라는 뜻이 되었다. 나는 프로그램을 통해 소년들을 무사히 격리시키고, 부모들이 최대한 덜 힘들게 이 경험에서 벗어날 수 있도록 도와주려고 노력하는 동시에 흐느끼고, 울부짖고, 부모들에게 사과해야 한다.

　그들이 나를 보는 눈빛을 보면 내가 내 잇속을 차리려고 아이들을 훔치기라도 한 것 같다. 몇 주 전, 유난히 기분이 처지는 날, 나는 바로 그 어맨더 매클린과 영상통화를 했다. 그녀는 이 프로그램을 스코틀랜드에서 시행할 수 있을지에 관심을 보였다.

　"아기를 데려갈 거란 걸 여자들한테 사전에 알리지 않는다고요?" 그녀는 충격받은 목소리로 내가 했던 말을 반복했다. 나는 몹시 의기소침해졌다.

　일정 알람이 울린다. 병동 회진 시간이다. 내 연구실에서 보육실 건물 2층으로 걸어가다가 나는 그토록 짧은 기간 동안 우리가 창조해낸 것의 엄청난 규모에 또 한 번 감동한다. 논란의 여지가 많다는 건 인정한다. 우리는 부모들로부터 아기들을 떼어내서—그들의 의사와는 상관없이—그 아이들을 아무 신체 접촉 없이, 방역복

234

을 착용하지 않은 다른 사람과 한 공간에서 접촉하는 일 없이, 우리가 할 수 있는 최선을 다해서 키운다. 의료계의 다른 심리학자들은 '비윤리적인 의료행위'에 가담한다며 나를 비난한다. 내가 눈알을 굴리며 딴청을 부려도 용서하기를. 아이들의 생명을 지키는 것은 당연히 윤리적 행위이다. 그런데도 수많은 사람들이 아이의 생존이, 강제로 아이를 떼어놓았을 때 어머니와 아기가 치러야 할 감정적 비용을 상쇄할 만한 가치가 있는가를 질문하기 시작했다. 내겐 너무나 놀랍게도 수많은 사람들이 그 질문에 단호히 '아니오'라고 대답할 것이다.

건물의 2층은 최근에 들어온 아이들로 만원이다. 신생아부터 4주령 이하의 아기들이다. 내 명단의 첫 번째 산모는 비혼모인 멜리사 이네스이다. 제왕절개 수술 부위 쪽으로 몸을 구부정히 숙이고는 시체 같은 몰골로 서 있다. 그녀가 좀 앉으면 좋겠는데.

"멜리사?"

그녀의 눈이 느릿하게 깜박이고, 어른과 대화를 나누기 위해 그녀의 머릿속에서 벌어지는 기어 변속이 보인다.

"우리 일단 자리에 앉을까요?" 우리는 진료실 가운데 한 곳에 들어가 마주 앉는다. 내가 보아온 여느 심리 치료사의 상담실과 다를 바 없다. 살짝 낡은 카펫, 의자 두 개 사이에 신중히 놓인 티슈, 잘 보이는 데 놓인 탁상시계, 한쪽 벽의 '분위기를 화사하게' 해주는 무난한 꽃무늬. 정말이지 흉측하지만, 우리의 예산은 한정돼 있으니 어쩔 수 없는 노릇이다.

"보니까 받으신 설문지를 다 작성하지 않으셨던데요. 오늘 안에 작성하실 수 있을까요?"

"봤어요." 그녀가 조용히 말한다. "이건 멍청한 짓이에요."

"어떤 점이 멍청하다고 생각하죠?"

"여자 배에서 아들을 잘라내 유괴하고, 못 만나게 다른 방에 가 둬놓고서 슬프냐고 묻는 것이 멍청한 짓 아녜요?"

나는 마른침을 삼킨다. 그들이 이 일을 그렇게 묘사하지 않으면 좋으련만.

"아드님은 지금 살아 있어요. 안전하고 따뜻하고 바이러스가 없는 환경에 있습니다. 방역복을 입고 들어가서 아이를 보실 수도 있습니다."

"하지만 만질 수는 없잖아요."

"그건 안 되죠. 방역복 없이는 안 됩니다."

"왜 사전에 말해주지 않았죠?"

전에도 이런 질문을 받았고 앞으로도 받을 것이다. 나는 이미 백 번도 넘게 되뇐 똑같은 답변을 준비한다.

"역병의 위기 속에서 출산을 앞둔 여성 대부분이 아주 감정적인 상태라는 점을 고려하면, 나중에 자신이 내린 결정을 후회할 위험이 있습니다. 저희는 최대한 많은 남아의 생명을 보존하는 것을 최우선으로 두었습니다."

"그거 누가 써준 거죠?"

그녀는 똑똑하다. 창백하고 불안정하지만 똑똑하다.

"아니요, 하지만 이런 질문을 받아보기는 처음이군요."

"자녀가 있으세요?"

젠장, 또 시작이네.

"아니요, 없습니다."

멜리사가 알겠다는 듯이 고개를 끄덕인다. "이제 이해가 가네요."

침착하게 고개를 끄덕여야 한다는 것을 알지만, 나에 대해 대단한 통찰이라도 얻었다는 듯한 그녀의 태도가 너무 싫어서 이가 갈린다. "뭐가 이해가 간다는 거죠?"

"당신네들이 이 모든 것을 만들어낸 방식요."

"무슨 말이죠?"

"엄마들, 부모들. 당신들한테는 그저 골칫거리겠지요. 당신들은 어떤 일을 계획 중인지 우리에게 알려주지 않았어요. 우리 중 대부분이 알고도 동의했을 텐데도 말이에요. 당신들은 우리 배를 가르고 아이를 빼앗아놓고 우리가 고마워해야 한다는 듯이 행세하잖아요. 당신들은 아무것도 몰라. 당신, 심리학자 맞죠? 혹시 사람들이 뭐라고 욕하는지 알아요? '심리학자보다 미친 인간은 없다.'"

약 기운에 저러는 거야. 심호흡해. 이제 막 대수술을 받은 사람이야. 심호흡해. 자기 아들을 한 번도 안아보지 못한 스물한 살 먹은 비혼모잖아. 심호흡해……. 아, 젠장.

"좋아요, 그럼 아기를 직접 데려가시겠어요?"

멜리사는 내 말에 처음으로 주춤하는 기색을 보이고, 그 모습에 나는 만족감을 느낀다.

"계속해보세요. 그렇게 단호히 말하는 걸 보니, 우리가 일을 완전히 잘못한 모양이에요. 제가 틀렸고, 이 프로그램은 틀렸어요. 제가 문을 열어드릴 테니 들어가서 아드님을 데리고 나와요. 아이가 면역이 있어 생존할 확률은 십분의 일입니다. 행운을 빌죠!"

나는 문을 잡고 서 있다. 아마도 살짝 정신 나간 모습이리라. 누가 물으면 나는 이것을 새로운 실험적인 테크닉이라고 말할 것이다. 부디 신경발작으로 보이진 않았으면 좋겠다.

"그러고 싶지 않아요." 멜리사가 마침내 말한다.

"그럼, 아드님을 데려가고 싶지 않은 이유가 뭘까요?" 정적. 기꺼이 깨주지. "그랬다가는 당신 아들은 죽을 게 거의 확실하니까요. 그렇다면 우리가 아이를 유괴한 게 아니지요, 그렇죠? 당신도 저만큼이나 아이가 여기서 지내기를 바랄 테니까요."

멜리사는 고개를 끄덕이고 코를 훔치며 조용히 울기 시작한다. 나는 거칠게 숨을 몰아쉬고, 아드레날린이 사그라지자 비로소 얼마나 정신 나간 짓을 벌였는지 깨닫는다. 나는 어제 큰 수술을 받았고, 자식은 심각한 위험에 빠져 있으며, 역병으로 삶 전체가 발칵 뒤집힌 한 여자와 함께 방 안에 있다. 내가 무슨 짓을 한 거지?

"부디 알아주세요. 이 건물에 있는 모든 사람은 백신이 상용화된 뒤 당신과 아드님을 무사히 여기서 내보내기 위해 최선을 다하고 있습니다. 정신적으로나 신체적으로나 최상의 모습으로요. 죄송합니다. 정말……. 유감이에요."

멜리사가 고개를 끄덕인다. "아뇨, 실은 유익했어요. 제가 아이가 여기서 지내기를 바란다는 사실을 일깨워주셨으니." 그녀는 잠시 벽의 조악한 꽃무늬를 바라본다. "실제로 저를 들여보내 애를 데려가게 하지는 않았겠죠, 그쵸?"

"네, 그러지 않았을 겁니다."

"좋아요. 당신 같은 사람들이 아이를 안전하게 지켜준다니, 좋은 일이네요."

"그냥 '아이'라고만 부르는데, 생각해둔 이름 없어요?"

"저는 늘 '이반'이라는 이름을 좋아했는데, 혹시 별론가요?"

"이반, 근사한 이름인 걸요. 어떤 이름이든 가장 당신 마음에 드는 것으로 정해야죠."

멜리사는 나를 보고 일그러진 미소를 짓는다.

나는 멜리사의 방역복 착용을 도울 간호사를 부르며 면담—그렇게 불러도 된다면 —을 마무리한다. 우리는 원하던 타계책을 찾았다. 멜리사는 이제 우리가 자기 아들을 이곳에 가두는 게 아니라는 사실을 잘 안다. 그녀는 아들이 여기에 있기를 간절히 바란다. 왜냐하면 아들이 살기를 바라니까. 이반. 이반이 살기를 바라니까.

생각하면 할수록 아무래도 이 프로그램을 참여한 어머니들에게 비밀로 한 것은 실수 같다. 하지만 너무도 유혹적이었다. '이 역경의 시기에 아이의 안전을 보장하기 위해 우리는 선택적 제왕절개술*을 실시하고자 합니다.' 기밀 유지는 실질적인 이유에서 비롯되었다. 만약 산모가 우리 계획에 동의하지 않고, 잠재적으로 몹시 취약하고 비합리적일 것으로 우려되는 감정상태에서 아이를 데리고 있다가 바이러스에 노출시키고, 너무 늦어버린 다음에야 마음을 고쳐먹는다면 어쩌겠는가?

그럼에도 여론은 몹시 나쁘고 민심의 파장이 극렬하다. 이 건물에 있는 수많은 가족들에게 우리—이 프로그램을 위해 일하는 사람들—는 철천지원수다. 그들은 우리가 이런 일을 하는 이유를 알지만, 우리를 믿지 않는다. 왜냐하면 우리가 그들을 믿지 않았으니까. 우리는 거짓을 말한다. 전자간증** 때문에 제왕절개술이 필요하다고 말해놓고, 배를 꿰매는 동안 아들을 잽싸게 가로채 무균 인큐베이터로 옮긴다. 나를 적그리스도라도 되는 듯 보는 그들을 나는 나무랄 수 없다.

이 시설은 몇 달 동안만 필요할 뿐이고 아마도 향후 몇 년간 신생아는 없을 것이라고 상상하면 무시무시하다. 역병이 발발하기 전에 잉태된 아기들이 아직 태어나고 있지만, 그마저도 머지않아

* 수술 시기를 미리 선택해서 실시하는 제왕절개술.
** 임신 후반에 일어나는 독소혈증.

끝날 것이다. 그 뒤에야 나는 내 업무에 집중할 수 있을 것이다. 비정상적인 환경에서 일상을 유지하기. 부모들은 방역복만 착용하면 얼마든지 아이와 접촉할 수 있도록 허용될 것이고, 방에서 함께 잠들도록 권장받을 것이다. 규칙적인 일과가 주요할 것이다. 다른 아이들에 대한 접근은 실질적인 이유로 제한되겠지만, 한정된 공간에 여러 사람이 있으면 무균상태를 유지하기가 더 어려워진다. 하지만 우리는 아이들이 확실히 또래 아이들이 어떤 모습일지 알 수 있도록 비디오 연결을 이용할 것이다.

　나는 우리가 하는 일이 옳은 일이라고 믿어야 한다. 물론 아이들이 외부 세계와 형제자매로부터 격리되어 양육되어서는 안 된다. 하지만 역병 역시 일어나서는 안 되는 일이었다. 이 프로그램을 통해 8,054명의 남아가 다양한 시설에 생존해 있고, 곧 태어날 3천여 명이 추가로 들어올 것이다. 11,000명의 생명을 구하는 셈이다. 나쁜 일일 리 없지 않은가.

토비 윌리엄스

아이슬란드 해안에서 멀리 떨어진 어딘가

2026년 7월 1일

또 나다. 아무래도 안네 프랑크처럼 '친애하는 일기에게'라고 시작해야 할까 싶다. 왜 이런 말을 쓰는지 이제 알겠다. 얼마간 자의식 과잉을 막아주기 때문이다. 더 구체적으로 호명해보자. '친애하는 아이슬란드 해안경비대원님께. 이 지옥행 배를 타고 표류하던 시기의 내 삶을 기록한 메모들과 내 시신을 이 선실에서 발견할 불쌍한 녀석에게. 냄새 나서 죄송합니다. 분명 역하다고 느끼실 겁니다.'

참 슬프다. 실제로는 '친애하는 프랜시스에게'가 되어야 할 것이다. 그렇지 않나? 변명하자면, 그녀를 향해 "당신이 이 편지를 받게 된다면 부디 내가 당신을 사랑했다는 것을 기억해주길" 류의 편지를 너무 여러 통 썼더니, 슬슬 지겨워지기 시작했다. 그녀도 이것들을 전부 읽어 내려가며 말할 것이다. '토비, 변화를 좀 주지 그랬어. 솔직히 이건 너무 천편일률적이잖아.'

우리는 이제 201명으로 줄었다. 99명이 죽었고, 201명은 버티고 서 있다. 사실 서 있지는 않다. 우리는 앉아서 긴 시간을 보낸다. 극단적인 저열량 단식을 하니, 걸어다니는 시간이 극히 짧아진다. 흥미롭다.

자살이 9건 더 발생했는데, 처음보다 다양한 방법들이 사용되었다. 배에서 몸을 던진 사람이 5명 있었고, 3명은 칼을 이용했고, 한 사람은 대범하게도 아무도 모르게 숨겨둔 알약들과 1리터들이 위스키 한 병을 몽땅 해치웠다. 나쁜 새끼. 우리가 좀 즐길 수도 있었는데.

벨라는 두 주 전에 죽었다. 나는 사실 좀 놀랐다. 그녀의 분노가 그녀를 지탱해줄 줄 알았다. 그녀의 남편과 아들, 아기 카롤리나는 어떻게 됐을까. 우리 중 누구도 몇 달째 전화 수신이 되지 않으니 알 도리가 없다. 그녀의 남편이 괜찮기를, 그녀의 아이들이 무사하기를 바란다.

사람들이 굶어 죽는 모습을 보는 것은 괴이하다. 지금 우리는 모두 비슷한 양을 먹는다. 영양사는 몇 주 전에 죽었고, 그래서 이제는 이렇다 할 원칙이 없다. 다만 선장이 우리에게 목숨을 부지할 만큼의 양을 나눠줄 따름이다. 부디 목숨을 부지할 수 있기를.

왜 우리 중 누구는 살아 있고 또 다른 누구는 그렇지 않은지 모르겠다. 그냥 운인 것 같다. 나는 배에 올랐을 당시 좀 푸짐했다. 마크는 나보다 13킬로그램은 족히 더 나갔다. 그 덕분에 우리는 아직 터벅거리며 걸을 수 있다. 당연히 처음 배에 올랐을 때보다야 덜 걷지만. 나는 이제 걸음이 한결 가볍다. 마크가 나를 제정신으로 버틸 수 있게 해준다. 마크는 줄곧 우리 둘 중에 조용한 쪽이었고 사람들을 아주 면밀히 관찰한다.

"괜찮아?" 그는 내가 일진이 좋지 않은 날이면 나에게 물을 것이고, 그러면 나는 "응, 아쉬운 대로" 하고 답할 것이고, 그러면 그는 "뭐가 아쉬운데?" 하고 물을 것이다. 그러면 우리는 우리가 그리워하는 모든 것에 대해 이야기할 것이다. 음식과 섹스(나는 프랜시스와, 그는 샐리와), 와인, 온기, 친구들. 우리의 지난 삶 모두. 그러고 나면 그는 "우리는 그것들을 다 되찾을 거야, 토비, 두고 봐" 하고 말해줄 것이다. 비록 우리가 같은 장소에 있고, 그도 나도 미래에 대해 전혀 모르기는 매한가지인데도, 나는 조금 느긋해져서 맞장구칠 것이다. 암, 그렇고말고.

스테이크가 먹고 싶다. 정말 먹고 싶다. 아, 제기랄. 스테이크를 먹을 수 있다면 살인도 하겠다. 내가 정말 그럴 수 있을까? 아마도. 스테이크를 먹을 수만 있다면 나는 영양사를 죽여서 사망 전 스물네 시간의 고통을 덜어주었을 것이다. 하지만 스테이크를 먹기 위해 선장을 죽이지는 않을 것 같다. 그는 이 운항 전체를 통솔하는 사람이다. 그가 온종일 관제실에서 뭘 하는지는 몰라도 나는 아직 살아 있고 배는 가라앉지 않았으니, 그는 지금까지 타이타닉 호의 선장보다는 잘하고 있다. 적어도 내가 보기에는 그렇다.

아……. 그리고 맥주. 맥주가 마시고 싶어 죽겠다. 난 딱히 맥주파는 아니었는데. 마당에 나가서 손자들이 물놀이하는 동안 프랜시스와 대화하며 마시던, 물방울이 송골송골 맺힌 유리잔에 따른 차가운 에일 맥주. 생각만 해도 간절해져서 울고 싶다. 그리고 사탕가게에서 이것저것 골라 먹던 단것들. 이 순간 두뇌가 원하는 게 그런 것들이라니 기이하다. 사탕가게가 영화관을 떠올리게 해서? 바로 그거다. 마크와 함께 슈퍼히어로 영화들을 보았던 기억과 메이지가 열세 살에 첫 데이트를 하러 가는 모습을 지켜보았던 기억이 떠오른다. 그때 메이지는 너무 어려서 혼자 가게 할 수는 없었다. 그 애들은 차를 몰 수 없었고 버스 운행도 엉망이었다. 그래서 나는 그녀와 라이언을 영화관에 '떨어뜨려'준 다음, 따라 들어가 그들의 좌석으로부터 15줄 뒤에 앉았다. 훗날 그녀는 라이언과 결혼해 이서벨을 낳은 뒤에 나에게 말했다. 영화관에서 나를 발견하고서, 내가 그곳에 있다는 사실이 좋았다고. 비록 그 때문에 그들의 첫 키스가 며칠 연기되기는 했지만. 라이언은 아직 살아 있을까?

그들 모두를 다시 만나게 되기를 바라지만, 기도는 하지 않는다. 종교는 내가 살면서 한시도 할애해본 적 없는 헛소리이고, 역병이 나에게 새로운 종교적 헌신의 대상을 찾으려는 열망을 불어넣지도 않았기 때문이다. 만약 이 모든 것을 벌인 놈이 저 윗동네 개자식이라면, 기도를 올려 그의 기분을 흡족하게 하지는 않을 것이다. 변태 새끼.

그렇다, 나는 지쳤다. 이제 글을 쓰는 것조차 힘에 부친다. 이제 자러 갈 것이다. 프랜시스, 이미 이전에도 백 번은 들었겠지만 아무리 말해도 모자라. 당신이 상상하는 것보다 훨씬 더 많이 사랑해. 보고 싶어. 당신을 다시 보게 되길 바라. 그리고 비록 볼 수 없게 되더라도, 제발 당신이 나를 세상에서 가장 행복한 남자로 만들어줬다는 사실만은 잊지 마.

아, 맞다. 그리고 당신이 내 시신을 돌려받아 장례식을 연다면, 반드시 모두가 나를 추억하며 맛있는 스테이크를 즐길 수 있게 해줘. 베어네이즈 소스를 곁들여 미디엄레어로. 그리고 감자튀김도.

리사
캐나다 토론토

드디어 집이다. 오늘도 자정이다. 해가 긴 7월이 다가온 것에 아무 감흥이 없기는 아주 오랜만이다. 해를 볼 일이 없다. 나는 어스름한 새벽에 일어나서 깜깜할 때 들어온다. 다정하고 환상적인 마고는 주방 카운터에 레드와인 한 잔과 아름다운 손 글씨로 쓴 메모를 남겨놓았다.

당신은 할 수 있어, 계속해. 하지만 우선 잠 좀 자.
M. x (혹시 잘 안 풀린 날이었다면, 와인도 한 잔)

누구도 우리가 함께 살 거라고는 생각하지 않았다. 캠퍼스에선 교수진 사이에 이런 대화가 오갔다. '리사 마이클과 마고 버드가 사귄다는 얘기 들었어?' 그렇다, 용처럼 사나운 여자 과학자와 미녀 역사학 교수가 커플이라니! 상극은 서로 끌린다. 물과 기름이랄까? 왜, 진부한 표현들 있지 않나. 내 학생들은 그보다는 덜 놀랐다. 나는 깐깐하기는 해도 공평하다. 쉽게 A를 받고 싶은 사람은 여기서 나가, 나는 대놓고 말한다. 하지만 대체로 실력 있는 학생

245

이 나의 가장 충성스러운 옹호자가 되는 경향이 있다. 마고는 당연히 모두에게 사랑받는다. 그녀의 강의들은 인기가 대단해서 온라인 수강신청 페이지가 열리는 즉시 등록해야 한다. 그녀가 스타디움 투어를 다니며 매진 행렬을 기록하는 록스타라도 되는 것처럼.

나는 와인에는 손을 대지 않고—가뜩이나 아침에 생각할 것 천지인데 두뇌가 흐리멍덩하기까지 해서는 곤란하다—바로 침대로 쓰러진다. 마고의 등을 안자 그녀의 온기와 포근한 체취에 어깨의 긴장이 풀리는 느낌이다.

"안녕." 그녀가 내 예상보다는 훨씬 덜 졸린 목소리로 말한다.

"안녕." 나는 그녀의 이마에 잽싸게 쪽 입을 맞추며 대답한다.

"생각 좀 하고 있었어." 그녀가 말한다.

우리의 많고 많은 차이점 가운데 하나는 마고의 두뇌는 밤 시간에 최고의 사고력을 발휘한다는 것이다. 나는 잠의 유혹을 뿌리치고, 간신히 무슨 생각이냐고 되묻는다.

"리사는 백신을 발명하면 어떻게 할 거야?"

나는 즉시 함박웃음을 짓는다. 그녀는 나를 한없이 신뢰한다. 영광이 아닐 수 없다.

그녀가 일어나 앉자, 긴 적갈색 머리카락이 침대에 희미한 그림자를 드리운다. "나 진지해. 그냥 백신을 세계에 선사하면 그걸로 끝이야?"

"절대로 '거저' 주지는 않을 거야. 그렇게 내줄 거면 이렇게 열심히 하지 않았지." 그렇게 한참 뒤까지 생각하려니 머리가 지끈거리기 시작한다. 나는 약 일주일 단위로 끊어 일을 처리하는 사람이고, 그것 말고는 생각할 여력이 없다. "제대로 생각해본 적은 없지만."

"설마, 해봤으면서." 마고의 어조는 단호하다.

"그야 그렇지만, 발견에 대해서만 잠시 생각한 게 고작이야. 사방에서 축하받고 당연히 노벨상을 탈 거라는 생각 이상은 안 해봤어. 뭐, 요즘도 상을 준다면 말이지. 난 딱히 아무 계획 없는데?"

마고가 침대 밑의 스탠드를 켜고 나는 눈이 부셔서 빛을 가린다. "그럼, 이제부터 계획을 세워야 해. 내 말 잘 들어, 리사. 신중해야 한다고. 일단 당신이 백신을 발명하면 상황은 통제불능으로 돌아갈 거야. 유사 이래 수많은 발명가들이 자기 업적에 대한 합당한 보답이나 인정을 받지 못했어. 이건 자기한테는 일생의 역작이 될 거고, 당신은 이 업적으로 사람들에게 기억돼야 해."

그녀가 나를 뚫어져라 바라본다. 나는 그녀를 너무나 사랑한다. 당장 이 문제를 생각하기에는 너무 피곤하지만, 그녀가 하는 말에는 석연치 않은 일말의 진실이 도사리고 있다. 그 후에 무슨 일이 벌어질까? '캐나다 과학자들이 백신을 개발했다.' 이렇게 각주에 들어가는 정도로 그친다면 나는 참을 수 없을 것이다. 분통이 터져 죽을지도 모른다. 아니, 백신은 '내가' 개발할 것이다. 국적으로만 확인되는, 얼굴도 이름도 없는 일군의 과학자들이 아니라.

"생각해봐." 그녀가 불을 끄며 말한다.

우리는 다시 한번 태연히 서로의 몸에 파고들지만, 나는 잠들려면 몇 시간은 걸릴 것을 알고 있다. 이 불확실성이라는 수류탄이 내가 상상하는 미래 속으로 투척된 이상.

나는 참지 못하고 묻는다. "어쩌다 그런 생각을 했어?"

"나는 여성 예술가와 발명가 들이 자신의 업적을 어떤 식으로 도둑맞았는지를 수십 년간 연구한 르네상스사 교수야, 리사. 그 대단한 두뇌는 뒀다 뭐 해?"

엘리자베스
영국 런던

모든 것이 제자리를 잡아가고 있다. 봄이 가고 여름이 오듯, 역병에 대한 취약성의 원인이 되는 유전자를 알아내고 바이러스의 기원을 파악하자 우리는 곧 면역 검사법을 만들어냈다. 혈액 검사를 할 과학자 없이도 단순한 기계만 있으면 어디서나 손가락 채혈 검사로 역병 바이러스의 유전자 표지를 확인할 수 있다. 우리는 어제 기자회견을 열었고 조지, 아마야, 나는 카메라와 전화기와 수첩을 들고 운집한 여성들 앞에 섰다. 나는 아주 자랑스러웠다. 바이러스에 취약한 남자들이 감염의 위험 없이 면역 검사를 받을 수 있는 방법을 고안해내는 과제가 아직 남아 있지만, 처음으로 나는 희망을 느꼈다. 나는 세계적인 명성을 누리는 팀의 일원으로 일하고 있고, 우리는 역병 연구의 최첨단을 걷고 있으며, 만약 계속 이런 식으로 진행된다면 대략 일 년 후에는 백신을 손에 넣을 수 있을 것이다.

아마야와 함께 일하는 경험은 내 삶을 변화시켰다. 그녀가 실제로 자신의 발견으로 세계를 변화시키고 과학자로서 나를 성장시키기도 했지만, 무엇보다 그녀의 태도 때문이다. 몇 주 전, 우리가 그녀와 함께 일하기 시작했을 무렵 나는 조지에게 말했다. "이거 뭐죠? 연구실 분위기가 달라졌어요. 좋은 쪽으로요."

그는 말없이 아마야를 가리켰다. 그녀는 유리벽으로 된 자신의 연구실에 앉아 보고서를 읽고 있었고, 그것으로 모든 것이 설명되었다.

내가 초조해할 때 그녀는 침착하다. 내가 때로는 망상에 가까운 낙관주의로 사람들의 기분을 띄우려고 할 때, 그녀는 모든 결과를 아우를 수 있는 계획을 세운다. 내가 두려움과 백신을 찾겠다는 일념에 사로잡혀 나 자신을 몰아붙일 때, 내 친구들과 사이먼은 억지로라도 내가 삶을 좀 즐기도록 만들었다. 나도 이제는 정말로 좀 그럴 생각이다. 그렇다고 내가 레이브 파티에 가는 일은 없겠지만. 하긴 요즘 레이브 파티를 하는 곳이 있기는 한가? 광고는 하나? 어쨌든 그들은 내가 제 발로 걸어 들어가고 있던 워커홀릭의 늪에서 나를 꺼내주었다. 나는 잠도 자고, 잠시 쉬기도 하며, 나를 웃게 하는 사이먼과 시간을 보낸다. 그는 리젠트 공원—'런던에서 가장 과소평가된 공원'—에서 자신이 가장 좋아하는 장소로 나를 안내해준다. 그는 볼로네제 스파게티를 만들고, 나는 그에게 비스킷이 무엇인지를 가르쳐주고(영국식 비스킷 말고 내가 좋아하는 종류의 비스킷), 햄스테드에 있는, 책으로 가득한 그의 작고 따뜻하고 아늑한 아파트의 소파에서 꼭 붙어 함께 텔레비전을 본다.

이따금 꿈인지 생시인지 내 뺨을 꼬집어보고 싶지만, 그럴 때마다 마음속으로 되뇐다. 나는 좋은 것들을 누릴 자격이 있고, 어쩌면, 아주 어쩌면 사이먼과 나는 천생연분일지도 모른다고. 아주 오랜만에 나는 감히 계획이라는 것을 세운다. 사이먼은 결혼에 대해, 혹시 언젠가 내가 미국으로 돌아가고 싶어지지는 않을지에 대해 이야기하고, 아기 이름으로는 뭐가 좋을지 묻는다. "딸이면 로즈, 아들이면 아서." 내가 대답한다. 어리둥절하고도 설렌다. 갑자기 너무 큰 행복이 찾아오니 때때로 얼떨떨하다. 왜 나지? 곧이어 나는 혼자 런던으로 떠나오고, 나를 팀장 대행으로 삼으라고 조지를 설득하고, 사이먼에게 데이트를 신청하고, 먼저 몸을 내밀어 그에게 입을 맞췄던 나의 용감한 행보를 떠올리며 생각한다. 이중에 내가 거저 얻은 것은 아무것도 없어. 나서서는 안 될 이유가 뭐지?

　일은 여전히 힘들고, 하루하루는 길기만 하다. 때로는 너무 고되고 따분하게만 느껴져 다 필요 없고 하늘에서 백신이 뚝 떨어져줬으면 싶지만, 그래도 우리는 진전을 보이고 있다. 우리에게는 구체적이고 실질적인 성과—유전자 서열을 규명했고 검사법을 고안했다—가 있고, 그래서 세상을 향해 말할 수 있다. "보세요, 우리는 잘하고 있어요. 우리는 좋은 일을 했어요. 우리는 이것도 이겨낼 겁니다."

캐서린
영국 런던

집은 으스스할 만큼 고요하다. 예전에 나는 사람들이 잠든 집과 아예 빈집의 소리가 어떻게 다른지 알지 못했다. 그 차이는 아주 극명하다. 전에는 그것을 전혀 알아차리지 못했다는 것이 믿기지 않을 정도다. 나는 식탁에서 일하고는 했다. 그동안 앤서니는 우리 침실에서 곤히 자고 시어도어는 그 옆방에서 곯아떨어져 있었다. 내가 일하는 동안 집은 고요해도 충만했고, 한 층 위에 가족들이 무사히 있다는 사실로 흐뭇했다. 지금은 어찌나 휑한지 집안의 문들을 꼭 닫고 대부분의 시간을 주방에서 보낸다. 마치 그런 눈속임으로 이곳 너머에 존재하는 거대한 무덤을 머릿속에서 지울 수 있다는 듯이.

나는 대부분의 시간을 혼자 보낸다. 말 한마디 하지 않는 나날이 이어진다. 피비가 전화를 걸고 메시지를 보내 자신이 런던에 돌아왔다고 알리지만 나는 답할 수 없다. (그녀는 내게 마치 해결해야 할 과제처럼 느껴지는데, 좀처럼 행동이 따라주지 않는다.) 나는 전화기 액정에 그녀의 이름이 뜨기만 해도 속이 울렁거려서, 전화기가 잠잠해질 때까지 번번이 엎어둔다. 그녀와 대화하다가 울음을 터뜨리거나 악쓰지 않을 자신이 없다. 둘 중 어느 쪽이 더 끔찍할지 모르 겠다. 절망과 분노. 그녀는 어느 쪽도 감당할 수 없을 것이다. 내가 무슨 말을 하면 좋을까? '유감이야. 네가…… 아무도 잃지 않아서. 네 남편이 살아 있고 너에게 아름다운 두 딸이 있어서 정말 기뻐. 물론 나에게 딸이 없다는 사실이 가슴에 대못이 박힌 것처럼 아프 기는 하지. 나는 잘 못지내. 사랑하는 사람을 모두 잃었잖아. 그런 데 너는 어떻게 지내?' 삶을 박탈당하지 않았다는 이유로 누군가 를 미워한다는 것이 비합리적이라는 것은 알지만 지금 내가 합리 성까지 갖추기란 무리다. 리비도 이따금 전화를 걸어오지만, 그녀 는 여전히 마드리드에 발이 묶여 있고 나는 런던의 내 집에 있다.

고통스럽게도, 고된 정규 업무 없이 집에서 혼자 지내는 요즘의 생활은 출산 휴가를 떠올리게 한다. 대화 상대라고는 아기뿐인, 끝 없이 이어지던 시간들. 시어도어가 예정일보다 아주 일찍 태어나 서 나는 부모되기 학교 동기들이 뒤뚱거리며 앙증맞은 카디건과 모자를 사러 다니는 동안 주방에서 진짜 아기를 태운 유모차를 밀 고 다니며 제발 잠 좀 자라며 어르고 있었다.

오늘, 세계가 산산조각 난 이래 처음으로, 나는 출근할 것이다. 유니버시티 칼리지 런던은 전국의 나머지 49개 대학과 마찬가지 로 개강할 것이다. 교육 체계를 유지하려는 시도이다. 정부는 교사, 간호사, 변호사, 엔지니어, 그리고 장차 우리 사회를 구성할 다른 모든 직업을 존속시켜야 한다고 말한다. 아직 나에게 할 일이 남아 있다면야 나는 찬성이다. 나의 다정한 상사 마거릿이 어제 나에게 전화해 학교로 돌아와 달라고 했다.

주방에서 나는 비어가는 깡통에서 커피를 퍼 한 잔을 내린다. 앞으로 아주 오랫동안 커피는 구할 수 없을 터라 조금씩 아껴 먹고 있지만, 오늘은 중요한 날이다. 오늘 나는 커피 한 잔을 마실 자격이 있다. 나는 몇 주 전에 데번에서 돌아온 뒤로 크리스털팰리스 역을 한 번도 떠나지 않았다. 다른 사람들이 돌아다니는 광경, 눈 맞춤, 소음, 차도는 상상만 해도 견디기 힘들었다. 마치 살갗이 한 꺼풀 벗겨지기라도 한 것처럼. 그러나 오늘 나는 크리스털팰리스 역에서 빅토리아로 가는 기차를 탄다. 전에는 한 시간에 넉 대씩 다녔고, 열차는 늘 전화나 신문을 들여다보는 통근자들로 만원이었다. 이제 열차는 한 시간 반에 한 대만 운행하고, 여자들로 만원이다. 남자는 백지에 떨어진 잉크 얼룩처럼 어쩌다 한 명씩 끼어 있을 뿐이다.

열차에서 나는 앤서니가 아주 좋아했던 아슬아슬하면서도 잘 읽히는 범죄소설을 읽는다. 책은 해피엔딩이 좋다는 원칙에 따라 내가 줄곧 읽기를 꺼려왔던 종류다. 우리의 휴가철 독서 취향은 당혹스러울 만큼 성별이분법적으로 양분되었다. 나는 역사 로맨스 소설과 여성 작가의 소설. 앤서니는 범죄물과 전쟁-역사물. 나는 며칠 전 로맨스 소설을 읽어보려고 했지만 그 명랑한 분위기에 거부감이 들어서 탁 덮어버렸다. 이제 미스터리, 죽음, 테러, 최후의 정의구현에 대해 읽는 것이 더 편안하다. 설령 허구일지라도 남들의 행운에 대한 나의 독서 능력은 실종 상태다.

소설 속 탐정이 사건의 돌파구를 찾는 대목에서 열차는 빅토리아에 도착한다. 남아 있는 소수의 남성 및 여성 운전사들이 신입 기관사에게 열차 모는 법을 가르치는 동안, 지하철을 삼십 분씩 기다려야 하는 이 상황은 몇 달간 계속될 것이다. 나는 대체버스를 타고 덜컹거리며 런던을 가로지른다. 버스를 가득 메운 승객들은 모두 안색이 잿빛이고 정신이 산란해 보인다. 상상하건대 나도 그럴 것이다.

UCL 인류학과 건물의 내 사무실을 보자 눈물이 솟는다. 땅딸막한 정사각형 건물. 나에게는 제2의 집이다. 십 년 넘게 내 삶과 함께한 곳. 복도의 냄새도 똑같지만 예상대로 예전보다 텅 비어 있다. 나는 마거릿을 만나러 간다.

"요거 봐라, 웬 고양이가 기어들어왔네."* 마거릿, 직설적이고 듬직하며 다정한 내 상사가 언제나처럼 위태위태한 책 탑에 둘러싸여 책상 앞에 앉아 있다.

"오랜만이에요." 나는 자리에 앉는다. 여느 월요일 같다. 마치 변한 것은 아무것도 없다는 듯이.

"어떻게 지내는지 묻지 않을 테니까, 제발 나한테도 묻지 말아주게. 우리 중 누구도 당장은 극복하기 어려울 테니." 그녀가 말한다. 그녀의 남편과 아들, 딸이 찍힌 사진 액자가 뒤쪽 책장에 놓여 있다. 나는 그것을 흘긋 본 다음 다시 그녀의 단호한 얼굴을 바라본다. 몇 달 못 본 사이에 몇 년은 늙은 것 같다.

"일에 집중하자고. 기분을 차리는 데 2-3학년 생물학적 인류학 수업만 한 게 없지."

"기분이 아니고 기운이겠죠."

시간표를 두고 잠시 논의해보니, 죽은 동료들 몫까지 하려면 내 강의량을 두 배로 늘려야 할 판이다. 마거릿은 인류학과를 최대한 평상시처럼 운영하기로 결심했다.

"그럼, 자네가 이메일에서 언급한 이 프로젝트 말인데." 마거릿의 표정이 너무 완고하다. 그 일은 접으라는 걸까. "꼭 필요한 일이

* 캐서린의 애칭인 캣을 이용한 말장난.

지. 물론이야. 역병 이야기 채록. 역병이 어떻게 퍼졌고, 그 진원지에 있던 관계자들이 어떤 영향을 받고 어떻게 대처해왔는가를 기록으로 남기는 것. 평범한 사람들의 목소리를 통해 사회·문화적 영향을 이해하는 것."

마거릿은 슬픔으로 어지러운 내 두뇌가 이메일에 간신히 표현했던 것보다 훨씬 더 유창하고 정확한 설명으로 내 프로젝트에 대해 술술 늘어놓는다. 나는 그녀가 하는 말을 받아 적으며 동의의 뜻으로 고개를 주억거린다. "맞아요, 제가 생각하고 있던 게 바로 그거예요."

"더 완성된 꼴로 구상해보게, 그러고 나서 어떻게 발표할지도 의논해보자고. 아무래도 책이 가장 좋겠지? 학술논문은 아니야. 이건 대단히 중요한 작업이니까 학계에 국한되어서는 안 돼. 현재는 학술 기금이 뒤죽박죽인 상태지만, 우리는 형편이 괜찮아. 예비금이 있거든. 조사나 출장에 필요한 돈은 우리가 적정선 안에서 확보해보겠네. 바쁠 것은 알지만 내가 제시한 강의량을 소화했으면 하고, 출장이 필요하면 말만 하라고. 우리가 방법을 찾아볼 테니까. 가르치는 게 정 버겁다 싶으면 말하게. 강의 시간을 줄여줄 테니. 프로젝트가 우선이 되어야 해."

"고마워요. 정말 큰 힘이 돼요."

"밀린 얘기는 언제 점심 먹으면서 제대로 하자고."

마거릿의 눈이 살짝 흐려지고, 나는 그녀에게 울지 말라고 소리 없이 애원한다. 그녀는 나에게 교장 선생님이나 선장, 군 사령관 같은 존재다. 혼돈 앞에서 강인하고 침착한 태도를 유지하는 것이 그녀가 할 일이다. 그녀가 무너진다면 나는 어떻게 할지 모른 채 길을 헤맬 것이다.

"지금은 일에 집중하자고요." 나는 조용히 말한다. "그럴 시간은 앞으로 많을 테니까요."

그녀는 고개를 끄덕이고 나는 그녀의 연구실을 떠난다. 아주 오랜만에 제대로 된 목표가 생겼다. 책임을 맡는 것 또한 환영이다. 마치 오래된 외투를 입은 듯 떠오르는 예전의 생활. 반갑고도 즐거운 전환이 된다. 이제 나에게는 아무 책임도 없다. 아이에 대해서도, 아내로서도, 딸로서도, 심지어 친구로서도. 하지만 이 일―도대체 무슨 일이 벌어졌는가를 기록하는 것―은 나의 책임이다. 나는 이 일을 해낼 것이다.

어맨더
스코틀랜드 독립공화국

　분만실로 걸어 들어가며 나는 불안해서 안절부절못한다. 조시를 낳을 때가 떠오른다. 스물여덟 시간의 진통, 하반신 마취 실패, 회음부 3도 열상. 괜히 아이를 둘만 낳은 것이 아니다. 그럼에도 나는 열망으로 뱃속이 꿈틀거린다. 아, 이 모든 것을 다시 할 수 있기를, 내 앞에 펼쳐질 기쁨으로 충만한 시기를 느끼며 앙증맞은 신생아를 품에 안을 수 있다면.

　오늘은 울면 안 된다. 추억에 잠기려고 여기 온 것이 아니다. 스코틀랜드 보건부의 공중보건 고문의로서 업무상 시찰을 해야 한다. 역병 직전에 임신된 아기들이 그들의 부모는 상상도 못 했던 세상으로 나올 때 분만실에서 벌어지는 일을 우리 중 한 명이 직접 보는 것이 좋겠다고 윗사람 중 누군가가 생각한 모양이다.

　"어맨더 맞죠? 안녕하세요, 루시예요."

　루시는 몰골이 말이 아니다. 피곤에 절어 얼굴이 거무칙칙하다. 이런 멍한 눈빛의 응급실 간호사와 의사를 하도 많이 봐서 그녀가 번아웃이란 걸 척 보고 안다.

　"할 만해요, 루시?" 내가 묻는다.

"그런 대화를 할 수 있는 상황이 아니에요, 어맨더." 그녀가 단호히 말한다. "저는 여기서 실오라기 하나 붙잡고 간신히 버티고 있으니까, 그걸 끊어먹지 말자고요."

"알았습니다. 의료에만 집중하겠습니다. 경력이 어떻게 되죠?" 내가 묻는다. 그녀는 아주 어려 보인다.

"이제 15개월 차예요. 일이…… 제가 상상했던 것 같지는 않네요." 대단히 심사숙고한 표현이다.

루시는 심호흡을 하고는 틀림없이 사전에 준비한 장광설을 시작한다. "이제 얼리셔를 소개할 거예요. 얼리셔는 선생님을 만나는 것에 동의했지만, 의사로서 오셨다고 생각할 거예요. 엄밀히 말하면 사실이니까 괜찮겠지요. 얼리셔는 물론 임신 당시에는 역병이 창궐할 때 아이를 낳게 될 줄은 몰랐을 거예요. 스트레스 때문에 분만 과정이 느려지고 있어요. 이런 일이 많았어요. 한동안은 분만실에 남자들이 들어오지 못하게 했는데 여자들이 숙주로 발견됐으니 뭐……." 그녀는 태연한 척 어깨를 으쓱하고는 말을 이었다. "제가 지난 육 개월간 분만을 도운 남아 284명 중 29명이 살아남았어요. 아기들은 대체로 몇 시간 안에 상태가 나빠지는데, 출산 직후 접촉을 통해 전염된다는 게 우리 생각이에요. 일단 세상에 나오면 어머니의 몸과 닿게 되고, 그러면……. 얼리셔는 자신이 낳을 아기가 아들인지 딸인지 몰라요. 이런 일은 흔하죠. 제 생각에, 산모들은 마지막 순간까지 딸일 거라는 희망에 매달리는 것 같아요. 하지만 산모의 몸은 보호본능이 발동하면 아이를 최대한 오래 품고 있으려고 해요."

루시는 말을 멈춘다. 나에게 무슨 말을 하고 싶은 것 같다.

"얼리셔의 남편이 여기 와 있나요?"

"아니요. 두 달 전에 죽었어요." 그렇게 말하며 루시는 희미한 등 몇 개만 켠 어두운 병실 안으로 나를 인도한다. 얼리셔는 하반신 마취 상태이고 유도분만이나 제왕절개수술도 염두에 두고 있다고 루시가 목소리를 낮추어 내게 말한다. 나는 가능한 한 덜 성가셔 보이도록 구석에 선다. 두 명의 조산사와 나이로 보아 수련의로 보이는 여성이 얼리셔에게 힘을 주라고 독려하지만, 누가 봐도 그녀는 정말로 애쓰진 않는다. 나는 그녀를 나무라지는 못하겠다.

삼십 분 뒤, 우리는 모두 손과 팔을 깨끗이 씻고 수술실에 들어와 있다. 제왕절개가 불가피해졌기 때문이다. 얼리셔는 겁에 질려 흐느끼며 몸을 떨고 있고, 그녀의 엄마가 그녀의 손을 잡고 있다. "여기 로니가 있었으면" 하고 그녀가 말하자 내 가슴이 미어진다. 우리는 다 함께 아기의 성별이 드러나기를 기다린다. 시간이 멈춘 것만 같다. 통상적인 절개와 격렬한 제왕절개 수술이 벌어진다. 전문의 수련의가 아기를 끌어낸다. 모두가 숨을 죽이고, 내 머릿속 상상이 어찌나 생생한지 아들임을 알리는 목소리가 수술실의 짙은 적막을 뚫고 들려오는 것 같다.

"딸이에요, 딸!" 마스크에 막힌 목소리로, 수련의가 외친다.

얼리셔는 울부짖기 시작하고 그녀의 엄마가 그녀를 감싸면서 어깨를 살며시 안아 올린다. 조산사가 아기를 데려가 씻기고 체중을 잰다.

"딸이에요!" 수련의가 또다시 울먹이는 목소리로 말하고는, 얼리셔의 수술 부위를 봉합한다.

"이름이 뭐죠?" 조산사가 아기를 얼리셔의 어머니에게 건네며 묻는다. 어머니는 얼리셔의 머리맡에서 울고 있는 분홍빛의 아름다운 아기를 안고서 모녀가 가까이 있게 해준다. "에이바." 얼리셔가 말한다. "로니는 늘 그 이름이 좋다고 했어요."

루시와 나는 마주 보며 웃는다. 우리는 에이바가 태어나기 전 무시무시했던 몇 분 뒤에 찾아온 안도감에 취한다. 나는 지난한 진통 끝에 마침내 의료진이 나에게 내 아름다운 아들을 건네던 순간의 환희를 떠올리고 만다. 그 안도감과 행복, 우리 앞에 펼쳐지던 함께할 시간. 그 시절의 내 삶과 기이할 만큼 지금 낯선 내 삶의 대비가 순간 너무 충격적으로 다가와, 주먹으로 목울대를 한 방 맞은 것 같다. '나는 이제 독신이다. 자식도 없다. 한때는 있었지만 이제는 없다.'

"이제 다른 데로 가보죠." 루시가 말하고, 곧이어 어안이 벙벙하고 공포로 속이 약간 울렁거리는 나를 이끌고 5번 분만실로 간다. 루시는 문을 열기 전 숨을 고른다. "이제 킴을 만날 거예요. 이미 딸이 셋 있어요. 남편은 면역이 있고요." 부러움의 눈물이 솟아 코끝이 찡해진다. 루시는 그런 나를 측은한 눈빛으로 바라본다. "산전 진료 때 저도 똑같이 반응했어요. 루시는 그저 운이 좋은 사람일 뿐이에요."

"루시는 넷째가 딸이라고 알고 있나요?"

"확신은 없겠죠, 하지만 제 경험상 같은 성별의 아이를 연달아 셋 낳았다면, 그럴 확률이 높아요."

우리는 얼리셔의 방에 감돌던 무거운 기운에 비하면 한결 침착한 분위기의 방으로 들어선다. 마음을 진정시키는 고래 울음소리, 공기 중에 감도는 라벤더 향, 킴의 등을 문지르고 있는 세심한 남편이 있다.

나는 조용히 나를 소개한다. 킴은 두 조산사의 도움을 받고 있다. 한 명은 양 무릎을, 다른 한 명은 양손을 잡고 있다. 다시금 아기가 나올 순간이 가까워지자 방 안의 긴장이 점점 고조되는 것이 느껴진다. 킴은 자궁의 수축 주기를 충분히 활용해서 챔피언처럼 아기를 밀어낸다. 나는 아기의 성별에 대한 통계 자료를 읽은 적이 있다. 루시의 말이 맞다. 만약 같은 성별의 아이를 세 명 연달아 낳았다면, 계속해서 같은 성별의 아이를 낳을 확률이 높다.

"자, 마지막으로 한 번만 더요." 한 조산사가 우렁차게 소리친다. 한 차례 울부짖으며 킴이 몸을 쥐어짜자 머리가 나온다. 몇 분 뒤 몸이 따라 나온다.

"아들이에요." 조산사가 허탈한 목소리로 말한다. 그녀의 얼굴이 창백해진다. 다른 조산사가 조용히 아기를 방 한켠으로 데려간다. 아기는 힘차게 울고 있고 안색이 좋다. 어느 모로 보나 완벽히 건강한 남아로 보인다.

"뭐라고요?" 킴이 마취 가스와 고통과 충격으로 혼미해져서 묻는다. "아들일 리 없어요. 우린 딸뿐이라고요."

"아들이에요." 조산사가 말한다. 조산사와 킴이 함께 태반 배출이라는 분만의 마지막 단계에 힘을 쓰는 동안 나는 그들로부터 돌아선다. 이제는 내가 침입자처럼 느껴진다. 이것은 너무 내밀하다. 나는 장례의 시작을 목도하고 있다.

"소아과는 어디에 있죠?" 내가 조용히 묻는다.

"소용없어요." 루시가 나직이 말한다. "면역이 있으면 살 거고, 아니면 죽을 거예요. 소아과는 현재 여아들과 역병 이외의 문제가 있는, 면역이 있는 남아들한테만 집중하고 있어요."

이 무자비한 조처는 산부인과를 속 빈 강정으로 만드는 것이나 다름없다. 나는 신생아에게 의료적 처치와 관심을 쏟는 데 워낙 익숙한 까닭에 심기가 불편하지만, 이것이 현실이다. 며칠 뒤에 죽을 운명인 아기에게 소중한 시간, 주삿바늘, 삽관, 식염수, 스테로이드를 낭비할 이유는 없다. 킴은 울지도 않는다. 충격으로 얼이 빠진 그녀는 시체처럼 창백하다. 내 의사로서의 본능으로 그녀가 내부 출혈을 일으키는 건 아닌지 검사하고 싶지만, 짐작하건대 그것은 며칠 뒤—몇 시간 뒤가 아니라면—죽을 것이 확실한 아이를 낳았다는 사실에서 비롯한 순전한 공포인 듯하다. 이곳에는 뭔가가 빠져 있다. 나는 그것이 무엇인지 생각해내려고 열심히 머리를 굴리다가 나 자신의 분만 과정으로 거슬러 올라가고, 그제야 깨닫는다. 안심시키는 말이 없다. 내가 아이를 낳을 때는 분만 도중에도 그 이후에도, 다 괜찮을 것이라며 계속 나를 위로하는 사람들이 있었다. "다 잘 아물 거예요." "다 왔어요. 멋진 사내아이예요." "처음 몇 밤이 가장 힘들고, 그다음부터는 차차 리듬을 찾을 거예요." 이곳에서는 안심시키는 말이 들리지 않는다. 할 수 있는 말이 없다.

루시와 나는 분만실을 떠나며 심호흡을 한다.

"아주 끔찍한 업무 환경이죠?" 그녀가 말한다.

나는 동의의 뜻으로 끄덕인다. "솔직히, 이 일을 어떻게 몇 달씩이나 해왔는지 모르겠네요. 저는 여기 온 지 두 시간도 안 됐는데 감정적으로 탈진 상태예요."

"이러려고 조산사가 된 건 아니에요." 루시의 눈에 눈물이 차오른다. 그녀를 품에 안고 등을 쓸어주고 싶다. "우리는 이 여자들과 몇 시간이고 함께 씨름하면서 사실상 몸을 찢어발기라고 독려해요. 그게 다 태어날 아기를 위해서인데, 이제는 이게 다 무슨 소용이죠? 몇 시간 뒤에 억장이 무너지게 하려고요? 전 이제 더는 못하겠어요. 일반진료 간호사로 옮기려고 지원해놨어요."

나는 고개를 끄덕인다. 아무 할 말이 없다. 뒤늦게 이렇게 웅얼거린다. "이해해요."

나는 그 후로 이틀간 루시와 함께 지내며, 역병 시대의 분만실 근무라는, 고양된 행복감과 공포의 롤러코스터 타기를 반복한다. 나는 네 명의 여자아이와 다섯 명의 남자아이가 태어나는 것을 지켜본다. 사흘째 근무가 끝나갈 무렵, 나는 완전히 지쳐서 퇴근하고 싶어 죽을 지경이다. 더는 한 명도 못 보겠다. 숨진 아기를 상상하며 무너져 내리는 어머니의 얼굴은 더는 못 보겠다. 이 산파들은 나보다 강인한 종자들이 틀림없다.

내가 뼛속까지 지쳐 침대로 직행할 요량으로 주차장으로 걸어나가는데 루시가 나를 쫓아 뛰어나온다. 내가 뭔가를 깜빡한 게 분명하다.

"잠깐만요! 킴의 아들요, 방금 들었어요!"

"그 애가 왜요?"

루시는 행복해서 빛나는 얼굴로 웃고 있다. "면역이 있대요! 지금 막 검사했대요. 스물네 시간 동안 아무 증상도 없어서, 혈액검사로 확인했대요. 면역이 있어요!"

내가 울음을 터뜨리자 루시가 나를 껴안는다. 우리는 에든버러 교외의 이 어두운 주차장에서 서로를 꽉 부둥켜안는다. 한 아기가 살아남을 거라는 소식에 눈물을 흘리는 두 여자.

"장해요." 루시가 말한다. "정말 장해요."

페이스

미국의 이름 없는 군사기지

만약 내가 수전의 얼굴에 주먹을 날리면 감방에 갇힐 확률이 얼마나 될까? 그때의 장점: 수전의 얼굴에 주먹을 날리는 행위 그 자체, 잠깐의 만족감, 수전이 나를 가만히 내버려둘 거란 것. 단점: 내 손이 부러질 수 있고, 수전이 그 일에 대해 계속 떠들어댈 수 있다. 수전은 애가 있지만 나는 애가 없으니, 감옥에 가는 건 별 문제가 되지 않을 것이다.

나는 한숨을 푹 쉰다. 늘 아이 얘기로 돌아온다. 나는 수전이 지껄이는 헛소리에 도로 집중한다. 그녀가 여기 와 있다는 것조차 이해가 되지 않는다. 그녀는 우리가 군인 배우자였을 때도 나를 좋아하지 않았고, 이제 군인 과부가 되었다고 나를 더 좋아할 리도 만무하다.

"있잖아!" 그녀는 아주 신나 보인다. 뭔가 소문을 갖고 온 모양이다. "육군에서 군인을 뽑는데 우리를 우선적으로 선발할 거래!"

"너랑 날?" 내가 멍청하게 묻는다. 이해가 되지 않는다. 수전은 눈알을 굴리고, 손질하지 않은 빽빽한 눈썹을 치켜올린다.

"아니, 바보야. 군인 아내들 말야. 우리는 이미 기지에서 생활하고 있고 '그 일이 요하는 것에 대한 이해'가 있으니까." 그녀가 재미있다는 듯 양손으로 따옴표를 만들며 말한다. "끝내주잖아!"

그녀는 기대에 찬 눈으로 나를 바라본다. 옛날에는, 대니얼이 죽기 전에는, "그래, 끝내주네, 와우." 하고 맞장구를 쳐줬겠지만, 이제는 굳이 그럴 것도 없다. 대니얼은 죽었다. 수전과 내가 잘 지내든 말든, 그건 이제 대니얼과 그의 부대원들에게 중요치 않다. 그리고 나는 원래 그런 것 따위는 상관하지 않았다.

"그러든지, 나쁜 생각은 아닌 것 같은데."

수전은 입술을 삐죽거리고는 고개를 한쪽으로 까딱한다. 마치 내가 바닥에 오줌을 싼 아기라도 되는 것처럼. "그럼 애들은 어쩌지? 애 볼 사람이 없잖아. 군에서 왜 이렇게 우리를 뽑으려 들까?" 그녀는 말을 멈추고 숨을 고른다. "하긴 자기는 나랑 상황이 다르지. 자기처럼 애 없는 여자들이야 문제될 게 없으니까."

나는 받아치지도 분통을 터뜨리지도 않는다. 나는 내가 무슨 짓을 할지 정확히 아는데, 그리 자랑스러운 행동은 못 된다. 지금이 내 최고의 상태는 아닐 테지만, 아니, 어쩌면 그럴 수도 있겠다. 솔직히 말해 내가 그녀의 입에 주먹질을 퍼붓지 않는 것을 다행으로 여겨야 한다. 나는 식탁 의자를 박차고 일어나, 그녀의 손에서 커피잔을 빼앗고, 내가 마시던 물잔의 물을 그녀의 정수리에 쏟아붓는다. 그녀의 얼굴이 커피를 빼앗긴 것에 놀라 멍해졌다가 도저히 믿을 수 없다는 듯한 표정으로 바뀌고 이어서 갑작스러운 한기와 축축함에 질색하는 모습이 슬로모션으로 이어진다.

"닥쳐, 수전. 그리고 내 집에서 썩 꺼져." 수년간 혀 뒤편에 머금고 있던 그 단어들을 내뱉는 기쁨은 유달리 달콤하다.

수전이 입을 떡 벌리고 나를 쳐다본다. 그녀의 의자가 밀려나며 바닥을 긁는다. 염색한 그녀의 머리칼이 엉망으로 두 뺨에 척 들러붙어 있다. "아주 제정신이 아니구나! 난 네가 미친년이라고 누누이 사람들한테 주의를 줬었지. 저 여자 곧 맛이 갈 거라고."

"분명히 말했어, 수전. 당장 꺼져."

수전은 내 집에서 나가는 와중에도 계속 지껄여대더니, 문을 쾅닫고 떠난다. 제대로 내쫓았다. 수전도, 내 정체성의 일부도. 차분하고, 즐겁고, 주의 깊고, 기댈 만한 군인 아내. 남편과 나는 앨라배마 주 매디슨 시의 나이트클럽에서 만났다. 세상에서 가장 시시한 방식으로 일생의 사랑을 만난 셈이다. 당시에는 몰랐지만 군인과의 결혼은 그저 동반자 관계를 맺는 것이 아니었다. 그것은 하나의 정체성이고 나는 그것에 늘 저항해왔다. 남편이 배치를 받을 때마다 나는 기지를 떠나 이 주간 메인 주의 우리 집에서 지냈고, 그가 일 년 이상 떠나게 되면 내 부모님 집으로 들어가 그곳의 종합병원으로 직장을 옮겼다. 그는 아내도 함께 이동하는 것이 불가능한 지역으로만 발령이 나는 듯했다. 위험한 곳, 아주 먼 곳, 무시무시한 곳들로 보내졌다. 그래서 나는 남편 없이 살아가기 위해 최선을 다했고, 기지를 떠나 생활하며 일했다. 모두가 두려워하는 방식으로 돌아올 남편을 기다리는 다른 아내들을 보기가 너무 괴로웠다.

역병이 찾아왔을 때 대니얼은 독일의 파견지에서 막 돌아온 참이었다. 내가 '그와 함께 유럽으로 갔더라면' 하는 생각을 얼마나 많이 했던가. 전에도 아내와 함께 이주해도 좋다는 허가가 떨어진 적은 없지만, 함께 그곳에 갔더라도 나는 병원에서 일할 수 없었을 것이다. 그래도 우리는 세상이 무너지기 전 여섯 달은 함께 보낼 수 있었을 텐데. 그는 집에 온 지 고작 사흘 만에 현역 군인들은 전원 복귀하라는 호출을 받았다. 다만 이번에는 미국이었다.

대니얼의 부대는 생존이라는 면에서 가장 탁월한 축에 속했다. 단지 외로운 과부가 과거를 장밋빛 시선으로 돌아보며 하는 소리가 아니다. 어떻게, 왜, 대니얼이 5월까지, 그의 부대에서도 가장 마지막까지 살아남았는지 나는 알지 못한다. 그중 면역이 있는 사람은 아무도 없었다. 나는 통화할 때마다 그에게 탈영하라고 애원했다. 그들이 뭘 어쩌겠어—쏘기라도 할까? 그는 이미 죽을 목숨이었다. 아마도. 우리는 그에게 면역이 있기를 바랐지만 육군에서 실시한 검사 결과 그는 음성으로 판명되었다. 나는 그저 그와 시간을 더 보내고 싶었다. 조금이라도 오래 그의 아내이고 싶었다.

하지만 만약 진실된 마음으로—용기와 영예로 빛나는 애국주의적 이유로—입대한 남자와 결혼한다면, 그가 죽는 최후의 그날까지 자신의 임지에 머문다고 해서 놀라서는 안 된다. "나는 사람들을 돕고 있어." 대니얼은 내가 보채고 울고 애원할 때마다 늘 인내심 있게 나에게 말했다. "도와줘." 나는 대답했다. "제발 나를 도와달라고."

이제 이렇게 과부가 된 나에게 실낱같은 위안이 있다면 이제 더는 사람들의 호감을 살 필요가 없다는 것이다. 다른 군인 아내들은 언제나 나를 이상하다고 여겼고 이로써 나는 그들의 모든 의심을 사실로 확인해주었다. 우리는 모두 과부들이고, 아마도 서로를 지지해야 하겠지만, 오늘날 '과부'는 세상에서 가장 보편적인 타이틀이다. 그래도 당연히 괴롭다. 수많은 사람들이 함께 겪는다고 해서 나아지는 것은 없다. 오히려 더 힘들어진다. 왜냐하면 그 슬픔이 특별할 게 없기 때문이다. 애도에 대한 승인도 존중도 없다. 빌어먹을 온 세상이 상중이다. 거의 모든 남자들이 죽은 마당에 남편 하나 죽은 게 무슨 대수인가? 수십억 명의 아들과 아버지와 형제,

그래, 남편이 죽은 마당에 한 여자의 슬픔이 뭐라고.

하지만 내가 수전에게 물을 끼얹은 것은 슬픔 때문이 아니었다. 전혀. 나는 아이가 없고, 그것이 나의 치명적인 급소임을 아는 그녀가 부러 거기에 칼을 꽂았기 때문이었다. '무자녀child less' 대신 '비출산child-free'이라는 단어를 써야 한다는 건 나도 알지만, 까놓고 말하면, 헛소리다. 우리 중 대다수가 아이가 없는 것은 선택의 결과가 아니다. 대니얼과 나는 결혼 즉시 아이를 가지려고 했다. 대니얼이 세상을 떠났을 때 우리는 결혼 5년 차였다. 그사이 나는 여덟 번 임신했고 번번이 유산했다.

그러고 나면 사람이 좀 이상해진다. 정말이다. 정신이 나간다. 내가 신생아실 간호사라는 사실은 도움이 되지 않았다. 하지만 내가 뭘 어쩌겠나? 일을 관두나? 나를 제정신으로 붙들어주는 유일한 것을? 대니얼이 죽었을 때 내가 대비하지 못한 가장 낯선 감정 가운데 하나는 안도감이었다. 그가 죽어서 안도한 것이 아니다. 절대로. 하지만 사람을 소진시키는 그 모든 슬픔의 안개에서 벗어난 뒤 머릿속을 여기저기 찔러보니, 그랬다, 안도감이 있었다. 엄마가 될 가능성이 사라졌다는 안도감. 나는 오직 엄마가 되기만을 원했다. 임신하고, 마침내 아이를 낳고, 수유를 하느라 뜬눈으로 밤을 지새고, 피곤하다고 불평하고, 갈색 눈의 작은 소녀가 진지한 표정으로 유치원 친구들과 함께 무대에서 '반짝반짝 작은 별'을 부르는 모습을 지켜보고, 울음을 터뜨리는 것. 그것이 내가 바란 전부였다.

아무도 말해주지 않는 불임의 가장 힘든 점은 희망이다. 가장 고통스러운 부분은 잘못되는 것이 아니다. '배짱 좋게도' 이번은 다르리라 믿었던 희망의 배신이다. 매번 실패할 줄 알면서도 실패하지 않기를 바라며 또 시도하고 또 실패하고, 또다시 시도하고 또 다시 실패하는, 가슴 찢어지는 희망 고문이다. 남편도 없고 세계의 남성이 10퍼센트밖에 남지 않은 세상에서 내가 엄마가 되는 일은 없을 것이다. 명백한 사실이다. 난생처음으로 나는 확신했다. 나는 임신하거나 아이를 낳지 않을 것이다. 최근 시도한 체외수정에서 우리의 마지막 냉동 수정란도 다 써버렸다. 대니얼의 냉동 정자도 나의 냉동 난자도 이제는 없다.

그러고 얼마 후 더는 신생아실 간호사로 일할 필요가 없어졌다. 그것은 또 다른 안도감이었다. 나는 내 직업을 사랑했다. 이 무시무시하고 냉혹한 세상에 너무 일찍 태어난 자그마한 아기를 보살필 때마다 나는 세 가지를 생각했다. 아기는 잘 숨쉬고 있나? 잘 먹고 있나? 만약 내가 아기 엄마라면 이 상황에서 어떻게 해주기를 바랄까? 나는 정말로 '훌륭한' 간호사였고, 나에게는 내 일이 필요했다. 내 일과, 함께 일하는 동료들이 없었더라면 난 이미 망가졌을 것이다. 하지만 한편으로 그건 마치 미술 갤러리에서 경비원으로 일하는 실패한 예술가 혹은 서점에서 일하는 실패한 작가의 삶과도 같았다. 그곳에서 당신은 원하는 것에 참으로 가까이 있으면서도 참으로 동떨어져 있다는 사실을 계속 떠올리게 된다. 비록 그 갓난아기들이 살아남기 위해 용쓰는 자그마한 외계 생명체 같다 해도 아기는 아기였고 그들의 엄마는 엄마가 된 것이었다.

병원으로부터 내가 더는 신생아 병동에서 일할 필요가 없다고, 이제부터는 종양학 수련 과정을 시작해야 한다는 말을 들은 날, 나는 집으로 돌아오는 차 안에서 내내 울었다. '더는 그걸 안 해도 돼. 이제 더는 안 해도 돼, 하느님, 감사합니다.'

수전과 나의 가장 큰 차이점은 수전은 역병이 터지기 전 자신의 삶을 사랑했다는 점이다. 그녀는 자신의 남편에 대해 애증이 엇갈리는 태도를 보였다. 원래 금실이 좋지 않았다. 하지만 그녀 자신의 삶은 완벽했다. 그녀의 남편은 그녀를 성가시게 하는 일이 거의 없었고, 하나같이 운동신경이 뛰어나고 인기 많은 세 딸이 있었다. 수전은 기지에서 사교 모임을 이끌었고, 그녀의 어머니가 그랬듯 무료해하면서도 험담을 즐기는 중년 가정주부 대열에 서서히 합류하고 있었다.

역병이 전방위로 우리 모두를 공격하기 전, 나는 남편을 사랑했지만 내 인생은 싫어했다. 나는 망가지고 실망스러운 내 몸을 싫어했다. 그 반대를 뒷받침하는 온갖 증거에도 불구하고 내가 망가지지 않았다고 나를 안심시켜주는 지지모임에 19회나 참석했지만 나는 여전히 내 몸이 싫었다. 마음 한편으로는 나의 불임 사실을 매일같이 직면해야 하는 내 일도 싫어했다. 남편이 너무 자주 나가 있는 것이 싫었고, 남편이 지독히 그리웠다. 그리고 내 삶을 시시하고 무의미하다고 깔보는 수전 같은 여자들이 죽도록 싫었다. 마치 그녀가 충분히 인정받지 못하는 테레사 수녀처럼 모성의 제단을 모시며 피땀 흘려 일하는 동안, 나는 주중에 밤마다 몰래 집을 빠져나가 불법적인 레이브 파티를 즐기기라도 하는 것 같았다.

그러니까, 맞다, 나는 그 군사 모집에 조금 흥분된다. 다 덤벼. 나는 십 년 넘게 간호사로 일했다. 나는 다른 뭔가를 시도할 준비가 됐고, 내가 잘할 수 있으리라는 것을 안다. 고약한 일도 제법 겪었다. 수많은 아기들이 죽는 것을 지켜보았다. 나 자신도 여덟 명의 아이를 잃었다. 남편을 잃었다. 수전 같은 여자를 아침으로 씹어 먹을 수도 있고, 도로 토해낼 수도 있다.

이튿날 메일함에 이메일 한 통이 도착한다. 거기에는 내가 궁금해하던 모든 내용이 들어 있고 하단에는 마술상자가 하나 있다.

'최고 과정에 지원하고 싶으시다면 클릭하세요. 추가 양식 포함.'
육군은 위기 상태다. 당연하지. 군사를 모집한다. 물론 그럴 테지.
하급 간부들이 필요할 것이다. 나는 고속 진급 직무에 지원할 수
있을 것이고, 만약 선발되면, 기초 훈련을 마친 뒤에 일병이 될 것
이다. 대니얼이 알면 정말 기뻐했으리라. 그가 늘 그랬듯 사랑스럽
고 따뜻하고 자랑스러워하는 미소를 띤 채 나를 바라보는 모습이
눈앞에 선하다. 나는 양식을 작성하고, 내가 왜 그들이 바라는 자
질을 갖춘 인재인지를 설명한다. '회복력이 뛰어나다. 극도의 압박
감도 이겨낼 수 있다. 통솔하기를 두려워하지 않는다. 빨리 배운다.
신체적으로 건강하다. 체력을 많이 요하는 임무를 수행한 경력이
있다.'

　나는 내가 뽑히리라 확신한다. 다시 일주일이 흐르고, 올 게 왔
다. 프로그램의 요구 사항을 설명하는 추가 서류가 담긴 커다랗고
두툼한 우편봉투가 도착했다. 훈련에 나가기 전 이틀 동안 얼굴에
서 웃음이 떠나지 않았다. 수전과는 달리 나는 절차에 따른 업무,
위계질서, 생사를 오가는 상황들을 포함하는 고스트레스 고위험
직군에서 십 년 넘게 일해왔다. 오늘은 내 인생에서 가장 만족스러
운 날이다. 기초 전투훈련의 첫날, 나는 고속 진급 직무 채용으로
가는 오른쪽 문으로 들어서고, 수전은 이에 놀라서 얼 빠진 표정으
로 왼쪽 문으로 들어간다.

던
영국 런던

아, 일이 효율적으로 돌아가니 정말 좋다. 정확히 오후 2시가 되기 1초 전에 재키 스토킷에게 전화가 왔다. 한때 비행 마일리지를 쌓던 것처럼 임무를 차곡차곡 쌓아온 지난 몇 달 동안 나는 종종 머리 위로 이런 플래카드를 달고 다니고 싶었다. '매너 몰라? 시간 엄수!'

나는 '인디애나 징집'의 수장이 시간을 엄수한다는 사실에 놀라기보다는 감사함을 느낀다. 우리는 현재 그녀가 일하는 방식을 알아야 하고, 한시가 급하다. 지금까지 우리는 특채 정책만 실시했다. 이를테면 더 광범위한 노동 체제의 골자가 나오고 그것이 의회에서 통과될 때까지 모든 보건 노동자, 병력, 공무원, 응급구조 대원들은 의무적으로 전일제로 일해야 하고, 피부양자가 있을 시에만 시간제 근무가 가능하다. 나머지 국민들은 모두 각자의 판단에 따라 자유롭게 일하거나 일하지 않을 수 있는데, 이게 제대로 돌아가지 않고 있다. 나라가 곤경에 처한 것이다.

우리가 재키와 대화 중이라는 사실은 철저히 대외비이다. 미국식 징집은 떠들썩한 뉴스거리일 테고, 상황이 예측 불가능할 때는 국민을 놀라게 해서 좋을 게 없다. 내부무 장관 질리언이 이 일의 추진 여부를 결정할 테고, 나는 예상되는 혼란에 대한 대비책을 세울 것이다.

재키 스토킷은 바쁘신 몸이다. 통화 약속도 간신히 잡았다. '인디애나 징집'은 농땡이 부리는 인간들을 위한 곳은 아닌 듯하다.

"안녕하세요!" 재키가 말한다.

"이렇게 시간을 내주시다니 친절에 감사드립니다, 재키."

"옳으신 말씀입니다. 제가 좀 친절하지요. 인디애나의 수호성인이 바로 접니다." 그녀가 웃어젖힌다. 이 여자가 내가 그 빌어먹을 전기기사들을 선발했던 것보다 빨리, 세계 최초의 징집 프로그램을 만들어낸 비결을 알겠다.

"자, 이 성인의 귀하신 시간을 한 시간이나 잡아먹으시겠다니, 말씀해보십시오, 무엇을 도와드릴까요?"

"당신이 아는 것을 전부 알려주세요." 내 오른편에 앉은 질리언이 개방형 질문을 던지자던 우리의 사전 합의를 훨씬 과하게 밀어붙인다.

"시간이 좀 걸리겠는데요." 재키는 박수를 친다. "좋아요. 결말부터 시작합시다. 목표가 중요하잖아요? 여기 미국에는 인력 부족 지수라는 게 있어요. 아마 들어보셨을 겁니다."

그렇다. 그렇다고 볼 수 있다. 어느 매체를 읽느냐에 따라 다르지만, 이 지수는 '인류의 적응 능력' 혹은 '종말의 상징'으로 전세계의 신문과 잡지를 온통 장식했으니까.

"인디애나는 52개 주에서 3등입니다. 역사로 보아 캘리포니아와 일리노이에 비해 훨씬 불리한 입장인데, 그 둘을 빼면 우리를 능가하는 주는 없어요. 인력 관리는 이제 단순히 사람들에게 일자리를 찾아주는 정도의 문제가 아닙니다. 생사가 달린 문제죠. 거리에 쓰레기가 널려 있고, 집에 시체가 쌓이고, 공장들이 의약품을 생산하지 않고, 트럭이 식량을 농장에서 시장으로 나르지 않으면 어떻게 될까요? 사람들이 죽어나갈 겁니다. 불 보듯 뻔하지요. 3등이라는 건 우리 주가 이 위기를 잘 헤쳐나가고 있다는 뜻입니다."

질리언이 재키의 일장연설에 끼어든다. "역병이 올 것을 알고 있었습니까? 제 말은, 준비 시간이 얼마나 소요됐나요?"

재키가 웃음을 터뜨린다. 사랑스럽고 시원한 웃음소리다. "천만에요, 저는 그냥 일을 잘하는 거지, 마녀는 아니에요. 하지만 일단 역병이 이곳에 왔을 때는 우리가 인력 시장을 아주 신속히 변화시켜야 한다는 걸 알았죠. 저는 공원 및 휴게 시설Parks and Recreation, 그러니까 사람들이 주머니쥐와 너구리Possums and Raccoon라고 부르던 것부터 시작했지요."

나는 웃음이 쿡 나오는 것을 참는다. 질리언이 나를 힐끗 본다.

"죄송합니다." 내가 겸연쩍어 말한다.

"제 농담이 웃기면 언제든 웃어도 돼요. 요점은, 공원은 늘 예산이 빠듯했기 때문에 아주 멀리 내다봐야 했다는 거예요. 어쩔 때는 그냥 돈을 더 달라고 요청해야 했죠. 지금도 인디애나 주 여성 상원의원 중에는 제 얼굴을 다신 보고 싶어하지 않을 사람이 몇 있어요. 계획을 세워야 했습니다. 5월부터 9월까지 우리는 과거 연중 칠 개월간 필요했던 인원의 두 배가 필요했는데, 모든 것을 최소한의 예산으로 운영하고 있었죠. 그리고 역병이 왔어요. 세상에, 아주 끔찍했죠. 저는 블루밍턴 시의회의 인력관리 위원장이었습니다. 민간 부문은 또 민간 부문대로 엉망이었지만 그건 약과였어요. 시청의 모든 지부가 노동력이 절반 이상 사라진 상태로 계속 돌아가

274

야만 했습니다."

나는 역병 초기의 날들을 떠올리며 몸서리를 쳤다. 도처에서 남자들이 훅훅 줄어갔다. 경찰, 병력, 모든 정부 부처에서, 모든 공공영역에서. 지금도 때때로 그렇지만, 주요 업무가 아예 처리되지 않아 갑작스러운 공백이 생기고는 했다.

재키의 얼굴은 열띤 표정에서 기진맥진한 표정을 오간다. 그 몇 주간의 대혼란과 삽질을 떠올리기만 해도 지친다는 듯이. "인디애나 주는 이 난장판이 시작되던 시점에도 이미 성별 임금격차가 전국에서 가장 심했고, 숙련된 여성 노동력도 부족했어요. 말하자면 유리한 출발은 아니었죠. 하지만 우리 주에도 확실한 두 가지는 있었어요. 바로 저와 메어리 포드죠. 메어리는 인디애나폴리스의 인력관리 위원장이었고, 그전에 우리는 블루밍턴에서 십 년간 함께 일했습니다. 메어리는 이곳에서 저와 함께해야 했는데 그만 네브라스카로 잡혀갔지요." 재키는 마치 자신의 친구가 거기 있기라도 한 것처럼 고개를 끄덕인다. "그러니까 제 말은, 그 일은 제가 혼자 해낸 게 아니라는 겁니다."

질리언은 경외하는 표정으로 나를 바라본다. 공무원 세계에서는 무엇에 대해서건 남에게 공을 돌리는 것은 좀처럼 보기 드문 일이다. 재키는 좋은 사람이다.

"메어리와 저는 인력을 배치할 계획을 세웠어요. 우리 도시들, 학교들, 병원들, 경찰 부서들, 소방서들, 오 세상에, 목록이 끝이 없었죠. 군대는 군대대로 계획이 있었어요. 제대로 통솔하기까지 시간이 제법 걸렸지만요."

"아픈 가족이 있거나 애도 기간일 때는요? 어떻게 사람들을 계속 일하게 했나요?" 내가 묻는다. 우리가 가장 어렵다고 생각하는

275

문제다. 남편이나 아들이나 아버지가 죽어가거나, 부디 그런 일이 없길 바라지만 그 셋이 모두 죽어가는 상황에 놓인 여자에게 우리가 계속 일하라고 강제할 수 있을까?

"사별은 예외로 됐지만, 그래도 최소 일주일에 이틀은 일해야 해요. 그게 지금 현실이에요. 출근하는 사람이 아무도 없다? 그러면 모든 게 끝장이죠. 이해는 합니다. 저와 함께 공원에서 일하던 앤젤라는 아들이 다섯이었어요. 다섯요! 당시 그녀가 어떤 시간을 보냈을지는 상상도 안 갑니다."

"그러니까 당신은 노동자와 직군을 먼저 분류하는군요." 질리언이 말한다.

"그래요. 우리는 긴급도, 남성 피고용인의 비율, 기술 대체의 난도에 따라 직업들을 다섯 개의 범주로 나눠요. 환경미화원이 그 대표적인 예입니다. 1단계 직업이죠. 거리의 쓰레기는 수거돼야 하고 안 그랬다가는 또 다른 공공보건 위기에 봉착하겠지요. 거의 모든 쓰레기 수거 트럭을 남자들이 몰아왔어서, 새로 온 사람이 그 일을 맡기까지 약 사흘간의 훈련이 필요했어요. 주로 안전과 관계된 훈련이었죠."

옥스포드를 나온 뒤 정치판에 뛰어들고 싶은 유혹을 느끼지 않았다는 사실이 이렇게 기쁘기는 난생처음이다. 영국 국민에게 이것을 하자고 설득하는 일은 악몽이나 다름없다. 더 고약한 점은, 꼭 해야만 한다는 거다.

"제 짐작으로 분류는 쉬울 것 같아요. 사람들을 배치하는 것이 난제일 텐데요." 질리언이 자신이 쓴 메모들을 찌푸린 얼굴로 내려다보며 말한다.

"그리고 사람들에게 할당된 일을 하도록 강제하는 것도요." 내가 덧붙인다.

"아이를 잃고서 슬퍼하는 과부들을 집 밖으로 끌어내 길거리의 쓰레기를 치우게 해본 적 있나요? 공원 산책이랑은 달라요." 재키가 말한다. "그게 가능해지려면 정치적 단결이 필요해요. 우리 주지사가 세상을 등진 뒤 후임으로 온 켈리 엔라이트는 내가 만나본 가장 유능한 여성이에요. 설혹 요한계시록의 네 기사가 배짱 좋게 그녀의 집 문 앞에 나타나도 켈리는 프레젠테이션을 하며 그들을 주에서 내쫓을 5단계 계획을 제시했을 겁니다. 우리는 지난 3월에 켈리와 회의를 했어요. 그녀는 자리에 앉더니 현시점에 우리가 직업들에 대해 아는 것 전부와 그 직업들에 필요한 사람, 그리고 앞으로 상황이 얼마만큼 악화될지를 알려달라고 했어요. 일곱 시간에 걸친 마라톤 회의였답니다. 회의가 막바지에 이르자 그녀는 보좌관 넷, 변호사 둘을 불러들이더군요. 그들은 그날 밤 '인디애나 징집령'의 초안을 작성했고, 켈리는 이튿날 아침 그것에 승인 서명을 했어요."

나는 이미 신문기사들을 읽어서 일이 아주 신속했다는 것은 알았지만 세계 최초의 징집령 초안이 하룻밤에 작성됐다고 생각하니 속이 울렁거렸다. 우리로서는 저렇게 효율적인 일처리는 불가능하다. 복사기 토너를 교체하는 것도 하룻밤 사이에는 못 한다.

"주를 떠나겠다고 위협하는 사람들이 많지는 않았나요?" 질리언이 물었다. 하느님 감사합니다. 영국은 섬나라다. 아무 데도 갈 데가 없고 스코틀랜드는 우리와의 대화를 거부하고 있다.

"아, 많았죠. 거기에는 간단한 해결책이 있어요. 징집을 피하기 위해 주를 떠난 사람은 도로 들어오지 못한다는 겁니다."

"여론이 걱정이에요." 질리언이 말한다. "당신이 들려준 모든 일은 하나같이 다 훌륭해요, 재키, 정말로요. 정말 대단한 일을 해내셨어요. 그런데 그게…… 너무 극단적으로 보여요. 우리나라 역사상 이런 것은 한 번도 해본 적이 없습니다.”

내 기억은 사학과 학부 시절로 거슬러 올라간다. 서기 1307년 봉건사회에서 일 년 열두 달 보수 없이 일하는 농노로 사는 것이, 재교육을 받고 배관공이 되어 의무적으로 9시에서 5시까지 일하는 것보다 끔찍하다고 확신한다. 그쯤은 새 발의 피다.

“핵심 메시지에 집중하세요. ‘최적화’나 ‘효율’ 같은 단어는 쓰지 마시고요. 단순하게 가세요. ‘이건 생사가 달린 문제다. 그 일들이 죄다 시시해 보이나? 그렇지 않다. 거리가 깨끗해야 사람들이 병에 안 걸린다. 11월에 난방시설을 수리해야 천식으로 병원에서 생을 마감하지 않을 수 있다.’”

재키를 촬영하고 그녀의 담화를 클립으로 만들어 텔레비전 방송으로 내보낼 수 있다면 좋겠다. 내게는 없던 친근하면서도 시원시원한 할머니 같다. 그녀가 ‘점프!’ 하고 외치면 나는 곧장 ‘얼마나 높이요?’라고 물을 것이다.

“둘째, 일은 곧 목적의식을 뜻해요. 아무리 하기 싫어도, 그건 아침에 몸을 일으킬 이유가 되지요. 일은 사람들에게 미래를 제시해요. 당장 미래가 없는 것 같을 때도요. 셋째, 여러가지 직업이 사라졌어요. 종종 사람들은 나에게 말해요. “아, 하지만 그 사람들은 이미 하던 일이 있잖아요.” 맞아요. 그랬죠. 역병 전에는. 아무도 집을 사지 않으니 부동산이 사라졌어요. 아무도 연금을 들거나 얼어붙은 주식시장에 투자를 하지 않으니 금융도 사라졌죠. 사람들이 쇼핑을 하지 않으니 도매업은 폭삭 주저앉았어요. 우리는 여성 창고노동자들을 쓰레기 수거 트럭 관리자와 병원 관리자로 특채해요. 그들은 새벽 출근과 육체노동에 익숙하죠. 사람들을 일하게 하고 사회가 돌아가게 하는 것은 공산주의도 아니고 나라를 배신하는 것도 아니에요. 제 말은, 우리 정부는 한때 아무 이유 없이 십 대 소년들을 베트남에 보내서 죽고 죽이게 한 일도 합리화했습니다. 그렇다면 건강하고 일할 능력이 있는 국민들이 보수를 받으면서 사회에 필요한 일을 하게 만드는 것도 할 수 있어요."

질리언은 지난 한 시간 동안 재키가 하는 말을 모조리 맹렬하게 받아쓰고 있다. 그녀는 몇 주 안에 징집령을 입안할 것이다.

"제가 짧게 질문 하나 해도 될까요?" 내가 묻는다. "메어리와는 여전히 친구 사이인가요?"

"물론이죠! 우리는 십 년간 매주 수요일에 바이넘스 스테이크하우스에서 점심을 같이 먹었어요. 요즘은 매주 시간을 맞춰서 영상통화를 해요."

회의는 평소와 마찬가지로 작별 인사와 감사 인사, 이메일로 계속 연락하자는 약속으로 끝난다. 질리언은 결연한 표정으로 나를 바라본다. 정치인들의 저런 표정이 나는 딱 질색이다. 그것은 곧 내가 앞으로 몇 달간 주당 칠십 시간 일해야 한다는 뜻이기 때문이다.

"시작합시다." 그녀가 말한다.

프랜시스

영국(잉글랜드와 웨일스) 런던

아이슬란드 해안경비대가 내게 금지 명령을 내릴 것 같다. 공공
기관이 다른 나라 국민에게 금지 명령을 내릴 수 있나? 실제로 그
럴 수는 없을 테지만, 앞으로 내 전화를 받지 않을지도 모른다.

나는 이게 왜 그렇게 어려운 일인지 이해가 안 간다. 남편—나
의 사랑스러운 토비—과 수많은 사람들이 아이슬란드 근방에 떠
있는 배에 갇혀 있다. 그들은 역병에 걸리지 않았고 식량은 부족하
다. 그들에게는 식량이 필요하다. 간단한 일이다.

신임 아이슬란드 해안경비대의 수장, 헤이다는 재원에 대해 이
야기하는 아주 직설적인 여자다. 결혼은 안 한 것 같다. 나는 그녀
의 사생활에 대해 좀 더 알아내고 친밀한 관계를 형성하려고 애써
보지만 그녀는 말을 아낀다. 상관없다. 내 남편은 망망대해에서 표
류하고 있다. 헤이다는 나를 도와야 하고 결국 나를 도울 것이다.
비록 아직은 그녀가 그 사실을 모르지만 말이다.

평소 독서광인 나는 바이러스의 표면 생존 시간과 살균에 대해
잘 알고 있다. 도서관에서 일하면 책을 구하기 쉽고 인터넷 검색을
할 시간도 많다. 영국 공공보건 태스크포스에 따르면, 역병 바이러

스는 정지 상태의 표면에서 마흔여덟 시간 동안 생존한다. 여성들이 숙주인데, 이는 곧 어느 여자가 손에 대고 기침하거나 재채기하거나 숨을 내쉴 때마다, 그녀가 온갖 물체의 표면에 바이러스를 퍼뜨리게 된다는 의미이다. 이 두 가지가 문제지만 해결 가능하다.

헤이다는 이 점을 이해해야 한다. 할 수만 있다면 아이슬란드로 날아가 그녀에게 내 생각을 직접 전달하고 싶지만, 비행기 여행은 당분간, 어쩌면 영영 없을 것이므로 나는 전화 통화에 매달린다.

내 계획은 단순하다. 헤이다는 많은 양의 통조림 식품―수프, 채소, 감자, 소시지 등등―을 구해 그것들을 냉동하거나 하나하나 끓는 물에 담가야 한다. 그런 다음 역시 살균한 거대한 비닐을 구해, 역시 살균하고, 그것으로 통조림들을 싸야 한다. 그런 다음 식량이 든 커다란 비닐 팩에 메모를 써 붙여야 한다. 메모에는 누구든 그것을 읽게 될 사람에게 음식을 먹으라고, 다 괜찮아질 테니 겁먹지 말고 구조를 기다리라고 써야 한다.

처음부터 끝까지 철저히 검토했다. 별로 어려운 일이 아니다.

나는 헤이다에게 다시 전화할 것이다. 그녀에게 지난 몇 주간 매일 내 계획을 들려주었고 그녀는 서서히 내 쪽으로 넘어오는 것 같다. 그러니까, 그녀는 나를 좋아하는 게 틀림없다. 그게 아니라면 왜 내 전화를 받겠는가? 현재 아이슬란드 해안경비대 일이 아주 신날 거라고는 생각하지 않는다. 나는 내가 상대에게 가벼운 기분 전환을 제공한다고 생각하기로 했다.

"안녕하세요, 프랜시스." 그녀가 말한다.

"안녕하세요, 헤이다, 어떻게 지내요?"

"아주 나쁘지는 않아요, 프랜시스가 늘 말하듯이 말이에요. 무엇을 도와드릴까요?"

"이 몸은 꾸준한 것 빼면 시체라고요, 헤이다. 나는 당신이 실버 레이디 호에 탄 내 남편과 다른 승객들에게 먹을 것을 배달하기 위한 내 계획을 실행해 수백 명의 생명을 구했으면 해요. 부디 그래 주면 고맙겠어요, 헤이다."

"이제야 승인을 받았어요."

"곤란한 입장이라는 거 나도 알아요, 헤이다, 그래도—잠깐, 뭐 라고요?"

"이 건에 대해 정부의 승인을 받았다고요. 현재 통조림 3천 개를 비닐포장해서 초저온 냉동고에 넣었어요. 프랜시스가 제안한 메모 를 출력해뒀고, 바라시던 대로 남편분께 보내는 메시지도 집어넣 었어요."

나는 놀라서 눈물을 뚝뚝 흘리며 행복에 겨워 울먹인다. 오, 헤 이다, 이 아리따운 아이슬란드 공주님 같으니.

"여보세요? 프랜시스?"

"네, 듣고 있어요, 헤이다. 듣고 있어요. 정말 고마워요, 어떻게 감사드려야 할지 모르겠어요."

"이 일이 다 끝난 뒤 토비와 함께 아이슬란드로 오시면 우리가 주둔해 있는 해안 일대를 안내할게요. 아주 아름답답니다. 이제 우 리가 친구가 된 것 같아요, 프랜시스. 다섯 달 동안 매일같이 통화 했잖아요."

"글쎄요, 사실상 쉬는 날에는 받지 않았으니 매일은 아니지요."

"그런 날엔 음성메시지를 남기셨잖아요. 그것도 마찬가지죠. 지 난 일요일에는 음성을 몇 개나 남겼죠?"

"열네 개." 나는 기어들어가는 목소리로 답하고는 화제를 바꾼 다. "음식을 언제 전달할 거죠?"

"내일요. 배의 좌표는 이미 알고 있어요. 선장이 신호가 끊기기 전에 알려줬거든요. 오래전에 연료가 바닥났고 그 후로는 죽 정박해 있다고요. 우리는 소형 군용기를 이용해 공중에서 투하할 예정이에요."

"헤이다, 당신은 내 인생 최고의 친구가 될 거예요."

"제가 남편분 생명을 구하게 된다면야, 네, 그것도 좋겠네요."

"잠깐, 헤이다, 그런데 나한테 왜 정부 승인을 신청해도 안 될 것 같다는 말만 줄곧 해온 거죠?" 하, 저 엉큼한 것이 몇 달이나 계속 나한테 썩 꺼지라고 했단 말이지.

"너무 기대하게 만들고 싶지 않았어요. 당신은 아주 낙천적인 사람이죠. 유리잔이 절반이나 차 있다고 생각해요. 저는 밀리미터 단위로 물의 높이를 잰 다음 어떻게 할지 결정하는 사람이에요."

"오, 헤이다, 앞으로는 일이 어떻게 돌아가는지 나한테 알려줄 거죠?"

"네, 어떻게 돌아가는지 알려드릴게요."

토비
아이슬란드 해안에서 멀리 떨어진 어딘가

2026년 10월 언젠가

나는 곧 죽을 것이다. 내 위장이 제 살을 갉아먹고 있는 게 느껴진다. 참을 수 없는 고통이다. 1년이 넘었다, 아니면 조금 못 미치거나. 더는 날짜를 헤아릴 수 없다. 200일에 이른 다음부터는 세기를 관뒀다.

우리는 30명쯤 남았다. 아마도. 우리는 배 밖으로 시체를 내던질 기력도 없어진 지 오래다. 방문을 부수고 들어가기가 너무 힘들다. 마크는 아직 여기 살아 있다. 중요한 것은 그것 말고는 없다. 우리는 갑판에 널브러져 누워 있다. 왜냐하면 산들바람이 감미롭고 여기서는 냄새가 그리 심하지 않기 때문이다. 어쩌면 환각을 느끼는 건지도? 모르겠다. 프랜시스, 사랑해. 메이지, 사랑스러운 내 딸. 그 아이는 기적처럼 태어난 아이였다. 나는 마흔둘이었고, 프랜시스는 마흔이었다. 한동안 모든 것이 너무 완벽했다. 깨지 않고 자고 싶지만 위통 때문에 불가능하다. 나는 잘 수가 없고, 기다리며, 마크의 손을 잡는다. 우리가 함께라면 나는 두렵지 않다.

284

✖ ✖ ✖

무슨 소리가 난다. 배가 가라앉는 걸까? 현재로서는 차라리 잘된 일이리라. 이 배는 묘지다. 소음이 점점 더 가까워진다. 배 위로 뭔가가 다가온다. 상어라면 어쩌지? 나는 내 목을 감싸 쥔다. 안 돼, 상어는 싫다. 다른 식으로 죽으라면 기꺼이 죽겠지만, 제발, 갑판으로 뛰어든 상어만은 사절이다.

나는 일어서다가 놀라서 도로 주저앉는다. "마크, 마크!" 내 목소리는 꽉 잠겨 있다. 며칠간 비가 오지 않았고 식수 저장량이 고갈되고 있으므로, 목구멍이 모래밭처럼 까끌까끌하다. 꿈을 꾸고 있는 것이 분명하다. 이제 보니 뭔가가 든 거대한 나무 상자다. 플라스틱 서류봉투가 옆면에 붙어 있다. 거대한 그물이 허공으로 슈웅 떠오르고 내 눈은 그것을 좇는다. 헬리콥터가 한 대 있다. 그 안에 탄 사람들이 보이는데, 이제 그들은 가버리려 한다. 그들은 날아가 버린다. 안 돼, 안 돼, 돌아와, 우리를 여기에 두고 가지 마.

'우선 이 봉투를 개봉해 내용을 읽으십시오'라고 플라스틱 서류봉투에 대문자로 쓰여 있다. 머리가 핑핑 돌지만 글을 읽을 수는 있다. 봉투를 여는 내 손가락들이 파르르 떨린다. 나는 내가 떨고 있다는 사실도 깨닫지 못하고 있었다. 마크는 일어나지 않는다. 마크는 괜찮은가? 나는 메모와 마크 사이에서 망설인다. 우선 메모를 읽어야 한다. 나는 이해해야 한다.

행동에 앞서 이 메모를 전부 다 읽어야 합니다. 이것은 아이슬란드 해안경비대가 보내는 전갈입니다. 우리가 여러분께 전달하는 꾸러미에는 음식과 담수화 장치, 항생제, 수분보충용 소금을 비롯한 기타 필수품이 들어 있습니다. 이 꾸러미는 살균 처리되었습니다. 이 꾸러

285

미를 통해 역병에 감염될 위험은 없습니다.

고형 음식물을 사흘 이상 먹지 않았을 경우, 우선 꾸러미의 맨 위에 있는 붉은 상자에 든 분말을 물에 타 마시는 것으로 시작하십시오. 물 1병에 분말 1포를 넣습니다. 영양분이 농축된 분말이므로 반드시 잘 녹여서 천천히 마셔야 합니다. 꾸러미에 든 음식과 영양공급 식품은 전문 의료진이 선별한 것입니다. 여기에는 50명의 사람들이 2주간 먹기에 충분한 양이 들어 있습니다. 백신이 발명될 때까지 2주에 한 번씩 새로운 꾸러미를 제공할 것입니다.

육지로 돌아오는 것은 아직 안전하지 않습니다. 역병으로 전세계 남성의 90퍼센트가 사망했습니다. 전세계 과학자들이 연구에 매진하고 있지만 백신은 아직 존재하지 않습니다. 아이슬란드는 백신을 입수하는 즉시 여러분께 우선적으로 백신을 제공할 것입니다. 여러분이 부디 무사히 이겨내기를 바라며 식량 제공이 늦어진 점을 깊이 사과드립니다. 아이슬란드는 극심한 식량 부족에 시달려왔습니다.

프랜시스 윌리엄스 씨께서 토비 윌리엄스 씨께 보내는 메시지를 동봉하니, 부디 확인 바랍니다. 프랜시스는 이 식량 공급 작전에 지대한 공헌을 했습니다. 참으로 멋진 여성입니다.

　　　　　　　　　　　　　-헤이다 레인보르흐, 아이슬란드 해안경비대

프랜시스가 해냈다. 나는 그녀를 떠올리고는 울먹인다. 프랜시스의 메시지를 받다니, 신의 메시지를 받은 기분이다.

토비,

어떻게 지내느냐고 묻지 않을게. 보나마나 끔찍할 테니까. 아주 많이 그렇지만 이제 당신이 음식을 받았으니, 바라건대, 상황은 나아질 거야. 당신과 마크는 둘 다 투지가 대단하니까 분명히 괜찮을 것이고, 기어이 이겨내고야 말 거야. 나는 그렇게 확신해.

먹을 걸 너무 늦게 보냈다고 헤이다를 원망하지는 마. 여기까지 오는 길이 대장정이기는 했지만, 좋은 여자야. 이 난리가 모두 끝나고 나면 우리에게 아이슬란드를 안내해주기로 했어.

나는 여기 런던에서 잘 지내. 계속 도서관에서 일하고. 나라에서는 나를 간병인으로 배치하려고 했고, 거기에는 아무 유감도 없지만, 나는 도서관이 더 중요하다고 주장했어. 캠페인을 벌여야 했지만, 결과적으로 우리는 도서관이 계속 운영돼야 한다는 서명을 246명으로부터 500건 이상 받아냈어. 그래서 내 직업은 '필수 노동형태'로 간주되었고, 징집되어 다른 일을 해야 하는 상황은 면했어.

메이지, 라이언, 이저벨은 괜찮아. 라이언은 면역이 있어, 하느님 감사합니다. 우리는 운이 정말 좋았어, 토비. 그렇게 느껴지지 않을 거라는 건 알지만, 그게 사실이야. 당신은 아마도 내가 풍족한 음식, 따뜻함, 메이지와 이저벨과 함께 보내는 시간을 누리고 있으니, 쉽게 말한다고 생각할 거야. 하지만 당신은 배에 있어서 살아 있을 수 있는 거야. 여기 있었으면 당신은 살아 있지 못했어. 백신은 아직 개발 중이야. 런던, 캐나다, 프랑스, 중국, 미국의 수많은 사람들이, 도처에서 백신을 찾아내려고 노력하고 있어.

거기서 잘 버티고 있어, 알았지? 다 괜찮아질 거야, 약속해.

사랑해.

-키스를 보내며.
프랜시스

287

던

영국(잉글랜드와 웨일스) 런던

최근 승진으로 인해 소득이 10퍼센트 더 증가했는데 참석할 회의가 80퍼센트 증가한 상황을 뭐라고 불러야 좋을까? 나는 지금 MI5의 작전 감독이다. 너무 높은 직급이어서 아직도 내 이메일 서명을 볼 때마다 움찔 놀란다. 참을성 있고 훌륭한 비서 폴리가 나에게 그날의 일정표를 건네주면 내 두툼한 다이어리 속에 분노가 켜켜이 쌓여간다. 이렇게 일이 많을 줄 알았더라면……. 아, 내가 무슨 헛소리를 하고 있나, 그래도 나는 틀림없이 이 일을 맡았을 것이다. 나는 책임 있는 자리가 좋다(그리고 나는 '천장부터 바닥까지' 통유리창이 있는 4층 구석자리 사무실을 차지하고 있다).

"좋아요, 첫 건이 뭐죠?"

"10시에 내무부 위원회와 회의가 있습니다. 버나드 윌킨스는 벌써 도착했고요."

"그 인간 하나만 왔겠지." 내가 중얼거린다. 회의시간이 목전인 만큼 폴리는 내 증오를 용인할 것이다. 차라리 당장 나를 쏴라. 진심으로, 누가 나한테 역병 좀 줄 수 없나? 버나드가 이끄는 회의보다는 역병이 덜 고통스러울 것이다.

"그다음에는 아프리카 · 아시아 정보부 정상들과 세 시간짜리 회의가 있어요."

"그거…… 짧지 않군요."

그녀가 나에게 단념하라는 표정을 지어 보인다. "제가 절충해서 다섯 시간에서 세 시간으로 줄인 거예요. 감사한 줄 알아요."

감사하게도 내무부 회의는 바로 아래층 회의실 중 한 곳에서 열린다. 감사하게도 비스킷이 있다. 내 죄에 대한 벌로 거의 전원이 지각이고, 그리하여 나는 버나드와 단둘이 앉는다.

"오늘따라 아름다우시네요, 던." 그가 말한다. 버나드는 여자들을 외모로밖에 칭찬할 줄 모른다. 뭔가 다른 것에 대해 언급할 생각 자체가 안 떠오르는 모양이다.

"고마워요. 빅벤 쪽은 잘 돌아가고요?"

버나드의 얼굴이 익히 아는 불퉁한 표정을 짓는다. 자, 시작이다. "알잖아요, 저는 신임 하원의원들 가운데 바이올렛 테일러와 가장 각별히 교류했잖소. 그녀가 선출된 지 고작 이 분 만에 —"

"그분은 육 개월간 재직했어요, 버나드."

"마찬가지죠, 저는 사십 년 넘게 하원의원이었는데. 그녀는 하원 변화 위원회에 있었는데, 우선 그 위원회 자체가 황당한 것이지만, 이 모든 계획을 심중에 두고 있던 겁니다. 그녀는 어떤 거부 의사도 받아들이려 하지 않았어요."

버나드는 면역이 있을 것이다. 그렇게 생각할 수밖에 없다. 역병이 그를 보고도, 그가 유사과학에 기초한 여성혐오적 헛소리와 생각을 쏟아내는 것을 듣고도 안 잡아갔으니까. 오, 세상에, 이건 아니야. 난 이것만은 못 견디겠어. 착한 사람들이 언제나 승리하지는 않는다는 증거가 필요하다면, 멀리 갈 것도 없이 버나드가 그의 당

289

에서 살아남은 남성 의원 세 명 가운데 하나라는 사실을 보라.

"그 여자의 계획들이란 게 뭡니까?"

버나드가 침을 튀기며 분통을 터뜨린다. 나는 내 옷깃에 떨어진 침방울을 닦아내고 그의 구두 위로 토악질을 해 복수하고 싶은 충동과 싸운다. "여자 화장실을 더 만들고, 수상 질의 시간*을 변화시키고 싶어하죠. '덜 적대적으로' 말입니다. 또 출산휴가를 연장하고, 전 국민을 위한 무상 보육을 실시하고 싶어해요. 사실 말입니다, 여성 하원의원들과 늘 서로 사이가 좋았는데 요즘은 무지하게 시끄럽다고요."

그는 나를 빤히 바라본다. 당연한 상식일 뿐인 그 계획들이 아주 끔찍하다는 데 내가 동의할 거라는 듯이. "혹시 아내분께서는 댁에서 자녀들을 돌보셨나요, 버나드?"

그는 의심스러운 표정으로 나를 바라본다. "그게 이 일과 무슨 상관이죠?"

하지만 나는 이미 물과 꿍쳐둔 비스킷을 챙겨, 이제 막 도착한 다른 의원들과, 다른 대화를 나누기 위해 방 반대쪽으로 걸어가고 있다.

몇 분 뒤 개회가 선언되고 나는 다양한 사안들에 대한 최신 정보를 발표한다. 불과 몇 년 전만 해도 긴급회의를 불러오고도 남을 무시무시한 사안이었겠지만 지금은 솔직히 따분하다. 딱 하나 소소하게나마 기쁜 점은 질리언이 아직 일하고 있다는 것이다. 용케도 탈진하거나 망가지지 않고 계속 내무 장관으로 일하고 있다. 우리는 회의 때마다 버나드의 지적을 받지 않고 특정 단어를 최대한

---

* 매주 수요일 정오에 수상이 의회에서 국회의원들의 질문에 답하는 영국의 정치적 관례. 야당 당수의 주도로 공격적인 질문을 퍼붓는 일이 흔하다.

여러 번 말하기 게임을 즐긴다. 그녀는 이번 회의의 단어로 '대대적'을 골랐다. 스코틀랜드에서 '대대적인' 식량부족이 발생해, 국경 가까이 사는 사람들이 영국으로 넘어와 음식을 구걸하고 있는데, 그 음식은 배급제 때문에 그들에게 주어져서는 안 된다. '대대적인' 약물 부족으로 사망률이 급등했고, 그 결과 리즈와 브리스틀에서 폭동이 일어났다.

나는 97퍼센트를 웃도는 징집령 준수에 대한 우리의 주간 업데이트를 발표한다. 기쁘게도, 미국에서 제시한 모범이 사람들을 불가피한 상황에 대비시킨 듯하다. 징집령 발표에 대해 온갖 추측이 난무했기에, 일단 그것이 시행됐을 무렵, 상황이 얼마간 확실해지고 유급일 공산이 커지자 사람들은 오히려 안도했다. 그에 이어 터무니없는 사안들이 있다. 특히 수감생활을 마친 재소자들을 석방하는 데 애를 먹고 있다. 교도소—면회도 없고 교도관들은 방역복을 착용한다—에 있으면 안전한 반면, 출소는 곧 사형일 수 있다. 참으로 세상이 거꾸로 돌아간다. '대대적'으로.

회복

RECOVERY

리사

캐나다 토론토

나는 657일간 백신 개발에 매진해왔다. 이제 백신이 곧 손에 잡힐 것만 같다. 여름이 저물어간다. 나는 백신을 찾는 날을 위해 마고와 내가 아껴둔 동페리뇽과 함께가 아니면 역병 발병 이 주년을 기념하지 않을 작정이다. 끝없이 실험을 돌리고 돌리고 또 돌리고 있다. 나는 종종 '마이크 테스트, 마이크 테스트' 하고 외치는 음향기사가 된 기분이다. 한마디로 생고생이었다. 이제야 끝이 보인다. 최근에 시험한 백신은 환자의 96퍼센트에게 효과가 있었다. 나는 거부반응을 일으키던 여성 염색체를 분리하는 데 성공했고, 지금은 기다리고 있다. 검사 결과를 기다린다. 우리 삶이 바뀌기를 기다린다. 세상을 바꾸기를 기다린다. 침팬지들이 우리의 연구를 위해 큰 기여를 했다. 지난 이 년간 253마리나 죽였다. 이제 침팬지 살상 건수를 줄이고 싶다. 사체 처리는 악몽같다.

나는 기다리며 사무실을 지킨다. 분명 내 밑에서 일하는 게 재미있지는 않을 것이다. 그걸 알 정도의 자각은 있다. 나는 깐깐하고 완고하고, 모두가 나만큼 똑똑하고 헌신적이기를 기대하는데, 그들은 그렇지 않고 앞으로도 영영 그럴 수 없을 것이다. 나는 애슐리가 나를 위해 스크랩한 역병에 관한 보고서를 읽자마자 우리가 시료를 손에 넣는 즉시 백신 연구에 착수하리라는 것을 깨달았다. 나는 "연구해보면 재미있겠어" 하고 말했고, 애슐리는 아주 슬픈 얼굴로 답했다. "부디 그래야 하는 상황만은 안 왔으면 좋겠어요. 사람들이 죽어가고 있어요. 이건 비극이에요."

애슐리는 더는 내 밑에서 일하지 않는다. 토론토 대학교는 수십 년째 최고 수준의 바이러스학 박사들을 배출하는데, 다행히 그들 대다수가 여성이고, 그건 내 덕이다. 그것이 우리가 이 경주에서 이길 수밖에 없는 이유다. 우리는 누구보다도 일찍 백신 연구에 착수했다. 나는 오랫동안 바이러스 학자들을 양성해왔고, 나의 학과는 여성을 우선적으로 채용했다. 기준에 대한 비난이 쏟아졌는데, 나는 능력보다 다양성을 우선시한 적은 한 번도 없다. 내 원칙은 늘 단순했다. 최고의 여성 지원자가 일자리를 얻는다. 백발백중 그녀는 최고의 남성 지원자만큼 우수하거나 더 낫다. 과학계에는 성차별주의가 만연해 있다. 대리석에 회색 무늬가 있듯 과학계에는 성차별주의가 있는 식이다. 성차별주의는 연구소, 대학의 학과, 채용 심사단, 종신 재직권을 결정하는 이사회로 이뤄진 조직구조에 촘촘히 아로새겨져 있다. 그러니 어떻겠나? 역병이 오자 나이든 남성 과학자들과 남초 연구팀이 압도적으로 많은 과학계—특히 바이러스학 분야—는 재앙을 맞았다. 그러니까 결국 누가 옳았을까? 나. 내가 옳았다.

숙적들이 거의 다 죽는 바람에 내가 옳았다는 입증에서 오는 만족감은 살짝 덜할 것이다. 그래도 얼마간의 만족감은 감추기 어려울 것이다.

나는 사무실 안을 오락가락하지 않으려고 노력하지만 기다리기가 너무 힘들다. 마고에게 전화를 걸 수도 있지만 그녀는 지금 강의 중이고, 게다가 그녀는 나를 위해 아무 말도, 아무것도 해줄 수 없다. 실험은 이미 끝났다. 효과가 있거나 없거나 둘 중 하나다. 그들이 최종 점검을 돌리고 모든 결과를 일일이 확인하는 동안 나는 그곳에 내려가 있을 수 없다. 내가 서성거리면 사람들은 신경이 곤두설 것이고, 실수할지도 모른다. 하지만 너무 기대가 돼서 가만 있을 수가 없다. 이것은 우리의 첫 번째 로데오가 아니다. 이미 지난번에, 석 달 전에 백신을 얻을 거라 생각했었다. 정말로 다 된 줄 알았다. 하지만 실험에 쓰인 침팬지 몇 마리가 죽어 있었다. 무겁고 차가운 사체들. 그걸로 끝이었다. 내 팀원들은 지금 탈진 상태다. 마고는 나에게 그들도 피곤할 테니 너무 몰아붙이지 말라고 한다. 하지만 그것은 매일 내가 마주하는 그들의 투지를 그녀가 못봐서 하는 소리다. 전세계의 다른 연구소들은 어쩌고 있는지 모르겠지만, 그들이 나만큼, 내 팀만큼 체력이 좋다면 정말 놀랄 일이다. 2025년 11월, 이 연구소에는 바이러스학 대학원생과 '박사후 과정' 연구원이 열네 명 있었는데, 그중 열세 명이 여자, 한 명이 남자였다. 불쌍한 제러미. 부디 고이 잠들길. 백신을 만들어낼 역량이 있는, 나머지 세계 굴지의 바이러스 중점 연구소들은 우리보다 남자의 비율이 훨씬 높았다. 그들이 동료들이 죽어나가는 상황에 어떻게 대처해왔는지는 하늘만이 알 것이다. 우리가 한참 앞서 있다. 우리는 지식도 사기도 잃지 않았다. 우리 모두에게는 백신을 만들어야 할 개인적인 동기들(남편, 아들, 세계, 우리의 경력)이 있다. 게다가 우리는 우리 자신의 목숨을 위해 싸우고 있지는 않다. 그점이 큰 차이를 낳는다. 본질적으로 자기 목숨이 달린 전쟁에서는 어느 누구도 최고의 역량을 발휘할 수 없다. 바이러스를 이해하고 공격하고 통제하고 무찌르기 위해 광적으로 분투하고 있는 전세계의 남성 과학자들은 이 게임에 자신의 생을 너무 많이 건다. 걸었다. 그들 대다수가 이제 죽었다. 그들은 절박했거나 아주 절박한데, 최고의 과학적 발견은 절박함에서 생겨나지 않는다. 논리적이고 침착한 외골수의 집요함이 훨씬 더 경주에서 유리하다.

쿵쾅거리는 소리가 들린다. 발소리다. 빠르고 무거운 발소리에 내 심장이 두근거린다. 나쁜 소식을 들고 뛰어오는 사람은 없다. 이중의 속임수가 아니라면, 내 충성스럽고 유능한 부관인 웬디가 안 좋은 소식을 최대한 신속히 전하려는 것이 아니라면 말이다. 어서 뚜껑을 열라고. 이게 바로 결과가 나올 때 내가 현장에서 기다리지 못하는 이유다. 나는 정신줄을 놓더라도 이 사무실에서 놓을 것이다.

나는 웬디가 내 사무실로 눈물 콧물 범벅이 되어 숨을 헐떡거리며 뛰어 들어오는 순간 백신이 먹혔다는 것을 알아차린다. "성공했어요. 성공이에요, 리사! 백 퍼센트 생존했어요. 혈액검사 결과가 모두 깨끗해요."

나는 느릿느릿 뒷걸음친다. 해냈다. 나는 역병을 고칠 백신을 발명했다. 나는 세계를 구할 것이다. 나는 세계를 구했다.

웬디가 어떤 감동적 결합을 바라며 얼씬거린다. 그럴 일은 없어, 웬디. 진짜 힘든 일은 이제부터 시작이다. 벌써 몇 달 전 한밤중에 마고가 나에게 현실을 직시하라고 말한 뒤로 마고와 나는 이에 대해 끝없이 의논했다. 계획은 명확하다. 머지않아 나는 백신이 기적으로 언급되는 기사들을 읽게 될 것이다. 그러나 그것은 기적이 아니다. 노력과 헌신과 독창성의 결과다. 기적은 쉽다. 일하는 것이 어렵지.

"국민보건부에 전화해."

나는 흥분이 극에 달해 나 자신을 제어하지 못하고 몇 분간 내 사무실을 오락가락한다. 마고에겐 아직 전화하지 않는다. 그녀에게 내가 해낸 일을 들려주는 것은 내 인생에서 가장 멋진 순간이 될 것이고, 나는 그 순간을 제대로 음미하고 싶다. 아무 방해 없이.

웬디가 황급히 도로 들어와 자신의 전화기를 내게 내민다. 지금은 캐나다 국민보건부가 나를 기다리게 할 때가 아니다. 그쪽에서 내 전화가 오기를 빌고 있어야 하리라.

"리사." 상대가 내 이름을 부른다.

"마이클 박사가 좋겠네요." 내가 대답한다. 나는 이 여자와 한 번도 대화해본 적 없다. 우리는 성을 떼고 이름으로 부를 사이가 아니다.

"사과할게요. 마이클 박사. 무엇을 도와드릴까요?"

내 목소리는 행복으로 흘러넘친다. "더 들뜬 목소리여야 할 텐데요. 이건 당신 인생을 뒤바꿀 전화니까요."

잠시 경악한 듯한 침묵이 흐른다. 나는 '아냐, 아냐, 그럴 리 없어' 하고 생각하는 이 여자의 모습을 상상한다.

"맞아요, 제가 바로 구세주입니다. 저에게 백신이 있습니다. 성공률 백 퍼센트의 백신. 혈액검사 결과가 깨끗하게 나왔어요. 우리는 손실 염색체들을 우회하는 데 성공했어요. 제가 역병을 고쳤답니다."

"마이클 박사, 저, 뭐라……."

"뭐라 말해야 할지 모르시겠다고요? 네, 그러시겠죠. 너무 좋아하시기 전에 말씀드려야겠군요. 장관님과 저, 캐나다 정부 사이에 쉽지 않은 대화가 있을 겁니다."

그녀는 당황한 듯하다. 내겐 블레이저를 입은 그녀가 자신의 멋진 사무실의 멋진 책상 앞에서, 멋지고 편한 일을 하는 모습이 쉽게 그려진다.

"무슨 말씀을 하시는 거죠?" 그녀가 묻는다.

"저는 캐나다에 백신을 팔 겁니다."

"아주 재밌는 얘기네요, 마이클 박사."

"농담 아닙니다. 백신을 갖고 싶으면 돈을 지불하십시오."

"리사, 아니, 마이클 박사. 당신은 정부에 백신을 팔아서는 안 돼요. 그러니까……. 당신은…… 당신은 의사잖아요."

"아, 저는 박사$^{PhD\ doctor}$이지, 의사^{doctor}가 아닙니다. 제가 의대에 가지 않은 데에는 이유가 있어요. 실은, 꽤 많았죠. 저한테 미쳤냐고 물으실까 봐 미리 말씀드리는데 안 미쳤습니다. 저는 이미 몇 달 전에 어떻게 할지 마음을 정했습니다. 회의를 잡으십시오. 제 연구소에서 백신을 훔쳐갈 생각일랑 하지 마시고요."

"안 그럽니다." 그녀가 발끈해서 대답한다. 그녀는 당연히 훔치려 들 것이다.

"어련하시려고요." 내가 웃으며 말한다. "곧 이야기하자고요."

캐서린
영국(잉글랜드와 웨일스) 런던

백신이 나왔다. 마침내! 이 년 정도 걸렸지만, 그보다 훨씬 더 길게 느껴졌다. 이 날이 영영 오지 않을 것만 같았다. 그런데 당연히 환희로 가득찰 줄 알았던 날에, 나는 화가 치민다. 분노로 활활 타오르는 중이다. 아침엔 접시를 내던졌다. 왜 지금인가? 그들은 왜 이제야 백신을 발견할 수 있었나? 왜 조금 더 일찍이 아니고? 백신을 발견한 리사 마이클 박사의 발표를 들어보니 아주 식은 죽 먹기였다는 투다. 마치 연구실에서 이것저것 실험하다 보니 그냥 나타났다는 듯이.

망할, 그렇게 쉬웠다면 왜 더 일찍 찾아내지 못했나? 왜 아무도 더 일찍 찾아내지 못했나? 전세계 과학계가 치료약을 찾기 위해 매진했는데도, 나는 왜 자식 잃은 과부가 되었나? 그들이 성공을 거둔 바로 지금 나는 그들 모두에게 소리치고 싶다. 당신들은 나를 실망시켰고, 우리 모두를 실망시켰고, 전세계를 실망시켰다고.

흰 가운을 입고 안경을 쓴, 박사 학위와 놀라운 두뇌를 가진 이 사람들이 세계를 구해냈는데, 나는 그들의 목을 비틀고 싶다. 너무 화가 난다. 그들은 인류를 멸종 위기에서 구했지만 나는 울부짖고 싶다. 너무 늦었다고. 내 가족들은 이미 떠났다고. 이제 와서 그게 뭐가 중하냐고.

오늘 밤 나는 와인을 아주 많이 마실 것이다. 취기로 흥건한 종류의 비탄—나는 그것의 매력을 아주 훤히 안다—에 빠지지 않기 위해 나는 아주 가끔씩만 스스로에게 음주를 허락해왔다. 내일 오전 아홉 시에 책상 앞으로 돌아가야겠지만 오늘만은 소리치고 마시고 슬퍼하고 울고 통곡할 테다.

그때 전화기가 울려, 이미 와인에 푹 적셔진 내 상념이 중단된다.

"여보세요?"

"캣, 나야. 피비."

피비와는 거의 이 년간 대화하지 않았다. 나는 그녀가 너무 보고 싶어서 몸이 아플 지경이다.

"내 전화 받고 싶지 않겠지만…… 미안해, 그냥 계속 걸고 싶었어. 사실—"

"내가 받을 줄 몰랐다고?"

어색한 침묵. 두 눈 가득 눈물이 차오른다. 우리 사이에는 결코 어색한 침묵이 흐른 적이 없었다. 이십 년 지기인 우리 사이에 어색한 침묵이란 있을 수 없었다.

"괜찮아?" 그녀가 묻는다.

"응, 응, 뭐, 그냥 백신 생각을 하고 있었어."

"대단하지. 나는 정말—." 그녀는 급히 말을 멈췄지만 내겐 그녀가 하려던 말들이 마치 커다란 헬륨 풍선처럼 두둥실 내 앞을 떠다니는 것이 보인다. "백신이 더 일찍 나왔으면 좋았을 텐데, 정말 유감이야."

"그러게." 내가 간신히 대답한다. "그러게 말이야, 피비." 나는 소리지르지 않으려고 안간힘을 쓴다. 설령 아쉬움에 가슴이 저민다 해도 지금 내가 느끼는 분노는 상쾌하고 활력을 주는 분노이기 때문이다. 게다가 나 자신의 행동에는 아쉬움조차 없다. 이 '대단한' 발견을 우라지게 뒤늦게 해낸 이 '대단한' 과학자들 때문에 분할 따름이다.

"영국 연구팀은 기분이 어떨까 몰라." 피비가 말을 이어가며 침묵을 메운다. 그녀는 어색한 침묵을 절대로 참지 못한다. "거의 막바지에 다다랐는데 그 캐나다 여자가 백신을 개발해 파는 꼴을 봐야 한다니……. 상상도 안 가."

이것이 내가 세상에서 가장 친한 친구와 이 년간 대화하지 않은 이유다. 왜냐하면, 비록 그녀가 하는 모든 말이 진실이라 해도, 그녀의 머릿속에는 실패한 영국 과학자들의 기분을 생각할 여유가 있기 때문이다. 나는 그들의 기분 따위 상관하지 않는다. 나 자신의 상실감으로 속이 타들어가고, 나처럼 그녀도 속이 타들어가기를 원하지만, 그녀는 그럴 수 없다. 물론 그래서도 안 된다. 투명한 플라스틱 육면체에 갇힌 채, 이 안에 있는 것이 어떤지를 그녀에게 이해시키려고 악을 쓰는 기분이다. 하지만 그녀는 육면체 밖에, 이 세상에 있으므로 이해할 수 없으리라.

"나도 상상이 안 가네. 하지만 이러나저러나 우라지게 늦었지." 나는 이렇게 말하고 전화를 끊은 뒤 전화기를 소파에 팽개친다. 피비는 이해 못 한다. 그녀는 도저히 이해할 수 없을 것이고, 그래서 나는 그녀를 혐오한다. 나는 그녀를 사랑하지만, 그녀와 그녀의 두 딸과 면역력 있는 남편을 증오한다. 나는 그녀가 그립지만 그녀가 너무 미워서 뵈는 게 없다. 언젠가 분노도 희미해질 테지만, 그날이 오늘은 아니다.

엘리자베스

영국(잉글랜드와 웨일스) 런던

연구소 사람 모두가 뉴스 앵커를 바라보며 경악스러운 침묵에 빠진 채 앉아 있다. 정확히 이 분 전에, 우리 연구원 중 한 명인 매디가 소리쳤다. "백신 나왔대! 오, 세상에, 백신이 나왔어!" 우리는 조지의 연구실 텔레비전을 켜고 자리에 앉아, 이 년 가까이 기다려 온 그 소식에 귀를 세우고 있다.

물론 우리 모두는 그녀가 우리의 이름을 부르고 우리의 성취에 감사를 표할 것이라고 상상했다. 하지만 그런 것은 상관없다. 중요한 것은 그게 아니다. 우리는 성공에 매우 근접했지만 성공에 이르지는 못했다. 중요한 것은 이제 백신이 존재한다는 것이다. 백신으로 세계를 구할 수 있다는 것이다.

"몇 분 전 토론토 대학교에서 열린 조촐한 기자회견에서 해당 대학 바이러스학과의 학과장인 리사 마이클 박사가 역병의 백신을 개발했음을 발표했습니다. 드디어 백신이 나왔습니다. 이제부터 발표 영상의 일부를 보여드리겠습니다."

영상은 아름다운 석조 건물의 거대한 나무 문 밖에서 오들오들 떠는 세 여성을 비춘다. 가운데 있는 여성은 캐나다의 수상, 우나 그런이다. "오늘 이 자리에서 여기 토론토 대학교의 리사 마이클 박사와 연구팀이 역병 바이러스로부터 남성들을 보호할 수 있는 백신을 개발했다는 소식을 전하는 것은 제 인생의 크나큰 영광입니다. 마이클 박사는 캐나다 정부와 함께 전세계의 국가를 상대로 백신 판매를 협의할 것입니다."

마른 덤불에 불꽃이 튀듯 조지의 연구실에서 웅성거림이 터져나온다. 지금 '판매'라고 했나? 저 말이 정말로 내가 생각하는 그 뜻인가?

"캐나다 정부는 캐나다에서 그 병을 부르는 명칭인 남성역병Male Plague의 머리글자를 따서 명명한 MP-1 백신의 해외 라이선스를 놓고 신중히 협상할 것입니다. 이것은 수많은 생명을 구할 수 있지만 남용 시에는 엄청난 피해를 야기할 수 있는, 값진 지적 재산입니다. 우리는 그에 걸맞는 주의와 경의를 갖고 백신을 취급할 계획입니다. 현 시점으로서는 어떤 질문도 받지 않겠습니다."

화면이 다시 바뀌며 앵커가 이제 막 텔레비전을 켠 시청자들을 위해 뉴스를 반복해서 전하자, 방 전체에 정적이 흐른다. 백신이 개발되었다. 캐나다 정부가 백신을 판매할 것이다. 토론토 대학의 리사 마이클 박사의 공로로 백신이 개발되었다. 그 밖의 자세한 사항은 추후에 정보가 입수되는 대로 전하겠다.

하, 세상에! 그녀는 백신을 팔 작정이다. 내가 졌다. 우리 모두가 졌다. 나는 방 안을 둘러보고 수많은 감정들을 목도한다. 환희, 분노, 안도, 소진, 격분―하지만 뼈 아프다 못해 척추가 녹는 것 같고, 몸을 가눌 힘마저 송두리째 앗아가는, 내가 느끼는 그 감정은 보이지 않는다. 치욕. 이 여자는 전세계인을 볼모로 몸값을 요구할 것이다. 우리가 먼저 백신을 발견했다면 그녀는 감히 그런 기회를 언지 못했으리라. 우리는 최후의 중대한 허들을 넘지 못했다. 우리가 유전자들을 규명했다. 우리가 면역 검사를 고안했다. 그러고도 우리는 가장 중요한 순간에 실패했고, 그때 리사 마이클이 백신을 들고 껑충껑충 뛰어와 환호를 받으며 행복한 결말을 맞았다. 더 중요한 것은, 그녀는 백신 판매를 허락했다. 설마, 그녀가 자의로 그것을 팔고 싶어했을 리 없다. 사람들의 목숨을 구하기 위해, 우리를 일상으로 복귀시키기 위해, 지난 이 년을 백신 개발에 쏟은 연구자가 그것을 세계에 공개하면서 어떻게 "자, 돈부터 내"하고 말할 수 있는지, 그 속을 헤아릴 수 없다. 분명 이유가 있을 것이다. 사방에서 압박을 받는 것이 틀림없다. 캐나다 정부가 그녀에게 강요한 것이 틀림없다. 설마, 그녀가 원했을 리 없다.

어맨더
스코틀랜드 독립공화국 글래스고

"무엇보다 제가 캐나다인이라는 사실이 기쁩니다." 텔레비전에 나온 그 여자가 웃는다. 깔끔한 검은색 재킷과 검은색 바지, 흰 셔츠 차림으로 하하 웃고 있다. 저 여자 어떻게 된 것 아닌가?

"솔직히 말해보자고요, 만약 제가 다른 나라 출신이었다면 제가 한 것과 같은 선택 자체가 불가능했겠지요. 다른 나라 정부 같으면 아무 거리낌 없이 잠든 저를 쏴 죽여 합법적인 보수를 지급하는 번거로움을 피하려고 들었을 겁니다."

인터뷰 진행자, 역병에 대한 기사로 세계를 사로잡았던 마리아 페레이라 기자는 놀라서 어안이 벙벙한 표정이다. 정확히 나와 같은 기분인 듯하다.

"그렇다면 당신은 MP-1 백신에 돈을 요구하기로 한 결정에 아무 거리낌이 없나요? 수십억 명의 생명을 구할 수도—."

리사는 인상을 찡그리며 마리아의 말을 끊는다. "저는 수십억의 생명을 구할 겁니다. 저는 사람들이 백신을 맞지 못하게 하려는 것이 아닙니다. 이 세상에는 모두가 백신을 접종하고도 남을 만큼 돈이 넘쳐나요. 그리고 알다시피, 수천 년간 세상은 여성에게 공익이라는 이름의 제단에 자신을 희생하기를 강요해왔고, 저는 거기에 합류하지 않을 겁니다. 당신은 제가 이것이 힘든 선택이었다고, 어떻게 할지 결정하기 위해 뜬눈으로 여러 밤을 세웠다고 말하기를 바라겠지만, 그건 사실이 아닙니다. 세상에서 가장 쉬운 결정이었고, 그렇게 이기적인 것만도 아닙니다. 글쎄요, 당신은 엄청난 성취에 대해 보상을 받는 것이 이기적이라고 생각할지 모르지만 저는 그렇게 생각하지 않아요. 또 한 가지, 우리가 이 병을 지구상에서 박멸할 작정이라면, 우리는 그 접종이 올바르게 실시되도록 확실히 관리해야 합니다. 아무나, 아무 곳에서나 백신을 생산하다가는 심각한 위험을 초래할 수 있습니다. 잘못 생산된 백신이 쓰이고, 이 병이 계속 살아남는 위험 말입니다."

마리아의 긴장이 눈에 띄게 풀어진다. 리사의 판단에 단순히 돈만이 아니라 의학적 필요가 있었다는 생각에 한결 마음이 편안해진 듯하다.

"그것이 캐나다 정부와 그렇게 긴밀히 움직이는 이유인가요? 양질의 백신 생산을 보장하기 위해서?"

"말씀드렸다시피, 그게 하나의 요인입니다. 우리는 백신의 신뢰도와 효과를 우수하게 유지할 겁니다. 적절한 생산 설비와 엄격한 품질관리 과정을 갖춘 국가들만이 백신의 라이선스를 구입할 수 있게 할 겁니다. 그런 식으로 우리는 백신을 접종한 사람 모두가 유효량을 투여받았다는 것을 알 수 있겠죠."

"혹시 백신 관련 발표 이후로 아마야 샤르바니, 조지 키친, 엘리자베스 쿠퍼 박사와 상의한 일이 있나요? 당신의 발견에 그들의 공이 아주 컸지요." 마리아는 비로소 인터뷰를 조금 즐기는 듯하다. 장담하건대 그 질문은 대문자로 쓰였고 빨간색으로 밑줄이 쳐져 있을 것이다. '마치 누구의 도움도 받지 않고 자기 혼자서 백신을 만들어 내기라도 한 것처럼, 리사가 모든 공을 가져가게 두지 마.'

"그 이후에 제가 많이 바빴습니다." 리사가 매끄럽게 대답한다. "물론 연구의 시작 단계에서 거둔 성과에 대해서는 그들에게 대단히 감사한 마음입니다."

그녀는 그들에게 감사를 표할 때조차도 단서를 단다. '연구의 시작 단계.'

"캐나다 정부가 백신에 대한 지분을 지급해 이미 당신이 억만장자가 되었다는 소문이 있습니다. 사실인가요?"

"네, 그렇습니다."

그녀는 부끄러운 줄도 모른다. 일말의 부끄러움도 없다. 갈갈이 찢긴 세상을 도로 기울 방법을 손에 쥔 마당에 수십억 달러가 대수인가? '백신의 실효성' 어쩌고 하는 핑계는 나에게는 씨도 안 먹힌다. 생산 과정의 안전성을 검수한 다음에 라이선스를 무료로 제공할 수도 있지 않은가.

"혹시 당신이 백신에 대해 얼마만큼의 지분을 보유하고 있는지, 얼마만큼의 액수를 지급받았는지 알려주실 의향이 있나요?"

"MP-1백신에 대해서는 40퍼센트입니다. 캐나다 정부가 50퍼센트, 토론토 대학이 나머지 10퍼센트를 갖고 있습니다. 저에게는 제가 받은 액수를 공개할 권한이 없습니다."

"수십억에 달하는 전세계 사람들의 생명보다 자신의 경제적 이익을 우선시한다는 이유로 당신을 지탄하는 사람들에게 뭐라고 말씀하시겠습니까?"

"저는 조국을 우선시했고—여러 나라들이 위기 시에 자국의 과학자들이 그래주기를 기대하겠지요—또한 캐나다의 이익, 안전하고 효력 있는 백신에 대한 전세계적 필요, 그리고 당연히 저 자신의 이익을 저울질했다고 말씀드리겠습니다. 토론토 대학교는 제가 내부분의 경력을 쌓은 곳으로, 공적 자금으로 운영되는 대학이라는 사실은 잘 아실 겁니다. 토론토 대학의 지원으로 이뤄진 연구인 만큼 그 수익이 대학으로 돌아가기를 바랐습니다. 저는 이십 대에 이곳에서 학사 학위를 받았고 박사 과정을 마친 뒤 연구자로서 첫 직장도 이곳에서 얻었습니다. 이곳에 많은 빚을 졌지요. 수십 년의 헌신, 충원, 교육 그리고 제 연구팀이 쏟은 수천 시간의 결실인, 귀중한 연구 결과를 거저 넘기다니, 저로서는 생각조차 할 수 없는 일입니다. 길에서 주운 일 센트짜리 동전이라도 되는 것처럼 간단히 넘겨요? 천만에요."

마리아는 경직된 미소를 지으며 자신의 메모를 바라본다. 전세계인이 리사의 존재와 태도에 심기가 불편할 것 같다. 전세계인의 목소리가 들린다. "아니, 아니, 구조되기를 바랐지만 이렇게는 아니었어. 우리는 자애로운 구세주를 바랐다고. 모든 게 괜찮아질 거라고 말해주고 우리의 고난에 해결책을 제시해주고, 존경과 감사로 충만한 삶으로 인도해줄 어떤 여자, 혹은 희귀하게 면역이 있는 남자를." 시간을 거슬러 다른 누군가가 백신을 발견하게 할 수는 없을까? 이번에는 제대로 말이다. 누구도 종말에서 이득을 취해서는 안 돼. 역병은 그녀에게 일어난 최고의 사건이자 우리 모두에게 벌어진 최악의 사건이다. 나는 그 사실을, 아니, 그녀를 받아들일 수 없다. 이것은 치유의 방식이 될 수 없다.

"혹시 종교가 있으신가요, 마이클 박사님?"

리사가 웃는다. 편안히 들어 넘길 수 있는 것보다 오래. "아니요, 종교는 없습니다. 하지만 돈은 아주아주 많죠."

리사
캐나다 토론토

날아갈 것 같다. 국민보건부의 에이바가 나에게 힐끗 곁눈질을 한다.

"리사, 저기…… 좀 진정해주시겠어요?"

나는 그녀를 보고 얼굴을 찌푸린다. 저런, 그녀는 분명 그편이 낫다고 생각하는 모양이다. "이 회의는 좋은 일이잖아요, 에이바. 이 방의 사람들은 모두 이 자리가 행복할 텐데요." 나한테 힘 좀 줘. 우리는 지구상의 어느 나라라도 부러워할 만한 위치에 있다고. 수백만의 사람들이 이 방에 들어오기 위해 살인도 불사할 텐데.

문이 활짝 열리고 외무부 장관 플로렌스 에서리지와 그녀의 수행원들이 당당히 방으로 걸어 들어온다. 하나같이 값비싼 코트를 걸치고 샤넬 향수 냄새를 풍기면서. 허공에 대고 하는 입맞춤과 포옹이 한바탕 오간다. 모두 서로를 만나서 기쁜가 보다. '멋지지 않아요, 멋지고말고요, 이렇게 만나다니 좋네요, 정말 너무 좋아요.' 나는 정치인들과 몇 분만 함께 있어도 몸에 두드러기가 난다.

"늦어서 죄송합니다." 플로렌스가 말한다. "지난 주 내내 미국인 이민자 유입 문제로 회의들이 연달아 있었습니다. 미국에서는 개

혁이 아주 살벌하고, 어찌 된 노릇인지 다들 그렇게 캐나다에 오고 싶어 하더라고요."

나머지 사람들도 모두 웃음을 터뜨린다.

"중국 분들을 기다리고 있는 건가요?" 플로렌스가 묻는다.

"이미 여기 와 있는 줄 압니다만, 우리 쪽에서 준비가 된 다음에 부를 예정입니다." 나는 침착하고 흔들림 없는 목소리로 대답한다.

플로렌스는 잠시 말을 멈추더니 지나치다 싶을 만큼 오래 나를 응시한다. "부디 알아주셨으면 합니다." 그녀가 부드럽게 말한다. "우리 모두 얼마나 감사하고 있는지 말이에요. 세상 사람들은 당신이 한 일을 함부로 판단할지 모르지만 우리에게 당신은 영웅입니다. 캐나다의 사내아이들은 이제 역병으로 죽지 않을 것이고, 수년간 가족과 떨어져 지내야 했던 남자들도 무사히 사회로 복귀할 수 있게 됐어요. 당신은 우리에게 지구상에서 가장 막강한 나라가 될 수 있는 골든 티켓을 쥐여줬어요. 지정학적인 갈등도 일부 청산됐죠. 모두가 원하는 그것이 바로 지금 우리 손안에 있습니다."

나는 최대한 우아하게 미소 짓는다. "나라에서 저에게 그 특권의 대가를 후하게 지불하고 있으니까요. 자, 이제 백신을 만들어보자고요."

누군가가 보이지 않게 신호를 보냈는지 불과 몇 분 뒤 네 명의 중국 여성이 회의실로 들어왔다. 악수하고, 커피를 따라주고, 점잖게 칭찬을 늘어놓고, 묵고 있는 호텔에 대해 묻지만, 다들 이곳에 모인 목적을 떠올리고 있다.

"시작하지요." 예쁘장한 여자가 진지한 표정으로 말한다. 탁자 위 그녀 앞에 놓인 명함에는 '티파니 창, 백신 생산·관리 책임자, 상하이 자주국'이라고 적혀 있다. 플로렌스 측이 상하이에 손을 뻗었다. 그들이 중국에서 독립한 도시국가 가운데 정치적으로 가장 안정되어 있고 최고의 백신 생산 능력을 갖췄기 때문이다. 베이징은 여전히 폭력이 난무하고, 톈진은 필수적인 시설이 미비하며, 마카오는 아예 논외였다.

"무엇보다도, 제안의 손길을 내밀어주신 점 감사드립니다." 티파니가 말한다. "백신에 접근할 수 있는 기회를 주셔서 대단히 감사합니다."

"당신의 이력을 좀 더 설명해주실 수 있을까요?" 내가 티파니에게 청한다. 어쩌면 플로렌스가 내가 보낸 자료를 모두 읽었을 수도 있지만, 정치인들을 겪어본 바로는, 그런 일은 해가 서쪽에서 뜰 일이다.

"네, 물론이죠. 2025년 11월까지 저는 상하이에 있던 중국 최대의 국유 백신 제조사에서 소아마비 백신 생산 과정을 지휘하는 세 번째로 높은 자리에 있었습니다. 저는 여러 번 승진했는데 왜냐하면······."

그녀의 목소리가 작아진다. 우리 모두 그 이유를 안다.

"저는 현재의 직책을 맡고, 지난 육 개월간 우리에게 백신이 생길 날을 기다리며 준비해왔습니다."

"생산을 시작할 준비가 돼 있나요?" 내가 흥분한 목소리로 묻는다. 나는 그들이 이미 준비 상태라는 것은 모르고 있었다.

"네, 우리는 역병 발병 당시 아직 접종 전이었던 영유아들을 소아마비로부터 지키기 위해 우리의 통상적인 백신 생산을 소량으로 지속해왔습니다." 티파니는 말을 잠시 멈춘다. 마음의 준비를 하는 듯하다. "우리는 캐나다 정부가 우리에게 가장 먼저 오지 않았다는 것을 압니다." 그녀가 서둘러 말한다. "프랑스와 독일에 문의했지만 그들이 지불을 거부했고, 캐나다 정부도 두 나라가 비용을 반씩 내고 서로 백신을 공유하지는 않을까를 틀림없이 염려했겠지요. 일본은 무반응이었고요. 캐나다와 미국은 지금까지의 관계로 보아 이 정도 수준의 협력은 불가능할 것이 뻔합니다."

나는 '젠장, 이게 뭐야?' 하는 눈빛으로 플로렌스를 빠르게 살핀다. 상하이 대표단이 어딘가에서 너무 많은 정보를 입수했다. 출처는 내가 아니다.

"그것은 문제가 아니에요." 티파니가 말한다. "당신들이 우리에게 먼저 오지 않은 까닭을 저는 이해합니다. 중국은 지금도 내전에 휩싸여 있습니다. 그럼에도 상하이 자주국은 안전하고 확실한 곳이라는 점을 확실히 해두고 싶습니다. 하지만 저는 앞서 거론한 국가에서 지불을 거부했다는 것도 잘 알고 있습니다. 그들은 당신의 태도가 수그러지기를 바라고 있지요. 당신은 세계에서 가장 미움받는 여자입니다." 티파니가 나를 똑바로 바라보며 말한다.

좌중이 숨을 죽인다. 만약 이것이 협상 전략이라면 난생처음 보는 전략이다.

"당신은 그런 취급을 받아서는 안 됩니다." 티파니가 말을 이어간다. "우리는 당신의 생각을 이해합니다. 왜 자국의 번영을 도울 수 있는 뭔가를 다른 나라에 거저 줘야만 하죠? 그것은 자기 파괴 행위가 될 수 있고, 심지어는 당신을 믿고 지원한 조국에 대한 배신이 될 수도 있습니다. 우리는 캐나다가 백신 값을 받아야 한다는 데 동의합니다. 우리는 진지하게 구매를 고려 중입니다."

나는 웃으면서 의자에 등을 기댄다. 나는 이곳에 나와 비슷한 생각을 가진 사람들과 앉아 있다. 아마도 백신 발견을 공식화한 뒤로 처음이지 싶다. 캐나다인들은 나를 경외하지만 그렇다고 나를 반드시 이해하는 것은 아니다. 그 밖의 세상 사람들에게 나는 만화에 등장하는 그로테스크한 악의 화신이다.

"입장을 정확히 밝혀주셔서 고맙습니다." 내가 말한다. "당신이 생각하는 것보다 깊이 감사하게 생각합니다. 가격을 논하기에 앞서 우리는 이 해외 생산의 정확한 성격을 이해해야 합니다. 이것은 캐나다 밖에서 생산되고 비 캐나다인에게 맞춰지는 백신의 첫 물량이 될 것입니다. 첫 해외 물량이 잘못 만들어지면—."

"백신은 가치를 잃겠죠." 티파니가 끼어든다.

나는 잠시 말을 멈춘다. 그것은 전적으로 돈 문제만은 아니다. "맞아요, 그리고 더 중요한 문제는, 사람들이 면역을 얻지 못하고도 면역이 생겼다고 믿을 수 있다는 겁니다. 특허 라이선스의 조건 가운데 하나는 캐나다에서 파견한 과학자들의 엄격한 관리하에 1만 개의 백신 샘플을 생산하는 겁니다. 만약 그 백신들이 충분조건을 만족할 경우 특허 라이선스가 완전히 양도될 겁니다."

티파니는 동의의 뜻으로 고개를 끄덕인다. 나는 얼마간 반발을 예상했으나 그녀는 내 생각을 완전히 이해하는 듯하다. "좋아요, 수용할 만한 조건입니다. 우리는 태양 전지판 덕분에 전원 공급이 안정적이므로 어떤 품질 문제도 없을 것이라고 보증할 수 있습니다. 지금 당장이라도 생산을 시작할 수 있습니다."

플로렌스가 한쪽 눈썹을 치켜올린다. "처음 육 개월 동안 어느 정도 양을 생산할 수 있다고 예측하시는지요?"

"8백만입니다." 티파니가 재빨리 대답한다. 우리나라의 백신 생산량보다 훨씬 많다.

"자, 제 제안은 이렇습니다." 플로렌스가 말한다. "수수료를 깎아 드리겠습니다." 뭐? 나는 불만을 제기하려고 입을 벌렸지만 그녀가 곧바로 이어서 말한다. "캐나다 국민 전체가 접종을 완료할 때까지 말입니다. 당신들이 생산하는 백신을 캐나다와 상하이가 50 대 50으로 나눠 갖는 겁니다. 일단 캐나다 내 생산량과 당신들이 만든 백신으로 캐나다 국민의 백 퍼센트 접종에 이르면, 그다음부터 당신은 생산량 전체를 가질 수 있고 라이선스 수수료는 올라갑니다. 하지만 그래도 할인해드릴 겁니다. 10만 단위로 생산하시는 게 맞지요? 그럼, 그다음 10만은 우리 쪽으로 보내시죠. 우리 수요가 충족될 때까지 그렇게 번갈아 생산량을 나눠 갖는 겁니다."

생각해보자. 상하이의 인구는 1,280만이고 남성 생존률은 10퍼센트이다. 백신을 절반으로 나누면, 상하이 전 국민이 접종을 마치는 데 아홉 달이 걸린다. 꽤 빠른 편이다. 게다가 그들은 우선 수요를 위한 시스템을 우리가 가진 기술력으로 구축할 것이다.

티파니와 동료들은 중국어로 조용히 몇 분간 의견을 교환한다.

"우리는 원칙적으로, 동의합니다." 티파니가 말한다.

나는 안도의 한숨을 내쉬고 플로렌스는 미소를 지으며 말한다. "멋진 소식이군요. 자, 이제 수수료로 넘어갑시다."

캐서린

스코틀랜드 독립공화국 뷰트 섬

곧 만날 어맨더 매클린이 어떤 모습일지 감이 오지 않는다. 인터 뷰 기사에 실린 사진만 봐서는 영 모르겠다. 늘 자리에 앉아 있고, 자식을 잃고 비통해하는 어머니의 원형처럼 보이도록 찍힌 사진 들뿐이다. 환한 빨간색 머리카락과 창백한 켈트족 피부, 내가 아는 것은 그 정도다. 전화로 들은 그녀의 목소리는 아주 으스스했다. 키가 크겠지. 확실히 키는 클 것 같다.

그녀가 단호한 걸음걸이로 내 쪽으로 다가온다. 내가 옳았다— 키가 크고 눈은 깜짝 놀랄 만큼 새파랗다.

"캐서린?" 스코틀랜드 억양이 강하다. 오늘 우리가 함께 대화를 나눌 여자는 틀림없이 억양이 이보다 훨씬 강할 것이므로 익숙해 져야 할 것이다.

나는 어맨더에게 시간을 내줘서 감사하다는 말을 되풀이한다. 그녀는 바쁘신 몸이다. 스코틀랜드 보건부의 우두머리이고, 현재 스코틀랜드 독립공화국에서 가장 영향력 있는 의료인이다.

"저는 당신의 기록에 유언과 헤더의 이야기가 들어갔으면 합니 다. 중요한 얘기니까요." 그녀는 내 어색한 감사 인사에 그렇게만 대답했다. 뷰트 섬의 로스시로 건너가는 페리에서 나는 유언의 아내를 만나기 전에, 그녀가 알게 된 것 전부를 듣고 싶다고 청한다. "일단 레드불부터 마시고요"라는 그녀의 대답에, 전에 그녀에게 역병 이전의 세상에서 가장 그리운 것이 뭐냐고 물었을 때 탐욕스러울 만큼 간절한 어조로 "커피"라고 대답한 것을 떠올린다. 어맨더는 이른 출근이 싫어서 치과의사가 될 뻔했다. 하지만 그녀는 위기 대처에 능하거니와, 열여덟의 나이에도 치아뿌리관을 극적인 일로 치는 직업이 제 성에 차지 않을 것을 잘 알았다.

충분히 카페인을 섭취한 후 어맨더가 돌아온다. "좋아요, 무슨 얘기부터 시작할까요?"

"왜 바이러스의 근원을 추적하는 이 모든 일을 해야겠다고 생각했죠? 그것도 혼자서 말이에요." 어맨더와 좀처럼 길게 통화할 기회가 없었던 나는 더 알고 싶어 애가 탄다.

"저는 역병이 어떻게 퍼졌는지 알아야겠다는 강박에 단단히 사로잡혔어요. 저는 아직도 왜 사람들이 더 절박하게 이유를 알고자 하지 않는지 이해가 안 가요. 이 병은 제 인생을 파괴했고 수십억의 생명을 파괴했어요. 어떻게 그 경위와 이유를 이해하는 데 필사적으로 매달리지 않을 수 있죠?" 그녀는 말을 멈추고는 성난 듯 캔을 쭉 들이켰다. "모든 게 뒤죽박죽이었어요. 어쩌면 좀 더 정상적인 시기였다면 그 모양이지는 않았을지도 모르죠. 하지만 백신을 만들려면, 이런 일이 다시 벌어지는 것을 막으려면, 바이러스의 기원을 이해해야만 했어요."

나는 움찔하며 침을 꿀꺽 삼킨다. "이런 일이 또다시 벌어질 거라고 생각하세요?"

"당신 남편이 세상을 떠났다고 해서 당신 집에 불이 안 난다는 보장은 없어요. 다시 말해, 비극은 더 큰 비극에 대한 면역을 만들어주지 않아요." 나는 당혹과 공포에 사로잡혀 그녀를 바라본다. "우리가 얻은 백신은 효과를 발휘할 겁니다, 물론이에요. 그리고 우리는 그것을 새로운 변종들에도 맞설 수 있게 조정해나갈 겁니다. 하지만 이론상 역병은 변이를 일으켜 백신의 효능을 무력화할 수도 있어요."

그렇다는 것을 이해하면서도 나는 여태껏 무의식적으로 당연히 역병이 되돌아올 리 없다고 간주해왔다. 그 정도로 무지막지한 불행은 벌어질 리 없다고. 실은, 그럴 수도 있다.

"0번 환자에 대해 좀 더 들려주시겠어요?" 내가 묻는다.

"유언이에요." 그녀가 잽싸게 고쳐 말했다. "그 사람을 머릿속에 '유언'으로 입력하세요. 그러지 않으면 당신은 헤더 앞에서 그를 0번 환자라고 칭할지도 몰라요. 그래서 좋을 것 없겠죠. 그들은 사십오 년간 부부로 살았고 그녀는 우리가 남편을 0번 환자라고 부르는 것에 질색해요. 솔직히 말해, 그건 나도 싫고요. 너무 비인간적이에요. 그 명칭은 그의 인생 전체를, 그가 이 빌어먹게 끔찍한 병에 걸려 죽었다는 사실 하나로 축소해버려요. 제가 그의 아내를 두 번째 만났을 때 실수로 그를 0번 환자라고 부를 뻔했는데, 그녀는 울음을 터뜨렸죠. 그녀를 탓할 순 없겠죠. 누가 내 남편을 345번 환자라고 부르면 나도 그 사람의 목을 조르고 싶을 테니까. 유언은 평생 선원으로 살았어요. 이따금 페리에서 일했고, 몇 년은 어부로도 살았어요. 그러다가 그는 법의 테두리 밖에서 삶을 마감했어요, 그러니까—." 그녀는 또 한 차례 레드불을 들이켠다. "그 결과가 그가 상상했던 것보다 어마어마했다고만 말해두지요."

우리는 로스시의 작은 마을을 가로질러 뷰트 섬 페리 선착장에 도착한 뒤 바다 쪽에 테라스가 있는 헤더의 작은 집까지 걸어간다. 어맨더는 역병의 시작을 조사하고 기원을 이해하기 위해 노력하는 와중에 헤더와 꽤 많은 시간을 보냈고, 나로서는 완전히 이해할 수 없는 이유로, 헤더와 가까워졌다.

우리를 맞이한 헤더가 정중히 물을 권한다. 그녀는 나를 몹시 의심스러워하는 눈치지만 나도 그쯤은 예상했다. 어맨더는 헤더가 '0번 환자의 아내'인 그녀의 이야기를 듣고 싶어하는 신문사들에게 엄청난 고액을 제안받은 바 있다고 귀띔해주었다. 헤더는 유언이 역병에 감염되면서 비극이 시작됐으니 기자들이 어떤 식으로든 자신을 비난할 거라고 확신하고는 줄곧 거절해왔다.

"좋아 보이네요." 헤더가 어맨더에게 말한다. 우리는 그녀의 좁은 거실 소파에 앉고 두 사람은 편안히 안부를 주고받는다.

"자." 어맨더가 목을 가다듬는다. "헤더, 여기 캐서린은 역병에 대한 보고서를 쓰고 있어요. 사람들의 이야기를 모은 자료집 같은 건데요. 유언에 대해 좀 더 알고 싶다고, 그러니까 유언이 단순히 역병의—."

"시발점은 아니었어요." 헤더가 분노로 눈을 번뜩이며 끼어들었다가 다시 부드러운 표정으로 말을 잇는다. "그는 사랑스러운 남자였어요, 정말이에요. 우리는 학창시절에 만났어요. 제가 열다섯, 그이는 열여섯 살 때요. 몇 달 만난 뒤 제가 열여섯이 되고 이틀 뒤에 결혼했어요. 서로 천생연분이라는 걸 알고 나니까 꾸물거릴 이유가 없더라고요."

헤더는 우리에게 차례로 비스킷을 권한다. 나는 가족을 떠나보낸 슬픔을 이야기하는 것이 지난 이 년 사이에 얼마나 일상적인 일이 되었는가에 잠시 충격을 받는다.

"그는 늘 배에서 일했고 원래는 좀 쉬려고 했지만—."

"질문 하나 해도 될까요?" 내가 주뼛거리며 말을 끊고는 묻는다. 유언 프레이저에 대해서 알아야 할 모든 것은 수많은 신문기사로 이미 읽어서 알고 있다. 나는 그에게 관심이 없다. 그는 이제 이곳에 없다. 나는 0번 환자의 유족이 된 기분이 궁금하다.

"물론이죠."

"이런 상황에 있는 심정이 어떤가요? 우리 중 대다수가 남편을 잃기는 했지만, 저는 기자들로부터 '남편이 뭔가를 다르게 행동할 수 있지 않았을까' 같은 질문을 받지는 않으니까요. 역병을 처음 일으킨 것이 그의 책임이라는 듯이 말이에요."

옆에서 어맨더가 긴장하는 것이 느껴진다. 이건 우리가 묻기로 합의한 질문이 아니다.

"그 이야기는 별로 하고 싶지 않네요."

"사람들은 이미 이야기하고 있는걸요." 나는 내가 낼 수 있는 가장 부드럽고 회유적인 목소리로 말한다. 소용없는 짓이다. 헤더의 눈은 이미 굳게 셔터를 내렸다.

"우리, 도널 얘기를 해보는 게 어때요." 어맨더가 단호히 말하며 화제를 돌렸다.

"도널이 누구죠?" 내가 어안이 벙벙해서 묻는다. 내가 뭔가를 놓쳤나? 헤더의 두 아들 중 하나인가?

"도널 패터슨은 유언과 함께 그 원숭이들을 뷰트 섬으로 실어온 남자예요."

오, 세상에. 어맨더가 마리아 페레이라와 했던 인터뷰에서 언급한 남자구나. 그가 누구이고 무슨 짓을 했는가를 놓고 인터넷에 음모론이 돌고 있지만, 그 수많은 음모론들은 하나같이 그가 죽었다고 가정했다.

"그 사람이 살아 있어요?"

"네. 그는 면역이 있어요."

"아니, 이게 대체⋯⋯." 나는 머리를 흔들며 생각을 정리한다. "그 남자에 대해 나한테 무슨 이야기를 하고 싶은 거죠?"

"결국에는 전세계가 알게 될 이야기죠. 한 시간 이내에 도널 패터슨이 수감됐다는 사실이 발표될 겁니다." 어맨더가 차분히 말한다. "그의 재판은 긴급 법안에 따라 비밀리에 이뤄졌습니다. 도널이 일 년 전 유죄 판결을 받은 이후로 비밀에 부쳐졌습니다. 계획을 수립하기 위해서였죠."

"무슨 계획요?"

"사람들이 그를 찾아내 죽이는 것을 막는 계획이죠. 만약 그가 원숭이들을 불법으로 수입하지 않았더라면 역병은 아예 시작되지 않았을 겁니다."

상상만 해도 정신이 아뜩하다. "형량은 얼마나 나왔나요?"

"최소 팔십 년이니 평생이겠지요."

"가석방도 없을 거고요." 헤더가 덧붙인다.

"그게 이렇게 단순한 일이었다니 도저히 믿을 수가 없어요. 너무 바보 같아요." 내가 말한다. "미안해요, 헤더. 그러니까 제 말은 동물 밀수입이며 뒷돈 몇 푼 챙기는 것 말이에요. 이 모든 일을 초래한 것이 고작 그런 거라니."

헤더는 훌쩍거리기만 하고 아무 말도 하지 않는다.

"죄송해요, 그러니까⋯⋯. 이 모든 것을, 이 참사를, 다 피할 수도 있었던 거네요." 나의 말에 어맨더가 인상을 찌푸린다. 내가 말을 멈추기를 그녀가 원한다는 것은 알지만, 내가 하려는 말은 단순한 진실이다. "이건 일어나지 않아도 될 일이었어요."

　내가 지금껏 말해본 중에 가장 고통스러운 문장이다. 이것은 하늘의 운명이 아니었다. 제어할 수 없는 불가피한 비극이 아니었다. 이 남자들이 선택을 했고 그것이 내 남편을 죽였다. 나는 어렴풋이 내가 분별없이 굴고 있다는 자각이 들지만, 그것은 엄연한 진실이다. 헤더의 집, 그러니까 유언의 집에 들어와 있다는 것이 너무 소름 끼쳐서 도저히 아무렇지 않은 척할 수 없다. 법을 어긴 이 남자들만 없었더라면 내 남편과 아들은 죽지 않았을 것이다.

　"죄송합니다." 나는 급히 떠난다. 그곳에 한시도 더 앉아 있을 수 없었다.

힘
STRENGTH

헬런

영국(잉글랜드와 웨일스) 펜리스

"엄마!"

아, 애비와 롤라가 또 싸우는 건가. 나는 사다리를 오르락내리락 하며 전등을 고치느라 고된 하루를 보냈고, 십 대들의 다툼까지 중재하고 싶지는 않다.

"너희 둘 또 싸우는 거면, 가만 안—."

"안녕, 헬런." 션이 말한다. 뻔뻔하게도 우리 식탁에 앉아서. 그것은 그의 식탁이 아니다, 우리의 식탁이다. 나와 내 딸들의 식탁.

숨이 턱 막혀 창문 좀 열어달라고 말하려는 찰나, 부엌 모퉁이에서 검은 점들이 몰려온다. 정신을 차리고 보니, 나는 부엌 바닥에 누워 있고 션과 애비가 나를 내려다보고 있다.

나는 션의 손을 뿌리치고 애비의 다정하고 다부진 도움의 손길을 받아들여, 안간힘을 써서 몸을 일으킨다. "애비, 부탁인데 네 방으로 들어가렴. 동생들이 절대 아래층으로 내려오지 못하게 하고."

애비는 고개를 끄덕이고는 눈길 한 번 안 주고 위로 올라간다.

션의 해명을 듣기 전에는 그가 딸들 주위에 얼씬거리게 하고 싶지 않다.

"나 돌아왔어." 그가 말한다. 누가 모르나. 나는 의자에 풀썩 주저앉아 양손으로 지끈거리는 머리를 감싼다.

"이제 마음을 추스렀어." 그에게 앉으라는 손짓을 하려는데 그는 이미 자리를 잡고 앉아 있다. 오, 아주 끝내주네, 그는 술도 한잔 걸치고 있다.

"그동안 정말―."

"션, 이게 무슨 개소리야?" 그는 부엉이처럼 눈을 몇 번 끔벅인다. 한때 저 남자를 매력적이라고 생각했던가? 그러고 보니 예전에도 눈을 저리 끔벅대던 것이 기억난다. 그 행동은 나를 미치게 했고, 지금도 그렇다. "여기가 어디라고 당당히 걸어 들어와? '시한부 인생'을 마음껏 살아보겠다고 우리를 떠나놓고서, 아무렇지도 않게 '돌아왔다'고? 뭔 개소리야?"

나는 한편으로는 션에게, 또 다른 한편으로는 온 우주를 향해 묻고 있다. 내 한심한 남편에게 면역이 있다니 이게 무슨 운명의 장난인가? 그의 친구는 마지막 숨을 쌕쌕 몰아쉬며 간신히 '사랑……'이라고 말하고는 아내 품에서 죽었다. 그에게는 면역이 없었다. 저기 길 아래쪽에 사는 앤-마리의 꼬맹이 아들 타미에게도 면역이 없었다. 하지만 내 남편, 가족을 버리고 도망친 이 쓰레기 놈은 면역이 있다. 그리고 다시 돌아왔다.

"우리는 당신이 죽었다고 생각했어." 나는 목소리에 분노를 드러내지 않으려고 애쓰지만 실패하고, 씹어 뱉듯이 말한다.

"알아." 그가 말한다. "정말 미안해, 나도 당연히 내가―."

"사라져버렸잖아! 당신은 우리를 버리자마자 전화기를 껐고 그 후로 아무 연락도 없었어. 그러고는 삼 년이 흐른 뒤에, 남자라고는 가뭄에 콩 나는 것 같은 이때에, 우리 집 문 앞에 나타나셨다?

당신이! 오, '버렸다'는 말에 시비 걸 생각 마. 그게 바로 네가 한 짓이니까."

그는 말없이 앉아 있고 나는 그를 살펴볼 기회를 얻는다. 그의 모습은……. 다르면서도 같다. 조금 더 마르고, 흰 머리가 조금 더 많아졌고, 조금 더 핼쑥하다.

"변명해봐."

"이보다는 따뜻하게 맞아줄 줄 알았어." 그가 더듬거린다.

고개를 들어 내 얼굴을 올려다본 션은 세상 모든 시름을 다 짊어진 사람처럼 한숨을 푹 내쉰다. 그럴 자격도 없으면서 말이다. "우리의 생활은 너무너무 갑갑했어. 폐소공포증이 생길 지경이었다고, 헬런. 나는 지겨웠어. 당신은 안 그랬어? 만날 똑같이 지겨운 일을 하고, 금요일 저녁마다 똑같이 지겨운 식사 준비를 하고. 그러다가 역병이 돌았고, 나는 '바로 이거다!' 싶었어. 지금 아니면 영영 기회는 없다! 내 인생은 막바지를 향해 가고 있는데, 어떻게 인생을 끝맺어야 할까? 나는 남은 시간 동안 늘 꿈꿔온 삶을 살고 싶었어."

좀 전까지는 아니었는지 몰라도 이제 나는 확신한다. 이게 진짜 션이다. 그에게는 늘 음울한 사람 특유의 자기방어가 있었다. 물론 그는 자신에게 면역이 있을 거라고는 기대하지 않았다. 그저 죽을 만큼 삶이 지겨워졌던 것이다. 그리고 이제는 자신의 예전 삶으로, 보아하니, 나와 딸들에게 돌아오고 싶어한다.

"그래서 나를 버렸구나. 우리 딸들도 내가 혼자 키우게 내맡긴 채. 너랑 똑같이 인생이 지겨워졌던 그때에 내가 내빼지 않은 게 천만다행이네, 안 그래? 그랬다가는 고아가 셋이나 생겼을 테니."

"그런 말은 옳지 않아."

"너한테는 이 정도 대접도 과분해. 잠깐, 그러나저러나 지난 삼년간 뭘 했던 거야?"

"하일랜드로 올라갔었어."

"스코틀랜드? 역병의 시대에, 영국보다 역병이 창궐하는 지구상의 유일한 나라로 갔다고? 왜, 하일랜드에 가서 자살하려고?"

그 말에 그는 약간 방어적인 태도를 취한다. "바보 같다고 여기는군. 그건 내 오랜 꿈이었어."

"뭘 하려고? 언덕 위의 양 떼라도 보려고?"

"아니, 나는, 그러니까…… 산을 탔어. 몇 달간 버려진 호텔에서 지낸 다음, 거기서부터 런던까지 쭉 여행을 하며 내려왔고, 런던에서 근 일 년을 살았어. 육체노동으로 호스텔비와 식비를 벌었지."

"근데 집에는 왜 안 왔어? 육체노동을 하면서 호스텔에서 사는 게 집에 있는 것보다 좋았어?"

대단한 핑계들이 줄줄이 이어진다. 우리가 자신을 원하지 않을까 봐 겁났다, 여전히 역병에 걸릴까 봐 겁났다, 딸들이 자신을 이미 잊었을 것만 같았다…….

"런던을 떠나서 남서쪽으로 갔고, 데번의 해변에서 살면서 서핑을 배웠어." 적어도 그건 부동산 중개업자로 살며 집에 와서 설거지하는 것보다 낫긴 했겠군.

"그럼 실제로 그 망할 놈의 자유를 만끽하며 신나는 일을 하기까지 시간이 얼마나 걸린 거야?

그는 희번덕거리며 눈동자를 굴리고 답한다. "떠난 지 십사 개월쯤 됐을 때 데번으로 갔어."

"그런데 왜 기어들어온 거야?"

그 말에, 그는 전혀 이해하지 못하겠다는 표정으로 나를 바라본다. "당신이랑 애들이 보고 싶었어."

그는 이해를 못 하고 있다. 반도 이해를 못 한다.

"애들 좀 봐도 될까?" 나의 침묵에 그가 눈에 띄게 초조해하더니 애원하듯 묻는다. 나는 딸들을 불러 내려오게 하고, 잠시 후 딸들은 말없이 침울하게 서 있다. 선의 얼굴에 충격에 휩싸인 표정이 지나간다. 나는 의심스럽다. 정말로 그는 자기 품에 우리가 폭 안기고, 딸들에게 우리 가족은 이제 다시 완전해졌다고 선언하고, 딸들이 아빠가 살아 돌아와서 다행이고 어쩌고 하며 안도의 눈물을 쏟을 줄 알았나. 그런 일은 벌어지지 않는다.

애비는 머리끝까지 화가 난 게 분명하다. 이글거리는 눈빛으로 그를 노려본다. 해나는 발밑이 푹 꺼져 땅속으로 숨고만 싶다는 표정이다. 해나는 대립을 좋아하지 않는다. 유일하게 롤라만이 옜다 하고 그에게 뼈다귀를 던져주는데 그마저도 울퉁불퉁한 것이다. 살짝 지어 보이는 미소, 그뿐이다.

"잠깐 시간을 줄게." 오직 나가서 바람을 좀 쏠 목적으로 내가 그렇게 말한다. 하아, 영국에서 담배 농사가 가능하면 얼마나 좋을까. 난 지금 당장 미치도록 담배가 피우고 싶다. 비록 담배는 없지만 몇 분간 콧구멍에 바람을 넣으니 머리가 조금 맑아진다. 충격과 분노에 휩싸여 생각들이 머릿속에서 뱅뱅 맴돌고 있었던 것이다.

내가 부엌으로 들어가자 네 사람은 모두 어색하게 식탁에 둘러앉아 있다. 애비는 화가 나서 손톱을 물어뜯고 있는데, 평소의 나였다면 주의를 줬겠지만 오늘 아이가 이 감정의 소용돌이를 통과할 수 있게만 해준다면 뭐든 괜찮다.

"시간이 필요해요." 마침내 해나가 침착하고 위엄 있게 말한다. 그 애가 극히 드물게 사용하는 말투여서 더 큰 힘을 발휘한다. "어디 다른 데서 지내다가 내일 다시 오세요."

선은 뺨이라도 맞은 것 같은 표정을 짓고 있다. 그는 다른 딸들을 바라본다. 누가, 아니 누구라도 자신에게 집에 머물러달라고 매달려주기를 바라는 기색이 역력하다. 도대체 뭘 기대한 거지? 영웅의 귀환? 남겨진 남자들 중 일부에게는 이런 이상한 콤플렉스가 있다. 단지 자신이 '선택받은 소수' 중 하나라는 이유로 무슨 신이라도 된 줄 안다. 주위에 남자 볼 일이 워낙 없다 보니 놀라서 봤을 뿐인데도, 그들은 여자들의 표정을 보고 충격을 경외로 착각한다. 하지만 수가 줄었다고 그들이 더 나은 인간이 되는 건 아니다. 우리—여자든 남자든—는 모두 인간일 뿐이다. 단지 유전 법칙 혹은 운명의 장난으로 면역이 있다거나 살아남았다는 이유로 더 나은 인간이 되는 일은 없다. 선은 그 점을 깨달아야 한다, 그것도 빨리.

이튿날 그는 어슬렁어슬렁 집으로 돌아온다. 딸들은 학교에 가 있고 나는 하루 휴가다. 나는 오늘 내가 휴가를 내지 않았더라면 그가 도착했을 때 빈집이었으리라는 사실을 뒤늦게 깨닫는다. 그에게 내 일정을 공유해야 한다는 생각조차 들지 않았던 것이다. 이제 나는 이 인간 생각을 아예 안 한다.

"어제는…… 힘들었어." 그는 내가 마지못해 건넨, 뜨거운 물에 탄 베리스쿼시를 마시며 말한다.

"뭘 기대했어, 선? 당신은 우리를 떠났어. 나를 떠났고, 애들을 떠났어."

그는 한숨을 내쉰다. "나는 걔들 아빠야. 당신 남편이고."

나는 그의 말을 자르지 않을 수 없다. "실은, 당신이 죽었다고 생각하고 몇 달 전에 당신 사망 확인서를 받았으니까 이제는 아니야. 당신은 내 남편이 아니야. 법적으로 나는 과부지. 그걸 이혼으로 수정하려면 서류 작업을 해야 할 거야. 당신이 이렇게 살아 있으니 말이야."

"그게 내가 하려던 질문의 답인 것 같군. 우리 둘, 우리의 미래 말이야."

"션, 나는 네가 한 짓을 영원히 잊지 않을 거야."

"헬렌." 실망한 표정으로 그가 말한다. 마치 여기서 실망스러운 사람이 자기가 아니라 나라는 듯이. 그의 얼굴이 파래지도록 목이 라도 조르고 싶다.

"아니, 아니, 아니, 션. 이해를 못 하나 본데, 나는 이제 너를 사랑하지 않아. 나는 네가 필요 없어. 역병 때문에 다양한 사람들이 다양한 방식으로 시야가 넓어졌지. 그래, 역병 덕분에 너는 네 인생이 탈출해야 할 새장이란 걸 깨달았지, 축하해. 너는 이제 네가 기대했던 것보다 더 큰 자유를 얻었어. 그 망할 자유, 실컷 즐겨봐."

"내가 아주 끔찍한 인간인 양 말하는군." 그가 성마르게 말한다. "내가 아무 고민도 없이 신나서 달아났다는 듯이 말이야."

내가 어떻게 이 인간을 사랑했을까? 이런 똥멍청이를.

"당신은 애가 셋이야, 션. 한때는 아내도 있었지. 그런데 당신은 도둑놈처럼 야반도주를 했어. 빌어먹을, 당신은 이 일에서 아무것도 배우지 못한 것 같으니 내가 말해줄게. 역병이 돌고 당신이 떠난 덕에 나는 똑똑히 깨달았어. 내 아이들이 곧 내 세상이고 내가 내 인생을 꽤 좋아한다는 것 말이야. 그 무렵 나의 가장 큰 걱정은 섹스를 일주일에 한 번 하는 것이 우리 사이의 '불꽃을 유지하는 데' 충분한가, 그리고 딸들이 자신이 좋아하는 일을 하며 살 수 있을까 하는 거였어. 좋아하는 일이라! 이제는 야무진 꿈이지."

션은 두서없이 뭐라고 주절거리며 의자에 무너져내린다.

"나는 그때 내 일을 꽤 좋아했지만, 당신이 그러라고 했다면 당장이라도 관둘 수 있었어. 이때다 하고 기회를 잡았겠지. 하지만 지금, 나는 전기기사이고 쓸모 있는 사람이야. 당신은 한 번도 내가 쓸모 있는 인간이라는 기분을 느끼게 해준 적이 없어. 나는 요즘 일과를 마치고 퇴근할 때면 내 두 손을 써서 다른 사람들이 해낼 수 없는 일을 해냈다는 뿌듯함을 느끼고, 집에 와서 딸들을 볼 때면 여기가 바로 내 자리라고 느껴."

"그건 경우가 달라, 헬런. 당신은 죽음을 마주하고 있지는 않았잖아. 이마에 들이댄 총을 지켜보는 기분이었다고. 나는 당신처럼 할 수 없었어."

나는 그와 말이 안 통한다는 사실을 깨닫는다. 말해봐야 내 입만 아플 뿐이다. 아무 처벌도 없이 그가 내뺄 수 있다는 것도 터무니없게 느껴지지만, 지난 몇 년의 삶도 공평하다고 느껴지지 않는다. 이 세상의 어떤 도덕적인 판사와 배심원단도 나를 대신해 그가 아니라 내가 옳다고 그를 설득할 수 없을 것이다. 그는 떠났고 나는 머물렀다.

"여기는 내 자리야, 션." 나는 한숨 섞인 목소리로 말한다. "당신은 그렇지 않다고 결론지었고. 당신은 자기 무덤을 팠으니, 거기 들어가 누워."

션은 나를 보고 희미하게 웃는다. 그는 음료를 마저 마시더니 다섯 시 정각에 딸애들을 보러 다시 오겠다고 말한다. 나는 그가 나가자마자 문을 쾅 닫고는, 이 모든 엿같은 상황에도 내가 얼마나 운이 좋은가 생각한다. 남편이 없는 대신 할당된 일이 있다니, 나는 정말로, 정말로, 내 삶이 좋다. 그러니 거기서 누군가가 사라졌다면, 적응하면 된다.

설마 그 여자가
- 클레어 애스펀 -

본 기사는 '그렇게 안 봤는데' 지도자 역할을 맡은 미국 여성들을 취재한 〈설마 그 여자가〉 시리즈입니다. 마리아 페레이라가 작성한 이번 주 기사의 주인공은 지난 달 전원 여성이었던 8명의 다른 후보자들을 제치고 선출된, 29세의 샌프란시스코 시의 시장 클레어 애스펀입니다.

클레어 애스펀의 샌프란시스코 아파트는 2024년 밀레니얼 세대가 꿈꾸던 '이상적 생활상'에서 튀어나온 듯하다. 소파 위쪽에는 갤러리처럼 이것저것 붙여 놓았고, 주전자는 빈티지 스타일인데 핑크색이다. 구석에는 주류가 진열된 선반이 있다. 술의 종류는 많지 않지만, 자세히 들여다보니 모두 근처 베이에이리어Bay Area 일대의 양조장에서 생산된 것으로 보인다. 도마는 아보카도 무늬다. 무슨 말이 더 필요할까?

설명을 청하자 클레어는 웃으면서 아파트를 둘러봤다. 마치 몇 년 만에 처음 보는 사람처럼. "이거 좀 타임캡슐 같네요. 저는 이 집을 이십 대 중반에, 모든 일이 벌어지기 직전에 샀어요. 그 후로는 딱히 실내장식에 신경 쓰지 않았어요." 그녀는 씁쓸한 표정으로 덧붙였다. 대단한 겸양이 아닐 수 없다.

　이제 전설이 된 클레어 애스펀의 이야기를 한번 들여다보자. 2026년 역병이 미국 서부 해안을 공격했을 때 그녀는 경찰로서 공무를 집행하며 존경받을 만한 삶을 살고 있었다. "정말이지 풋내기에 열정이 넘쳤어요." 그녀는 말한다. "일찍이 더 큰 문제에 휘말리지 않았으니 제가 운이 좋았죠. 저는 의욕에 차서 옳은 일이면 뭐든 하려고 들었어요—나쁜 놈 잡아라! 세상을 바꿔! 도가 좀 지나쳤죠."

　그녀가 샌프란시스코—역병이 돌기 전에는 슈퍼리치가 아니면 장기 거주는 꿈도 못 꾸던 도시—로 이사한 것은 연봉이 7만 달러를 밑도는 일개 경찰관이 되기 위해서는 아니었다. 아니다마다, 그녀는 큰돈을 벌려고 왔다. 영화 〈소셜 네트워크〉를 본 수백만 명의 남성들이 꿈꾸던 전형적인 IT 전문가 말이다. 그녀보다 앞서 도착한 후드티 차림의 IT 업계 남자들 대다수와는 달리 그녀는 성공했다. 간략히 요약한 이야기는 다음과 같다.

　'소녀'가 텍사스 대학 오스틴 캠퍼스에서 공학 학위(당연하게도, 수석 졸업이었다)를 취득한 뒤 개발자가 되기 위해 캘리포니아로 이사한다. '소녀'는 중간 규모의 스타트업 회사에 들어가 수많은 소셜 게시물들이 경고한 그대로, 끔찍한 사내문화를 경험한다. 그래도 '소녀'는 버틴다. 그녀에게는 수많은 면모가 있지만, 그중 중도에 포기하는 사람은 없기 때문이다. '소녀'는 60명의 남자들로 이뤄진 팀에 투입된 단 두 명의 여자 가운데 하나다. 남자들 태반은 부를 좇는 데 혈안이 된 소시오패스처럼 보인다. '소녀'는 자신이 월급을 두둑이 받으며 꽤 잘하고 있다고 생각한다. '소녀'는 앞으로 무슨 일이 벌어질지 전혀 알지 못한다. '소녀'는 때마침 운 좋게도, 골든티켓을 손에 쥔다. 신규 상장. 주식이 상장되고 주가가 빠르게 오른다. '소녀'는 아주 부유해진다.

여기까지만 보아도 영화 같다. 벌써 판권에 군침을 흘리고 있는 할리우드가 보이지 않는가? 하지만 잠깐. 이야기는 한층 더 재미있어진다.

'소녀'는 부유해졌지만 만족하지 못하고 직장(아주 보수가 좋은)을 떠나 주식을 팔고 경찰이 된다. "제가 경찰이 될 거라고 말했을 때 전화로 호통치던 아버지가 아직도 기억나요. '경찰? 나는 네가 빌어먹을 경찰관이나 되게 하려고 십만 달러를 내준 게 아니라고.'"

클레어는 아버지에게 자신의 대학 교육을 위해 쓴 금액만큼 수표를 써주고, 샌프란시스코 경찰국에 합류하라는 제안을 받아들인다.

역병 같은 것이 아예 일어나지 않았더라면 이 영화의 결말은 자연스럽게 흘러갔을 것이다. 그녀는 착한 남자, 아마도 동료 경찰(우리는 사내연애라면 사족을 못 쓰니까)을 만났을 것이고, 사랑스럽고 준법 정신이 투철한 아이들을 뒀을 것이다. 그녀의 아버지는 딸이 가치 있는 선택을 했다는 사실을 깨달을 것이고, 그녀는 사람들 눈에 띄지 않고 평탄하게, 남편과 길고 건강한 삶을 살았을 것이다.

하지만 역병이 터지고 말았고, 이 젊고 담대한 경찰관은 '샌프란대폭동' 당일, 공항에 있었다. 극적인 이야기로 들리겠지만 자신이 살아서 빠져나온 것은 그저 운이 좋아서였다는 것을 그녀는 알고 있다.

클레어로서는 불행히도, 떠날 수단을 찾은 운 좋은 몇몇 사람들로서는 다행히도, 그날 국내선 항공기 몇 대가 여전히 샌프란시스코를 떠나고 있었다. 나는 유나이티드 항공과 델타 항공에 연락해 공식 입장을 밝혀달라고 요청했으나, 둘 다 응답을 거부했으므로 우리는 알고 있는 사실에서 추론할 수밖에 없다. 대부분의 국제선이 취소되었지만, 이스라엘행 항공기 두 대가 여자들만 가득 태운 채 이륙 허가도 없이 떠났다. 두 대 모두 남성 조종사가 조종했는데 그들은 도착하자마자 이스라엘인들에게 총살당했고 시신은 장례도 없이 화장됐다. 또한 시카고, 마이애미, 뉴욕, 미니애폴리스, 시애틀로 향하는 국내선 여객기 다섯 대가 공항을 떠났다.

그 비행기 가운데 하나—시애틀행 델타 항공 비행기—는 미니애폴리스에서 추락했다. 이유는 정확히 알 수 없으나 비행 중 조종사의 건강 상태가 급속히 나빠졌을 것으로 생각된다. 나머지 넉 대는 안전하게 도착했으나 조종사들이 일정대로 비행을 고집한 이유는 알 수 없다. 결국 모두 사망했으니까. 일반적으로 언급되는 가능성으로는 조종사들이 반드시 승객들이 귀향해 사랑하는 사람들과 만나기를 바랐거나, 다른 도시에서 바이러스를 피할 수 있다고 생각했거나, 목적지에 자신의 가족이 있어서라는 것이다.

지금 우리가 확실히 아는 것은 수천 명의 사람들이 공항 소요 사태로 사망했고, 항공편들이 전부 취소되었더라면 뒤이은 폭동과 인명 사고는 벌어지지 않을 수도 있었다는 점이다. 내가 클레어에게 이 이론을 제시하자 그녀는 지친 동시에 몹시 화가 난 기색이었다. "그렇게 간단히 대답할 수 있는 문제가 아니에요. 사람들은 눈에 뵈는 게 없었고, 그 무렵 공항은 항시 소요 사태의 중심이 될 위험이 있었어요. 귀스타브 르 봉이 말한 군중심리가 눈앞에서 펼쳐지는 격이었어요. 군중은 미생물이 변이를 일으키듯 돌변했고, 극도로 예민하고 비이성적이고 통제불능인 상태가 돼버렸지요."

나는 클레어에게 귀스타브 르 봉이 군중심리학에서 주장한 '전염 행동'은 과학적으로 완전히 폐기된 개념이라고 지적했다. 그때

긴 대화 중 처음으로, 나는 이 여성을 최연소 시장 자리에 올려놓은 그 사나운 눈빛을 목격했다. 그녀는 내가 엉터리 과학 이론을 공격하는 〈어틀랜틱〉의 기사를 읽었음에 개의치 않았다. 그녀는 그곳에 있었다. 그녀는 모든 것을 봤다. 내가 뭘 알겠나?

"모든 것은 한 발의 총성에서 시작됐어요." 그녀가 말했다. "한 남자. 총 한 자루. 그는 사람을 쏜 게 아니라 그냥 위를 향해 쐈어요, 영화처럼요. 하지만 영화에서는 실외에서, 대개는 혼자 있을 때 그렇게 하지요. 그는 사람들이 북적거리고 지붕의 일부가 유리로 된 공항에 있었고요."

그 후에 무슨 일이 벌어졌는지는 우리 모두 알고 있다. 팬데믹이 어떻게 우리에게서 인간성을 앗아갔는지를 고통스럽게 일깨우는, 역병의 역사에 기록될 사건. 한 발의 총성이 울린 뒤 대혼란이 이어졌다. 사람들이 총성을 피해 출구 쪽으로 밀려들었고, 여자, 남자, 아이 할 것 없이 울부짖고 비명을 지르며 공항 도처에서 깔려 죽었다. 총 186명의 사람이 소요 사태로 사망했으며, 남자들이 서로를 향해 사정없이 총을 쏘아대는 와중에 클레어의 동료 앤드류 롤링스를 비롯해 12명의 남자가 총상으로 죽었다. 소요와 공포가 공항을 시작으로 번져나갔고, 처참한 폭동이 벌어지면서 절정에 이르렀다.

클레어는 최초로 총을 쏜 사람에 대해 놀라울 만큼 관용적이었다. 선거 유세 과정에서는 감히 표출하지 않았던 입장이다. "물론 천장을 쏜 것은 잘못된 행동이었습니다. 하지만 생각해보세요. 당신이 다시는 고향에 못 가고 다시는 가족도 못 보고 며칠 뒤에 아들들이 죽고 당신도 죽을 것이라는 말을 들었다고. 그건 이미 지옥이나 다름없습니다. 사람들은 그런 상황에서 끔찍한 짓들을 저지

롭니다."

그녀는 완전히 혼자였다. 죽은 목숨이었다. 하지만 그녀는 여기 이렇게 살아 있다. 도망쳤기 때문이다. 도망친 덕분에 그녀는 살아 남았다. 시장 후보 토론회에서 주요 경쟁 후보였던 빅토리아 브라운이 제기한 날카로운 심판조의 질문이 나의 뇌리를 스쳤다. "클레어, 당신은 왜 달아났지요? 어떻게 된 공무원이 도망을 칩니까?"

클레어는 그때와 마찬가지로 빅토리아를 무시하는 어조로 말했다. 자신의 적수가 인간조건에 대한 이해가 전무하다는 비웃음. "시장선거에 출마한 이유 가운데 하나는 제가 공무원으로서 충분한 현장 경험을 쌓았기 때문입니다. 평화로운 시절은 물론 모든 게 엉망일 때도 일해봤지요. 저는 그날 제가 도망쳤다는 사실을 정직하게 인정했습니다. 빅토리아는 제가 지상 최악의 경찰관이라도 되는 듯 몰고 가려고 했습니다. 왜죠? 제가 저에게 총구를 돌렸을지 모를 남자들을 향해 총을 난사하지 않아서? 그녀의 전략은 먹히지 않았습니다. 유권자들은 이해했습니다. 그처럼 엄청난 공포의 기운이 감돌고 사람들이 살아야 할 이유를 잃어버렸을 때는 도망쳐야만 한다는 것을 말이죠."

이야기의 결말은 비로소 쓰일 수 있다. 포스트 역병 시대의, 어질러진 아파트에서 영광스럽게 막을 내리는 아름다운 결말. '소녀'는 역병 이래 그녀의 도시에서 치러진 첫 선거에서 샌프란시스코의 시장이 되었다. 단지 생존에 집중하는 것이 아니라 삶을 개선하기로 결심한 '소녀'는 코딩 분야와 경찰직에 여성들을 채용하기 위한 프로그램을 도입하고 IT 산업을 재건한다. '소녀'의 힘은 막강하고, 그 힘은 거침없이 발휘된다. 비록 몇 해 전 어느 공포스러웠던 날에는 달아났었다 해도.

던
영국(잉글랜드와 웨일스) 런던

"감자칩에 대한 논의는 더는 못 하겠습니다!"

웃지 마, 웃지 마, 웃지 말라고. 나는 간신히 무표정한 얼굴을 유지한다. 매리앤 웨스트, 감자칩에 대한 반론은 (도저히!) 더는 못 하겠다는 여자가 '제가 견뎌야 하는 게 뭔지 아시겠죠?'라고 말하는 듯한 표정으로 나를 바라본다. 오, 알죠, 매리앤. 안심하세요, 알다마다요.

단언컨대, 스물다섯 살 시절의 자아가 감히 상상도 못 했던 출세의 꿈을 이루는 최고의 방법은, 남성대역병 시대의 여성이 되는 것이다. 정신 나간 소리로 들리겠지만 난 아직 노망은 안 났고 일흔 전에는 은퇴도 할 수 없다. 은퇴까지 십 년 더 일해야 한다는 소식을 듣고 나는 생각했다. 좆됐네. 물론 나는 이 자리에서 앞으로도 잘해나갈 것이다. 다섯 번의 고속 승진으로 이 자리에 왔다. 분명한 것은 내가 영국정보국에서 가장 영향력 있는 세 사람 중 하나라는 사실이다. 루이셤 공영 주택단지의 꼬마, 던 윌리엄스. 언제나 반에서 제일가는 공부벌레지만, 자기 생각을 말로 전달하는 데도, 얘기를 흥미진진하게 들려주는 데도 젬병인 아이. 늘 가장 열심히 공부하고 늘 남다르지만, 늘 따분한 아이. 너무 따분해서 제대로 된 놀림감조차 못 되고 그냥 없는 사람 취급당하던 아이. 옥스포드에서도 그 아이는 늘 남달랐다. 유일한 흑인 여성이었으니까. 사실 어디를 가나 유일한 흑인 여성이었다. 하지만 나는 늘 조용했고 표현을 절제했다. 나는 머릿속으로는 이렇게 말하고 입으로는 저렇게 말하는 버릇을 들였다. 그렇게 이 자리까지 왔다. 실패의 이유로 거론되던 것이 성공의 이유가 되었다. 나는 누구의 반대도 원성도 사지 않는다. 철저히 두루뭉술하다. 심지어 어떤 꼬투리도 잡히지 않게 말할 수 있는 경지에 이르렀다. 적을 만들지도 않고 남의 신경을 긁지도 않고 줄곧 고개를 숙여왔다. 유능하다는 말 말고는 어떤 말도 듣지 않도록 열심히 일했다. 나를 좋아하지 않는 사람조차도 내 실수를 지적하기란 불가능했다. 늘 왼손에 금반지를 끼고 다녀서 사람들은 내가 기혼이라고 넘겨짚고는 했다. 질문도 줄고 성희롱을 당할 위험도 줄고 내가 딸을 낳았을 때는 아무도 놀라지 않았다. 사람들은 내가 결혼해서 아이를 낳았다고 넘겨짚었다. 이상할 것 하나 없었다. 나는 언제나 좌중에서 가장 따분하고 가장 열심히 일하는 사람이 되는 것을 목표로 삼았고 성공했다.

그리고 나는 죽지 않았다. 그것이 승진에 정말 큰 도움이 됐다.

더 중요한 문제로 돌아가자. 이를테면 감자칩.

"감자칩은 주요한 열량 공급원이고, 잘 부패하지 않아서 음식물 쓰레기가 최소량만 발생해요. 그리고 사람들은 감자칩을 좋아하지요. 아, 당신이 그런 건 고려 사항이 아니라고 이의를 제기하기 전에, 다시 한번 확실히 짚고 넘어가죠. 고려 사항 맞아요."

얼굴에 비해 커다란 안경을 쓴 심각한 표정의 영양학자가 물러나 앉는다. 그녀는 이 감자칩 논쟁에서 살기등등한 기세의 매리앤을 이기지 못할 것이다.

"잠깐 티타임 좀 가질까요?" 나는 이렇게 제안하고, 곧바로 내 어휘 선택을 후회한다. 매리앤이 한순간 울상을 짓는다. 테이블에 감돌던 긴장이 풀어지고 사람들은 물에 탄 스쿼시 몇 가지가 기다리고 있는 시시한 음료 수레 주위를 어슬렁거린다. 스쿼시라니, 어린애들 생일잔치도 아니고. 차가 이렇게 순식간에 동날 줄 알았더라면 천장 끝까지 닿도록 사재기를 했을 텐데.

"하아, 차 마시고 싶어 죽겠어요." 매리앤이 돌아와 내 옆에 앉으며 한숨을 내쉰다.

"차가 있으면 한결 나을 텐데, 그렇죠?"

그녀가 침통하게 고개를 끄덕인다. "며칠 전부터 잉글랜드 남부 지역의 차 경작 가능성을 조사하기 시작했어요." 나는 그녀를 의아한 표정으로 바라본다. "알아요, 가능성이 희박하다는 거. 영국 켄트가 아니라 인도와 아프리카에서 차를 재배하는 데에는 다 이유가 있더군요. 혹시 기후 변화가 또 다른 가능성을 열어주지는 않을까 생각했는데, 세계 인구의 반이 죽으면서 유해한 배기가스가 줄어들었고, 기후 역시 원상태로 돌아올 가능성이 높다는 사실을 알게 됐죠."

매리앤처럼 유머 감각을 겸비한 유능한 공무원을 만나기란 쉽지 않다. 그녀는 영국 배급제를 총괄하는 수장이자 배급제 운영위원회의 의장이다. 나 역시 이 위원회의 일원이기에 영국 국민의 생명을 유지하고 국민에게 계속 밥을 먹이자는 공동의 목표를 가진, 스무 명이 모인 이 회의실에 마지못해 앉아 있다. 세계 식품 무역이 하루 빨리 재개되어 내가 이런 회의에 참석하지 않아도 되면 좋으련만.

"어쩌다 배급 일을 맡게 되었어요?" 내가 묻는다. 몇 달 전부터 묻고 싶었던 질문이다.

"스물넷에 공직 생활을 시작했어요. 전에는 변호사로 일했는데 맞지 않았죠. 공무원 생활이 더 낫더군요. 정책이란 어떤 종류가 됐든 수천 수백만 명의 사람들에게 영향을 미치지만, 제가 개인적으로 그들을 알고 지낼 필요는 없죠. 그 차이가 좋아요."

나는 고개를 끄덕인다. 나도 비슷한 생각이다. "저도 경찰관이 됐다면 끔찍했을 거예요. 개인들을 상대해야 하니까. 악몽이죠. 그런데 또 어쩌다 배급제를 맡게 되신 거죠?"

"공직생활을 삼십 년쯤 하고 나니 저는 '두루두루 잘하는 사람'이라는 평판을 얻었어요. '일에 쉽게 싫증을 느끼는 사람'을 좋게 말해주는 표현이죠. 저는 이 부서 저 부서 두루 돌아다니면서 골치 아픈 일을 뒷수습하는 '해결사'가 되었죠. 역병이 시작됐을 때—젠장, 몇 년이 지났는데도 이 말은 너무 중세 느낌이잖아요—는 환경식품농무부에서 일하고 있었어요."

흥미롭지만 놀랍지는 않다. 매리앤은 솔직히 말해 내가 만나본, 대단히 상식적이면서 실리주의적인 사람 가운데 하나다. 나는 그녀가 직권을 휘두르지 않으면서도 자신 앞에 닥친 참사를 책임지고 해결하는 모습을 어렵지 않게 상상할 수 있다.

"이 제도를 직접 생각해낸 거예요?"

매리앤은 고개를 끄덕인다. "네, 환경식품농무부 국장님께 큰 도움을 받았어요. 2025년 12월에 배급제가 필요하다고 제안했더니, 그분께서 저에게 한번 만들어보라고 하셨고, 한 달 뒤에 법안이 통과돼서 여기까지 왔어요. 우리 영양학자 도나가 보통 때는 오늘처럼 피곤하게 굴지 않는다고 말씀드리고 싶지만, 그건 거짓말이니

341

그냥 적응하셔야 할 겁니다. 가끔은 그냥 스테이플러로 머리를 콱 쥐어박고 싶—."

"도나! 이렇게 와주다니, 고마워요." 내가 환한 미소를 지으며 급히 매리앤의 말허리를 자른다.

도나는 안경을 고쳐 쓰고 우리 두 사람을 결연히 바라본다. "간식 배급에 대해 논의할 필요가 있어요. 말이 안 돼요, 매리앤, 정말이지—."

매리앤은 한숨을 푹 쉬고는, 딸아이가 바보같이 굴 때 내가 하던 지친 말투로 "도나" 하고 말한다.

"간식 배급은 줄이지 않을 거예요. 도나도 잘 알다시피, 간식량을 결정하는 데는 수많은 고려 사항이 있고, 그중 하나—딱 하나—가 영양이라고요. 도나가 바라는 대로 하면, 우리는 모두 날마다 아마씨와 14회분의 익히지 않은 채소를 먹어야 할 거예요. 하루를 조금이라도 더 활기차게 보내도록 도와주는, 열량 높고 영양가 없는, 감자칩, 단것, 주류, 케이크, 심심풀이 군것질류를 허용하는 것은 기아를 막고 사람들의 행복을 지켜줍니다. 사람들이 슬펐으면 좋겠어요, 도나?"

도나가 분통을 터뜨린다. "저는 사람들이 건강했으면 좋겠어요. 케이크를 만드는 데 그렇게 많은 자원을 낭비할 필요는 없다고요. 이 시국에 케이크라뇨."

"자, 위원회도 나도 도나 생각에 동의하지 않으니, 싫어도 참아요." 매리앤이 쏘아붙인다. 나는 매리앤과는 반드시 잘 지내야겠다고 마음 먹는다.

"빌어먹을, 영양학자를 새로 뽑든가 해야지." 매리앤이 중얼거린 뒤 회의 재개를 알린다. 배급제도라는 커튼의 이쪽 편에 있으니 기분이 묘하다. 딸과 함께 지역 경찰서에 가서 우리의 배급수 첩을 받던 날이 생각난다. 쨍한 파란색에, 게이츠헤드에서 급히 인 쇄한 그것들은 너무도 구닥다리로 보여서 지금이 21세기가 맞나 의심스러울 정도였다. 2026년 1월 24일부터 영국은 공식적으로 1954년 7월 4일 이래 처음으로 배급제도를 실시했다. 배급제도는 제2차 세계대전 시기의 옛 배급제도를 부분적으로 차용했고, 전면 적으로 수정한 부분도 있었다. 만일 영국 국민에게 각각 한 바구니 의 신선한 야채, 과일, 육류, 유제품, 빵을 준다면 그들은 굶어 죽 을 것이다. 배급수첩에 따르면 우리는 매주 일정량의 식품을 구입 할 수 있다. 거기에 수프, 즉석식품 같은 가공식품을 포함시킬 순 있지만 반드시 탄수화물, 단백질, 야채와 과일이 고루 섞여 있어야 한다. 채식주의자가 아닌 이상 모두 소량의 육고기와 생선을 할당 받고, 약간의 달걀과 유제품도 받는다. 달걀이나 유제품에 대한 거 부권이 없다는 사실에 채식주의자들이 콩 튀듯 반발했지만 정부는 채식을 위한 대체 식재료는 '영국에서 구하기 쉽지 않다'는 입장을 발표했다. 또한 국민에게 배급제가 필요한 이유와 할당량이 산출 되는 원리를 확실히 이해시키기 위해 대대적인 홍보 캠페인을 실 시했다. 투명성이 분노와 사회불안의 위험을 줄여줄 것이라는 판 단이었다. 솔직히 말해 사람들은 그냥 뭔가 체계가 생겼다는 사실 에 안심했던 것 같다. 사재기가 12월부터 다시 시작된 뒤였고, 식 량 부족이 우려되고 있었다.

그리고 당연히 우리는 모두 간식 배급, 정확한 명칭으로는 '추가 칼로리 수당'을 받는다. 우리는 그것으로 매주 약간의 '불량식품'을 살 수 있다. 유독 일이 안 풀리는 날에 불쑥 '젠장, 초콜릿 있으면 좀 줘봐' 하고 되뇔 때, 삶은 조금이나마 견딜 만해지는 법이다. 도나 같은 사람들이 이에 몹시 분개한다. 도처에서 볼멘소리가 들려온다. "물러터진 밀레니얼 녀석들은 국난의 시기에도 단것 없이 못 살겠다 이거로군!"

나는 배급제를 실시하기 직전에 총리가 했던 인터뷰를 기억한다. 그녀는 감사하게도 공무원들이란 어찌나 제도에 집착하는 수집광들인지 제2차 세계대전 기간과 전후의 배급제에 대한 아주 방대한 정보를 살펴볼 수 있었고, 그것을 출발점으로 삼았다며 '블리츠 정신'*에 대해 말했다. 1946년 당시의 정부는 어쨌거나 국민을 연명하게 하는 일에 관한 한 대단히 박식했다. 그 인터뷰에는 소름 끼치는 대목이 있었다. 인터뷰 진행자가 총리에게 "영국 국민에게 식량이 충분하다는 것을 어떻게 아십니까?" 하고 묻자 총리는 얼굴을 살짝 일그러뜨리고 대답했다. "불행하게도 인구는 계속 감소 중입니다. 출산율이 곤두박질했고, 백신이 없다면 남자들은 계속 역병에 걸릴 테지요. 우리는 인구가 이대로 유지된다는 가정하에 계획을 짰는데, 그런 일은 없을 게 거의 확실하니까요."

사람들이 계속 죽기 때문에 우리에게는 식량이 충분할 것이다. 이는 역병에 관한 가장 암울한 공식 발표 중 하나였다.

"좋아요, 다른 업데이트 상황들을 빠르게 훑어봅시다." 매리앤이 또랑또랑한 목소리로 재빨리 여성들로 이뤄진 좌중에게 지시한다. 그녀는 목록의 항목들을 척척 해치운다.

"수많은 지역 보건의들로부터 여성 전기기사와 쓰레기수거 차량기사의 배급량을 늘려야 한다는 요청이 들어왔습니다. 이의가 없다면 보고서에 제시된 대로 칼로리 증가를 승인하겠습니다." 찬

---

* 제2차 세계대전의 공포와 역경을 이겨낸 영국인의 정신.

성하는 나직한 웅성임.

"이번 분기 음식물 쓰레기 보고서가 나왔습니다. 두 곳의 대형마트가 손질된 양파, 당근, 감자의 판매 허가를 요청했습니다. 그것이 채소를 직접 썰 수 없는 장애인들에게 도움이 된다는 주장입니다. 흥미롭군요. 우리가 판매를 금지한 이유는 음식물 쓰레기였고요."

"양파는 일단 썰면 너무 순식간에 상해서 실행 불가능합니다." 누군가가 말한다. "낭비가 엄청날 겁니다."

"당근과 감자만 일정량 승인하는 것이 어떨까요? 다음 분기에 폐기량이 얼마나 나오는지 살펴본 다음, 다른 채소류를 재심사하는 것으로. 전원 동의합니까? 좋아요." 매리앤은 자신의 메모를 보더니 얼굴을 찌푸린다. "다음, 도나, 만성 소화장애 환자들에 대해 논의하고 싶다고요?"

"네, 글루텐을 먹을 수 없는 사람들에게 탄수화물 선택지가 감자에 국한된 것이 걱정스럽습니다. 대체재를 탐험할 수 있는 예산이 나왔으면 합니다. 아마도 완전히 새로운 발상이 필요하겠지요." 회의실의 저쪽 끝에서 매리앤이 어이없어하며 눈동자를 굴리는 소리가 내 귀에 들리는 것만 같다.

"자." 매리앤이 감자칩 부서지듯 경쾌하게 말한다. "혹시 잉글랜드 어딘가에 논으로 쓸 땅을 찾게 되면 필히 저에게 알려주십시오. 그때까지 글루텐 알레르기가 있는, 1퍼센트의 사람들은 견뎌야만 할 겁니다. 우리에게는 더 중요한 사안이 있으니까요.

다음 안건은 배급수첩 위조에 대한 월례 보고입니다. 위조 건수가 아주 낮다는 사실을 알리게 되어 기쁩니다. 지난달 32건의 위조 사건이 있었고, 그들 전원이 전체 배급량의 20퍼센트 삭감과 최소 육 개월간 '간식' 수당의 전면 박탈이라는 표준적인 처벌을 받았습

니다." 매리앤은 고개를 들고 미소를 짓는다. "설탕이나 술을 안 주
겠다는 협박이 사람들의 도덕적 나침반에 미치는 영향이 어마어마
하군요, 안 그래요?

이제 마지막으로 레스토랑 발의안입니다. 아직 우리가 시험해볼
단계가 아니라는 것은 저도 압니다만 부디 가까운 미래에 가능해
지기를 바라고, 그러려면 몇 가지 계획이 필요할 겁니다."

내 왼쪽 눈썹이 올라가고, 매리앤이 그것을 포착한다. 레스토랑?
여전히 경제는 간신히 굴러가는 중이고, 기근에 시달리다가 이제
겨우 흉년 한 번 넘긴 이 국가위기 상황에? 정말로?

"제가 못 말리는 식도락가라는 걸 양손 번쩍 들고 시인하겠습니
다. 거품도 그립고 유치한 식용 꽃도 그립지만 아직은 시기상조라
는 것도 압니다. 그래도 식당 허가 제도를 준비했으면 합니다. 아
주 단순해요. 계획서를 제출하고 등록한 레스토랑들이 1, 2주 전에
사전 예약을 받습니다. 예약 절차와 함께, 1인분의 저녁 식사 배급
량이 레스토랑으로 이전되는 겁니다. 만약 식사할 사람이 식당에
나타나지 않으면, 자업자득입니다. 배급량은 이미 날아간 겁니다."

방 안에 침묵이 감돈다. 내가 그 의견에 대단히 매료됐다고 말할
수는 없다. 한 잔에 20파운드짜리 꽃을 띄운 술이 나오는 비싸고
화려한 레스토랑을 나는 한 번도 좋아한 적이 없다.

탁자 끄트머리에 앉은 여자가 목을 가다듬더니 조용히 말한다,
"심리학적인 측면에서 대단히 유익할 수 있다고 생각합니다." 아,
보나마나 심리상담가로군.

"물론입니다!" 매리앤은 이 작은 격려를 붙든다. "사회와 문화
를 이루는 중요한 부분을 지속시키고, 일자리를 창출하고, 평범한
일상을 사는 기분을 느끼게 하는 효과가 있을 겁니다. 그게 우리가

줄곧 얘기해오던 것 아닌가요? 가능한 한 평소처럼 일상을 유지하는 것 말입니다. 굶주리는 사람이 있어서는 결코 안 되겠지만, 사람들은 여전히 음식을 즐길 수 있어야 하고, 그 특별한 경험을 누릴 수 있어야 합니다. 옷을 차려입고 멋진 레스토랑에 가서 자신이 직접 만들 수 있는 것보다 훨씬 맛있는 음식을 즐기는 것 말입니다. 저는 레스토랑에 가서 제 예전 삶의 일부를 확인하고, 어쩌면 몇 시간 동안만이라도 달라진 것은 아무것도 없다는 기분을 느끼고 싶습니다."

나는 이 방에서 가능한 한 소수의 인원만 화나게 하면서 침묵을 깨뜨릴 가장 요령 있는 답변을 떠올리려고 노력한다. "초안을 잡아보면 어떨까요? 그럼 다음 회의에서 더 자세히 논의할 수 있지 않겠어요?" 매리앤은 나에게 고마워하는 미소를 보낸다. 레스토랑에는 관심 없지만 평범한 생활에 대한 바람에 공감한다. 배급제도는 매우 훌륭하다. 만인의 배고픔을 법의 관점에서 평등한 것으로 만들었다. 모두가 더도 덜도 없이 똑같은 음식과 포만감을 누린다. 하지만 나는 음식을 푸짐하게 차려놓고 먹던 즐거움이 그립다. 무더운 여름밤 친구들이 놀러 올 때 와인을 세 병씩 사던 것이 그립다. 스테이크, 갈비, 햄버거를 구워 먹던 부슬비 내리는 6월의 토요일 오후가 그립다(영국의 날씨는 바비큐하는 날마다 고집스레 비를 뿌린다). 만약 레스토랑 덕분에 일부 사람들이 자신의 삶에 달라진 게 없다는 기분을 느낄 수만 있다면, 무슨 수를 써서든 그렇게 만들어야 한다. 손쓸 수 없을 만큼 너무 많은 것이 변해버린 지금, 우리는 어떻게든 예전의 삶으로 되돌아가야 한다.

엘리자베스

영국(잉글랜드와 웨일스) 런던

숨을 깊이 들이마시자 부케의 장미 향이 내 마음을 가득 채운다. "다 잘될 거야." 사이먼은 언제나 나에게 말한다. 조지는 결연한 태도로 내 옆에 서 있다. 정장을 말쑥이 차려입은 그가 아빠를 대신해 나와 함께 입장할 것이다. 내 옆을 지켜줄 아빠 없이 결혼식을 올릴 거라고는 상상도 못 했지만 지금 나는 안전하고 사랑받고 있다고 느낀다. 이 세상 모든 신부들이 바라듯 오늘은 내 인생의 가장 행복한 날이다.

오르간 연주가 시작되고 우리는 느리지만 굳건한 걸음으로, 사이먼의 가족이 대대로 결혼식을 올리고 세례를 받은 이 아름다운 교회의 통로를 걸어간다. 엄마는 앞줄에 앉아 눈물을 흘리고 있다. 민간 여객기들이 접종 확인증이 있는 사람들을 위한 운항을 시작했다. 엄마가 여기 있다는 것이 가장 특별한 선물 같다. 초록색 드레스를 입은 상기된 얼굴의 아마야가 나를 보고 환하게 웃는다. 조지의 사랑스러운 딸 미니가 내가 지나갈 때 엄지손가락을 들어서 나는 고개를 젖히고 웃고 싶어진다.

그리고 저 끝에는 사이먼이 서 있다. 내가 '될 대로 되라' 하고 충동적으로 접근해본 이 남자가 이제 내 인생의 전부가 되었다. 그는 떨리는 미소를 짓고 있다. 눈물 한 방울이 얼굴로 흘러내릴 듯하다. 몇 해 전 겁에 질리고 불안에 사로잡혀 비행기에서 내렸을 때 나는 사태가 이토록 심각해질 줄은, 이렇게 많은 사람을 잃을 줄은 몰랐다. 그리고 결국에는 내가 내 힘으로 얼마나 멋진 삶을 일구게 될 줄도 몰랐다. 그때로 돌아갈 수만 있다면 나 자신에게 다 잘 풀릴 거라고 말해주고 싶다.

조지가 내 베일을 들고 내 양손을 꼭 쥐고는 또랑또랑한 목소리로 사이먼에게 말한다. "이제부터는 자네가 보살펴주게."

"네, 그렇게 하겠습니다." 사이먼이 엄숙하게 맹세한다. 예배는 봉독과 찬송가가 뒤섞인 웅성거림으로 진행되고, 우리 곁을 떠난 이들을 위한 묵념이 이어진다. 우리는 혼인 서약을 하고, 나는 그의 중간 이름 세 개를 읊으면서 사이먼의 부모를 쏘아보고 싶은 충동을 누른다. 이름이 이렇게 많을 필요가 있었나. 사이먼 헨리 리처드 제임스 메이틀랜드는 이름이 다섯 개나 된다. 하지만 어쨌든 그는 완벽하다. 그러니 알 게 뭐람.

피로연은 간소하지만 환상적이다. 배급 토큰으로 구해온 피자와 영국제 와인, 나의 가족. 진짜 가족과 선택한 가족 모두에게 둘러싸여 밤 늦도록 추는 춤. 우리는 제이슨 므라즈^{Jason Mraz}의 '러키^{Lucky}'에 맞춰 춤을 추고, 그것은 마치 불운을 막는 예방주사 같다. 그래, 우리가 운이 좋다는 걸 우리도 알아! 우리는 온 우주를 향해 말하고 있다. 우리는 우리가 행운아임을 뼛속 깊이 느낀다. 사이먼은 면역이 있고, 나는 사랑에 빠졌고, 사랑하는 남자와 가족을 이룰 앞날을 내다보는 드문 위치에 있다. 생존, 결혼, 부모 되기라는 그토록 평범한 꿈. 하지만 지금은 귀하고 드문 꿈.

"처녀 파티 뒤로 다시는 안 마실 줄 알았더니." 내가 사과주를 마시며 한숨 돌릴 때 아마야가 놀린다.

"말도 마요! 그 선물들 생각하면 아직도 아찔해요."

나는 평소 미국의 처녀 파티가 과격하다고 생각했다. 하지만 이제 내 주방 선반에는 페니스 모양 파스타가 있고 포르노 DVD도 생겼다(델릴라 데이가 만든 엄청 윤리적인 포르노! 그녀는 자체 포르노 제작회사를 소유하고 있다. 그것은 여자들에게 과거에 남편, 남자친구와 나누던 섹스를 떠올리게 한다). 이제는 안다. 영국의 처녀 파티가 진짜다. 그저 사이먼이 그의 부모님이 오셨을 때 그 파스타를 쓰지 않기를 바랄 뿐이다.

"무슨 얘기를 그렇게 재밌게 해?" 조지가 아마야와 나에게 달려오며 말한다.

"취하셨네요." 아마야가 웃는다.

"네, 저 취했습니다." 그가 씨익 웃으며 말한다. "결혼식이잖아요. 신부 측 아버지 대타는 얼큰하게 취하는 게 전통이라고요."

"두 사람을 만나서 정말 기뻐요." 술 몇 잔으로 혀가 꼬인 내가 말한다. "이 모든 일이 벌어지지 않았다면 좋았겠지만 두 사람을 만난 건 정말 기뻐요."

"나쁜 일과 좋은 일은 공존하는 법이죠." 아마야가 조금 슬픈 미소를 지으며 말한다. "그러니까 우리는 열심히 좋은 것을 찾아내야 해요."

적응
ADAPTATION

설마 그 여자가

- 브라이어니 킨셀라 -

본 기사는 '그렇게 안 봤는데' 정치, 사업, 산업 분야에서 지도자 역할을 맡은 미국 여성들을 취재한 〈설마 그 여자가〉 시리즈입니다. 마리아 페레이라가 작성한 이번 주 기사의 주인공은 현재 세계 최대 이용자 수를 자랑하는, 여성들을 위한 새로운 데이팅앱 '어댑트^{Adapt}'의 설립자이자 CEO인 브라이어니 킨셀라(31세)입니다.

브라이어니 킨셀라는 자신이 전략적 제휴 팀장으로 일했던 옛 직장의 이름을 발설할 수 없다고 했다. 하지만 과거에는 그곳이 세계 최대의 데이팅앱이었다고 시인했다. 이러한 시인이 그녀가 퇴사 시 체결한 NDA*를 위반하는 것은 아닌지 염려되지만, 브라이어니는 자신이 무사할 거라 자신했다.

우리는 미드타운 본사에 자리잡은 그녀의 거대한 사무실에서 만났다. 수십억 달러를 벌어들이는 회사의 사장에게 딱 어울리는 공

---

* Non Disclosure Agreement. 둘 이상의 기업, 개인이 공유하는 정보를 외부에 공개하는 것을 제한하는 계약.

간이다. 어댑트는 포스트-역병 시대 최초의 유니콘 기업*이고 현재, 이용자 수로는 세계 최대의 데이팅앱이다.

"아, 이런, 우리가 그런 수치를 달성하다니 기분이 정말 좋네요. 제가 이 회사를 처음 시작했을 때만 해도 욕을 먹었거든요. 지금이야 인터넷 접속이 대부분의 선진국에서 역병 이전 수준으로 돌아왔지만, 삼 년 전만 해도 여전히 우리는 다들 대역폭 할당 시간 동안 이리저리 헤매고 다녔잖아요. 기껏해야 휴대전화 수신이 될까 말까였죠, 기억나시죠? 하지만 저는 아주 일찍부터 이 일을 시작하겠다고 마음 먹었어요. 인프라 문제는 늘 해결되기 마련이고, 그저 시간문제였으니까요. 유사 이래 인류의 가장 중대한 문제에 대한 해결책이 필요해질 게 분명했죠. 그것도 빨리요."

내 머리는 '인류에게 가장 중대한 문제'가 가리키는 게 무엇인지 잠시 헤맸다. 백신을 말하는 건가?

"우리 시대의 가장 큰 질문은 이겁니다. 문자 그대로 남은 남자가 없는데 어떻게 사랑을 찾을 것인가? '세상에 널린 게 남자다', '짚신도 짝이 있다' 같은 말은 이제 더는 안 먹혀요. 널린 게 없으니까. 누가 또 죽었느냐는 얘기를 빼면, 이것이 중요한 화두가 되었죠. '난 이제 무슨 수로 사람을 만나지?' 종말의 시대에조차 인간의 욕구는 그대로예요. 우리는 모두 사랑받는 느낌을 바라고, 욕망되기를 바라고, 이 미쳐 돌아가는 무시무시한 세상에서 혼자가 아니라고 느끼기를 바라죠."

나는 이름을 언급하지 않은, 예전 직장에서 브라이어니가 맡았던 일이 무엇인지 물었다. '전략적 제휴 팀장'은 마치 실리콘밸리

* 단기간에 기업가치 10억 달러를 넘긴 신생기업.

를 배경으로 한 텔레비전 드라마에서 대충 붙인 직함처럼 느껴졌다. 브라이어니는 나의 무지를 기분 좋게 웃어 넘겼다. "한마디로 저는 회사에 돈을 벌어다 줬고 다른 브랜드들과 우리 앱을 짝지워서 인지도를 올렸습니다. 그렇게 저는 숫자에 목매게 됐죠. 데이터는 제 생명입니다. 남녀는 앱을 언제 가장 많이 사용하나? 그들이 잠재적인 매치 상대에게 '예스' 혹은 '노'라고 말할 확률이 가장 높았던 것은 언제인가? 확실히 말할 수 있는 건 여름에는 이용자가 더 깐깐해지고 12월은 우리에게 거저 먹기라는 겁니다. 그리고 또 하나. 전체 매치 가운데 몇 퍼센트가 대화로 이어졌고, 그 대화 가운데 몇 퍼센트가 전화번호 교환에 이르렀나?"

내가 정말로 궁금한 것은 그 데이터 기반 업무가 어떻게 깨달음의 순간으로 이어졌는가였다. 그러니까 한 여성이 다른 여성과 얼마나 많은 로맨틱한 경험을 했느냐에 따라 상이한 설정을 제시하는 여성 전용 데이트 사이트를 만들어야겠다는 생각에 이른 경위 말이다.

"역병이 시작되자 아주 괴이한 일이 벌어졌습니다. 남자들이 무더기로 죽어나간다면 대부분 남자들이 값진 상품이 될 거라고 가정하겠지요, 아닌가요? 경제학의 기본 법칙대로라면 남성의 공급이 감소함에 따라 남성에 대한 수요가 증가해야 할 겁니다. 우리가 접수한 악성 메시지 신고 건수—요청하지 않은 성기 사진, 모욕적인 성관계 요구 등등—가 가파르게 증가한 것을 보면, 많은 남성 이용자들도 그런 추세를 예상했습니다. 하지만 결과는 반대였죠. 심지어 남성 인구의 5, 10퍼센트만 역병을 앓던 초기에도 여성들은 두 가지 양상을 보였습니다. 그들은 데이트를 덜 하기 시작했고, 혹여 데이트를 한다면 여자들과 했습니다." 그는 말을 멈추더니 성가시다는 듯 손을 내저었다. "물론 모든 여성을 말하는 건 아닙니다. 하지만 꽤 큰 숫자였죠. 2026년 3월에서 6월 사이 일반 여성 유저의 40퍼센트가 앱 사용을 중단했습니다. 한편 같은 기간 동안 앱에 남은 여성 가운데 25퍼센트는 자신들의 선호를 '남성만 찾는 여성'에서 '남성과 여성을 찾는 여성' 혹은 '여성만 찾는 여성'으로 변경했습니다. 이건 완벽히 이해할 만한 선택이었다고 생각합니다. 누가 사별의 고통과 슬픔이라는 위험에 선뜻 자신을 노출하려 들겠습니까? 다음주 일요일에 시신으로 발견될 게 거의 확실한 사람과 데이트는 해서 뭐합니까? 처음으로 여성들은 자신을 바람맞힌 데이트 상대에 대해 아무렇지 않게 '이 남자 죽었나?'라고 말할 수 있었죠"

그는 물러나 앉으며 득의만만한 표정을 지었다. 그럴 만하다. 브라이어니 킨셀라는 역병의 시기 동안 연애와 데이트에 대한 여성의 감정을 이해하고 금전적 가치로 환산한 유일한 여성이다. 그래서 그러한 파악 뒤에, 새로운 앱이 있어야 한다고 생각했던 걸까?

그는 힘차게 고개를 끄덕였다. "제가 돌파구를 찾으려고 애쓰는 동안 제가 일하던 회사는 와해 중이었어요. 2026년에 비즈니스 쪽 상황이 얼마나 괴이하게 굴러가고 있었는가를 설명하기는 쉽지 않아요. 수많은 남성들이 법적으로는 여전히 피고용 상태였지만 일하지 않거나 출근하지 않았죠. 그야, 출근했다가는 십중팔구 죽을 테니까요. 이메일을 보내도 답장도 없고, 회의도 열리지 않고, 계약은 어그러졌어요. 모든 것이 서서히 멈추다시피 했죠. 저의 최우선 순위는 우리가 가진 데이터를 이용해 어떻게든 우리 회사가 계속해서 돌아가게 하는 것이었습니다. '새로운 세계'가 어떤 모습이건 제가 실직하지 않으려면 말이에요. 당시 제 직속 상사—회사의 부

사장들 가운데 하나였죠—는 말 그대로 매일 공황 상태였어요. 일주일에 이틀 꼴로 제 사무실에 찾아와, 대부분의 시간을 울다 갔어요. 남편도 있고 아들도 하나 있었으니 이유야 짐작은 했지만. 그래도 저는 제 일이 좋았어요. 종말이 와서 물물교환 경제든 뭐든 되고 난 뒤에도, 저는 담보 대출을 갚을 방법은 있기를 바랐습니다. 우리는 모두 겁에 질려 있었지만, 우리 중 일부는 얼마간 안정성을 유지하면서 상황을 돌파해서, 이 시기를 극복하기를 바랐어요. 오래갈 상처지만요. 어쨌든. 저는 최대한 많은 데이터를 확보한 다음 2026년 8월 3일에 사표를 냈어요—제 상사는 그때도 사무실에 없었죠. 저는 여성 코딩 전문가 세 명을 데리고 나왔고, 2026년 10월 2일에는 어댑트의 시범 버전을 가동했어요. 2026년 11월 1일에 앱을 정식으로 출시했고, 2029년 2월 15일에는 세계 최대의 데이팅앱이 됐죠. 밸런타인데이를 놓쳤다는 게 지금도 너무 분해요. 딱 하루 차이인데!"

하지만 왜 그냥 기존 앱에서 하지 않았나? 왜 새로 시작했나?

"제가 세계 최대의 데이팅앱 회사를 소유하게 된 결정적인 계기를 묻는 거라면, 정말 하고 싶지 않은 말이지만 '남성 인구가 90퍼센트 줄어서'입니다. 하지만 변화는 새로운 입문자들이 시장에 들어올 기회도 줍니다. 다른 앱들도 어려웠죠. 경영진, 코딩 팀, 이사진의 태반이 남성이었고, 그래서 역병이 휩쓸자 기업 구조에 큰 타격을 입었습니다. 그런 점에서 저는 아주 유리하게 출발했어요. 일단 제가 여자이고, 두 달 전까지만 해도 오직 여성만 채용했으니까요. 두 번째로 여성들은 기존의 데이팅앱들을 자신들의 지난 삶과 이전 세계의 방식과 결부된 것으로 여겼어요. 일요일 저녁 반시간쯤 사진을 획획 넘기며 귀여운 남자를 찾아보다가 잠시 대화를 나누고, 어쩌면 다음주 금요일쯤 만나서 술을 한잔하고, 그 남자랑 자거나 말거나 하는 일요. 이제 우리에게 그런 선택지는 없어요. 이제 세상은 그렇게 돌아가지 않지요. 저처럼 '필수 경제 서비스'를 제공한다고 간주되는 회사를 소유하거나 의료, 법, 경찰, 엔지니어링 같은 '필수 전문직'에 종사하지 않는 사람은 국가가 할당한 직업을 가져야 해요. 다들 직업이 있기는 하죠. 그런데 의무여서 하는 거지 원해서 하는 일은 아니에요. 우리는 구할 수 있는 음식을 먹지, 정말 먹고 싶어하는 음식을 먹지는 못해요. 복권 당첨이나 다름없는 특권이 주어져야 자녀를 갖겠죠. 좋은 남자를 만나 사랑에 빠지고 '때가 됐다'라고 느껴서가 아니라요.

현재의 삶에는 의무만 많고 즐거움은 많지 않습니다. 그러니, '알아요. 삶이 얼마나 송두리째, 엿같이 바뀌었는지. 하지만 또 모르죠. 여전히 사랑과 섹스와 외로움을 덜어줄 뭔가를 찾을 수 있을지도요.' 하고 말하는 데이팅앱이 되찾은 일상의 반가운 인사처럼 받아들여진 거죠."

혹시 플랫폼에 남성 이용자를 받아들일 생각이 있나요?

"아니요! 남자들은 여자를 찾는 데 아무 도움도 필요없어요. 아주 엄밀히 말하면, 얼마간 필요할 수도 있겠죠. 여성과 사귀기를 바라는 남성은 통계상 아주 유리한 입장이라고만 해둡시다. 하지만 그보다도 희망 때문이에요. 세상이 무너져서 고작 몇 주 사이에 당신의 인생 계획이 공중분해되는 것보다 더 끔찍한 게 무엇인지 압니까? 그런 악조건에서도 남편과 두 아이와 하얀 울타리를 친 집을 갖겠다는 계획이 어떻게든 실현되기를 계속 바란다는 것입니다. 실낱같은 희망을 못 버리는 거죠. 여자들은 새로운 방식의 사랑을 찾으려고 어댑트에 접속합니다. 저는 여자들이 처음 가입할 때 이 질문들을 마주하게 하고 싶지 않아요. '관심대상이 남성인가요…… 아직도? 희망을 걸고 있나요…… 아직도?' 숫자가 안 맞잖아요. 남자 하나에 여자 아홉이라고요."

브라이어니는 남자를 만나고 사랑에 빠지기를 바랄까? 그는 한숨을 쉬었다. 이 질문을 자주 받는 것이 분명하다. 내 진부한 질문에 그는 준비된 답변을 말했다. "저는 싱글이고 그런 변화는 기대하지 않습니다. 언젠가는 부디 아이를 낳을 수 있기를 바라지만 그것을 인생의 중요한 목표로 삼지는 않으려고 합니다. 그걸 위해 제가 할 수 있는 게 아무것도 없으니까요. 세상사가 더는 '투자 회수'를 원칙으로 작동하지 않습니다. 역병 전에 일에 대한 인터뷰를 할 때 저는 언제나 숫자 게임이라고 대답하고는 했어요. '만약 당신이 앱에서 충분한 시간을 보내고, 충분한 양의 사진을 살펴보고, 매치된 상대에게 메시지를 보내 데이트 약속을 잡는다면 누군가를 만날 수 있을 것이다. 운이 좋으면 사랑에 빠질지도 모른다.'" 그는 쓸쓸한 미소를 지었다. "간단했던 시절이죠. 저는 남자를 만나거나 아이를 가지는 데 노력을 기울일 수 없어요. 지금은 상황이 너무 불리하죠. 하지만 저는 흥미로운 일자리에 더 많은 사람들을 채용해 제 회사를 일으켜 세우는 데, 그리고 여성들이 저보다는 유연하게 사랑을 찾도록 돕는 데 노력을 기울일 수 있어요. 당분간은 그거면 충분할 겁니다."

나는 시간을 내준 브라이어니에게 감사하며 마지막으로 모두가 궁금해하는 중대한 질문을 던졌다. "당신은 다른 여성들과 관계를 맺는 수많은 여성들이 성적 지향의 변화를 겪었다고 생각하세요? 아니면 그들의 성적 지향은 예전 그대로일 거라고 생각하세요?"

"알다시피, 우리는 여성들이 갑자기 모두 동성애자가 됐다는 식으로 말하지는 않습니다. 여성의 섹슈얼리티가 남성의 섹슈얼리티보다 유동적인 것에는 의심의 여지가 없습니다만, 그것으로는 충분한 설명이 안 되지요. 다만 사실은 다음과 같습니다. '인간들은 혼자이기를 싫어하는데 지금은 남자들이 많지 않다, 그러므로 우리는 자신이 여전히 예전의 그 사람이라고 느끼기 위해 할 수 있는 것을 한다.'"

이것은 자신은 물론 다른 여성들이 무엇을 원하는지 알고 있는, 복잡한 면모의 성공한 여성에게서 나온 단순하고 직설적인 대답이다. 하지만 그 질문은 앞으로도 오랫동안 제기될 것이다.

던

영국(잉글랜드와 웨일스) 런던

비행기 모드를 해제하는 순간 내 휴대전화가 진동하기 시작한다. 당연히 자라다. 내 상사는 맡은 역할도 많고, 심지어 현재 영국 정보국의 수장인데도 세세한 부분까지 일일이 관여한다.

"런던으로 돌아왔어요?"

아니면 내가 어떻게 전화를 받고 있겠나? "네." 나는 창문 없는 방에서 미국 정치인들, CIA직원들과 회의를 하며 꼬박 이틀을 보낸 출장에 이어, 여덟 시간 반 동안 비행한 직후에 낼 수 있는 가장 정중한 어조로 대답한다.

"미국의 '아이 복권' 팀에서 쓴 메모가 유출됐어요. 마리아 페레이라가 관련 기사를 썼고요. 언론이 미쳐 날뛰고 있어요. 질리언은 자녀 할당 계획을 논의하기 위해 긴급회의를 호출했고요. 질리언의 언론팀은 여론을 걱정하고 있어요. 내무부 장관 얼굴에 먹칠을 해서는 안 된다고요."

"메모의 요지가 뭔데요?"

"가장 골치 아픈 건 '대중에게 그걸 추첨이라고 속였다'는 거예요. 한부모 가정에 대한 불쾌한 내용도 좀 있고." 자라가 한숨을 쉬고 나는 다음 사실을 상기하려고 노력한다. 그녀는 나보다 직급이 하나 위이므로, 내가 하루 사이에 얼마나 많은 위기를 처리하든 그녀는 내가 미처 알지 못하는 훨씬 많은 위기를 처리하고 있다. 주님, 감사합니다. "솔직히 말해, 미국의 계획이 우리 계획이랑 크게 다르지 않은데, 여론이 아주 험악하네요. 최대한 빨리 와요. 질리언이 도착하면 곧바로 회의를 시작할 거니까."

오랜만에 비행기를 탄 데서 비롯된 흥분감이 썰물처럼 쓸려나간다. 보안 검색을 통과하는 것조차 신기했다. 액체류가 없느냐고? 없어. 삼십 분 연착? 아, 어쩜 이렇게 2022년과 똑같은지. 나는 잠도 자고 딸과 시간을 보내며 하루쯤 느긋하게 보낼 작정이었건만, 어림도 없지. 미국인들 생각은 달랐다.

나는 벌써 마리아 페레이라의 기사 링크를 이메일로 받았다. 질리언이 조금 전에 이런 제목을 달아서 보냈다. '심각한 사안??? 긴급 회의 요망!!!!' 내무부 장관쯤 되면 문장부호는 하나씩만 써도 되지 않을까.

"미국인들의 분노"–마리아 페레이라

유출된 메모를 통해, 미국의 '아이 복권' 제도가 국민에게 설명한 무작위 할당이 아니라는 사실이 밝혀졌다. 사실상 기증 정자로 아이를 가질 기회는 관계 상태, 사회경제적 지위, 주거 지역의 자원을 포함해 여러 요인을 고려한 알고리즘으로 결정된다. 한마디로 국민은 속고 있었다. 그것이 정부 부처가 관리하는 은밀한 알고리즘으로 결정되는데도, 우리는 아이를 가질 기회—수많은 여성이 욕망하는, 가장 원초적이고 중요한 결정—가 운으로 결정된다고 믿고 있었다.

더 이상은 못 읽겠다. 오, 세상에, 마리아 페레이라. 나는 아직도 그녀가 우리에게 퍼부은 악평 때문에 속이 쓰리다. 나머지 세상 사람들에게는 그녀가 '권력의 책임을 묻는 여성'이자 '세계에서 가장 인기 있는 기자'이겠지만 말이다. 이번에 그녀는 자신이 영국인이라도 되는 것처럼 미국을 헐뜯고 있다.

이메일에는 메모에서 발췌한 내용도 들어 있다.

국가 인구 회복 및 관리 계획

메모: 발신자 나딘 존슨

　　　수신자 버네사 에드니

주제: 공무; 선정의 기준 수정; 한부모 가정 분석

이 메모는 비공개이며 대외비임.

홍보

'아이 복권' 제도의 대국민 소통과 관련해 내부적으로 수많은 논의가 있었습니다. 우리는 '아이 복권'이라는 표현을 계속 사용하는 데 동의합니다. 선정에 긍정적인 의미를 부여하고, 선정 결과가 운으로 결정된다는 것을 함축하며, 성공할 가능성이 낮다는 것을 암시하기 때문입니다. 이것은 '기대 관리'를 위해 중요합니다. 더 깊이 들어가서, 대중에게 '오해'를 일으킬 수 있다는 당신의 우려는 충분히 이해합니다. 하지만 더 많은 정보를 제공하자는 방안에는 동의하기 어렵습니다. 통계상 우리는 아직 자녀 할당에 대한 수요가 공급을 한참 초과하는 단계에 있습니다. 알고리즘의 세부 사항을 설명하기보다는 대중이 여전히 자신에게도 기회가 있다고 생각하는 편이 낫다고 봅니다.

선정 기준의 수정

Q1과 Q2의 데이터를 세부적으로 평가한 결과, '이상적인 사회−경제적 계층'의 기준을 가계 소득 32,000달러로 낮추는 것으로 결정했습니다. 나머지 주에서도 국영 보건 제도를 성공적으로 시행한 결과, 아동 보건 서비스 제공에 대한 우려는 감소했습니다.

한부모 분석

우리는 주당 10시간 이상의 보육을 제공받고 10킬로미터 반경에 가까운 가족 구성원이 살고 있는 한부모 가정에 대한 중요한 연구(양적 질적 데이터)를 수행하고 있습니다. 이 범주에 포함되는 여성들은 장기간(3년 이상) 관계를 이어온 커플과 동급으로 상향 조정되어야 한다는 가설에 대한 연구입니다.

이 여자가 요령이 없었다는 것 말고는 무슨 말을 보태랴. 문제의 메모를 작성한 나딘은 '미국 인구 회복 및 관리 계획'의 지휘자이다. 잠깐만 검색해봐도 그녀가 과거 국가안보국에서 일했다는 것을 알 수 있다. 그 점도 모든 것이 정부의 음모였다는 음모론에 힘을 실어줄 뿐이다. 악행을 일삼는 악한 권력자 이야기. 내 짐작으로는 사실상 옳은 일을 해보려 했으나 엇나간 시도가 아니었을까 싶은데 말이다.

나는 차 안에서 짧게 낮잠을 잔 뒤 일터로 향한다. 회의실로 들어가기 전, 자라와 복도에서 마주친다.

"던이 돌아와서 천만다행이에요." 그녀가 씩씩거리며 말한다. "질리언이 아주 난리도 아니에요."

나는 사실 질리언을 꽤 좋아하므로 침묵을 지킨다. 그렇다고 내가 히스로 공항에서 여기까지 오는 두 시간 동안 수많은 골칫거리를 처리하고 있었을 게 분명한 자라 앞에서 변호해줄 만큼 좋아하지는 않는다.

"질리언은 우리의 '자녀 할당 정책' 계획안이 미국의 방식처럼 받아들여져서 자신이 악당으로 비칠까 봐 혼비백산해 있어요."

"잘 알았습니다. 무슨 수를 찾아내야죠."

자라가 내 말에 확연히 긴장을 풀고, 나는, 이번이 처음도 아니지만, 툭하면 허둥지둥하는 암탉처럼 공황에 빠지는 사람이 왜 나의 상관인지 의아해한다.

"던!" 질리언은 적어도 나를 만나서 기쁜 목소리다. '징집' 건을 처리하면서 장시간 함께 일한 뒤로 그녀는 나를 존중한다. 그녀의 두려움이 봇물 터지듯 쏟아져 나온다. '법안으로 상정된 우리의 제도는 미국의 것과 유사하다, 사람들은 아이를 낳을 사람을 결정하는 데 사회경제적 요인들을 활용한 것에 충격을 받은 것 같다, 우리는 그 기준들을 공개할 계획이 없었다, 그게 곧 우리가 비밀에 부치려 했다는 것과 같은 의미인가? 그게 새나가면 어쩐다? 다 망해버리면 어쩌지?' 그녀의 모습은 내 딸이 열한 살에 처음 중학교에 들어가서 매일 더 큰 불안을 안고 하교하던 시절을 떠올리게 한다. 수학을 썩 잘하지 못하는 것부터, 앞으로 칠 년이나 더 학교를 다녀야 하다니 아주아주 긴 세월로 느껴진다는 것까지, 온갖 이야기를 저녁 식사 자리에서 쏟아내곤 했다.

"다 괜찮을 거예요." 내가 말한다. "우리가 충분히 숙고해서 만든 계획이잖아요. 몇 달 동안 심혈을 기울였다고요. 당신은 그것들을 몇 시간 만에 얼렁뚱땅 만들지 않았어요. 첫 번째 걱정거리부터 시작합시다." 잘 모르겠으면, 목록을 만들어라. 엄마가 나에게 가르쳐준 방법이고, 지금까지 그렇게 해서 잘못된 적은 한 번도 없었다. "가장 큰 걱정은 대중의 인식이고, 간단한 해법은 우리가 차라리 신속하게 '자녀 할당 정책'을 발표하고, 여성들이 선정되는 기준을 정직하게 밝혀야 한다는 겁니다."

논쟁을 일으킬 목적으로 한 발언은 아니었는데 나는 정적을 마주한다. 자라는 인상을 찌푸리고 있다.

"계획은 그게 아니었잖아요." 질리언이 주저하며 말한다.

"상황이 바뀌었으니 그에 맞게 대처해야 합니다. 미국의 정보 유출 때문에 대중의 시각이 달라졌어요. 최소한 국민을 기만했다는 비난만은 피해야 합니다. 사람들이 계획에 동의하지 않을 수는 있겠지만 우리 쪽에서 계획을 투명하게 밝혔다는 것을 부인할 수는 없을 겁니다."

질리언이 고개를 끄덕인다. 설득되었다. "다음, 선택 기준. 우리는 이미 위원회가 기준 적용에 얼마간 유연성을 발휘하도록 허용할 예정이었고 그 점이 강조돼야 합니다."

"지자체에서 운영하면 '모든 것을 통제하는 무시무시한 큰 정부'로 비치지는 않을 겁니다." 자라가 말한다.

"하지만 미국의 반응은 정말 끔찍했어요." 질리언이 말한다. "기준을 적용한 것이 문제의 본질 같아요. 무작위로 하면 안 될까요?"

"안 됩니다." 나는 단호히 말한다. "그것은 무책임한 처사입니다. 나이, 건강, 검증된 부양 능력들은 민생을 초토화하는 미친 독재자의 기준이 아닙니다. 인구 회복에 성공할 가능성을 최대한 높이기 위해서는 반드시 적용해야 하는 합당한 정보들입니다."

"그저 공평하지 않아 보여요." 질리언이 한숨을 쉬고 나는 다시 한번 왜 그녀는 정치인이고 나는 아닌지를 확인한다.

"여기서 공평한 것은 아무것도 없어요," 나는 내가 낼 수 있는 가장 참을성 있는 어조로 대답한다. "남성과 기증 정자보다 아이를 갖고 싶어하는 여성이 훨씬 더 많아요. 절대 공평할 수 없어요. 목표는 공평이 아닙니다. 목표는 사회 불안을 최소한으로 야기하면서 인구를 회복하는 것입니다. 현재도 미국 정부와 영국 정부는 자국에서 누가 아이를 낳을지를 거의 완벽히 관리하고 있습니다. 현재 우연히 태어나는 아기는 거의 없다고 봐야 합니다. 우리는 모두 이 사실에 적응해야 합니다."

"하지만 장기 연애 중인 사람을 우선시하는 건요? 그건 확실히 불공평하죠."

"저는 이 회의실에서 실제로 아이를 혼자 키우는 유일한 사람으로서, 한부모로 사는 것이 아주 험난하다는 사실을 증명하기에 꽤 적합한 정보원입니다. 그러는 편이 마음이 홀가분하다면야 연애 중인 여성을 우선시하는 조항을 없앨 수도 있겠습니다만, 이 세상에서 혼자 아이를 낳는 것이 어떤 대가를 요하는지에 대해서는 축소하지 마십시오."

자라와 질리언이 놀라서 말없이 나를 바라본다. 나는 한숨을 내쉬고 싶은 충동을 억누른다. 웬만해서는 내가 사생활을 화제로 올리지 않는 이유다. 일단 당신이 직업정신이 투철하고 유능하고 '자기 얘기를 안 하는' 사람이라는 평판을 얻으면, 사람들은 당신의 사생활에 대한 어떤 정보든 신경쇠약과 다름없는 염려와 경외심에 사로잡혀 호들갑스럽게 다룬다.

"대중의 인식만 고려한다면, 장기 연애 중인 사람들에게 우선권을 주는 항목은 빼야 한다고 생각합니다. 하지만 위원회에게 '연애 상태'라는 기준을 적용하는 데 대한 재량권을 허용할 수도 있지요." 질리언이 말한다.

우리는 그 후로 몇 시간에 걸쳐 계획을 수정하고 공식 성명문을 다양한 커뮤니케이션 전문가들에게 돌려 승인을 받는다. 마침내, 마침내, 총리의 승인을 받으러 갈 준비를 마친다.

질리언은 기뻐하며 길을 나서고, 자라와 나는 회의실에 녹초가 되어 앉는다.

"이 일을 하기로 결심했을 때 생각해본 적 있어요?" 그녀가 묻는다. "어떤 여자들이 공여 정자를 받아야 하는가를 놓고 회의를 하게 될 거라고?"

나는 고개를 가로젓는다. "참 이상하지만, 아니요. 생각도 못 했어요."

캐서린

영국(잉글랜드와 웨일스) 런던

　내가 리비와 그녀의 남동생 피터와 만나기로 한 '크리스마스 전' 술자리 몇 시간 전에, 나딘 존슨의 메모와 그에 따른 분노가 엄청난 속도로 인터넷을 강타하고 세계인 대다수가 동요했다. 세계인이 답해야 하는 것은 바로 이 난감한 질문이다. 어떻게 인구를 회복할 것인가? 누가 아기를 낳을 것인가?

　나는 시티오브런던에 있는 바에서 그들을 만난다. 나는 감히 이곳, 유리 마천루와 세련된 핸드백을 메고 스마트폰을 들여다보는 잘 차려입은 여자들의 땅에 거의 오지 않는다. 그런데 가끔 올 때마다 예전과 너무 달라진 풍경에 충격을 받는다. 예전에는 태반이 남자였고 소수의 여자가 동행했다. 이제는 소수의 남성만 눈에 띄고, 그들의 바지 정장이 원피스와 치마 사이에서 번쩍번쩍 빛난다.

　이따금 나는 어떻게 리비와 친구가 됐는지 의아해진다. 그녀는 대단히, 의심할 나위 없이, 나보다 멋있다. 오늘 그녀는 작업복 스타일의 핑크색 점프수트를 입고 있다. 내가 입으면 정신 나간 배관공처럼 보일 것이다. 옥스포드에 왔을 때에도 나는 방을 꾸밀 꼬마 전구와 깃발이 가득한 가방을 들고 가디건을 입고 왔고, 리비는 롤링스톤스 티셔츠를 입고 휴대용 레코드 플레이어를 가져왔다. 나의 모자란 면에도 불구하고 그녀는 한결같고 헌신적인 친구다. 나는 그녀의 존재에 안도감을 느낀다.

"세상에, 얼굴 보니까 너무 좋다." 나는 그녀를 껴안고는 머리카락에 고개를 묻고 중얼거린다.

"같은 나라에 있으니 모임 잡기가 훨씬 쉬워졌지, 응?"

"응, 아주 조금."

리비가 나를 보고 환히 웃는다. 나를 둘러싼 세상을 이전보다 20퍼센트쯤 덜 무섭게 만들어주는 저 함박웃음.

"그 기사 봤어?" 그녀가 나에게 테이블에 놓인 병에서 사과주를 한잔 따라주며 묻는다.

"완전 미쳤더라, 안 그래?" 내가 대답한다.

"그걸 주제로 논문을 쓸 거야?" 리비가 묻는다. 역병 이전에 내가 연구 주제를 찾지 못해 괴로워했던 것을 알기 때문이다.

나는 고개를 끄덕인다. "이번에는 공부할 게 너무 많아. 특별히 이것에 대해 논문을 쓸 시간은 없어. 물론 새 학기에 '포스트 역병 시대의 재생산 선택의 윤리'에 대한 강의를 맡을 거고, 그러면 거기에 대해 뭔가를 쓰기는 해야겠지만."

"진짜 재미있을 것 같아." 피터가 말한다. 목소리에서는 정말로 동경이 뚝뚝 떨어진다. "보험계리사가 되기로 한 게 이렇게 잘못된 선택으로 느껴지기는 처음이다."

"너는 가장 비싼 1구역의 방 네 개짜리 집에 살고, 출근도 걸어서 할 수 있고, 집에 정원도 있잖아." 리비가 눈동자를 굴리며 말한다. "보험계리사가 남는 거야."

"수업 내용에 또 뭘 포함시킬 건데?" 내가 피터를 아주 많이 좋아하는 이유는 그가 학계 밖에서 내 작업에 순수하게 관심을 보이는 네 사람 중 하나이기 때문이다.

"첫 강의에서는 뉴질랜드와 '아이들을 데려가 격리시키기'라는 그들의 행태를 전체적으로 다룰 거야. 몇몇 부모가 접종 후에 풀려나는 아이들을 촬영한 영상을 인터넷에 올렸어. 그거 보고 안 울면 사람도 아니지."

"첫 수업에서는 심금을 울려야 하는 법이지." 리비가 다 안다는 듯 미소 짓는다. "그 후에는 냉철한 강연자가 될 수 있고."

"혹시나 했다가 걸려드는 거지. 이어서 2강에서는 사례 연구로 노르웨이를 파헤칠 계획이야. 거기서는 '노르웨이 인구 연구소'라는 걸 세워서 인구 유지와 남녀 동수 회복의 가속화를 위한 정책들을 연구 중이야."

"어떻게?" 리비가 한쪽 눈썹을 치켜올리며 묻는다. "픽보이*가 되지 말라고 남자들을 타일러서?"

피터는 웃음을 터뜨리고, 나는 '응'을 입 밖에 내지 않으면서 '응'이라고 답할 수 있는 최선의 방법을 찾아보려 한다. 이어서 과연 내가 강의록에 '픽보이'라는 단어를 쓰고도 해고되지 않을 수 있을까 생각해본다. 아무래도, 어려울 것 같다.

"그들에게는 세 가지 공공의 목표가 있어. 경제에 악영향을 미치지 않고 최대한 많은 아이들이 태어나게 한다, 나라에서 난임 치료를 관리해 체외수정 과정에서 남성 배아를 선별한다. 이렇게 해서 작년에 추가로 4천 명의 남아가 태어났어, 그리고……."

"이제부터 픽보이 부분인가?"

---

* 진지한 관계 대신 섹스만 원하는 남자.

나는 연구소의 웹사이트에 있는 선전 문구를 줄줄이 읊는다. "보다 장기적인 목표로서 향후 이십 년에 걸쳐, 노르웨이 청년들이 반드시 자녀를 낳을 안정적인 동반자 관계를 형성하게 한다."

리비가 푸핫 하고 웃음을 터뜨린다. "세상에, 정말 대놓고 써놨네." 그녀가 잠시 말을 멈춘다. "솔직히 나는 여기서도 그거 했으면 싶다. 런던에 픽보이들이 유행병처럼 확산 중이야."

"하도 들어서 이제는 아무 느낌도 없네." 피터가 다정히 말하며, 누나의 잔을 가득 채워준다.

"노르웨이 신문 기사를 하나 읽었는데, 아이들이 학교에서 인성 발달 수업을 받는대. '낭만적 헌신과 부모 되기를 우선시하도록' 장려하려고 아이들에게 옛날 디즈니 만화영화들을 보여줬다나 봐. 일부 학부모들은 엄청 분노했고."

"놀라울 것도 없는걸." 리비가 흥분해서 대꾸한다. 비록 그 수업들 이면의 논리가 뻔히 보이지만 리비에게 반박할 의욕은 나지 않는다. 시어도어를 앉혀 놓고 자신의 미래와 연애에 대해 어떻게 생각해야 하는지를 가르치는 교사를 상상하면 속이 좀 울렁거린다.

"어른한테는 아이를 가지라고 어떻게 독려하고 있대?" 피터가 묻는다.

"늘 하던 대로지. 18개월의 백 퍼센트 유급 출산휴가. 그중 80퍼센트는 정부 재원이고. 그 후로는 무료로 전일제 아이돌봄 서비스를 받을 수 있어. 그리고 약 1만 파운드에 달하는 장려금."

"이성애자 커플한테만 해당하는 거야?"

피터의 강렬한 시선은 피터가 나와 리비에 비해 특히 힘든 위치에 있다는 사실을 상기시킨다. 피터의 남편은 2026년 1월에 죽었고, 당시 그들은 미국으로 건너가 대리모에게 그들의 정자를 제공할 계획이었다.

"아니, 모두에게 해당돼. 이성애자 커플, 동성애자 커플, 혼자 아이를 가질 여자들."

피터는 부러운 나머지 신음한다. "어쨌거나 일단 나는 남편이 필요하겠네." 내 말투에서도 종종 느껴지는 덤덤한 씁쓸함을 띤 목소리로 그가 말한다. "정말이지, 미소-소수자$^{micro-minority}$로 살기 참 빡세네. 예전에 싱글일 때 남자를 만나던 방법들이 죄다 불가능해졌어. 게이 클럽? 쪽수가 모자라. 앱? 사진을 열네 장 넘겨도 내 주위에 아무도 없대. 버밍엄도 포함하도록 반경을 넓힐까 진지하게 고려 중이야."

리비가 다독이듯 그의 팔에 손을 얹는다.

"아이를 갖는 데 지원할까 생각 중이야." 내가 조용히 말한다.

"그러면 좀 나아질 것 같아?" 피터가 묻는다. 다른 사람이 그렇게 물었더라면 시비를 거는 것처럼 들렸지만 피터의 입에서 나오는 그 말은 오히려 기도처럼 들린다. '아기가 고통을, 결국에는, 줄여줄 것 같아?'

"진심으로 그러기를 바랄 뿐이야." 내가 말한다. "아이를 갖는다는 상상만 해도 미래를 생각하게 되니까. 아무래도 살아갈 희망이 생기지."

"그럼 꼭 해." 피터가 다급히 말했다. "내가 임신만 할 수 있다면…… 난 안 놓쳐. 넌 할 수 있잖아, 그럼 해야지. 내가 할 수 있는 건 정자 기증뿐이라고." 그는 자신의 술잔을 내려다본다. 그에게서 고통이 파도처럼 밀려온다. "싱글 남성을 위해 대리모를 하고 싶어 하는 여자는 없어. 적어도 지금은. 그들을 어떻게 나무랄 수 있겠어. 다른 사람을 위해 임신한다는 게 삶이 정상일 때면 몰라도 지금처럼 정자가 금가루나 다름없을 때는⋯⋯."

그는 고개를 젓는다. "나는 너무 걱정돼서 잘 알지도 못하는 누군가와 합의하에 아이를 갖는 것은 못 하겠어. '공동-육아' 말이야. 여자가 아이를 데리고 떠나버리고 내가 관여하기를 전혀 원치 않으면 어떡해?" 그는 말을 멈추고 조심스레 나를 바라본다. 그가 무슨 생각을 하는지 안다—우리가 함께 해볼 수 있지 않을까? 남자 하나, 여자 하나, 친구인 두 사람이 아기를 낳고 공동 육아를 한다? 그는 너무 예의 바른 사람이라 부탁하지 않을 것이고, 나는 그런 제안을 할 수 없다. 나는 오직 나만의 아기를 원한다. 앤서니가 아닌 남자가 내 아이를 키우는 모습은 차마 못 보겠다.

노르웨이의 신문기사에 나온 여자들 사진이 떠오른다. 나와 닮은 그 여자들은 나와 아주 비슷한 처지—남편을 잃고 자식을 보낸—여서 나는 내 몸에서 빠져나와 사진으로 들어갈 수 있을 것 같았고, 그러면 그들의 임신도 아기도 내 것이 될 것 같았다. 내 안에서 웅웅거리는 아이를 더 낳고 싶다는 욕망은 시어도어가 한 살이 된 뒤로 이따금 출몰했는데, 역병이 내 인생에 치고 들어온 뒤부터는 맹렬한 기세로 한층 더 강렬해졌다. 그들이 할 수 있다면 난들 못 하겠는가. 욕망은 실현될 가능성이 없을 때는 무시하는 편이 훨씬 쉽다. 그 노르웨이의 임부들이야말로 나에게는 디즈니식 결말이다. 왕자도 없고, 해피 엔딩도 없고, 오직 회복이 있을 뿐이다. 엄마의 삶으로 돌아가기. 내 예전 삶의 일부로 돌아가기.

리비가 주의를 딴 데로 돌리려고 피터에게 그들 엄마의 최근 사건에 대해 이야기하는 동안, 나는 피비를 생각한다. 우리가 함께 인공수정 전투의 수난을 겪는 동안에도 피비는 서로 속을 터놓는 가장 친한 친구였다. 내가 가장 시급히 만나야 할 사람이 피비라는 것을 알지만 내가 그럴 수 있을지는 모르겠다. 그녀가 그립다. 내 친구가 그립지만, 친구가 가진 모든 것을 떠올리면 울분이 치민다. 나는 거의 날마다 속으로 되뇐다. 이렇게 억울해서는 안 된다. 질투해서는 안 된다. 나는 그보다는 나은 사람이어야 한다. 어쩌면 그저 나의 아픔이 '나아야' 하는지도 모르겠다. 한순간 요동치는 감정에 진이 빠지고 죄책감까지 더해져 나를 주체할 수 없다. 나는 그녀에게 연락해서 만나자고 하기로 결심한다. 아직 마음을 완전히 고쳐먹지는 못했지만.

안녕, 너무 오랜만에 연락해서 미안. 만나서 얘기 좀 할래? 브록웰 공원에서 같이 산책해도 좋겠어. 괜찮은지 답 줘. x.

그러고 나서 내 메시지가 너무 냉랭하지 않나 싶어서 잽싸게 덧붙인다.

보고 싶어.

메시지가 주머니 속에서 타들어간다. 하지만 딱 이 분 뒤, 답장이 온다.

나야 좋지. 토요일 11시 어때? x

피비와 나 사이의 균열을 좁히기 위한 첫걸음을 뗐다고 생각하니 마음이 가라앉고 정신이 또렷해지는 기분이다. 리비와 나는 유명한 전쟁 사진가 프레더리카 밸리의 사진을 이용한 '멀티미디어 아트 설치 미술'을 보러 바비칸 센터로 향한다.

갤러리로 들어서고 껌을 찾아 가방 속을 뒤적거리는데 리비의 목소리가 들려온다.

"오 세상에." 그녀의 얼굴은 고통으로 일그러진다.

"왜? 무슨 일인데—."

그녀가 대답할 필요도 없었다. 나는 곧 사람들로 가득한 그 방이 엄숙하리만큼 조용한 이유를 깨닫는다. 첫 번째 사진은 옥센홀름 폭동을 찍은 거대한 흑백사진으로, 한 여자가 기차 플랫폼의 맨바닥에서 출산하고 있다. 그녀는 사람들에게 둘러싸여 있지만 아주 외로워 보인다. 여자의 남편은 어디 있지? 나는 남편이 아내를 도와줄 사람을 찾고 있었기를 바란다. 그녀는 순전한 고통과 원초적 두려움이 뒤섞인 표정을 짓고 있다. 그 표정은 "누구 저 좀 도와주세요"와 "제발, 제발 멀리 떨어져요"를 동시에 외치고 있다,

나는 폭동에 대해 들어봤고, 텔레비전에서도 봤지만, 이 사진은 그 어떤 흐릿한 헬기 촬영 영상보다 많은 것을 전달한다. 흥분해서 날뛰는 사람들의 무리가 배경을 이루고 있지만 나서서 돕는 사람은 한 사람도 없다. 이 여자는 21세기에, 차갑고 더러운 바닥에 누워, 벗어날 수 없는 것으로부터 벗어나기 위해 완전히 자포자기하여 아이를 낳고 있다.

나는 그녀가 어떻게 됐을지 궁금해 미치겠지만 사진 옆에 붙은 설명을 읽기 위해 사람들이 줄을 늘어서 있다. 마침내, 기나긴 몇 분이 흐른 뒤 우리는 설명에 다가간다. '고통받는 여자, 프레더리카 밸리 작, 2026년 1월 7일.' 그게 끝이다. 아무 설명도 없다. 아기가 아들이었는지 딸이었는지, 그녀의 남편이 살아남았는지, 결국

산모는 무사했는지에 대한 어떤 언급도 없다.

우리는 사진들에 넋이 빠져 전시실 통로를 따라 걷는다. 역병과 그것이 불러온 고통의 이미지는 줄곧 차고 넘쳤지만, 이런 종류의 이미지는 없었다는 사실을 나는 지금껏 전혀 깨닫지 못했다. 뉴스용이 아니라 신중을 기해 찍은, 그 순간의 고요한 이미지들. 달리 말해, 예술.

그다음 사진은 모델을 설명할 필요가 없다. 마커스 윌크스, 《잘 있어, 내 사랑: 두려움과 수용의 회고록》의 저자다. 마커스는 2025년 11월 역병에 대해 처음 들은 날부터 의식이 혼미해져 삼십사 년을 함께한 아내에게 간신히 '잘 있어, 내 사랑'이라고만 쓸 수 있을 때까지 자신의 삶을 일기로 남긴 유명 기자다. 오직 여섯 달에 걸친 기록이지만 아름다운 책이다. 이 사진 작품은 차례로 세 단계의 마커스를 보여준다. 첫 사진은 2025년 11월 아내와 찍은 사진인데 두려움에 사로잡혀 있지만 친근한 미소를 입꼬리에 걸고 있다. 조심스러운 낙관론의 미소다. 재앙이 벌어지면 너무 괴로울 것이므로 감히 생존을 기대할 수 없는 두 사람. 두 번째는 아들이 죽은 뒤인 2026년 3월이다. 그들의 얼굴은 늙고 지치고 절망적이다. 세 번째는 2026년 4월이다. 마커스는 죽어가는 것이 분명하다. 흑백사진이지만 그의 이마에 흥건한 땀이 보이고 얼굴은 고통을 나타내는 가면이 되어 있다. 하지만 나를 찌르고 울린 것은 이 육체적 고통이 아니다. 애절한 눈빛으로 그를 바라보는 아내에게 꼭 붙들린 그의 손 때문이다. 나는 저 눈빛을 알아본다. 이렇게 말하는 눈빛이다. "제발 떠나지 마. 제발 나만 혼자 두고 가지 마. 난 견딜 수 없을 거야. 그러니까 당신은 꼭 무슨 수를 써서라도 내 곁에 머물러야 해." 어쩔 도리가 없이, 나는 내 다정하고 강인하고 침착한 남편이 나를 떠나야 했던 그 끔찍한 밤으로 되돌아가고, 눈물이 뺨을 타고 뚝뚝 떨어진다. 기적적으로 회복되지 않는 한 서로를 영영 볼 수 없다는 것을 알면서도, 그는 행복과 사랑으로 충만한 우리 집 층계를 뚜벅뚜벅 올라야 했다. 우리는 실낱같은 바람 따위는 입 밖에 내지도 않았다.

나도 그의 손을 잡아줄 수 있었더라면. 만약 지금 이 순간 내가 지나온 삶의 어느 시점으로든 돌아가 무엇이든 할 수 있다면 나는 그의 마지막 순간으로 돌아가 그의 손을 잡을 것이다. 나는 마커스의 아내가 했던 것을 할 것이다. 그가 혼자가 아님을 느낄 수 있도록 손을 잡아줄 것이다. 앤서니는 완전히 홀로 죽었다. 위로하고 잡아주고 안심시키고, 자신이 사랑받고 있다고 이야기해줄 사람 하나 없이. 그는 홀로 죽었고 나는 결코 그 순간으로 되돌아갈 수 없다.

리비의 한 손이 내 손안으로 살며시 미끄러져 들어오고 다른 손이 내 머리를 감싸 자기 어깨에 올려놓는 것이 느껴진다. 나만큼이나 드러내놓고 울고 있는 여자들이 곳곳에 있는, 여자들로 가득한 갤러리 한복판에서 나는 완전히 무너진다.

우리는 너무 가깝고 비통한 상실의 이미지들을 감당할 수 없어서 몇 분 뒤에 자리를 뜬다. 마치 태양을 정면으로 들여다보는 것처럼 참을 수 없다. 우리는 역으로 걸어간다. 나는 계속 소리 없이 울고, 리비는 어떻게든 돕고 싶은 마음에 애가 타서 나를 바라보지만, 그럴 수 없다. 나는 집까지 태워주겠다는 그녀에게 손사래를 치고, 이제 괜찮다고 고집을 부린다. 나는 이제 혼자이고 그 사실에 익숙해져야 한다. 나는 기차에 오르고 그녀가 나를 따라 탄다. 그녀는 내가 탄 객차의 맞은편 좌석에 앉더니 가방에서 책을 꺼내

운행 시간 삼십 분 내내 읽는다. 우리는 크리스털팰리스 역에서 내리고, 내가 집까지 걸어가는 십오 분 동안 그녀는 몇 걸음 뒤에서 따라 걷는다. 줄곧 몇 걸음 떨어져서. 나는 마당에 난 길을 따라 집 앞까지 걸어가고, 내 집의 화사한 빨간 현관문에 열쇠를 꽂은 다음 돌아본다. 리비가 나를 보고 웃으면서 서 있다. "넌 혼자가 아냐. 사랑해." 그녀는 그렇게 말하고, 돌아서서 자신의 집까지 한 시간 반이 걸리는 길을 나선다.

아마도 갤러리에서 본 마커스와 아내의 사진들 혹은 리비의 친절이나 내 집에 드리운 무거운 정적 때문이겠지만, 나는 거실 소파에 누워, 마치 한 번도 그친 적 없다는 듯이 계속 흐느껴 운다. 슬픔의 수도꼭지가 풀려버린다. 밀려드는 생각에 귀를 기울이다가 내가 나를 용서해야 함을 깨닫는다. 나는 내가 할 수 있는 최선을 다했다. 나는 그의 손을 잡을 수 없었다. 나는 시어도어를 보호하고 있었다. 나는 그가 마지막 숨을 거둘 때 그에게 사랑한다는 말을 하지 못했다. 나는 시어도어를 보호하고 있었다. 앤서니는 내가 시어도어를 안전하게 지켜주기를 바랐다. 그는 자신이 가장 힘든 순간에 자신을 혼자 내버려뒀다고 나를 비난하지 않았지만 나는 나 자신을 비난해왔다. 나는 내 남편과 아들의 죽음에 대해 자책해왔다. 내가 그들을 보호하는 데 실패했다는 이유로, 그래서 그들의 생명을 구하는 데 실패했다는 이유로. 그 믿음—내가 내 가족에게 해를 입혀서 나 자신의 불행을 초래했다—은 다시 아이를 갖고 싶다는 간절한 욕구대로 행동하는 것을 가로막는다. 나는 다시 아이를 갖고 싶다. 다시 엄마가 되고 싶고 아이를 갖고 싶고 가족을 갖고 싶다. 단지 상실의 후폭풍에 대처하는 것이 아니라 내 삶에 들어올 누군가를 얻고 싶다. 생존하는 것과 내가 바라는 삶을 사는 것은 아주 다르다.

컴퓨터를 켜고 웹사이트들을 저장해둔 탭으로 간다. 내가 사는 지역 당국은 오늘부로 더 이상 살아 있는 아이가 없는 여자들을 위한, 기증 정자를 이용한 난임 치료 신청 페이지를 열었다. 신청서 작성은 놀랄 만큼 간단하다. 나는 전에 아이가 하나 있었다는 사실을 밝히고 병력을 죽 나열한다. 신청서에 유산 경험과 복용한 난임 치료제와 그 밖의 세부 정보를 묻는 질문들이 있을 거라고 예상했지만 아니었다. 내 진료기록에서 직접 확인할 모양인가 보다.

나는 양식을 전송하고, 보낸 이메일을 찍은 사진을 리비에게 문자메시지로 보낸다.

고마워. 나도 사랑해.

자, 이제 나는 무슨 수를 써서라도 그것을 잊으려고 노력해야 한다. 승산은 알 수 없다. 설령 내가 시술을 받게 되더라도, 과거에 나는 임신하는 데 애를 먹었다. 그래도 이것은 기회다. 내가 지난 몇 년간 누린 기회를 모두 합친 것보다 더 큰 기회. 몇 해 전, 그러니까 이전의 삶에서, 그들을 위층으로 올려 보낸 뒤 처음으로 나는 다락에 올라간다. 그곳에는 시어도어의 아기 옷 일체, 요람, 유모차, 아기 장난감이 보관돼 있다. 나는 그것들에 손대지 않았다. 너무 고통스러울 것 같았기 때문인데, 이제 보니 나는 늘 그것을 바랐던 것 같다. 나는 나에게 희망의 순간을 맛보는 것을 허락했지만, 그 희망을 좇아 행동하는 데서 오는 고통은 너무 막대했다. 그리하여, 내 이전 삶의 유물들은 이곳에 예전 모습 그대로 소중히 남아 있다. 나는 그것들이 내 미래의 일부가 되기를 간절히 바란다.

어맨더
스코틀랜드 독립공화국 글래스고

사람들이 그토록 책임 있는 자리에 오르고 싶어하는 데는 다 이유가 있다. 나는 오늘 사람을 해고했다. 해고당해 마땅한 인간이었다. 드디어 2025년 11월에 내 이메일을 묵살했던 그 남자를 찾아낸 것이다. 아니, 더 정확히 말하면 그의 밑에서 일했던 내 대학 친구 리아에게 나를—그 이메일을 인용해보자— '내 인내심은 물론이고 기관의 제한된 자원과 시간을 바닥내려고 드는, 미쳐 날뛰는 정신병자'라고 말한 남자, 레이먼드 맥냅. 나는 오늘 마침내 나에게 필요한 증거가 담긴 이메일들에 접근하는 엄청난 기쁨을 누렸다. 이 염병할 이메일들에 접근하는 데 이렇게 오래 걸려서는 안 됐는데. 그는 직위를 버리고 목숨을 부지하기 위해 아내와 북쪽으로 달아나기 전 그것들을 모조리 삭제해버렸었다.

그는 면역이 있는 것으로 드러났다. 자신이 안전하다는 것이 확실해지자 그는 록로몬드의 여름 별장에서 휴가를 잘 보낸 뒤, 2027년에 도로 기어들어왔다. 나는 그때부터 줄곧 그를 퇴출하려고 노력해왔다. 리아는 내가 부임한 첫날 그가 장애물이었다고 말했지만, 그의 이메일 삭제와 '받은메일함이 차 있으면 불안해지는'

리아의 가차없는 받은메일함 '관리' 덕분에 나는 망상과 의혹 사이에서 옴짝달싹 못 했다.

그리고 훌륭한 범죄수사 IT 복원 전문가를 투입한 결과, 이제야 잡았다.

"레이먼드, 저를 보러 와주셔서 감사합니다." 나는 더할 나위 없이 상냥하고 밝게 말한다.

"무슨 일이죠?" 그는 불안한지 윗입술에 땀이 송골송골 맺혀 있지만 침착을 유지하려고 애쓰고 있다. 내가 안다는 것을 그가 알까? 확인해보기로 한다.

"스코틀랜드 보건부와 리아에게 보낸 나의 경고를 묵살하는 결정을 내린 것이 바로 당신이었죠." 내가 말 그대로 씩씩대면서 단어들을 내뱉는다. 울분과 격노의 세월이 내가 유지하고자 했던 냉정을 순식간에 와해한다.

"무슨 말씀을 하시는지 통 모르겠습니다만."

나는 이메일을 인용한다. "내 인내심은 물론이고 우리 기관의 제한된 자원과 시간을 바닥내려고 드는, 미쳐 날뛰는 정신병자." 흡족하게도 그의 얼굴이 창백해진다. "저런, 인내심이 바닥나셨다니 그래서는 안 되지요, 레이먼드."

그는 화가 나서 얼굴을 붉히며, 의자에 앉은 채 들썩거리며 안절부절못한다. "저로서는 알 도리가 없었습니다."

"당신은 조사할 수 있었어. 뭐든 시도해볼 수 있었어. 하지만 아무것도 안 했지. 왜 나를 무시했지? 내가 여자여서?"

"모든 게 다 성차별주의 때문이죠, 여사님들한테는." 그가 헛기침을 하며 덧붙인 말에, 그에 대한 혐오감이 더 강렬해진다.

"당신은 해고야, 레이먼드!"

"당신이 그럴 수는 없어." 아, 저 시시한 백인 남자표 자신감.

"난 그럴 수 있고 이미 했습니다. 당신은 오늘 아침에 직위해제 됐습니다. 나가는 길에 인사과에 들러 서류를 받아가야 할 겁니다. 정상참작도 받을 수 없을 겁니다. '이 남자는 역병과 임박한 인류의 종말에 대해 일부 책임이 있습니다'라는 확인서를 바란다면 또 모를까." 이렇게 말하는 동안, 나 자신도 내 말이 부당하다고 생각하지만 누군가를 탓하는 지금, 기분이 너무 좋다.

레이먼드의 입이 떡 벌어져 자신의 어금니를 불쾌하리만큼 훤히 보여준다. "말씀이 지나치네요."

"우리는 그 부분에서 견해가 갈린다는 데 동의해야만 할 겁니다. 잘 가요, 레이먼드. 부디 다시는 보지 않았으면 합니다."

그는 나가는 길에 문을 꽝 닫으며 마지막으로 시시한 공격성을 과시한다. 나는 내가 의기양양하게 사무실에서 나가는 모습을 상상해왔는데, 정적이 내려앉자 내가 상관이라는 사실을 기억해낸다. 일주일에 나흘을 나는 이 사무실에 앉아 있다. 문밖에 있는 모든 사람이 내가 있을 때 행동을 조심한다. 나는 계속 일주일에 이틀씩 응급실로 출근해서 정말 다행이라고 생각한다. 덕분에 제정신을 유지할 수 있다.

스코틀랜드 보건부 인사 위원회 쪽에서 내가 복수할 목적으로 직장에서 시간을 보낼 가능성을 고려했을지 궁금하다. 아닌 것 같다. 내가 알기로, 그들은 정말 나를 뽑고 싶어서 뽑은 것이 아니었다. 보건부 장관은 내 성공이 스코틀랜드의 대외적인 이미지를 악화시킨다고 말했단다. 내가 뭔가를 발견할 때마다—역병의 발견, 0번 환자의 행적 추적, 세이디, 케니스와 함께한 바이러스의 원인 규명—스코틀랜드 정권이 얼마나 무능한가를 여실히 보여줬던 것이다. 그들은 나를 그 안으로 불리들이는 것이 최선이라고 결론지었다. 그리하여 나는 이 더럽게 아이러니한 상황에 처했다. 보건부의 가장 입바른 비판자가 이제는 그것의 관리자라니⋯⋯. 사내 가십에 대해 아는 대로 제보해달라고 했더니, 내 개인 비서 밀리는 회의 내용을 기록해 나에게 모든 것을 알려주었다. 그녀가 기밀회의의 세부 내용을 유출하게 할 의도는 아니었는데, 하, 그랬던 것이다.

레이먼드를 해고하면 기분이 나아질 줄 알았는데 그렇지 않았다. 기분이 더럽다. 불명예를 벗어 홀가분하고, 활력 있고, 다음 단계로 넘어갈 준비가 된 기분을 기대했는데 말이다. 저 역겹고 오만하고 무능한 남자가 이 조직에서 실수를 되풀이할 수 없게 됐다는 게 확실해지면 마음이 놓일 줄 알았다. 그런데 그처럼 간단한 해결책으로 보이던 것을 막상 실행하고 나니, 실제로는 그것이 얼마나 공허한 행동인지를 알겠다. 어쩌면 나는 너무 늦게 깨달았다. 탓할 사람이 있을 때는 만사가 더 간단해 보인다는 것 말이다. 하지만 책임을 묻고 나서도 아무것도 달라지지 않으면, 어떻게 되는 걸까? 그다음에는 어떡하나?

캐서린

영국(잉글랜드와 웨일스) 런던

난임 치료 클리닉과 산전 외래환자 클리닉이 대기실을 공유한다는 것은 의료시설의 중대한 맹점 가운데 하나다. 임신의 희망을 품은 불안정하고 난임인 무리 틈에, 입술과 발목이 부은 채 지치고 불안하지만 행복한 얼굴을 한 만삭의 임산부들을 밀어넣으면 좋겠다고 생각한 사람이 누구일까?

역병 전, 그것은 사려 깊지 못한 처사였다. 역병 후, 그것은 나에게 살의를 불러일으킨다. 이 수많은 커플의 모습에 나는 그만 호통을 치고 싶어진다. '그만들 행복해 보이라고!'

하지만 그건 무례한 행동이고 그랬다가는 그들이 나를 대기 명단에서 빼버릴지도 모른다. 이 일을 마친 뒤 피비를 만나러 갈 테니 추가적인 스트레스 상황까지 감당할 필요는 없다. 그러니까, 대기실에서 대거리는 금물이다. 예약 시간보다 진료가 늦어진다. 당연한 노릇이다. 앤서니와 내가 둘째를 가지려는 시도를 할 때 몇 달간 치료를 다닌 경험으로 잘 안다. 난임치료제 또 난임치료제. 끝까지 참고 읽을 수도 없을 만큼 긴 부작용의 목록. 클리닉들은 언제나 느리게 돌아갔다. 그들은 나에게 진료와 검사에 한 시간이 소요될 거라고 말했지만 나는 다이어리의 일정표에 두 시간 반을 할당해두었다.

이번에 나는 읽을 책을 가져오는 것을 잊어버렸다. 초짜나 하는 실수다. 자신에게 허용하는 백일몽의 양을 제한해야 한다. 소중하지만 위험하니까. 삼 주 전 건강검진과 의사의 문진을 통과하면 프로그램에 참여하게 될 것이라고 알리는 편지를 받은 순간부터 내 상상은 폭주 중이다. 양성이 나온 임신테스터를 확인하는 기쁨, 병원에서 집으로 아기를 데려오기 위해 신생아용 옷을 사는 기쁨, 아기라는 기쁨이 거의 손에 잡힐 듯이 느껴진다.

이런 꿈에서 깨어나 정신을 차리게 하는 최고의 방법은 실질적인 측면을 생각하는 것이다. 내가 전에 했던 그 모든 것을 어떻게 또 한단 말인가? 그것도 혼자서? 신생아 보기, 전일제 근무, 아이 키우기, 외벌이 가장 되기, 한부모 가정 꾸리기. 그러면 배 속까지 서늘한 공포가 밀려온다. 나는 간절한 마음으로 네덜란드에서 아주 성공적으로 시행되고 있는 '더치 여사감 감독 제도'를 떠올린다. BBC에서 관련 다큐멘터리가 방영되었다. 그들은 네덜란드 총리를 인터뷰했다. 거기서는 자녀가 있는 싱글 여성들은 원할 경우 공적인 지지 네트워크를 만들 수 있도록 조를 이루어 한 구역에 배치된다. 각 단위는 네다섯 가족으로 이뤄진다. 여성들은 순번대로 집에 머물며 아이들을 보살핀다. 한 해 중 몇 달은 집에 머물며 아이들을 돌보고, 그해의 나머지 달에는 전일제로 일하는 식이다.

리포터가 물었다. "하지만 여자들이 일하러 가고 싶어하지 않으면요?"

총리는 애석해하는 미소를 짓더니 말했다. "사람이 언제나 바라는 대로 살 수는 없는 법이죠."

이제는 인간이 부족한 세상이다. 이론상으로는 근사하지만, 한 번에 몇 달씩 일을 쉰다고 생각하니 그다지 끌리지 않는다. 크리스털팰리스에 나와 일하는 시간대가 달라 양육을 분담할 수 있는 여자들이 있는지 알아봐야겠다. 그 여자가 아주 마음에 들면 가능할 수도 있─.

"캐서린 로런스 씨?"

계획에 정신이 팔렸던 나는 간호사의 목소리에 화들짝 놀란다. 그녀는 방 안으로 나를 인도한다. 인간보다는 표본처럼 느껴질 때까지 나는 바늘에 찔리고(피검사) 쑤셔지고(난소 초음파) 근수와 길이를 측정당한다. 그녀가 초음파 검사를 하는 동안 나는 스크린을 곁눈질하며 혹시 자궁내막증이나 무례하게도 내 난소에 불법거주 중인 낭종으로 보이는 얼룩은 없는지 살핀다. 그랬다가는 부적격 판정이 떨어지리라.

나는 청바지를 꿰입기가 바쁘게 칼튼 박사의 진료실로 떠밀려 들어간다. 적당히 젊고, 적당히 잘생겼으며, 적당히 키가 큰 듯한 갈색머리의 남자. 나는 진료실을 나서는 순간 그의 얼굴을 잊을 게 분명하다.

"로런스 부인, 와주셔서 감사합니다." 그는 나의 파일이라고 짐작되는 것을 컴퓨터로 휘리릭 훑어보며 말한다.

"불러주셔서 감사합니다." 나는 진료가 아니라 티 파티에 온 사람처럼 어색하게 대답한다. "그냥 캐서린이라고 불러주세요."

"캐서린, 여기 기록을 보니까 2022년에 시어도어라는 아이를 하나 낳으셨군요. 유감입─"

"네, 감사합니다." 나는 괴로운 대목을 서둘러 넘어간다.

"그 후에 아이를 더 낳으려고 시도하셨지만 처치가 성공적이지 않았고요. 클로미드로 두 차례 시도하셨죠?"

"네, 맞아요." 아, 드디어, 그때가 왔나 보다. 먹통인 내 난소와, 빌어먹을 배아를 줘도 꽉 붙들려 하지 않는 먹통인 내 자궁 때문에 나는 제외될 거라는 말을 듣는 순간 말이다.

"당신 남편은 2025년 10월로 부인의 체외수정 예약을 잡아두셨는데, 아, 그 진료는 취소됐군요. 이유를 말씀해주실 수 있을까요?"

나는 앤서니가 진료를 예약했다는 사실은 전혀 몰랐다. 그는 나에게 아무 말도 하지 않았다, 아, 그렇구나, 내가 좀 더 시간을 두고 자연 임신을 시도해보자고 말한 뒤에 취소한 것이 분명하다. 칼튼 박사가 대답을 기다리며 나를 빤히 보고 있다. 나는 문득 앤서니가 체외수정 정책에 대해 했던 말이 생각난다. '당신이 자연적으로 임신했다면, 설령 나중에 유산했다 해도, 나라에서는 당신을 가임 여성으로 규정해. 그래서 명단의 맨 위로 올라가게 되지.' 그가 나에게 선물을 준 것이다. 나의 사랑스러운 남편이 과거로부터 용케도 이 선물을 보내온 것이다. 내 불모의 역사를 다시 쓸 수 있는 기회.

"임신했었거든요." 내가 조용히 말한 뒤 목을 가다듬는다. 무슨 범죄라도 저지르는 기분이다.

"유산하셨고요?" 칼튼 박사는 의사 특유의 '오, 유감입니다.' 어조로 말한다. 나는 목소리가 나올 것 같지 않아 고개를 끄덕인다.

"흔히 있는 일이죠." 그는 말을 잇는다. "역병 때문에 유산한 분들이 많습니다. 사랑하는 사람을 잃는 슬픔은 신체적 건강에도 큰 타격을 입힐 수 있습니다." 그는 나에게 미소를 짓는다. 나를 안심시키고 싶어하는 미소가 분명한데도 나는 그의 표정에서 의심의 낌새를 살피느라 여념이 없다. 내 속을 읽으려 하지 마. 내가 하는 말만 믿어. "자, 부인의 검사 결과는 모두 양호합니다, 제가 본 바로는요. 우리는 며칠 뒤 혈액검사 결과에 문제가 없는지 확인할 텐데, 줄곧 호르몬 수치가 정상이었던 걸로 봐서 문제가 발견되면 오히려 놀랄 일입니다. 혈액검사 결과만 확인되면 통과되실 겁니다."

나는 울음을 터뜨린다. 칼튼 박사가 눈 하나 깜박하지 않는 것으로 보아 분명히 아주 흔한 일인 듯하다. 그저 티슈 상자를 내게 건네고, 알아들을 수 없는 말을 웅얼거리더니 내 진료기록 작성을 마친다.

"며칠 안에 저희가 연락을 드릴 겁니다. 모든 것이 확인되면 3회의 자궁 내 정자 주입술을 받을 자격을 얻을 겁니다. 몇 달은 기다리셔야 할 겁니다. 죄송하지만 일이 좀 지체되고 있습니다."

나는 그에게 감사를 표하고 자신을 추스른다. 임신을 위해 노력하던 그 끔찍했던 몇 달 동안, 내가 대기실에 있을 때 울면서 진료실을 나서는 여자들을 얼마나 싫어했던가를 떠올린다. 그 슬픔과 불운에는 전염성이 있는 것만 같았다. 나에게서 떨어져. 나는 무자비하게 생각하고는 했다. 내게 불임의 저주를 옮기지 마.

다시 아이를 갖게 될지는 알 수 없지만, 정말 오랜만에 처음으로 나는 새로운 삶을 향해 걸음을 내딛고 있다. 다른 삶, 하지만 어떤 면에서는 내가 잃은 것과 똑같은 삶. 이처럼 불확실성, 희망, 향수, 두려움이 뒤범벅인 채로 몇 년 만에 처음으로 피비를 만난다는 상황이 서로 어울린다고 느껴진다. 마지막으로 그녀를 만난 때가 핼러윈이 지나고 겨우 며칠 뒤, 역병이 시작될 무렵이었다. 이제는 너무 먼 일로 느껴지다 못해, 그때의 내가 아예 다른 사람인 양 느껴진다. 나는 엄마였고 아내였고 바쁜 교수였다. 지금 나는 과부이자 자식을 잃은 엄마이고 세상이 어떻게 변했는지를 기록하기 위해 필사적으로 노력하고 있다.

나는 브록웰 공원을 가로질러 약속 장소로 정한 벤치를 향해 걸어간다. 카페에서 멀지 않고 탁 트인 넓은 녹지가 내려다보이는 자리다. 피비는 벌써 와 있다. 처음 한 생각은 그녀가 늙어 보인다는 것이다. 당연하다. 내가 그녀를 마지막으로 본 때로부터 사 년이 넘게 흘렀다. 우리는 늙었다. 그래도 머리 모양은 여전하다. 대학 때부터 고수한, 몇 가닥을 밝게 탈색한 연한 갈색머리. 그리고 그녀가 가장 좋아하는 색인 암녹색 원피스를 입고 있다. 피비의 화장이 내가 평소 보던 것보다 진한데, 그건 그녀가 초조하기 때문이리라는 것을 깨닫고 나는 흠칫 놀란다. 그 시절은 끝났다. 우리가 와인잔을 앞에 두고 깔깔대며 수다를 떨면 우리의 남편 중 하나가 빙글거리며 목소리 좀 낮춰달라고 부탁하던 시절, 서로의 집에 들어서자마자 브래지어를 벗어 던지던 시절, 레스토랑에서 대화에 너무 열을 올리다가 실수로 촛불을 꺼뜨리던 시절.

"안녕." 그녀가 인사하며 초조한 기색으로 일어선다.

"안녕." 내가 대답하고 먼저 그녀를 끌어당겨 포옹한다. 접촉에 너무도 굶주린 탓에 이제 누군가를 안는 행위에서 경건함마저 느낀다. 나를 꽉 껴안는 그녀에게서 옛날과 똑같은 향수 냄새가 난다. 입생로랑의 시네마. 그 친숙한 향에 눈물이 솟는다. "오, 캣." 그녀가 말한다. "정말 많이 보고 싶었어."

"나도 보고 싶었어." 나는 숨이 넘어갈 듯 훌쩍거리며 대답한다. "너무 미안해."

"미안해할 것 없어." 피비가 말한다. "괜찮아……. 그냥 다 괜찮아……. 세상에, 정말 끔찍했지. 우리는 최선을 다하고 있어."

아주 피비다운 말이다. 내 죄책감을 씻어주려고 애쓰고, 나에게 우리 모두 최선을 다한다는 것을 상기시키다니, 정말 놀랄 만큼 피비답다.

"다 얘기해줘." 피비가 말하고 나는 그녀에게 최대한 많은 이야기를 들려준다. 앤서니와 시어도어가 숨을 거둔 끔찍한 날들의 고통스러운 세부까지 들어가지는 못한다. 그 얘기를 하면 아직도 살갗이 벗겨지는 기분이거니와, 피비도 그들을 사랑했다. 나 자신의 슬픔으로도 모자라 그녀의 슬픔까지 지켜보는 것은 차마 못 하겠다. 대신 난임 클리닉과 내가 진행 중인 프로젝트, 역병에 대한 이야기들을 채록하는 작업에 대해 말한다. 나는 그녀에게 내 새로운 삶의 일과에 대해 말한다.

이번에는 내가 그녀의 생활에 대해 묻는다. 피비가 당혹감 비슷한 것을 내비치며 얼굴을 붉히고, 나는 처음으로 이것이 얼마나 어려울지를 깨닫는다. 피비의 향수는 여전히 내게 원초적인 위안을 주고, 나는 그녀 얼굴의 모든 주근깨와 매끈한 면을 안다. 그녀가 로리 전에 만났던 남자애들도 다 알고, 어머니 되기와 우정과 삶에 대한 그녀의 생각도 안다. 하지만 그녀에게는 가족이 있고 나에게는 없다.

"로리도 딸들도 잘 지내." 피비가 재빨리 말한다. "로리의 일은 감사하게도 끊기지 않고 계속 유지됐어. 팬데믹 이후에도 런던에는 회계사들이 필요한가 보더라. 아빠가 정말 그리워. 이 모든 일이 벌어지기 전에 돌아가셨는데도. 오래……."

그녀는 잠시 말을 멈추고 나는 뺨이 화끈거린다. 나 혼자만 상실을 경험한 것이 아니다.

"이비와 이다가 널 보고 싶어해, 아주 많이." 그녀가 말한다

나도 그들이 그립다. 비록 오랫동안 그들을 제대로 생각하는 것을 나에게 허락하지 않았지만. 피비의 사랑스러운 어린 딸들. 나는

그들의 직계 가족을 제외하면 두 딸 모두를 병원에서 가장 처음 본 사람이다. 피비는 피를 많이 흘려 얼굴이 아직 잿빛이었지만 기쁨에 취해 있었다. 이비는 내 대녀다. 이 모든 것이 벌어지기 전까지 나는 헌신적인 대모였다. 이비만 데리고 공원에 가거나 강가까지 걸었다. 그렇게 우리는 함께 시간을 보냈고 피비에게 쉬는 시간을 선사했다. 나는 생일 선물과 크리스마스 선물을 경건히 바쳤다. 피비가 아이들이 나를 보고 싶어했으면 해서 그냥 해본 말이겠지만, 그리움의 대상이 되는 것은 근사한 기분이다. 누군가 나를 원한다는 것.

"우리 집에 가지 않을래? 잠깐, 어때? 애들도 볼 겸?" 피비의 목소리에 깃든 너무나 간절한 바람이 내 마음 한구석에서 '이건 과해, 너무 일러'라고 말하는 목소리를 제압한다. 나는 이비와 이다가 보고 싶다. 친구의 가족과 시간을 보내는 평범한 일쯤은 해낼 수 있는 여자이고 싶다. 게다가 한때는 한 가족이나 다름없이 아주 가까웠던 가족이다.

우리는 배터시에 위치한 피비의 집으로 걸어가는 동안 오만 가지 이야기를 한다. 함께 봐온 영화들부터, 매일 아침 7시에 음악을 요란하게 틀어대서 피비의 아침을 망치던 짜증 나는 이웃까지. 우리는 피비가 소문이 자자할 만큼 악독한 그녀의 시누이에게 사줘야 했던 생일 선물과, 다시 여는 즉시 방문할 생각에 흥분되는 레스토랑들에 대해 이야기한다.

그녀의 집에 도착한다. 내 집으로 돌아가고 싶은 마음이 굴뚝 같지만 아이들이 보고 싶기도 하다. 포스트-역병 시대의 삶은 모순을 배우는 수업이다. 피비가 나를 데리고 집으로 들어가고, 그러자 "엄마, 엄마, 엄마" 하고 외치는 소리가 순식간에 잦아들며 이비와

이다는 피비 뒤로 물러서서 경계하며 나를 주시한다.

"안녕." 나의 등장에 그들이 얼마나 불안해 보이는지를 깨닫고 충격에 휩싸인 내가 인사를 건넨다. 놀라선 안 돼. 마지막으로 보았을 때 이비는 겨우 걸음마를 배우던 아기였고 이다는 생후 10개월이었다. 그들은 나를 모른다.

"너희는 아마 기억 못 하겠지만, 나는 캐서린이라고 해. 엄마 친구야." 나는 현재 시제를 고수한다. 우리의 복잡한 역사에 대한 설명은 접어두는 게 최선이다. 피비는 마법처럼 순식간에 우리를 거대한 주방으로 데려가고, 그곳에는 로리가 식탁 앞에 앉아 노트북을 들여다보고 있다.

"오!" 그가 나를 보자 놀라서 말한다. "오랜만이에요, 캐서린." 그는 금세 평정을 되찾고, 평소의 침착한 표정으로 돌아간다. 로리가 자신을 회계사라고 소개했을 때 놀란 사람이 여태 한 명도 없었다고만 말해두자.

나는 로리와 여자아이들과 함께 식탁에 앉는다. 피비는 사과와 베리 차를 내 앞에 내주고, 나는 아이들과 대화하며 인형들과 학교와 정원에서 할 놀이에 대한 이야기를 듣는다. 나는 방 안에 있고 얘기를 듣고 끄덕이고 있지만, 동시에 내 정신은 내 몸 위로 떠다니며 그 장면이 상연되는 것을 지켜본다. '허, 그러니까 집에 여섯 살배기가 있다는 것은 이런 거구나. 자식이 둘인 것은 이런 거구나. 훼손되지 않은 삶이란 이런 거구나.' 분리 상태는 계속된다. 피비가 내 이름을 이미 세 번이나 불렀고 모두가 나를 보고 있다는 것을 깨달을 때까지.

"저녁 먹고 갈래?" 피비가 묻자 나는 의지력을 마지막 한 방울까지 짜내서 미소 지으며 말한다. "정말 고마운데 그만 집에 가려고.

다들 만나서 반가웠어." 나는 이비와 이다를 차례로 짧게 껴안고, 로리에게 손을 흔들고 피비를 꽉 껴안는다.

"고마워." 피비가 나를 껴안은 채 내 머리카락에 대고 속삭인다.

내 속에는 되돌려줄 말이 없다. 나는 이 악몽 같은 세상에 적합한 여자가 되어보려고 안간힘을 쓰고 있고, 오늘은 용케 해냈다. 나는 질투와 쓰라림을 제쳐두었다. 친절했고 열려 있었고 용감했다. 하지만 내 딱한 상처입은 심장이 자신이 무엇을 놓쳐버렸는지 굳이 확인할 필요는 없었다. 정말 그럴 필요까지는 없었다.

제이미
스코틀랜드 독립공화국
케언곰 국립공원 옆 작은 농가

캐서린 선생님께.

만나자는 제안을 거절해서 미안합니다. 만나기 전에 미리 질문지를 검토할 수 있다고 하셨지만, 인터뷰를 한다고 생각하면 불안해집니다. 엄마는 제가 사과할 필요는 없다고 하지만, 저는 선생님께서 제가 무례하다고 생각하지 않으셨으면 합니다.

엄마 말로는 선생님께서 제가 혼자 있는 동안 어땠는지, 그리고 대피 프로그램이 종료된 이후로 학교 생활은 어떤지 궁금해하신다더군요. 오두막에서 홀로 여섯 달 동안 지냈던 얘기는 하고 싶지 않아요. 작년에 저는 PTSD(외상후 스트레스장애) 진단을 받았고, 그 후로 좀 더 거리를 두고 상황을 보게 되었어요. 엄마는 너무 오랫동안 저를 떼어놓았다고 자책하는 것 같아요. 하지만 엄마도 뭘 모르고 그런 걸요.

집으로 돌아가 다 함께 지내게 되고부터는 한결 나아졌어요. 아이들 대부분은 제가 원래의 제 방을 혼자 써도 괜찮다고 했어요. 꽤 오랜 시간을 혼자 지냈더니 사람들이 너무 가까이 오는 게 힘들었거든요. 정말 좋은 아이들이었어요. 그중 몇 명하고는 정말 친한 친구가 됐어요. 특히 로건이랑 아서요. 그 애들은 던디에 살고 요즘도 서로 왕래해요. 우리는 주로 함께 축구를 했고 백신이 발명되면 무엇을 할지에 대해 이야기하고는 했어요. 그러다 결국에는 늘 누군가가 대화를 멈추곤 했어요. 그런 얘기가 떠나온 집을 떠올리게 했나 봐요. 그래서 규칙을 만들었죠. 누군가가 "떠들자" 하고 말하면 일제히 화제를 바꿨어요. 아무 질문도 하지 않고요. 그게 정말 도움이 됐어요.

백신에 대한 뉴스가 나왔을 때 우리는 성대한 파티를 했어요. 엄마는 울음을 그치지 않았고 남자애들 몇 명도 울었어요. 저는 엄마 아빠와 지내지만 그 애들은 아니라는 사실을 저는 종종 까먹곤 했어요. 우리 집에서 지내는 동안 아버지와 형제가 죽은 아이들이 많았어요. 엄마는 저보다 잘 대처했어요. 엄마는 '우주 방'을 만들었고, 누구든 그 방에 들어가면 최대 세 시간까지 혼자 있을 수 있었어요. 엄마는 아이가 운동화 끈이나 날카로운 물건을 가지고 들어가지 않는지 확인했죠. 그 자체가 우울한 일이기는 했지만요. 이제는 엄마의 걱정도 이해해요.

엄마가 함성을 지르면서 전화를 받았다고, 첫 번째 무리의 아이들은 집으로 돌아갈 거라고 우리에게 말했던 기억이 나네요. 그것은 놀랍고 신나는 일이었지만 슬프기도 했죠. 애들에게 잘된 일이니 기뻤지만, 앞으로 무슨 일이 벌어질지 겁나기도 했어요.

차츰차츰 모든 게 정상으로 되돌아갔어요. 2029년 8월부터 다시 학교를 다니기 시작했지만 몇 년을 날린 셈이어서 스무 살이 넘어서야 졸업할 수 있겠죠. 저는 의사가 될 거예요. 모두 의사가 부족하다고 말하잖아요. 저는 그 일을 잘할 수 있을 것 같아요. 생물 과목은 우리 반에서 일등이에요.

학교는 확실히 예전 같지 않아요. 제가 좋아하던 선생님들 대부분이 돌아가셨어요. 저희 아빠가 럭비 팀 코치를 하고 있어요. 이 지역에 럭비를 할 줄 아는 사람이 아빠 한 사람밖에 없거든요. 저는 우리 학년 남자애 96명 중 살아남은 22명 가운데 하나예요. 대피 프로그램 덕분에 실은 전국 평균에 비해 꽤 높은 비율이지만, 그래도 남자애들이 여자애들에 비해 훨씬 적죠. 여자애들은 예전이 더 조용했어요. 화장도 더 많이 했고, 우리랑 시시덕거리기도 잘했죠. 지금도 하기는 해요. 시시덕대는 거요, 근데 뭔가가 달라요. 여자애들이 너무 많고 선생님도 모두 여자니까, 이제는 우리가 아웃사이더라는 느낌이 들어요.

저는 요즘 사람들이 '사람들'에 대해 이야기할 때 실제론 '여자들'을 지칭한다는 사실을 깨달았어요. 그게 싫어요. 사회 선생님께 그 점을 언급했더니 그저 여자가 다수이기 때문이라고 말씀하시더군요. 그게 나머지 남자들을 없는 셈 쳐도 되는 정당한 이유는 못 된다고 생각했지만, 말썽을 일으키고 싶지 않아서 더 말하지 않았어요.

종종 지난 일들에 대한 꿈을 꿔요. 그런 날은 정말 괴로워요. 꿈에서 저는 늘 마당에서 우리 학교 유니폼을 입은 아빠랑 축구를 하고, 하루가 무사히 끝났다는 사실에 안심하지요. 그러다가 갑자기, 엄마가 죽은 사람들의 이름을 차례로 소리쳐 불러요. 할아버지, 아기 벤지, 빅터 삼촌. 그러고는 잠에서 깨어나는데, 전에 일어난 일 전부가 순식간에 떠오르고, 토하고 싶어져요.

괜찮다면 더는 저에게 편지를 보내거나 엄마한테 전화해서 저를 바꿔달라고 하지 말아주세요. 하고 싶은 말은 다 했습니다. 저는 이제 다음 단계로 나아가려고 해요. 선생님의 기록 작업이 잘 풀리길, 그리고 이 편지가 도움이 되길 바랍니다.

캐서린
영국(잉글랜드와 웨일스) 런던

어느 블로그에 올라온 글들이 도무지 머릿속을 떠나지 않는다. 리비가 알려준 블로그다. 우리는 모두 역병에 관한 이야기에 강박적으로 매달린다. 역병이 다양한 형태의 가족들에게 가져온 무수히 많은 변화들. 우리는 결코 혼자가 아니다. 누구든 입에 올릴 수 있는 화제라고는 마리아 페레이라의 인터뷰 기사, 역병의 경험을 다루는 책과 영화뿐이다. 스크린으로 보기에는 너무 버거워서 영화는 못 보면서도, 나는 밤이면 몇 시간씩 인터넷을 뒤지며 눈이 아플 때까지 읽고 또 읽는다. 그 블로그의 운영자는 런던에 사는 대니얼 에이헌이라는 남자다. 그는 일종의 '면역 일지'를 포스팅했다. 그중 몇 편을 골라 소개한다.

2025년 12월 9일

나는 집에서 나가지 않고 있다. 엄마가 뉴스를 보자마자 통조림을 한 보따리 사 들고 왔다. 복숭아, 완두콩, 검은콩 등의 온갖 종류를 마구잡이로 담아서. 엄마가 무슨 생각으로 그런 걸 다 샀는지 모르겠다. 난 그저 베이크드 빈스와 감자면 충분한데. 엄마는 여기에 오래 머물 수 없다. 의붓아버지가 대장암에 걸려서 엄마는 롬포드의 종합 병원에서 장시간 그의 곁을 지켜야 한다. 엄마에게 그냥 그 사람을 떠나라고, 모든 시간을 나와 함께 보내자고 말할 수 있으면 좋겠지만, 나는 그러지 못한다. 그렇게 이기적으로 행동하진 않을 것이다. 엄마가 선택하게 할 것이다.

2026년 3월 9일

아직도 살아 있다. 몇 주전에 통조림이 다 떨어졌고 그래서 집 밖으로 나가야 했다. 나를 본 여자들은 하나같이 내가 들짐승이라도 되는 것처럼 나를 빤히 봤다. 그들에게 소리치고 싶었다. '씨발 뭘 봐, 그냥 남자라고.' 그래도 그건 옳지 않은 것 같았다. 그들은 그냥 겁먹은 거다. 모두가 겁을 먹었다. 나는 최대한 잽싸게 구멍가게에서 먹을 것을 샀다. 카운터에 현찰을 내던지고 거스름돈을 기다리지도 않았다. 접촉을 최소화했다. 나는 약간의 감자칩과, 아주 많은 환타를 샀다. 몇 주째 '솔트앤비네거' 감자칩과 환타가 먹고 싶어 죽을 지경이었다. 너무 맛있어서 눈물이 날 지경이었다. 나는 내가 며칠 이내에 앓아 누울 줄 알았는데, 아니었다. 그 후로도 며칠에 한 번씩 똑같은 짓을 해왔다. 달려나가서 먹을 것을 사고, 거스름돈을 받지 않고, 집으로 돌아오기. 아직도 살아 있는 걸 보니, 내가 제대로 하고 있는 게 분명하다. 나는 엄마를 보고 싶지만 엄마는 나에게 병을 옮길까봐 겁낸다. 의붓아버지가 크리스마스 날 그 병으로 죽었고, 그래서 엄마는 분명히 자기 몸에 바이러스가 있을 거라고 말한다. 내가 그냥 방의 이쪽 끝과 저쪽 끝에 떨어져 앉으면 된다고 말해도 엄마는 고집을 부린다. 내가 할 수 있는 것이라고는 엄마와 스카이프로 대화하는 것뿐이다.

2026년 6월 15일

나는 면역이 있는 것 같다. 어이 친구들, 난 면역이 있나 봐. 하지만 이걸 읽을 친구들이 별로 남아 있지 않은 것 같다. 엄마는 지금까지 세 번 넘게 찾아왔다. 매번 우리는 조심했다. 껴안지도 않았고, 나는 소파에, 엄마는 거실 반대편 바닥에 앉았다. 엄마는 한순간 기침이 나오려 하자, 창문을 열고 밖에다 기침했다. 아무 일도 없었다. 나는 바이러스를 가진 사람의 입김만으로도 전염된다는 이야기를 무수히 읽었다. 남자 열 명 중 한 명만 면역이 있다. 나는 그 특별한 사람 가운데 하나인 것 같다.

2026년 11월 4일

저 아직 여기 있습니다, 여러분! 난 안 죽으려나 보다. 나는 '기본적으로' 정상적인 삶을 살고 있다. 당연히 완전히 정상이라고 할 수는 없다. 내가 바보도 아니고. 대중교통은 이용하지 않고, 아직도 구멍가게에서만 식료품을 사고, 누가 주는 돈은 절대로 만지지 않는다. 나에게 면역이 있는 게 확실한지 검사를 받아보고 싶지만 그러려면 의사를 만나러 가야 할 텐데, 만약 내가 면역이 없다면 세균투성이인 지역 보건의 진료소에서 순식간에 옮고 말 것이다. 나는 이제 원래 직장으로 복귀했다. 이전에도 늘 집에서 일했고 가끔씩만 사무실에서 일했기 때문에, 그리 많이 달라졌다는 기분은 들지 않는다. 머지 않아 국가의 징집 프로그램을 통해 직업을 얻게 될 것 같은데 보아하니 면역 검사부터 받아야 하는 모양이다.

엄마와 훨씬 더 많은 시간을 보내서 좋다. 나는 의붓아버지를 별로 좋아하지 않았다. 우리 엄마는 이 글을 안 읽을 테니까 걱정 붙들어 매시라. 엄마는 블로그가 눈앞에 나타나서 자기소개를 해도 그게 뭔지 모를 사람이다. 엄마는 심지어 이제 나를 껴안기도 한다. 엄마를 설득하는 데 성공했다. 엄마도 이제는 안다. 나는 면역이 있다.

2026년 11월 7일

아무래도 그게 걸린 것 같다. 어떻게 내게 이런 일이 벌어졌는지 모르겠다. 나는 병원에서 호출을 받았다. 엄마가 폐 질환으로 입원했다고. 나는 엄마가 아픈 줄도 몰랐다. 멀쩡해 보였으니까. 병원에서는 내게 엄마를 보러 오라고 했다. 나는 전화를 건 여자에게 그래도 괜찮냐고 물었고, 그녀는 이렇게 말했다. 네, 면역이 있다면서요?

그런데 어젯밤부터 몸이 좋지 않다. 그냥 감기 정도라고 생각했는데 지금 나는 세계 최악의 독감에 걸린 기분이다. 몸이 덜덜 떨린다. 심장이 가슴속에서 쿵쾅거린다. 잠시 열이 끓다가 곧이어 얼어죽을 것처럼 추워져서 말 그대로 라디에이터에 등을 갖다댔다. 화상을 입는 것 같은데도 여전히 으스스하다. 이제 쉬러 가야겠다. 타자를 치는 것도 점점 힘들어진다. 혹시 누가 롬포드 종합병원에 좀 가주실래요? 우리 엄마의 이름은 미셸 에이헌입니다. 준중환자실 7호실에 있어요. 누구든 가서 내가 엄마를 사랑한다고 전해주세요.

그 후로 블로그는 잠잠하다. 이 남자에 대한 생각이 나를 짓누른다. 글로 미루어 보아, 완전히 혼자 죽은 남자. 엄마는 병원에 있고, 언급도 없는 걸로 봐서 형제자매나 친구도 하나 없고, 그저 어머니에게 사랑한다는 말을 전해달라고 애원하며 어둠 속으로 사라진 남자.

그가 누구인지를 찾아내기란 놀랄 만큼 쉬웠다. 나는 2026년 11월에 롬포드 종합병원 인근 지역에서 접수된 사망신고를 살펴봤다. 아니나 다를까, 미셸 에이헌은 폐 질환 악화로 2026년 11월 9일에 죽었고, 직계가족란에는 아무 이름도 쓰여 있지 않았다.

나는 그녀의 주소를 선거인 명부에서 찾아낸 다음, 그녀의 이웃들에게 물어물어 대니얼의 주소를 알아냈다. 그들에게 내가 그의 전 여자친구이며 그가 숨을 거둔 곳에 가보고 싶다고 거짓말했다. 윤리적으로는 석연치 않은 행동이었지만, 덕분에 그의 주소와 위로의 미소, 가는 길에 먹을 레몬 드리즐 케이크 한 쪽을 얻었다. 만약 누가 내 집에 와서 자신의 전 남자친구 주소를 알려달라고 했다면 나는 경찰에 전화했을 텐데. 크리스털팰리스보다는 에섹스 사람들이 착한 모양이다.

지금 나는 여기 대니얼이 살던 공동주택 밖에 서 있다. 다시 전 여자친구 묘기를 부려볼까 생각했지만 일링턴 주민들에게는 안 먹힐 것 같다. 나는 옆집의 초인종을 누르고, 인터폰을 받은 여자에게 대니얼을 찾아왔다고 말한다.

"오, 저런, 그는 죽었어요."

"오, 세상에, 미처 몰랐어요."

그녀가 잠시 말을 멈춘다. "이제는 크게 놀랍지도 않죠, 네?"

"지금 그의 아파트에 사는 사람이 있나요?"

"아뇨, 거기는—이봐요, 일단 들어와요. 인터폰으로 나눌 대화는 아닌 것 같으니."

그 여자, 포피는 나를 한번 보더니 긴장을 푼다. 나는 위협적이지 않은 인상이라는 얘기를 들어왔다. 인류학자에게는 꽤 유용한 특징이다.

"들어와요." 그녀가 말하고 손짓으로 소파 쪽을 가리킨다. "복숭아 스쿼시 한 잔?"

"네, 고맙습니다." 나는 복숭아를 싫어하지만 주느비에브는 나를 무례한 사람으로 키우지 않았다. 그리고 '예스'를 많이 말할수록 사람들은 많은 이야기를 들려주는 경향이 있다.

"그러니까 대니얼은 2026년 11월에 죽은 건가요?"

"네, 오래 버텼죠. 몇 번 본 기억이 나요. 몇 달간 그는 잽싸게 뛰쳐나가 구멍가게로 가서, 잔뜩 겁에 질린 표정을 한 꼬마같이 군것질거리를 사서 돌아오곤 했죠. 나중에는 점점 자신만만해졌어요. 종일 나돌아다니곤 했어요."

"그의 블로그에서 읽었어요. 자기가 면역이 있다고 확신하는 것 같았어요."

포피가 한숨을 쉬었다. "대니얼은 오만방자한 놈이었어요. 고인에게는 미안한 말이지만, 사실이에요. 자기가 아주 대단한 사람인 줄 알았죠. 아니나 다를까, 그는 자신에게 면역이 있다 생각하고는 평소 생활로 돌아갔어요. 멍청한 녀석."

"그가 죽고서는 어떻게 됐죠?"

포피가 기억을 떠올리며 콧등을 찡그린다. "우리 이웃들이 알게 된 건 악취 때문이었어요. 상상을 초월할 만큼 지독한 냄새요. 어찌나 심한지 자기 집에서도 숨을 쉴 수가 없었어요. 제가 경찰을 불렀고, 경찰은 검시관들을 불렀고, 검시관들은 시체 처리하는 사람들을 불렀고, 결국은 그 사람들이 문을 부수고 들어가 실어갔죠."

"얼마나 오래 방치됐나요?"

"나야 잘 모르지만, 위층 사는 셰릴이 최소 이 주는 됐다는 말을 들었대요. 끔찍하죠."

나는 스쿼시를 받아 아주 조금 홀짝거린다. "그럼 아무도 그를 돕지 않은 거군요?"

포피가 미간을 찌푸린다. "뭐, 그놈이 역병 걸려 죽은 게 우리 잘못이란 거예요? 세계가 어떤 상태인지 알기는 알아요?"

"아뇨, 아뇨." 나는 극구 부인하며 물러난다. "제 말은 그의 곁에 가족이라든가 친구라든가 가까운 사람이 아무도 없었느냐는 거예요. 대니얼의 엄마도 그와 비슷한 시기에 돌아가셨거든요."

"아, 딱한 노릇이죠. 없었어요, 누가 집에 오는 건 한 번도 못 봤어요. 그게 시작된 뒤로는요. 하지만 확실한 건 그렇게 혼자 죽은 사람이 차고 넘칠 거라는 겁니다. 더 생각해봐야 슬프기만 하죠."

포피는 더는 생각하고 싶지 않다는 뜻을 내비치는 목소리로 말한다. 나는 그녀에게 시간을 내줘서 고맙다고 인사한 후 나온다. 건물 현관을 나서려는 순간 그녀가 층계참 너머 머리를 쑥 내밀고 나를 소리쳐 부른다.

"어이, 아가씨. 이름이 뭐예요?"

"캐서린이요."

"누구를 잃었어요?"

"네?" 그녀가 계단을 걸어 내려온다.

"거, 누구를 잃었냐고. 가족 중에 누가 죽었어요?"

이런 질문을 이런 식으로 받아보기는 난생처음이다. "앤서니와 시어도어……. 남편과 아들요." 나는 조용히 말한다. 그 질문이 불러온 충격에 내 두 눈에 눈물이 가득 차오른다.

"그냥 묻고 싶더라고. 그들이 잊히지 않았다는 걸 알죠?" 포피가 말한다. "당신이 그들을 기억하고, 이제 나도 기억할 거예요." 그녀가 내 어깨를 토닥이고는 다시 층계를 오른다.

건물을 나서 빠르게 길을 걷는 동안 꺽꺽대며 뜨거운 눈물이 쏟아진다. 지난 몇 달간 누군가 나에게 해준 것 중에 가장 친절한 행동이었다.

아주 오랫동안 도처를 돌아다니며 수많은 남녀를 인터뷰하고 그들의 경험을 글로 쓰고, 조사하고, 정보를 끝없이 모았지만 목표는 불분명했다. "학술 기록요." 누가 물으면 나는 이렇게 답했다. 거짓말은 아니지만 사실도 아니다. 실은 나도 몰랐다. 어떤 비밀스럽고 거창한 목표가 있었던 게 아니다. 그저 내가 그것들을 기록해야 하고, 무슨 일이 벌어졌는가에 대해 사람들과 이야기해야 한다는 것만 알았다. 이 모든 일이 일어나지 않은 척하고 다음으로 넘어갈 수 없었다. 나는 넘어갈 준비가 되어 있지 않았다. 지금도 마찬가지고.

나는 계속해서 포피가 했던 말로 되돌아간다. '당신이 그들을 기억하고, 이제 나도 기억할 거예요.' 나는 어린 시절 내내 내가 부모님이 남긴 전부라는 사실을 지독하리만큼 통렬하게 알고 있었다. 그들은 죽었고 내 곁에 없었다. 애초에 존재한 적도 없던 것처럼. 내가 원했던 것이라고는 나 자신이 일군 가족이 전부였다. 뭔가 확실하고 만질 수 있는 실체. 세대를 거듭하며 이어지는 가계도. 누군가가 내가 여기에 있었다는 그 사실을 알아주기를 바라는, 수천 년 된 인간의 욕구.

이제 나의 가족은 사라졌다. 내 부모가 죽었고 앤서니가 죽었다. 시어도어가 죽었다. 내가 죽으면, 그것으로 끝이다. 우리는 아예 존재하지 않았던 것이나 다름없어진다. 그런 생각을 하면 견딜 수가 없다. 내가 여기 존재했다는 것, 나에게 시어도어라는 아름다운 아들이 있었다는 사실을 아는 사람이 필요하다. 앤서니와 내가 살았고 결혼했고 사랑했고 가족을 만들었다는 사실을.

아무도 대니얼에 대해 모른다. 한 인생이 이런 식으로 끝나다니. 그의 어머니는 홀로 죽어갔고, 그도 그 무렵 혼자 죽었다. 옆집 사람과 블로그에 의해 그저 스치듯 기억될 것이다. 그것이 나의 최후, 시어도어의 최후, 앤서니의 최후가 되어서는 안 된다. 사람들이 나에게 연구의 목적이 무엇이냐고 물으면 나는 정직하게 답할 것이다. 기억하기 위해. 나를 그리고 그들을 기억하기 위해서라고.

어맨더
스코틀랜드 독립공화국

나는 친구의 처녀 파티 이후로 십 년 넘게 던디에 오지 않았었다. 예거밤 칵테일과 인화성의 흰색 나일론 드레스, 남자 성기 모양 빨대의 추억을 떠올리니 그리워서 눈물이 날 것 같다. 모든 게 간단하고 쉽던 시절.

내가 다시 올 일은 없을 줄 알았던 곳으로의 출장이다. 던디에서 가장 큰 성 건강 진료소. 스코틀랜드 보건부의 내 전임자는 '불간섭'을 지향한 모양이지만, 그건 '게으름'의 정중한 표현일 뿐이다. 현장에서 직접 보지도 않고 어떻게 시행 중인 보건 정책을 이해하고 무엇이 바뀌어야 하는지 알 수 있다는 건지 이해가 안 간다. 동료들은 내 견해가 과격하다고 생각하는 듯하지만, 나는 그것이 상식이라고 생각하기에 여기 던디의 스산한 잿빛 거리를 걷고 있다.

대기실에서 타냐 길모어가 나를 찾으러 오기를 기다리면서, 나는 은밀히 이곳에 있는 다른 네 명을 주시한다. 여자 둘, 남자 둘. 다들 골똘히 전화기나 잡지나 자기 허벅다리를 들여다보고 있다.

"어맨더?"

타냐가 나를 불러서 자신의 사무실로 데려간다. '가슴 점검!',

'선택은 떳떳이' 같은 문구가 적힌 재치 있는 포스터로 장식된 아늑한 방이다.

"시간 내줘서 정말 고맙―." 타냐는 내가 더 말을 잇지 못하게 손사래를 친다.

"여기까지 와서 우리가 하는 일을 보고 싶다는데, 나야 좋죠. 감사할 것 없어요. 자, 무슨 일로 오셨나요?"

내가 마치 그녀의 환자가 된 기분이다. 몇 년간 섹스와는 담을 쌓고 살아온 탓에 성병에 걸릴 가능성이 말 그대로 제로라는 사실을 알면서도 초조해질 지경이다.

"당신이 이끄는 지지집단에 대해 알고 싶어요. 이 진료소의 통원 가능 지역 LGBTQ 주민들은 항우울제 복용량도 적고 자살률도 낮습니다. 비결을 알고 싶고, 베끼고 싶습니다."

타냐는 의자에서 물러나 앉으며 한숨을 내쉰다. "그게요, 그렇게 간단하지가 않아요."

"어째서죠?"

"그러니까, 일단……. 당신네는 나라는 사람을 베낄 수가 없어요. 근데 내가 바로 그 이유거든."

"그게 무슨 말씀인지……."

타냐가 한숨을 내쉬고, 나는 결연히 자세를 고쳐 앉는다. 나는 그녀의 도움이 필요하다. 동성애자 남성의 자살률이 2025년 이후로 450퍼센트 증가했다. 데이터가 충분하지는 않지만 트랜스젠더 남성과 여성의 자살률도 훌쩍 치솟았다. LGBTQ 사회가 공공보건상 위기에 처한 가운데 타냐는 일을 제대로 해내고 있다.

"기본으로 돌아가자고요." 타냐가 말한다. "젠더는 사회적 구성물이에요. 내가 지난 십오 년간 이 말을 할 때마다 1파운드만 받았어도, 억만장자들이 일제히 숨어 들어간 저기 알래스카의 생존 벙커 가운데 하나는 차지했을 겁니다. 그런데 역병은 생물학적 성에 따라 나타났고. 젠장, 젠더와는 전혀 관계가 없었죠. 트랜스젠더 사회에서 이렇게 엄청난 균열을 경험하기는 그때가 처음이었답니다. 분노나 불협화음이 아니라, 그냥 황망한 고립무원의 외로움. 트랜스 여성은 태반이 다 죽게 생겼고, 트랜스 남성은 다들 멀쩡할 거고. 그건 이쪽 사회가 일반적으로 돌아가는 방식이 아니라는 걸 이해하셔야 해요. 트랜스 여성은 자신의 XY 염색체 앞에 무력해졌고, 게이들은 초-소수자 집단이 돼버렸죠. 악몽이 따로 없었어요."

그녀는 말을 멈추고 나를 노려본다. 내가 무시무시한 기억을 들추며 아주 끔찍한 일을 강요하고 있다는 듯한 눈빛이다. "2025년에도 이미 트랜스젠더로 사는 것은 정말로 힘들었고 동성애자로 살기도 녹록치 않았어요. 그런데 역병이 상황을 훨씬 악화시켰죠. 트랜스젠더 개인들을 지지하고, 권익 향상을 위한 캠페인을 벌이고, 트랜스젠더가 살기 좋은 세상을 만들려는 일련의 시도가 많은 사람들에게 딴 세상 일이 돼버렸으니까요."

나는 말을 끊고 묻는다. 궁금해 죽겠으니까. "당신은 면역이 있나요?"

"하, 말도 마요. 솔직히 나도 내가 아직까지 살아 있다는 게 믿기지 않아요. 난생처음으로 내 몸이 실제로 나를 도와준 것 같은 기분이에요. '내가 너에게 태어날 때는 남자 몸을 줬을지 몰라도, 역병에 대해서만큼은 선심을 쓰마. 넌 이번에 죽음은 면제다.' 나는 2025년 12월에 걸려서 죽다 살아났어요. 살아나고 처음 며칠은 발갛게 상기돼서 돌아다녔다니까요. 뭐랄까…… 고양된 느낌? 선택받은 느낌이었죠. 그렇게 죽음의 문턱까지 갔다가 삶을 돌려받다니 놀라운 경험이었죠."

"그래서 지금 그 삶으로 대단한 일을 하고 계시군요."

타냐가 킥킥거린다. "아, 됐어요. 나는 이십 년간 띄엄띄엄 간호사로 일해왔어요. 징집 방침에 따라 해야 할 내 일을 할 뿐입니다. 나는 테레사 수녀가 아니라고요. 아무튼. 트롤링*은 줄었지만 지금도 트랜스 여성들은 끔찍한 말들에 시달리고 있어요. 요지는 세상에서 제일 쓸모없는 게 여장 남자니까 나 같은 인간은 진작 죽었어야 했다는 겁니다. 세상에는 '진짜 남자'가 필요하고, 그러니까 나도 남자로 남아 있어야 했다는 거예요. 하지만 나는 여자라고요. 그리고 치명적인 역병이 전 지구를 휩쓸어 하루아침에 폐허로 만든 걸 도대체 나보고 어쩌라고. 이제는 사람이 더 필요하죠. 인구가 늘어나야 해요. 중요한 건, 나도 그걸 이해한다는 거예요. 외우기 쉬운 한심한 구호가 적힌 멍청한 전단지를 읽고 있는 게 아니에요. 나도 이해한다고요. 그런데 지금 동성애자 남성을 위한 지지집단이 스코틀랜드에 몇 개나 존재하는지 아세요? 고작 셋입니다. 트랜스젠더들을 위한 지지집단은 몇 개나 될까요? 이 답도 내가 잘 알죠, 하나. 당신은 지금 그걸 운영하는 사람을 보고 있어요."

나는 아주 오랜만에 말문이 막히는 기분이다. 내 몫을 충분히 해내지 못하는 것 같고, 이미 실수를 저지른 것 같다. 평소 내 밑에서 일하는 사람들이 나와 대화할 때 이런 기분이지 않을까. 나는 차마 역할 바꾸기를 좋아한다는 말은 못 하겠다.

"제가 바꿔보고 싶습니다. 그래서 여기 온 거고요."

"그럼, 제대로 인생 경험을 쌓았고, 직업이 뭐든 일과 후에 시간

---

* 인터넷상에서 상대의 화를 돋우고 불쾌하게 만드는 내용을 악의적으로 올리는 것.

을 낼 수 있고, 공감 능력이 뛰어난 남녀를 채용하는 데 힘써야 해요. LGBTQ 사회는 위기 상태입니다. 자신의 인간관계, 연인, 인생이 몰살당하는 것을 지켜본 동성애자 남성들은 특히 도움이 필요해요."

머리로는 이런 반응이 도움이 되지 않는다는 걸 알면서도 나는 나도 모르게 변호하듯 말한다. "우리는 모두 전쟁터처럼 느껴지는 곳에서 너무 오랫동안 일해왔습니다. 사람들의 정신 건강을 걱정할 틈이 없었어요. 세상이 계속 돌아가게 하고 사람들 생명을 지키는 데 필요한 거즈나 항생제나 소독약을 확보하려고 싸워왔으니까요."

타냐가 콧방귀를 뀐다. "이봐요, 정신건강도 사람들 생명을 지킨다고요."

나는 오늘 저녁 타냐가 진행하는 수업을 참관해도 되는지 물어보려 했는데 단칼에 거절당할 것 같다. 이해한다. 내가 지금껏 실망을 안겼겠지만, 나는 내 선택들을 후회하지 않는다. 병이 발발한 지 얼마 안 됐을 무렵 가트네이블이 어떤 지경이었는지를 떠올린다. 남자 의사들은 모두 죽었거나 죽음을 기다리고 있었다. 당시 병원엔 남자 의사가 둘 있었고 그들은 지금도 살아 있다. 그들은 자신이 면역이 있다는 것을 알았던 듯하다. 방사선과 전문의와 일반외과의. 젠장, 그들은 바빴다. 의사들은 다 바빴다. 의사 수의 변화는 간호사 수의 변화와는 달랐다. 간호사 중 남자는 11.5퍼센트지만 외과의는 87.8퍼센트가 남자다. 그것은 세계 최고의 의욕과 의료진의 노고가 투입된 난장판이었다.

얼마 후 병원에 '응급동'이 생겼다. 이 황량한 건물은 한때 산부인과동이었는데, 그 과의 필요가 현저히 줄어서 용도를 전환한 것이다. 환자를 병문안하거나 거기서 근무하지 않는 이상 응급동 출입은 금지되었다. 바이러스 확산을 막기 위한 부질없는 시도였다. 사실상 그게 무슨 소용인가. 모든 사람이 병을 옮기고 있었다. 우리 모두 그 사실을 알았다.

내가 돌아가려고 자리에서 일어서 막 문 앞에 도착한 순간, 타냐가 내 이름을 부른다. "당신네 의사들은 다 똑같아. 늘 우선순위대로 줄을 세우지. 역병 초기에 그 온갖 치료 프로토콜을 실행했던 것처럼. 그런데 살아남은 남자들을 두고 자기 공이라고 말할 수 있는 의사는 한 사람도 없을 걸요. 신통한 마법 같은 것은 없었죠. 늘 그래왔듯 그냥 운이었어요. 그걸 인정하는 의사가 있으면 나한테 데려와봐요. 그럼 나는 너구리로 변신해볼테니. 당신들은 '운'이라는 걸 별로 안 좋아하더라. 모든 것이 당신들의 우수한 치료 덕분이어야 하지. 아무렴, 환자에 대해 물어보면 의사들은 꼭 이래요. '이름이 존이었나? 잭이었나? 조지프? 진?' 당신들이 잊고 있는 동안 간호사들은 그저 호흡을 유지시키는 것 이상의 일을 하죠. 환자들을 계속 살아가게 한다고요. 나는 내 우선순위를 알아요. 사람들의 정신이 제대로 돌아가게 하는 것은 정확히 거즈나 항생제만큼이나 중요해요. 나는 사람들을 계속 살아가게 하는 일을 하고 있어요. 당신은 뭘 하고 있죠?"

나는 멈춰 선다. 나는 무엇을 하고 있나? 스코틀랜드 국민의 신체적 건강을 유지하기 위해 많은 일을 하고 있지. 그런데 이 문제에 대해서는? 전혀. 뺨이 화끈거리지만 나는 재빨리 자신에게 이겨내라고 되뇐다. 부끄러움과 후회는 아무 도움이 안 된다. 나는 나 자신이 행동가라고 자부한다. 타냐가 방금 한 모든 이야기를 듣고도, 내 사무실로 돌아가 아무 얘기도 안 들은 사람처럼 행세할 셈인가, 아니면 기분 나쁘다고 툴툴거릴 셈인가? 아니.

"와서 저와 일합시다."

"네?" 타냐는 놀라서 어안이 벙벙해지고, 그녀에게 가차없는 비난을 받았던 나는 아주 조금이나마 분이 풀린다.

"당신을 고용하고 싶습니다. 글래스고로 와서 저를 도와주세요. 예산과 직책, 일자리를 마련하겠습니다. 당신이 아주 직설적으로 지적한 것처럼, 저는 환자를 보고, 당신은 사람을 봐요. 그러니까 저 좀 도와줘요. 할 일은 많은데 일손은 부족해요. 당신을 채용해서 이 문제를 맡길 테니 제대로 해보라고요." 나는 어깨를 으쓱한다. "저는 다른 사람들이 뭘 잘못하고 있는지 지적하는 데 많은 시간을 보내요. 실수를 저지른 사람들을 해고도 해봤지만, 그저 공허한 제스처였어요. 그들은 아무것도 안 해요. 그러니까, 함께 일해봅시다. 도와줘요."

타냐는 입을 떡 벌리고 나를 바라보고, 물고기처럼 입을 뻐끔거리며 마른침을 삼킨다. 그렇게까지 놀랄 일인가.

"그거 알아요? 제가 이 직책을 얻은 건 화가 나 있고 완고하고 집요하고, 입을 다물려고 하지 않았기 때문이에요. 제가 똑같은 이유로 당신을 뽑겠다는데 그렇게 충격적일 것도 없죠, 안 그래요?"

"그거 알죠? 당신, 존나 이상해." 그녀의 얼굴에 미소가 번지고, 나는 그녀가 승낙하리라는 것을 직감한다. "언제부터 시작하면 되죠?"

로자미

필리핀 마티

회사 일에는 보모로서는 전혀 느끼지 못했던 만족이 있다. 아이를 돌볼 때는 내가 아무리 열심히 일해도 일이 줄지 않고 똑같거나 더 많은 양의 할 일이 남아 있었다. 삼시 세끼 먹이기, 목욕시키기, 옷 입히기, 놀이, 대화, 어르기, 격려하기, 훈육하고 달래기. 끝이 없다. 지금 내 일에는 명확한 구분과 분명한 할 일 목록이 있다. 내가 뭔가를 해내면 그것들은 목록에서 제거되고, 다시 하지 않아도 된다.

그날 전용기는 동태평양항공교통규제협약이 발효되기 칠 분 전에 착륙했고, 승무원은 헐떡거리며 울기 시작했다. 나는 나의 정체—배신자이자 도둑—를 아는 그에게서 도망쳐야 한다는 일념으로 최대한 빨리 비행기에서 내렸다. 며칠간 버스와 자동차를 타고, 걷고 또 걸어서 드디어 고향 마티로 돌아갔건만, 어머니는 나를 한번 보더니 그곳을 떠나 마닐라로 가라고 했다. "네 스스로 뭔가를 이루기에 이보다 더 좋은 때는 없어. 남자들이 다 죽어서 회사에는 사람이 부족해. 가, 당장 마닐라로 돌아가. 우리는 여기서 잘 지낼 테니."

어머니의 판단이 옳았다. 오 년 후, 어머니는 현재 바랑가이*의 수장이며 우리 마을의 회복과 새로운 사회기반시설 구축을 감독하고 있다. 나는 완전히 새로운 삶을 살고 있지만 여전히 앤젤리카와 타이 부인의 안부가 궁금하다. 앤젤리카는 제대로 보살핌을 받고 있을까? 그들은 폭동에서 살아남았을까? 수만 명이 사망했고 큰 화재가 더 많은 인명을 앗아갔다. 중국이 해체되기 전 중국 군부가 권력을 장악했고 현재 베이징 주의 행정구로 기능하는 싱가포르와 아슬아슬한 평화 상태를 유지 중이다. 나는 틀림없이 그들이 잘 지내고 있을 거라고 믿는다. 타이 부인은 근성이 있다. 그걸 발휘하기를 좋아하지 않았을 뿐이다.

오늘의 숫자들이 메일함에 도착한다. 평균 이상이다. 양질의 플라스틱 비율이 높다. 상사와의 주간 통화 전에 자신감을 충전하려고 숫자들을 훑어본다. 이 자리에 있게 된 것은 계속 운이 따라준 덕도 있지만 내가 열심히 일했기 때문이다. 내 공식 직함은 필리핀 최대 규모의 재활용 회사 중 한 곳의 '쓰레기 공급 관리자'이다. 타이 부인이 내가 폐기물 분야에서 경력을 쌓은 것을 알면 무슨 말을 할지 궁금하다. 그녀가 역겨워하며 코를 잔뜩 찡그리는 모습은 상상이 간다.

비서가 들어온다. 나는 얼굴에 미소를 띠고 상사와 통화할 준비를 하며 반쯤 먹은 점심식사를 책상 한쪽으로 치우려 한다.

"타이 부인의 전화입니다."

나는 수프 그릇을 놓치고, 그 바람에 수프가 감자칩과 크림색 리넨 바지와 신발에 마구 튄다.

---

* 필리핀의 가장 작은 지역 단위. 우리나라의 동에 해당.

내 비서가 몹시 걱정스러운 눈빛으로 나를 본다. 나는 평소 어리바리한 사람이 아니다. 그녀가 내 과거를 힐끔 들여다보고 과거의 나를 엿보는 기분이다.

"아…… 흠……. 연결하고 문 닫고 나가줘요." 허벅지에 쏟은 수프를 닦는데 곧 전화가 울린다.

그녀를 모르는 척할 것이다. 타이 부인은 이제 나에게 아무 짓도 못 한다. 이제는 못 한다. 그녀가 뭘 하려는 걸까? 나를 체포당하게 하려고? 그럴 수 없을 것이다. 그럴 수 있나? 그녀에게는 범인이 나라는 증거가 없다. 천만에, 증거가 있다마다.

"안녕, 로자미." 그녀의 목소리는 여전했다.

"어떻게 도와드릴까요?" 모호한 대답. 나는 낯선 사람과 통화하듯 말한다.

"그렇게 거리 두지 마. 내가 누군지 알면서."

그녀는 내 삶을 파괴할 것이다. 물론, 그러겠지. 나는 그녀에게서 수백만 달러를 훔쳤다. 눈물이 내 뺨을 타고 뚝뚝 떨어진다. 이 순간을 수없이 상상해왔고 언젠가 이 순간이 오리란 걸 알고 있었지만, 그런 일이 벌어지지 않게 해달라고 빌고 또 빌었다. 그녀가 통화를 녹음하고 있을지 모른다. 조심해야 한다.

"앤젤리카는 잘 있나요?"

타이 부인이 하려던 말을 삼킨다. 나는 뭔가 잘못한 기분이 드는데, 그게 뭔지 확신이 서지 않는다. 나는 돈은 훔쳤지만, 아이들에게는 아무 해도 끼치지 않았다. 나는 그녀보다 더 그녀의 아이들을 사랑했다. 루퍼트를 생각하니 이토록 오랜 시간이 흐른 지금도 복통이 인다.

"앤젤리카 때문에 전화한 거야. 부분적으로는."

충격, 공포, 나는 토할 것만 같다. "애한테 무슨 일 있어요?"

타이 부인이 전화기 너머에서 눈동자를 굴리는 소리가 들리는 듯하다. 그녀는 조금도 변하지 않았다.

"응, 잘 지내. 네가 마지막으로 봤을 때보다 많이 컸지."

나는 매섭게 쏘아붙이고 싶은 충동을 억누른다. 물론 더 컸겠지, 그게 아이들에게 일어나는 일이니까. 아이들은 나날이 자라난다. 그 애와 이야기하고 싶지만 요청할 수는 없다. 그럴 수는 없다.

"아이하고는 대화할 수 없으니 꿈도 꾸지 마."

"그럴 생각 없었어요." 침울한 목소리가 나오는 건 어쩔 도리가 없다.

"내가 경찰에 전화해 필리핀 당국에 협조를 요청하는 대신 너한테 전화한 건 오직 앤젤리카 때문이야."

내가 가장 두려워한 악몽이 어른거린다. 작고 깨끗하고 평화로운 내 사무실에 난입해 내 삶을 망가뜨리는 경찰관들. 어머니에게 내가 실패했다고, 끔찍한 짓을 저질렀고, 그래서 나는 범죄자라고 말하는 굴욕.

"앤젤리카에게 네가 한 짓을 말했어. 그 애가 너한테 화가 나서 내 편을 들어줄 줄 알았는데, 아니더군."

우리 둘 다 수화기에 대고 깊은 숨을 내쉴 뿐, 침묵만이 감돈다. 앤젤리카는 늘 아주 고집이 셌다. 분명 그 애는 타이 부인에게 며칠, 어쩌면 몇 주 동안 말을 하지 않았을 것이다. 제 마음에 들지 않는 일이 일어날 것 같으면 어떤 설득도 통하지 않았다.

"그래서 경찰이 아니라 너랑 통화하는 거야. 어쨌거나 지금은. 자장가가 필요해."

"자장가요?"

"앤젤리카 말로는 네가 자기랑 루퍼트에게 불러주곤 했다던데."

타이 부인의 목소리에 불편한 심기가 드러난다. 나에게 도움을 청하는 것, 자신이 알아야 할 뭔가를 가르쳐달라고 부탁하는 이 상황을 참을 수 없는 것이다. 너무도 명백한 실패. 제 자식을 달래지 못하는 어머니. "앤젤리카에겐 루퍼트를 기억나게 해주는 게 그것뿐이래. 잠들기 전에 네가 불러줬다는 자장가. 아이한테 불러주려면 내가 그 자장가를 배워야 해."

나는 군이 앤젤리카에게 직접 노래를 부르게 해달라고는 부탁하지 않는다. 앤젤리카와 얘기할 수 있다면 얼마나 좋을까. 벌써 다섯 해나 흘렀다. 그 아이의 삶이 어떤지, 학교 생활은 어떤지, 친구들은 어떤 애들인지, 요즘 가장 좋아하는 영화가 뭔지 알고 싶다. 하지만 그 대답들을 나는 알 수 없을 것이다. 그것들은 그저 대답 없는 질문들로 남을 것이다.

"그래서 제가 자장가를 부르면 다시는 연락하지 않을 건가요?"

"안 해, 로자미, 나는 수백만 달러를 훔쳤다는 죄목으로 너를 감옥에 처넣지는 않을 거야. 됐어?"

나는 대답하지 않는다. 타이 부인이 이것을 녹음하고 있다면, 내가 무슨 말을 하든 내 죄에 대한 시인으로 이용될 수 있다는 것을 알기 때문이다. 어둡고 고요한 방에서 아이들을 재우기 위해 부르던 짧고 감미로운 노래를 이곳에서 부르려니, 나는 머쓱해져서 헛기침을 한다.

자, 너는 곧 꿈나라에 갈 거야.
잠에서 깨어나면 모든 게
환하고 쉬워 보여, 새로운 하루

우리는 먹고 뛰고 얘기하고 놀 거야.

무슨 일이 있어도 나는 여기 있을 거야
걱정 마, 눈물은 뚝.
잠에서 깨어나면, 잘 잤니, 내가 인사할 거야.
그럼 우리 다시 시작해, 밝아오는 새 하루.

타이 부인은 한동안 침묵에 빠져든다. 전화에 대고 내 예전 고용인이자 내 인생을 망칠지 모를 여자에게 엉망으로 노래를 불러주었다는 수치심에 내 두 뺨이 화끈거린다.

"그래, 이제 이해가 가네." 그녀는 마침내 한숨 비슷한 소리를 내며 말한다. "아이들이 널 왜 그렇게 좋아했는지."

"무슨 말씀이세요?"

"역병만 일어나지 않았다면 나는 이 주 뒤에 너를 자르려던 참이었어."

"방금은 아이들이 절 좋아했다고 하셨잖아요." 타이 부인이 목구멍 안쪽을 긁는 소리, 속에서 끓어오르는 짜증과 성마름을 드러내는 소리를 낸다. 그러자 어리고 안절부절못하던 피고용인 시절의 느낌이 순식간에 되살아나 내 몸이 움찔거린다.

"너는 마치 그 애들 엄마처럼 행동했어."

"부인께서 아이들의 엄마처럼 행동하셨더라면 제가 그럴 필요도 없었겠죠."

뒷일을 찬찬히 생각할 새도 없이 내 입에서 튀어나온 그 말은 우리를 가르는 어색한 공기 속으로 떨어진다. 순식간에 경찰, 사이렌 소리, 교도소가 내 뇌리를 스친다. 나는 용서를 빌고, 다시는 들리지 않게 내 말을 암흑 속으로 주워담고 싶다는 충동을 느낀다.

"어쩌면 네 말이 맞겠지." 타이 부인이 내가 가늠할 수 없는 목소리로 말한다. 내가 좀 전까지 들었던 것보다 체념한 어조이지만 회한이나 후회까지는 아니다. 그것은 그녀에게 너무 많은 것을 바라는 것이리라.

"통화해서 반가웠습니다, 타이 부인. 안녕히 계세요."

덜그럭거리며 수화기를 내려놓는다. 나는 내가 손가락을 떨고 있는 줄도 몰랐다. 역병이 터지고 몇 달 뒤, 발칵 뒤집어진 세계에서 새롭고 기이한 삶을 살아가면서도 나는 밤마다 내가 한 일에 대한 수치심에 휩싸여 괴로워했다. 죄책감은 아니었다. 이상하게도 나는 그 행동이 옳았다고 느꼈다. 그러나 그것이 정당했다 해도 나는 남의 것을 훔친 인간이 되었다. 나는 거짓말하고 범죄를 저지른 인간이 되었다. 그런 부류의 인간이 된 것이다. 내 인생은 꼬박꼬박 들어오는 월급 수표와 흉하지 않은 아파트, 심지어 몇 명의 친구와 함께 새로운 모습을 갖추었고, 그러자 나는 그 깜깜했던 밤에 대해 생각하기를 관둬버렸다.

그래도 이제 얼마간 평화가 찾아왔다. 타이 부인이 언제든 마음을 바꿔 나를 고발할 수도 있겠지만 나는 앤젤리카가 내 편임을 안다. 좀처럼 부모의 보살핌을 받지 못했고, 남동생과 아버지를 잃은, 용감하고 다정한 소녀가 내 편이다.

엘리자베스

대서양 상공 어딘가

나는 집으로 돌아가는 비행기 안이다. 너무 비현실적이라 계속 주위를 둘러본다. 마치 누군가가 나를 가로막고 말할 것만 같다. "쿠퍼 씨, 죄송합니다만 당신은 미국에 돌아갈 수 없습니다. 바보 같이 굴지 마세요." 하지만 그런 일은 벌어지지 않는다. 사이먼은 내 옆 좌석에 앉아 유쾌하게 와작와작 감자칩을 먹고 있다. 그가 잔을 집을 때마다 손가락의 결혼반지가 흡족하게도 쨍그랑거린다.

나는 늘 내가 불명예스럽게 미국으로 돌아가진 않을까 걱정했지만, 내일부터 나는 공식적으로 질병통제예방센터의 부센터장이 된다. 감히 탐내지도 않았던 자리다. 질병통제예방센터에서 함께 일했던 사람들은 사실상 거의 다 죽었다. 수많은 남자들이 떠났고, 정말로 정직하게 말하면, 대개는 잊혔다. 적어도 나에게는. 나는 내 면접이 완벽히 잘 풀렸거나 망했거나 둘 중 하나라고 짐작했다. 딱 이십 분 만에 끝났기 때문이다.

"완전 박살냈군!" 면접이 오후 3시부터였는데 내가 3시 21분에 그의 사무실로 들어서자 조지가 말했다. "네가 끔찍하다고 생각했다면 시간을 좀 더 끌었을 거야. 그래야 네가 그 일을 얻지 못했을 때 불평할 수 없을 테니까." 늘 그렇듯, 그가 옳았다.

사이먼은 내가 그 자리에 지원할 계획이라고 조지에게 얘기하는 게 잘하는 행동인지 모르겠다고 했다. "자기는 이해 못 해." 나는 그에게 말했다.

우리는 동료라기보다는 전우 같다. 우리는 불과 몇 년 사이에 한 세상을 함께 통과했다. 결혼식에서 나는 그의 손을 잡고 입장했다. 그는 나에게 아버지 같은 존재가 되었다. 나는 그가 질병통제예방 센터 부센터장에 도전하는 나를 지지해주리란 걸 알고 있었다. 실제로 그는 지난 이 주간 매일 오후 나의 면접 준비를 도와주었고, 꿈은 실현되었다.

그래서 지금 나는 비행기를 타고 있다. 새 신랑, 새 직업, 이 모든 새것과 함께 나의 옛 삶으로 돌아가려니 믿을 수 없을 만큼 색다른 느낌이다. 몇 년 전의 엘리자베스 쿠퍼를 떠올릴 수는 있지만 마치 유년의 기억처럼 멀게만 느껴진다. 나는 친구와 가족 들과 떨어져 너무도 외로웠다. 나는 사람들과 안면을 트는 것은 잘했지만, 그 관계를 깊은 우정으로 발전시키는 데는 애를 먹었다. 그러니 현재 나의 가장 친한 친구가 예순다섯의 남자 교수인 것도 무리는 아니다.

나는 기지개를 펴고 기내 우리 구역의 나머지 자리들을 건너다본다. 지난 비행을 떠올리며 '다른 부분 찾기'를 하지 않을 수 없다. 지난번 런던행 심야 항공편은 대부분의 승객이 남자였다. 양복을 빼입고 겨드랑이에 유사과학 도서나 탐정 소설, 신문을 끼고 탑승한 남자들. 지금은 여자들의 바다에 남자들이 점점이 박혀 있을 뿐이다. 남자라는 사실만으로도 눈에 띈다. 사이먼의 오른쪽에 앉은 여성은 《젠장, 지금 장난해?》라는, 어른들을 위한 동화책을 읽고 있다. 얘기는 들어본 적 있지만 나는 읽을 자격이 없다고 느끼는 책이다. 남편을 잃은 여자가 쓴 책인데, 으음, 잘은 모르겠지만, 사람들에게 뭔가 안도감을 주려는 내용인 듯하다. 짐작컨대 배우자를 잃었거나 이 무서운 신세계 앞에 절망을 느끼는 사람이 당신 혼자만은 아니라는 이야기. 나는 사이먼이 내 옆에 있다는 사실에 쩡한 안도감을 느낀다. 사랑스럽고 사랑스러운 사이먼. 내 남편. 나는 그의 뺨에 가볍게 입을 맞추고, 그는 미소로 답한다.

스크린으로 고개를 돌려 텔레비전 채널을 돌려본다. 텔레비전 드라마와 영화가 다시 제작되기 시작한 뒤로는 오직 두 유형의 극만 존재한다. 고전적인 가족 시트콤과 판타지물. 과거에의 동경, 아니면 상상의 세계. 둘 중에 고르세요. 나는 내가 미쳐가고 있거나 넷플릭스가 장난하는 줄 알았다. 그런데 넷플릭스의 컨텐츠 전략팀 팀장의 인터뷰를 보았더니, 지금 당장 사람들이 원하는 것은 오직 그것뿐이란다. 사람들은 짝사랑하는 상대가 졸업 파티에 나를 초대할지가 가장 큰 걱정거리였던 과거로 빠져들고 싶어하거나 아예 다른 현실을 상상하고 싶어한다. 실제 범죄를 다룬 컨텐츠는 탈락, 그녀가 말했다. 나도 그건 알겠다. 예전에는 실제로 벌어진 범죄를 다루는 팟캐스트들을 아주 좋아했지만 이제는 너무 무겁게 느껴진다. 이제 법정에서 정의가 패하는 이야기는 듣고 싶지 않다. 삶 자체가 정의의 패배니까.

아, 뭘 봐야 할지 알겠다. 루크 새커리 다큐멘터리. 영국 출신의 이 평범한 남자는 미국에 사는 일거리 없는 배우다. 그는 고국으로 돌아가 자기 아빠와 세 형제에게 마지막 인사를 하고 죽음을 기다린다. 그런데 알고 보니 그에게는 면역이 있었고, 영화와 텔레비전 업계가 돌아가기 시작하자 에이전트로부터 연락을 받는다. 사상 최초로 할리우드에 남자배우 기근이 온 것이다. 십팔 개월 뒤 그는 세계에서 가장 사랑받는 영화배우가 된다. 그는 인터뷰에서 자신이 느끼는 모순에 대해 살짝 언급한다. 아버지와 세 형제가 죽었지만, 역병이 경쟁자를 거의 모두 제거한 탓에 그는 이제 가장 잘나가는 남자 배우 가운데 하나가 되었다고.

"괜찮아?" 사이먼이 묻는다.

"응, 다큐멘터리 하나 보려고." 사이먼은 내 말에 감명받은 얼굴이다. 매력적인 남자 배우에 대한 다큐멘터리라는 얘기는 하지 말아야지. "다 괜찮을 거야, 그치?" 사이먼은 이렇게 말하며 내 손을 부드럽게 어루만진다. 내 두 어깨를 짓누르는 내일의 첫 근무에 대한 긴장이 조금 가시는 게 느껴진다.

"다 괜찮을 거야." 나는 그의 말을 되풀이한다. 나는 정말 그럴 거라고 믿는다.

"새로운 세계에서 사랑 찾기"

- 마리아 페레이라

세계는 측량할 수 없을 만큼 달라졌다. 그쯤은 우리 모두 알고 있다. 나의 최신형 아이폰은 십 년 전 나왔던 모델처럼 크기가 작다. 왜냐하면 애플이 남녀 모두가 구매할 거라 기대했던 그 태블릿 크기의 흉물스러운 기계가 여성의 의복 주머니와 손에 맞지 않는다는 것을, 여성은 남성보다 손이 작다는 사실(누가 알았겠나?)을 드디어 깨달았기 때문이다. 나는 참으로 오랜만에 한 손으로 편히 타이핑할 수 있게 되었다. 이제 여성들이 심장마비로 죽을 확률은 57퍼센트가량 감소했다. 남성과 여성이 경험하는 상이한 증상을 판별할 수 있도록 치료 프로토콜이 달라졌기 때문이다. 세계 최초의 자궁내막증 치료제가 개발되어 향후 십 년간 수십억 달러의 수익을 벌어들일 것으로 예상된다. 또 최근 여성 경찰관, 소방관, 군인의 업무 중 사망률이 감소했다. 왜냐하면 여성들이 자신의 몸에 맞지 않는, 사이즈만 작은 남성용 방탄복, 부츠, 헬멧, 제복 대신 여성의 신체에 맞게 디자인된 정복을 착용하기 때문이다.

계속 열거할 수 있지만, 그러지는 않겠다. 이미 위 문장도 편집장의 분부대로 줄였으니까. 이미 그 단락을 짧게 쳐냈으니까. 이

기사는 내 평상시 글 같지 않을 것이다. 하지만 지난 몇 년간 내가 해온 모든 작업이 평상시와는 거리가 멀었으니, 불필요한 예고인지도 모르겠다. 나는 세상을 공포로 몰아넣었고, 전임 편집장을 해고당하게 만들었고, 억만장자 과학자를 인터뷰했고, 일부 독자들이 기억하듯이 몇 달 전에는 브라이어니 킨셀라와 연애와 사랑에 대해 논했다. 그녀는 자신이 느끼는 우리 시대의 중대한 질문은 '남자들이 남아 있지 않은 세상에서 어떻게 사랑을 찾을까'라고 에두르지 않고 말했다.

그 기사에 대한 반응을 통해 많은 독자들이 그녀의 생각에 동의한다는 사실을 깨달았다. 수십 년간 글을 썼지만 한 편의 기사로 이렇게 큰 호응을 얻은 적은 한 번도 없었다. 많은 분들이 나에게 어댑트를 써본 여성들을 인터뷰하고 그들의 생각을 물어줄 것을 요청했다. 또 많은 분들이 나에게 어댑트에서 사랑을 찾았다고 이야기해줬다. 덕분에 나는 잿빛 겨울날 아침에 경이로울 만큼 낙관적인 받은메일함을 마주했다.

나는 내가 아는 여자들―지인들, 친구의 친구들―에게 손을 뻗었고 다채로운 경험을 확인했다. 저신다(36세)는 어댑트를 통해 몇 차례 데이트를 했지만, 자신에게는 맞지 않는다는 것을 깨달았다. "여자들한테는 안 끌려요. 끌렸으면 좋겠는데 말이죠. 연애도 섹스도 그렇지만 억지로 할 수는 없죠. 저는 남자를 만나길, 어쩌면 아이도 낳을 수 있기를 기대하고 있어요. 하지만 안 돼도 그건 그거대로 괜찮을 것 같아요."

25세의 광고회사 인턴사원 릴리(가명)는 어댑트에서 현재의 여자친구를 만났다. "어느 때보다 행복해요. 제가 이렇게 진심으로 감사하는 건 아마도 연애를 아예 못 할 거라 생각했기 때문일 거예요. 사랑에 빠지는 건 세상에서 가장 멋진 느낌이에요. 우리는 영원히 함께할 거예요." 아, 다시 스물다섯이 될 수만 있다면.

나는 이 기사에서 제니의 이야기를 빼놓을 수 없다. 시카고 출신의 변호사인 제니의 결혼식 전날, 역병이 도시를 덮쳤다. "저는 포시즌스 호텔의 스위트룸에 앉아서 가족과 함께 뉴스를 보고 있었어요. 뉴스에서 모든 종합병원 응급실이 남자는 일절 받지 않고 항공편은 모두 취소될 거라고 보도했지요. 제 웨딩드레스는 문 뒤쪽에 걸려 있었어요. 신부 들러리 네 명 중 둘은 이미 참석을 취소했고, 제 약혼자의 부모님은 캐나다에서 비행기로 오시기로 돼 있었는데 미국에 불시착해 겁에 질려 있었지요."

나는 제니에게 그녀의 부모님에 대해 물었다. 부모님 반응은 어땠나? "아빠에게 결혼식을 취소하자고 말했더니 질겁하셨어요. '이렇게 큰돈을 쓴 결혼식을 허사로 만들 수는 없다!' 하시더라고요. 두 분께는 당시 벌어지고 있던 일을 인정하기보다는 결혼식을 고수하는 편이 쉬웠던 것 같아요."

제니와 약혼자 잭슨은 이튿날 결혼했다. "결혼식은 끔찍했어요. 주례를 맡은 목사가 오지 않았어요. 다행히 그 호텔에 목사가 한 명 투숙 중이었죠. 두뇌회전이 빠른 호텔 직원이 그에게 결혼식 주례를 부탁했어요. 남부 억양이 강한 그분은 결혼식 내내 코트를 껴입고 있었어요. 그래도 근사한 결혼식이었다고 해야겠죠. 잭슨을 바라보며 이렇게 생각했던 것이 기억나요. '오늘의 매초, 매순간을 기억해, 제니. 이렇게 좋은 일은 두 번 다시 없을 거야.' 결혼식에 온 하객은 30명이었어요. 잭슨의 부모님은 참석하지 못했죠. 우리는 그날 저녁 서로의 곁을 한 시도 떠나지 않았어요. 새우와 샴페인이 남다 못해 넘쳐나는 피로연은 근사할 수도 아주 끔찍할 수도 있지요. 우리 경우는 둘 다였어요."

결혼식 후 제니와 잭슨은 그들의 아파트에서 칩거했다. 잭슨은 그 후로 두 달을 더 살았다. 제니는 무슨 수를 써도 역병을 피할 수 없다는 사실이 끔찍했다고 말했다. 남자들은 죽고 여자들은 살 것이다. "운동경기를 관전하는 것 같았어요. 우리는 지켜보며 기다려야 했어요. 질병 때문에 여성성에 대한 성차별적 고정관념이 한층 부각됐지요. 영화에서 여배우가 '오, 내 사랑, 여기 있어요, 나가지 마요, 밖은 너무 위험해요! 나를 두고 가지 마요!' 하고 말하는 것 같았죠. 하지만 저도 남편에게 하고 싶은 말은 그것뿐이었어요. 제발 나를 두고 가지 마. 제발 나를 두고 가지 마. 제발."

제니는 잭슨이 죽은 지 열한 달이 됐을 때 친구 엘러리의 권유로 어댑트를 처음 사용했다. 그녀는 데이팅앱 자기소개에 정보를 기입했고(그때까지 온라인 데이트를 해본 적 없었으므로 불안해하며) 몇 사람의 사진을 오른쪽으로 밀어 하트를 날렸고, 그러다가 미소가 근사해 보이는 꼬불꼬불한 갈색 머리 여성과 만날 약속을 잡았다. 제니의 첫 데이트 상대는 이탈리안 레스토랑에서 저녁 식사를 제안했고, 그녀는 그 자리에 나가 나를 만났다.

삼 년 전 일이다. 그 첫 번째 데이트에서 제니와 나는 일곱 시간 동안 대화를 나눴다. 그녀는 이 냉혈한 할망구로 하여금 미래에 대한 희망을 품게 했고, 믿을 만한 소식통에 따르면 내가 제니로 하여금 "모든 것이 절망적이라고 느끼던 긴 시간이 가고 마침내 뭔가 좋은 일이 일어날지도 모른다고 느끼게 해줬다"고 한다. 독자여, 저는 그녀와 결혼했습니다.

식은 간소했다. 코트를 껴입은 남부 출신 목사는 없었다. 우리의 친구 켈리가 주례를 섰다. 다행히 아직 우리 곁에 있는, 우리의 친구들이 모두 참석할 수 있었다. 놀랍게도 잭슨의 어머니가 외주어서 제니는 울다가 마스카라가 다 지워졌다. 우리는 둘 다 단순한 흰색 드레스를 입었다. 완벽했다.

브라이어니 킨셀라에 대한 기사가 나가고 그토록 폭발적인 반응을 얻었을 때 내가 느낀 거북함은 기만에서 비롯한 것이었다. 왜냐하면 그 기사를 쓸 당시 나는 이미 제니와 결혼한 상태였고, 결혼한 지도 꽤 오래되었기 때문이다. 전에는 줄곧 그녀와 함께하는 내 생활을 공개하지 않는 것이 현명한 처사로 느껴졌다. 그 기사 이후 그것은 독자들에 대한 기만으로 느껴졌다. 그리하여 나는, 전형적인 기자식으로, 내가 한 여자와 결혼했고 이를 주제로 글을 쓸 것임을 세상에 밝힌다. 이 글이 내가 쓰려는 이 기사들 중 마지막 편은 아닐 것이다.

제니와 나는 이에 대해 충분히 논의했다. 우리는 이전에 한 번도 여자를 만나본 적 없는 여성 간의 사랑, 로맨스, 섹스, 연애 관계를 둘러싼 의문들에 실제 삶의 이야기로 답해야 할 필요를 절실히 느낀다. 물론 수많은 연구와 학술적 분석이 나올 것이지만, 그것이 전체 그림이 될 수는 없다. 얼마나 자주 제니와 함께하는 내 생활에 대해 쓰게 될지는 알 수 없지만, 반드시 쓰리라 약속한다. 우리와 비슷한 상황에 있는 다른 여성들이 혼자가 아니라는 사실을 알았으면 좋겠다. 역병 이래 내 작업은 대체로 역병에 가장 큰 영향을 받은 사람들의 이야기를 전하는 것에 초점을 맞춰 왔고, 이것도 그것의 한 단면을 이룰 것이다.

그리하여, 나는 '우리의 첫 집 함께 꾸미기'라는 즐거운 도전(나는 20세기 중반 스타일, 그녀는 현대적인 스타일을 좋아한다. 미학적인 혼돈은 불가피하다)이 아니라 말다툼에 대한 이야기로 글을 맺겠다. 우리는 딱 한 번 싸웠다. 이 년 전에 내가 제니에게 잭슨이 죽지 않았다면 여자와 데이트할 생각을 해보았겠느냐고 물었을 때다. 그녀는 너무 화가 나서 나를 칠 뻔했다. 그녀의 답은 다음과 같다.

"잭슨이 죽지 않았더라면 나는 잭슨과 결혼해서 살았겠지. 역병 전에는 여자와 데이트를 해본 적도 없고, 그럴 생각도 없었어. 나는 내가 당신과 사랑에 빠질 수 있었던 이유를 알 수 없어, 마리아. 심리학자, 인류학자, 언론인, 다른 온갖 사람이 여성들의 행동을 규명하려고 들겠지. 나는 그게 대단히 복잡하고 심오한 것이라고 생각하지 않아. 단 내가 외로웠다는 것만은 알아. 나는 내가 일요일에 〈뉴욕타임스〉를 읽는 동안 아파트를 배경으로 누군가가 돌아다녔으면 싶었어. 누군가가 나를 욕망할 때의 기분이 그리웠어. 누군가랑 섹스하고 친밀감을 쌓고 삶을 나누는 것이 그리웠어. 나는 내가 그런 감정들 때문에 어쩔 수 없이 여자와 사랑에 빠졌다고는 생각하지 않아. 하지만 남편이 죽었고, 나는 자기랑 데이트를 하게 됐고, 사랑에 빠졌어. 어떻게, 왜 그런 일이 내게 벌어졌는지, 그가 안 죽었으면 어떻게 됐을지를 알아내려고 나 자신을 쥐어짤 수도 있겠지만 나는 그러지 않는 쪽을 택하겠어. 그게 무슨 소용이야? 나는 행복하고, 자기도 행복해. 우리가 어떻게 여기에 왔는지가 뭐가 중요해?"

던
영국(잉글랜드와 웨일스)

"그래서 얼마라고요?"

"768파운드요." 정비사가 미안해하는 표정으로 말한다.

"768파운드요?" 나는 그 말을 되풀이한다. 되풀이해 말하면 그 숫자가 마법처럼 줄어들기라도 할 것처럼.

"안전제일이잖아요." 그녀가 기대감을 갖고 말한다. 그녀에게 화 내봤자 소용없다. 정부가 신설한 빌어먹을 '변화부'가 우리가 사용 하고 구입하고 생각하는 것 전부를 검사하기로 결정한 것이 그녀 의 잘못은 아니다. 나는 그것이 훌륭한 아이디어라고 생각했고, 마 음속 깊은 곳에서는 지금도 그렇지만, (여성을 본뜬 인체모형으로 실 험을 거친) 새 에어백과 (표준적인 남성 신장이 아니라) 나의 신장에 맞 게 조정된 안전벨트와 (내 키에 편안한) 새 머리받침에 거의 천 파운 드를 지불하는 것이 법적 의무라고 생각하니 멈칫하게 된다. 여느 국민과 마찬가지로 2025년 이래 교통사고 사망자 수가 84퍼센트 감소한 것에 감사하지만, 이런 꼬장꼬장한 지적도 할 수 있을 것이 다. 인구 자체가 반으로 줄었고, 경제가 위축돼 사람들이 그만큼 운 전을 관뒀고, 원래 여성 운전자가 더 안전하게 차를 본다고 말이다.

"이런 정책들은 운전을 한층 안전하게 하기 위한 거예요." 정비사가 말한다, 그녀는 안전이라는 개념은 좋아해도 그것에 비용을 지불하기는 싫어하는 부루퉁한 고객들에 익숙해진 게 분명하다. "역병 전에 여성들은 차량 충돌 사고로 심각한 부상을 당할 확률이 지금보다 47퍼센트 더 높았어요."

나는 결제 비밀번호를 누르다가 그 말에 멈칫한다. 참으로 충격적인 통계다. 좋아, 미란다 브리저튼, '변화부 장관'. 교통사고로 죽지 않는 것이 좋으리라는 것은 내가 인정하지.

"고마워요, 그리고 툴툴거려서 죄송합니다." 나는 애써 품위 있게 말한다.

"괜찮습니다." 정비사가 활기차게 답하고 얼마 얼마가 드는 몇 가지 선택적 업그레이드 서비스에 대해 늘어놓기 시작하는데, 때마침 내 전화기가 울린다. 내 휴대전화에 '긴급'으로 저장해둔 번호다.

"여보세요?"

"던, 총리실 낸시예요. 긴급회의 소집입니다. 중국 내전이 끝났어요."

"뭐라고요?"

"전쟁요. 끝났다고요, 평화 선언을 했어요. 연설 영상이 바이럴로 퍼졌어요. 회의는 한 시간 반 뒤 늘 하던 데서 열려요."

나는 전화를 끊고는 입을 떡 벌린다. 설마 그럴 리가. 실제로 그들이 평화를 이룩할 거라고는 생각도 못 했다. 재빨리 휴대전화로 '중국 전쟁'을 검색하자 모든 뉴스 사이트의 첫 페이지에 같은 동영상이 뜬다.

마리아 페레이라와의 인터뷰 이후 유명해진 페이 훙이 다른 열한 명의 여성과 일렬로 서 있다. 다들 낭독대 뒤에 서 있고, 각 낭독대에는 1에서 12까지 숫자가 새겨져 있다.

"우리는 오늘 이곳에 평화가 이뤄졌음을 밝히기 위해 모였습니다." 페이가 말한다. "중국은 이제 열두 개의 주로 이뤄집니다. 지난주 휴전이 선포되어, 우리의 반군 단체들을 대표하는 이 단상에 선 여성 전원이 마카오에서 만났습니다. 마카오, 베이징, 텐진, 상하이, 네 개의 독립 주 대표들은 이 회의들에 참석해 휴전에 대한 지지를 확실히 밝혔습니다. 평화의 조건은 민주주의입니다. 각 주는 두 달 안에 자유로운 공정 선거를 치를 것입니다. 바로 오늘, 새로운 중국 공화국이 탄생했습니다."

이런 망할, 오늘은 주말이니까 제대로 갖춰 입고 오는 사람은 없을 거라 믿고 나는 서둘러 회의 장소로 향한다.

세상에, 질리언은 레깅스를 입고 있다. 그래도 나는 쫄쫄이 차림으로 다니다가 국무조정실 회의에 들어온 내무부 장관보단 낫다.

"요가 수업 중이셨나 봐요?" 나는 묻지 않을 수 없었다.

"필라테스." 질리언이 한숨을 내쉬며 말한다.

"모두 이렇게 참석해주셔서 감사합니다." 총리가 말한다. 그다지 놀랄 일도 아니지만, 그녀는 최악의 위기 동안 한 나라를 성공적으로 이끌어온 여성답게 아주 무시무시한 인간이다. 좌중은 경청한다. "이번에는 논의할 희소식이 있습니다. 우리는 즉시 각각의 새로운 주에 파견할 대사들을 임명해야 합니다."

총리가 자기 앞에 둔 브리핑 서류를 내려다본다. 그녀는 나만큼이나 경악한 표정이다. '열두 개 영토의 각 분파는 자신의 지지자들을 등록해야 합니다. 가장 영향력 있는 네 영토의 분파들은 정당으로 등록될 것이고 각자의 영토에서 출마할 수 있습니다. 어느 분

파도 세력을 통합하지 않는다는 것을 확실히 하기 위해, 처음 오 년간 각 분파가 각자의 영토에서 민주적 통치권을 획득하는 데에만 집중하기로 합의했습니다."

"그럼 앞으로 오 년간은 완전 난장판이겠군요." 질리언이 건조하게 말한다.

"아마도 그렇겠지요." 총리가 말한다. "마카오, 상하이, 톈진, 베이징이 선거를 감시하는 데 합의했고 어디든 규칙을 어기는 주에 대해서는 인센티브 형태의 경제 제재를 취하겠다고 경고했습니다. 그들은 향후 오 년간 각 주가 영토 확장보다 경제 성장에 주력하는 단계까지 교역이 활성화되기를 바라고 있습니다."

좌중은 침묵한다. 영국에서 가장 영향력 있는 사람 열 명이 참석한 회의에서는 드문 일이다. 할 말이 없다. 내전은 끝났고 그러면 그들이 정말로…… 해냈다? 세계 인구의 대략 20퍼센트가 전쟁 중이거나 전쟁 인접 지역에 분포한다면, 세계질서가 바로 서는 것—심각하고 늙은 백인 남자들이 책에 쓰는 종류의 평화—은 불가능하다. 그런데 이제 끝났다. 마치 전 지구가 안도의 한숨을 내쉬는 듯하다. '휴, 그들이 해냈군. 우리는 모두 살아남았어.' 망할 하느님 아버지 감사합니다. 은퇴를 목전에 두고 역병 하나를 처리한 마당에, 제3차 세계대전까지는 감당 못 한다. 난. 못. 해.

캐서린

영국(잉글랜드와 웨일스) 런던

나는 사 년 넘게 저녁 식사 모임에 참석한 적 없다. 사 년. 지난 사 년 사이에 저녁 식사 모임이 달라질 수 있는 정도에는 한계가 있다고 계속 되뇌었지만 사실 별 도움은 안 된다. 나는 역병 전에도 모임을 좋아하지 않았으니까. 나는 옷을 영 못입는다(너무 짧나? 너무 섹시한가? 레이어드 룩은 못 하겠다, 내가 하면 예의 바른 히피 같다). 그나마 모임들의 소소한 장점이라면 내가 외출 준비를 하는 동안 앤서니가 침대에 걸터앉아 와인을 한잔하며 나에게 조잘거리다가 귀가하는 지하철에서 사람들이 나누던 대화를 해부하던 것뿐이었다.

하지만 앤서니는 이 세상에 없고 나는 '노력 중'이므로, 여기 배터시의 아름다운 피비네 집 초인종을 울리며, 벌써 입기엔 너무 덥겠다 싶은 초록색 벨벳 원피스 차림으로 서 있는 것이다.

로리가 문을 열고, 일순간 모든 것이 완전히 평범하게 느껴진다. 나는 와인잔을 건네받고 모르는 사람들과 어색한 잡담을 나눈다. 하지만 슬쩍 둘러봐도 모든 것이 달라졌다. 일단 내 옆에 앤서니가 없다. 그리고 영 짝이 안 맞는다. 열 사람 중에 남자는 딱 두 명이다. 로리와 그의 친구 제임스.

"무슨 일 하세요?" 나는 제임스에게 물으며 질투심 어린 눈으로 그의 아내를 흘깃 본다. 제임스를 원하지는 않지만 나도 내 옆에 내 남편이 있었으면 싶어서 가슴이 미어진다.

"이 난리 전에는 마케팅 분석가였지만 지금은 정부의 남성 관련 부서에서 대민 홍보 일을 합니다."

우리 주위에 있던 사람들의 대화가 멎더니 '우와', '와 재밌겠다' 하고 일제히 감탄하는 목소리가 들려온다. 제임스는 얼굴을 붉힌다. 그런 반응이 돌아오는 게 처음은 아니다. "아주 흥미진진한데요." 내가 좌중의 분위기에 장단을 맞추며 말한다. "어쩌다 그쪽으로 옮길 생각을 했어요?"

"저는 제가 여자들에게 얼마나 차별대우를 받고 있는지를 깨달았고 그래서 남성들이 확실히 자기 목소리를 낼 수 있게 만들고 싶었습니다."

"어떤 식으로 차별대우를 받죠?" 내가 묻는다.

나는 역병 전 제임스가 전통이라는 이유로 아내가 자기 성을 따르는 것을 '당연시하고' 자신을 한 집안의 가장家長이라고 칭하는 부류의 남자였을 거라는 소름 끼치는 직감이 든다.

"연애 쪽은…… 엄청나죠. 적어도 하루에 두세 번은 여자들이 접근해요—출장 중에, 커피를 사다가, 친구와 레스토랑에 갔다가. 공격적인 경우는 극히 드뭅니다. 95퍼센트의 경우, 그냥 근사한 아가씨가 다가와 종이 쪽지에 번호를 적어서 건네거나, 커피를 사 가려고 기다리는 동안 대화를 걸어오거나, 제 테이블로 다가와 나중에 술이나 한잔하지 않겠냐고 물어봅니다."

"그럼 나머지 5퍼센트는요?"

"그쪽이 문제입니다. 한편으로는 절박해서 그러겠거니 이해하다가도, 또 한편으로는 생각하죠. '이게 내 잘못은 아니잖아. 난 아무 잘못도 안 했어. 어째서 나는 방해받지 않고 가만히 앉아서 기차를 기다릴 권리도 없나?' 이에 대해 여동생의 친구들에게 불평했더니 입장이 둘로 갈렸어요. 한 무리는 저에게 당연히 불만을 표할 권리가 있다고 말했죠. '그건 성희롱이지! 말도 안 돼! 결혼반지도 꼈는데!' 나머지 반은 딱하다는 듯 웃고는 자신들도 정확히 그게 어떤 기분인지 안다는 거예요. 몇 년 전까지만 해도 그게 그들의 일상이었다고요."

아이리스는 제임스가 하는 모든 말에 맞춰 분노에 차서 고개를 끄덕거리고 있다. 저 여자는 아내야, 치어리더야? 제임스는 그 둘이 똑같은 줄 알 테지만.

"그런데 두 분은 어떻게 만나셨어요?" 내가 그와 아이리스에게 묻는다.

"우리는 2027년 3월 6일부터 만나기 시작했어요," 그가 미소를 지으며 말한다. 그들은 내가 처음 마주한, 역병 이후에 사귀기 시작한 커플이다.

"역병 이후의 데이트는 어땠었나요?" 내 질문이 예의의 경계를 아슬아슬하게 넘나들고 있다는 것을 알면서도 묻지 않을 수 없다. 나는 저녁 식사 모임에서 시끄럽게 떠들던 때가 그리웠다. 그리고 내가 모르는 사람들에게 얼마나 주제넘게 굴 수 있는지를 까맣게 잊고 있었다.

"모두가 저한테 계속 말했어요, '오, 제임스, 너한테는 엄청난 선택권이 있어. 넌 누구든 고를 수 있어. 어떤 여자든 너랑 사귀면 행운이지.' 뭐랄까 리얼리티 쇼의 참가자가 된 기분이었어요."

"그래서 어떻게 아이리스를 택했죠?"

아이리스가 그를 향해 자애롭게 미소 짓는다. 좀 짜증나는 타입이다. "우리는 이미 몇 년 전부터 알던 사이예요. 아이리스가 제 여동생의 친구거든요. 저는 아빠와 형제 둘을 잃은 아픔에서 회복하려고 안간힘을 쓰고 있었죠. 감사하게도 매부도 면역이 있어요. 저는 스포츠 마케팅 쪽에서 일했었는데, 사무실 직원의 약 80퍼센트가 죽었고 사업은 붕괴했죠. 처리할 일이 너무 많았어요. 한번은 제가 엄마한테, 정말이지 내가 역병 전에 누군가를 만났더라면 얼마나 좋았을까 말하고 있더군요. 한결같이 옆에 있어주는 사람이 있었더라면 감당하기가 훨씬 쉬웠을 테니까요, 아시잖아요?"

"그리고 그때 제가 등장한 거죠." 아이리스가 히죽히죽 웃는다.

제임스는 그녀의 말을 들은 척도 하지 않고 말을 이어간다. "저는 2027년에 서른이 되었고, 뭔가가 지나가버린 기분이었어요. 저는 정착하고 싶었어요. 역병은 인생이 얼마나 짧은지를 가르쳐줬죠. 가족을 이루고 아기들을 낳고 싶다는 그 느낌 말이에요. 그렇게 말했더니, 엄마는 당신이 서른이 되자 아기를 너무나 원했던 것이 생각난다고 하시더군요."

"클리셰가 클리셰가 된 데는 이유가 있죠." 아이리스가 지저귀듯 말한다.

"역병이 수많은 사람들의 생각을 바꿔놓았죠." 나는 내가 기이해 보일 만큼 오랫동안 침묵을 지켰다는 것을 깨닫고 최대한 정중하게 말한다.

"그리고 난 임신했어요!" 아직 나오지도 않은 배를 쓰다듬으면서 아이리스는 기뻐하며 덧붙인다. "피비도요!"

누군가에게 와인을 따라주던 피비가 돌아본다. 그 얼굴에 떠오를 표정이 안 봐도 눈에 선하다. 눈은 커지고, 입은 다가올 참사가 무엇이든 그것에 대비하려는 듯이 꼭 오므리고 있을 것이다. 내가 그녀를 너무 잘 알고 있다는 것이 싫을 정도다. 그런 내게, 나의 가장 오래된 친구는 상상도 못 할 최악의 방식으로 충격적인 소식을 전했다.

"두 사람 다, 정말 잘됐네요!" 나는 밝은 목소리로 말한다. 웃어, 캐서린. 계속 웃어. 아이리스에게 우는 모습을 보이지 마. "실례할게요, 잠깐 화장실 좀."

피비가 부엌을 지나 위층 화장실까지 나를 따라온다.

"캐서린, 나는—."

"젠장, 네가 어떻게 나한테 이럴 수가 있어? 혹시 네가 나중에 딴소리 할 경우에 대비해서 명확히 해두는데, 나는 네가 임신해서 화난 게 아니야. 네가 그 사실을 나한테 직접 얘기하지 않고 알지도 못하는 스물여덟 살짜리 바보 같은 년을 통해 듣게 했다는 게, 화가 나서 미치겠어. 이게 뭔 짓이야?"

피비의 얼굴에 눈물이 주룩주룩 흘러내린다. 그녀는 언제나 잘 울었다. 나는 그녀를 잡고 세게 흔들고 싶다.

"정말 미안해. 난 도무지 어떻게 전해야 할지 모르겠어서⋯⋯. 오늘 밤에 말해야겠다고 생각했는데, 그게⋯⋯. 오, 세상에, 내가 다 망쳤어, 정말 미안."

나는 부아가 치민다. 그녀는 이것 하나도 제대로 하지 못했다. 이것 하나, 이 중요한 것 하나를 제대로 못했다. "너는 씨발 겁쟁이야. 하, 세상에! 인생의 반 이상을 친구로 지냈는데, 너는 나한테 그 말 한마디를 못 해! 꺼져, 피비. 아, 그리고 로리한테 제임스랑 그 마누라는 아주 상것들이더라고 전해줘."

거실을 지나 외투를 가져오며 이렇게 화가 나기는 난생처음이라고 생각하는 그때, 아이리스가 지껄이는 소리가 들려온다. "베이비 붐이 제2차 세계대전 이후에 일어난 건 다 이유가 있다니까요. 죽음이 목전에 닥치면 사람은 기를 쓰고 매달릴 영속적인 뭔가를 바라죠."

아이리스의 머리에 와인잔을 집어 던지고 싶지만 그렇게 해서는 안 되고 하지 않을 것이다. 그곳에는 내가 해서는 안 되고 하지 않을 일만 너무 많으므로, 차라리 나는 외투 단추를 목까지 모두 잠그고 혼자 그 집을 떠난다. 나는 역까지 혼자 걷는다. 나는 혼자 열차를 기다린다. 추워서 콧물이 줄줄 흐르고, 요란하고 껄떡거리는 흐느낌이 혼자 사람들을 헤치고 나아가는 내 몸을 장악한다. 이제 나는 영영 혼자다. 아마도 그럴 것이다.

리사

캐나다 토론토

나는 노벨상을 탈 것이다. 물론 타고말고. 다들 그렇게 말한다. 스웨덴인들은 전세계가 난장판이 된 이래 처음으로 딱 세 부문에서만 노벨상을 수여할 예정이다. 생리의학, 화학, 평화. 나는 유력한 수상 후보다. 아파트 안을 계속 오락가락하며 돌아다니는 나를 마고가 질린 듯 바라본다. 그녀는 열광하기보다는 자제한다. 그녀는 나의 신중하지 못한 성격에 제동을 건다. 그것은 장기적 관점에서, 우리의 삶에서, 동반자 관계에서 효과적으로 작용하지만, 제발 이 순간에는 그녀도 나만큼 들떠서 폴짝폴짝 뛰어줬으면 좋겠다.

"저기, 좀…… 자기. 부탁이야. 나까지 초조해진다고." 그녀는 읽고 있던 로맨스 소설을 내려놓고는 애원하는 눈빛으로 나를 바라본다. 그녀가 책을 내려놓는 것은 확실히 불길한 신호다. 나는 소파 모서리에 걸터앉고, 지금쯤 그들이 전화를 했어야 한다는 생각이 고개를 든다. 바로 그 순간 내 전화기가 진동한다.

전화기를 집어들고 숨이 턱 막혀 안절부절못하다가, 겨우 내뱉는다. "여보세요?"

"마이클 박사님?"

"네, 접니다."

"제 이름은 잉그리드 퍼슨입니다. 카롤린스카 연구소의 노벨 위원회 의장입니다."

오 세상에, 오 이런, 세상에. 내 인생을 통틀어 최고의 전화다.

"노벨생리의학상을 박사님께 수여하기로 결정했다는 사실을 알려드리게 돼 대단히 기쁩니다."

"감사합니다! 정말 영광입니다."

마고가 나를 너무 세게 껴안는 바람에 숨도 못 쉬겠다. 모든 것, 내가 했던 일 하나하나, 내가 실험실에서 보낸 일분일초가 헛되지 않았다.

"덜 유쾌할지 모를 소식이…… 하나 더 있습니다."

가슴이 쿵 내려앉는다. 무슨 일일까? 돈 문제? 하지만 돈은 상관 안 한다. 상금은 필요 없다. 시상식 행사가 안 열리나? 젠장, 한평생 노벨상 시상식을 꿈꿔왔는데.

"공동 수상이 될 겁니다." 잉그리드가 이후 무슨 말을 더 하지만, 세상이 살짝 핑 돌더니 눈앞이 깜깜해지고 마고는 의아한 눈빛으로 나를 올려다본다. 방금 나에게 노벨상을 나눠 가져야 한다고 말했나? 나는 업무조차 나눠본 적 없는데?

"마이클 박사님? 박사님? 듣고 계세요?"

나는 목을 가다듬는다. "네, 죄송합니다. 전화기를 떨어뜨렸습니다. 어떤 분과 함께 받나요?"

"남성과 여성에게 생겨나는 역병에 대한 면역과 취약성을 낳는 유전자 시퀀스를 발견한 아마야 샤르바니 박사, 면역 검사 키트를 만들어낸 조지 키친 박사입니다."

오케이. 셋이서 나누는 것은 그리 나쁘지 않다. 더 나쁠 수도 있었다. 자칫하면…… 넷이서 나눌 수도 있었잖아. 하, 누굴 속이려고? 나는 실망했다. 어쩌라고. 나는 실망한 노벨상 수상자다.

"두 달 뒤에 시상식에서 만날 날을 고대하겠습니다."

"퍼슨 박사님, 정말이지 영광입니다. 대단히 감사합니다."

"저야말로 당신의 연구에 감사합니다. 노벨상은 당신이 과학 분야에서 이뤄낸 진전에 비하면 약소한 인정의 표시에 불과합니다."

통화가 끝났다. 마고는 제 몸을 감싸안고는 충격에 빠진 얼굴로 나를 올려다보고 있다. "뭐야, 어떻게 된 건데?"

나는 그녀를 들어서 껴안는다. "그러니까, 나쁜 소식은 노벨상을 나눠 갖게 됐다는 거야. 좋은 소식은, 그게 아마도 내 콧대를 꺾어놓을 거라는 거고."

"조지 키친과 아마야와 공동 수상?"

"맞아, 바로 그 둘."

그녀는 한쪽 눈썹을 치켜올린다. "내가 누누이 말했지. 네 이름에 내 성을 함께 썼어야 했다고."

"마고!" 물론 그녀가 옳다, 아무렴.

"왜? 노벨상 수상자는 리사 버드-마이클, 조지 키친, 아마야 샤르바니일 수도 있었다고."

나는 마지못해 웃으며 으르렁거린다. 열받아, 내 성을 뒤에 쓰다니. "너무 사랑해, 그런데 동시에 미워."

"그게 바로 결혼이지." 그녀가 씩 웃는다. "난 당신이 너무 자랑스러워. 진심으로. 땡전 한 푼 없는 대학원생으로, 연구실 신입으로 지낸 그 세월을 생각해봐. 내가 만약 그때 당신이 노벨상을 탈 거라고 말했으면 당신 기분이 어땠을지 상상이 가?"

마고가 내 목덜미에 머리를 부비며 파고든다. 내가 느끼는 이 세상에서 가장 확실한 위안. "있잖아, 사실 난 이렇게 될 줄 알았어. 공동 수상 말이야."

아, 마고, 늘 알고도 입 밖에 내지 않는 사람. "어째서?"

"왜냐하면." 그녀는 몸을 뒤로 빼고 내 눈을 똑바로 바라보며 말한다. "오, 사람 돌게 만들고, 환상적이고, 오만하고, 멋진 나의 아내여, 그들도 받을 자격이 있으니까. 그들이 백신을 만들지는 않았지만 당신에게 도움을 줬으니까. 당신이 최종 목표로 향해 가는 과정에서 딛고 간 징검다리를 그들이 놓았으니까."

"당신 알지, 내가 늘 공정성에 대한 당신의 감을 이해할 수 없다고 말했던 거?" 그녀가 고개를 끄덕이며 부드럽게 미소를 짓는다. "실은…… 여전히 이해가 안 가."

그녀가 웃음을 터뜨린다. 우리는 행복하다.

물론 내가 상을 독차지했다면 더 행복했겠지만, 그래도 우리는 행복하다.

던
프랑스 파리

차! 나는 차를 마시는 중이다. 울고 싶을 만큼 행복하다. 충분히 뜨겁지도 않고—대륙에서는 늘 이 모양이다—우유가 너무 들어갔지만, 그래도 완벽하다. 나는 이 머그 한 잔의 기쁨 덕분에 8천 배쯤 유능해진 기분이다. 젖병을 든 아이처럼 잔을 꼭 품고 있다. 차 한 잔은 소중하며 이 방에 있는 유럽인들은 이해할 수 없을 만큼 깊은 위안을 준다.

아아, 인터폴. 내가 당신네 회의를 얼마나 고대했던지. 환상적인 음식이 엄청 나오니까. 크루아상, 근사하게 구운 오리고기, 차. 하지만 프랑스인들이 차를 마시는데 우리, 영국인들이 못 마신다니 불공평하다. 꼭 매리앤에게 건의해야겠다. 이 몸이 공무와 여성 동포 보호에 일생을 바치고도 맛있는 차 한잔 마실 수 없다면 그게 다 무슨 소용인가?

"회의를 곧 시작하겠습니다."

무서울 만큼 시크한 프랑스 여자 소피는 좌중의 시선을 간단히 사로잡는다. 슬라이드쇼가 시작되고, 우리는 몰도바 사태로 회의를 시작한다. 아, 그 미친 무리가 여전히 구류 중이라서 정말 기쁘다. 역병 전, 몰도바 공화국은 전세계 성 착취 인신매매의 주요 진원지였다. 경기 침체와 만연한 빈곤 때문에 몰도바 여성들은 성 착취 인신매매에 쉽게 노출되었는데, 대개는 취직을 시켜준다는 거짓 약속에 속아 러시아와 중동으로 팔려가 강제로 성매매를 했다. 나는 여러 해째 성 착취 인신매매와 성 노예가 '몰도바'와 한 문장 안에서 논의되는 회의들에 누차 참석해왔다. 역병 이후, 그곳에서는 일종의 과잉교정이 이뤄지고 있다.

"몰도바 상황은 계속해서 고위험 범주에 포함됩니다. 그들의 밀, 옥수수, 유채씨 수출이 중요한 만큼 정치적 민감성이 높습니다. 정부는 '유럽의 빵 바구니'로 돌아가는 것을 최우선 과제로 삼고 있습니다. 하지만 2026년에 정권을 장악한 전원-여성, 반反-남성 '자유당'이 아직 집권 중이고, 여전히 하나뿐인 합법적인 정당이어서 선거 실시를 거부했습니다. 2026년 3월 '남성들의 안전을 위해' 남성들을 모두 검거해 구치소와 교도소에 수감한 이래로 아직도 수천 명의 남성이 수감 상태로 성 착취 인신매매죄에 대한 재판을 기다리고 있고, 재판 전 대기 기간은 무기한입니다. 아직 행방불명인 남성이 8천 명이 넘고, 사형이 널리 시행되고 있습니다. 우리는 면책 특권이 있는 외교관을 포함해서, 어떤 사유로든 남성의 몰도바 여행을 금하는 권고 방침을 고수하기를 제안합니다."

몰도바에 대해 묻고 싶은 질문들이 있지만 내 업무와는 전혀 무관하다. 그저 개인적인 궁금증이다. 사람은 어떻게 성 노예 상태에서 회복하고 중견 정치인이 되는가? 당신이라면 자신을 해친 사람들을 소탕하고 싶은 강력한 욕구에 어떻게 저항하겠는가? 이 모든 질문에 답하는 것은 미래 역사가들의 몫이리라. 현재로서는 어떤 남성도 몰도바에 못 가게 한다는 영국의 정책은 무기한 연장될 것이다.

"다음은 사우디아라비아입니다. 우리는 계속 정보 제공을 위해 노력할 겁니다. 국외 자료의 공유에 대한 규제들이 엄격하지만, 우리 쪽에서는 정권 교체가 이뤄질 것이 확실하다고 봅니다. 사우디 왕가의 남성 구성원 전원이 요르단과 이집트에 은신 중이거나 죽었기 때문입니다. 그들의 생존 여부는 불확실합니다. 반군들과 새로운 정부 사이에 충돌이 계속되고 있습니다. 우리는 더 많은 정보를 손에 넣기 위해 중동의 협력자들과 협의 중입니다."

그러니까 우리에게 남아 있는 중동의 협력자들. 나와 함께 일한 스파이들은 거의 다 남자였다. 나는 현재 이라크, 이란, 요르단, 아랍에미리트공화국으로부터 아주 실낱같은 정보만 얻고 있는데, 소피는 어떻게 훨씬 많은 정보를 입수하는지 알아내고야 말겠다.

소피는 이어서 다음 슬라이드로 넘어간다.

"'백신 인증 프로그램'은 현재 82개국에서 계속 확장되고 있습니다. '유엔 보증 위원회'가 내달 루마니아, 칠레, 폴란드의 포함 여부를 표결에 부칠 것입니다."

세계 인구는 몇 년 동안 감소한 뒤 다시 점진적으로 회복 중이다. 유엔이 '인증 프로그램'을 발표했을 때 나는 깊은 안도의 한숨을 내쉬었다. 접종률이 99.9퍼센트인 국가들만이 증명을 얻을 수 있다. 어떤 국가가 일단 승인을 받으면 그 국민은 '인증 구역' 안에서, 각국의 비자 법에 따라 비행이 가능하다. 대한민국의 이민국 국장 김민준이 처음 이것을 제안했다. 그는 2026년 4월 북한의 해체에 이어, 6월에는 통일에 대처했다. 주민의 이동이 클 때 접종률 확보가 얼마나 중요한지 누구보다 잘 아는 사람이다.

나는 요즘도 작년 7월의 첫 국제 비행을 촬영한 영상을 좋아한다. 당시는 '인증 프로그램' 실시 이전이어서 모든 승객은 개별 의사의 진단서로 접종 사실을 증명해야 했다. 비행기에 오른 163명이 시드니에서 서울로 날아갔다. 그들이 착륙하자 카메라들은 비행기와, 그들이 내리며 손을 흔드는 모습, 이어서 그들의 행렬이 느리게 여권 검사 구역을 통과하는 모습을 찍었다. 그들은 모두 도착 구역으로 달려나와, 기다리고 있던 사람들의 품에 안겼다. 엄마와 딸들, 이따금 아들, 아버지, 남편. 그중에서도 특히 할머니가 네살배기 손녀를 그곳에서 처음 만나게 된 가족이 있어, 나를 격세지감에 휩싸이게 했다. 그 장면을 지켜보며 끓어오르는 자부심을 느꼈다. 우리가 어디까지 왔는지 봐. 나는 혼자 생각했다. 우리가 어떻게 살아남았는지 좀 보라고.

우리는 백신 인증에 대한 반발을 면밀히 모니터링한다. 우리가 가장 원치 않는 것은 시민 소요를 지지하는 사회운동과 국경이 뚫리는 것이다. 유엔과 세계보건기구에 따르면 전세계 접종률은 여전히 96퍼센트를 맴돌고 있고, '인증 지역' 밖은 안전하게 여행할 수 있을 만큼 접종률이 높지 않다. 일부는 못마땅하게 여기겠지만 안전이 최우선이다.

"중국에서 들려오는 소식들은 긍정적입니다. 페이 홍은 중국 대륙의 중앙 지역 대부분을 아우르는 제5 중국 주의 대통령으로 선출되었습니다. 제2주와 제6주에서 소규모의 충돌이 발생하는 한편, 제5주는 페이의 선출로 열두 개 주 가운데 가장 안정적인 주로 남을 것으로 보입니다."

중국이 더는 존재하지 않는다는 것이 지금도 아주 기이하게 느껴진다. 우리는 중국을 '12'라고 부른다. 마지막으로 교회를 간 시점이 언제이냐에 따라 종교단체 혹은 007영화 속 범죄 조직의 이름처럼 들린다. 이제 완전한 독립을 이룬 홍콩은 대단히 협조적인 우방으로 남아 있다. 우리는 어디서라도 실낱같은 희망을 찾아내야 한다.

"프랑스는 제5주, 제8주와 함께 자발적인 본국 귀환 계획을 짜고 있습니다. 역병 발발 이래 1만 5천 명이 고국을 방문하지 못하고 있습니다."

좋은 생각이군. 우리도 저걸 좀 베껴야겠다.

페이 홍의 대단했던 당선 수락 연설이 떠오른다. 그녀는 그 후로 셀 수 없이 많이 반복된, 멋지고 짤막한 단락으로 연설을 끝마쳤다. "우리는 세계를 바꿀 수도 있었을 위대한 인물들을 잃었고, 우리의 인생을 바꿀 수도 있었을 친구와 형제와 아들과 아버지와 남편을 잃었습니다. 하지만 우리는 절망의 잿더미를 딛고 일어났습니다. 우리는 이제 자유롭습니다, 그리고 그것은 우리가 겪은 모든 시련이 아깝지 않을 만큼 값진 것입니다."

나는 평화와 민주주의를 반겨야 마땅하다. 물론 그렇다만, 내 임무는 문제들을 예측하는 것이지, 덮어놓고 미래를 낙관하는 것은 아니다. 그래도, 잘된 일이다.

기억
REMEMBRANCE

캐서린

영국(잉글랜드와 웨일스) 런던

비 오는 3월의 저녁나절 환하게 조명을 밝힌 따뜻한 서점이 사람들로 북적거리는 모습을 보니 흥분이 밀려온다. 나는 올해 가장 기대되는 회고록 가운데 한 권의 출판 기념 행사의 초대장을 손에 넣었다. 《프랜시스에게, 사랑을 담아 토비가Dear Frances, Love Toby》는 아이슬란드 먼바다를 떠다니던 실버레이디 호에서 아사할 위기에 처했으나 아내 덕분에 목숨을 구한 일화로 유명해진 토비 윌리엄스의 회고록이다.

나는 내 프로젝트에 그의 편지들을 포함시키는 문제로 토비와 연락을 주고받았다. 그는 나를 행사에 초대하며 그 편지들은 자신의 책에도 들어갈 테니 언제든 사용해도 좋다는 확답을 주었다. 서점에는 활기가 넘치고, 들떠서 스파클링 와인을 마시는 사람들로 가득하다. 나는 거만해 보이려고 노력한다. 아는 사람이 없는 곳에서는 의욕에 넘쳐 보이기보다는 거부감 드는 인간으로 보이는 편이 낫다. 여기 있는 동안은 책장 주위를 어슬렁거리는 것이 좋겠다. 역병 이후로 화제작이 많진 않지만 사람들의 심금을 울린 책은 수백만 권씩 팔려 나갔다. 우리 모두가 이 무참히 외로운 시대에 의미와 연결을 갈구하기 때문이다.

누군가 잔을 쨍쨍 치고 헛기침을 하자 좌중이 조용해진다. 토비가 옆에 선 아내를 바라보는데, 그 눈빛에 어찌나 기쁨과 다정함이 뚝뚝 묻어나는지 나는 그만 울컥하고 만다. 그들의 행복을 시기해서는 안 된다. 그들은 그럴 자격이 있다. 그녀는 남편의 생존을 위해 싸웠다.

"모두 와주셔서 감사합니다," 그가 말한다. 내 기대보다 낮고 성량이 풍부하며, 경쾌한 요크셔 억양이 느껴지는 목소리다. "이 자리에 서게 되어 얼마나 행복한지 이루 말할 수 없습니다. 건강히 살아 있다는 것, 내 곁에 프랜시스가 있고 사랑스러운 나의 딸 메이지와 사위 라이언이 여기 있다는 것 말입니다. 저는 우리가 얼마나 운이 좋은지 잘 압니다. 제 이야기는 인기를 끌었지요. 여러분은 아마도 텔레비전이나 라디오에서 제가 그 배에서 보낸 시간에 대해 신나게 떠드는 것을 들으셨거나 〈가디언〉에서 저에 대한 기사 5천 개 중 하나를 읽으셨을 겁니다." 잠시, 너그러운 웃음 소리.

"배에서 함께 지냈던 사람들을 저는 평생 잊지 못할 겁니다. 그들 중 더 많은 이들이 이곳에 우리와 함께 있을 수 없다는 것이 안타까울 따름입니다. 배에 올랐던 삼백 명 가운데 오직 일곱 명만이 살아남았습니다. 아시겠지만, 이 책은 제가 실버레이디 호에서 보낸 이 년 동안의 이야기, 제가 프랜시스에게 보낸 편지들, 제 옆에서 죽어간 사람들에 대한 이야기입니다. 이 책을 쓰기 위해 저는 그들의 가족에게 무슨 일이 벌어졌는지 알아야 했고 그들의 이야기를 조사했습니다. 많은 분들이 이미 읽으셨을 텐데, 사람들이 제게 가장 많이 한 질문은 벨라에 대해서였습니다. 벨라의 남편은, 아들은, 딸은 어떻게 되었을까? 벨라에게 모든 게 다 잘됐다고 말해줄 수 있다면 얼마나 좋을까요. 하지만 역병에 관한 이야기들이 대개 그렇듯 이 이야기도 한 가닥의 희망을 품은, 슬픈 이야기입니다. 벨라의 남편과 아들은 로마에서 역병이 발발했을 때 숨을 거뒀고 그녀의 딸은 아파트에 엿새 넘게 혼자 남겨져 아사 직전이었습니다. 다행히 벨라의 시누이 세실리아가 풀리아에서 로마까지 자동차와 버스를 갈아타고 또 걸어서 조카를 구하러 왔지요. 벨라의 딸 카롤리나는 현재 풀리아에서 고모와 함께 행복하게 지내고 있습니다. 세실리아는 친절하게도 우리가 나눈 대화를 녹취해 책에 싣는 것을 허락해주었고, 저는 그것에 감사할 따름입니다."

그는 감정을 억누르는 듯, 잠시 말을 멈춘다.

"아시다시피 누구보다 이 자리에 함께 있기를 바랐던 한 사람이 있습니다. 제 형제 마크입니다." 토비는 말을 잇기 위해 숨을 고르려고 애쓰는 기색이 역력하다. 소름 끼치도록 긴 정적이 흐른다. 프랜시스의 두 눈이 그에게 괜찮다고, 마음을 추스르라고, 계속하라고 독려하는 동안, 토비와 그녀를 잇는 끈이 실제로 눈앞에 보이는 듯했다.

"마크 덕분에 그 끔찍한 배에서 수개월간 견딜 수 있었습니다." 토비의 목소리가 떨린다. "그 후 구조가 시작되고, 마치 신이 하사한 것처럼 하늘에서 음식이 떨어졌던 바로 그때 그는 세상을 떠났습니다. 제겐 너무도 불공평하게 느껴졌죠. 그 이야기는 책에서 자세히 읽으시면 됩니다. 길게 말하기에는 너무 고통스러운 이야기이기 때문입니다. 마크가 이곳에서 여러분 모두를 만났더라면 대단히 기뻐했으리라는 것을 알려드리고 싶을 따름입니다. 정말 기뻐했을 겁니다."

간신히 절제한 감정표현을 막 지켜본 영국인 특유의 안도감이

장내에 터져 나온다. 나는 약속에 늦겠다는 것을 깨닫고, 축하하러 온 사람들에게 둘러싸인 토비와 프랜시스에게 서둘러 작별 인사를 한 뒤, 아주 중요한 만남을 위해 런던을 가로질러 걷는다.

"좋아 보이네." 어맨더가 말하고 우리는 포옹 후 테이블에 자리를 잡는다. 내가 출판 기념회 이야기를 들려주자 아주 글래스고 사람다운 답변이 돌아온다. "문단의 지체 높으신 분들과도 어울리고." 그녀가 한쪽 눈썹을 치켜올린다. "나는 늘 네가 크게 될 줄 알았어."

"유명한 의사 선생님 가라사대."

"유명? 닥쳐."

"세계에서 가장 유명한 의사 맞잖아요."

어맨더는 와인을 홀짝이며 씁쓸한 미소를 짓는다. "위대한 노벨상 수상자인 리사 마이클 박사께서 그 칭호는 양보 안 하실 것 같은데."

"어휴, 난 안 부러워요. 그 사람의 냉혹함은 안 부러워요."

"난 그 여자의 은행 잔고가 부러워." 어맨더가 웃으며 되받는다.

웨이터가 다가와서 주문을 받고 나는 북적거리는 레스토랑을 흐뭇하게 둘러보며 깨닫는다. 멋진 원피스를 입고 친구와 레스토랑에서 함께하는 저녁식사란 얼마나 기분 좋은지. 어맨더는 헤더 프레이저의 집에서 완전히 무너진 내게 화내기는커녕 너그러이 이해해주었다. 그녀는 길 건너편 해변에 앉아, 한 번도 만난 적 없고 여생을 감옥에서 보낼 한 남자와 머릿속에서 맹렬히 실랑이를 벌이는 나를 발견했다.

"이미 벌어진 일은 어쩔 수 없잖아." 어맨더는 부드럽게 말했다. 그렇게 선선히 받아들이는 그녀가 미웠지만 원망은 곧 사그라졌다. 나는 그녀에게 고맙다고 말했다. 모든 것이 지금과는 다를 수도 있었다고 상상하면 미칠 것 같다고 말했고, 가족을 잃은 뒤 처음으로 혼자인 것이 어떤지에 대해 정말 정직한 대화를 나눴다. 혼자라고 느끼는 것, 그리고 혼자임을 깨닫는 것이 이런 식일 필요는 없었다. 하지만 이미 벌어졌고 다시는 바꿀 수 없다.

나는 다시는 피비와 친구가 될 수 없다는 것을 깨달았다. 가슴이 아팠지만 우리 사이에 벌어진 골이 너무 깊다. 그녀의 가족이 죽지 않은 것은 그녀 잘못이 아니다. 앤서니와 시어도어가 죽은 것이 내 잘못이 아니듯이. 하지만 그녀가 전과 다름없이 삶을 이어가는 모습을 지켜보기가 너무도 괴롭다. 나는 그녀를 사랑하지만 그건 도저히 어쩔 도리가 없다. 어맨더를 만났을 때 나는 내 경험을 공유할 친구가 간절했고, 그녀는 기꺼이 친구가 되어주었다. 이제 나는 우리의 만남을 고대한다. 어맨더는 의료사업 건으로 런던에 오고, 나는 조사차 스코틀랜드로 출장을 가고, 이따금 우리는 중간에서 만나 레이크디스트릭트를 걷고 울고 웃는다. 어맨더는 상실과 비통함과 분노를 이해한다. 그녀는 다 이해한다.

오랫동안 어맨더에게 물어보고 싶었지만 묻지 못했던 한 가지 질문이 머릿속에 떠오른다. 나는 역병의 치사율에 대한 기사들을 읽어보려고 했지만, 내가 무언가 찾아낼까 봐, 혹시 그 기사들이 앤서니의 죽음을 막기 위해 내가 할 수도 있었을 것에 대해 알려줄까 봐 두려움에 전전긍긍했다.

"역병은 왜 그렇게 치사율이 높은 거죠?"

"바이러스가 백혈구 수를 엄청나게 증가시키니까. 그건 극단적인 형태의 천식을 모방해. 그래서 사람이 그렇게 빨리 죽는 거야. 인체는 혈구 수가 그렇게까지 늘어나면 아무것도 못 해. 속수무책이야."

"죽기 전에 고통스러운가요? 왜냐하면 암 환자들에게는 늘 모르 핀을 주는데 역병은……."

"좀 괴로운 정도지." 어맨더가 말한다.

거짓말이다. 나는 그것을 알고, 그녀도 내가 안다는 것을 알지만, 나는 이 작은 친절이 고맙다.

그녀는 좀처럼 자신의 남편 이야기를 꺼내지 않는다. "재혼하고 싶어요? 아이를 더 낳거나?" 내가 묻는다.

"나 마흔다섯이야. 젠장, 전자는 몰라도 후자는 가망이 없어."

나는 사과의 말을 주워섬기지만, 사실 그것은 칭찬이다.

"아니, 어차피 그럴 맘 없어." 그녀가 조용히 말한다. "또다시 상실을 겪어낼 자신이 없거든. 도저히 못 견딜 것 같아. 두 아들과 월을 보내고 완전히 망가졌었어. 그걸 다시 직면할 엄두가 안 나."

"하지만 사랑은 늘 위험을 감수하는 거잖아요, 안 그래요?"

"그렇지, 그리고 나는 그 위험을 다시는 못 견디겠어. 그 여자들은 어떻게 그랬나 모르겠어. 역병 중에도 임신하는 여자들. 아기가 아들일지 딸일지도 모르면서 말이야. 어떤 스페인 여자는 독실한 가톨릭 신자인데 휴일에 에든버러에서 발이 묶였대. 그 여자는 아들 셋을 낳았는데 다 죽었지. 셋……. 피임을 거부했던 거야."

그 엄청난 상실감을 떠올리자 너무도 충격적이지만, 이해한다. 나는 그 절박함을 이해한다.

"그 여자는 우리가 마침내 자금을 조달했을 때 최초로 백신을 접종한 여자 중 하나였어. 결국 딸을 얻었지."

"잘됐네요" 하고 말하지만, 나는 이를 악물고 질투와 뒤이은 낯 뜨거운 수치심을 누르는 중이다.

"그건……?" 어맨더는 손짓을 한다. 얘기하고 싶지 않다면 그 주제를 편히 건너뛸 수 있게 하려는 배려다.

걱정으로 내 이마에 즉각 주름이 잡히는 게 느껴진다. "자궁 내 인공수정 마지막 회차의 결과가 내일 나와요. 제발 됐으면." 나는 맥없이 덧붙인다. 처음 두 번은 실패했다. 지금, 바로 이 순간 임신한 것이 아니라면 나에게는 두 번 다시 기회가 없을 것이다.

"행운을 빌게. 이것만 기억해. 생식능력은 운과 우연의 장난일 뿐이야. 도덕적 실패가 아니라."

비어 있을지 모를 내 몸이 실패작처럼 느껴져도 그런 식으로 봐서는 안 된다는 그녀의 가르침에 미소 짓는다. "피검사 결과가 나오자마자 알려줄게요."

"아이를 더 낳고 싶다는 욕망을 혼자 깨달았어? 내 말은, 곧장?"

"네, 하지만 스스로에게 허락하지 않았죠. 몇 년이 걸렸어요. 나 자신을 용서해야 했어요. 그들이 죽은 것은 내 잘못이 아니다, 설령 내가 병을 옮겼다 해도 그건 내 잘못이 아니었다……. 그걸 받아들이고 나서야 비로소 다시 시도할 수 있었어요."

"정말 맞는 말이야. 누구를 만나고 싶지는 않고? 아직 마흔도 안 됐잖아."

나는 단호한 심정으로 고개를 젓는다. "많이 생각해봤는데 상상이 안 가요. 우리는 정말 많이 사랑했어요. 더할 나위 없이. 대다수의 사람들이 평생 할 수 있는 것보다 많이요. 후속편은 불가능해요."

"앤서니." 그녀가 말한다.

"앤서니." 나는 되풀이한다. 그의 이름을 소리 내 말하자 아주 신기한 기분이 든다. 그 이름은 내 입에 착 붙는다. 그건 축복이다.

"앤서니 얘기 좀 해봐." 나는 등을 기대고 앉는다. 나는 이런 질문을 좀처럼 받지 않았다. 그를 아는 내 친구들은 더 알 필요가 없고, 새로 사귄 사람들도 알 필요가 없다고 생각해서. "그이는 재미있고 솔직했어요. 언제나 저를 진지하게 대했어요. 키가 크고 힘이 셌고, 그 사람한테 등을 기대고 서면 그 사람 머리가 딱 제 머리 위에 왔어요. 그러고 있으면 우리한테 나쁜 일은 절대로 일어나지 않을 것 같았어요. 그 사람은 똑똑했고 저만 바라봤고 저를 아주아주 자랑스러워했어요. 알죠? 시샘하거나 자존심 세우지 않고 진심으로 상대를 자랑스러워하는 사람은 찾기 힘들어요. 앤서니는 완벽했어요. 그런 사람이 제 남편이었어요."

나는 미안해하는 표정으로 그녀를 바라본다. 나에게 끝내주는 남편이 있었다는 것이 큰 실례라도 된다는 듯이.

"캐서린에게 그런 남편이 있었다니 참 다행이다." 그녀가 말한다. 누군가 나에게 앤서니에 대해 한 말 중에 가장 다정한 말이다. 어쩌면 어맨더도 우리가 사랑한 사람들의 죽음에만 몰두하는 것이 너무 끔찍하다고 느끼는지도 모르겠다. "그 사람이 네 남편이었다는 게 기뻐."

"고마워요, 어맨더. 저도 기뻐요." 나는 그녀에게 끔찍이 두려운 질문, 그러니까 나의 여정, 내 작업, 나의 이야기 채록, 아이를 다시 낳으려는 나의 필사적인 시도를 추동했던 그 질문을 던지기로 결심한다. "그들이 기억될 거라고 생각하세요? 우리의 아들과 남편들 말이에요. 아니면 그냥…… 사라지는 걸까요?"

"나는 우리가 그들을 기억하고, 그들에 대해 말하고, 그들의 이야기를 들려줄 거라고 생각해. 우리는 우리가 그들을 사랑했고 그들에게 사랑받았다는 것을 기억할 거고. 그거면 충분할 거야." 그녀가 말을 멈춘다. "알지? 세계가 너를 기억하지 않아도 너는 중요한 사람이야. 우리는 우리가 사랑했던 그 사람들에게 사랑받았어. 모두가 그렇게 말할 수 있는 것은 아니야." 그녀는 나에게 다정히 말한다.

그래요, 모두가 그럴 수는 없겠죠.

《남성대역병 이야기》의 서문

　이 서문을 어떻게 쓸지 고민하며 책상 앞에 앉아 꼬박 며칠을 보냈다. 집필이 끝나고 초고가 완성되었지만, 도입부는 좀처럼 떠오르지 않는다. 이 책에 실린 이야기들을 다 모은 시점과 이 서문을 쓰는 시점 사이에, 나는 인생에서 어마어마한 변화를 겪었다. 그 이야기가 누락된 채로는 이 책을 완성할 수 없을 것이다.

　내가 만난 일부 비범한 남성들과 여성들은 자신들이 겪은 상실을 받아들였다. 나는 아들을 잃었다는 사실을 받아들일 수 없었다. 시간이 흐를수록 커져가는 날것의 슬픔과 후회를 느꼈을 뿐이다. 많은 이들이 나에게 희망적으로 책을 끝맺어야 한다고 말했다. 지난 몇 달간 그들의 말에 수긍하면서도 최근까지도 나는 낙관주의에 대해서는 체념했었다. 세계가 무작위의 잔혹함으로 가득한 실상을 그토록 수많은 방식으로 보여주는데? 나는 속으로 되뇌곤 했다. 낙관주의는 특권이라고. 나는 도저히 불가능하다고. 하지만 그렇지 않다. 결코 그렇지 않다. 만약 내가 긴 시간을 들여 역병에 대해 수많은 남녀와 대화를 나누고 배운 것이 있다면, 그것은 우리가 당시에 우리가 알던 지식으로 할 수 있었던 최선을 다했다는 사실이다. 나는 최악의 여건 속에서 나름의 최선을 다했다. 과거는 고통스러웠지만, 그것이 곧 미래가 나아질 수 없다는 뜻은 아니다.

나는 올해 1월 2일에 아름다운 딸 메이브 앤서니아 로런스를 낳았다. 아이는 완벽하다. 단지 아이가 마치 내 인생이 다시 내 것이 된 것처럼 느끼게 해주기 때문만은 아니다. 메이브는 내게 희망을 상징한다. 여느 사람들과 마찬가지로, 상실의 아픔과 철저히 혼자라고 느껴지는 세계의 낯선 감정적인 풍경에 연타를 맞고서 몇 년 동안 감히 품을 엄두도 못 냈던 그 희망 말이다. 메이브가 사는 세상에 아버지는 없을 것이고, 그 사실이 특이하게 받아들여지지도 않을 것이다. 메이브에게는 형제도 자매도 없을 것이고 친구 중에 남자는 극소수일 것이다. 주로 여성들이 통치하는 나라에서 학교에 다니고 전원이 여성이나 다름없는 교사들에게 교육받을 것이다. 나의 딸에게는 이 새로운 세계가 일상일 것이고 나는 그 사실에 모순된 감정을 느낀다. 나는 아이가 그처럼 많은 것을 잃고 고통스러워하지 않아도 된다는 것에 감사하지만, 아이가 무엇이 사라졌는지조차 이해할 수 없다는 것은 참으로 애석하다.

인류학자로서, 나는 나의 편향을 인정할 것이다. 나는 역병으로 남편과 아들을 잃었다. 학문이 요하는 거리와 감정적인 중립을 유지한 채 연구할 수 없었다. 이것은 영국의 어떤 인류학자도 그 영향에서 자유로울 수 없는 역병의 충격에 대한 증언이다. 나는 실제와 다르게 보이지 않는 관찰자인 척하고 나 자신의 상실을 꽁꽁 숨기기보다는 내 이야기도 집어넣기로 결정했다. 이 이야기를 할 수 있는 전지적인 서술자는 존재하지 않는다. 우리는 모두 편향되었다. 우리는 모두 달라졌다.

이야기를 엮는 과정에서 나는 역사의 기록에 대해 자문했다. 세계 역사상 처음으로 여성들은 우리의 이야기가 발화되는 방식을 완전히 통제할 수 있게 되었다. 혹자는 남성들이 가장 큰 피해를 입었기 때문에 오직 남성만이 역병에 대한 이야기를 기록할 수 있다고 주장한다. 나는 정중히 그 견해에 반대한다. 여성들은 대부분 남겨진 사람들이다. 삶이 산산조각 난 채로 남겨진 사람들이다. 대다수의 여성이 자신이 선택하지 않은 일을 하고, 위기에 처한 경제를 살리기 위해 일주일에 엿새를 일하며, 사별의 고통을 짊어진 채 홀로 아이들을 키우고 있다. 상상할 수 없을 만큼 변화한 세계에서 우리가 우리의 이야기를 기록하는 방식 역시 변화했다.

상이한 방식으로 역병을 경험한 여성, 그리고 남성 들과 대화를 해왔기에, 나는 앞으로 수십 년 수백 년 동안 우리가 마주할 중요한 질문들에 답하면서 시작하려고 노력했다. 역병은 왜 그토록 빠르게 전파됐나? 세계 각국에 어떤 사회적 영향을 끼쳤나? 개인들은 어떻게 가족을 재형성했고 강요된 변화에 대처했나? 아이들은 부모들이 마음속으로 그렸던 것과는 전혀 다른 이 세계에서 어떻게 헤쳐나가고 있나? 잔존하는 남성 인구는 자신들이 극단적인 소수가 되어버린 세계로 어떻게 통합되었나?

내 딸이 나에게 "세상이 어떻게 변했는데?" 하고 묻는다면 이 책에서 몇 가지 답을 찾을 수 있기를 바란다. 아이가 언젠가 이것을 읽고 과거를 이해할 수 있기를 바란다. 세상이 지금과는 딴판이었던 그때가 그렇게 오래전은 아니다. 나는 전에도 어머니였던 적이 있지만, 다른 많은 것들이 그렇듯이, 모성도 변화했다. 현재 나의 경험은 예전에 아들을 키운 나 자신의 경험보다 전시에 아이를 키운 어머니들의 경험과 비슷하다. 나는 따라잡을 수 없을 만큼 빠르게 변화하는 세상에서 독신 부모가 되었다. 과거 수십 년간보다 작아진 세상에서 말이다. 이제 아기의 탄생은 성년기의 일반적인 경험이 아니라, 만연한 죽음에서 벗어나게 해주는 복된 구원이다.

이 보고서를 엮는 일은 내가 여태껏 해온 일들 가운데 여러모로 가장 힘든 일이었다. 하지만 내 삶이 비탄으로 산산이 부서졌던 때에 찾은, 위안과 기쁨의 원천이기도 했다. 유니버시티 칼리지 런던의 선배들, 특히 나의 멘토인 마거릿 킹, 그리고 나중에 유엔 남성 역병 위원회에서 함께 일했던 분들에게 큰 도움을 받았다.

이 보고서의 한계를 인정하지 않는 것은 무책임한 처사일 것이다. 역병은 스코틀랜드에서 시작돼 전세계로 퍼졌지만, 나는 바랐던 만큼 다양한 국가, 문화, 민족의 이야기들을 다루지는 못했다. 많은 나라들, 특히 남반구의 나라들은 여전히 백신 인증을 기다리고 있다. 한때 중국이었던 지역의 대부분이 여전히 외부 세계와 단절돼 있다. MP-1 백신의 생산을 협의하기 위해 토론토에 방문한 상하이의 대표단은 중국의 주에서 아시아 외부 지역으로 비행한 첫 번째 사람들이었다. 이란, 이라크, 예멘의 일부 지역은 여전히 국외 통신이 금지된 철저한 보도통제 상태다. 나는 너무 늦지 않게, 역병의 결과에 대한 우리의 이해가 더욱 폭넓고 다양해지기를 바란다. 이것은 시작일 뿐이다.

나는 역병이 산 자에게 끼친 영향과 죽은 자를 향한 추도 사이에서 알맞은 균형을 찾으려고 노력했다. 일상으로 되돌아가는 길고도 격정적인 여정에서 기억하려고 애쓴 것들 중 하나는 마리아 페레이라의 문장이다. "어쩌면 어떤 상처들은 너무나 심각해서 회복이 불가능할지도 모른다." 개인적, 사회적 층위에서, 회복은 너무 원대한 목표일지도 모른다. 우리는 우리가 잃어버린 것들을 영영 되찾을 수 없고, 되찾을 수 없는 것을 비통해하겠지만, 그 사실을 받아들이고, 애도하고, 새로운 존재 방식을 찾아야 한다. 무엇보다도, 머지않은 때에 나는 여성과 남성이 이 시기에 걸맞은 새로운 동지의식을 찾을 수 있기를 바란다. 역병의 공포는 우리 대부분을 혼자라고 느끼게 만들었지만 우리가 가장 흔히 겪은 일들—과부의 삶, 자녀, 부모, 형제의 죽음—은 가히 보편적이다.

마지막으로, 이 보고서를 나의 가족에게 바친다. 나의 남편 앤서니, 나의 아들 시어도어, 나의 딸 메이브. 우리는 결코 이번 생에 한자리에 모일 수 없지만, 그대들이 나의 가족이라는 사실이 진심으로 기쁘다.

2032년 9월 9일
캐서린 로렌스

작 가 의 말

대부분의 사람들과 마찬가지로 나 역시 뉴스 단신이나 "이거 봤어? 웬일이야!" 하는 친구들의 이메일로 코로나19 바이러스에 대해 처음 들었다. 그것은 수많은 해외 뉴스 기사들처럼 멀게만 느껴졌다. 뭔가 끔찍하고 무시무시하기는 해도 내가 걸릴 병은 아니었다.

그런 이메일과 언론 보도로부터 불과 몇 달이 흐른 지금, 나는 록다운된 센트럴런던의 내 아파트에 앉아 있다. 운동 삼아 하루 한 번 집을 나서고 식료품과 생필품을 사기 위해 일주일에 한 번 장을 보러 나간다. 나는 나의 가족과 친구와 동료 들을 언제쯤 다시 보게 될지 모른다. 전세계 수억 명의 사람들이 같은 처지다. 나는 여태 실직하지 않았고 코로나 바이러스로 의심되는 증상을 보이다가 회복했으니 천만다행이라고 생각한다. 검사를 받지는 않았지만 북부 이탈리아를 여행하고 돌아온 뒤 바이러스의 숨길 수 없는 증후인 기침, 호흡 곤란, 극심한 피로를 경험했다. 나는 예술과 삶에서 늘 '진실을 추구해야' 한다고 배웠지만, 코로나 바이러스에 감염되면서까지 진정성에 다가가고 싶지는 않았다.

팬데믹이 세계를 휩쓸기 직전에 내가 팬데믹에 대한 책을 썼다는 사실은 신기하다는 말로는 부족하다. 수많은 사람들이 반 농담으로 나를 카산드라라고 불렀다. 2018년 9월 내가 《엔드 오브 맨》을 쓰기 시작했을 때만 해도 이것은 순전한 사고 실험으로 느껴졌다. 과연 나는 나의 상상을 어디까지 밀어붙일 수 있을까? 치사율이 엄청나게 높은 바이러스가 퍼진다면 세상은 어떻게 변할까? 대부분의 남성이 사라진 세상은 과연 어떤 모습일까? 나는 이 책의 초고를 아홉 달 만에 썼다. 한바탕 집필에 몰두해 2019년 6월에 마무리했다. 그리고 오늘, 출판사에서 보내온 교정지를 점검하려니 나도 모르게 내 상상의 세계를 현실과 대조해보게 된다. 내가 쓴 글과 실제로 일어나고 있는 일 사이의 거리를 측정하는 것. 픽션 작가로서는 전혀 예상하지 못한 일이었다.

코로나 바이러스는 내가 소설에서 창조한 바이러스만큼 치사율이 높지 않다. 그렇다 해도 우리는 우리 생에서 가장 심각한 팬데믹을 경험하고 있고, 이는 나의 흉흉한 악몽 속에서 감히 상상할 수 있던 수준을 뛰어넘는다. 내가 그린 세계는 내 소설의 책장 속에 고이 머물러야 했다―지금 세계는 내가 그린 세계를 내 예상보다 훨씬 밀접하게 반영하고 있다. 당신이 이 글을 읽을 무렵에는 부디 백신이 등장했기를 바란다. 우리의 의료 시스템이 위기를 극복하고 경제가 회복되었기를 바란다. 부디 당신이 사랑하는 이들이 무사하기를, 그리고 이 세계가 지금 내가 간절히 바라는 끝내주고, 따분하고, 그리운 일상으로 돌아가기를 바란다.

2020년 4월 12일
크리스티나 스위니베어드

THE
END
OF
MEN

옮긴이 **양혜진**

서울에서 태어나 대학에서 국어국문학과 불어불문학을, 대학원에서 비교문학을 공부했다. 출판사에서 외국 문학 편집자로 일하다가, 지금은 다른 나라의 좋은 책을 찾아내 우리말로 옮기는 일을 한다. 그림책《할아버지와 달》어린이 교양서《세상에 이런 말이!》《한 권으로 끝내는 이야기 세계사》그래픽 노블《제가 좀 별나긴 합니다만⋯》《헤이, 나 좀 봐》소설《블랙 뷰티》《소년은 눈물 위를 달린다》에세이《아름다움이 우리를 구원할 때》에 이르기까지 여러 분야의 책을 우리말로 옮겼다.

엔드 오브 맨

1판 1쇄 인쇄 2022년 4월 6일 **1판 1쇄 발행** 2022년 4월 15일

지은이 크리스티나 스위니베어드 **옮긴이** 양혜진
펴낸이 고세규
편집 이승현 이승희 **디자인** 윤석진
마케팅 이헌영 **홍보** 이혜진
발행처 김영사
주소 경기도 파주시 문발로 197(문발동) 우편번호10881
등록 1979년 5월 17일(제406-2003-036호)
구입 문의 전화 031)955-3100 **팩스** 031)955-3111
편집부 전화 02)3668-3270 **팩스** 02)745-4827 **전자우편** literature@gimmyoung.com
비채 카페 cafe.naver.com/vichebooks **인스타그램** @drviche **카카오톡** @비채책
트위터 @vichebook **페이스북** facebook.com/vichebook
ISBN 978-89-349-7511-3 03840 책값은 뒤표지에 있습니다.

비채는 김영사의 문학 브랜드입니다.